Compendium

Amélie Nothomb

Compendium

Cosmética del enemigo
Antichrista
Ácido sulfúrico
Diario de Golondrina
Viaje de invierno
Matar al padre
Pétronille

Traducción de Sergi Pàmies

EDITORIAL ANAGRAMA
BARCELONA

Títulos de las ediciones originales:
Cosmétique de l'ennemi, Éditions Albin Michel, París, 2001
Antéchrista, Éditions Albin Michel, París, 2003
Acide sulfurique, Éditions Albin Michel, París, 2005
Journal d'Hirondelle, Éditions Albin Michel, París, 2006
Le Voyage d'hiver, Éditions Albin Michel, París, 2009
Tuer le père, Éditions Albin Michel, París, 2011
Pétronille, Éditions Albin Michel, París, 2014

Diseño de la cubierta: © Sergi Puyol
Ilustración: © Dasha Stekolshchikova

Primera edición de «Cosmética del enemigo» en «Panorama de narrativas»: febrero 2003
Primera edición de «Antichrista» en «Panorama de narrativas»: enero 2005
Primera edición de «Ácido sulfúrico» en «Panorama de narrativas»: enero 2007
Primera edición de «Diario de Golondrina» en «Panorama de narrativas»: enero 2008
Primera edición de «Viaje de invierno» en «Panorama de narrativas»: febrero 2011
Primera edición de «Matar al padre» en «Panorama de narrativas»: marzo 2013
Primera edición de «Pétronille» en «Panorama de narrativas»: marzo 2016
Primera edición en «Compendium»: junio 2024

Diseño de la colección: Ggómez, guille@guille01.com

Pau Claris, 172
08037 Barcelona

ISBN: 978-84-339-2635-7
Depósito legal: B. 3133-2024

Printed in Spain

Liberdúplex, S. L. U., ctra. BV 2249, km 7,4 - Polígono Torrentfondo
08791 Sant Llorenç d'Hortons

Cosmética del enemigo

Cosmético, el hombre se alisó el pelo con la palma de la mano. Tenía que estar presentable con el fin de conocer a su víctima según mandan los cánones.

Jérôme Angust ya estaba hecho un amasijo de nervios cuando la voz de la azafata anunció que, debido a problemas técnicos, el vuelo sufriría un retraso sin determinar.

«Lo que faltaba», pensó.

Odiaba los aeropuertos, y la perspectiva de permanecer en aquella sala de espera durante un lapso que ni siquiera podía precisar le sacaba de quicio.

Sacó un libro de la bolsa y, con rabia, se sumergió en su lectura.

–Buenos días –le dijo alguien en tono ceremonioso.

Apenas levantó la nariz y devolvió el saludo con mecánica educación.

–El retraso de los vuelos es una lata, ¿verdad?

–Sí –masculló.

–Si por lo menos uno supiera cuántas horas tendrá que esperar, podría organizarse.

Jérôme Angust asintió con la cabeza.

–¿Qué tal su libro? –preguntó el desconocido.

«Pero bueno –pensó Jérôme–, solo me faltaba que un pelmazo viniera a darme la tabarra.»

–Hm hm –respondió en un tono que parecía querer decir: «Déjeme en paz».

–Tiene suerte. Yo soy incapaz de leer en un sitio público.

«Quizá por eso se dedica a molestar a los que sí pueden hacerlo», suspiró Angust para sí mismo.

–Odio los aeropuertos –insistió el hombre. («Yo también, cada vez más», pensó Jérôme)–. Los ingenuos creen que aquí se conoce a viajeros de toda clase. ¡Qué error tan romántico! ¿Sabe qué clase de gente encuentra uno por aquí?

–¿Inoportunos? –rechinó este, que fingía seguir leyendo.

–No –dijo el otro sin darse por aludido–. Son ejecutivos en viaje de negocios. El viaje de negocios es la negación del viaje hasta tal extremo que no es digno de llamarse así. Semejante actividad debería denominarse «desplazamiento comercial». ¿No le parece que sería más correcto?

–Estoy en viaje de negocios –articuló Angust, creyendo que el desconocido se excusaría por su metedura de pata.

–No hace falta que lo diga, señor, eso se nota.

«¡Y además es grosero!», pensó Jérôme, fulminándolo con la mirada.

Como la buena educación había sido violada, decidió que él también podía saltarse sus normas.

–Caballero, por si todavía no se ha dado cuenta, no deseo hablar con usted.

–¿Por qué? –preguntó el desconocido con descaro.

–Estoy leyendo.

–No, señor.

–¿Cómo dice?

–No está leyendo. Quizá crea que está leyendo. Pero leer es otra cosa.

–Bueno, de acuerdo, no tengo ningún interés en escuchar sus profundas consideraciones sobre la lectura. Me está poniendo nervioso. Incluso suponiendo que no estuviera leyendo, no deseo hablar con usted.

–Enseguida se nota cuando alguien está leyendo. El que lee, el que lee de verdad, está en otra parte. Y usted, caballero, estaba aquí.

–¡Si supiera hasta qué punto lo lamento! Sobre todo desde que ha llegado usted.

–Sí, la vida está llena de estos pequeños sinsabores que la perturban de un modo negativo. Mucho más que los problemas metafísicos, son las ínfimas contrariedades las que nos muestran el lado aburdo de la existencia.

–Caballero, puede meterse su filosofía de pacotilla...

–No sea usted grosero, se lo ruego.

–¡Usted sí lo es!

–Texel. Textor Texel.

–¿Y a qué viene ahora este estribillo?

–Admita que resulta más fácil conversar con alguien sabiendo cómo se llama.

–¿No acabo de decirle que no quiero conversar con usted?

–¿A qué viene esta agresividad, señor Jérôme Angust?

–¿Cómo sabe mi nombre?

–Lo lleva escrito en la etiqueta de su bolsa de viaje. También figura su direccción.

Angust suspiró:

–Bueno. ¿Qué quiere usted?

–Nada. Hablar.

–Odio a la gente que desea hablar.

–Lo siento. Difícilmente podrá usted impedírmelo: no está prohibido.

El importunado se levantó y fue a sentarse a unos cincuenta metros de distancia. En vano: el inoportuno le siguió y se plantó a su lado. Jérôme volvió a cambiar de sitio para ocupar un asiento libre entre dos personas, creyendo que así estaría protegido. Pero eso no pareció molestar a su escolta, que se instaló, de pie, delante de él y volvió al ataque.

–¿Tiene problemas profesionales?

–¿Me habla usted delante de otras personas?

–¿Cuál es el problema?

Angust volvió a levantarse para regresar a su antiguo sitio: puesto a ser humillado por un pelmazo, mejor prescindir de espectadores.

–¿Tiene problemas profesionales? –repitió Texel.

–No se esfuerce en hacerme preguntas. No pienso contestarle.

–¿Por qué?

–No puedo impedirle hablar, ya que no está prohibido.

Pero tampoco puede obligarme a responder, ya que no es obligatorio.

–Y, sin embargo, acaba de responderme.

–Para, a partir de ahora, poder dejar de hacerlo en mejores condiciones.

–Bueno, entonces le hablaré de mí.

–Me lo temía.

–Como ya le he dicho, me llamo Texel. Textor Texel.

–Lo siento.

–¿Lo dice porque mi nombre es extraño?

–Lo digo porque siento haberle conocido, caballero.

–Pero mi nombre no es tan extraño. Texel es un patronímico como cualquier otro, que proviene de mis orígenes holandeses. Suena bien, Texel. ¿Qué le parece?

–Nada.

–Por supuesto, Textor resulta algo más complicado. No obstante, es un nombre que tiene tintes de nobleza. ¿Sabía usted que era uno de los muchos nombres de Goethe?

–Pobrecito.

–No, tampoco está tan mal, Textor.

–Lo que resulta duro es tener algo en común con usted, aunque solo sea el nombre.

–Textor parece feo, pero si uno se detiene a analizarlo, no es muy distinto de la palabra «texto», que resulta irreprochable. En su opinión, ¿cuál podría ser la etimología de Textor?

–¿Escarmiento? ¿Castigo?

–¿Acaso tiene algo que reprocharse a sí mismo? –preguntó el hombre con una extraña sonrisa.

–Pues no. Está visto que la justicia no existe: siempre pagan justos por pecadores.

–Sea como fuere, su hipótesis es fantasiosa. El origen de Textor es «texto».

–Si supiera hasta qué punto me importa un bledo.

–La palabra «texto» procede del latín *texere*, que significa «tejer». De lo que se deduce que el texto es, en primera instancia, un tejido de palabras. Interesante, ¿verdad?

–En resumen, que su nombre significa «tejedor».

–Yo me inclino por la segunda acepción, más elevada, de «redactor»: aquel que teje el texto. Lástima que con semejante nombre no sea escritor.

–Es cierto. Así podría dedicarse a emborronar hojas de papel en lugar de agobiar a los desconocidos con su cháchara.

–Y es que el mío es un nombre bonito. En realidad, lo que plantea un problema es la conjunción de mi patronímico con mi nombre: hay que admitir que Textor Texel no suena bien.

–Peor para usted.

–Textor Texel –repitió el hombre, insistiendo en la dificultad que tenía al pronunciar esta sucesión de *x* y de *t*–. Me pregunto en qué estarían pensando mis padres cuando me llamaron así.

–Habérselo preguntado.

–Mis padres murieron cuando yo tenía cuatro años, dejándome como herencia esta misteriosa identidad, como un mensaje que tendría que dilucidar.

–Dilucídelo sin mí.

–Textor Texel... Con el tiempo, cuando uno se acostumbra a pronunciar estos complejos sonidos, dejan de parecerle discordantes. En cierto modo, incluso existe cierta belleza fonética en este nombre singular: Textor Texel, Textor Texel, Textor...

–¿Piensa hacer gárgaras durante mucho rato?

–De todos modos, como escribe el lingüista Gustave Guillaume: «Lo que le apetece al oído le apetece a la mente».

–¿Qué puede hacer uno contra la gente como usted? ¿Encerrarse en los servicios?

–No le servirá de nada, querido. Estamos en un aeropuerto: los servicios no están aislados fonéticamente. Le acompañaré hasta allí y seguiré hablando desde el otro lado de la puerta.

–¿Por qué hace esto?

–Porque me apetece. Siempre hago lo que me apetece.

–A mí me apetecería romperle la cara.

–Mala suerte: eso no es legal. A mí, lo que me gusta en la vida son las molestias autorizadas. Como las víctimas no tienen derecho a defenderse, resultan todavía más divertidas.

–¿No tiene aspiraciones más elevadas en la existencia?

–No.

–Pues yo sí.

–No es cierto.

–¿Y usted qué sabe?

–Es un hombre de negocios. Sus ambiciones pueden valorarse en dinero. Eso no resulta nada elevado.

–Por lo menos no molesto a nadie.

–Seguro que molesta a alguien.

–Suponiendo que sea cierto, ¿quién es usted para reprochármelo?

–Soy Texel. Textor Texel.

–Y dale.

–Soy holandés.

–El holandés de los aeropuertos. Uno no elige sus holandeses voladores.

–¿El Holandés Errante? Un principiante. Un romántico necio que solo la tomaba con las mujeres.

–Mientras que usted, en cambio, ¿la toma con los hombres?

–La tomo con quien me inspira. Usted resulta muy inspirador, señor Angust. No tiene aspecto de hombre de negocios. Hay en usted, a su pesar, cierta disponibilidad. Eso me conmueve.

–Desengáñese: no estoy disponible.

–Eso es lo que usted quisiera. Sin embargo, el mundo en el que vive no ha logrado acabar con el joven abierto al universo y, en realidad, devorado por la curiosidad. Arde en deseos de conocer mi secreto.

–Las personas como usted siempre están convencidas de que los demás sienten interés por ellos.

–Lo peor es que tienen razón.

–Venga, alégreme el día. Eso ayudará a que el tiempo transcurra más deprisa.

Jérôme cerró su libro y cruzó las piernas. Se puso a mirar al inoportuno como quien observa a un conferenciante.

–Me llamo Texel. Textor Texel.

–¿Es un estribillo o qué?

–Soy holandés.

–¿Acaso creía que se me había olvidado?

–Si no deja de interrumpirme, no llegaremos muy lejos.

–No estoy muy seguro de desear llegar muy lejos con usted.

–¡Si supiera! Mejoro cuando me conocen. Basta que le relate

algunos episodios de mi vida para convencerle. Por ejemplo, de pequeño, maté a una persona.

–¿Perdón?

–Tenía ocho años. En mi clase había un chico que se llamaba Franck. Era encantador, amable, guapo, risueño. Sin ser el primero de la clase, sacaba buenas notas, sobre todo en gimnasia, lo que siempre ha sido la clave de la popularidad infantil. Todo el mundo lo adoraba.

–Todos menos usted, por supuesto.

–No podía soportarlo. Hay que tener en cuenta que yo era enclenque, el peor en gimnasia, y que no tenía ningún amigo.

–¡Hombre! –sonrió Angust–. ¡Entonces ya era impopular!

–Y no era porque no lo intentase. Me esforzaba desesperadamente por agradar, por resultar simpático y divertido; pero no lo conseguía.

–En eso no ha cambiado.

–Mi odio hacia Franck iba en aumento. En aquella época todavía creía en Dios. Un domingo por la noche me puse a rezar en mi cama. Una oración satánica: le rogaba a Dios que matara al niño al que odiaba. Durante horas se lo imploré con todas mis fuerzas.

–Puedo adivinar lo que viene a continuación.

–A la mañana siguiente, en la escuela, la profesora entró en clase con una expresión compungida. Con lágrimas en los ojos, nos comunicó que Franck había muerto durante la noche, de una inexplicable crisis cardiaca.

–Y, como es natural, usted pensó que la culpa era suya.

–La culpa era mía. ¿Cómo si no aquel niño tan saludable podría haber sufrido una crisis cardiaca sin mi intervención?

–Si fuera tan sencillo, no quedaría demasiada gente en nuestro planeta.

–Los niños de la clase se pusieron a llorar. Y nos tocó soportar los tópicos al uso: «Siempre se van los mejores», etc. Yo, mientras tanto, pensaba: «¡Por supuesto! ¡No me habría tomado tantas molestias rezando si no hubiera sido para librarnos del mejor de todos nosotros!».

–¿Así que cree tener hilo directo con Dios? Tiene usted muy buena opinión de sí mismo.

–Mi primer sentimiento fue de triunfo: lo había conseguido. Aquel Franck iba a dejar por fin de amargarme la vida. Poco a poco, comprendí que la muerte del niño no me había convertido en alguien más popular. En realidad, no había cambiado en nada mi estatus de pequeño zopenco sin amigos. Había creído que bastaba tener el campo libre para imponerme. ¡Menudo error! Olvidaron a Franck pero yo no le sustituí.

–No me extraña. No puede decirse que tenga mucho carisma.

–Poco a poco, empecé a sentir remodimientos. Resulta curioso pensar que si me hubiera convertido en una persona popular, nunca me habría arrepentido de mi crimen. Pero tenía la convicción de haber matado a Franck en vano y me lo reprochaba.

–Y desde entonces se dedica a interpelar al primer individuo que se le pone por delante en un aeropuerto para darle la tabarra con su dichoso arrepentimiento.

–Espere, las cosas no son tan sencillas. Me sentía avergonzado pero no hasta el extremo de sufrir por ello.

–¿Acaso tenía, pese a todo, el suficiente sentido común para saber que no tuvo nada que ver en su muerte?

–Desengáñese. Nunca dudé de mi absoluta culpabilidad en aquel asesinato. Pero mi conciencia no estaba preparada para semejante situación. ¿Sabe?, los adultos les enseñan a los niños a saludar a las señoras y a no meterse el dedo en la nariz: no les enseñan a matar a sus compañeros de clase. Me habría producido más remordimientos robar bombones de un escaparate.

–Si ha perdido la fe, ¿cómo puede continuar creyendo que es usted el causante de la muerte del tal Franck?

–Nada tiene más poder que un espíritu animado por la fe. Qué importa que Dios exista o no. Mi oración era lo bastante intensa, por convicción, para acabar con una vida. Es un poder que perdí al dejar de creer.

–Entonces, menos mal que ya no cree.

–Sí. Eso hizo que mi siguiente asesinato resultase mucho más difícil.

–Ah, ¿porque la cosa continúa?

–Solo cuenta el primer muerto. Es uno de los problemas de la culpabilidad en caso de asesinato: no es acumulativa. No se considera más grave haber matado a cien personas que haber matado a una sola. Por eso, cuando has matado a una persona no ves ninguna razón por la cual deberías privarte de matar a un centenar.

–Es verdad. ¿Por qué limitar esos pequeños placeres de la existencia?

–Ya veo que no me toma en serio. Se está burlando de mí.

–Teniendo en cuenta lo que usted denomina asesinato, no tengo la impresión de hallarme en presencia de un gran criminal.

–Tiene razón, no soy ningún gran criminal. Soy un pequeño criminal sin envergadura.

–Valoro esos arrebatos de lucidez.

–Dése cuenta: solo he matado a dos personas.

–Es una cifra mediocre. Hay que tener más ambición, hombre de Dios.

–Comparto su opinión. Estaba llamado a destinos más altos. El demonio de la culpabilidad me impidió convertirme en el ser inmenso que me habría gustado ser.

–¿El demonio de la culpabilidad? Me había parecido entender que sintió usted un pequeño arrepentimiento de nada.

–Por el asesinato de Franck, sí. Fue más tarde cuando la culpabilidad se apoderó de mí.

–¿Con el segundo asesinato? ¿Y cuál fue el proceso en esta ocasión? ¿Con un maleficio?

–No debería burlarse de mí. No, me convertí en culpable al mismo tiempo que perdía la fe. Pero ignoro si estoy hablando con un creyente.

–No. Nadie en mi familia ha sido creyente.

–Es curioso, esa gente que habla de la fe como de la hemofilia. Mis padres no creían en nada; eso no impidió que yo sí creyera.

–Pero acabó pareciéndose a sus padres: ya no cree.

–Sí, pero fue por culpa de un accidente, de un accidente mental que habría podido no ocurrir y que determinó la totalidad de mi vida.

–Habla como alguien que hubiera recibido un fuerte impacto en la cabeza.

–Algo así. Tenía doce años y medio. Vivía en casa de mis abuelos. En casa había tres gatos. Yo era el encargado de prepararles la comida. Tenía que abrir unas latas de pescado y triturar su contenido mezclándolo con arroz. Aquella tarea me producía una profunda repugnancia. El olor y el aspecto de aquel pescado enlatado me daban ganas de vomitar. Además, no podía limitarme a desmenuzar su carne con un tenedor: tenía que integrarse totalmente con el arroz porque si no los gatos no se la habrían comido. Así pues, tenía que mezclarlo con los dedos: por más que cerrase los ojos, siempre estaba al límite del desmayo cuando hundía mis dedos en aquel arroz demasiado hecho y aquellos residuos de pescado y cuando amasaba aquella cosa cuya consistencia me repugnaba más allá de lo imaginable.

–Hasta ahí, puedo comprender.

–Me dediqué a aquella tarea durante años hasta que se produjo algo impensable. Tenía doce años y medio y abrí los ojos sobre la comida para gatos que estaba modelando. Sentí náuseas pero conseguí no vomitar. Fue entonces, sin saber por qué, cuando me llevé a la boca un puñado de aquella mezcla y me la comí.

–Qué asco.

–¡Pues no! ¡Al contrario! Me pareció que nunca había probado nada tan delicioso. Yo, que era un chico enclenque y terriblemente difícil para la comida, yo, a quien tenían que obligar a comer, me chupaba los dedos con aquella papilla para animales. Asustado por lo que me veía hacer a mí mismo, me puse a comer, a comer, puñado tras puñado, aquella masa viscosa con sabor a pescado. Los tres gatos miraban con consternación cómo vaciaba su pitanza en mi vientre. Yo todavía estaba más aterrado que ellos: descubría que no existía ninguna diferencia entre ellos y yo. Era perfectamente consciente de que no era yo quien había querido comer, era una fuerza superior y suprema la que me había impulsado a hacerlo. Así fue como no dejé ni una sola migaja de pescado en el fondo del barreño. Aquel día, los gatos se quedaron sin cenar. Fueron los únicos testigos de mi caída.

–Esta historia resulta más bien divertida.

–Es una historia atroz que me hizo perder la fe.

–Es curioso. Yo, que no soy creyente, no veo por qué que a uno le guste ponerse las botas con comida para gatos sea motivo suficiente para dudar de la existencia de Dios.

–¡No, caballero, no me gustaba la comida para gatos! ¡Era un enemigo interior quien me había obligado a comerla! Y aquel enemigo, que hasta entonces había permanecido en silencio, resultaba ser mil veces más poderoso que Dios, hasta el extremo de hacerme perder la fe no en su existencia sino en su poder.

–Entonces ¿sigue creyendo que Dios existe?

–Sí, puesto que no dejo de insultarlo.

–¿Y por qué le insulta?

–Para obligarle a reaccionar. No funciona. Permanece impasible, sin dignidad ante mis injurias. Incluso los hombres son menos blandos que él. Dios es un mamarracho. ¿Se da cuenta? Acabo de insultarle y él permanece callado.

–¿Y qué le gustaría que hiciese? ¿Que le fulminara con su ira?

–Creo que lo confunde con Zeus, caballero.

–Bueno. ¿Le gustaría que le mandara una plaga de saltamontes o que las aguas del mar Rojo se abriesen a su paso?

–Eso es, búrlese. Sepa que resulta muy duro descubrir la nulidad de Dios y, en contrapartida, el poder omnipresente del enemigo interior. Creías vivir con un tirano benévolo sobre tu cabeza y de pronto descubres que vives bajo la autoridad de un tirano malévolo que reside dentro de tu estómago.

–Venga, comer comida para gatos tampoco es tan grave.

–¿La ha comido usted?

–No.

–Entonces ¿qué sabe? Es atroz alimentarse de comida para gatos. En primer lugar porque es muy mala. En segundo lugar porque te odias a ti mismo. Te miras al espejo y piensas: «Ese mocoso ha vaciado la fiambrera de los gatos». Sabes que estás sometido a una fuerza oscura y detestable que, desde el fondo de tu estómago, se parte de risa.

–¿El diablo?

–Llámelo como quiera.

–A mí me importa un bledo. No creo en Dios, luego tampoco creo en el diablo.

–Yo creo en el enemigo. Las pruebas de la existencia de Dios son frágiles y bizantinas; las pruebas de su poder todavía son más inconsistentes. Las pruebas de la existencia del enemigo interior son enormes y las de su poder son abrumadoras. Creo en el enemigo porque todos los días y todas las noches se cruza en mi camino. El enemigo es aquel que, desde el interior, destruye lo que merece la pena. Es el que te muestra la decrepitud contenida en cada realidad. Es aquel que saca a la luz tu bajeza y la de tus amigos. Es aquel que, en un día perfecto, encontrará una excelente razón para que te tortures. Es aquel que te hará sentir asco de ti mismo. Es aquel que, cuando entreveas el rostro celestial de una desconocida, te revelará la muerte contenida en tanta belleza.

–¿Acaso no es también el que, cuando estás leyendo en la sala de espera de un aeropuerto, se acerca para impedir con una agobiante conversación como la suya que prosigas?

–Sí. Para usted es eso. Quizá no exista fuera de usted. Lo ve sentado a su lado pero quizá esté en su interior, en su cabeza o en su estómago, impidiéndole leer.

–No, señor. Yo no tengo un enemigo interior. Tengo un enemigo, por ahora real, usted, que está fuera de mí.

–Si le apetece pensar eso... Yo, en cambio, sé que está dentro de mí y que me convierte en culpable.

–¿Culpable de qué?

–De no haber podido impedirle tomar el poder.

–¿Y se presenta usted a molestarme simplemente porque hace treinta años se hartó de comida para gatos? Usted es una infección, caballero. Hay médicos para casos como el suyo.

–No he venido aquí para que me cure. Estoy aquí para ponerle enfermo.

–¿Eso le divierte?

–Eso me encanta.

–Y ha tenido que tocarme a mí.

–No tiene suerte, amigo mío.

–Me complace que por lo menos estemos de acuerdo en eso.

–Y, no obstante, estoy seguro de que no lo lamentará. En la vida existen enfermedades saludables.

–Es sorprendente esa manía que tienen los pelmazos de encontrar justificaciones a sus actos. Es lo que Lu Xun denomina el discurso del mosquito: que te pique un mosquito ya es lo bastante lamentable pero, encima, el insecto tiene que machacarte con su *bzbz* en la oreja, y puedes estar seguro de que te cuenta cosas del tipo «Te pico pero lo hago por tu bien». ¡Si por lo menos lo hiciera en silencio!

–La analogía con el mosquito es adecuada. Pienso dejarlo hecho una comezón.

–Eso significa que piensa dejarme: eso, por lo menos, invita a la esperanza. ¿Y puede saberse cuándo estimará conveniente marcharse?

–Cuando haya cumplido mi misión con usted.

–Ah, ¿porque además tiene usted una misión que me afecta? Debería existir una ley contra los mesías. Caballero, no necesito para nada sus enseñanzas.

–No, en efecto. No, solo necesita que yo le cause una enfermedad.

–¿Y desde cuándo alguien que goza de buena salud necesita estar enfermo?

–En primer lugar, no goza de buena salud. Sabe perfectamente que hay en usted cosas que no funcionan. Por eso necesita ponerse enfermo. Pascal escribió un texto cuyo título es sublime: *Oración para pedirle a Dios el buen uso de las enfermedades*. Porque, aunque parezca imposible, existe un buen uso de las enfermedades. Pero antes hay que ponerse enfermo. Estoy aquí para concederle esa gracia.

–Muy amable. Guárdese su regalo, soy una persona ingrata.

–Pero es que resulta que no tiene ninguna posibilidad de curarse de sus males sin mí, por culpa de este axioma incontestable: sin enfermedad, no hay curación.

–¿De qué quiere que me cure?

–¿Por qué insiste en engañarse a sí mismo? Está usted muy mal, Jérôme Angust.

–¿Y usted qué sabe?

–Yo sé muchas cosas.

–¿Trabaja para el servicio secreto?

–Mi servicio es demasiado secreto para el servicio secreto.

–¿Quién es usted?

–Me llamo Texel. Textor Texel.

–Oh, no, ¡otra vez la misma cantinela!

–Soy holandés.

Jérôme Angust se tapó los oídos con las manos. No oía más que el ruido interior de su cráneo: recordaba el vago y lejano zumbido que uno percibe en las estaciones de metro cuando no circula ningún convoy. No era desagradable. Durante aquel lapso, los labios del inoportuno seguían moviéndose: «Es un desequilibrado

–pensó la víctima–. Habla incluso cuando sabe que no le oigo. Debe de sufrir logorrea. ¿Por qué sonríe así, como si fuera el ganador? Yo soy el ganador, ya que no le oigo. Yo soy quien debería sonreír. No obstante, no sonrío, mientras que él sigue sonriendo. ¿Por qué?».

Pasaron los minutos. Angust no tardó en comprender por qué sonreía Texel: los brazos empezaron a dolerle, primero imperceptiblemente, luego de un modo insoportable. Jérôme nunca se había tapado los oídos durante tanto tiempo como para poder experimentar semejante dolor. El torturador, en cambio, era perfectamente consciente de la aparición progresiva de aquella rampa en sus víctimas.

«No soy el primero al que castiga con su charlatanería durante horas. No soy el primero que se tapa los oídos con las manos ante su divertida mirada. Sonríe porque está acostumbrado: sabe que no resistiré mucho más. ¡El muy cabrón! ¡Menudos pervertidos circulan por este planeta!»

Minutos más tarde, le pareció que se le iban a desencajar los hombros: le dolía demasiado. Asqueado, bajó los brazos con una mueca de alivio.

–Eso es –dijo simplemente el holandés.

–Sus víctimas siempre hacen lo mismo, ¿verdad?

–Aunque fuera usted el primero, lo habría previsto. ¿Ha oído hablar de la crucifixión? ¿Por qué cree que los crucificados sufren y mueren? ¿Por unos clavos de nada en las manos y los pies? A causa de los brazos abiertos. A diferencia de ciertos mamíferos como los perezosos, el hombre no está concebido para permanecer durante mucho tiempo en semejante posición: si mantiene los brazos levantados durante un tiempo excesivo, acaba muriendo. Bueno, quizá exagere un poco: es cuando se le cuelga de los brazos durante un tiempo excesivo cuando puede fallecer por ahogo. Usted no habría muerto. Pero habría terminado por encontrarse mal. Ya lo ve: no puede librarse de mí. Todo está calculado. ¿Por qué cree que la he tomado con sus oídos? No solo porque es legal; sobre todo porque se trata del sentido que menos defensa ofrece. Para protegerse, el ojo tiene los párpados. Contra un olor, basta taparse la nariz, gesto que no tiene nada de doloroso, ni siquiera durante mucho rato. Contra el gusto, existe el ayuno y la abstinencia, que nunca han estado prohibidos. Contra el tacto, está la ley: si alguien te toca contra tu voluntad, puedes acudir a la policía. La persona humana solo presenta un punto débil: el oído.

–Falso. Existen los tapones de espuma.

–Sí, los tapones de espuma: el más hermoso invento del hombre. Pero usted no lleva en su bolsa, ¿verdad?

–Hay una farmacia en el aeropuerto. Voy corriendo a comprarme unos.

–Pobre amigo mío, como puede suponer, antes de abordarlo he comprado todas sus existencias de tapones. ¿No acabo de decirle que está todo calculado? ¿Quiere saber qué le decía mientras se tapaba los oídos?

–No.

–Da lo mismo, se lo diré de todos modos. Le decía que el ser humano es una ciudadela y que los sentidos son las puertas. El oído es la entrada más desprotegida: eso explica su derrota.

–Una derrota sin victoria en el campo enemigo, entonces. Francamente, no veo lo que gana usted con eso.

–Gano. No tenga tanta prisa. Tenemos tiempo. Estos retrasos en los vuelos son interminables. Sin mí, habría seguido fingiendo que estaba leyendo su libro. Puedo aportarle tantas cosas.

–El seudoasesinato de su amiguito, la papilla de los gatos... ¿De verdad cree que semejantes nimiedades pueden interesarle a alguien?

–Para contar una historia, mejor comenzar por el principio, ¿no le parece? Así que, a los doce años y medio, a consecuencia de la ingesta de la comida para gatos, perdí la fe y gané un enemigo: yo mismo, o, para ser más exactos, ese desconocido adversario que todos llevamos en la parte oscura de nuestras entrañas. Mi universo sufrió una metamorfosis. Hasta aquel momento, yo había sido un huérfano paliducho y delgado que vivía tranquilamente con sus abuelos. Me convertí en un ser torturado, angustiado, y empecé a comer como un poseso.

–¿Siempre la fiambrera de los gatos?

–No solo eso. En cuanto un alimento me repugnaba, me abalanzaba sobre él y lo devoraba.

–Y en Holanda no son ocasiones para sentirse asqueado por la comida lo que faltan.

–En efecto. Así pues, me harté de comer.

–Sin embargo, no está usted gordo.

–Lo quemo en forma de ansiedad. No he cambiado desde mi adolescencia: sigo arrastrando aquella carga de culpabilidad que descubrí entonces.

–¿Por qué esa culpabilidad?

–¿Cree que las personas enfermas de culpabilidad necesitan tener una razón consistente? Mi enemigo interior había nacido gracias al paté para gatos: podría haber encontrado cualquier otro pretexto. Cuando uno está destinado a ser culpable, no necesita tener nada que reprocharse. La culpabilidad se abrirá paso de la forma que sea. Es una cuestión de destino. El jansenismo: otro invento holandés.

–Sí. Como la manteca de cacahuete y otras monstruosidades.

–Me encanta la manteca de cacahuete.

–No me extraña.

–Me encanta sobre todo el jansenismo. Una doctrina tan injusta solo podía ser de mi agrado. Por fin una teoría capaz de una sincera crueldad, como el amor.

–Y pensar que estoy en un aeropuerto con un jansenista dándome la tabarra.

–¿Quién sabe? Quizá eso también forme parte de la predestinación. No resulta imposible pensar que hasta ahora haya vivido con el único objetivo de conocerme.

–Le juro que no.

–¿Quién es usted para decretarlo?

–Me han ocurrido otras cosas importantes, en mi existencia.

–¿Por ejemplo?

–No me apetece hablarle de ellas.

–Pues hace mal. Le enseñaré un gran principio, Jérôme Angust. Solo existe un modo legal de hacerme callar: hablar. No lo olvide. Eso podría salvarle.

–¿Salvarme de qué, maldita sea?

–Verá. Hábleme de su mujer, caballero.

–¿Cómo sabe que estoy casado? No llevo anillo.

–Acaba usted de decirme que está casado. Hábleme de su mujer.

–Ni hablar.

–¿Por qué?

–No deseo de ningún modo hablarle de ella.

–Deduzco, pues, que ya no la ama.

–¡Claro que la amo!

–No. La gente que ama es siempre inagotable a la hora de referirse al objeto de su amor.

–¿Qué sabe usted? Estoy seguro de que no ama a nadie.

–Amo.

–Entonces adelante, sea usted inagotable a la hora de referirse al objeto de su amor.

–Amo a una mujer sublime.

–Si eso es cierto, ¿qué hace aquí? Resulta imperdonable que no esté a su lado. ¿Pierde el tiempo importunando a un desconocido cuando podría estar con ella?

–Ella no me ama.

–¿Pierde el tiempo importunando a desconocidos cuando podría estar seduciéndola?

–Ya lo intenté.

–¡Pues insista!

–Es inútil.

–¡Cobarde!

–Sé perfectamente que no serviría de nada.

–¿Y se atreve a decir que la ama?

–Está muerta.

–¡Ah!

El rostro de Jérôme se descompuso. No dijo nada.

–Cuando la conocí, estaba viva. Lo subrayo porque hay hombres que solo son capaces de amar a mujeres muertas. Una mujer a la que nunca has visto vivir resulta mucho más cómoda. Pero yo la amaba porque estaba viva. Estaba más viva que las demás. Todavía hoy, sigue estando más viva que las demás.

Silencio.

–No adopte esa expresión consternada, Jérôme Angust.

–Tiene razón. Su mujer está muerta: tampoco es tan grave.

–No he dicho que fuera mi mujer.

–Razón de más para no tomárselo a la tremenda.

–¿Le parece divertido?

–En qué quedamos: usted me dice que no adopte una expresión consternada.

–Interprete mis palabras, se lo ruego.

–Mejor me callo.

–Peor para usted. La conocí hace veinte años. Yo tenía veinte años y ella también. Era la primera vez que me sentía atraído por una chica. Antes solo me había sentido obnubilado por mi propio complejo de culpabilidad. Vivía una autarquía alrededor de mi ombligo, sufriendo, analizándome, devorando mis propios horrores, examinando el efecto que producían sobre mi anatomía; el mundo exterior me afectaba cada vez menos. Mis abuelos habían muerto dejándome algunos florines, no los suficientes para ser rico pero lo bastante para alimentarme mal durante años. Cada vez me distanciaba más del género humano. Dedicaba días enteros a la lectura de Pascal y a la búsqueda de alimentos inconfensables.

–¿Y los tres gatos?

–Muertos sin descendencia. Pasé algunos meses vaciando las latas de pescado que mis abuelos habían acumulado para ellos. Cuando los armarios quedaron vacíos, cuando Holanda acabó de hartarme, me marché con la música a otra parte. Me instalé en París, no lejos de la parada de metro Port-Royal.

–¿Los alimentos franceses son lo bastante malos para usted?

–Sí. En París se come mal. Encontré con qué deleitarme. Allí fue donde conocí a la chica más hermosa del universo.

–Todo esto resulta banal. Déjeme adivinarlo: ¿fue en los jardines de Luxemburgo?

–No. En el cementerio.

–En el Père-Lachaise. Un clásico.

–¡No! En el cementerio de Montmartre. Me parece significativo haberla descubierto entre cadáveres.

–No conozco este cementerio.

–Es el más hermoso de París. Está mucho más desierto que el Père-Lachaise. Hay una tumba que me conmueve especialmente. Ya no recuerdo de quién es. En la lápida se ve la estatua de una joven desplomada con el rostro contra el suelo. Su rostro seguirá siendo una incógnita para siempre. Solo se distingue su silueta semidesnuda, muy púdica, de espalda grácil, pies pequeños, delicada nuca. El verdín se ha ido apoderando de ella como un suplemento de muerte.

–Siniestro.

–No. Encantador. Y más todavía teniendo en cuenta que, cuando la vi por primera vez, había una mujer viva contemplándola que tenía exactamente la misma silueta. De espaldas, uno hubiera jurado que se trataba de la misma persona: como si una joven que se hubiera sabido prometida a una muerte inminente hubiera acudido a contemplar su propia estatua en su futura tumba. De hecho, la abordé preguntándole si era ella quien había posado como modelo. Le caí mal en el acto.

–No sabe hasta qué punto la comprendo.

–¿Por qué?

–A mí también me ha caído mal en el acto. Y, además, la pregunta es de bastante mal gusto.

–¿Por qué? La joven del verdín era encantadora.

–Sí, pero en una tumba.

–¿Y qué? La muerte no tiene nada de obsceno. El caso es que la joven viva debió de tomarme por un trastornado y no se dignó contestarme. Mientras tanto, yo había visto su rostro. Nunca me recuperé de semejante emoción. Nada hay en el mundo más incomprensible que los rostros o, mejor dicho, algunos rostros: un conjunto de rasgos y de miradas que, de pronto, se convierte en la única realidad, el enigma más importante del universo, que uno contempla con sed y con hambre, como si un mensaje superior estuviera escrito en él. No hace falta que se la describa con detalle: si le dijera que tenía el pelo castaño y los ojos azules, como así era, tampoco le estaría diciendo nada. ¿Acaso existe algo más pesado que esas descripciones obligatorias de las protagonistas de las novelas, en las que no se nos ahorra ningún detalle, como si eso fuera a cambiar alguna cosa? En realidad, si hubiera sido rubia y de ojos marrones, el resultado habría sido el mismo. Describir la belleza de un rostro como aquel resulta tan inútil y estúpido como intentar aproximarse, con palabras, a lo inefable de una sonata o de una cantata. Pero una cantata o una sonata quizá hubieran podido describir aquel rostro. La desgracia de quienes se cruzan con un misterio semejante es que ya no pueden interesarse por nada más.

–Por una vez, le entiendo.

–Aquí termina nuestra connivencia, ya que probablemente no entienda lo que uno experimenta cuando se siente rechazado por el rostro de su vida. Usted tiene lo que se dice un físico que le favorece. No sabe lo que significa tener tanta sed y no tener derecho a beber mientras el agua fluye ante la mirada de uno, hermosa, salvadora, al alcance de sus labios. El agua te es negada a ti, que acabas de atravesar el desierto, por la incongruente razón de que no eres de su agrado. ¡Como si el agua tuviera derecho a rechazarte! ¡Menuda imprudencia! ¿Acaso no se trata de tener sed de ella y no viceversa?

–Eso es un argumento de violador.

–No se imagina usted hasta qué punto.

–¿Cómo?

–Al principio de nuestra conversación le he advertido que siempre hago lo que me apetece. Hace veinte años también.

–¿En medio del cementerio?

–¿Es el lugar o el acto lo que le resulta chocante?

–Todo.

–Era la primera vez que deseaba a alguien. No quería dejar pasar la ocasión. Hubiera preferido que no fuera una violación.

–Una violación en imperfecto de subjuntivo todavía es peor.

–Tiene usted razón. Estoy muy satisfecho de haberla violado.

–Le estaba sugiriendo que cambiara el modo verbal, no el sentido.

–No se cambia el modo verbal sin cambiar el sentido. Y además es cierto: no me arrepiento de nada.

–Le devora la culpabilidad por haber comido comida para gatos, pero una violación ¿no le inspira ningún remordimiento?

–No. Porque, a diferencia de la comida para gatos, la violación era buena. El cementerio de Montmartre rebosa de monumentos funerarios que parecen reducciones de catedrales góticas, con puerta, nave, crucero y ábside. Cuatro seres humanos de pequeña corpulencia y de pie cabrían fácilmente en su interior. En este caso, éramos dos, yo delgado, ella también, como una caña. A la fuerza, la llevé hasta uno de los mausoleos y le tapé la boca con la mano.

–¿Y la violó allí mismo?

–No. La había llevado hasta allí para esconderla. Debían de ser las cinco y media de la tarde. Me bastaba esperar la hora de cierre del cementerio. Siempre me había preguntado qué me ocurriría si dejaba pasar la hora de cierre y tenía que permanecer secuestrado toda una noche en un cementerio. Ahora ya lo sé. Así que mantuve sujeta a mi futura víctima contra mí durante más de una hora. Ella se resistía, pero no era demasiado fuerte. Me encantaba sentir su miedo.

–¿De verdad tengo que escuchar esto?

–No tiene modo de zafarse de mí, amigo mío. Ella tampoco. Oímos pasar a los vigilantes del cementerio que metían prisa a los rezagados. Pronto nos rodeó solo la respiración de los muertos. Entonces quité mi mano de la boca de la joven. Le dije que podía gritar pero que no serviría de nada: nadie la oiría. Como era una chica inteligente, no se puso a gritar.

–Eso es. Una chica inteligente es una chica que se deja violar sin rechistar.

–Oh, no. Intentó escapar. ¡Hay que ver lo deprisa que corría! Galopé tras ella entre las tumbas. Me encantaba. Finalmente, me abalancé sobre ellla y la aplasté contra el suelo. Sentía su encolerizado terror, y eso me gustaba. Estábamos en octubre, las noches empezaban a ser frías. Yo era virgen, ella no. El aire era vivo, mi víctima se resistía, el lugar era magnífico, mi víctima era espléndida. Me encantó. ¡Qué recuerdo!

–¿Por qué me cuenta todo esto?

–Al alba, volví a esconderla en una de las catedrales en miniatura. Esperé a que los vigilantes abrieran de nuevo el cementerio, a que hubiera gente paseando por allí. Entonces le dije a la chica que íbamos a salir juntos y que si emitía la más mínima llamada de socorro a quien fuera, le rompería la cara.

–Muy delicado por su parte.

–Cogidos de la mano, abandonamos el cementerio. Ella caminaba como una muerta.

–Maldito necrófilo.

–No. La dejé con vida.

–Qué gran corazón el suyo.

–Una vez fuera del cementerio, en la calle Rachel, le pregunté cómo se llamaba. Me escupió a la cara. Le dije que la amaba demasiado para llamarla escupitajo.

–Es usted un romántico.

–Cogí su cartera pero no llevaba ningún documento de identidad. Le dije que era ilegal andar sin documentación. Me propuso que la llevara a comisaría para denunciarla.

–Humor no le faltaba.
–Vi adónde quería ir a parar.
–¿De verdad? ¡Cuánta suspicacia!
–Me parece detectar cierta impertinencia en su comentario.
–¿Usted cree? Nada más lejos de mi intención.
–Le pregunté adónde deseaba que la acompañara. Respondió que a ninguna parte. Una chica extraña, ¿verdad?
–Sí. Resulta extraña esa víctima que se resiste a simpatizar con su violador.
–De todos modos, ¡podría haberse dado cuenta de que la amaba!
–Usted se lo demostró con tanta delicadeza...
–Cuando tuvo ocasión, huyó a la carrera. Esta vez no conseguí darle alcance. Desapareció en la ciudad. No volví a verla más.
–Lástima. Una historia tan bonita y que empezaba tan bien.
–Estaba loco de amor y de felicidad.
–¿Y qué razón podía tener para ser feliz?
–Por fin me había ocurrido algo grande.
–¿Algo grande? Una lamentable violación, sí.
–No le he pedido su opinión.
–¿Y qué me pide, exactamente?
–Que me escuche.
–Para eso existen psicólogos.
–¿Para qué iba a visitar a un psicólogo si existen aeropuertos llenos de gente sin nada más que hacer dispuestos a escucharme?
–Lo que hay que oír.
–Empecé a buscar a aquella chica por todas partes. Al principio, me pasaba el día en el cementerio de Montmarte con la esperanza de que regresara. No volvió.
–Qué curioso, una víctima tan poco ansiosa por volver a visitar el lugar de su suplicio.
–Es para creer que aquello le había dejado un mal recuerdo.
–¿Lo dice en serio?
–Sí.
–¿Está usted lo suficientemente enfermo para suponer que podría haberle gustado?
–Una violación es algo halagador. Es la prueba de que alguien puede infringir la ley por ti.

–La ley. Solo sabe decir eso. ¿Cree que aquella pobre chica pensaba en la ley cuando usted...? Merecería ser violado para comprender.

–Me encantaría. Por desgracia, nadie parece tener ganas de hacerlo.

–No me extraña.

–¿Tan feo soy?

–No tanto. El problema no es ese.

–¿Y cuál es el problema, entonces?

–¿Se ha fijado en cómo aborda a la gente? Es incapaz de hacerlo sin recurrir a la violencia. A la primera chica por la que sintió deseo, la violó. Y cuando le apetece hablar con alguien, conmigo, por ejemplo, se lo impone. Usted también me viola, de acuerdo que de un modo menos infecto, pero me viola igualmente. ¿Nunca ha pensado en mantener una forma de relación humana con alguien que se lo consienta?

–No.

–¡Ah!

–¿Qué me aportaría el consentimiento del otro?

–Montones de cosas.

–Sea más concreto, se lo ruego.

–Inténtelo, ya verá.

–Demasiado tarde. Tengo cuarenta años y ni en la amistad ni en el amor le he gustado nunca a nadie. Ni siquiera he despertado camaradería o un vago sentimiento de simpatía.

–Haga un esfuerzo. Hágase atractivo.

–¿Para qué iba a hacer un esfuerzo? Yo ya estoy bien así. La violación me gustó; me gusta obligarle a que me escuche. Para aceptar hacer un esfuerzo, es necesario no estar satisfecho con el destino de uno.

–¿Y lo que opinan sus víctimas no le importa?

–Me da lo mismo.

–Lo que me temía: es incapaz de experimentar simpatía. Es típico de las personas a las que no quisieron de pequeños.

–¿Lo ve: para qué iba a acudir a un psicólogo teniéndolo a usted a mano?

–Eso lo sabe cualquiera.

–Creo, en efecto, que mis padres no me quisieron. Murieron

cuando yo tenía cuatro años y no los recuerdo. Pero se suicidaron y me parece que cuando quieres a tu hijo, no te suicidas. Los encontraron ahorcados, el uno al lado del otro, de la viga del comedor.

–¿Por qué se mataron?

–Ninguna explicación. No dejaron ninguna nota. Mis abuelos nunca lo entendieron.

–Sin duda debería compadecerlo, y, sin embargo, no siento ningun deseo de hacerlo.

–Tiene razón. No merezco que nadie me compadezca.

–Los violadores solo me inspiran asco.

–Solo he cometido una violación: ¿es suficiente para convertirme en violador?

–¿Qué se cree? ¿Que hace falta alcanzar una determinada cuota de víctimas para merecer semejante denominación? Es como con los asesinos: basta con asesinar.

–Qué divertido es el lenguaje. Un segundo antes de cometer mi acto, era un ser humano; un segundo más tarde, era un violador.

–Me horroriza que le parezca divertido.

–Por lo menos he sido un violador de una fidelidad ejemplar. Nunca he violado, ni siquiera tocado, a otra mujer. Fue la única relación sexual de mi existencia.

–Menudo consuelo para su víctima.

–¿Eso es lo único que se le ocurre?

–No me extraña que un desequilibrado como usted no tenga vida sexual.

–¿No le parece romántica esta abstinencia?

–Es usted el personaje menos romántico que pueda uno imaginar.

–No comparto su opinión. No importa. Volvamos a mi historia. Finalmente, dejé de ir al cementerio de Montmartre al darme cuenta de que era el último lugar al que la chica acudiría. Aquel fue el principio de un largo vagabundeo por París, a la búsqueda de aquella por la que estaba cada vez más obsesionado. Recorría la ciudad con método, distrito por distrito, barrio por barrio, calle por calle, estación de metro por estación de metro.

–La aguja en el pajar.

–Los años han pasado. Seguía malviviendo gracias a mi herencia. Aparte del alquiler y de la alimentación, no tenía ningún gasto. No necesitaba ninguna distracción; cuando no dormía, no tenía más actividad que rastrear París.

–¿La policía nunca le molestó?

–No. Creo que la víctima no había denunciado los hechos.

–¡Qué gran error por su parte!

–Y qué paradoja: no era el criminal quien era buscado, sino la víctima.

–¿Por qué la buscaba?

–Por amor.

–Cuando uno ve a qué le llaman amor algunos, es para vomitar.

–Cuidado: si se aventura por estos territorios, le costará una disertación sobre el amor.

–No, piedad.

–Pase por esta vez. Hace diez años, o sea, diez años después de la violación, paseando por el distrito XX, estaba yo comiéndome un delicioso perrito caliente cuando, de repente, ¿qué es lo que veo en el bulevar Ménilmontant? ¡A ella! No podía ser otra. La habría reconocido entre cuatro mil millones de mujeres. La brutalidad sexual crea sus vínculos. Los diez años transcurridos solo habían conseguido hacerla todavía más hermosa, elegante, desgarradora. Me puse a perseguirla a la carrera. ¿Hace falta comentar la mala suerte que supone estar comiendo una salchicha caliente embadurnada de mostaza el día en el que, tras diez años de travesía del desierto, uno se reencuentra con su bienamada? Seguí comiendo como pude.

–Debería haber tirado su bocadillo.

–Está usted loco. Se nota que no conoce los perritos calientes del bulevar Ménilmontant: eso no se tira. Si me hubiera deshecho de él, se lo habría reprochado a la mujer de mis sueños y mi amor habría sido menos puro. Inconscientemente, le habría echado en cara la pérdida de mi salchicha.

–Pasaré por alto estas consideraciones de una profundidad de vértigo.

–Soy el único hombre lo bastante sincero para decir estas cosas.

–Bravo. Continúe.

–¿Lo ve? ¡Mi relato le apasiona! Ya sabía yo que, tarde o temprano, le picaría la curiosidad. ¿Adivine lo que estaba a punto de hacer mi bienamada?

–¿Comprar un perrito caliente?

–¡No! El vendedor de salchichas está situado justo delante del Père-Lachaise, hacia donde se dirigía. Debería haberlo sospechado: al haberla hecho aborrecer el cementerio de Montmartre, tenía que conformarse con otra necrópolis. La violación no le había hecho perder el noble gusto por los cementerios. Al ser el de Montparnasse demasiado feo, eligió el Père-Lachaise, que sería sublime de no ser por la multitud de vivos que lo atesta.

–Lo que hace que las violaciones resulten mucho más difíciles.

–Pues sí. ¿Adónde iremos a parar si uno ya no puede desahogar sus pulsiones en los cementerios?

–Nada es lo que era, amigo mío.

–Así que la seguí entre las tumbas. Eso me traía recuerdos. Tomó un camino ascendente. Admiraba su paso de animal en permanente alerta. Cuando terminé el perrito caliente, me reuní con ella. Mi corazón latía acelerado. «Hola», le dije, «¿me reconoce?» Se excusó educadamente y respondió con una negativa.

–¿Cómo es posible que no le reconociera? ¿Tanto ha cambiado en diez años?

–No lo sé. Nunca me he mirado mucho a mí mismo. Pero su actitud no resultaba demasiado inverosímil, ¿sabe? ¿Qué recuerdo puede conservar uno de su violador? El de su rostro seguro que no. La miraba con tanto amor que debía de parecer muy amable. Ella me sonrió. ¡Aquella sonrisa! Sentí que el pecho se me abría en dos. Me preguntó dónde nos habíamos conocido. Decidí dejar que lo averiguara con el método de la adivinanza. Ella dijo: «Con mi marido, solemos salir a menudo. Soy incapaz de recordar la cara de las personas con las que coincido».

–Así que estaba casada.

–Charlamos un rato. Conseguía superar su timidez de una manera realmente encantadora. Lo curioso es que yo seguía sin saber cómo se llamaba. No iba a preguntárselo, ya que se suponía que era ella quien tenía que adivinar mi identidad. Acabó diciéndome: «Me rindo».

–¿Y qué le respondió a la pobre ratoncita?

–Texel. Textor Texel.

–Me lo temía.

–Ella volvió a excusarse: «Ese nombre no me dice nada». Entonces añadí que era holandés. Me escuchaba con encantadora educación.

–¿También le tocó soportar el rollo entero? ¿La jalancia de los mininos, la muerte de su compañerito de clase, el jansenismo? No le ahorró nada, a la pobrecita.

–No. Porque se produjo un milagro. Pareció que me recordaba: «Sí, señor Texel. Fue en Ámsterdam, en un restaurante. Había acompañado a mi marido a una comida de negocios». Me repugnaba un poco pensar que su esposo tenía comidas de negocios, pero no iba a desaprovechar aquella inesperada ocasión de inspirarle confianza.

–Me parece increíble que hubiera podido olvidar a su agresor.

–Espere. Me preguntó qué tal estaba mi esposa, una tal Lieve, con la que había simpatizado durante aquella famosa comida, que se remontaba a tres o cuatro años antes. Al pillarme desprevenido, le contesté que estaba perfectamente y que vivía conmigo en París.

–Su historia es un vodevil.

–Entonces nos invitó a su casa, a mi mujer y a mí, a tomar el té el día siguiente por la tarde. ¿Se da cuenta? ¡Que tu víctima te invite a tomar el té! Era tan inverosímil que acepté. Y lo bueno del asunto es que me dio su dirección pero no su nombre, ya que se suponía que yo lo sabía.

–¿Y usted acudió?

–Sí, después de pasar aquella noche en blanco. No puedo expresar con palabras lo feliz que me sentía al haberla encontrado de nuevo, ni siquiera conseguía estar preocupado. Además, esperaba que su nombre estuviera escrito sobre la puerta de su apartamento, como suele ocurrir, para así poder conocer por fin su identidad. Por desgracia, a la mañana siguiente, no figuraba ningún nombre junto al timbre. Ella misma me abrió la puerta. Su rostro se iluminó primero para luego ensombrecerse: «¡Ha venido usted sin Lieve!». Le conté que mi mujer no se encontraba bien. Me hizo pasar al salón y se fue a preparar el té. Entonces pensé que no tenía criada y que eso me venía la mar de bien, encontrarme a solas con ella en su propio piso.

–¿Tenía la intención de violarla otra vez?

–No conviene repetir aquello que ha sido demasiado perfecto. Solo podríamos experimentar una decepción. Aunque si ella me lo hubiera propuesto...

–En ese caso no se habría tratado de una violación.

–Lógica implacable. Ya ve, mi extraordinariamente breve experiencia me permite intuir que con el consentimiento del otro el sexo debe de ser un juego bastante insulso.

–Habla usted ex cátedra.

–Póngase en mi lugar. Solo he follado una vez y fue en una violación. Del sexo, solo conozco su lado violento. Quítele al sexo su violencia: ¿qué queda?

–El amor, el placer, la voluptuosidad...

–Sí: cosas sin demasiado interés. Llevo toda la vida alimentándome de tabasco y usted me propone comer galletas de arroz.

–¡Yo no le propongo nada, maldita sea!

–Ella tampoco, por cierto, me proponía nada.

–Tema zanjado, pues.

–En efecto. Resultaba cómico hacerme servir una taza de té por mi víctima educada y encantadora, en su hermoso salón. «¿Un poco más, señor Texel?» «Llámeme Textor.» Por desgracia, ella no tuvo la buena idea de revelarme su nombre. «¿Le gusta París?» Charlábamos muy civilizadamente. Yo disfrutaba de su rostro.

–Es increíble que no le reconociera.

–Espere. En un momento dado, dijo algo gracioso, y yo me puse a reír. Me puse a reír a carcajadas. Y entonces vi cómo su rostro cambiaba de expresión. Sus ojos se volvieron gélidos y se quedaron mirando fijamente mis manos, como si también las reconociera. Debo suponer que tengo una risa característica.

–Hay que suponer que usted se rió mientras la violaba, lo cual es el colmo.

–El colmo de la felicidad, sí. Ella me dijo con una voz glacial: «Es usted». Yo dije: «Sí, soy yo. Me alivia que no me haya olvidado». Primero me miró durante un largo rato con odio y terror. Tras un interminable silencio, ella añadió: «Sí, no hay duda de que es usted». Yo dije: «Entre un cementerio y el otro, diez años de intervalo. Nunca he dejado de pensar en usted. Durante diez años, he dedicado mi vida a buscarla». Ella dijo: «Durante diez años he dedicado mi vida a borrarle de mi memoria». Yo dije: «No ha funcionado».

Ella dijo: «Había conseguido borrar su rostro, pero su terrible risa ha hecho que el recuerdo resucitase. Nunca le he hablado de usted ni de lo que me había ocurrido a nadie con el propósito de enterrarle mejor. Me casé y me esfuerzo por vivir de un modo extremadamente normal para preservarme de la locura en la que usted me hundió. ¿Por qué ha tenido que reaparecer en mi existencia justo cuando me estaba curando?».

–Sí, es cierto, ¿por qué?

–Yo dije: «Por amor». Aquello le produjo náuseas.

–No sabe hasta qué punto la comprendo.

–Yo dije: «La amo. No he tocado ni he amado a ninguna otra mujer aparte de usted. Solo he hecho el amor una vez en mi vida y fue con usted». Ella dijo que a eso no se le llamaba hacer el amor. Yo dije: «No he dejado de hablar mentalmente con usted. ¿Por fin voy a poder obtener mis respuestas?». Ella dijo que no. Me ordenó que me marchara. Por supuesto, no la obedecí. Yo dije: «Tranquilícese, parece claro que no voy a violarla». Ella dijo: «En efecto, parece claro que no va a violarme. No estamos en un cementerio sino en mi casa. Tengo cuchillos que no dudaré en utilizar». Yo dije: «Justamente, he venido aquí para eso».

–¿Cómo?

–Reaccionó igual que usted. Yo dije: «Quería volver a verla por dos razones: Primero para saber por fin cuál es su nombre. Luego para que pudiera vengarse». Ella dijo: «No conseguirá ninguna de las dos cosas. Salga de mi casa». Yo dije que no me marcharía sin saber el nombre que me debía. Ella dijo que no me debía nada. Yo dije: «¿Acaso no siente deseos de vengarse?». Ella dijo: «Le deseo todo el mal del universo, pero no es asunto mío. Quiero que desaparezca de mi vida para siempre». Yo dije: «Vamos a ver, ¿no le aliviaría matarme? ¡Desaparecería de su existencia en el acto!». Ella dijo: «No me haría ningún bien, y teniendo en cuenta los problemas que tendría después con la justicia, eso haría que se metiera todavía más en mi vida».

–¿Por qué no llamó a la policía?

–No se lo habría permitido. De todos modos, creo que no deseaba hacerlo: había tenido diez años para avisar a la policía y no había utilizado ese recurso.

–¿Por qué?

–No quería hablar de la violación con nadie con la esperanza de que acabaría borrándola de su memoria.

–Pero a la fuerza tenía que constatar hasta qué punto se había equivocado, ya que el violador había vuelto a dar con ella.

–Yo no quería saber nada de esa justicia de pacotilla. Quería una justicia de primera mano, la que habría ejercido ella misma matándome.

–¿Quería que ella le matase?

–Sí. Lo necesitaba.

–Está usted loco de atar.

–No lo creo. Para mí, un loco es un ser cuyo comportamiento resulta inexplicable. El mío, en cambio, puedo explicarlo.

–Pues debe de ser usted el único.

–Tengo más que suficiente.

–Si tanto necesitaba morir para poder expiar sus pecados, ¿por qué no se suicidó?

–¿De qué tonterías románticas me está usted hablando? En primer lugar, no tenía ninguna necesidad de morir, tenía necesidad de que me mataran.

–Es lo mismo.

–La próxima vez que tenga ganas de hacer el amor, deberían decirle: «Mastúrbate. Es lo mismo». Y, además, ¿quién le ha dicho que deseaba expiar mis pecados? Eso supondría que me arrepiento de aquella violación, cuando ha sido el único acto digno de ese nombre de toda mi vida.

–Si no sentía ningún remordimiento, ¿por qué deseaba que ella le matase?

–Deseaba que ella tuviera su parte. Deseaba lo que cualquier enamorado: la reciprocidad.

–En ese caso, hubiera sido más lógico que ella le violase.

–Es cierto. Pero nadie puede conseguir lo imposible. No podía esperar eso. Ser asesinado por ella era una solución sustitutiva.

–Como si existiera una equivalencia entre el sexo y el asesinato. Es ridículo.

–Sin embargo, eso es lo que afirman sabios muy eminentes.

–Lo peor es que es pretencioso incluso en sus desarreglos mentales.

–Sea como fuere, estamos hablando por hablar, puesto que

ella no deseaba matarme. Y no fue porque yo no insistiera: recurrí a cien argumentos para convencerla. Todos rechazados. Al final, le pregunté si no eran sus convicciones religiosas las que le impedían vengarse. Me respondió que no tenía ninguna. Yo dije: «¡En fin, cuando uno no tiene religión, es libre de hacer lo que le venga en gana!». Ella dijo: «Lo que quiero es no matarle. Me gustaría que estuviera en la cárcel a perpetuidad, y que no tuviera posibilidad de dañar a nadie, y que sus compañeros de celda se las hicieran pasar canutas». Yo dije: «¿Y por qué no lo hace usted misma? ¿Para qué delegar esa satisfacción?». Ella dijo: «No soy de natural violenta». Yo dije: «Me decepciona». Ella dijo: «Me alegro de decepcionarle».

–Me está usted mareando con tanto «yo dije..., ella dijo..., yo dije..., ella dijo...».

–En el Génesis, cuando Dios acude a interrogar a Adán después del asunto de la fruta prohibida, así es como el muy cobarde describe el comportamiento de su mujer: «Yo dije..., ella dijo...». Pobre Eva.

–Por una vez estamos de acuerdo.

–Lo estamos mucho más de lo que cree. Yo dije: «Así pues, ¿qué me propone?». Ella dijo: «Desaparezca para siempre». Yo dije: «Ni hablar. La amo demasiado para eso. Necesito que ocurra algo». Ella dijo: «Sus necesidades me importan un comino». Yo dije: «No debería haber dicho eso. No resulta muy amable por su parte». Ella rió.

–Con razón.

–Yo dije: «Me decepciona usted». Ella dijo: «Descaro no le falta. No solo me viola sino que, además, ¿tengo que estar a la altura de sus expectativas?». Yo dije: «¿Y si la ayudase a que me matara? Verá como coopero». Ella dijo: «No veré nada. Ahora márchese». Yo dije: «Al principio, hablaba usted de cuchillos. ¿Dónde los guarda?». No respondió. Fui a la cocina y encontré un cuchillo enorme.

–¿Por qué no intentó huir?

–La sujetaba firmemente de la mano. Con la otra, coloqué el cuchillo en su puño. Puse el filo contra mi vientre y le dije: «Adelante». Ella dijo: «Ni hablar. Le haría demasiado feliz». Yo dije: «No lo haga por mí, hágalo por usted». Ella dijo: «Le repito que no tengo ningún deseo de hacerlo». Yo dije: «Entonces hágalo sin tener ganas, para complacerme». Se puso a reír: «¡Antes morirme que complacerle!». Yo dije: «Cuidado, podría tomarle la palabra». Ella dijo: «¡No me da miedo, maldito chiflado!». Yo dije: «Es necesario que este cuchillo sirva para algo, ¿es usted consciente de ello? Es necesario que la sangre sea derramada. ¿Lo entiende?». Ella dijo: «Nunca es necesario nada». Yo dije: «¡Sí lo es!», y volví a coger el arma. Ella comprendió pero ya era demasiado tarde. Intentó resistirse. En vano. No era muy fuerte. Hundí la hoja del cuchillo en su vientre. No gritó. Yo dije: «La amo. Solo quería saber cómo se llama». Cayó al suelo, murmurando con un rictus: «Tiene una manera muy peculiar de preguntarle a la gente cómo se llama». Era una moribunda muy civilizada. Yo dije: «¡Vamos, dígamelo!». Ella dijo: «Antes la muerte». Fueron sus últimas palabras. De rabia, desgarré su regazo a puñaladas. En vano, ya que ella había ganado: había muerto sin que pudiera llamarla por su nombre.

Se produjo un silencio. Jérôme Angust parecía fuertemente conmocionado. Textor Texel continuó:

–Me marché llevándome el cuchillo. Sin proponérmelo, acababa de cometer el crimen perfecto: aparte de la víctima, nadie me había visto entrar. No debí de dejar huellas suficientes para que dieran conmigo. La prueba es que todavía sigo en libertad. A la mañana siguiente, en el periódico, por fin encontré la respuesta a mi pregunta. Había sido hallado en el apartamento que yo conocía el cadáver de una tal Isabelle. ¡Isabelle! Me encantó.

De nuevo se produjo un silencio.

–Conocía a aquella chica mejor que nadie. La había violado, lo que no estaba mal; la había asesinado, lo que sigue resultando el mejor método para conocer íntimamente a alguien. Pero me faltaba la pieza maestra del puzle: su nombre. Aquella laguna me resultaba insoportable. Durante diez años había vivido como el lector que, obsesionado por una obra maestra, por un libro crucial que ha dado sentido a su vida, desconoce su título.

Silencio.

–Y, de repente, descubría el título de la obra adorada: su nombre. ¡Y menudo nombre! Durante todos aquellos años, confieso haber temido que la mujer de mis sueños pudiera llamarse

Sandra, Monique, Raymonde o Cindy. Uf, supremo uf, tenía un nombre encantador, musical, amable y límpido como el agua de un manantial. Un nombre ya es algo, decía el desventurado Luc Dietrich. Tienes ya tantas cosas que amar cuando conoces el nombre de tu amada. Conocía su nombre, su sexo y su muerte.

–¿Y a eso le llama conocer a alguien? –dijo Angust con una voz de desmesurado odio.

–A eso incluso le llamo amar a alguien. Isabelle fue amada y conocida mejor que nadie.

–No por usted.

–¿Por quién, sino por mí?

–¿Acaso no se le pasa por la cabeza, maldito chiflado, que conocer a una persona consiste en vivir con ella, hablar con ella, dormir junto a ella y no en destruirla?

–Qué barbaridad, estamos cayendo en los grandes y terribles lugares comunes. Su próxima réplica será: «Amar es mirar juntos en la misma dirección».

–¡Cállese!

–¿Qué le ocurre, Jérôme Angust? ¡Menuda cara pone!

–Lo sabe perfectamente.

–No sea pretencioso. Considérese feliz: no le he contado los detalles del asesinato. ¡Hay que ver lo sensiblera que es la gente que no ha matado a nadie, maldita sea!

–¿Sabía que el 24 de marzo de 1989 era Viernes Santo?

–Ignoraba que fuera religioso.

–Lo soy. Usted no. Supongo que no eligió esa fecha al azar.

–Puedo jurarle que sí. Las coincidencias existen.

–Estaba convencido de que el cabrón que había cometido aquel crimen tenía inquietudes místicas. No sé por qué me contengo de saltarle al cuello.

–¿Por qué le afecta tanto el destino de una desconocida fallecida hace diez años?

–Deje de fingir. ¿Cuánto tiempo lleva persiguiéndome?

–¡Menudo narcisisimo! ¡Como si yo le estuviera persiguiendo!

–Al principio, ha intentado que me tragase que solo se metía con pobres tipos cualesquiera con el objetivo de molestarles únicamente para su disfrute.

–Así es.

–Ah, bueno. ¿Y siempre se trata de personas a cuyas esposas ha asesinado?

–¿Cómo? ¿Usted era el marido de Isabelle?

–¡Como si no lo supiera!

–¡Esto sí que es una coincidencia!

–¡Basta ya! Hace diez años mató usted a la persona que era mi razón de vivir. Y ha encontrado el modo de destruirme todavía más no solo contándome aquel asesinato sino también informándome de aquella violación cometida hace veinte años, de la que yo nada sabía.

–¡Qué egoístas son los hombres! Si hubiera observado mejor a Isabelle, se habría dado cuenta de lo que ocultaba.

–Percibía que dentro de sí misma había una parte destruida. Ella no quería hablar de ello.

–Y a usted le iba de perlas.

–No tengo por qué recibir lecciones de moral de alguien como usted.

–En eso se equivoca. Yo, por lo menos, actúo con coraje.

–Ah, sí. La violación, el asesinato, actos de enorme coraje, sobre todo perpetrados en la persona de una joven y débil mujer.

–Y usted sabe que maté y violé a Isabelle y no hace nada.

–¿Y qué quiere que haga?

–Hace unos minutos hablaba de estrangularme.

–¿Eso es lo que le gustaría?

–Sí.

–No le daré esa satisfacción. Llamaré a la policía.

–¡Cobarde! ¡Pobre Isabelle! No la merecía.

–Menos merecía ser violada y asesinada.

–Yo, por lo menos, llevo mis actos hasta las últimas consecuencias. Usted de lo único de lo que es capaz es de llamar a la policía. ¡La venganza por poderes!

–Respeto los deseos de Isabelle.

–¡Hipócrita! Isabelle tenía derecho a no castigarme porque ella era la víctima. Usted, en cambio, carece de esa libertad. Solo se puede perdonar cuando uno es el ofendido.

–En ningún caso se trata de perdonarle. Se trata de no tomarse la justicia por propia mano.

–¡Con que esas son las grandes palabras cívicas tras las cuales esconde su cobardía!

–Usted ya ha destruido mi vida. No quisiera acabar en la cárcel por su culpa.

–¡Lo tiene todo calculado! Ningún riesgo. Nunca se pone en situación de peligro. ¡Isabelle, estaba usted casada con un hombre que la amaba con pasión!

–Estoy en contra de la pena de muerte.

–¡Pobre lelo! Le hablas de amor y te contesta como si participase en un debate sociológico.

–Hace falta más valor del que usted cree para estar contra la pena de muerte.

–¿Quién le habla de pena de muerte, idiota? Me imagino que también estará contra el robo; y eso no impide que, si llegara a sus manos una maleta llena de dólares, no sería lo bastante estúpido para no quedársela. ¡Aproveche la ocasión, maldito gusano!

–No se puede comparar. Matarle no me devolverá a mi mujer.

–Pero saciaría la sorda y profunda necesidad de su estómago, ¡le aliviaría!

–No.

–¿Qué corre por su venas? ¿Tila?

–No tengo nada que demostrarle, caballero. Voy a buscar a la policía.

–¿Y supone que cuando regresen yo estaré aquí?

–He tenido tiempo para observarle. Daré una descripción muy pormenorizada.

–Supongamos que me detienen. En su opinión, ¿qué ocurrirá después? Contra mí, solo tiene mi relato. Aparte de usted, nadie lo ha oído. No tengo ninguna intención de repetírselo a la policía. En resumen: no tiene nada.

–Huellas digitales de hace diez años.

–Sabe perfectamente que no dejé ninguna huella.

–Algo debió quedar, un pelo, una pestaña, en el lugar del crimen.

–Hace diez años, la prueba de ADN no se practicaba. No se obstine, amigo mío. No quiero que la policía me detenga y no existe ningún riesgo de que eso ocurra.

–No le entiendo. Parece usted necesitar un castigo: ¿por qué no una pena oficial y legal?

–No creo en esa clase de justicia.

–Es una lástima: no existe otra.

–Por supuesto que existe otra. Me lleva usted a los servicios y allí me da mi merecido.

–¿Por qué en los servicios?

–Está claro que no desea ser detenido por la policía. Mejor matarme lejos de las miradas.

–Si su cadáver fuera hallado en los servicios, habría cientos de testigos que nos habrían visto charlar antes. Me ha abordado usted con un curioso sentido de la discreción.

–Me alegra comprobar que empieza a examinar el lado factible del asunto.

–Para demostrarle mejor la inanidad de sus proyectos.

–Olvida usted un detalle que le facilitaría las cosas: y es que no opondré ninguna resistencia.

–Sin embargo, hay un aspecto del asunto que no acabo de entender: ¿por qué quiere que acabe con usted? ¿Qué gana con eso?

–Lo ha dicho hace unos minutos: necesito un castigo.

–No lo entiendo.

–No hay nada que entender.

–No se trata de un aspecto banal. El planeta hormiguea de criminales que, por el contrario, huyen de su castigo. Esa actitud me parece más lógica.

–Eso se debe a que no experimentan ningún sentimiento de culpabilidad.

–Antes decía que no sentía remordimiento alguno por haber violado a mi mujer.

–Exacto. Porque disfruté con ello. En cambio, matarla me resultó odioso. Y por ello experimento una insoportable culpabilidad.

–Así que si matarla le hubiera proporcionado algún tipo de placer, ¿no tendría remordimientos?

–Así es como funciono.

–Ese es su problema, amigo mío. Haberlo pensado antes.

–¿Cómo habría podido saber antes que no me iba a gustar matarla? Para saber si a uno le gusta o no algo, hace falta haberlo probado.

–Habla como si se tratase de un alimento.

–Cada cual tiene su moral. Juzgo los actos con la vara de medir del placer que proporcionan. El éxtasis voluptuoso es la suprema meta de la existencia, y no necesita justificación alguna. Pero, sin placer, el crimen es un mal gratuito, un sórdido daño. Resulta indefendible.

–¿Y tiene usted en cuenta la opinión de la víctima?

–Max Stirner, *El único y su propiedad*, ¿le suena?

–No.

–No me extraña. Es el teórico del egoísmo. El otro solo existe para complacerme.

–Estupendo. A la gente que piensa así habría que encerrarla.

–«La auténtica moral se burla de la moral.» Eso es de Pascal. ¡Viva el jansenismo!

–Lo peor de usted es que halla pretextos intelectuales a sus actos lamentables y sádicos.

–Si tan detestable soy, máteme.

–No me apetece.

–¿Cómo lo sabe? Nunca lo ha probado. Quizá luego le encante.

–Su moral nunca será la mía. Está usted loco de atar.

–¡Qué manía esa de calificar de locos a aquellos a los que no comprendemos! ¡Qué pereza mental!

–Un tipo que necesita que le mate para resolver un problema de culpabilidad es un loco. Hace un rato, usted mismo decía que un loco es un ser cuyo comportamiento resulta inexplicable. Pues bien, su necesidad de castigo resulta inexplicable: no pega en absoluto con su moral del egoísmo puro y duro.

–No esté tan seguro. Nunca he sido matado por nadie. Quizá resulte la mar de agradable. No debemos prejuzgar las sensaciones que no conocemos.

–Imagine que sea desagradable: no tendría remedio.

–Aunque sea desagradable, solo durará un momento. Y después...

–Sí, ¿y después?

–Después, lo mismo: nunca he estado muerto. Quizás sea fantástico.

–¿Y si no lo es?

–Querido, de todos modos algún día me ocurrirá. Ya lo ve: todo está tan bien concebido como la apuesta de Pascal. Tengo mucho que ganar y nada que perder.

–¿La vida?

–Ya sé de qué va eso. Está sobrevalorada.

–¿Y cómo se explica que tanta gente sienta apego por ella?

–Son personas que en este mundo tienen amigos, amores. Yo no.

–¿Y por qué desea que yo, que le desprecio hasta lo más profundo de mi ser, le haga ese favor?

–Para saciar su deseo de venganza.

–Ha calculado mal. Si se hubiera presentado dos días después del asesinato, no habría dudado en destruirle. Diez años más tarde, en cambio, era previsible que mi odio se hubiera enfriado.

–Si me hubiera presentado dos días después de los hechos, la investigación policial todavía hubiera sido posible. El plazo de diez años me gustaba tanto más por cuanto equivalía al periodo que separa la violación del asesinato. Soy un criminal que tiene sentido de los aniversarios. ¿Puedo rogarle que se fije en qué fecha es hoy?

–Estamos a... ¡24 de marzo!

–¿No lo había pensado?

–Pienso en ello cada día, caballero, no solo cada 24 de marzo.

–Podía elegir entre el 4 de octubre, fecha de la violación, y el 24 de marzo, fecha del asesinato. Pensé que entre usted y yo la cosa no iba a tener que ver con una violación.

–No sabe cómo me alivia oírle decir eso.

–Existían más posibilidades de que fuera un asesinato. Bien es cierto que habría preferido que las tres fechas coincidieran: ¡hubiera sido de una clase! Con diez años de intervalo, ¡cada 4 de octubre o cada 24 de marzo! Desgraciadamente, la vida no es tan perfecta como nos gustaría.

–Pobre maniaco.

–Decía que su odio se había enfriado en estos diez años. Esté tranquilo: puede contar conmigo para calentarlo de nuevo.

–Es inútil. No le mataré.

–Eso ya lo veremos.

–Ya está visto.

–¡Maldito blandengue!

–¿Le pone nervioso, eh?

–¡No irá a dejar semejante crimen sin castigo!

–¿Y quién me asegura que fue usted? Está lo bastante enfermo para haber inventado toda esta historia.

–¿Duda de mí?

–Absolutamente. No tiene ninguna prueba de lo que está diciendo.

–¡Eso es el colmo! Puedo describirle a Isabelle con pelos y señales.

–Eso no demuestra nada.

–Puedo darle detalles íntimos.

–Eso solo demostraría que la conoció íntimamente, no que la violara y asesinara.

–Puedo demostrar que la asesiné. Sé con toda precisión en qué postura encontró usted su cadáver y en qué lugar fueron asestadas las puñaladas.

–Pudo conseguir esos detalles de boca del asesino.

–¡Me va a volver usted loco!

–Ya lo está.

–¿Por qué iba a acusarme de un crimen que no cometí?

–Vaya usted a saber, con un chiflado de su calaña. Por el placer de ser asesinado por mí.

–No olvide que es mi sentimiento de culpabilidad lo que me inspiró la necesidad de ser asesinado por usted.

–Si eso fuera cierto, no presumiría tanto de ello. El remordimiento es una falta añadida.

–¡Cita a Spinoza!

–No es usted el único que ha leído, caballero.

–¡No me gusta Spinoza!

–Es normal. A mí me encanta.

–¡Le ordeno que se calle!

–Que no le guste Spinoza no es razón suficiente para que le mate.

–¡Violé y asesiné a su mujer!

–¿Se lo cuenta a cada desgraciado que aborda en los aeropuertos con la intención de acosarle?

–Es usted el primero, el único que ha merecido esta suerte por mi parte.

–Cuánto honor. Por desgracia, no me creo nada: su mecánica

está demasiado rodada para que sea la primera vez. Huele a acosador patentado.

–¿Acaso no se da cuenta de que es el elegido? Un ser tan jansenista como yo nunca aceptaría ser asesinado por otro que aquel a cuya mujer hubiera violado y asesinado.

–¿A quién espera convencer con un argumento tan retorcido?

–¡Es usted tan cobarde! ¡Intenta convencerse de que no soy el asesino para así no tener que matarme!

–Lo siento. Mientras no aporte alguna prueba material de su acto, no tengo ningún motivo para creerle.

–¡Ya sé adónde desea ir a parar! Espera que exista una prueba material que utilizará como argumento para denunciarme a la policía. Ya que, sin esa prueba, no tiene usted nada contra mí. Lo siento, lamentable cobarde, no existe ninguna prueba irrefutable. Ante la policía, sería su palabra contra la mía. O hace justicia con sus manos o no se hará justicia: métaselo en la cabeza de una vez por todas.

–No hay nada de justo en vengarse de un loco que pretende ser un asesino. También afirmaba haber matado a su compañero de clase cuando en realidad se había limitado a rezar contra él; ya veo qué clase de asesino es usted.

–Y el arma del crimen, ¿sigue pensando que fue el asesino quien me la dio? ¿Por qué se obstina en creer cosas tan retorcidas si la verdad es tan simple?

–Estoy en el aeropuerto, me entero de que mi avión saldrá con retraso. Un tipo se sienta a mi lado y empieza a soltarme un rollo. Tras algunas enojosas confesiones, me revela, como quien no quiere la cosa, que hace veinte años violó a mi mujer y que la asesinó hace diez. ¿Y le parecería normal que yo me lo tragara?

–Así es. Porque su versión es muy inexacta.

–¿Ah sí?

–¿Cuándo se enteró de que salía en viaje de negocio con destino a Barcelona el 24 de marzo?

–No es asunto suyo.

–¿No quiere decírmelo? Se lo diré yo, entonces. Hace dos meses, su jefe recibió una llamada desde Barcelona en la quc hablaban de numerosos e interesantes mercados y de una asamblea general para el 24 de marzo. ¿No sospecha quién era ese catalán, tan catalán como usted y como yo, que le llamaba desde su domicilio de París?

–¿El nombre del jefe?

–Jean-Pascal Meunieur. ¿Sigue sin creerme?

–Todo lo que demuestra es que es usted un pelmazo de mucho cuidado. Eso ya lo sabía.

–Un pelmazo eficaz, ¿no?

–Digamos que un pelmazo bien informado.

–Eficaz, insisto: no olvide el efecto del retraso del avión.

–¿Cómo? ¿Eso también es cosa suya?

–¿Ahora se da cuenta, bobo?

–¿Y cómo lo hizo?

–Igual que con su jefe: una llamada de teléfono. Llamé desde una cabina del aeropuerto para comunicar que había una bomba escondida en el aparato. ¡Es increíble el daño que se puede llegar a hacer con una simple llamada en estos tiempos!

–¿Sabe que podría denunciarle a la policía por eso?

–Lo sé. Suponiendo que lograra convencerlos, saldría de esta con, como máximo, una considerable multa.

–Una tremenda multa, caballero.

–¿Y eso sería suficiente para vengarle de la violación y del asesinato de su mujer, que acabe pagando una multa?

–Lo tiene todo calculado, maldito hijo de puta.

–Me complace comprobar que recupera los buenos sentimientos.

–Espere. ¿En qué le beneficia el retraso del avión?

–¿Y si para variar utilizara un poco la cabeza? ¿No se da cuenta de que esta conversación solo podía tener lugar en una sala de espera de aeropuerto? Necesitaba un lugar del que no pudiera escabullirse. Usted debía tomar ese avión, ¡no podía permitirse el lujo de marcharse!

–Ahora ya sé que todo es mentira, así que puedo marcharme.

–Ahora puede saber que es mentira. Pero no puede dejar escapar a quien ha destruido su vida.

–¿Y por qué ha tardado tanto en decírmelo? ¿Por qué se ha embarcado en esas historias de comida para gatos en lugar de presentarse ante mí y declarar de entrada: «Soy el asesino de su mujer»?

–Porque eso no se hace. Soy una persona extremadamente formalista. Actúo según una cosmética rigurosa y jansenista.

–¿Qué tienen que ver los productos de belleza en esta historia?

–La cosmética, ignorante, es la ciencia del orden universal, la suprema moral que determina el mundo. No es culpa mía si las esteticistas han recuperado esta admirable palabra. Hubiera resultado anticosmético presentarme ante usted y plantearle de golpe y porrazo sus opciones. Tenía que hacérselo vivir a través de un vértigo sagrado.

–¡Mejor diga que tenía que fastidiarme a fondo!

–Algo de eso hay. Para convencer a un elegido de su misión, hay que poner a prueba sus nervios. Hay que poner de punta los nervios del otro con el fin de que reaccione de verdad, con rabia, y no con el cerebro. Y usted, por otra parte, me parece excesivamente cerebral. Es a su piel a quien me dirijo, compréndalo.

–No tiene suerte: no soy tan manipulable como usted esperaba.

–Sigue creyendo que intento manipularle cuando en realidad le estoy mostrando cuál debería ser su camino natural, su destino cosmético. Pero ya ve, resulta que soy culpable. Todos los criminales no tienen un sentimiento de culpabilidad, pero cuando lo tienen, no pueden pensar en nada más. El culpable va al encuentro de su castigo igual que el agua fluye hacia el mar, igual que el ofendido avanza hacia su venganza. Si no se venga usted, Jérôme Angust, le seguirá faltando algo, no habrá asumido sus opciones, no habrá ido al encuentro de su destino.

–Escuchándolo, cualquiera diría que usted se ha comportado así con el único objetivo de ser castigado.

–En parte, sí.

–Eso es estúpido.

–Uno no elige a sus criminales.

–¿Por qué no habrá sido usted uno de esos brutos sin conciencia que matan sin experimentar la necesidad de acudir a explicarse y justificarse luego durante horas?

–¿Habría preferido que su mujer hubiera sido violada y asesinada por semejante buldócer?

–Habría preferido que no hubiera sido ni violada ni asesinada. Pero, ya puestos, sí, habría preferido una auténtica bestia a un tarado como usted.

–Se lo repito, Jérôme Angust, uno no elige a sus criminales.

–¡Lo dice como si mi mujer se lo hubiera buscado! ¡Eso que dice es odioso!

–Su mujer no: ¡usted!

–¡Eso todavía resulta más odioso! Y entonces ¿por qué se ensañó con ella y no conmigo?

–Su «se ensañó» me resulta de lo más divertido.

–¿Le divierte? ¡Eso es el colmo! ¿Por qué sonríe como un cretino? ¿Le parece que hay motivos para reírse?

–Venga, cálmese.

–¿Le parece que hay motivos para calmarse? ¡No le soporto más!

–Máteme, pues. Me lleva hasta los servicios, me destroza el cráneo contra la pared y no hablemos más del asunto.

–No le daré esa satisfacción. Voy a buscar a la policía, caballero. Estoy convencido de que ya encontraremos algún modo de atraparle. Las pruebas de ADN todavía no se aplicaban hace diez años, pero sí se aplican hoy. Estoy seguro de que ha dejado algún pelo o una pestaña en el lugar del crimen. Eso será suficiente.

–Buena idea. Vaya a buscar a la policía. ¿Cree que estaré aquí cuando regrese?

–Me acompañará.

–¿Le parece que tengo ganas de acompañarlo?

–Se lo ordeno.

–Divertido. ¿Qué forma de presión tiene sobre mí?

El destino quiso que, en aquel momento, dos policías pasaran por allí. Jérôme se puso a gritar: «¡Policía! ¡Policía!». Los dos hombres le oyeron y acudieron, así como numerosos curiosos del aeropuerto.

–Señores, detengan a este hombre –dijo Angust señalando a Texel, sentado a su lado.

–¿Qué hombre? –preguntó uno de los agentes.

–¡Él! –repitió Jérôme, señalando con el dedo a un sonriente Textor.

Los representantes del orden se miraron con perplejidad, y a continuación observaron a Angust con cara de estar pensando: «¿Quién demonios es este chiflado?».

–Documentación, caballero –dijo uno.

–¿Cómo? –se indignó Jérôme–. ¿Me piden la documentación a mí? ¡Es a él a quien tienen que pedírsela!

–¡Documentación! –repitió el hombre en tono autoritario.

Humillado, Angust entregó su pasaporte. Los polis lo leyeron con atención para luego devolvérselo diciendo:

–Por esta vez, pase. Pero no vuelva a burlarse de nosotros.

–¿Y a él no se la piden? –insistió Jérôme.

–Tiene suerte de que para tomar un avión no sea necesario pasar la prueba de alcoholemia.

Los policías se marcharon, dejando a Angust estupefacto y furioso. Todo el mundo lo observaba como si estuviera loco. El holandés se puso a reír.

–¿Qué, lo has entendido? –preguntó Texel.

–¿Con qué derecho me tutea? No hemos hecho la mili juntos.

Textor rompió en un carcajada. La gente se agolpaba a su alrededor para mirar y escuchar. Angust explotó. Se levantó y se puso a gritar dirigiéndose a los mirones:

–¿Ya han terminado? Al próximo que se quede mirándonos, le rompo la cara.

Debió de resultar convincente, ya que los curiosos se marcharon. Nadie más se atrevió a acercarse.

–¡Bravo, Jérôme! ¡Menuda autoridad! Yo, que he hecho la mili contigo, nunca te había visto en este estado.

–¡Le prohíbo que me tutee!

–Venga, después de todo lo que hemos pasado juntos, tú también puedes tutearme.

–Ni hablar.

–Con el tiempo que hace que te conozco.

Jérôme consultó su reloj.

–Ni siquiera un par de horas.

–Te conozco desde siempre.

Angust escrutó el rostro del holandés con insistencia.

–Textor Texel, ¿es un seudónimo? ¿Fuimos juntos al colegio?

–¿Acaso recuerdas haber tenido un compañero de clase parecido a mí?

–No, pero de eso hace mucho tiempo. Puede que haya cambiado mucho.

–En tu opinión, ¿por qué crees que la policía no me ha detenido?

–No lo sé. Quizá es usted alguien muy conocido y con influencias.

–¿Y por qué la gente te ha mirado como a un vulgar chiflado?

–A causa de la reacción de los policías.

–Decididamente, no has entendido nada.

–¿Qué debería haber entendido?

–Que en el asiento que está a tu lado no había nadie.

–Si cree ser el hombre invisible, ¿cómo se explica que yo sí le vea?

–Eres el único que me ve. Ni siquiera yo puedo verme a mí mismo.

–Sigo sin entender de qué forma sus monstruosidades de pacotilla le autorizan a tutearme. No se lo permito, caballero.

–Si uno ya no puede tutearse a sí mismo...

–¿Qué está diciendo?

–Me has entendido perfectamente. Yo soy tú.

Jérôme miró al holandés como un retrasado.

–Yo soy tú –repitió Textor–. Soy esa parte de ti que no conoces pero que te conoce demasiado bien. Soy la parte de ti que te esfuerzas en ignorar.

–Me equivocaba al llamar a la policía. Es con el manicomio para alienados con el que hay que contactar.

–Alienado de ti mismo, es cierto. Desde el principio de nuestra conversación, no he dejado de echarte cables. Cuando te he hablado del enemigo interior, te he sugerido que quizá no existiera fuera de ti, que era una invención de tu cerebro. A lo que, con soberbia, me has respondido que tú no tenías enemigo interior. Pobre Jérôme, tienes el enemigo interior más molesto del mundo: yo.

–Usted no es yo, caballero. Usted se llama Textor Texel, es holandés y es un pelmazo de primera magnitud.

–¿Y en qué esas hermosas virtudes iban a impedirme ser tú?

–Una identidad, una nacionalidad, una historia personal, características físicas y mentales, eso le convierte en alguien distinto de mí.

–Amigo mío, no eres muy complicado si te defines con ingredientes tan indigentes. Es típico del cerebro humano: te concentras en los detalles para no tener que abordar lo esencial.

–En fin, sus relatos de papilla para los gatos, sus arrebatos seudomísticos, están a años luz de mí.

–Por supuesto. Necesitabas inventarme muy distinto de ti para así convencerte de que no eras tú (no eras tú en absoluto) quien había matado a tu mujer.

–¡Cállese!

–Lo siento. No pienso callarme. Llevo demasiado tiempo callado. Añadiré que, desde hace diez años, este silencio se ha convertido en algo todavía más insoportable.

–No quiero oírle más.

–Y, sin embargo, eres tú quien me ordena que hable. Estas barreras herméticas que has construido en el interior de tu mente ya no aguantan más: están cediendo. Puedes considerarte feliz por el hecho de haber gozado de estos diez años de inocencia. Esta mañana te has levantado y te has preparado para viajar a Barcelona. Tus ojos han leído el calendario: 24 de marzo de 1999. Tu cerebro no ha encendido la luz de alarma para prevenirte de que se cumplían diez años de tu asesinato. A mí, no obstante, no puedes escóndermelo.

–¡Yo no violé a mi mujer!

–Es cierto. Simplemente tuviste muchas ganas de violarla la primera vez que la viste, en el cementerio de Montmartre, hace veinte años. Soñaste con ello. Al principio de nuestra charla, te he dicho que siempre hacía lo que me apetecía. Soy la parte de ti que no se niega nada a sí misma. Yo te proporcioné aquel sueño. Ninguna ley prohíbe tener fantasías. Al cabo de un tiempo, volviste a ver a Isabelle en una velada, y te acercaste a hablar con ella por primera vez.

–¿Cómo lo sabe?

–Porque yo soy tú, Jérôme. Te pareció divertido conversar civilizadamente con aquella a la que, en sueños, habías violado. Le gustaste. Cuando consigues mantenerme a raya, sueles gustar a las mujeres.

–Es usted el que está trastornado. Usted fue quien mató a mi mujer y ahora intenta convencerse de que yo soy el asesino con el objetivo de quedar como inocente.

–Entonces ¿por qué llevo horas confesándome culpable?

–Está usted loco. No hay que buscar lógica en el comportamiento de un loco.

–No hables tan mal de mí. No olvides que yo soy tú.

–Si usted es yo, ¿por qué tuve la extraña ocurrencia de crearle holandés?

–Valía más que fuera extranjero con el fin de diferenciarme de ti. Ya te lo he dicho.

–Pero ¿por qué holandés y no patagónico o bantú?

–Uno no elige a sus extranjeros. Patagónico o bantú, tu cerebro no habría sido capaz de eso.

–¿Y a qué vienen esos delirios jansenistas, yo, que no soy nada religioso?

–Eso simplemente demuestra que existe una parte reprimida de ti mismo a la que no le molestaría ser mística.

–¡Oh, no, otra vez esa cháchara psicoanalítica de pacotilla!

–Hay que ver cómo te enfadas cuando uno sugiere que reprimes algo.

–El verbo reprimir es el comodín del siglo veinte.

–Y produce una de las variedades de asesinos del siglo veinte: tú.

–Imagine por un momento que sus elucubraciones sean ciertas: ese criminal sería abyecto, patético, grotesco.

–Te lo he dicho hace unos minutos: uno no elige a sus criminales. Lo siento, pobre Jérôme, en ti no había lugar ni para Jack el Destripador ni para Landru. En ti solo había lugar para mí.

–¡Dentro de mí no hay sitio para usted!

–Lo sé, es difícil de digerir, ¿verdad?

–Si lo que dice fuera cierto, el doctor Jekyll estaría conversando con míster Hyde.

–Menos lobos. Eres mucho peor que el doctor Jekyll, y, por tanto, contienes un monstruo mucho menos admirable que esa bestia sanguinaria de Hyde. No eres un gran sabio obsesivo, sino un pequeño hombre de negocios como tantos: tu única virtud era tu mujer. Desde hace diez años, tu única virtud es tu viudedad.

–¿Por qué mató usted a Isabelle?

–Resulta divertido. Hace un rato, te negabas a creer que yo era el asesino. Desde que te he devuelto la patata caliente de la culpabilidad, me crees sin ningún esfuerzo, incluso me preguntas por qué maté a tu mujer. Ahora estarías dispuesto a todo con tal de que te convenza de tu inocencia.

–Conteste: ¿por qué mató a Isabelle?

–No respondo a las preguntas mal planteadas. Deberías preguntarme: «¿Por qué maté a mi mujer?».

–Esa pregunta está fuera de lugar.

–¿No crees que yo sea tú?

–Nunca lo creeré.

–Extraña religión, la del yo. «Soy yo, solo yo, nada más que yo. Soy yo, y, por tanto, no soy la silla sobre la que me siento, no soy el árbol que estoy mirando. Soy bien distinto del mundo, me limito a las fronteras de mi cuerpo y de mi mente. Soy yo, y, por tanto, no soy ese señor de ahí, sobre todo si ese señor resulta ser el asesino de mi mujer.» Un credo singular.

–Singular, sí, literalmente.

–Me pregunto qué hace la gente como tú con el pensamiento. Debe resultarte molesto ese incontrolable flujo mental que puede meterse en la piel de cada uno. Y, sin embargo, este pensamiento también procede de ese pequeño yo. Se convierte en algo inquietante que amenaza tus barreras. Por suerte, la mayoría de las personas han encontrado un remedio para eso: no piensan. ¿Para qué iban a pensar? Dejan que lo hagan aquellos cuyo oficio consideran que consiste en pensar: los filósofos, los poetas. Es tanto más práctico por cuanto ni siquiera hay que tener en cuenta sus conclusiones. Así, por más que un espléndido filósofo de hace tres siglos dijera que el yo resulta odioso, o un extraordinario poeta del siglo pasado declarase que yo es otro: está bien, sirve para animar las charlas de salón, sin que eso afecte lo más mínimo a nuestra reconfortante certeza: yo soy yo, tú eres tú y cada uno en su casita.

–La prueba de que no soy usted es que usted tiene mucha labia.

–Eso es lo que ocurre cuando uno amordaza a su enemigo interior durante demasiado tiempo: cuando por fin consigue soltarse de la lengua, no hay quien lo detenga.

–La prueba de que no soy usted es que, hace un rato, cuando me tapaba los oídos, no le oía.

–Has hecho mucho más que eso: no me has oído durante decenas de años sin ni siquiera tener que taparte los oídos.

–La prueba de que no soy usted es que no sé nada del jansenismo ni de ese tipo de cosas. Usted es mucho más culto que yo.

–No: soy la parte de ti que no olvida nada. Esa es la única diferencia. Si la gente tuviera memoria, se escucharían a sí mismos hablando de temas sobre los cuales creían no saber nada.

–La prueba de que no soy usted es que odio la manteca de cacahuete.

Textor rompió en una carcajada.

–¡Eso sí que, como prueba, resulta edificante, amigo mío!

–Pero no impide que sea cierto: me horroriza. ¿Qué me dice a eso? No tiene respuesta, ¿verdad?

–Voy a decirte algo: la parte de ti que afirma odiar la manteca de cacahuete es la misma que babea delante de los perritos calientes del bulevar de Ménilmontant sin atreverse jamás a comprar uno.

–¿Con qué me sale ahora?

–Cuando uno es un señor que tiene comidas de negocios en las que le sirven rodaballo con verduritas y otros engañabobos, finge no darse cuenta de que en su interior late un patán que sueña con meterse entre pecho y espalda bazofias de las que dice pestes, como la manteca de cacahuete y los perritos calientes del bulevar Ménilmontant. Tú ibas allí a menudo, al cementerio del Pére-Lachaise, con tu mujer. Le gustaba tanto contemplar aquellos árboles tan hermosos alimentados por los muertos y las tumbas de las jóvenes amadas. A ti te conmovía mucho más el olor de las salchichas friéndose en la parrilla de enfrente. Por supuesto, te habrías dejado matar antes que confesarlo. Pero yo soy la parte de ti que no se niega nada de lo que realmente le apetece.

–¡Qué delirio!

–Haces mal en negarlo. Por una vez que escondes algo simpático.

–Yo no escondo nada, caballero.

–¿Amabas a Isabel?

–Y la sigo amando locamente.

–¿Y serías capaz de dejarle a otro el placer de haberla matado?

–No es ningún privilegio.

–Sí. ¡Aquel que la mató, a la fuerza tiene que ser quien más la amó!

–¡No! ¡Es el que la amaba mal!

–Mal pero más.

–Nadie la amaba tanto como yo.

–Eso es precisamente lo que estoy diciendo.

–Déjeme adivinarlo. Es usted un maniaco sádico que tiene un dosier de cada viudo cuya mujer ha muerto asesinada. Su pasión consiste en perseguir al desgraciado para convencerle de su culpabilidad, como si no sufriera ya bastante.

–Eso sería cosa de aficionados, veamos, Jérôme. Para torturar como Dios manda hay que limitarse a una sola víctima, a un solo elegido.

–Por lo menos admite que usted no es yo.

–No he dicho eso. Soy la parte de ti que te destruye. Todo lo que crece acrecienta su propia capacidad de autodestrucción. Soy esa capacidad.

–Me cansa usted.

–Tápate los oídos.

Angust lo hizo.

–¿Te has fijado? Ahora ya no funciona.

Jérôme se los tapó con más fuerza.

–No insistas. Por cierto, si te tapas los oídos así, no resistirás mucho. Ya te lo he dicho: ¿por qué permaneces con los brazos levantados? Cualquiera diría que te están amenazando con una pistola. Hay que taparse los oídos por la parte de abajo, con los codos sobre el pecho: puedes permanecer mucho tiempo en esa posición. ¡Ah, si lo hubieras sabido hace un rato! También me pregunto cómo podías ignorarlo, pero eso no tiene importancia.

Angust bajó las brazos, asqueado.

–Ya ves que tú eres yo. Esa voz que escuchas te habla desde el interior de tu cabeza. Te resulta totalmente imposible librarte de mi discurso.

–He vivido durante décadas sin escucharle. Ya encontraré la manera de amordazarle.

–No la encontrarás. Es irreversible. ¿Qué hacías el viernes 24 de marzo de 1989, hacia las cinco de la tarde? Sí, ya lo sé, la policía ya te hizo esa pregunta.

–Ella tenía derecho a hacérmela.

–Contigo tengo todos los derechos.

–Si sabe que la policía ya me lo preguntó, también conoce la respuesta.

–Sí, estabas en el trabajo. La policía debía de tener realmente confianza en ti para aceptar una coartada tan poco consistente. Pobre marido abatido, destrozado, incrédulo.

–Podrá usted hacerme tragar lo que quiera, pero no que yo maté a Isabelle.

–Hay que ver hasta qué punto careces de orgullo. Te proponen dos papeles: el de la víctima inocente y el del asesino, y tú eliges no tener nada que ver en el asunto.

–Yo no elijo nada. Me adapto a la realidad.

–¿La realidad? ¡Menuda broma! ¿Te atreverías a afirmar, mirándome a los ojos, que recuerdas haber pasado aquella tarde en el despacho?

–¡Sí, lo recuerdo!

–Tu caso es todavía más grave de lo que pensaba.

–¿Y de usted, qué debería pensar de usted? ¡Cambia de versión como de camisa! Esa larga conversación que afirma haber mantenido con Isabelle, ¿de qué iba?

–Bien has tenido otras conversaciones ficticias con ella. Cuando uno ama, habla mentalmente con el ser amado.

–Y ese pasado que me ha contado, sus padres muertos, el asesinato mental de su compañero de clase, la comida para gatos, ¿qué era todo eso?

–Estarías dispuesto a inventar lo que sea con tal de convencerte de que soy otro.

–Demasiado fácil. Con semejante argumento, puedes tener respuesta a todas sus inverosimilitudes.

–Normal. Soy tu parte diabólica. El diablo tiene respuestas para todo.

–Eso no significa que resulte convincente. A propósito, el viaje a Barcelona, ¿fue usted?

–No, no. Y el retraso tampoco. No he llamado ni a tu jefe ni al aeropuerto.

–¿Y por qué esas mentiras?

–Para sacarte de tus casillas. Si me hubieras matado en aquel momento, podrías haberte ahorrado estas lamentables revelaciones.

–¿Por qué el aeropuerto?

–El retraso del vuelo. La espera forzosa por un tiempo indeterminado: por fin un momento en el que estabas realmente disponible. Las personas como tú solo resultan vulnerables en la imprevisión y el vacío. Eso, sumado a la conjunción de la fecha de hoy, este décimo aniversario que ha rozado tu inconsciente esta mañana: estabas maduro para abrir los ojos. Ahora el virus ya está introducido en tu ordenador mental. Es demasiado tarde. Por eso me oyes incluso cuando te tapas los oídos.

–¡Pues cuénteme lo que ocurrió!

–¿A qué viene tanta prisa ahora?

–Si asesiné a Isabelle, por lo menos me gustaría saber por qué.

–Porque la querías. Todos matamos aquello que amamos.

–¿Así que regresé a mi casa y apuñalé a mi mujer varias veces, así, sin motivo?

–Sin otro motivo que el amor, que todo lo lleva a la perdición.

–Hermosas frases pero que carecen de sentido para mí.

–Lo tienen para mí, que soy tú. Fuera caretas: incluso el más enamorado de los hombres (sobre todo el más enamorado de los hombres) desea, un día u otro, aunque solo sea durante un segundo, asesinar a su mujer. Ese instante soy yo. La mayoría de las personas consiguen escamotear este aspecto de su personalidad subterránea, hasta el punto de creer que no existe. Tu caso todavía es más especial: nunca lo has conocido al asesino que llevas dentro. Como tampoco has conocido al devorador de perritos calientes clandestino o al que, de noche, sueña con violaciones en los cementerios. Hoy, debido a un accidente mental, te encuentras cara a cara con él. Tu primera actitud consiste en no creerle.

–No tiene ninguna prueba material de lo que está diciendo. ¿Por qué habría de creer en su palabra?

–Las pruebas materiales son algo tan grosero y estúpido que deberían invalidar las convicciones en lugar de consolidarlas. En cambio, ¿qué me dices de esto? El viernes 24 de marzo de 1989, alrededor de las cinco de la tarde, llegaste a tu casa de repente. Isabelle no se sorprendió demasiado pero te encontró extraño. Y con razón: era la primera vez que se encontraba con Textor Texel. Eras tú y no eras tú. Tú sueles gustar a las mujeres; yo no. Aquel día no le gustaste a Isabelle, sin que ella supiera por qué. No hablabas, te limitabas a mirarla con esos ojos de obseso pervertido que son los míos. La abrazaste: ella se zafó de tu abrazo con una expresión de asco. Volviste a insistir. Ella se alejó para demostrarte su rechazo. Se sentó en el sofá y dejó de mirarte. No soportaste que no quisiera saber nada de Textor Texel. Fuiste a la cocina y cogiste el cuchillo más grande. Te acercaste a ella, que no sospechaba nada. La apuñalaste varias veces. No intercambiasteis ni una sola palabra.

Silencio.

–No lo recuerdo –dice Jérôme con obstinación.

–¡Eso no vale! Yo sí lo recuerdo.

–Hace un rato me ha contado una versión totalmente distinta. ¿Para cuando la tercera, la cuarta?

–Te he contado la versión de Textor Texel, que no es contradictoria con la de Jérôme Angust. Aquel día tu mujer te odió porque adivinó en ti el monstruo que se relamía con sus sueños de violación. Tu versión es silenciosa, la mía subraya ese mutismo del diálogo mental que Textor Texel mantuvo con Isabelle. En mi versión, me refería a Adán y Eva. Pues precisamente: en el Génesis también hay dos versiones de su historia. Apenas el narrador ha terminado el relato de su caída, la vuelve a contar de un modo distinto. Uno pensaría que disfruta con ello.

–Yo no.

–Peor para ti. Después del asesinato, te llevaste el cuchillo y regresaste a tu despacho. Una vez allí, volviste tranquilamente a ser Jérôme Angust. Todo estaba en su sitio. Eras feliz.

–Fue la última vez en mi vida que fui feliz.

–Hacia las ocho, regresaste a casa, como un tipo satisfecho de empezar el fin de semana.

–Abrí la puerta y me encontré con aquella escena.

–Escena que ya habías visto: era obra tuya.

–Grité de horror y desesperación. Los vecinos acudieron. Llamaron a la policía. Cuando me interrogaron, estaba conmocionado, atontado. Nunca encontraron al culpable.

–¡Ya te decía yo que habías cometido el crimen perfecto!

–El crimen más infecto de cuantos pueden cometerse, sí.

–No me halagues. Eres divertido. Ese pobre chupatintas al que acaban de comunicar que ha matado a su mujer y que se cree un ser abyecto: son los delirios de grandeza. Solo eres un aficionado, no lo olvides.

–Usted, sea o no sea yo, ¡le odio!

–¿Todavía tienes dudas? Coge tu móvil, llama a tu secretaria.

–¿Para decirle qué?

–Haz lo que te digo.

–¡Quiero saber!

–Si sigues así, la llamaré yo.

Angust sacó su móvil y marcó un número.

–¿Catherine? Soy Jérôme. ¿Le molesto?

–Dile que mire bajo el montón de papeles, en el cajón de abajo a la izquierda de la mesa de tu despacho.

–¿Podría hacerme un favor? Mire bajo el montón de papeles, en el último cajón de la derecha de la mesa de mi despacho. Gracias. Espero, no cuelgo.

–¿En tu opinión, qué crees que va a encontrar la buena de Catherine?

–Ni idea. No he vuelto a abrir ese cajón desde... ¿Sí, Catherine? Ah. Gracias. Lo había perdido hace tiempo. Siento haberla molestado. Hasta pronto.

Angust cortó la comunicación. Estaba lívido.

–Pues sí –sonrió Textor–. El cuchillo. Lleva diez años en el fondo de ese cajón. Bravo, has estado impecable. Ninguna emoción en tu voz. Catherine no se habrá percatado de nada.

–Eso no demuestra nada. ¡Usted metió el cuchillo allí!

–Sí, fui yo.

–¡Ah, así que lo confiesa!

–Llevo mucho tiempo confesándolo.

–Habrá aprovechado que Catherine estaba ausente y habrá entrado a escondidas en mi despacho...

–Basta. Yo soy tú. No tengo ninguna necesidad de entrar a hurtadillas para ir a tu despacho.

Angust se sujetó la cabeza con las manos.

–Si usted es yo, ¿por qué no tengo ningún recuerdo de lo que me está contando?

–No hace falta que lo recuerdes. Yo recuerdo tu crimen en tu lugar.

–¿Y he cometido otros?

–¿No te basta con este?

–Me gustaría que no me escondiera nada.

–Estáte tranquilo. En tu vida solo amaste a Isabelle. Así que solo la mataste a ella. La descubriste en un cementerio, la devolviste al lugar de vuestro primer encuentro.

–No consigo creerle. Amaba a Isabelle hasta un punto que usted no puede imaginar.

–Lo sé. Yo sentía lo mismo por ella. Si no consigues creerme, no olvides, querido Jérôme, que existe un medio último e infalible de comprobar lo que digo.

–¿Sí?

–¿No se te ocurre?

–No.

–Sin embargo es algo que llevo un tiempo pidiéndote.

–¿Matarle?

–Sí. Si después de haberme matado continúas con vida, entonces sabrás que eras inocente del asesinato de tu mujer.

–Pero culpable de haberle asesinado a usted.

–A eso se le llama riesgo.

–Arriesgar su vida, en este caso.

–Es un pleonasmo. El riesgo es la vida misma. Uno solo puede arriesgar su vida. Y si uno no la arriesga, no vive.

–¡Pero en este caso, si me arriesgo, moriré!

–Morirás todavía más si no te arriesgas.

–Parece no entenderme. Si yo le mato y resulta que usted no es yo, ¡pasaré el resto de mis días en la cárcel!

–Si no me matas, pasarás el resto de tus días en una cárcel mil veces más abominable: tu cerebro, en cuyo interior no dejarás de preguntarte, hasta la tortura, si eres o no el asesino de tu mujer.

–Por lo menos, sería libre.

Textor gritó de risa.

–¿Libre? ¿Libre de qué? ¿Te crees libre ahora? Tu vida destrozada, tu trabajo, ¿a eso le llamas ser libre? Y eso no es nada comparado con lo que te espera: ¿acaso crees que serás libre cuando te pases las noches intentando expulsar al criminal que hay dentro de ti? ¿De qué serás libre entonces?

–Esto es una pesadilla –dice Angust moviendo la cabeza.

–Sí, es una pesadilla, pero existe una salida. Solo una. Afortunadamente, es segura.

–Sea usted quien sea, me ha situado en la posición más infernal del universo.

–Tú solo te lo has buscado, amigo mío.

–¡Deje de hablarme con esa insoportable familiaridad!

–¿El señor Jérôme Angust es demasiado exquisito para que le tuteen?

–Ha destrozado mi vida. ¿No le basta con eso?

–Es curiosa esa necesidad que tiene la gente de acusar a los demás de haberle destrozado la vida. ¡Cuando en realidad se bastan ellos solitos sin la ayuda de nadie!

–Cállese.

–No te gusta que te digan la verdad, ¿eh? En el fondo, sabes perfectamente que tengo razón. Lo sientes.

–¡Yo no siento nada!

–Si tuvieras la más mínima duda, no estarías en ese estado.

Texel rió.

–¿Le parece divertido?

–Tendrías que verte. Tu sufrimiento es lamentable.

Angust explotó de odio. Un géiser de rabiosa energía ascendió desde su bajo vientre hasta sus uñas y dientes. Se levantó y sujetó a su enemigo por la solapa de la chaqueta.

–¿Le sigue pareciendo gracioso?

–¡No sabes hasta qué punto!

–¿No le da miedo morir?

–¿Y a ti, Jérôme?

–¡Ya no me da miedo nada!

–Ya era hora.

Angust empujó a Texel contra la pared más próxima. Le importaban un bledo los espectadores. Dentro de él solo había lugar para el odio.

–¿Se sigue riendo?

–¿Me sigues llamando de usted?

–Muérete.

–¡Por fin! –se extasió Textor.

Angust sujetó la cabeza de su enemigo y la estrelló repetidamente contra la pared. Cada vez que golpeaba el cráneo contra la pared, gritaba: «¡Libre! ¡Libre! ¡Libre!».

Una y otra vez. Estaba exultante.

Cuando la caja negra de Texel estalló, Jérôme experimentó una profunda sensación de alivio.

Dejó el cuerpo y se marchó.

El 24 de marzo de 1999, los pasajeros que esperaban la salida del vuelo con destino a Barcelona asistieron a un espectáculo indescriptible. Como el avión llevaba tres horas de inexplicable retraso, uno de los pasajeros abandonó su asiento y se golpeó repetidamente la cabeza contra una de las paredes del vestíbulo. Le movía una violencia tan extraordinaria que nadie se atrevió a interponerse. Continuó así hasta que le sobrevino la muerte.

Los testigos de este incalificable suicidio añadieron un detalle. Cada vez que el hombre se golpeaba la cabeza contra el muro, acompañaba su gesto con un grito. Y lo que gritaba era:

–¡Libre! ¡Libre! ¡Libre!

Antichrista

El primer día, la vi sonreír. Inmediatamente, deseé conocerla.

Sabía muy bien que no la conocería. Era incapaz de acercarme a ella. Siempre esperaba a que los demás me abordaran: nunca lo hacía nadie.

La universidad era eso: creer que ibas a abrirte al universo y no encontrar a nadie.

Una semana más tarde, sus ojos se posaron en mí.

Creí que iban a desviarse enseguida. Pero no: permanecieron allí y me analizaron. No me atreví a mirar aquella mirada: el suelo se hundía bajo mis pies, me costaba respirar.

Como la cosa seguía, el sufrimiento se volvió intolerable. Haciendo acopio de un valor sin precedentes, hice que mis ojos se lanzaran dentro de los suyos: me dedicó un breve gesto con la mano y se rió.

Luego, vi cómo hablaba con unos chicos.

Al día siguiente, se acercó a mí y me dijo hola.

Le devolví el saludo y permanecí en silencio. Mi torpeza me resultaba odiosa.

–Pareces más joven que los demás –observó.

–Es que lo soy. Cumplí dieciséis años hace un mes.

–Yo también. Hace tres meses que tengo dieciséis años. Confiesa que nunca lo habrías dicho.

–Es cierto.

Su seguridad le proporcionaba los dos o tres años que nos separaban del pelotón.

–¿Cómo te llamas? –me preguntó.

–Blanche. ¿Y tú?

–Christa.

Aquel nombre era extraordinario. Deslumbrada, me callé de nuevo. Se dio cuenta de mi sorpresa y añadió:

–En Alemania no es tan raro.

–¿Eres alemana?

–No. Soy de los cantones del Este.

–¿Hablas alemán?

–Por supuesto.

Yo la miraba con admiración.

–Adiós, Blanche.

No me dio tiempo a saludarla. Ella ya había descendido la escalera del anfiteatro. Un grupo de estudiantes la llamó ruidosamente. Resplandeciente, Christa se dirigió hacia ellos.

«Está integrada», pensé.

Aquella palabra tenía para mí un significado desmesurado. Yo nunca me había sentido integrada en nada. Sentía hacia los que sí lo estaban una mezcla de desprecio y de envidia.

Siempre había estado sola, lo cual no me habría disgustado si hubiera sido como consecuencia de una elección. Nunca lo había sido. Soñaba con sentirme integrada, aunque solo fuera para permitirme el lujo de desintegrarme inmediatamente después. Y, sobre todo, soñaba con convertirme en la amiga de Christa. Tener una amiga me parecía increíble. Con mayor motivo aún ser la amiga de Christa; pero no, no había que esperar que eso fuera a ocurrir.

Por un momento, me pregunté por qué aquella amistad me parecía tan deseable. No encontré una respuesta clara: aquella chica tenía algo, sin que yo lograra saber de qué se trataba.

Justo cuando abandonaba el recinto de la universidad, una voz gritó mi nombre.

No me había pasado nunca nada semejante y aquello me hundió en una especie de pánico. Me di la vuelta y vi cómo Christa corría hasta alcanzarme. Era formidable.

–¿Adónde vas? –preguntó mientras me acompañaba.

–A mi casa.

–¿Dónde vives?

–A unos cinco minutos andando.

–¡Justo lo que me convendría!

–¿Por qué? ¿Dónde vives tú?

–Ya te lo he dicho: en los cantones del Este.

–No me digas que todas las noches regresas allí.

–Sí.

–¡Está lejos!

–Sí: dos horas en tren para venir, dos horas en tren para volver. Eso sin contar los trayectos de autobús. Es la única solución que he encontrado.

–¿Y lo aguantas?

–Ya veremos.

No me atrevía a hacerle más preguntas, por miedo a que pudiera sentirse incómoda. Sin duda carecía de medios para pagarse un piso de estudiante.

Frente al portal de mi edificio, me despedí.

–¿Es la casa de tus padres? –preguntó.

–Sí. ¿Tú también vives con tus padres?

–Sí.

–A nuestra edad, es normal –añadí sin saber muy bien por qué.

Soltó una carcajada, como si acabara de decir algo ridículo. Sentí vergüenza.

No sabía si era su amiga. ¿En función de qué misterioso criterio sabe una que es la amiga de alguien? Nunca había tenido amigas.

Por ejemplo, le había parecido risible: ¿era eso una señal de amistad o de desprecio? A mí me había dolido. Y es que ya me sentía unida a ella.

Aprovechando un minuto de lucidez, me pregunté por qué. Lo poco, lo poquísimo que sabía de ella, ¿justificaba ya mi deseo de gustarle? ¿O se debía a la pobre razón, única en su género, de que me había mirado?

El martes, las clases empezaban a las ocho de la mañana. Christa tenía unas ojeras enormes.

–Pareces cansada –observé.

–Me he levantado a las cuatro de la mañana.

–¡A las cuatro! Me dijiste que el trayecto duraba dos horas.

–No vivo en el mismo Malmédy. Mi pueblo está situado a media hora de la estación. Para coger el tren de las cinco, tengo que levantarme a las cuatro. En Bruselas, la universidad tampoco está junto a la estación.

–Levantarse a las cuatro de la mañana es inhumano.

–¿Se te ocurre otra solución? –me dijo en un tono de fastidio.

Se dio media vuelta.

Me moría de vergüenza. Tenía que ayudarla.

Por la noche, les hablé de Christa a mis padres. Para conseguir mi propósito, les dije que era mi amiga.

–¿Tienes una amiga? –preguntó mi madre haciendo un esfuerzo para no parecer demasiado sorprendida por la noticia.

–Sí. ¿Podría quedarse aquí los lunes por la noche? Vive en un pueblo de los cantones del Este y, el martes, tiene que levantarse a las cuatro de la mañana para llegar a la clase de las ocho.

–No hay problema. Instalaremos la cama plegable en tu cuarto.

Al día siguiente, haciendo acopio de un valor sin precedentes, se lo comenté a Christa:

–Si quieres, los lunes por la noche podrías dormir en mi casa.

Me miró con una radiante estupefacción. Fue el momento más hermoso de mi vida.

–¿En serio?

Estropeé inmediatamente la situación al añadir:

–Mis padres están de acuerdo.

Se partió de risa. Había vuelto a decir algo ridículo.

–¿Vendrás?

En aquel momento, los términos de mi ventaja ya se habían invertido. Ya no le estaba haciendo un favor: le estaba suplicando.

–Sí, iré –respondió, en un tono que sugería que lo hacía para no disgustarme.

Eso no impidió que me regocijara y que esperara la llegada del lunes con fervor.

Hija única, poco dotada para la amistad, nunca había invitado a nadie a mi casa, y menos aún para dormir en mi habitación. Aquella perspectiva me horrorizaba de alegría.

El lunes llegó. Christa no me trató con especial consideración. Pero comprobé con entusiasmo que llevaba una mochila: sus cosas.

Aquel día, las clases finalizaban a las cuatro de la tarde. Esperé a Christa al pie del anfiteatro. Tardó una eternidad en despedirse de sus numerosas amistades. Luego, sin prisas, se reunió conmigo.

Solo cuando abandonamos el campo visual de los demás estudiantes se dignó dirigirme la palabra, con una amabilidad forzada, como si quisiera subrayar que me estaba haciendo un favor.

Cuando abrí la puerta de mi casa desierta, mi corazón latía con tanta fuerza que me dolía. Christa entró y miró a su alrededor. Soltó un silbido de admiración:

–¡No está mal!

Experimenté un orgullo absurdo.

–¿Dónde están tus padres? –preguntó.

–En el trabajo.

–¿A qué se dedican?

–Son profesores en un colegio. Mi padre es profesor de latín y de griego, mi madre de biología.

–Ya veo.

Me habría gustado preguntarle qué es lo que veía exactamente. No me atreví.

El piso no era lujoso, pero tenía mucho encanto.

–¡Enséñame tu cuarto!

Tremendamente emocionada, la acompañé hasta mi guarida. Era insignificante. Pareció decepcionada.

–No se parece a nada –dijo.

–Estaremos bien, ya lo verás –comenté, un poco entristecida.

Se lanzó sobre mi cama, dejándome a mí la cama plegable. Es cierto que yo ya estaba decidida a cederle la mía; sin embargo, hubiera preferido que no se me adelantara. Me avergoncé inmediatamente de alimentar tan bajos pensamientos.

–¿Siempre has dormido aquí?

–Sí. Nunca he vivido en otra parte.

–¿Tienes hermanos y hermanas?

–No. ¿Y tú?

–Tengo dos hermanos y dos hermanas. Soy la pequeña. Enséñame tu ropa.

–¿Cómo?

–¡Abre tu armario!

Estupefacta, procedí. Christa se levantó como movida por un resorte para acercarse a mirar.

Al término de su examen, dijo:

–Solo tienes una cosa guay.

Cogió mi única prenda elegante, un vestido chino ceñido. Ante mi mirada de asombro, mandó a paseo su camiseta, sus tejanos y sus zapatos.

–El vestido es muy ceñido –dijo mientras lo observaba–. También me quitaré las bragas.

Y, ante mí, se quedó desnuda como un gusano. Se enfundó el vestido y se contempló en el gran espejo. Le quedaba muy bien. Se admiró a sí misma.

–Me pregunto cómo te quedará a ti.

Lo que estaba temiendo ocurrió. Se quitó el vestido y me lo lanzó:

–¡Póntelo!

Permanecí inmóvil, desconcertada.

–¡Que te lo pongas!

No conseguía articular sonido alguno.

Christa abrió unos ojos risueños, como si por fin hubiera comprendido:

–¿Te supone algún problema mi desnudez?

Negué con la cabeza.

–Entonces, ¿por qué no te desvistes?
Volví a negar con la cabeza.
–¡Claro que puedes! ¡Debes!
¿Debía?
–¡Venga, tonta! ¡Desnúdate!
–No.
Aquel «no» constituyó una victoria para mí.
–¡Yo lo he hecho!
–Eso no significa que yo tenga que imitarte.
–«¡Eso no significa que yo tenga que imitarte!» –me imitó con una voz grotesca.
¿Acaso hablaba yo así?
–¡Venga, Blanche! ¡Estamos entre chicas!
Silencio.
–¡Yo estoy desnuda, venga! ¡Y no me pasa nada!
–Es tu problema.
–¡Tú eres la que tiene un problema! ¡No eres muy divertida, sabes!
Se lanzó sobre mí riendo. Me acurruqué sobre la cama plegable. Me arrancó los zapatos, me desabrochó los tejanos con pasmosa habilidad, tiró de ellos y, de paso, aprovechó para quitarme las bragas. Afortunadamente, mi camiseta era larga y me tapaba hasta la altura de los muslos.
Grité.
Se detuvo y me miró con extrañeza.
–¿Qué te pasa? ¿Te has vuelto loca?
Yo temblaba convulsivamente.
–¡No me toques!
–Vale. Entonces desvístete.
–No puedo.
–¡Si no lo haces tú, lo haré yo! –amenazó.
–¿Por qué me torturas?
–¡Eres ridícula! ¡Esto no es una tortura! ¡Solo somos chicas!
–¿Por qué necesitas que me desnude?
Respondió de este modo singular:
–Para que estemos en igualdad de condiciones.
¡Como si yo pudiera igualarme a ella! Por desgracia, no se me ocurrió nada que decir.

–¿Ves como tienes que hacerlo? –dijo triunfante.

Derrotada, comprendí que ya no tenía escapatoria. Mis manos agarraron la parte baja de mi camiseta. Pese a mis esfuerzos, no conseguía levantarla.

–No puedo.

–No tengo prisa –dijo sin dejar de mirarme con sus ojos burlones.

Tenía dieciséis años. No tenía nada, ni bienes materiales, ni bienestar espiritual. No tenía amiga, ni amor, no había vivido nada. No tenía idea de nada, no estaba segura de tener alma. Mi único patrimonio era mi cuerpo.

A los seis años, desnudarse no significa nada. A los veintiséis años, desnudarse ya se ha convertido en una vieja costumbre.

A los dieciséis años, desnudarse es un acto de una inusitada violencia.

«¿Por qué me pides eso, Christa? ¿Sabes lo que supone para mí? ¿Me lo exigirías si lo supieras? ¿Es precisamente por el hecho de saberlo por lo que me lo exiges? No entiendo por qué te obedezco.»

Dieciséis años de soledad, de odio a uno mismo, de miedos no formulados, de deseos nunca alcanzados, de dolores inútiles, de enfados que no conducen a nada y de energía por explotar estaban contenidos en aquel cuerpo.

Los cuerpos tienen tres posibilidades de belleza: la fuerza, la gracia y la plenitud. Algunos cuerpos milagrosos consiguen reunir estas tres características. El mío, en cambio, no poseía ni un solo gramo de aquellas tres maravillas. La ausencia era su divisa: era la expresión de una ausencia de fuerza, de una ausencia de gracia y de una ausencia de plenitud. Parecía el grito de un hambriento.

Por lo menos aquel cuerpo nunca expuesto al sol hacía honor a su nombre: blanca era aquella cosa enclenque, blanca como el arma del mismo nombre, aunque mal afilada, con el filo dirigido hacia dentro.

–Es para hoy –lanzó Christa, que, tumbada en mi cama, parecía divertirse de lo lindo saboreando hasta las más ínfimas migajas de mi sufrimiento.

Así que, para terminar de una vez por todas, con el gesto rápido de quien tira de la anilla de una granada, me arranqué aquella camiseta como si de mi piel se tratara y la lancé al suelo, cual Vercingetórix arrojando su escudo a los pies de César.

Todo en mí era un grito de terror. Lo poco que tenía, el pobre secreto de mi cuerpo, lo acababa de perder. Era, literalmente, un sacrificio. Y resultaba terrible comprobar que lo sacrificaba a cambio de nada.

Porque Christa apenas movió la cabeza. Me miró desde los dedos de los pies hasta el pelo, con expresión de no encontrar nada interesante en aquel espectáculo. Un único detalle retuvo su atención:

–¡Pero si tienes pechos!

Creí que me moría. Conteniendo lágrimas de rabia, que habrían acrecentado lo ridículo de mi situación, le dije:

–Pues claro. ¿Qué esperabas?

–Considérate afortunada. Vestida, pareces lisa como una tabla.

Hechizada por aquel comentario, me incliné para recoger la camiseta.

–¡No! Quiero verte con el vestido chino puesto.

Me lo tendió. Me lo puse.

–Me queda mejor a mí que a ti –concluyó.

De pronto, me pareció que aquel vestido acrecentaba mi desnudez. Me lo quité rápidamente.

Christa se levantó como movida por un resorte y se puso junto a mí, ante el gran espejo.

–¡Mira! ¡No estamos hechas igual! –exclamó.

–No insistas –dije.

Aquello era un suplicio.

–No desvíes la mirada –ordenó–. Míranos.

La comparación resultaba agobiante.

–Deberías desarrollar tus pechos –dijo con tono docto.

–Solo tengo dieciséis años –protesté.

–¿Y qué? ¡Yo también! Y los míos son otra cosa, ¿no?

–Cada una a su ritmo.

–¡Déjate de cuentos! Te enseñaré un ejercicio. Mi hermana

era como tú. Después de seis meses de ejercicios, había cambiado, créeme. Venga, haz lo mismo que yo: uno, dos, uno, dos...

–Déjame en paz, Christa –dije mientras me dirigía a recoger mi camiseta.

Saltó sobre mi ropa y se la llevó al otro lado de la habitación. Me puse a perseguirla. Ella gritaba de risa. Me sentía tan humillada y furiosa que ni siquiera se me ocurrió coger otra camiseta del armario. Christa corría por la habitación, provocándome con su cuerpo hermoso y triunfal.

En aquel momento, mi madre regresó del trabajo. Oyó unos gritos estridentes procedentes de mi habitación. Corrió, abrió la puerta sin llamar y tuvo la visión de dos adolescentes desnudas galopando en todas direcciones. No se dio cuenta de que una de las dos, su hija, estaba a punto de llorar. Solo tuvo ojos para la risueña desconocida.

En el mismo segundo en el que mi madre penetró en el antro de mi sacrificio, la sonrisa de Christa pasó de ser demoniaca a convertirse en la personificación de la frescura: una franca hilaridad, tan sana como su cuerpo. Dejó de correr, caminó hacia mi madre, tendiéndole la mano.

–Hola, señora. Perdóneme, quería ver cómo estaba hecha su hija.

Y, a continuación, rió, traviesa, deliciosa. Mi madre, estupefacta, miraba a aquella adolescente desnuda que le daba la mano sin rubor alguno. Tras un momento de duda, pareció pensar que se trataba de una niña, y que era la mar de divertida.

–¿Es usted Christa? –dijo empezando a reír.

Y rieron y rieron, como si aquella escena fuera el colmo de la comicidad.

Miraba reír a mi madre con el sentimiento de haber perdido a una aliada.

Yo sí sabía que aquella escena había sido horrible y no cómica. Yo sí sabía que Christa no era una niña, que esa era su estrategia para enternecer a mi madre.

Y veía cómo esta, sin pensar mal, veía el hermoso cuerpo lleno de vida de la joven, y sabía que ya se estaba preguntando por qué el mío no lo era tanto.

Mi madre se marchó. Apenas se hubo cerrado la puerta, la risa de Christa se interrumpió.

–Te he hecho un favor –dijo–. Ahora ya no tendrás problemas con la desnudez.

Pensé que, por el bien de todos, iba a intentar creer en esa versión de aquel momento atroz. Era perfectamente consciente de que no lo conseguiría: cuando estábamos desnudas, una junta a la otra, frente al espejo, me había dado perfecta cuenta del júbilo que sentía Christa: júbilo de humillarme, júbilo de su dominio sobre mí, júbilo, sobre todo, de observar mi sufrimiento al estar desnuda, angustia que respiraba por todos los poros de mi piel y de la cual extraía una vivificante satisfacción.

–Es guapa tu madre –declaró mientras volvía a ponerse la ropa.

–Sí –respondí, sorprendida de oírle comentarios agradables.

–¿Qué edad tiene?

–Cuarenta y cinco años.

–Parece mucho más joven.

–Es verdad –señalé con orgullo.

–¿Cómo se llama?

–Michelle.

–¿Y tu padre?

–François.

–¿Cómo es?

–Ya lo verás. Vendrá esta noche. ¿Y tus padres cómo son?

–Muy diferentes de los tuyos.

–¿A qué se dedican?

–¡Hay que ver qué indiscreta eres!

–¡Pero... si tú me has hecho la misma pregunta sobre los míos!

–No. Eres tú quien ha sentido la necesidad de contarme que tus padres eran profesores.

Me callé, estupefacta ante su mala fe. Además, si no había entendido mal, ella creía que me sentía orgullosa por la profesión de mis padres. ¡Qué idea más absurda!

–No deberías vestirte así –añadió–. No se ven tus curvas.

–¿En qué quedamos? Primero te extasías por el hecho de que tenga pechos, luego te indignas porque no tengo suficientes, y ahora me ordenas que los enseñe. Creo que me he perdido.

–¡Qué susceptible eres!

Y me dedicó una sonrisa sarcástica.

Habitualmente, mis padres y yo comíamos cada uno por su lado, en un rincón de la mesa de la cocina, frente al televisor o en la cama, con una bandeja. Aquella noche, al tener una invitada, mi madre consideró que lo correcto era preparar una cena de verdad y reunirnos en la misma mesa. Cuando nos llamó, suspiré de alivio ante la idea de no quedarme a solas con mi verdugo.

–Buenas noches, señorita –dijo mi padre.

–Llámeme Christa –respondió ella con una soltura formidable y una luminosa sonrisa.

Se acercó a él y, para su sorpresa y la mía, le estampó un beso en cada mejilla. Noté que mi padre se mostraba sorprendido y encantado.

–Es muy amable por su parte haberme acogido esta noche. Su casa es magnífica.

–Tampoco exageremos. Solo la hemos arreglado bien. ¡Si supiera en qué estado nos la encontramos, hace veinte años! Mi mujer y yo hemos...

Y se lanzó en un relato interminable durante el cual no nos ahorró ningún detalle de las fastidiosas obras que habían efectuado. Christa estaba pendiente de sus labios, como si lo que le estaba contando le apasionara.

–Está delicioso –dijo al retomar el plato que mi madre le tendía.

Mis padres estaban encantados.

–Blanche nos ha dicho que vive cerca de Malmédy.

–Sí, me paso cuatro horas diarias en el tren, eso sin contar los trayectos de autobús.

–¿No podría alquilar una habitación de estudiante en la ciudad universitaria?

–Ese es mi objetivo. Trabajo duro para lograrlo.

–¿Trabaja?

–Sí, soy camarera en un bar de Malmédy, los fines de semana, y a veces también durante la semana, cuando no vuelvo demasiado tarde. Me pago los estudios.

Mis padres la contemplaron con admiración y, al minuto siguiente, miraron con reprobación a su hija que, con dieciséis años, ni siquiera era capaz de haber alcanzando su independencia financiera.

–¿A qué se dedican sus padres? –preguntó mi padre.

Me regocijaba ante la idea de que le respondiera como a mí: «¡Hay que ver lo indiscreto que es usted!».

Por desgracia, Christa, tras un breve y muy calculado silencio, declaró con trágica simplicidad:

–Procedo de un medio desfavorecido.

Y bajó la mirada.

Me di cuenta de que acababa de ganar diez puntos en los sondeos.

A continuación, con el entusiasmo de una chica valientemente púdica, declaró:

–Si mis cálculos son exactos, al final de la primavera podré alquilar algo.

–¡Pero eso coincidirá de lleno con la época de exámenes! ¡No podrá compaginar tantos esfuerzos! –dijo mi madre.

–Qué remedio –respondió ella.

Sentía deseos de abofetearla. Lo imputé a mis malos pensamientos y me avergoncé por ello.

Jovial, Christa retomó la palabra:

–¿Sabe lo que me gustaría? Que nos tuteáramos, si me lo permiten, claro. Es verdad, son ustedes jóvenes, me siento un poco estúpida tratándoles de usted.

–Si quieres –dijo mi padre con una sonrisa de oreja a oreja.

Me pareció de un descaro increíble y me daba rabia que mis padres cayeran en su seducción.

En el momento de regresar a nuestra habitación, le dio un beso a mi madre diciéndole:

–Buenas noches, Michelle.

Y luego a mi padre:

–Buenas noches, François.

Me arrepentí de haberle contado cómo se llamaban, como una víctima sometida a torturas lamenta haber delatado a sus camaradas.

–Tu padre también está bien –declaró.

Comprobé que sus cumplidos ya no me complacían.

Se acostó en mi cama y dijo:

–Estoy contenta de estar aquí, ¿sabes?

Puso la cabeza sobre la almohada y se durmió al instante.

Aquellas últimas palabras me afectaron y me sumergieron en un estado de perplejidad. ¿Y si había juzgado mal a Christa? ¿Estaba fundado mi resentimiento hacia ella?

Mi madre nos había visto desnudas a las dos y no le había parecido chocante. Quizá había percibido que tenía un problema con mi cuerpo, quizá había pensado que aquel comportamiento me resultaría saludable.

Christa parecía acomplejada por culpa del medio del cual procedía: no debía tenerle en cuenta haber respondido extrañamente a mi pregunta. Su actitud irracional no era más que la expresión de su malestar.

Además, es cierto que resultaba admirable que, a una edad tan temprana, ella asumiera los gastos de sus estudios. En lugar de cometer la bajeza de irritarme, debía apreciarla todavía más y tomarla como modelo. Me había equivocado de todas todas. Sentí vergüenza por no haber comprendido de entrada que Christa era una chica estupenda y que tenerla como amiga constituía una felicidad inesperada.

Aquellos pensamientos me tranquilizaron.

A la mañana siguiente, le dio las gracias a mis padres con gran efusividad:

–¡Gracias a vosotros he podido dormir tres horas y media más que de costumbre!

Camino de la universidad, no me dirigió la palabra. Lo atribuí a que tenía mal despertar.

Apenas llegamos al anfiteatro dejé de existir para ella. Pasé la jornada en mi acostumbrada soledad. A veces, la risa de Christa resonaba a lo lejos. Ya no estaba segura de que hubiera dormido en mi habitación.

Por la noche, mi madre declaró:

–¡Tu amiga Christa es todo un hallazgo! Es increíble, divertida, espiritual, rebosante de vida...

Mi padre no le fue a la zaga:

–¡Y qué madurez! ¡Qué valentía! ¡Qué inteligencia! ¡Qué sentido de las relaciones humanas!

–¿Verdad? –dije, buscando en mis recuerdos qué cosas tan penetrantes había proferido Christa.

–Has esperado mucho tiempo para tener una amiga, pero en vista de la que nos has traído, lo comprendo: habías situado el listón muy alto –prosiguió mi madre.

–Además es guapa –exclamó el autor de mis días.

–Di que sí –comentó su esposa–. Y eso que no la has visto desnuda.

–¿Ah, no? ¿Cómo es?

–Un pedazo de mujer, si quieres saber mi opinión.

En el punto álgido de mi malestar, intervine:

–Mamá, por favor...

–¡Qué mojigata eres! Tu amiga se ha mostrado ante mí sin remilgos y hace bien. Si pudiera curarte de tus pudores enfermizos, sería perfecto.

–Sí. Y no es ese el único ámbito en el que podría servirte de ejemplo.

Necesité hacer un considerable esfuerzo para contener mi furia. Me limité a decir:

–Me alegro de que Christa os guste.

–¡Nos encanta! ¡Que venga cuando quiera! Ya se lo puedes decir.

–Contad conmigo.

De regreso en mi habitación, me desnudé ante el gran espejo y me contemplé: de la cabeza a los pies, aquel cuerpo me insultó. Me pareció que Christa no lo había criticado lo suficiente.

Desde mi pubertad, detestaba mi físico. Constaté que la mirada de Christa había empeorado la situación; ya solo podía verme a través de sus ojos y me odiaba a mí misma.

Lo que más obsesiona a las adolescentes son los pechos; hace tan poco tiempo que los tienen que no dan crédito. La mutación de las caderas resulta menos sorprendente. Es un cambio y no un añadido. Durante mucho tiempo, esas protuberancias que aparecen sobre el pecho constituyen un elemento extraño para una chica.

Por si eso fuera poco, Christa solo había mencionado ese elemento de mi físico: aquello demostraba, si es que hacía falta demostrarlo, que aquel era mi principal problema. Hice la prueba: escondí totalmente mis pechos en mis manos y me miré: de repente, no solo resultaba aceptable sino que incluso no estaba nada mal. Bastaba con dejar de disimular mi pecho e, inmediatamente, mi aspecto se convertía en lamentable, miserable, como si aquel fracaso contaminara todo el resto.

En mi cabeza, una voz me defendió:

«¿Y qué? Todavía estás creciendo. Tener poco también tiene sus ventajas. Antes de que Christa te mirase, te traía sin cuidado. ¿Por qué le das tanta importancia a la opinión de esa chica?»

En el espejo, vi cómo mis hombros y mis brazos adoptaban la posición preconizada por Christa y efectuaban los ejercicios que me había prescrito.

La voz en mi cabeza gritó:

«¡No! ¡No obedezcas! ¡Deténte!»

Sumiso, mi cuerpo prosiguió con su gimnasia.

Me prometí a mí misma no volver a hacerlo nunca más.

Al día siguiente, decidí no ir al encuentro de Christa. Debió de notarlo, ya que fue ella la que se acercó a mí; me dio un beso y me miró en silencio. Sentí tal malestar que me puse a hablar:

–Mis padres me han encargado que te diga que les encantas y que vuelvas a casa cuando quieras.

–A mí también me encantan tus padres. Diles que me alegra.

–¿Y volverás?

–El lunes que viene.

Voces potentes la llamaron. Se dio la vuelta y se dirigió hacia su pandilla. Se sentó en las rodillas de un tipo; los otros rugieron para pedir el mismo trato.

Estábamos a miércoles. El lunes siguiente todavía quedaba lejos. Me pareció que no tenía tanta prisa. ¿Acaso no estaba mejor sin ella que con ella?

Por desgracia, no estaba segura de que eso fuera así. Estar sin ella significaba estar sola como persona. Desde que había conocido a Christa, mi soledad había empeorado: cuando la joven no se percataba de mi existencia, no era soledad lo que sufría, sino desamparo. Me sentía abandonada.

Peor aún: me sentía castigada. Si ella no se acercaba para hablar conmigo, ¿acaso no era porque había cometido un error? Y me pasaba horas enteras revisando mi comportamiento, a la búsqueda de lo que me había valido un castigo cuyo fundamento se me había escapado, sin que por ello lograra dudar de su justicia.

El lunes siguiente, mis padres recibieron a Christa con excitación. Sirvieron champán: ella dijo que nunca en su vida lo había tomado.

La velada fue festiva: Christa parloteaba, interrogaba a mi padre o a mi madre sobre los temas más diversos, gritaba de risa con sus respuestas, me golpeaba el muslo para tomarme como testigo, lo cual redoblaba la hilaridad general, a la que me costaba sumarme cada vez más.

Me pareció el colmo cuando, al darse cuenta de la elegancia de mi madre, Christa se puso a cantar la canción de los Beatles «Michelle, ma belle...». Estuve a punto de soltarle que el ridículo tenía sus límites cuando vi que mi madre se mostraba encantada. Resulta terrible darse cuenta de que tus padres han perdido su dignidad.

Al hablarles ella era cuando yo descubría la vida de la que se suponía que era mi amiga:

–Sí, salgo con un chico, se llama Detlev, vive en Malmédy. Trabaja en el mismo bar que yo. Tiene dieciocho años. Me gustaría que aprendiera un oficio.

O bien:

–Todos mis compañeros de instituto entraron directamente en la fábrica. Soy la única que ha iniciado una carrera. ¿Por qué ciencias políticas? Porque tengo un ideal de justicia social. Me gustaría saber cómo ayudar a los míos.

(En ese instante, ganó diez puntos más en los sondeos. ¿Por qué hablaba siempre como si estuviera en plena campaña electoral?)

En aquel momento, Christa tuvo una cruel intuición. Se dio la vuelta hacia mí y me preguntó:

–Por cierto, Blanche, no me has dicho por qué estudias ciencias políticas.

Si hubiera tenido el ánimo suficiente, habría replicado: «No te lo he dicho porque no me lo has preguntado». Por desgracia, me sentía demasiado estupefacta para hablar: estaba muy poco acostumbrada a que me dirigiera la palabra.

Harto de mi expresión de asombro, mi padre insistió:

–Venga, Blanche, contesta.

Empecé a tartamudear:

–Me parece interesante aprender de qué modo vivir con los seres humanos...

Me expresaba mal: aquel era, sin embargo, el fondo de mi pensamiento y me parecía que era un punto de vista válido. Mis padres suspiraron. Comprendí que Christa me había interrogado con el único objetivo de humillarme delante de ellos. Objetivo cumplido: a ojos de mis padres, no le llegaba a la suela del zapato a «aquella joven admirable».

–Blanche siempre ha sido demasiado buena –dijo mi madre.

–Nos la tendrás que sacar por ahí –prosiguió mi padre.

Me estremecí: el horror de nuestro *ménage à* cuatro estaba contenido en aquella sucesión pronominal «Nos la». Me había convertido en tercera persona. Cuando se habla de alguien en tercera persona es porque está ausente. En efecto, yo no estaba allí. Las cosas transcurrían entre aquellas personas presentes que eran «tú» y «nos».

–Sí, Christa: enséñale un poco lo que es la vida –añadió mi madre.

–Lo intentaremos –respondió la joven.

Mordí el polvo.

Unos días más tarde, en la universidad, Christa vino a buscarme con expresión de fastidio.

–Les prometí a tus padres presentarte a mis amigos –dijo ella.

–Eres muy amable pero no tengo ningún interés.

–Tú te vienes conmigo; tengo cosas más importantes que hacer.

Y me agarró del brazo. Me lanzó hacia un conglomerado de enormes estúpidos:

–Chicos, esta es Blanche.

Para alivio mío, nadie se fijó en mí. Ya estaba: me había presentado.

Christa había cumplido con su deber. Me dio la espalda y se puso a hablar con otros. Yo estaba de pie, sola en medio de la pandilla; mi malestar era palpable.

Me alejé, cubierta de un sudor frío. Era consciente de la idiotez de lo que acababa de ocurrir: aquel incidente era tan insignificante que había que olvidarlo inmediatamente. Y, sin embargo, no conseguía librarme de aquella impresión de pesadilla.

El profesor entró en el anfiteatro. Los estudiantes tomaron asiento. Al pasar junto a mí, Christa se inclinó justo el tiempo para murmurarme al oído:

–¡Hay que ver cómo eres! Me mato para ayudarte y tú te largas sin hablar con nadie.

Se instaló dos filas más allá, dejándome sin habla, rota.

Ya no pude conciliar el sueño.

Me convencí de que Christa tenía razón: resultaba menos doloroso. Sí, debería haber intentado hablar con alguien. Pero ¿para contarle qué? No tenía nada que contar. ¿Y a quién? No quería conocer a esa gente.

«Lo ves: no sabes nada de ellos y ya has decidido que no quieres conocerlos. ¡Qué despreciativa y altiva llegas a ser! Christa, en cambio, es generosa: se acerca a los demás, como se acercó a ti, o a tus padres. Tiene algo que ofrecer a cada uno. Tú no tienes nada que ofrecer a nadie, ni siquiera a ti misma. Eres una nulidad. Christa quizá sea un poco brusca, pero ella, por lo menos, existe. Cualquier cosa antes que ser tú.»

Consideraciones discordantes chirriaban en mi cabeza:

«¡Basta! ¿Cómo se atreve a decir que se mata por mí? Las presentaciones funcionan en dos direcciones: no te ha dicho el nombre de nadie. Le importas un bledo.»

La respuesta interior tronaba: «¡Menudo descaro! A ella nadie la presentó a nadie. Llegó sola, procedente de su pequeña y lejana provincia, tiene tu edad y no necesita de ninguna ayuda. La verdad es que te comportas como una idiota».

Protesta de la parte contraria: «¿Y tú qué? ¿Alguien me ha oído quejarme? Estoy satisfecha de estar sola. Prefiero mi soledad a su promiscuidad. Estoy en mi derecho».

Gritos de risa: «¡Embustera! ¡Sabes que estás mintiendo! ¡Siempre has soñado con ser aceptada, y más aún teniendo en cuenta que eso no ha ocurrido nunca! ¡Christa es la oportunidad de tu vida! Y estás a punto de desaprovecharla, pobrecita, especie de...».

Luego venían, con respecto a mí, insultos de la peor índole.

Eso era lo habitual durante mi insomnio. Me odiaba a mí misma hasta un punto sin retorno.

La noche del lunes, en mi habitación, le pedí a Christa:

–Háblame de Detlev.

Temía que me soltara un: «¡No es asunto tuyo!», para los que tan dotaba estaba.

Pero no; miró el techo y dijo con una voz distante:

–Detlev... Fuma. Con mucha clase. Impresionante. Alto, rubio. Un poco David Bowie. Tiene un pasado: ha sufrido. Cuando entra en algún sitio, la gente se calla y lo mira. Habla poco, sonríe poco. El tipo de persona que no exterioriza sus sentimientos.

Aquel retrato de atractivo melancólico me pareció de lo más ridículo, salvo en un detalle que me había llamado la atención.

–¿De verdad se parece a David Bowie?

–Sobre todo cuando hace el amor.

–¿Has visto a David Bowie hacer el amor?

–No seas tonta, Blanche –suspiró, harta.

Sin embargo, me parecía que mi pregunta era lógica. Sin duda para vengarse, me lanzó:

–Tú debes de ser virgen, por supuesto.

–¿Cómo lo sabes?

Pregunta idiota. Ella soltó una carcajada. Había vuelto a perder una importante oportunidad de callarme.

–¿Te quiere? –pregunté.

–Sí. Demasiado.

–¿Por qué demasiado?

–Tú no sabes lo que es tener un tipo que te mira como si fueras una diosa.

Su «tú no sabes lo que es» era de lo más despreciativo. La continuación de la frase me pareció grotesca: ¡pobre Christa, que tenía que sobrellevar el cruel destino de ser devorada por la mirada de David Bowie! ¡Menuda cuentista!

–Basta con decirle que te quiera menos –proseguí tomándole la palabra.

–¿Crees que me interesa tu consejo?

Pero no puede evitarlo.

Fingí tener una idea luminosa.

–Podrías enseñarle el contenido de tu pañuelo. Después de eso, estaría menos enamorado.

–Pobrecita, tienes un problema de verdad –me dijo con consternación.

Luego apagó la luz, para dejar bien claro que deseaba dormir.

Mi conciliábulo mental declaró en mi contra: «Puede parecerte todo lo cursi que tú quieras, eso no cambiará nada: te encantaría estar en su lugar. Es amada, tiene experiencia, y tú eres una lerda a la que difícilmente le ocurrirá algo parecido».

Y aun así: aquí de lo que se trataba era de amor de amantes. A los dieciséis años, no resultaba inconcebible que lo hubiera experimentado. Por desgracia, yo no aspiraba a tanto: ¡si tan solo hubiera podido vivir una forma de amor, fuera cual fuera! Mis padres solo me habían demostrado afecto y ahora empezaba a descubrir hasta qué punto resultaba precario: ¿acaso no había bastado con que una seductora jovencita desembarcara para relegarme en su corazón a la categoría de lastre?

Pasé la noche hurgando en mi cabeza: ¿alguien me había querido? ¿Había encontrado en mi camino a un niño o a un adulto que me hiciera experimentar la increíble elección del amor? Pese a mi deseo, no había vivido las grandiosas amistades de las niñas de diez años; en el instituto, no había llamado la apasionada atención de un profesor. En los ojos de los demás, nunca había visto encenderse la llama que, por sí sola, consuela de vivir.

Así que ya podía ir burlándome de Christa. Quizá fuera pretenciosa y superficial y estúpida, pero ella por lo menos se hacía querer. Y me acordaba del salmo: «Benditos sean aquellos que inspiran amor».

Sí, benditos sean, ya que aunque tuvieran todos los defectos, no por ello dejaban de ser la sal de la tierra, de esa tierra en la que yo no servía para nada, yo, en quien nadie se había fijado.

¿Por qué las cosas eran así? Si yo no hubiera amado, habría sido justo. Sin embargo, era justo lo contrario; yo siempre estaba dispuesta a amar. Desde mi más tierna infancia, había perdido la cuenta de las niñas a las que había ofrecido mi corazón y que lo habían rechazado; en la adolescencia, me había prendado de un chico que nunca se había percatado de mi existencia. Y en esos casos se trataba de excesos de amor; las simples muestras de ternura también me habían sido negadas con la misma obstinación.

Christa estaba en lo cierto: debía de tener un problema. Pero ¿cuál? Tampoco era tan fea. De hecho, había visto cómo chicas feas podían llegar a ser muy queridas.

Recordé un episodio de mi adolescencia que quizá contenía la clave que me faltaba. No tenía que buscar demasiado lejos: había ocurrido el año anterior. Tenía quince años y sufría por el hecho de no haber tenido amigos en mi vida. En mi clase de último curso, había tres chicas inseparables: Valérie, Chantal y Patricia. No eran nada del otro mundo, a no ser por el hecho de que siempre estaban juntas y que eso parecía proporcionarles una inmensa felicidad.

Soñaba con formar parte de aquel grupo. Empecé a acompañarlas a todas horas: durante meses, nunca se vio al trío sin verme entre ellas. Me inmiscuía constantemente en sus conversaciones. Es cierto que observaba que ellas no me respondían cuando yo les hacía alguna pregunta; sin embargo, yo era paciente y me conformaba con lo que tenía, que ya me parecía mucho: el derecho a estar allí.

Seis meses más tarde, después de una carcajada, Chantal pronunció esta horrible frase:

–¡Menuda banda formamos las tres!

Y la hilaridad se contagió a las tres.

Sin embargo, yo estaba allí, como lo estaba a todas horas. Un puñal se me clavó en el corazón.

Comprendí la siguiente abyecta verdad: yo no existía. Nunca había existido.

No me volvieron a ver con el trío. Las jóvenes no se percataron ni de mi ausencia ni de mi presencia. Era invisible. Ese era mi problema.

¿Defecto de visibilidad o defecto de existencia? Daba lo mismo: yo no estaba allí.

Aquel recuerdo me torturó. Constataba con repugnancia que la situación no había cambiado.

O mejor dicho, sí: estaba Christa. Christa sí me había visto. No, eso habría sido demasiado maravilloso. Christa no me había visto: había visto mi problema. Y lo utilizaba.

Había visto a una chica que sufría terriblemente por el hecho de no existir. Había comprendido que podía utilizar aquel dolor de dieciséis años de antigüedad.

Ya había conseguido adueñarse de mis padres y de su casa. Probablemente no se conformaría solo con eso.

El lunes siguiente, Christa no acudió a clase.

Así que volví sola a casa.

Mi madre se dio cuenta enseguida de la ausencia de Christa y me hizo toda clase de preguntas:

–¿Está enferma?

–No tengo ni idea.

–¿Cómo que no tienes ni idea?

–Pues eso. No me ha avisado.

–¿Y no la has llamado?

–No tengo su número.

–¿Y nunca se lo has pedido?

–No le gusta que le pregunte cosas de su familia.

–¡Pero hasta el punto de no preguntarle por sus señas!

La culpa empezaba a ser mía.

–También podría llamar ella –dije–. Tiene nuestro número.

–Seguramente es demasiado caro para sus padres.

A mi madre nunca le faltaban argumentos para excusar a la que se suponía era mi amiga.

–¿Ni siquiera tienes su dirección? ¿Ni el nombre del pueblo donde vive? ¡A ver si despabilas!

Mi madre no estaba dispuesta a ceder, y decidió intentarlo en el teléfono de información general.

–Una familia Bildung, en la región de Malmédy... ¿No hay nada? De acuerdo. Gracias.

Llegó la hora en que regresaba mi padre. Su esposa le contó sus pesquisas y mi poca presencia de ánimo.

–¡Hay que ver cómo eres! –me dijo.

La velada fue siniestra.

–¿No te habrás peleado con ella? –me preguntó mi madre de mal talante.

–No.

–¡Por una vez que tienes una amiga! ¡Una chica estupenda! –prosiguió en tono acusador.

–Mamá, te digo que no nos hemos peleado.

De paso, comprendí que mis padres nunca me perdonarían una eventual desavenencia con ella.

Mi padre no conseguía probar bocado de la excelente cena preparada en honor a Christa.

–Quizá haya tenido un accidente –acabó por decir–. ¿Y si la han secuestrado?

–¿Tú crees? –interrogó mi madre con espanto. Desesperada, me retiré a mi habitación. Ni siquiera se dieron cuenta.

Al día siguiente, Christa estaba charlando con su pandilla. Me abalancé sobre ella:

–¿Dónde estabas?

–¿De qué me hablas?

–Anoche. Era lunes, te esperábamos.

–Ah, sí. Acabamos demasiado tarde, Detlev y yo. Por la mañana, no conseguí levantarme.

–¿Por qué no me avisaste?

–Uy, uy, uy, ¿es grave? –suspiró.

–Mis padres estaban preocupados.

–Qué monos. Discúlpame ante ellos, ¿quieres?

Y me dio la espalda para dejarme bien claro que no iba a perder más tiempo en mi compañía.

Por la noche, expliqué como pude la situación a los autores de mis días. Mostraban por Christa una indulgencia sin límites y les pareció de lo más natural. Se apresuraron a preguntarme si vendría el lunes siguiente.

–Creo que sí –respondí.

Se pusieron muy contentos.

–Lo ves –le dijo mi madre a mi padre–, está sana y salva.

En efecto, el lunes siguiente me acompañó a casa. Mis padres la recibieron con redoblada felicidad.

«Se ha salido con la suya», pensé.

No sabía hasta qué punto era cierto. Me di cuenta durante la cena, cuando mi padre tomó la palabra:

–Christa, Michelle y yo hemos estado pensando. Te proponemos que vengas a vivir aquí, con nosotros, durante la semana. Compartirías la habitación de Blanche. Los fines de semana, regresarías a Malmédy.

–¡François, no quieras dirigir la vida de Christa en su lugar! –le interrumpió mi madre.

–Tienes razón, me estoy precipitando. Eres libre de rechazar este ofrecimiento, Christa. Pero los tres seríamos muy felices.

Yo le escuchaba, con lágrimas en los ojos. Con consumado arte, la joven bajó la mirada.

–No puedo aceptarlo... –murmuró.

Contuve la respiración.

–¿Por qué? –preguntó mi padre angustiado.

Ella fingió tener que vencer tremendos pudores antes de responder:

–Yo... no podría pagar el alquiler...

–En ningún momento hemos pensado en eso –protestó mi madre.

–En fin, que no puedo. Es demasiado generoso por vuestra parte...

Esa era exactamente mi opinión.

–¿Estás de broma? –dijo mi padre–. ¡Por tu parte sí que sería generoso! ¡Somos tan felices cuando estás aquí! ¡Blanche está transfigurada! ¡Eres una hermana para ella!

Aquello adquiría proporciones tales que estuve a punto de reír.

Christa me miró con timidez.

–Blanche, tú necesitas tu intimidad, en tu habitación. Es normal.

Estaba a punto de responder cuando mi madre se interpuso:

–Deberías haber visto hasta qué punto Blanche estaba desolada, la semana pasada, cuando no viniste. ¿Sabes?, ella nunca ha sido demasiado hábil para hacer amigas. Así que te aseguro que para ella, si aceptas, sería fantástico.

–Venga, Christa, nos harías muy felices a todos –insistió mi padre.

–En ese caso, no puedo negarme –convino ella.

Para aceptar, había esperado a que se lo agradeciéramos.

Mi madre se levantó para abrazar a Christa, que fruncía la nariz de satisfacción. Mi padre estaba radiante.

Yo era huérfana.

Tuve la confirmación de mi orfandad un poco más tarde, en la cocina, mientras recogía los platos junto al autor de mis días. Sabiendo que Christa no podía oírnos, pregunté:

–¿Por qué no me has pedido mi opinión?

Imaginé que iba a darme esta legítima respuesta: «Estoy en mi casa, invito a quien me da la gana».

No obstante, su respuesta fue:

–No solo es tu amiga. También lo es nuestra.

Estuve a punto de rectificar diciéndole que ya solo era la suya cuando Christa entró dando gozosos brincos, acentuando hasta el delirio la parte infantil a la que todavía tenía derecho.

–¡Soy tan feliz! –gritó.

Saltó a los brazos de mi padre, y luego me besó en las mejillas.

–¡François, Blanche, ahora sois mi familia!

Mi madre se unió a nosotros para completar aquella conmovedora estampa. La joven, que parecía sacada de un cromo, reía y daba saltitos de alegría, abrazaba a mis padres, enternecidos ante aquella virginal frescura. La escena me parecía el colmo de la ridiculez y yo me sentía consternada por mi aislamiento. Intervine con cierta frialdad:

–¿Y Detlev?

–Lo veré los fines de semana.

–¿Te conformarás con eso?

–Claro que sí.

–Y él, ¿estará de acuerdo?

–No querrás que le pida permiso, ¿verdad?

–¡Bravo, Christa! –se entusiasmó mi madre.

–¡Qué anticuada eres! –me dijo mi padre.

No habían entendido nada. No me refería a la libertad o a pedir permiso. Yo tenía una idea del amor, una idea según la cual, si alguna vez lo experimentaba, no podía imaginar ninguna separación.

¿Podía tolerarse entre el ser amado y yo más distancia que no fuera del tamaño del filo de una espada? Me guardé muy mucho de exponer unos puntos de vista que adivinaba habrían motivado oleadas de burlas.

Y miraba con gravedad cómo los nuevos padres de Christa celebraban aquella catástrofe.

El martes, la intrigante tuvo que regresar a su pueblo para recoger algunas cosas.

Durante la noche del martes al miércoles, saborée la soledad de mi habitación con trágico deleite. Definitivamente, lo poco que creía poseer, ya no lo poseía, o más bien lo poseía de un modo tan precario que la expropiación resultaba fatal. El tesoro de las chicas desamparadas, el espacio de una habitación para una misma, eso también me era arrebatado.

No dormí. Me dejé penetrar por todo aquello de lo que iban a desposeerme. Mi santuario desde mi nacimiento, el templo de mi infancia, la caja de resonancia de mis lamentos de adolescente.

Christa había dicho que mi habitación no se parecía a nada. Era cierto: no pareciéndose a nada era como aquella habitación se parecía a mí. De las paredes no colgaban retratos de cantantes ni pósteres de criaturas evanescentes y diáfanas: estaban desnudas como el interior de mi ser. Ninguna austeridad espectacular que pudiera inducir a pensar que estaba avanzada respecto a mi edad: no lo estaba. Aquí y allá, unos libros se amontonaban: me servían de identidad.

Aquel mundo insignificante que tan preciado era para mí iba a ser invadido en nombre de una amistad inexistente que, sin embargo, yo tendría que fingir, a riesgo de perder hasta el último vestigio del afecto de mis padres.

Me sermoneaba a mí misma por todo: «Qué pequeño es tu universo, qué insignificantes son tus dramas, piensa en aquellos que no tienen habitación, y además Christa te enseñará lo que es la vida, no te vendrá mal».

Aquellos comentarios bienintencionados no me convencían lo más mínimo.

El miércoles por la tarde, la invasora desembarcó con una enorme bolsa que me hizo temer lo peor, y aquello solo era el principio: empezó a sacar ropa hasta nunca acabar, un radiocasete con cd y sus compact discs de traumáticos títulos, objetos con un supuesto valor sentimental y, para colmo de horrores, varios pósteres.

–¡Por fin vas a tener una habitación de adolescente! –exclamó Christa.

Y desenrolló sobre las paredes rostros de individuos de cuya notoriedad me había librado hasta entonces y que, en adelante, tendría que padecer. Me prometí a mí misma olvidar sus nombres.

Hizo retumbar en aquel espacio repelentes melopeas con letras cargadas de buenas intenciones y llegó a la aberración de cantar al mismo tiempo que el disco.

Empezaba muy fuerte.

Christa no soportaba escuchar un disco hasta el final: tenía que cambiar continuamente. Aquel proceder constituía una forma de tortura: en efecto, cuando interrumpía un disco, preferentemente en medio de una canción, uno volvía a albergar esperanzas, pensaba que quizá ella misma se había percatado por fin de la indigencia de aquellos decibelios; por desgracia, cuando escuchabas su nueva selección «musical», inmediatamente echabas de menos la anterior, no sin antes amonestarte y esforzarte en apreciar esta, pensando ya en la que no tardaría en llegar.

–¿Te gusta? –me preguntó tras varias mediashoras de suplicio.

La pregunta me pareció ridícula. ¿Desde cuándo los agresores se preocupaban por la opinión de sus víctimas? ¿Hasta ese punto podía yo mentir? Sí.

–Mucho. Sobre todo el rock alemán –me oí a mí misma responder con horror.

El rock alemán era sin duda la peor de las imposiciones de

Christa. ¿Acaso era masoquista hasta el extremo de confesar una preferencia que se correspondía con la cima de mi repugnancia? Pensándolo bien, no. En primer lugar, puestos a escuchar monstruosidades, mejor llegar hasta lo más profundo del horror: tocar fondo resulta menos espeluznante que permanecer en la superficie de la abyección. En segundo lugar, por más repelente que fuera el rock alemán, ofrecía, respecto a los bardos francófonos, una innegable superioridad: las letras no se entendían.

–¡Tienes razón, es genial! A Detlev y a mí nos encanta –se entusiasmó.

Y puso a todo volumen una melodía que llevaba el delicado título de: *So schrecklich*. «Nunca mejor dicho», pensé. ¿Qué le había ocurrido a la cultura alemana, que por su excelencia había sido la de geniales compositores, para que hoy la creación musical teutona fuera la más fea del mundo? En cuanto a la vida amorosa de Detlev y Christa, mecida por aquellos himnos ineptos y mefíticos, debía de estar muy alejada de la del caballero del cisne.

Alguien llamó tímidamente a la puerta. Era mi padre.

–¡Buenas noches, François! –clamó Christa con una sonrisa de oreja a oreja–. ¿Estás bien?

Que tuteara a mis padres y los llamara por su nombre me seguía pareciendo extraño.

–Sí, muy bien. Perdón, ¿no está la música un poquitín fuerte? –balbuceó.

–Es verdad –dijo ella bajando el volumen–. Era para complacer a Blanche: es su música favorita.

–Ah –dijo él mirándome con consternación. Y se marchó.

Así pues, no solo tenía que sufrir aquel castigo auditivo sino que, además, era necesario convencer a mi entorno de que yo era la principal responsable de aquel ultraje.

En la universidad, me presentó más activamente a sus amigos. Se había convertido en un trámite indispensable.

–Ahora vivo con Blanche. Tiene dieciséis años, igual que yo.

–¿Tienes dieciséis años, Christa? –preguntó un estudiante.

–Pues sí.

–No lo parece.

–Blanche, sí, ¿verdad?

–Sí –dijo el tío al que yo le importaba un bledo–. ¿Cómo te las has apañado para entrar en la universidad con dieciséis años, Christa?

–Sabes, en el lugar del que procedo la vida es dura. Sentí la necesidad de crecer más deprisa para marcharme, liberarme, volar con mis propias alas, ¿comprendes?

Entre las cosas de Christa que más nerviosa me ponían, estaba esa manera de trocear frases la mar de obvias y culminarlas con un «¿comprendes?», como si el interlocutor fuera incapaz de captar la sutileza de su discurso.

–Comprendo –convino el amigo.

–Pues eres un pedazo de mujer –declaró un melenudo alto.

–Blanche es otra cosa –prosiguió Christa–. Su padre y su madre son profesores, así que ella, como comprenderéis, es estudiosa. Además, antes de conocerme a mí, nunca había tenido una amiga. Se aburría tanto que era la mejor de la clase.

Los chicos de su pandilla emitieron una leve risa despreciativa.

Preferí no demostrar que me sentía ofendida.

¿Qué pretendía saber de mi vida? ¿Y con qué derecho me sometía a las burlas de los suyos? ¿Qué necesidad tenía de hacer eso?

Ya me había dado cuenta de que Christa dedicaba lo esencial de su tiempo a su autopromoción. Y sin duda le parecía más eficaz disponer para este fin de un cardo como yo.

Decididamente, yo era un filón: gracias a mí, ella tenía alojamiento, comida y ropa limpia, sin más gastos que ridiculizarme en público, lo cual resultaba igualmente útil a sus intereses.

De ese modo, presumía de su imagen de chica meritoria, valiente, adelantada para su edad, avispada, etc., en detrimento de una imbécil boba y sin luces, procedente de un medio «privilegiado»; mediante no sé qué juego de manos conseguía insinuar que tener unos padres profesores era señal de un extraordinario bienestar material.

La noche de aquella encantadora escena con sus amigos, declaró:

–Gracias a mí, ahora ya estás integrada.

Sin duda esperaba que le diera las gracias. Me mantuve muda.

Hasta conocer a Christa, uno de los placeres de mi vida de adolescente había consistido en leer: me tumbaba en mi cama con un libro y me convertía en el texto. Si la novela era buena, el libro hacía que yo me convirtiera en él. Si era mediocre, no por ello dejaba de compartir horas maravillosas, deleitándome en lo que no me gustaba, sonriendo por las ocasiones fallidas.

La lectura no es un placer sustitutivo. Vista desde fuera, mi existencia era esquelética; vista desde dentro, inspiraba lo mismo que inspiran los apartamentos cuyo único mobiliario consiste en una biblioteca suntuosamente llena: la envidia admirativa por quien no carga con lo superfluo y rebosa de lo necesario.

Nadie me conocía desde dentro: nadie sabía que no tenía por qué quejarme, solo yo, y eso me bastaba. Me aprovechaba de mi invisibilidad para leer durante días sin que nadie se diera cuenta.

Aparte de mis padres, no había nadie más para percatarse de aquel comportamiento. Era blanco de sus sarcasmos: la bióloga de mi madre se ofendía de que descuidara mi físico; mi padre la secundaba con gran acompañamiento de citas latinas o griegas, *mens sana in corpore sano,* etc., me hablaba de Esparta e imaginaba sin duda que existían gimnasios a los que podría haber acudido a entrenarme como discóbolo. Incluso habría preferido tener como retoño a un Alcibíades antes que a aquella chica prendada de la literatura, soñadora y solitaria.

Yo no intentaba defenderme. ¿Para qué intentar explicarles que era invisible? Creían que yo era altiva, que despreciaba los placeres propios de mi edad: me habría encantado hallar el manual de instrucciones de mi adolescencia, pero resultaba imposible sin la mirada de alguien. Mis padres no me miraban, puesto que ya habían decidido que era «demasiado buena, carente de vitalidad, etc.». Una mirada auténtica carece de ideas preconcebidas. Si unos ojos auténticos se hubieran posado en mí, habrían visto una pila atómica, un arco tensado al máximo, pidiendo solo una flecha o un blanco, y proclamando a gritos su deseo de recibir ambos tesoros.

Sin embargo, mientras aquellas gracias me fueran negadas, no me producía ninguna frustración florecer en los libros: esperaba a que llegara mi hora, tejía mis pétalos con Stendhal y Radiguet, que no me parecían los peores ingredientes de este mundo. No me conformaba con cualquier cosa.

Con la llegada de Christa, la lectura tenía algo de coitus interruptus: si me sorprendía leyendo, empezaba por echarme una reprimenda («¡tú siempre con tus libros!») y luego se ponía a hablarme de miles de cosas sin interés alguno, que repetía invariablemente cuatro veces; como me aburría tanto cuando ella charlataneaba, no tenía más remedio que contar sus inútiles repeticiones y sorprenderme de aquel ciclo cuaternario.

–Y Marie-Rose va y me dice... Entonces voy y le digo a Marie-Rose... Increíble, eh, lo que me ha dicho Marie-Rose... Bueno, y ya puedes imaginarte lo que le he dicho a Marie-Rose, que...

A veces, por cortesía, me obligaba a mí misma a fingir una reacción, como:

–¿Quién es Marie-Rose?

En mala hora. Christa se exasperaba.

–¡Te lo he contado mil veces!

En efecto, probablemente había evocado cuatro mil veces a aquel personaje recurrente y fastidioso para mí, y yo debía de haberlo olvidado otras cuatro mil veces.

En resumen, más valía que me callara y la mirara hablar puntuando su discurso con repetidos «mmm» o cabeceos. Sin embargo, me preguntaba por qué se comportaba así: no era idiota, no podía parecerle divertido narrarme todos aquellos cotilleos que constituían su relato. Había llegado a la conclusión de que Christa sufría una envidia patológica: cuando me veía feliz en compañía de un libro, tenía que destruir aquel instante de felicidad como fuera o, en su defecto, apropiarse de él. Había conseguido acaparar a mis padres y la casa, ahora tenía que conseguir acaparar mis alegrías. No obstante, yo estaba dispuesta a compartirlas.

–Si me dejas acabar de leer, te prestaré este libro.

Ella no podía esperar, me lo arrancaba de las manos, lo abría por cualquier página, ya fuera por el medio o el final (no me atrevía a expresarle el desprecio que me inspiraban semejantes prácticas), se instalaba allí con una mueca de duda; yo iba a buscarme otro libro y apenas el texto conseguía envolverme con sus brazos ya volvía ella a hablar de Marie-Rose o de Jean-Michel. Era insoportable.

–¿No te gusta esta novela? –le pregunté.

–Creo que ya la he leído.

–¿Cómo que crees? Cuando te comes un trozo de tarta, sabes si lo has comido, ¿no?

–Tú sí que estás hecha una buena tarta.[1]

Y empezaba a reír, encantada con su ocurrencia. Mi expresión de consternación le parecía una victoria. Creía haberme dejado sin habla. En realidad, me sentía hundida al descubrir cuán estúpida podía llegar a ser.

Como quería comer conejo sin pagar el salmorejo, presumía de sus lecturas delante de mis padres. Caían en todas sus trampas y se extasiaban:

–¡Todavía encuentras tiempo para leer, a pesar de tus estudios y de tu trabajo de camarera!

–No es el caso de Blanche, que, aparte de leer, no hace absolutamente nada.

–Haznos un favor, Christa: arráncala de sus libros, ¡enséñale a vivir!

–Si es para haceros un favor, os prometo intentarlo.

¡Qué buena era para sugerir en todo momento que teníamos excelentes razones para estar en deuda con ella! ¿Acaso había sometido a mis padres a una trepanación para que se hubieran vuelto tan estúpidos? Yo los miraba sin comprender: ¿no se daban cuenta de que no dejaban de repudiarme? ¿Por qué menospreciaban a su hija? ¿Tan poco peso tenía su afecto por mí?

Sin embargo, yo no les había causado el más mínimo problema. En dieciséis años, nadie se había quejado de mí y yo nunca les había reprochado haberme dado la vida, una vida que, no obstante, todavía no me había demostrado en qué merecía la pena.

Recordé de repente la parábola del hijo pródigo: ya entonces, como señaló Cristo, los padres preferían al hijo que se había portado mal. Con más motivo si lo dijo Christa. Quizá Cristo y Christa barrían hacia dentro: ellos eran el hijo pródigo. Y yo era el lamentable hijo bueno, aquel que no ha tenido la habilidad de de-

1. Juego de palabras intraducible. En francés, *tarte* significa «tarta» pero también «cursi». *(N. del T.)*

mostrar, mediante sus turbulencias, sus fugas, sus impertinencias, sus insultos, que merecía con creces el amor de su padre y de su madre.

La intrigante cumplió su palabra. Me llevó a una de aquellas innumerables veladas universitarias que tenían lugar casi todas las noches, organizadas por una u otra facultad, en locales infames de los que nunca comprendí si habían sido concebidos con este propósito o para almacenar neumáticos viejos.

Estábamos en noviembre, yo tiritaba de frío enfundada en mis tejanos. Había un ruido endemoniado, una sonorización que difundía castigo tras castigo. Podías elegir entre ahogarte con el humo de los cigarrillos o quedarte cerca de la puerta abierta y pillar una neumonía. Una iluminación infecta hacía que la gente pareciera todavía más fea.

–Esto no hay quien lo aguante –dijo Christa.

–Comparto tu opinión. ¿Nos vamos?

–No.

–Acabas de decir que esto no hay quien lo aguante.

–Les prometí a tus padres que te sacaría.

Yo estaba a punto de protestar cuando ella vio a unos amigos suyos. Se acercaron a buscarla con las groseras manifestaciones de efusividad que tenían por costumbre. Se pusieron a bailar y a beber juntos.

Tenía la impresión de estar en el matadero pero, como mis pies estaban congelados, yo también fingí bailar. Christa se había olvidado de mi existencia. Mejor así.

A mi alrededor, muchos estudiantes estaban borrachos. Yo también habría deseado estarlo, pero estaba demasiado sola para beber. Me cansaba de moverme sin desplazarme de mi sitio. Así transcurrieron varias horas agotadoras, absurda lucha carente de todo sentido.

De repente, los castigos de martillo mecánico se trocaron en castigos de bayeta: las canciones lentas. Los chicos se abalanzaron sobre las chicas. Un tipo normal me llevó consigo y me agarró por la cintura. Le pregunté cómo se llamaba.

–Renaud. ¿Y tú?

–Blanche.

Aparentemente, aquella presentación le bastó ya que, acto seguido, me encontré con su boca sobre la mía. Aquellas costumbres me parecieron raras, pero como nunca me había besado nadie, decidí analizarlo.

Resultaba extraño. Había una lengua que ondulaba como el monstruo del lago Ness por mi paladar. Los brazos del chico exploraban mi espalda. Resultaba sorprendente sentirse visitada de aquel modo.

El turismo duró bastante. Empezaba a tomarle gusto.

Una mano me cogió por el hombro y me liberó del abrazo. Era Christa.

–Es tarde, nos vamos –dijo.

Renaud me saludó con un movimiento de cabeza que le devolví.

Al abandonar la sala, observé que, aquí y allá, en el suelo de cemento, chicos y chicas se acariciaban de un modo significativo. Si Christa no hubiera acudido a buscarme, quizá me habría pasado lo mismo, no lo sabía.

Sin duda algo había ocurrido. Experimentaba una auténtica exaltación. Era un personaje ridículo y extático a la vez: una chica de dieciséis años que ha recibido su primer beso. Semejantes estupideces grandiosas merecían la pena.

No decía nada. Christa, que no se había perdido detalle de aquel acontecimiento, me miraba de reojo, con expresión de estar pensando que mi emoción era el colmo de lo grotesco. Probablemente estaba en lo cierto, pero yo deseaba que se callara: todos tenemos derecho a nuestra pequeña y necia satisfacción; por fin estaba viviendo la mía, esas alegrías eran frágiles, bastaba una sola palabra para acabar con ellas.

Por desgracia, Christa no guardó el silencio que yo necesitaba. Me soltó:

–¡Estas fiestas estudiantiles son pura beneficencia! ¡Incluso los desahuciados encuentran algo!

Y rompió a reír.

Yo la miré, anonadada. Ella clavó sus ojos en los míos y vi que estaba saboreando mi humillación. Sus risas volvieron con más fuerza si cabe.

Un relámpago atravesó mi cráneo: «¡No se llama Christa! ¡Se llama Antichrista!».

Aquella noche, mientras Antichrista dormía en la que había sido mi cama, intenté poner un poco de orden entre los diversos tumultos que se atropellaban dentro de mí. Experimentaba la siguiente confusión mental:

«¡No le basta con robarme lo poco que tenía, tiene que pudrirlo todo! Se da perfecta cuenta de cuál es mi punto débil, y abusa de ello, disfruta haciendo daño y me ha elegido como víctima. Solo le aporto cosas buenas, ella solo me aporta cosas malas. Esta historia acabará mal. ¡Antichrista, escúchame, eres el mal, te derribaré como a un dragón!»

Al poco rato, oía:

«¡Deja ya de delirar, hay que ver qué susceptible eres! Se ha burlado un poco de ti, tampoco es tan grave, si tuvieras un poco más de experiencia respecto a la amistad, sabrías que estas cosas son normales, y no olvides que ha sido ella la que te ha llevado a esa fiesta, sin ella nunca habrías tenido el valor de acudir, y estás contenta de lo que te ha ocurrido allí, de acuerdo que es el diablo en persona, pero te enseña a vivir, y, te guste o no, lo necesitabas.»

La respuesta no se hizo esperar:

«Eso es, le sigues el juego a tu enemiga, siempre encuentras excusas para justificarla, ¿cuántas veces vas a tener que morder el polvo antes de reaccionar? ¡Si no te respetas a ti misma, no te sorprendas de que ella no te respete!»

La negociación no acababa nunca.

«¿Y qué vas a hacer? ¿Exigirle que te pida perdón? ¿Y lo mal que vas a quedar? Serías menos estúpida si no demostraras que te ha herido. ¡Manténte por encima de todo eso! ¡No te complazcas en tu manía persecutoria!»

«¡Cobarde! ¿Con qué palabras disfrazas tu cobardía?»

«No eres realista. Christa no es el diablo. Tiene su lado bueno y su lado malo. Ha desembarcado en tu mundo y te costaría librarte de ella. Hay algo que no puedes negar y es que ella es la vida: está dotada para vivir y tú no. Siempre hay que seguir la corriente de la vida, no hay que oponerle resistencia. Si sufres, es porque la rechazas. Baja la guardia. Cuando la aceptes de verdad, dejarás de sufrir.»

Como no conseguía salir de aquella disputa interior, me esforzaba en pensar en otra cosa. Pensaba en el beso de aquel desconocido: ¿acaso no resultaba increíble que me hubieran besado? ¡Aquel chico, pues, no se había percatado de que era una anormal! Eso significaba que era posible no percatarse de ello: gran noticia.

Intenté recordar el rostro de Renaud. No pude recordar ni el más mínimo de sus rasgos. Nada menos romántico que aquel ligue de pacotilla, pero me daba igual: no podía pedir más.

Al día siguiente, Christa les anunció a mis padres:

–¡Anoche Blanche recibió su primer beso de verdad!

Me miraron con incredulidad. Rabiosa, me mantuve en silencio.

–¿Es cierto, Christa? –preguntó mi madre.

–¡Tanto como que lo vi!

–¿Y cómo era el chico? –interrogó mi padre.

–Era normal –dije con sobriedad.

–O sea, el primero que se le puso a tiro –comentó Christa.

–Eso está muy bien –dijo mi madre, con una expresión que parecía encantada con aquel excelente pedigrí.

–Para Blanche está bien, sí –aprobó mi padre.

Y los tres se echaron a reír. ¡Ah, qué felices eran!

Por un momento, me pareció ver dentro de mi cabeza un titular en la sección de Sucesos: «Una chica de dieciséis años degüella a sus padres y a su mejor amiga. Se niega a explicar el motivo».

–¿Y qué, Blanche, te gustó? –preguntó mi madre.

–No es asunto tuyo –respondí.

–La señorita tiene sus secretos –comentó Christa. Nueva hilaridad del trío.

–En todo caso, puedes agradecérselo a Christa: lo que te ocurre es gracias a ella –dijo el autor de mis días.

El titular del periódico se fue definiendo con mayor precisión en mi cabeza: «Una chica de dieciséis años degüella a su mejor amiga, prepara un guiso con ella y se lo sirve a sus padres, que mueren envenenados».

A solas con Antichrista, me sorprendí hablándole secamente:

–Te ruego que no les cuentes a mis viejos lo que no les atañe.

–Uy, uy, uy, la señorita...

–¡Pues sí! Y si no te gusta, te vas a otra parte.

–¡Tranquila, Blanche! Está bien, ya no diré nada.

Sorprendida, se calló.

Viví aquello como una victoria confusa. ¿Por qué no le había hablado así antes? Sin duda porque me daba miedo salirme de mis casillas. Sin embargo, acababa de demostrarme a mí misma que era capaz de tenerla a raya sin montar en cólera. Me acordaría de aquella proeza, que esperaba repetir.

Aquel heroico episodio me proporcionó fuerzas durante unos días. En el patio o en casa, ignoraba soberanamente a la intrusa. Cuando la miraba a escondidas, era para hacerme la siguiente pregunta: «¿Christa es guapa o fea?».

Como quien no quiere la cosa, era un interrogante peliagudo, la prueba es que la respuesta se me escapaba. En general, uno no tiene que reflexionar demasiado para determinar si alguien es guapo o feo: eso se sabe sin que sea necesario siquiera formularlo, y la llave de los misterios de una persona no tiene que ver con eso. La apariencia siempre es un enigma más, y no el más espinoso.

El caso de Christa era singular. Aunque tenía un cuerpo magnífico, era imposible pronunciarse respecto a su rostro. De entrada, se imponía de un modo tan deslumbrante que ocultaba hasta la más mínima sombra de duda: por fuerza era la más hermosa del universo, porque sus ojos brillaban como mil hogueras, porque su sonrisa deslumbraba, porque una luz inimaginable emanaba de ella, porque la humanidad entera estaba enamorada de ella. Cuando un ser alcanza semejante grado de seducción, nadie puede imaginar que no sea guapo.

Menos yo. Única en mi especie, tenía derecho a poseer un secreto que Christa, sin saberlo, me revelaba cada día: el rostro de Antichrista, el rostro de la que, muy lejos de desear gustarme, me consideraba menos que nada. Y, cuando estaba a solas con ella, me daba cuenta de que estaba irreconocible: su mirada vacía ya no disimulaba la pequeñez de sus ojos deslavados, su expresión hueca mostraba sus labios apretados, su apagada fisionomía permitía observar hasta qué punto sus rasgos eran pesados, hasta qué punto su cuello carecía de gracia, hasta qué punto al contorno de su cara le faltaba finura, hasta qué punto su estrecha frente marcaba los límites de su belleza y de su espíritu.

En realidad, se comportaba conmigo como una vieja esposa a la que, en presencia de su marido, ya no le da apuro pasear de aquí para allá con los rulos puestos, una bata infecta y una expresión ceñuda, y que reserva para otros los rizos encantadores, los vestidos favorecedores y las carantoñas de gatita. Y yo pensaba con amargura que el veterano esposo por lo menos podía consolarse pensando en la época en la que la deliciosa criatura intentaba seducirle; mientras que yo solo había recibido dos efímeras sonrisas, punto y final; ¿para qué esforzarse por una cernícala como yo?

Cuando una tercera persona aparecía, la metamorfosis no tardaba ni un segundo en producirse, resultaba espectacular. Inmediatamente los ojos se iluminaban, las comisuras de los labios ascendían, los rasgos iluminados se aligeraban, inmediatamente desaparecía la jeta de Antichrista para dejar emerger, exquisita, fresca, disponible, idílica, a la joven, el arquetipo de la virgen recién salida del cascarón, a la vez desvergonzada y frágil, ese ideal inventado por la civilización para consolarse de la fealdad humana.

La ecuación se enunciaba en los siguientes términos: Christa era tan hermosa como repelente era Antichrista. Este segundo adjetivo no era exagerado en absoluto: repelente era aquella máscara de desprecio cuya exclusividad parecía tener yo, repelente su significado: no eres nada, tú no me mereces, date por satisfecha con servirme de valedora social y de felpudo de dormitorio.

Debía de existir en su alma un interruptor que le permitía pasar de Christa a Antichrista. El conmutador no tenía posición intermedia. Y a mí me tocaba preguntarme si existía un denominador común entre la que estaba *on* y la que estaba *off.*

Los fines de semana suponían mi liberación. Vivía a la espera del Grial semanal: el viernes por la noche, cuando la intrigante regresaba a Malmédy.

Me tumbaba en la cama, que volvía a ser la mía. Redescubría el mayor lujo de este planeta: una habitación propia. Un lugar en el que uno goza de una paz real. Flaubert necesitaba de una habitación en la que declamar a gritos, yo no podía vivir sin un lugar donde soñar, una habitación en la que no hubiera nada ni nadie, ningún obstáculo que dificultara el vagabundeo infinito de la mente, en la que el único decorado era la ventana; cuando una habitación tiene una ventana, significa que uno tiene su parte de cielo. ¿Para qué pedir más?

Había situado mi cama –la cama de la que se había apropiado Christa– de manera que pudiera ver el cielo. Permanecía tumbada durante horas, con la nariz inclinada oblicuamente, contemplando mi porción de nubes y de horizonte. La intrusa que había tomado posesión de mi lecho nunca miraba por la ventana: me había robado sin provecho alguno mi bien más preciado.

Sería ingrata si negara que Christa me había enseñado a apreciar mejor el valor de aquello de lo que me privaba: la soledad elegida, el silencio, el derecho a leer durante tardes enteras sin oírla hablar de Marie-Rose y de Jean-Michel, la embriaguez de escuchar la ausencia de ruido, con mayor motivo la ausencia de rock alemán.

Admitía voluntariamente mi deuda a este respecto. Pero ahora que mi aprendizaje había terminado, ¿no podía marcharse Christa? Prometí no olvidar la lección.

Del viernes por la noche hasta el domingo por la noche, solo abandonaba mi cuarto para llevar a cabo indispensables incursiones al cuarto de baño o a la cocina. Me quedaba poco tiempo en esta última, y luego llevaba conmigo alimentos fáciles de comer en la cama. Veía lo menos posible a los traidores de mis padres.

Les oía preocuparse: «¡Esta niña no vive cuando su amiga no está aquí!».

En realidad, solo vivía cuando ella no estaba aquí. Bastaba que sintiera su presencia, ni siquiera a mi lado, bastaba que la sintiera en un radio de cien metros, estuviera o no visible, eso no importaba: saber que estaba allí me producía la sensación de un baño de hormigón, hasta asfixiarme. Por más que intentara razonar, que me repitiera: «Está en el cuarto de baño, tiene para rato: eres libre, es como si no estuviera aquí», el impacto de Christa era más fuerte que aquella lógica.

–¿Cuál es tu palabra preferida en francés? –me preguntó un día.

Las preguntas de Christa eran falsas preguntas. Me las hacía con el único objetivo de que yo se las devolviera: interrogar era uno de los medios privilegiados de su perpetua autopromoción.

Consciente de que no escucharía mi respuesta, y sin embargo dócil, le dije:

–Arqueada. ¿Y la tuya?

–Equidad –respondió espaciando las sílabas, como alguien que acaba de descubrir algo–. ¿Te das cuenta? Nuestras elecciones son reveladoras: en tu caso, se trata de una palabra por el simple amor por la palabra; en el mío, que procedo de un medio desfavorecido, es un concepto que tiene valor de compromiso.

–Claro –comenté pensando que si la ridiculez fuera mortal, la intrusa habría desaparecido tiempo ha.

Por lo menos estábamos de acuerdo en algo: nuestras elecciones eran significativas. De la suya chorreaban los buenos sentimientos: no expresaba ningún amor por la lengua, en efecto, sino una necesidad inusitada de hacerse valer.

Conocía lo suficiente a Christa para saber que ignoraba el significado de la palabra «arqueada»: sin embargo, se habría muerto antes que preguntármelo. Era, no obstante, la palabra más simple: la arqueada es el alcance de un arco, del mismo modo que la zancada es el alcance de una pierna y la pisada el alcance de un paso. Ninguna palabra tenía tanto poder de ensoñación sobre mí: contenía el arco tensado hasta el punto de romperse, la flecha y, sobre todo, el momento sublime de soltar la cuerda, el surgimiento de la flecha surcando el aire, la tensión hacia el infinito, y ya el declive caballeresco, puesto que, pese al deseo del arco, su alcance será finito, mensurable, impulso vital interrumpido en pleno vuelo. La arqueada era el avance por excelencia, del nacimiento hasta la muerte, pura energía consumida en un instante.

A continuación inventé la palabra «christada»: el alcance de Christa. La christada designaba el perímetro que la presencia de Christa era capaz de envenenar. La christada abarcaba varias arqueadas. Existía una noción más amplia que la christada: la antichristada, círculo maldito dentro del cual vivía cinco días por semana, de circunferencia exponencial, ya que Antichrista ganaba terreno a ojos vistas, mi habitación, mi cama, mis padres, mi alma.

El domingo por la noche, el yugo regresaba: mis padres acogían con efusividad a «aquella a la que habíamos echado tanto de menos» y yo era expropiada de nuevo.

Cuando llegaba el momento de apagar los fuegos de la bienvenida, había dos posibilidades; o bien Christa me miraba con fastidio y me decía exasperada: «Vale ya, no estoy obligada a contártelo todo» –cuando en realidad yo no se lo había pedido–; o bien, lo cual era peor, me lo contaba todo –cuando tampoco se lo había pedido.

En el segundo caso, era agraciada con relatos interminables sobre el bar de Malmédy en el que trabajaba, sobre sus más mínimas conversaciones con Jean-Michel, Gunther y los otros clientes que me importaban un comino.

Solo resultaba interesante cuando hablaba del tema que me apasionaba en secreto: Detlev. Me había construido una mitología alrededor de aquel chico que imaginaba parecido a David Bowie a los dieciocho años. ¡Qué guapo debía de ser! Detlev debía de ser el hombre ideal: solo podía enamorarme de él.

Le había pedido a Christa que me enseñara una fotografía suya.

–No tengo. Las fotos no molan –había respondido.

Aquel comentario me había parecido extraño en boca de una chica que había tapizado las paredes de mi cuarto con pósteres con la efigie de sus ídolos. Sin duda deseaba guardarse a Detlev para ella sola.

De palabra, se mostraba menos exclusiva, pero me parecía que hablaba mal de él: no parecía comprender que se trataba de un sujeto sagrado. Contaba a qué hora se habían levantado y qué habían comido; no se merecía a Detlev.

En adelante, Christa me llevó a menudo a fiestas estudiantiles. Siempre transcurrían del mismo modo y cada vez se reproducía el mismo milagro: un tipo normal y corriente me hacía el favor de aceptarme.

Aquello no superaba nunca el estadio del beso.

Cuando las cosas habrían podido ir a más, Christa me decía que había llegado la hora de marcharnos y yo nunca discutía. Debo admitir que su actitud tiránica me convenía: en realidad, era incapaz de saber si deseaba llegar o no más lejos. El asunto estaba tan confuso en mi cabeza como en mi cuerpo. Pero para el besuqueo, siempre estaba dispuesta. Aquella actividad me fascinaba. Ese contacto me maravillaba, ya que permitía no hablar y, sin embargo, tener un singular conocimiento de la otra persona.

Todos besaban mal y, no obstante, ninguno besaba mal del mismo modo. Por mi parte, yo no sabía que besaban mal; me parecía normal acabar un beso con la nariz tan mojada como después de un chaparrón o con la boca seca de haber bebido demasiado. En el país del morreo, las costumbres indígenas nunca me chocaban.

En un cuaderno mental, anotaba las letanías de nombres: Renaud – Alain – Marc – Pierre – Thierry – Didier – Miguel... Era la edificante lista de los chicos que no se habían percatado de que sufría de mil deficiencias redhibitorias. Estoy segura de que ninguno de ellos ha conservado el más mínimo recuerdo de mí. Sin embargo, ¡si supieran lo que representaron para mí! Cada uno, con su comportamiento banal e insignificante, me había dejado creer, durante el tiempo que dura un beso, que yo era posible.

No es que fueran galanes, afectuosos, atentos, ni siquiera educados. A uno de ellos –¿cuál?, eran tan intercambiables– no pude evitar hacerle una pregunta que me obsesionaba:

–¿Por qué me besas?

Respondió encogiéndose de hombros:

–Porque no eres más fea que otras.

Conozco a más de una que habría abofeteado a aquel patán. Por lo que a mí respecta, me pareció un fantástico cumplido: «no más fea que otras» era más de lo que habría podido esperar en mis sueños más locos.

–Realmente tu vida amorosa es la más desastrosa del mundo –me dijo Christa después de una fiesta.

–Sí –respondí, dócil.

Pensaba justo lo contrario: desde lo más profundo de mis delirantes complejos, me parecía que lo que me ocurría era increíble. Cenicienta abandonando el baile a medianoche no tenía el corazón tan trastornado como el mío: yo era una calabaza colmada.

Por más que disimulara mi alegría, Christa la detectaba y se esforzaba en destruirla.

–En el fondo, eres una chica fácil: nunca te he visto rechazar a un tipo –me dijo.

–¡Para lo que hago con ellos! –observé muy juiciosamente.

–¿Cómo puedes conformarte con tan poco?

No podía responderle que a mí aquello ya me parecía fabuloso. Entonces dije:

–Quizá porque, a fin de cuentas, no soy una chica fácil.

–Sí, sí. Eres una chica fácil. No puedes permitirte dártelas de chica difícil.

–¿Ah, no?

–Si no, no tendrías a nadie.

No daba crédito a todo lo que ella necesitaba echarme en cara.

–Un día, tendrás que dar el paso. ¡Dieciséis años y virgen, qué vergüenza!

Lo menos que podría decirse era que la actitud de Christa hacia mí fuera contradictoria. Siempre era ella la que acudía a arrancarme de los brazos del chico cuando las cosas se complicaban y, sin embargo, no perdía ocasión de estigmatizar mi escandalosa virginidad. Yo era incapaz de defenderme ya que no conseguía averiguar qué deseaba. Sin Christa, ¿habría consentido, sí o no? La oscuridad era total.

No eran deseos lo que me faltaban: algunos de los que experimentaba eran vastos como el cielo.

Pero ¿qué deseaba? No tenía ni idea. Intentaba imaginar, con esos chicos, los gestos del amor físico: ¿era eso lo que deseaba? ¿Cómo saberlo? Era una ciega en un país de colores. Por aquellos desconocidos, quizá solo sentía curiosidad.

–No puedes comparar tu caso con el mío –añadí–. Tú tienes a Detlev.

–Aprende de mí y encuentra a un tipo serio, en lugar de juguetear con cualquiera.

Un tipo serio: qué graciosa. ¿Por qué no el príncipe azul, ya puestos a pedir? Además, ¿qué tenía contra los cualquiera? A mí, los cualquiera me gustaban. Yo también era una cualquiera.

Debió de sentir que estaba rumiando sordas respuestas ya que añadió:

–¿Oyes lo que te digo, Blanche?

–Sí. Gracias por tus consejos, Christa.

Mi agradecimiento no le pareció fuera de lugar. La única actitud de la que me sentía capaz, frente a la intrusa, era la sumisión absoluta. Afortunadamente, en mi fuero interno, no me dejaba amedrentar. Y los sarcasmos de Antichrista no atenuaban en nada el entusiasmo de haber besado al primero que me salía al paso: mis pobres satisfacciones constituían una fortaleza inexpugnable.

Por lo menos no les contaba más extravagancias a mis padres: era mi única victoria.

A veces me avergonzaba de no querer a Christa: al fin y al cabo, si yo existía en la universidad era gracias a ella. La mayoría de los estudiantes persistían en ignorar mi nombre y me llamaban «la amiga de Christa» o «la colega de Christa». Mejor eso que nada. Como tenía algo parecido a una identidad, a veces se dignaban dirigirme la palabra:

–¿Has visto a Christa? –me preguntaban. Yo era el satélite de Antichrista.

Empecé a soñar con la idea del adulterio: en clase, busqué a una chica tan abandonada como yo. Una tal Sabine me pareció adecuarse a mis intenciones. Me reconocía en ella: transmitía tal malestar que siempre estaba sola, ya que nadie deseaba compartir su tormento. Miraba a los demás con una implorante expresión de gato famélico; nadie la veía. Inmediatamente lamenté no haberle dirigido nunca la palabra.

En realidad, los seres como Sabine y como yo somos culpables: en lugar de acercarnos a nuestros semejantes y reconfortarnos mutuamente, amamos por encima de nuestras posibilidades –necesitamos individuos a años luz de nuestros complejos, necesitamos Christas, personajes seductores y deslumbrantes. Y luego nos sorprendemos de que nuestras amistades vayan mal, como si eso pudiera funcionar, una pantera con un ratoncito, un tiburón con una sardina.

Decidí amar en función de mi reducido volumen. El ratoncito se acercó a la sardina para hablar con ella:

–Hola, Sabine. ¿Tienes los apuntes de las últimas clases? Hay cosas que me faltan.

Expresión pasmada de la pescadilla, ojos como platos. Creí que no me había oído bien y repetí mi pregunta. Negó frenéticamente con la cabeza. Insistí:

–Pero si estabas en clase. Yo te vi.

Sabine parecía a punto de llorar. ¿La había visto? Era más de lo que podía soportar.

Comprendí que mi entrada en materia había sido torpe. Cambié de actitud:

–¡Hay que ver lo plasta que llega a ser Wilmots!

No creía ni una sola de mis palabras: era uno de los mejores profesores. Pero era para simpatizar. Sabine cerró dolorosamente los ojos y se puso una mano sobre el corazón: estaba en pleno ataque de taquicardia. Empecé a preguntarme si no sería por caridad por lo que, a fin de cuentas, nadie le dirigía la palabra.

Cometí la estupidez de querer socorrerla:

–¿Te encuentras mal? ¿Te pasa algo?

La sardina, cuyas branquias palpitaban de terror, consiguió hacer acopio de sus pobres fuerzas y gimió:

–¿Qué quieres de mí? Déjame en paz.

Voz quejumbrosa de niña de doce años. Sus indignados ojos me advirtieron que si persistía en mi agresión, no dudaría en recurrir a los grandes remedios: levantaría arena y enturbiaría el agua, zarandearía su aleta caudal, no habría límites a la magnitud de sus represalias.

Me marché, perpleja. En el fondo, no era casual que hubiera tan pocas amistades entre los animales pequeños. Me había equivocado al ver en Sabine a mi doble: ella suplicaba, es cierto, pero no suplicaba para que los demás se acercaran a ella sino para que no lo hicieran. El más mínimo contacto suponía una tortura para ella.

«Curiosa idea estudiar ciencias políticas cuando uno es así. Haría mejor en ingresar en la orden de las carmelitas», pensé. Fue entonces cuando vi que Christa me estaba mirando con hilaridad. No se había perdido ni un solo detalle de mi tentativa de adulterio. Sus ojos me decían que no fuera a creer que iba a poder prescindir de ella así como así.

En diciembre, tuvimos los parciales. La nueva consigna fue: «Se acabó la diversión. ¡A trabajar!». Sin embargo, me parecía que no me había divertido.

Christa no se privaba de ninguna pretensión. Teníamos una clase de filosofía general que era un poco como la tertulia de madame Verdurin: allí hacía gala de grandes convicciones para demostrar hasta qué punto Kant se dirigía más a ella que a nosotros.

–La filosofía es mi patria –declaraba sin pudor alguno.

Le tomaba la palabra. Después de todo, era germanófona: sin duda era la mejor manera de estar a la altura del universo de Schopenhauer y de Hegel. Seguramente leía a Nietzsche en alemán; también es cierto que nunca la había visto hacerlo, pero eso no significaba nada. Cuando empleaba el término alemán para referirse a semejante noción existencial, me estremecía: era más profundo así.

El periodo de exámenes tenía de maravilloso que Christa ya no me imponía su música en la habitación: repasábamos nuestros apuntes en silencio. Cada una ocupaba una mitad de la mesa. Frente a mí, la observaba estudiar. Su expresión de extrema concentración forzaba mi admiración; comparada con ella, me sentía de lo más dispersa.

Llegó el examen escrito de filosofía. La prueba duraba cuatro horas, al final de las cuales Christa exclamó:

–Ha sido apasionante.

Los otros exámenes eran orales. Christa consiguió resultados muy superiores a los míos. No me sorprendió en absoluto: era más brillante que yo y se expresaba bien.

En el examen oral, el profesor daba la nota en el momento en que el estudiante salía de su despacho. Para saber los resultados del examen escrito de filosofía tuvimos que esperar dos semanas.

Cuando los resultados fueron colgados en el tablón de anuncios, Christa me ordenó que fuera a buscarlos. También me pidió que anotara las notas de los demás estudiantes, lo cual resultaba bastante fastidioso teniendo en cuenta que éramos ochenta: no me atreví a protestar.

De camino, me deshacía en reproches: «¡Esa necesidad de estar segura de ser la mejor! ¡Qué miserable!».

Al llegar ante el tablón de anuncios, primero miré mi nota. Hast: 18 sobre 20. Abrí unos ojos como platos: era mucho más de lo que me esperaba. Luego, busqué el apellido de Christa. Bildung: 14 sobre 20. Me partía de risa. Menuda cara iba a poner. Cumplí con mi misión y copié la lista de los ochenta. Así fue como descubrí que 18 sobre 20 era la mejor nota y que yo era la única en haberla conseguido.

Demasiado bonito para ser verdad. Tenía que haber un error. Sí, sin duda. Corrí a secretaría: me dijeron que el profesor Willems estaba en su despacho. Corrí a buscarlo.

El profesor de filosofía me recibió con fastidio.

–Es para discutir una nota, supongo –refunfuñó al verme.

–En efecto.

–¿Usted es la señorita...?

–Hast.

Willems consultó su lista.

–Usted sí que es atrevida, dieciocho sobre veinte, ¿le parece poco?

–Al contrario. Creo que se ha equivocado a mi favor.

–¿Y viene a molestarme para eso? Es usted idiota.

–Es que... creo que ha invertido dos resultados. ¿No habrá invertido mi nota con la de la señorita Bildung?

–Entiendo. Tengo que vérmelas con una obsesa de la justicia –dijo suspirando.

Cogió un enorme fajo de copias y buscó Hast y Bildung.

–No, no hay ningún error –dijo–. Pongo un catorce sobre veinte cuando me restituyen las clases de memoria y dieciocho sobre veinte cuando uno tiene una opinión original. Ahora lárguese o invierto los resultados.

Me marché rebosante de júbilo.

Mi alegría duró poco. ¿Cómo iba a decírselo a Christa? En lo absoluto, aquella noticia no tenía ninguna importancia: habíamos conseguido la media, eso era lo importante. Pero intuía que a Christa no le iba a gustar. Se trataba de filosofía, de «su patria».

Cuando me vio llegar, me preguntó, como si la cosa no fuera con ella:

–¿Qué tal?

No me atreví a responderle y le tendí el papel en el que había copiado las ochenta notas. Me lo arrancó de las manos. Lo leyó y la expresión de su cara se transformó. Lo que experimenté fue extraño: sentí vergüenza. Yo, que esperaba disfrutar con su decepción, sentía un auténtico dolor. Me disponía a consolarla cuando ella explicó:

–Eso demuestra que su sistema de puntuación no tiene ningún valor. Todo el mundo sabe que soy la mejor en filosofía y que a ti te falta profundidad.

Aquello era demasiado. ¿Cómo se atrevía?

Tuve una idea perversa que puse inmediatamente en práctica. Sugerí con humildad:

–Debe de haber un error. Puede que Willems haya invertido nuestras notas.

–¿Tú crees?

–A veces ocurre...

–Ve a ver a Willems y pregúntaselo.

–No. Será mejor que vayas tú. Entiéndeme, resultaría absurdo que fuera yo quien protestara en mi contra. Conociendo a Willems, podría ponerle nervioso.

–Mmm.

No se atrevió a decirme que iría a verle. Fingió estar por encima de semejantes contingencias.

Reía para mi coleto pensando en la humillación que iba a vivir.

Dos horas más tarde, con expresión furibunda, se acercó para decirme:

–¡Me has tomado el pelo!

–¿De qué me hablas?

–¡Willems me ha contado que habías estado en su despacho!

–¿Al final has ido a verle? –pregunté con ingenuidad.

–¿Por qué me has jugado esta mala pasada?

–¿Qué importancia tiene? Todo el mundo sabe que eres la mejor en filosofía y que a mí me falta profundidad. Su sistema de puntuación no tiene ningún valor. No comprendo por qué te preocupas.

–¡Pobrecita!

Se marchó de la habitación dando un portazo. Oí la voz de mi padre:

–¿Algún problema?

¿Por qué se metía ese en lo que no le importaba?

–No –respondió Christa–. Blanche se da importancia porque tiene la mejor nota en filosofía.

–¡Oh, qué mezquindad! –dijo mi madre. Mejor ser sorda que oír eso.

Los exámenes parciales habían terminado. Al día siguiente, Christa se marchó a pasar las navidades con los suyos. No dejó ni dirección ni número de teléfono.

–¡Con tal de que regrese! –suspiró mi padre.

–Volverá. Ha dejado la mitad de sus cosas aquí –dije.

–Está por encima de esas cosas –comentó mi madre–. No es como tú. Ella ha tenido mejores notas en todas las asignaturas y no se vanagloria de ello. ¡Y tú presumes por la filosofía!

¡Lo que me faltaba por oír! No intenté contarles la clave de aquel asunto. Habían tomado partido: dijera lo que dijera, mis padres le darían la razón a santa Christa.

Sabía que Antichrista volvería. No tanto por sus cosas como por nosotros. No había acabado de saquearnos. Yo ignoraba si todavía quedaba algo sobre nuestros esqueletos, pero ella seguro que lo sabía.

Dos semanas sin ella: ¡Jauja! Me maravillaba el largo periodo de paz que se extendía ante mí.

Mis padres gimoteaban como adolescentes.

–Las fiestas son horribles. Estamos obligados a ser felices. ¡Y pensar que tendremos que visitar a la tía Ursule!

Yo les sermoneaba:

–¡Venga, la tía Ursule es divertida, siempre dice unas barbaridades tremendas!

–Desde luego nadie diría que eres joven. ¡Los jóvenes odian la Navidad!

–En eso estáis equivocados. A Christa le encanta, podría decirse que es alemana y, como tal, venera su *Weihnachten*. Y os recuerdo que, como indica su nombre, es su santo.

–¡Es verdad! ¡Y ni siquiera podremos felicitarla! ¡Se marchó tan enfadada! Blanche, si vuelves a sacar mejores notas que ella, evita regodearte de ello. Procede de un medio desfavorecido, tiene un complejo social...

Me tapé mentalmente los oídos para no escuchar sus sempiternas estupideces.

La tía Ursule era nuestra única familia. Vivía en una residencia para la tercera edad. Dedicaba su tiempo a tiranizar al personal y a comentar la actualidad. Mis padres se obligaban a visitarla una vez al año.

–¡Menuda cara de muerto traéis los tres! –exclamó la anciana al recibirnos.

–Es que echamos de menos a Christa –dije, excitada ante la idea de comprobar las reacciones de mi tía al respecto.

–¿Quién es Christa?

Mi padre, al borde del llanto, evocó a esa joven admirable que vivía con nosotros.

–¿Es tu amante?

Mi madre se ofendió: Christa tenía dieciséis años como Blanche, y era como una hija para ellos.

–Al menos os pagará un alquiler...

Mi padre le contó a la tía Ursule que era una joven pobre y que la alojábamos gratis.

–¡Qué lista es la chiquilla! ¡Ha dado con unos buenos primos!

–Pero tía Ursule, esa chica venía desde lejos, de los cantones del Este...

–¿Cómo? ¿Además es alemana? ¿Y no os da asco?

Protestas airadas. ¡Semejantes consideraciones ya no estaban a la orden del día, tía Ursule! ¡Las cosas han cambiado desde tu juventud! Además los cantones del Este son belgas.

Yo disfrutaba como una enana.

Cuando finalmente dejamos a la anciana, mis padres estaban descompuestos.

–No le diremos ni una palabra de esta visita a Christa, ¿de acuerdo?

Por supuesto. ¡Pero qué lástima!

Aquel mismo día, era la cena de Nochebuena. Como no éramos creyentes, no celebramos nada. Tomamos vino caliente, por el simple placer de hacerlo. Mi padre aspiró largamente con la nariz su copa antes de decir:

–Seguramente ella también estará bebiendo.

–Tienes razón –observó mi madre–. Es una costumbre muy alemana.

Observé que ya no era necesario precisar quién era «ella».

Mi padre y mi madre sujetaban sus copas entre las manos, como si las mimaran tiernamente. Con los ojos cerrados, inhalaron el perfume. Supe que a través de los olores de canela, de clavo, de comino y de nuez moscada sentían a Christa, y si mantenían cerrados los párpados era para utilizarlos como una pantalla sobre la cual veían a la joven junto a los suyos, cantando *lieders* de *Weihnachten* alrededor de un piano, viendo caer por la ventana los copos de nieve de su lejana provincia.

Que aquellas imágenes resultaran convenientes importaba poco. Me preguntaba cómo se las había apañado Christa para tomar posesión hasta ese punto del alma de mis padres y, accesoriamente, de la mía.

Ya que por más que la detestara, ella me seguía atormentando. Por todos los rincones de mi ser, me tropezaba con su presencia. Era peor que los autores de mis días: ellos, por lo menos, se habían dejado invadir por aquella a la que querían.

¡Si por lo menos yo también pudiera quererla! Entonces me quedaría el consuelo de pensar que aquella desgracia me había ocurrido a consecuencia de un sentimiento noble. En realidad, mi execración tampoco distaba mucho de eso: deseaba querer a Christa y, a veces, me sentía al borde de ese abismo de gracia o de perdición en el fondo del cual habría hallado el modo de amarla. Algo que me costaba identificar me impedía lanzarme: ¿espíritu crítico?, ¿lucidez? ¿O era simplemente la sequedad de mi corazón? ¿O celos?

No me habría gustado ser Christa pero sí ser amada como lo era ella. Habría dado sin dudarlo el resto de mi vida por ver iluminarse por mi causa, en el ojo de quien fuera, incluso el último de los cualquiera, esa debilidad y esa fuerza, ese abandono, esa capitulación, esa feliz resignación a la adoración absurda.

Así pues, en su ausencia, la noche de Navidad fue la noche de Antichrista.

Regresó con nosotros a principios de enero. La alegría de mis padres resultó patética.

–¡Es el día del roscón de Reyes! –anunció ofreciendo un paquete comprado en una pastelería.

El abrigo de Christa fue quitado, su buen aspecto halagado, sus mejillas fueron besadas, sus dos semanas de ausencia lamentadas y su roscón fue dispuesto sobre la mesa con gran pompa, junto a las coronas de cartón dorado.

–¡Qué idea más bonita! –exclamó mi madre–. Nunca se nos ocurre comprar el roscón de Reyes.

La joven cortó el roscón en cuatro trozos. Cada uno comió su parte con circunspección.

–A mí no me ha tocado la sorpresa –dijo Christa tragando su último bocado.

–A mí tampoco –señaló mi padre.

–Entonces le habrá tocado a Blanche –declaró mi madre, a la que tampoco le había tocado.

Todas las miradas se volvieron hacia mí, mientras yo masticaba mi último trozo.

–No, no me ha tocado –articulé sintiéndome ya en falta.

–¡Solo puedes ser tú! –se enfureció mi padre.

–¿Habré comprado un roscón sin sorpresa? –se sorprendió Christa.

–¡Claro que no! –se irritó mi madre–. Blanche come demasiado deprisa, se la habrá tragado sin darse cuenta.

–Si tan deprisa como, ¿cómo te explicas que haya sido la última en terminar?

–Eso no significa nada, ¡tienes una boca microscópica! ¡Podrías haberte fijado! ¡El detalle de Christa era muy amable y lo has estropeado!

–Es increíble. Si alguien se ha tragado la sorpresa, ¿por qué decides que he sido yo? Podría haber sido papá o Christa, ¿no?

–¡Christa es demasiado delicada para tragarse una sorpresa sin darse cuenta! –rugió mamá.

–¡Mientras que yo, patosa como soy, me paso el día tragándome soldaditos de plomo! Si soy así, quizá lo haya heredado de mis padres. ¡Así que papá o tú también podríais haberos tragado la sorpresa!

–¡Venga, Blanche, deja esta discusión ridícula! –intervino Christa en un tono pacificador.

–¡Como si fuera yo la que la ha empezado!

–Christa tiene razón –dijo mi padre–. Basta ya, Blanche, esta historia no tiene ninguna importancia.

–¡De todos modos, Christa es nuestra reina! –declaró mi madre.

Y cogió la corona y la puso sobre la cabeza de la joven.

–¡Esto sí que es fuerte! –comenté–. Si nadie duda de que he sido yo quien se ha tragado la sorpresa por error, entonces soy yo quien merece el título.

–De acuerdo, ya que tanto la deseas, te doy mi corona –dijo Christa mirando al cielo y, con un suspiro de fastidio, sumó el gesto a la palabra.

Mi madre atrapó la muñeca de la joven y volvió a poner la corona sobre su cabeza.

–¡De eso nada, Christa! ¡Eres demasiado amable! ¡Tú eres la reina!

–Pero Blanche tiene razón, ¡no es justo! –dijo Christa fingiendo querer defenderme.

–¡Qué magnánima eres! –se admiró mi padre–. No le sigas el juego a Blanche, resulta grotesca.

–¿Puedo recordaros que ha sido mamá quien ha desencadenado este asunto? –pregunté.

–¡Basta ya, Blanche, ya te conocemos! –cortó mi madre fuera de sí–. ¿Qué edad tienes?

Entreví el siguiente titular en la sección Perros atropellados: «Una joven de dieciséis años degüella a sus padres y a su mejor amiga con un cuchillo de cocina por un curioso asunto de un roscón de Reyes».

Christa adoptó el tono sacrificado de quien desea distender la atmósfera:

–Ya que soy la reina, necesito un rey. ¡Elijo a François!

Y depositó la otra corona sobre la cabeza de mi padre, que entró en éxtasis:

–¡Oh, gracias, Christa!

–¡Menuda sorpresa! ¡Es verdad que tenía donde elegir! –rechiné.

–¡Qué mala eres! –dijo la joven.

–No le hagas ningún caso –prosiguió mi madre–. Ya ves que a ella le corroen los celos.

–Qué raro –observé–. Cuando hablas de Christa en su presencia, dices «Christa». Cuando hablas de mí en mi presencia, dices «ella».

–Tienes un problema, ¿sabes? –me soltó mi padre moviendo la cabeza.

–¿Estáis seguros de que soy yo la que tiene un problema? –pregunté.

–Sí –respondió mi madre.

La adolescente se levantó y, chrística a pedir de boca, se acercó para abrazarme:

–Te queremos, Blanche –dijo sonriendo.

Mis padres aplaudieron aquella encantadora estampa. Lamenté que el ridículo no fuera mortal.

Ya que el armisticio se había producido oficialmente, la improvisada fiesta prosiguió sin incidentes. Nunca una Epifanía llevó tan mal su nombre. Mis progenitores y yo constituíamos la procesión de tres cretinos llegados para designar a la que pretendía ser su redentora. Me pasmaba constatar hasta qué punto los valores se habían invertido. Como el papel de Jesús estaba interpretado por Antichrista, yo tenía que ser a la fuerza Baltasar, el rey negro, ya que me llamaba Blanche.

En la tradición cristiana, si uno de los reyes es negro, es para demostrar hasta dónde puede llegar la indulgencia del Mesías. Mi caso era idéntico: Antichrista se dignaba ser celebrada por Blanche, esa criatura de segunda. Debería haber llorado de alegría a causa de aquella sublime condescendencia: solo deseaba llorar de risa.

Había que ver a Gaspar y a Melchor distribuyendo sus ofrendas: el oro de su ternura boba, la mirra de sus manifestaciones de efusividad y el incienso de su admiración por la responsable de aquella impostura.

Según San Juan, la llegada del Anticristo será el preludio del fin del mundo.

Sin ningún género de dudas: el Apocalipsis estaba cerca.

El año prosiguió tan mal como había empezado. Antichrista no dejaba de extender su reino. Nada se le resistía: en la universidad, en casa, los seres y las cosas veían en ella a su soberana.

Mi degradación parecía no tener límites. En mi habitación, Christa había tomado posesión de la casi totalidad del armario: mis cosas habían quedado relegadas al cajón de los calcetines, convertido en mi último bastión.

Aquello parecía no bastar a la necesidad de expansión territorial de mi verdugo: la cama plegable, que se había convertido ya en el lugar donde todavía tenía el derecho de dormir, estaba constantemente cubierta por un fárrago de ropas antichrísticas.

Mis padres fueron presa de la fiebre de invitar. Reencontraron en agendas antediluvianas a amigos a los que, de repente, sintieron la necesidad imperiosa de convidar a cenar. Cualquier pretexto valía para presentar a Christa a las masas. Tres veces por semana, la casa que yo había conocido tan maravillosamente silenciosa se llenaba hasta los topes de ruidosos individuos que se incrustaban y a quienes los autores de mis días ponderaban las innumerables virtudes de Antichrista.

Ella, luciendo la más modesta de las sonrisas, jugaba a ser la joven de la casa, preguntaba a cada uno lo que deseaba beber y pasaba la bandeja de zakouski. La gente solo tenía ojos para aquella exquisita criatura.

A veces, ocurría que algún despistado reparaba en mí y preguntaba distraídamente quién era la otra adolescente.

–¡Es Blanche! –respondían los anfitriones de mal talante.

Los invitados no tenían ni idea de quién era yo y les importaba un comino. Quizá habían recibido, dieciséis años antes, una participación de nacimiento que se habían apresurado a tirar a la basura.

Era como si, al promocionar a Christa, mis padres se estuvieran promocionando a sí mismos. Se jactaban de albergar a aquel ser juvenil, hermoso, seductor, irresistible: «Si acepta vivir con nosotros, eso significa que no somos unos cualquiera». Si recibían en su casa, significa que en adelante tenían a alguien a quien enseñar.

Aquello no me producía amargura. Lo sabía, no era el tipo de hijo del que uno pueda sentirse orgulloso. Aquella situación no me habría molestado si, a solas conmigo, Antichrista no hubiera tenido una forma tan arrogante de mostrar su triunfo. Me costaba creer que una chica con semejante habilidad fuera tan poco sutil:

–¿Te has fijado? Los amigos de tus padres me adoran.

O bien:

–Los invitados creen que soy la hija de tus padres. En ti ni se fijan.

Yo no reaccionaba a sus provocaciones.

Me pareció llegar al colmo de los colmos cuando me dijo:

–¿Por qué tus padres hablan tanto durante esas cenas? Apenas puedo decir palabra. ¡Ya les vale que me utilicen para hacerse los interesantes!

Tras un momento de estupefacción, mi reacción fue la siguiente:

–Es intolerable. Deberías manifestarles tu queja.

–No seas idiota, Blanche. Sabes perfectamente que la educación me lo impide. Si tus viejos fueran personas refinadas, lo entenderían, ¿no te parece?

No respondí.

¿Cómo se atrevía a decirme semejante barbaridad? ¿Acaso no temía que se lo repitiera a mi padre o a mi madre? Seguramente no: sabía que no me creerían.

Así pues, Christa despreciaba a sus benefactores. Debería haberlo sospechado pero, antes de aquella declaración, no había observado nada. Aquel descubrimiento acabó de desbloquear mi odio.

Hasta entonces, me había resistido a admitir abiertamente mi execración. Había conservado una parte de vergüenza respecto a ella. Me repetía que, aparte de mí, todos adoraban a Christa: por tanto, tenía que ser culpa mía si no conseguía quererla. Era por culpa de mis celos y de mi falta de experiencia: si hubiera estado más acostumbrada a las relaciones humanas, los extraños modales de la joven quizá me habrían escandalizado menos. Solo tenía que aprender un poco de tolerancia.

Ahora, en cambio, ya no tenía dudas: Antichrista era una persona abyecta.

A pesar de sus defectos, yo quería a mis padres. Eran buenas personas. Lo demostraban queriendo a Christa: hacían mal en quererla y su amor estaba mancillado por mil debilidades humanas, pero la querían de verdad. Todo aquel que quiere está salvado.

No había nada que pudiera salvar a Christa. Al fin y al cabo, ¿a quién quería ella? De entrada, yo podía eliminarme de la lista de candidatos. Había creído que quería a los autores de mis días, ahora sabía a qué atenerme. En cuanto al famoso Detlev, en vista del descaro con el que prescindía de él, no me parecía que estuviera locamente enamorada. Estaban también sus numerosos conocidos de la universidad, los tipos a los que llamaba sus amigos no me convencían nada, ya que parecían servir exclusivamente para alimentar el culto a su personalidad. Solo le conocía un amor por encima de cualquier duda: ella misma. Se quería con una rara sinceridad. No daba crédito a las declaraciones que era capaz de dirigirse a sí misma, y eso al azar de las conversaciones más descabelladas. Así, sin que para nada estuviéramos hablando de botánica, me preguntó:

–¿Te gustan las hortensias?

Me cogió desprevenida, y reflexioné acerca de aquellos simpáticos gorros de baño de jardín y respondí:

–Sí.

Ella se jactó:

–¡Lo sabía! ¡Los seres desprovistos de delicadeza adoran las hortensias! A mí, en cambio, me horrorizan. No soporto lo delicado, ya que soy de una fineza extrema. Es un problema: soy alérgica a lo que no es fino. En el caso de las flores, solo soporto las orquídeas y las saxífragas...;[1] dónde tendré yo la cabeza, seguramente nunca habrás oído hablar de las saxífragas...

–Sí, sí, sé de lo que hablas.

–¿Sí? Me sorprende. Es la flor que más se me parece. Si un pintor tuviera que representarme, le desesperaría comprobar hasta qué punto le resultaría difícil representar la delicadeza que me caracteriza. La saxífraga es mi flor preferida.

¿Cómo dudarlo, querida Christa, si tú eras tu propia favorita?

Una opinión así no se improvisa de la noche a la mañana. Se trataba, en el sentido literal, de echarse flores. ¿Acaso no encontramos una de ellas, el narciso, en la palabra que define el amor por uno mismo?

En el transcurso de aquel monólogo disfrazado de diálogo, había tenido que luchar contra un profundo deseo de reír. Christa, en cambio, se había situado en las antípodas de la hilaridad: su discurso no contenía ningún doble sentido, ninguna ironía. Hablaba del tema que más le interesaba: el amor, la pasión, la admi-

1. Para referirse a la saxífraga, la autora utiliza la denominación *désespoirs-du-peintre*, literalmente «desesperación del pintor», un término con el que, más adelante, hace un intraducible juego de palabras. *(N. del T.)*

ración, el fervor..., esos sublimes infinitos que le inspiraban la señorita Christa Bildung.

A priori, aquella historia me había parecido cómica. Cuando surgió de improviso, yo seguía creyendo que la joven amaba a otras personas. El narcisismo no me parecía condenable si el ser que se adoraba a sí mismo también era capaz de amar a otros. Ahora descubría que, para Antichrista, el amor era un fenómeno puramente reflexivo: una flecha partiendo de sí misma en dirección a sí misma. La arqueada más pequeña del mundo. ¿Se podía vivir a un alcance tan reducido?

Era su problema. El mío consistía en lograr que mis padres abrieran los ojos. Su honor estaba en juego: si se permitía hablar mal de ellos en mi presencia, ¿qué haría en mi ausencia? No soportaba que mi padre y mi madre demostraran tanta ternura y devoción por quien los despreciaba.

En febrero, hubo una semana de vacaciones. Christa regresó a su casa a «sacar provecho de la nieve»; la expresión me pareció digna de ella: incluso de la nieve había que sacar provecho.

Era la ocasión para actuar.

La misma mañana de la marcha de Antichrista, anuncié a mis progenitores que iba a estudiar a casa de unos amigos y que regresaría por la noche. Muy temprano, en la estación, compré un billete con destino a Malmédy.

Es cierto que no tenía la dirección de Christa. Pero mi intención era encontrar el bar en el que trabajaba con Detlev. En una ciudad de diez mil habitantes, seguro que no habría treinta y seis mil establecimientos de ese tipo. Me llevé una cámara de fotos desechable.

A medida que el tren se adentraba en los cantones del Este, sentía crecer mi excitación. Para mí, aquel viaje constituía una expedición metafísica. Nunca en mi vida había tomado una iniciativa semejante: marcharme sola hacia un lugar desconocido. Observaba mi billete de ida con fascinación y me di cuenta de que no había acento agudo sobre la E de Malmédy, contrariamente a la pronunciación de mis padres y a la mía. Christa siempre había dicho Malmedy y no Malmédy: hicimos mal, pues, en buscarle una pronunciación alemana.

La ortografía le daba la razón a Christa. Sin querer entrar en psicoanálisis de pacotilla, resultaba difícil no percibir el «mal me dice»[1] contenido en aquel topónimo.

1. Juego de palabras. El nombre propio Malmédy se pronuncia igual que *mal me dit*, que significa «mal me dice». *(N. del T.)*

Es cierto que aquella incursión no presagiaba nada bueno. Pero no por ello dejaba de resultar indispensable. La situación era insostenible, necesitaba saber más cosas de Antichrista.

La nieve, ausente en Bruselas, me esperaba en Malmedy. Había algo de embriagador en el hecho de abandonar la estación y dirigirse completamente al azar.

De metafísica, mi expedición pasó a ser patafísica. Entraba en todas las tabernas, me acodaba sobre el mostrador y preguntaba con voz solemne:

–¿Trabaja aquí Detlev?

En cada ocasión, abrían unos ojos sorprendidos para responderme que nunca habían oído aquel nombre.

Al principio, eso me tranquilizó: si tan raro era aquel nombre, mi búsqueda resultaría más fácil. Tras dos horas de ronda por distintos cafetines, empecé a preocuparme: quizá Detlev no existía.

¿Y si Christa se lo había inventado?

Recordé el episodio durante el cual mi madre había llamado al teléfono de información para conseguir el número de los Bildung: la empleada le había dicho que en la región no constaba nadie con ese apellido. Habíamos deducido que eran demasiado pobres para estar dados de alta.

¿Y si Christa se había inventado una familia?

No, eso era imposible. Para matricularse en la universidad era necesario aportar un documento de identidad. A la fuerza tenía que llamarse Bildung. A no ser que hubiera falsificado su documentación. En la pequeña ciudad germánica, la nieve se iba transformando en barro negro. Ya no sabía lo que había ido a buscar. Tenía frío, me parecía estar a años luz de mi casa.

Calle tras calle, continuaba con mi criba de bares o establecimientos parecidos. Había un numero considerable de ellos. La gente debía de tener necesidad de cambiar de aires, en aquel pueblucho de nombre malediciente.

Me detuve ante un tugurio que estaba cerrado.

«Abrimos a las cinco», podía leerse en la puerta. No me convenía esperar tanto tiempo. El sitio tenía mala pinta, las posibilidades de que fuera este eran escasas. Sin embargo, quería asegurarme.

Llamé al timbre. Nada. Insistí hasta que vi acercarse a un rubiales gordo con aspecto de cerdo adolescente.

–Perdone –dije–, quisiera hablar con Detlev.

–Soy yo.

Estuve a punto de caer de espaldas.

–¿Está seguro de ser Detlev?

–Pues sí.

–¿Está Christa?

–No, está en su casa.

¿Así que de verdad era él? Era para morirse de risa. Me esforcé para que no se me notara.

–¿Podría darme su dirección? Soy una amiga suya, me gustaría visitarla.

Sin un ápice de desconfianza, el joven cerdo fue a buscar un papel. Mientras apuntaba la dirección de Christa, saqué la máquina desechable y tomé algunas fotografías de aquel legendario personaje. Merecía la pena, el David Bowie de los cantones del Este. Si él se parecía al cantante de ojos de distinto color, entonces yo me parecía a la Bella Durmiente.

–¿Me está retratando? –preguntó sorprendido.

–Preparo una sorpresa para Christa.

Me tendió la hoja con una sonrisa. Debía de ser amable. Me despedí pensando que seguramente quería a Christa. En cuanto a ella, si mentía tanto respecto a su novio, es que se avergonzaba de él: eso significaba que no le amaba. Si hubiera tenido un físico más aventajado, podría haber resultado útil para la promoción social de Antichrista. Pero como era feo y gordo, había juzgado que era mejor esconderlo y contar bolas sobre él. Era lamentable.

Constaté con metafísica satisfacción que la calle de Christa estaba situada en Malmedy: necesitaba que viviera en aquel lugar relacionado con el mal.

Que hubiera mentido pretendiendo vivir en un pueblo no me sorprendía: una mentira más no importaba y parecía necesitar no dejar pistas.

Me preguntaba qué desearía ocultar. ¿Por qué tanto secreto

respecto a su domicilio? Mi curiosidad crecía a medida que me iba aproximando a su barrio.

Cuando vi la casa, no podía dar crédito a lo que estaba viendo. Si el buzón no hubiera indicado el apellido Bildung, habría creído que me había equivocado: era una residencia lujosa, una hermosa y gran construcción del siglo XIX, el tipo de casa confortable en la que uno imagina que viven los burgueses de las novelas de Bernanos.

Si aquellas personas no figuraban en el listín, era porque así lo deseaban. Resultaba fácil entender que no quisieran ser importunados por cualquiera.

Pulsé el timbre. Una mujer vestida con un guardapolvo acudió para abrirme.

–¿Es usted la madre de Christa?

–No, soy la asistenta –respondió, estupefacta por mi confusión.

–¿Está en casa el doctor Bildung? –me aventuré a decir.

–No es doctor, dirige las empresas Bildung. ¿Y usted quién es?

–Una amiga de Christa.

–¿Desea usted hablar con la señorita Christa?

–No, no. Le preparo una sorpresa.

Si no hubiera tenido el aspecto de una niña, creo que la mujer habría llamado a la policía.

Esperé a que la asistenta cerrara la puerta para tomar disimuladamente fotografías de la casa.

Regresé a uno de los bares en los que había estado anteriormente y pedí que me dejaran telefonear. Cerca del aparato, consulté las páginas amarillas y leí: «Empresas Bildung: fosfatos, productos químicos, agroalimentaria». En definitiva, contaminadores que vivían libres de necesidades. Anoté aquellas referencias así como varios datos industriales.

¿Por qué la empleada del servicio de información le había dicho a mi madre que no había ninguna familia Bildung en el sector? Quizá porque, en las regiones en las que son económicamente conocidos, algunos nombres dejan de ser patronímicos para convertirse en marcas, un poco como los Michelin en Clermont-Ferrand.

Ya nada me retenía en la ciudad del mal. Tomé de nuevo el tren hacia Bruselas pensando que la jornada había sido provechosa. La nieve borraba el paisaje.

Revelé las fotos al día siguiente.

En el momento de contarles la verdad a mis padres, sentí vergüenza. Mi papel en aquel asunto resultaba odioso; si lo interpretaba, no era porque Christa hubiera mentido –no todas las mentiras son reprensibles–, sino porque no veía límites a su necesidad de destruirnos.

Reuní a los autores de mis días en la que antaño había sido mi habitación y se lo conté. Les mostré las fotografías de la impresionante casa de los Bildung.

–¿Ahora eres detective privado? –preguntó mi padre con desprecio.

Sabía que sería a mí a quien acusarían.

–No habría ido a investigar si ella no hubiera hablado mal de vosotros.

Mi madre parecía muy abatida.

–Es una homónima –dijo–. Se trata de otra Christa Bildung.

–¿Que tiene por novio a otro Detlev? Qué coincidencia –respondí.

–Quizá tenga una buena razón para mentir –añadió mi padre.

–¿Cuál? –pregunté, encontrando casi admirable aquella necesidad de justificar a Christa.

–Se lo preguntaremos.

–¿Para que vuelva a mentir? –pregunté.

–No mentirá más.

–¿Y por qué iba a dejar de mentir? –insistí.

–Porque tendrá que confrontarse con la realidad.

–¿Y creéis que eso la disuadirá de mentir? Creo, por el contrario, que todavía mentirá más.

–Quizá tenga un complejo social –prosiguió mi padre–. A los ricos también les pasa, uno no elige el lugar en el que nace. Si lo oculta, significa que supone un problema para ella. Su mentira no es tan grave.

–Eso no cuadra con Detlev –repliqué–. Lo único que hace simpática a Christa es él: un buenazo que probablemente no procede de un medio burgués. Si nos lo hubiera presentado como lo que es, me creería tu hipótesis del complejo social. Pero no, también tuvo que inventarse un valiente y apuesto caballero, noble y tenebroso. Ya ves que Christa no busca dar una impresión humilde y modesta de sí misma.

Y les enseñé una fotografía del David Bowie belga. Mi padre la miró con una leve sonrisa. La reacción de mi madre resultó singular; emitió un chillido de repugnancia al ver a Detlev y, con la más indignada de las voces, exclamó:

–¿Por qué nos ha hecho eso?

Y entonces supe que Christa acababa de perder una aliada. Porque, a ojos de mi madre, resultaba mucho más grave tener un novio de rostro porcino que haber intentado que nos apiadáramos de sus orígenes falsamente proletarios.

–Sus patrañas sobre ese chico puede que sean ridículas pero son una chiquillada –retomó mi padre–. En lo demás, quizá no nos haya mentido tanto: sin duda financia sus estudios de verdad, con el fin de no tener que deberle nada al capitalista de su padre. La prueba es que su novio no es un burgués.

–Eso no impide que viva en casa de sus padres –protesté.

–Solo tiene dieciséis años. Probablemente está muy unida a su madre, a sus hermanos y hermanas.

–En lugar de montarnos una película, ¿qué tal si telefoneáramos a su padre? –propuse.

Mi madre se dio cuenta de las reticencias de su marido.

–Si no llamas tú, lo haré yo –dijo.

Cuando mi padre consiguió contactar telefónicamente con el señor Bildung, conectó el altavoz.

–Ya veo que es usted el señor Hast, el padre de Blanche –dijo una voz gélida.

Nosotros ignorábamos qué veía aquel señor. Por lo menos, parecía estar al corriente de nuestra existencia, lo cual me pareció sorprendente teniendo en cuenta la desinformación que practicaba su hija.

–Siento molestarle en su trabajo –balbuceó mi pobre padre muy intimidado.

Intercambiaron dos o tres banalidades. Luego, el propietario de las empresas Bildung declaró:

–Escúcheme, querido señor, me satisface que Christa se aloje en su casa, en una familia. En los tiempos que corren, resulta más tranquilizador que saber que está sola y dependiente de sí misma.

Sin embargo, creo que abusa usted un poco de la situación. El alquiler que le exige es desorbitado. Cualquier otro que no fuera yo se negaría a pagar semejante suma por una cama plegable en el cuarto de servicio. Lo hago únicamente porque mi hija ha insistido mucho. Adora a Blanche, ¿sabe? Ya sé, usted es maestro y yo dueño de una empresa. Eso no significa que tenga usted que propasarse; ya que me da la oportunidad de decírselo, quisiera comunicarle que no aceptaré el aumento que nos ha impuesto después de Navidad. Adiós, señor.

Y le colgó en las narices.

Mi padre estaba pálido. Mi madre rompió a reír. Yo dudaba entre ambas actitudes.

–¿Os dais cuenta del dinero que ha tenido que ganar gracias a nosotros? –le pregunté.

–Quizá lo necesita por una razón que desconocemos –dijo el autor de mis días.

–¿Te obstinas en defenderla? –me indigné.

–¿Después de la humillación que acabas de sufrir por culpa suya? –insistió mi madre.

–No disponemos de todas las piezas del rompecabezas –se empeñó él–. No resulta imposible pensar que Christa dedique ese dinero a una asociación benéfica.

–¿Y te da lo mismo quedar como un explotador de menores?

–Me niego a juzgarla a la ligera. Ahora sabemos que esa niña podía elegir. Habría podido vivir donde hubiera querido. Sin embargo, quiso vivir con nosotros. Eso significa que nos necesitaba de verdad, aunque no teníamos nada especial que ofrecerle. ¿No sería una llamada de socorro?

No estaba segura de que así fuera. Eso no quita que la pregunta planteada por mi padre tuviera fundamento: ¿por qué había elegido nuestro minúsculo círculo familiar? El dinero fácil no debía de haber sido su único motivo.

La actitud de mis padres no hizo sino inspirarme más estima todavía. Se habían burlado de ellos espectacularmente y, pese a sentirse decepcionados, reaccionaban sin amargura. En ningún momento les oí indignarse por una cuestión de dinero. Mi madre se sentía traicionada por culpa de la fealdad de Detlev: era un comportamiento extraño pero tenía su grandeza. En cuanto a mi padre, llevaba su grandeza de espíritu hasta el extremo de querer comprender las motivaciones de Christa.

Lo único que me molestaba en la indulgencia paterna era la conciencia de que yo no me habría beneficiado de ella en idéntico caso. Mis padres siempre se comportaban como si ellos y yo tuviéramos todos los deberes y los demás todos los derechos, incluso todas las excusas. Si Christa había tenido un desliz, tenía que existir un misterio, una explicación, circunstancias atenuantes, etc.. Si yo hubiera sido la culpable, solo me habría llevado una severa reprimenda.

Este tipo de constatación me irritaba un poco.

Solo nos quedaba esperar el retorno de la hija pródiga.

Ya no hablábamos más de Christa. Su nombre se había convertido en tabú. Existía una especie de acuerdo tácito para no abordar el tema sin que ella estuviera delante para defenderse.

Me preguntaba si Christa estaría al corriente de lo que había ocurrido. Era más que dudoso. Si Detlev y la asistenta respetaban las sorpresas, podían no haberle hablado de mi visita a la interesada. En cuanto a la sórdida llamada telefónica, el señor Bildung había podido perfectamente ahorrarle el relato a su hija.

Mi padre tenía razón: seguían existiendo zonas oscuras. La principal consistía en averiguar cuál era nuestro papel en aquel asunto.

Por mi parte, también me formulaba preguntas sobre el enigma Detlev: ¿por qué una chica pretenciosa y ambiciosa como Christa había elegido a aquel muchacho? Ella, que tenía donde elegir en materia de pretendientes aventajados, se conformaba con un buen chico regordete. Es cierto, eso la hacía simpática, pero simpática no me parecía el adjetivo que mejor le conviniera a Christa. Me perdía en mis propias conjeturas.

El domingo por la noche desembarcó la hija pródiga. Me bastó una mirada para comprender que no sabía nada. Sentí un profundo malestar cuando nos gratificó con sus habituales manifestaciones de efusividad.

Mis padres no echaron la casa por la ventana.

Confesaron de inmediato.

–Christa, hemos telefoneado a tu padre. ¿Por qué nos has mentido? –preguntó papá.

La joven se quedó de piedra. Silencio.

–¿Por qué nos has contado esas patrañas? –insistió amablemente.

–¿Es dinero lo que queréis? –lanzó ella con desprecio.

–Solo queremos la verdad.

–Creo que ya la conocéis. ¿Qué más queréis?

–Queremos saber por qué nos has mentido –repitió él.

–Por el dinero –dijo ella con agresividad.

–No: ese dinero te era fácil conseguirlo de otro modo. Entonces, ¿por qué?

A partir de aquel momento, Christa pareció optar por una estrategia a lo marquesa de O, lo cual, en su caso, resultaba lamentable. Adoptó unos aires ofendidos:

–¡Y yo que confiaba en vosotros! Y vosotros habéis ido a meter las narices de un modo vil...

–No inviertas los papeles.

–¡Cuando uno quiere a alguien, confía en él hasta el final! –exclamó ella.

–No deseamos otra cosa. Por eso queremos saber por qué nos has mentido.

–¡No entendéis nada! –se enfureció ella–. Confiar en alguien hasta el final consiste precisamente en no exigirle explicaciones.

–Estamos encantados de que hayas leído a Kleist. Pero nosotros, que no somos tan sutiles como tú, necesitamos un suplemento de información.

No daba crédito a la sangre fría que mostraba mi padre: nunca lo había oído hablar así.

–¡No es justo! ¡Vosotros sois tres y yo estoy sola! –dijo todavía aquella pobre mártir.

–Eso es lo que me has hecho sentir todos los días desde que llegaste –intervine.

–¡Tú también! –me lanzó con el tono de César hablando a Bruto en los idus de marzo–. ¡Y yo que creía que eras mi amiga! ¡Tú, que me lo debes todo!

Lo que me impactó fue su expresión de sinceridad. Estaba convencida de la veracidad de lo que decía. Habría tenido muchas cosas que responder a tantas barbaridades; sin embargo, preferí dejar que se hundiera callándome, en primer lugar porque era un método eficaz, y luego porque su hundimiento constituía un espectáculo digno de ser saboreado en silencio.

–Si no consigues explicar por qué has mentido –dijo mi padre con suavidad– quizá sea porque eres mitómana. Es una enfermedad frecuente, la patología de la mentira. Mentir por mentir...

–¿Y qué más? –vociferó ella.

Estaba atónita al comprobar hasta qué punto podía ser torpe. ¿Acaso ignoraba que llevaba las de ganar? Se aferraba a la agresividad, que era la estrategia más estúpida. Mi padre sentía por ella un cariño tal que habría podido alegar los motivos más inverosímiles, él los habría aceptado. En lugar de eso, quemaba las naves sin provecho alguno.

Mi madre no había pronunciado palabra desde el principio del altercado. La conocía lo suficiente para saber lo que pasaba dentro de su cabeza: sobreimpresionado en el rostro de Christa, veía la cara de Detlev. Por consiguiente, no dejaba de mirar a la joven con consternación.

En un último arranque de rabia, Christa nos soltó a la cara:

–¡Peor para vosotros, sois unos idiotas, no me merecéis! ¡El que me quiera, que me siga!

Y se marchó a mi habitación, adonde nadie la siguió.

Salió media hora más tarde con su equipaje.

No nos habíamos movido.

–¡Me habéis perdido! –clamó.

Cerró la puerta tras de sí dando un portazo.

Mi padre impuso el statu quo.

–Christa no nos ha contado nada –dijo–. Ante la duda, abstengámonos de juzgarla. Como sus motivaciones se nos escapan, no diremos nada malo de esta joven.

En adelante, ya no hablamos más de ella.

Christa seguía acudiendo a la universidad, donde yo la ignoraba soberanamente.

Un día, una vez se hubo asegurado de que nadie podía vernos, se acercó para hablar conmigo.

–Detlev y la asistenta me lo han contado. Eres tú la que vino a husmear.

Yo la miré con frialdad, sin decir nada.

–¡Me has violado! –continuó–. ¡Has violado mi intimidad!, ¿comprendes?

Siempre ese «¿comprendes?».

Ella, que me había desnudado contra mi voluntad, ella, que se había burlado de mi desnudez, ¿ella me acusaba de violación?

Me mantuve en silencio sonriendo.

–¿A qué estás esperando para ir a chivarte a todo el mundo? –añadió–. ¡Estoy segura de que te encantaría humillarme ante mis amigos y mi familia!

–Ese es tu estilo, Christa, no el mío.

Aquella respuesta debería haberla tranquilizado: tenía buenas razones para temer que les contara la verdad a su padre o a su pandilla. Descubrir que yo no accedía a hacerlo no supuso, sin embargo, ningún consuelo para ella: tomaba conciencia de mi apabullante superioridad y mordía el polvo.

–No te des aires de princesa –replicó ella–. No cuela con tu manera de ser y tu lamentable papel de detective privado. ¡No hace falta preguntar hasta qué punto deseabas perjudicarme para llegar a eso!

–¿Por qué iba a tomarme la molestia de perjudicarte, Christa, cuando tan dotada estás para hacerte daño a ti misma? –observé con indiferencia.

–Tus padres y tú os debéis pasar el tiempo criticándome, me imagino. Así al menos estáis ocupados.

–Por inconcebible que te parezca, nunca hablamos de ti.

Le di la espalda y me marché, disfrutando de mi poder.

Unos días más tarde, mi padre recibió una carta del señor Bildung:

> El chantaje que ha intentado ejercer sobre mi hija es innoble. Christa ha hecho bien en abandonar su domicilio. Considérese afortunado porque no le denuncie a la policía.

–Intenta por todos los medios hacernos reaccionar –dijo mi padre tras leernos la misiva–. Lástima, nunca sabré de qué chantaje soy considerado culpable.

–¿No vas a llamar a ese hombre para contarle la verdad? –se sublevó mi madre.

–No. Esa es exactamente la reacción que espera Christa.

–¿Por qué? Tiene todo que perder.

–Manifiestamente, ella desea perder. Yo no.

–¿Y que dé de ti una imagen semejante, te da lo mismo? –insistió.

–Sí, ya que sé que no tengo nada que reprocharme.

En la universidad, me parecía que, en adelante, la pandilla de Christa me miraba con el más vivo de los desprecios. Quise ver en ello un efecto de mi paranoia.

Pero una mañana, su mejor amigo se acercó y me escupió en la cara. Entonces supe que mi manía persecutoria no era un espejismo. Grande fue mi tentación de alcanzarle y preguntarle qué me había valido su saliva en plena cara.

En ese momento, sorprendí a Christa observándome con una expresión burlona. Y supe que ella esperaba una reacción por mi parte. Fingí no haberla visto, pues.

Las vejaciones continuaron. Mi madre recibió una carta de la señora Bildung, cuya prosa contenía, entre otras, la siguiente perla:

> Mi hija Christa me cuenta que ha exigido usted verla desnuda. Me parece lamentable que todavía le confíen un cargo en la enseñanza.

En cuanto a mí, tuve el honor de recibir una misiva injuriosa de Detlev, en la que me anunciaba que moriría virgen, ya que ¿quién iba a querer nada de un cardo como yo? Viniendo de semejante efebo, la cosa no dejaba de tener su miga.

Casi disfrutábamos permaneciendo impertérritos ante aquellas provocaciones tan groseras. Nos intercambiábamos las cartas recibidas de los cantones del Este con una pequeña sonrisa irónica, sin comentarios.

Aunque no habláramos del asunto, no por ello dejaba de pensar en él. Me consideraba mejor informada que mi padre sobre el caso Christa y, en mi fuero interno, no me privaba de concluir: «Yo sé lo que nadie sabe: se llama Antichrista. Si nos ha elegido como blanco es porque, en este mundo mediocre, todavía somos lo que menos se parece al mal. Ella vino a integrarnos en su poder y no lo ha conseguido: ¿cómo iba a poder digerir semejante fracaso? Antes prefiere destruirse a sí misma, con el único objetivo de arrastrarnos con ella en su naufragio. De ahí la necesidad absoluta de nuestra inercia».

La no intervención exige más energía que lo contrario. No tenía ni idea de lo que Christa estaba contando de mí a los estudiantes, pero tenía que ser muy grave a juzgar por las miradas de repugnancia con las que, en adelante, fui recibida.

Despertaba tal indignación que incluso Sabine se acercó a increparme:

–¡Y pensar que también intentaste pegármela a mí! ¡Qué horror!

Y la sardina se alejó moviendo sus aletas, y yo la miré marcharse, preguntándome cuál debía ser su concepto del verbo pegar.

La habilidad de Antichrista residía en el misterio de sus acusaciones. La mayor parte del tiempo, mis padres y yo desconocíamos la naturaleza de los agravios que nos eran imputados: no por ello dejaban de parecernos abyectos.

Aquellos que, en la universidad y en otros lugares, repercutían nuestra infamia, tampoco sospechaban en absoluto ni de nuestra inocencia ni de nuestra ignorancia y, sin saberlo, interpretaban una comedia de una rara perversidad: se trataba de inspirarnos la justa vergüenza por comportamientos cuya gravedad no conseguíamos evaluar –¿robo?, ¿violación?, ¿asesinato?, ¿necrofilia?–, con el preciso objetivo de que acabáramos pidiendo explicaciones. Resistimos. Era difícil, especialmente para mí, para quien la universidad era la única vida social. Mi mala suerte me dejaba estupefacta: en dieciséis años de existencia, solo había tenido una única amiga, y resultaba ser una prueba metafísica. Sentía que todavía no había llegado al final de mis penas.

¿Qué nivel de bajeza sería capaz de alcanzar Christa? Aquella pregunta no me dejaba dormir.

No por ello estaba yo menos convencida, al igual que mi padre, de que no había que hacer nada. Salvo una heroicidad, nada habría podido sacarme de allí, y menos aún una defensa a través de la palabra. Hablar habría sido dar pábulo al ataque. El mutismo me hacía tan inalcanzable como una pastilla de jabón: las crecientes calumnias me resbalaban.

Por desgracia, la inercia no desanimaba a Antichrista. Su obstinación no tenía fin. Iba a ser necesario encontrar esa heroicidad. Ninguna idea me venía a la mente.

¡Si por lo menos hubiera comprendido a mi adversario! Pero

percibía sus intenciones sin por ello dilucidarlas. Seguía sin saber por qué nos había mentido tanto: su seducción era tal que no habría necesitado de ninguna bola para embaucarnos. Sin embargo, ella continuaba mintiendo cada vez más.

¿Tan profundamente dudaba de sí misma? Quizá pensaba que no podía gustar si no era a costa de mentiras enormes y en ningún caso por lo que era: eso habría podido convertirla en alguien conmovedor si no se creyera obligada a ser tan nociva. El respeto por la verdad no era una de mis mayores obsesiones y sus mitomanías podrían haberme parecido encantadoras si hubieran sido inofensivas: por ejemplo, haberme contado que Detlev era estupendo constituía una bola enternecedora. Si no se hubiera servido de ella con el único fin de machacarme, no habría tenido ningún inconveniente en aceptarla. El problema de Christa es que no tenía presente nada que no pasara por una relación de fuerza.

Y a mí, las historias de dominantes y dominados me aburrían más allá de lo que se pudiera figurar. Quizá esa era la razón por la cual, con anterioridad, no había tenido ni un amigo ni una amiga: había visto demasiadas veces, en el instituto y en otras partes, el noble nombre de la amistad ligado a oscuros servilismos no consentidos, a sistemáticos dispositivos de humillación, a golpes de Estado permanentes, a repugnantes sumisiones, incluso a procedimientos de chivo expiatorio.

Yo tenía una visión sublime de la amistad: si no era Orestes y Pílades, Aquiles y Patroclo, Montaigne y La Boétie, si no era porque él era él y porque yo era yo, entonces no me interesaba. Si dejaba un resquicio para la mínima bajeza, para la mínima rivalidad, para la sombra de la envidia, para la sombra de una sombra, la rechazaba de lleno.

¿Cómo había podido creer que con Christa podría haber sido «porque ella era ella y porque yo era yo»? ¿Qué espantosa disponibilidad de mi alma había permitido a la joven encontrar en mí un país de conquista? Me avergonzaba de la facilidad con la que me había engañado.

Y, sin embargo, me sentía extrañamente orgullosa de ello. Si me habían engañado había sido porque, por un instante, había querido a alguien.

«Soy de los que aman y no de los que odian», declara la Antígona de Sófocles. Nunca se dijo nada tan hermoso.

La campaña difamatoria de Christa adquiría la dimensión de una tentativa de ostracismo. A veces sentía deseos de reír pensando en las costumbres disparatadas que se atribuían a esa secta en la que se había convertido la familia Hast.

Descubría ser más importante de lo que yo misma había creído. Yo, que me tomaba por el cero a la izquierda de la Facultad de Ciencias Políticas, me había convertido en el centro de las miradas.

–Largo de aquí, asquerosa –me gritó un día un tipo de la clase.

La asquerosa no acató la orden. Los estudiantes tuvieron que sufrir mi abyecta presencia. Podía ocurrir que lo viviera con humor y que posara sobre otros unos ojos de ogresa, lo que no dejaba de producir su pequeño efecto.

Por desgracia, la mayoría de las veces aquel asunto solo me inspiraba abatimiento.

No hay mal que por bien no venga: en mi casa, había recuperado mi habitación y mi derecho a la lectura. Nunca leí tanto como en aquel periodo: devoraba, tanto para compensar las carencias pasadas como para afrontar la inminente crisis. Aquellos que creen que leer es una evasión están en las antípodas de la verdad: leer es verse confrontado a lo real en su estado de mayor concentración; lo cual, extrañamente, resulta menos espantoso que tener que vérselas con perpetuas diluciones.

Lo que estaba viviendo constituía una tisana de pruebas y lo más lamentable era no poder luchar cara a cara con el mal. Se equivocan los que creen leer al azar: fue en aquel momento cuando empecé a leer a Bernanos, el autor que exactamente necesitaba.

En *La impostura*, tropecé con la siguiente frase: «La mediocridad es la indiferencia al bien y al mal». Abrí unos ojos como platos.

Corrí para llegar a clase: iba retrasada. Jadeante, rodé anfiteatro abajo: el profesor no estaba y Christa se había aprovechado de esta circunstancia para ocupar su lugar y hablar de qué sé yo.

Subí hasta mi fila, en la cima de la grada. Fue en el momento de sentarme cuando me di cuenta del silencio que se había producido desde el momento de mi entrada: Christa se había callado desde el instante en el que había entrado.

Todos los estudiantes se habían dado la vuelta hacia mí y comprendí con qué tema crucial Antichrista los había entretenido. Supe que no podría permanecer indiferente a un mal tan grotesco.

No fue necesaria ninguna reflexión. Me levanté y descendí la escalera que acababa de subir. Transformada por una certeza que me producía deseos de reír, me dirigí tranquilamente hacia Christa.

Ella sonreía, convencida de haber triunfado sobre mi paciencia: por fin iba a hacer lo que ella esperaba, increparla, enfrentarme a ella, incluso abofetearla, iba a vivir su momento de gloria, me estaba esperando.

Tomé su rostro entre mis manos y pegué mis labios a los suyos. Aproveché las deficiencias de los Renaud, Alain, Marc, Pierre, Thierry, Didier, Miguel, etc., para improvisar, con un estilo y una ciencia infusa y repentina, lo que el ser humano ha inventado de más absurdo, de más inútil, de más desconcertante y de más hermoso: el beso de cine. No encontré resistencia alguna. También es cierto que me beneficiaba del más absoluto de los efectos sorpresa: lo inesperado tiene premio. Con aquel pulso de boca a boca, escondía las uñas.

Una vez le hube expuesto largamente mi modo de pensar, la repelí y me di la vuelta hacia el anfiteatro, pasmado y risueño. Animada por mi aplastante triunfo, pregunté con una voz sonora a aquella multitud de degenerados:

–¿Algún candidato más?

Mi arqueada era inmensa. Astero de altura, solo tenía que coger ochenta alabardas y atravesarlos a todos. Pero en mi infinita mansedumbre, me limité a mirarlos de arriba abajo con altanería, a cortar con un guiño algunas cabezas no demasiado despreciables y a abandonar la sala, dejando tras de mí a una pobre y hundida víctima mordiendo el polvo.

Era la víspera de las vacaciones de Semana Santa. Christa regresó con los suyos. Me complací imaginándola crucificada, en Malmedy: fantasía de temporada. Mis padres y yo ya no recibimos más correos escabrosos.

Dos semanas más tarde, se reiniciaron las clases. No volvimos a ver a Christa en la universidad. Nadie me preguntó por ella. Era como si jamás hubiera existido.

Seguía teniendo dieciséis años, seguía siendo virgen y, sin embargo, mi estatus había cambiado radicalmente. Respetaban a aquella que se había labrado semejante reputación en el dominio del morreo.

Pasó el tiempo. No aprobé los exámenes de junio: tenía la mente en otra parte. Mis padres se marcharon de viaje, no sin antes advertirme que más me valía no fracasar en septiembre.

Me quedé sola en casa. Nunca me había quedado sola tanto tiempo y disfruté de ello: de no haber sido por aquellas fastidiosas clases que tenía que asumir, habrían sido unas vacaciones de ensueño.

Aquel fue un verano extraño. El calor de Bruselas era de una fealdad cómica, cerré definitivamente los postigos: me instalé en la oscuridad y el silencio. Me convertí en una endibia.

Enseguida pude ver en la oscurridad igual que a pleno día. No encendía ninguna lámpara; me bastaba la delgada luz que se filtraba a través de las persianas.

Mis jornadas no conocían otro ritmo que los crecimientos y descrecimientos del ínfimo resplandor solar. No asomaba la nariz a la calle: me había impuesto, por una apuesta absurda, resistir durante mis dos meses de confinamiento con las provisiones de los armarios. La falta de productos frescos agravó mi mal aspecto.

Lo que estudiaba no me interesaba lo más mínimo. Decidí aprobar los exámenes por orgullo y luego cambiar de orientación. Me imaginaba los destinos más diversos: enterradora, radiestesista, vendedora de alabardas, florista, marmolista, profesora de tiro con arco, deshollinadora, reparadora de paraguas, consoladora en cadena, camarista, traficante de indulgencias.

El teléfono no sonaba nunca. ¿Quién podría haber llamado aparte de mis padres? Ellos descendían por ríos impasibles, fotografiaban a escoceses en kilt, contemplaban cuarenta siglos desde lo alto de las pirámides, comían con los papúes, una última familia de antropófagos..., ya no sé con qué clase de exotismo se calentaban.

El 13 de agosto cumplí diecisiete años. El teléfono tampoco sonó. No resultaba extraño en absoluto: los aniversarios estivales nunca se celebran.

Ya que esa nueva edad no era seria, malgastaba las horas de la mañana en una especie de *no man's land* del espíritu, en cuyo fondo fingía repasar un curso de economía política; en realidad, no tenía ni idea del abismo al que se precipitaba mi conciencia. Súbitamente, a media tarde, sentí la imperiosa necesidad de ver un cuerpo. Sin embargo, solo tenía uno a mi disposición.

Me levanté, fantasmal, y abrí el armario, cuya puerta era un inmenso espejo. En el espejo, vi una endibia ataviada con una blanca y amplia camisa.

Como aquello seguía sin ser un cuerpo, me desnudé y miré.

Decepción: el milagro no se había producido. La desnudez reflejada carecía de nada capaz de inspirar amor. Me resigné a ello con filosofía: estaba acostumbrada a no quererme. Además, «eso» todavía podía ocurrir. Tenía tiempo.

Fue entonces cuando, en el espejo, asistí a terroríficos fenómenos.

Vi la muerte atrapar la vida.

Vi mis brazos levantarse horizontalmente, en un gesto de crucifixión, y vi mis codos doblarse en un ángulo cerrado y vi mis manos unirse a lo largo, palma contra palma, orantes a su pesar.

Vi mis dedos extenderse en un gesto de lucha y pugilato, vi mis hombros tensarse como un arco, vi mi caja torácica deformada por el esfuerzo y vi cómo aquel cuerpo dejaba de pertenecerme y cómo ejecutaba, para colmo de vergüenza, la gimnasia prescrita por Antichrista.

Así se hizo su voluntad, y no la mía.

Ácido sulfúrico

Primera parte

Llegó el momento en que el sufrimiento de los demás ya no les bastó: tuvieron que convertirlo en espectáculo.

No era necesaria ninguna cualificación para ser detenido. Las redadas se producían en cualquier lugar: se llevaban a todo el mundo, sin derogación posible. El único criterio era ser humano.

Aquella mañana, Pannonique había salido a pasear por el Jardín Botánico. Los organizadores llegaron y peinaron minuciosamente el parque. De pronto, la joven se encontró dentro de un camión. Eso ocurrió antes del primer programa: la gente todavía no sabía qué les iba a ocurrir. Se indignaban. En la estación, les amontonaron en vagones de ganado. Pannonique vio que les estaban filmando: varias cámaras los escoltaban, sin perder ni el más mínimo detalle de su angustia.

Entonces comprendió que rebelarse no solo no serviría de nada sino que resultaría telegénico. Así pues, durante todo el viaje se mantuvo fría e inmóvil como el mármol. A su alrededor, lloraban niños, gruñían adultos y se sofocaban ancianos.

Les desembarcaron en un campo parecido a los no tan lejanos campos de deportación nazis, con una diferencia nada baladí: habían instalado cámaras por todas partes.

Para ser organizador tampoco era necesaria ninguna cualificación. Los jefes hacían desfilar a los candidatos y seleccionaban a aquellos que tenían «un rostro más significativo». Luego había que responder a cuestionarios de actitud.

Zdena, que en su vida había aprobado un examen, fue admitida. Experimentó un inmenso orgullo. En adelante, podría decir que trabajaba en televisión. Con veinte años, sin estudios, un primer empleo: finalmente su círculo íntimo iba a dejar de burlarse de ella.

Le explicaron los principios del programa. Los responsables le preguntaron si le resultaban chocantes.

–No. Es fuerte –respondió ella.

Pensativo, el cazatalentos le dijo que se trataba exactamente de eso.

–Es lo que la gente quiere –añadió–. El cuento y el tongo se han acabado.

Superó otros tests en los que demostró que era capaz de golpear a desconocidos, de vociferar insultos gratuitos, de imponer su autoridad, de no dejarse conmover por las lamentaciones.

–Lo que cuenta es el respeto del público –dijo uno de los responsables–. Ningún espectador se merece nuestro desprecio.

Zdena asintió.

Le atribuyeron el grado de kapo.

–Te llamaremos kapo Zdena –le dijeron.

El término militar le gustó.

–Menuda pinta, kapo Zdena –le lanzó a su propio reflejo en el espejo.

Ni siquiera se dio cuenta de que ya estaba siendo filmada.

Los periódicos no hablaban de otra cosa. Los editoriales estaban al rojo vivo, las grandes conciencias pusieron el grito en el cielo.

El público, en cambio, pidió más desde la primera entrega. El programa, que llevaba la sobria denominación de *Concentración*, obtuvo un récord de audiencia. Nunca el horror había causado una impresión tan directa.

«Algo está ocurriendo», comentaba la gente.

A la cámara no le faltaban cosas que filmar. Paseaba sus múltiples ojos por los barracones en los que los prisioneros estaban encerrados: letrinas, amuebladas con jergones superpuestos. El comentarista destacaba el olor a orina y el húmedo frío que, por desgracia, la televisión no podía transmitir.

Cada kapo tuvo derecho a algunos minutos de presentación.

Zdena no daba crédito. Durante más de quinientos segundos, la cámara solo tendría ojos para ella. Y aquel ojo sintético presagiaba millones de ojos de verdad.

–No desaprovechéis esta oportunidad de mostraros simpáticos –les dijo un organizador a los kapos–. El público os ve como unas bestias primarias: demostradles que sois humanos.

–Tampoco olvidéis que la televisión puede ser una tribuna para aquellos de vosotros que tengáis ideas, ideales –apuntó otro con una sonrisa perversa que era la viva expresión de todas las atrocidades que esperaba oírles proferir.

Zdena se preguntó si tenía ideas. La confusión que bullía dentro de su cabeza y que ella denominaba pomposamente su pensamiento no la aturdió hasta el punto de concluir con una afirmación. Pero pensó que no tendría ninguna dificultad para inspirar simpatía.

Es una ingenuidad corriente: la gente ignora hasta qué punto la televisión les afea. Zdena preparó su discurso delante del espejo sin darse cuenta de que la cámara no tendría con ella la indulgencia de su propio reflejo.

Los espectadores esperaban con impaciencia la secuencia de los kapos: sabían que podrían odiarlos y que se lo habrían buscado, que incluso iban a proporcionarles un excedente de argumentos para su execración.

No les decepcionaron. En su más abyecta mediocridad, las declaraciones de los kapos superaron sus expectativas.

Sintieron una especial repulsión por una joven de rostro irregularmente anguloso llamada Zdena.

–Tengo veinte años, intento acumular experiencias –dijo–. No hay que tener prejuicios respecto a *Concentración.* De hecho, creo que nunca hay que juzgar, porque ¿quiénes somos nosotros para juzgar a nadie? Cuando termine este programa, dentro de un año, tendrá sentido sacar conclusiones. Ahora no. Sé que habrá quien opine que lo que aquí se le hace a la gente no es normal. Pero yo les hago la siguiente pregunta: ¿qué es la normalidad? ¿Qué es el bien y el mal? Algo cultural.

–Pero kapo Zdena –intervino el organizador–, ¿le gustaría sufrir lo que sufren los prisioneros?

–Es una pregunta deshonesta. En primer lugar, no sabemos lo que piensan los detenidos, ya que los organizadores no se lo preguntan. Incluso puede que no piensen nada.

–Cuando cortas un pez vivo tampoco grita. ¿Eso le lleva a concluir que no sufre, kapo Zdena?

–Esa sí que es buena, me la apunto –dijo con una carcajada que intentaba provocar adhesiones–. ¿Sabe?, creo que si están en la cárcel es por algo. Digan lo que digan, creo que no es una casualidad si uno acaba aterrizando con los débiles. Lo que constato es que yo, que no soy ninguna blandengue, estoy del lado de los fuertes. En la escuela ya era así. En el patio, había el lado de las niñitas y de los moninos, yo nunca estuve con ellos, estaba con los duros. Nunca he buscado que nadie se apiade de mí.

–¿Cree que los prisioneros intentan despertar la compasión de los demás?

–Está claro. Les ha tocado el papel de buenos.

–Muy bien, kapo Zdena. Gracias por su sinceridad.

La joven salió del campo de la cámara, encantada con lo que acababa de decir. Ni ella misma sabía que tuviera tantos pensamientos. Disfrutó de la excelente impresión que iba a producir.

Los periódicos no ahorraron invectivas contra el cinismo nihilista de los kapos y en particular de la kapo Zdena, cuyas opiniones en tono de superioridad produjeron consternación. Los editorialistas coincidieron varias veces sobre esa perla que atribuía el papel de bueno a los prisioneros: las cartas al director hablaron de estupidez autocomplaciente y de indulgencia humana.

Zdena no comprendió para nada el desprecio de que era objeto. En ningún momento pensó haberse expresado mal. Llegó a la conclusión de que simplemente los espectadores y los periodistas eran unos burgueses que le reprochaban sus pocos estudios; atribuyó su reacción al odio hacia el proletariado lumpen. «¡Y pensar que yo los respeto!», se dijo.

De hecho, dejó de respetarlos muy deprisa. Su estima se dirigió hacia los organizadores, con exclusión del resto del mundo. «Ellos por lo menos no me juzgan. La prueba es que me pagan. Y que me pagan bien.» Un error en cada frase: los jefes despreciaban a Zdena. Le tomaban el pelo, y a base de bien.

Al contrario, si hubiera existido la más remota posibilidad de que uno u otro detenido saliera del campo con vida, lo cual no era el caso, habría sido recibido con honores de héroe. El público admiraba a las víctimas. La habilidad del programa consistía en mostrar su imagen más digna.

Los prisioneros ignoraban quiénes eran filmados y lo que veían los espectadores. Aquello formaba parte de su suplicio. Los que se venían abajo tenían un miedo terrible a resultar telegénicos: al dolor de la crisis nerviosa se añadía la vergüenza de ser una atracción. Y, en efecto, la cámara no despreciaba los momentos de histeria.

Tampoco los estimulaba. Sabía que el interés de *Concentración* radicaba en mostrar, cuanto más mejor, la belleza de aquella humanidad torturada. Así fue como muy rápidamente eligió a Pannonique.

Pannonique lo ignoraba. Eso la salvó. Si hubiera sospechado que era el blanco preferido de la cámara, no habría aguantado. Pero estaba convencida de que un programa tan sádico solo se interesaba por el sufrimiento.

Así pues, se dedicó a no expresar ningún dolor. Cada mañana, cuando los seleccionadores pasaban revista a los contingentes para decretar cuáles de ellos se habían convertido en ineptos para el trabajo y serían condenados a muerte, Pannonique disimulaba su angustia y su repugnancia tras una máscara de altanería. Luego, cuando pasaba toda la jornada quitando escombros del túnel inútil que les obligaban a construir bajo la baqueta de castigo de los kapos, su rostro carecía de expresión. Finalmente, cuando les servían a esos hambrientos la inmunda sopa de la noche, se la tragaba sin expresión.

Pannonique tenía veinte años y el rostro más sublime que uno pueda imaginar. Antes de la redada, era estudiante de paleontología. La pasión por los diplodocus no le había dejado demasiado tiempo para mirarse en los espejos ni para dedicar al amor una juventud tan radiante. Su inteligencia hacía que su esplendor resultara todavía más aterrador.

Los organizadores no tardaron en fijarse en ella y en considerarla, con razón, una de las grandes bazas de *Concentración.* Que una chica tan guapa y tan encantadora estuviera prometida a una muerte a la que se asistiría en directo creaba una tensión insostenible e irresistible.

Mientras tanto, no había que privar al público de los deleites a los que invitaba su magnificencia: los golpes se ensañaban con su espléndido cuerpo, no demasiado fuerte, con el objetivo de no estropearla en exceso, pero lo bastante para despertar el horror puro y duro. Los kapos también tenían derecho a insultar y no se privaban de injuriar con las mayores bajezas a Pannonique, para mayor emoción de los espectadores.

La primera vez que Zdena vio a Pannonique, hizo una mueca. Nunca había visto nada parecido. ¿Qué era? A lo largo de su vida se había cruzado con mucha gente pero nunca había visto nada igual a lo que había sobre el rostro de aquella joven. En realidad, no sabía si era sobre su rostro o en el interior de su rostro.

«Puede que las dos cosas», pensó con una mezcla de miedo y de repugnancia. Zdena odió aquella cosa que tanto la incomodaba. Le oprimía el corazón como cuando comes algo indigesto.

De noche, la kapo Zdena volvió a pensar en ello. Poco a poco, se dio cuenta de que no pensaba en otra cosa. Si le hubieran preguntado lo que eso significaba, habría sido incapaz de responder.

Durante el día, se las apañaba para estar lo más a menudo posible cerca de Pannonique, con el objetivo de observarla de reojo y de comprender por qué aquella apariencia la obsesionaba.

Sin embargo, cuanto más la examinaba, menos comprendía. Guardaba un recuerdo muy borroso de las clases de historia de la escuela, cuando tenía doce años. En el libro de texto, se reproducían cuadros de pintores del pasado, le habría costado lo suyo decir si se trataba de la Edad Media o de un siglo posterior. A veces reproducían imágenes de damas –¿vírgenes?, ¿princesas?– cuyos rostros tenían aquel mismo misterio.

Siendo una adolescente, había pensado que se trataba de algo imaginario. Semejantes rostros no existían. Lo había comprobado en su círculo íntimo. No debía tratarse de belleza ya que, en televisión, las que se suponían que eran guapas no eran así.

Y he aquí que ahora aquella desconocida presentaba aquel rostro. Así que existía. ¿Por qué uno se sentía tan incómodo cuando lo veía? ¿Por qué daba ganas de llorar? ¿Acaso ella era la única que experimentaba eso?

Zdena acabó por no poder dormir. Cada vez tenía más marcadas las ojeras. Las revistas decretaron que la más animal de las kapos tenía, cada vez más, cara de bestia.

Desde su llegada al campo, los prisioneros habían sido desprovistos de su ropa y se les había entregado un uniforme reglamentario de su talla: pijamas para los hombres, batas para las mujeres. Una matrícula que les tatuaban sobre la piel se convertía en su único nombre autorizado.

CKZ 114 –así se llamaba Pannonique– se había convertido en la ninfa Egeria de los espectadores. Los periódicos dedicaban artículos enteros a aquella joven de admirable belleza y clase, cuya voz nadie conocía. Destacaban la noble inteligencia de su expresión. Su foto ocupaba las portadas de numerosas revistas. En blanco y negro, en color, todo la favorecía.

Zdena leyó un editorial en honor de «la hermosa CKZ 114».

Hermosa: así que era eso. La kapo Zdena no se había atrevido a formularlo en estos términos, partiendo del principio de que no entendía nada. Sin embargo, se sintió bastante orgullosa de haber sido capaz, si no de comprender, por lo menos de percibir el fenómeno.

La belleza: así que el problema de CKZ 114 era ese. Las chicas guapas de la televisión no habían despertado en Zdena aquel malestar, y eso le hizo llegar a la conclusión de que quizá no eran realmente guapas. *Concentración* le enseñaba en qué consistía la auténtica belleza.

Recortó una fotografía especialmente lograda de CKZ 114 y la colgó cerca de su cama.

Los detenidos tenían en común con los espectadores que conocían el nombre de los kapos. Estos no perdían ninguna ocasión de vociferar su propia identidad, como si tuvieran la necesidad de escucharla.

Durante la selección de la mañana, la cosa sonaba así:

–¡Hay que mantenerse firmes delante del kapo Marko!

O en los trabajos del túnel:

–Oye, tú, ¿a eso le llamas obedecer al kapo Jan?

Existía cierta paridad entre los kapos, incluso en maldad, brutalidad y estupidez.

Los kapos eran jóvenes. Ninguno superaba los treinta años. No habían faltado candidatos de más edad, incluso viejos. Pero los organizadores pensaron que la violencia ciega impresionaría más si emanaba de cuerpos juveniles, de músculos adolescentes y de rostros sonrosados.

Incluso había un fenómeno, la kapo Lenka, una voluptuosa vampiresa que intentaba gustar constantemente. No se conformaba con provocar al público y contonearse delante de los otros kapos: llegaba al extremo de intentar seducir a los prisioneros, restregándoles su escote por la cara y lanzando miradas a sus sometidos. Aquella ninfomanía, sumada a la atmósfera mefítica que reinaba en el programa, resultaba tan repugnante como fascinante.

Los detenidos también tenían en común con los espectadores que ignoraban el nombre de sus compañeros de infortunio. Les habría gustado saberlo, teniendo en cuenta hasta qué punto la solidaridad y la amistad les resultaban indispensables; sin embargo, el instinto les advertía del peligro de saberlo.

No tardaron en tener un ejemplo grave de que estaban en lo cierto.

La kapo Zdena multiplicaba las ocasiones de estar cerca de la joven CKZ 114. Las instrucciones no habían cambiado: si había que golpear gratuitamente a alguien, adelante y carta blanca.

Amparándose en aquella consigna, Zdena podía invocar el sentido del deber para descargar su rabia sobre Pannonique. Para hacerlo empleaba un celo particular. Sin por ello transgredir las órdenes, que eran no dañar su belleza, la kapo pegaba a CKZ 114 más de lo conveniente.

Los organizadores se habían percatado de ello. No desaprobaron su disposición: ver desencadenarse aquella encarnación de la brusquedad que era Zdena sobre la desgarradora delicadeza de la joven resultaba telegénico.

No le habían dado demasiada importancia a otra señal de la obsesión de la kapo: no dejaba de nombrar, o mejor dicho de «matricular» a su víctima. Sonaba así:

–¡Levántate, CKZ 114!

O:

–¡Te voy a enseñar lo que es obedecer, CKZ 114!

O:

–¡Vas a ver lo que es bueno, CKZ 114!

O este simple grito, muy indicativo:

–¡CKZ 114!

A veces, cuando ya no podía más de golpear el joven cuerpo, lo tiraba al suelo suspirando:

–¡Por esta vez lo dejamos aquí, CKZ!

Frente a semejante trato, Pannonique demostraba un coraje y una entereza admirables. No dejaba de apretar los dientes y se aplicaba en ahogar hasta los gemidos de dolor.

En la unidad de Pannonique había un hombre de unos treinta años a quien aquel martirio sacaba de quicio. Habría preferido mil veces ser él el golpeado antes que asistir al recurrente suplicio de la joven. En el descanso, una noche, aquel a quien llamaban EPJ 327 se acercó para hablarle:

–Se ensaña con usted, CKZ 114. Resulta insoportable.

–Si no fuera ella sería otro.

–Lo que más me gustaría es que fuera otro el golpeado.

–¿Y qué quiere que haga, EPJ 327?

–No lo sé. ¿Quiere que hable con ella?

–Sabe que no tiene derecho a hacerlo, y que eso tendría como único resultado redoblar su violencia.

–¿Y si le hablara usted?

–No tengo más derechos que usted.

–No estoy seguro. La kapo Zdena está obsesionada con usted.

–¿Cree que tengo ganas de entrar en su juego?

–Entiendo.

Hablaban en voz muy baja, por miedo a que alguno de los omnipresentes micrófonos captara su conversación.

–CKZ 114, ¿puedo preguntarle cómo se llama?

–En otros tiempos, me habría encantado decírselo. Ahora, intuyo que sería muy imprudente.

–¿Por qué? Yo, si quiere, estoy dispuesto a revelarle que me llamo...

–EPJ 327. Usted se llama EPJ 327.

–Es duro. Necesito que sepa mi nombre. Y necesito saber el suyo.

Empezaba a alzar el tono de voz, de desesperación. Ella le puso un dedo sobre los labios. Él se estremeció.

En realidad, la pasión de la kapo Zdena superaba la de EPJ 327: ardía en deseos de saber el nombre de CKZ 114. De tanto rugir su matrícula, unas cuarenta veces al día, le resultaba insatisfactorio.

No es casual que los humanos lleven nombres en lugar de matrícula: el nombre es la llave de la persona. Es el delicado ruido de su cerradura cuando queremos abrir su puerta. Es la metálica melodía que hace que el don sea posible.

La matrícula es al conocimiento de los demás lo que el carnet de identidad a la persona: nada.

Zdena percibió con furor aquella limitación de su poder: ella, que tenía derechos tan extendidos y monstruosos sobre la detenida CKZ 114, no poseía los medios para saber su nombre. Este no figuraba en ninguna parte: cuando llegaban al campo, la documentación de los prisioneros era quemada.

Solo podría enterarse del nombre de CKZ 114 a través de la boca de la interesada.

Sin saber si esta pregunta estaba autorizada, Zdena se acercó a la joven con cierta discreción en el momento de las obras del túnel y le susurró al oído:

–¿Cómo te llamas?

Pannonique dirigió hacia ella un rostro estupefacto.

–¿Cuál es tu nombre? –volvió a murmurar la kapo.

CKZ 114 negó con la cabeza con una expresión definitiva. Y volvió a quitar las piedras y los escombros.

Derrotada, Zdena agarró su baqueta y molió a golpes a la insolente. Cuando por fin se detuvo, al límite de sus fuerzas, la víctima, pese al sufrimiento, le lanzó una mirada divertida que parecía decir: «¡Si crees que con estos métodos vas a doblegarme...!».

«Soy una imbécil», pensó la kapo. «Para conseguir lo que quiero, la destruyo. ¡Qué idiota eres, Zdena! Pero no es solo culpa mía: se está burlando de mí, me saca de quicio, entonces pierdo el control. ¡Ella se lo busca!»

Al visionar las cintas sin descodificar, Zdena vio que CKZ 114 había mantenido una conversación con EPJ 327. Hurtó pentotal de la enfermería y le inyectó una dosis a EPJ 327. El suero de la verdad le soltó la lengua al infeliz, que se puso a hablar más de la cuenta:

–Me llamo Pietro, Pietro Livi, necesitaba tanto decirlo, necesito tanto saber el nombre de CKZ 114, tenía razón al no decírmelo, si no estaría revelándolo, kapo Zdena, te odio, eres todo lo que desprecio y CKZ 114 es todo lo que amo, la belleza, la nobleza, la gracia, si pudiera matarte, kapo Zdena...

Creyendo que ya había oído bastante, le golpeó en la cabeza. Otros organizadores la detuvieron: no tenía derecho a torturar a los prisioneros para su propio placer egoísta.

–Haz lo que quieras, kapo Zdena, ¡pero delante de las cámaras!

En cuanto al pentotal, le fue confiscado.

«Si no fuera la reina de las cretinas», pensó Zdena, «le habría inyectado el pentotal a CKZ 114. Ahora, no podré acceder a él, y no podré saber su nombre. El periódico tenía razón: soy la estupidez complaciente.»

Era la primera vez en su vida que Zdena tenía conciencia y vergüenza de su nulidad.

En la carrera de baquetas, se hizo relevar por otros kapos. No eran bestias lo que faltaban para querer desahogarse sobre el débil cuerpo de CKZ 114.

En un primer momento, Zdena sintió que progresaba. Ya no sentía tanta necesidad de destruir lo que la obsesionaba. A veces, para no dar la impresión de no estar haciendo nada, la emprendía a golpes con otros prisioneros. Pero aquello no tenía ninguna importancia.

Poco a poco, su conciencia se enturbió. Al fin y al cabo, ¿cómo podía sentirse satisfecha consigo misma? CKZ 114 seguía sufriendo tanta violencia como antes. Lavarse las manos ante determinada situación no significaba ser inocente.

Una parte oscura de Zdena también le susurraba al oído que cuando era ella la que se ensañaba con CKZ 114 había algo sagrado en aquel ensañamiento. Mientras que ahora la joven era sometida al maltrato común, al horror ciego, al suplicio vulgar.

Decidió reafirmarse en su elección. De nuevo fue la kapo

Zdena quien molió a palos a la hermosa joven. Cuando esta vio regresar a la verduga que se había alejado de ella durante siete días, su mirada expresó una perplejidad que parecía preguntarse por el sentido de tan extraña actitud.

Zdena volvió a hacerle la pregunta:

–¿Cómo te llamas?

Y ella volvió a no responderle, sin abandonar esa expresión burlona que la kapo acertaba al interpretar como: «¿Acaso crees que voy a vivir tu regreso como una bendición por la que tengo que darte las gracias?».

«Tiene razón», pensó Zdena, «tengo que darle motivos para que se alegre.»

EPJ 327 le contó a CKZ 114 el interrogatorio al que le habían sometido.

–¿Se da cuenta? –le dijo–. No debe saber mi nombre.

–Ahora sabe el mío, pero está claro que eso le importa un bledo. Usted es la única obsesión de la kapo Zdena.

–Es un privilegio del que muy a gusto prescindiría.

–Estoy seguro de que podría sacarle provecho.

–Prefiero no saber lo que insinúan sus palabras.

–No lo decía en un sentido humillante. No tiene idea de lo mucho que la aprecio. Y estoy agradecido por ello: nunca había tenido tanta necesidad de querer a alguien como desde que estamos en este infierno.

–Yo nunca había tenido tanta necesidad de continuar con la cabeza bien alta. Es lo único que me hace seguir adelante.

–Gracias. Su orgullo es el mío. Tengo la impresión de que también es el de todos los que estamos aquí.

Estaba en lo cierto. Los prisioneros también notaban que sus miradas se sentían atraídas por su belleza.

–¿Sabía que las opiniones más sublimes sobre la gloria de Corneille fueron escritas por un judío francés en 1940? –dijo EPJ 327.

–¿Era usted profesor? –preguntó la joven.

–Lo sigo siendo. Me niego a hablar de ello en pasado.

–¿Así que has vuelto a moler a palos a CKZ, kapo Zdena? –bromeó el kapo Jan.

–Sí –dijo sin darse cuenta de que se burlaban de ella.

–Te gusta, ¿verdad? –preguntó el kapo Marko.

–Sí –respondió ella.

–Te encanta pegarla. No puedes vivir sin ello.

Zdena reflexionó muy deprisa. Tuvo el instinto de mentir:

–Sí, me gusta.

Los otros rieron largamente.

Zdena pensó que dos semanas antes no habría sido una mentira.

–¿Chicos, puedo pediros algo? –preguntó ella.

–Prueba a ver.

–Que me la dejéis a mí.

Los kapos gritaron de risa.

–De acuerdo, kapo Zdena, te la dejamos –dijo el kapo Jan–. Con una condición.

–¿Cuál? –preguntó Zdena.

–Que luego nos lo cuentes.

Al día siguiente, en las obras del túnel, CKZ 114 vio cómo se le acercaba la kapo Zdena, con su fusta en la mano.

La cámara enfocó a aquel par de chicas que tanto obsesionaba a los espectadores.

Pannonique redobló sus esfuerzos, sabiendo que su celo no le serviría de nada.

–¡Eres una gallina, CKZ 114! –gritó la kapo.

Una lluvia de golpes de fusta cayó sobre la prisionera.

Inmediatamente, Pannonique se dio cuenta de que no sentía nada. La fusta había sido sustituida por una imitación inofensiva. CKZ 114 tuvo el reflejo de fingir el dolor retenido.

Luego lanzó una fugaz mirada hacia el rostro de la kapo. En él leyó una intensidad significativa: la verdugo estaba en el origen de aquel secreto y solo lo compartía con su víctima.

En décimas de segundo, Zdena volvió a ser una kapo ordinaria que gritaba su odio.

Después de una semana de falsa fusta, la kapo Zdena volvió a preguntarle a CKZ 114:

–¿Cómo te llamas?

Pannonique no respondió. Sus ojos sonrieron a los de su enemiga. Recogió su cuota de escombros y los llevó al montón común. Luego regresó a su depósito de cascotes.

Zdena la estaba esperando, con expresión insistente, como si quisiera darle a entender que su trato de favor merecía una recompensa.

–¿Cómo te llamas?

Pannonique se lo pensó un instante antes de responder:

–Yo me llamo CKZ 114.

Era la primera vez que un kapo la oía hablar.

A falta de decirle su nombre a Zdena, le ofrecía un regalo inesperado: el sonido de su voz. Un sonido sobrio, severo y puro. Una voz de timbre extraño.

Zdena se sintió tan desconcertada que no se dio cuenta de la respuesta evasiva.

La kapo no fue la única en notar el fenómeno. A la mañana siguiente, numerosas crónicas llevaban por título: ¡HA HABLADO!

Resultaba tremendamente extraño que un prisionero hablara. La prueba es que ningún medio de comunicación había conseguido captar la voz de CKZ 114. De su parte solo habían podido oírse leves gemidos a consecuencia de los golpes. Ahora, en cambio, había dicho algo: «Yo me llamo CKZ 114».

«Lo más singular de este enunciado», escribió un periodista, «es el *yo.* Así, esa joven que, ante nuestra consternada mirada, sufrió la peor de las infamias, la violencia absoluta, esa joven a la que veremos morir y que ya está muerta, puede todavía iniciar con orgullo una frase con un *yo* triunfante, una afirmación de sí misma. ¡Qué lección de coraje!»

Otro periódico ofrecía un análisis opuesto:

«Esa joven está declarando públicamente su derrota. Toma –¡ya era hora!– la palabra, pero para confesarse derrotada, para decir que, en adelante, la única identidad que reconoce como propia es esa matrícula del horror bárbaro.»

Ningún medio captó la auténtica naturaleza de lo que había ocurrido: la acción solo había tenido lugar entre aquellas dos chicas y solo tenía sentido para ellas. Y su significado gigantesco era: «Acepto dialogar contigo».

Los otros detenidos no entendieron mucho más. Todos sentían la más honda admiración por CKZ 114. Era su heroína, esa cuya nobleza proporcionaba el coraje de volver a levantar cabeza.

Una mujer joven que llevaba la matrícula MDA 802 le dijo a Pannonique:

–Está bien, se lo estás haciendo pagar caro.

–Si no tiene inconveniente, prefiero el tratamiento de usted.

–Creía que éramos amigas.

–Precisamente por eso. Dejemos el tuteo para los que no nos quieren.

–Me resultará difícil hablarle de usted. Tenemos la misma edad.

–Los kapos también tienen nuestra edad. Esa es la prueba de que, pasada la infancia, una edad idéntica no basta para constituir un punto en común.

–¿Cree que llamarnos de usted servirá de algo?

–Lo que nos diferencia de los kapos resulta forzosamente indispensable. Como todo lo que nos recuerde que, a diferencia de ellos, somos individuos civilizados.

Esta actitud se propagó. Pronto ningún prisionero tuteó a otro.

Aquel tratamiento de usted generalizado tuvo consecuencias. Nadie se quiso menos ni tuvo menos intimidad pero todos se respetaron infinitamente más. No se trataba de una deferencia formal: se tenían más estima unos a otros.

La comida de la noche era miserable: pan duro y una sopa tan clara que resultaba milagroso que la taza contuviera alguna piel de verdura. Sin embargo, había tanta hambre y las cantidades eran tan escasas que aquella colación era esperada con ansia.

Los que recibían aquella pitanza se abalanzaban encima sin hablar y la comían poco a poco, con expresión apática, midiendo los bocados.

No resultaba extraño que, al terminar su ración, alguien rompiera a llorar al pensar que tendría el estómago tan vacío hasta el día siguiente por la noche: haber vivido solo para aquella lamentable comida y ya no tener esperanza por nada, sí, había motivos para llorar.

Pannonique ya no soportaba aquel sufrimiento.

Durante una comida, empezó a hablar. Como una invitada alrededor de una mesa bien provista, inició la conversación con los integrantes de su unidad. Recordó las películas que le habían gustado y los actores a los que admiraba. Un vecino estuvo de acuerdo, otro se indignó, ella le contradijo, explicó su punto de vista. El tono subió. Cada uno tomó posición. Hubo quien se entusiasmó. Pannonique rompió a reír.

Solo EPJ 327 se percató de ello.

–Es la primera vez que la veo reír.

–Río de felicidad. Hablan, discuten, como si fuera importante. ¡Es maravilloso!

–Usted es la que es maravillosa. Gracias a usted han olvidado que estaban comiendo mierda.

–¿Usted no?

–Yo no es el primer día que me doy cuenta de su poder. Sin usted, estaría muerto.

–Morirse no es tan fácil.

–Aquí nada resulta más sencillo. Basta con mostrarse inepto para el trabajo y a la mañana siguiente te ejecutan.

–Sin embargo, uno no puede decidir morirse.

–Sí. A eso se le llama suicidio.

–Muy pocos seres humanos son realmente capaces de suicidarse. Yo soy como la mayoría, tengo instinto de supervivencia. Usted también.

–Sinceramente, no estoy seguro de que lo tuviera sin usted. Ni siquiera en mi vida anterior había conocido a alguien de su especie: un ser al que uno pueda dedicar su pensamiento. Me basta pensar en usted para salvarme del asco.

La mesa de Pannonique ya no conoció cenas sórdidas. Las unidades contiguas comprendieron el principio y lo imitaron: nadie más volvió a comer en silencio. El comedor se convirtió en un lugar ruidoso.

El hambre seguía siendo la misma y, sin embargo, nadie rompía a llorar al terminar su pitanza.

No por ello dejaban de adelgazar. CKZ 114, que ya era delgada cuando llegó al campo, había perdido la dulce redondez de sus mejillas. La belleza de sus ojos se incrementó, la belleza de su cuerpo se deterioró.

A la kapo Zdena le preocupó. A escondidas, intentó darle provisiones al objeto de su obsesión. CKZ 114 las rechazó, horrorizada ante la idea de lo que la esperaba si las aceptaba.

O el gesto de Zdena era grabado por la cámara y CKZ 114 padecería un castigo cuya naturaleza prefería no saber.

O el gesto no era grabado por la cámara, y CKZ 114 prefería no saber la naturaleza del agradecimiento que la kapo le exigiría.

Por otra parte, se moría de hambre. Resultaba terrible dejar escapar tabletas de chocolate cuya mera idea la ponían enferma de deseo. A falta de otra solución, sin embargo, tuvo que resignarse a ello.

MDA 802 se dio cuenta de aquel tejemaneje y le produjo una inmensa cólera.

Durante la pausa, en voz baja, se acercó a reprender a su compañera de infortunio:

–¿Cómo se atreve a rechazar alimentos?

–Eso es cosa mía, MDA 802.

–No, también es cosa nuestra. Ese chocolate, podría compartirlo.

–Pues vaya usted a hablar con la kapo Zdena.

–Sabe perfectamente que solo se interesa por usted.

–¿No le parece que debería quejarme por ello?

–No. Todos querríamos que alguien se acercara para ofrecernos chocolate.

–¿A qué precio, MDA 802?

–Al precio que usted fije, CKZ 114.

Se marchó, furiosa.

Pannonique reflexionó. MDA 802 tenía razón. Se había mostrado egoísta: «Al precio que usted fije»: sí, tenía que existir una manera de trapichear sin por ello abdicar.

Después de las palabras de EPJ 327, Zdena no era capaz de pensar. Los fenómenos que percibía en el interior de su cabeza, sin embargo, eran comparables. Ella también conocía el asco del que le había hablado. Lo sentía hasta el punto de poder llamarlo por su nombre.

En su primera juventud, cuando la despreciaban, cuando delante de ella se despreciaba lo que se desconocía, cuando se destruía gratuitamente algo hermoso, cuando alguien se ensañaba con otro por el simple placer de revolverse en el fango y provocar la risotada, Zdena experimentaba un persistente malestar que su cerebro había bautizado como asco.

Se había acostumbrado a vivir con aquella inmundicia, repitiéndose que se trataba de una carga común, incluso alimentándola para tener la ilusión de no ser siempre su víctima. Pensaba que valía más provocar el asco que padecerlo.

En rarísimas ocasiones, el asco se desvanecía. Cuando oía una melodía que le parecía hermosa, cuando salía de un lugar asfixiante y recibía de lleno la generosidad del aire gélido, cuando el exceso de alimento de un banquete se olvidaba con un trago de vino áspero, era mejor que una tregua: de repente el asco se invertía y no existía una palabra para expresar su antónimo, no se trataba ni de apetito ni de deseo, se trataba de algo mil veces más intenso, una fe en algo demasiado vasto que se dilataba dentro de su ser hasta el extremo de hacer que sus ojos se salieran de las órbitas.

Pannonique le producía el mismo efecto. Una sensación sin nombre para una persona sin nombre: había demasiados innombrados en aquel asunto. Al precio que fuera, Zdena averiguaría el nombre de CKZ 114.

Adelgazarse era menos un problema estético que una cuestión de vida o muerte. Por la mañana, durante la primera inspección, se pasaba revista a los detenidos: aquellos que parecían demasiado demacrados para ser viables eran seleccionados en la fila mala.

Algunos prisioneros escondían trapos bajo su uniforme con el objetivo de dar consistencia a su silueta. No perder demasiado peso era una angustia permanente.

Una unidad estaba compuesta por diez personas. Pannonique estaba obsesionada por la salud de aquellos diez individuos, entre los cuales estaban EPJ 327 y MDA 802. Pero la inconsciente presión que sobre ella ejercía su unidad para que aceptara el chocolate de la kapo le resultaba insoportable.

El horror de las circunstancias exacerbaba su orgullo. «Mi nombre vale más que un poco de chocolate», pensaba.

Mientras tanto, ella también seguía adelgazando. Ser la ninfa Egeria del público no la protegía de la muerte: los organizadores ya se frotaban las manos pensando en la telegenia de su agonía retransmitida por cinco cámaras.

Zdena fue presa del pánico. Dado que CKZ 114 se obstinaba en rechazar el chocolate que ella le ofrecía, la kapo se lo metió a la fuerza en el bolsillo de su bata. Inmediatamente, la joven esbozó un gesto de duplicidad. Zdena se quedó tan pasmada ante semejante atrevimiento que, ni corta ni perezosa, metió una segunda tableta en el bolsillo de su protegida.

Esta le dirigió una ambigua mirada de agradecimiento. Zdena no daba crédito a tanta soberbia.

«Pues sí que se da aires», pensó. Sin embargo, convino que tenía toda la razón.

Durante la cena, Pannonique fue repartiendo, debajo de la mesa, de rodilla en rodilla, trozos de chocolate que despertaron un patético entusiasmo. Los prisioneros devoraron aquel botín con éxtasis.

–¿Se lo ha dado la kapo Zdena? –preguntó MDA 802.

–Sí.

EPJ 327 hizo una mueca de desagrado al pensar en lo que CKZ 114 había tenido que pagar a cambio.

–¿Cuál ha sido el precio? –la interrogó MDA 802.

–Ninguno. Lo he conseguido a cambio de nada.

EPJ 327 soltó un suspiro de alivio.

–Se preocupa por su vida –comentó MDA 802.

–¿Lo ve? Hice bien en no despilfarrar mi nombre –dijo CKZ 114.

Hubo una carcajada general.

Se convirtió en una costumbre: cada día la kapo metía disimuladamente dos tabletas de chocolate en el bolsillo de CKZ 114, sin recibir más agradecimiento que una fugaz mirada.

Superada la emoción inicial, Zdena empezó a considerar que su protegida le estaba tomando el pelo. Le gustaba la idea de ser la benefactora de aquella que la obsesionaba. No obstante, Pannonique no mostraba en absoluto la inmensa gratitud que la kapo esperaba: ¡si por lo menos hubiera dirigido hacia ella sus enormes ojos conmovidos de reconocimiento! En realidad, la joven se comportaba como si aquel chocolate fuera un derecho adquirido.

Zdena pensaba que CKZ 114 estaba yendo demasiado lejos. Con el transcurrir de los días, su resentimiento se acrecentó. Le dio la sensación de estar reviviendo esa humillación que tan familiar le resultaba: la estaban despreciando.

Sabía que los kapos y el público la despreciaban: le daba lo mismo. El desprecio de CKZ 114, en cambio, la ponía enferma. Lamentaba haber cambiado su baqueta de castigo por un sucedáneo. Le habría gustado castigar a la desconocida pero de verdad.

Peor aún: le parecía que toda la unidad de CKZ 114 la despreciaba. Debía de ser el hazmerreír de todos. Pensó en privar a la joven de chocolate. Por desgracia, esta todavía no se había engordado.

Era evidente: seguro que compartía el chocolate con los demás. Esa era la razón por la cual no le aprovechaba. Los cabrones de su unidad quizá se comían su parte. Y además se burlaban de ella.

Zdena sintió un odio infinito por quienes estaban cerca de aquella que la obsesionaba.

La venganza de la kapo no tardó en manifestarse.

Una mañana, mientras pasaba revista a la unidad de su protegida, Zdena se detuvo ante MDA 802.

Se tomó su tiempo, sin decir nada, sabiendo hasta qué punto su silencio asustaba a su víctima. La miraba de arriba abajo. ¿Acaso era por culpa de su pequeño rostro puntiagudo e impertinente, justo lo opuesto al suyo? ¿Acaso era por su amistad con CKZ 114? El caso es que Zdena odiaba a MDA 802.

Toda la unidad contenía la respiración, compartiendo el destino de la infortunada.

–Estás delgada, MDA 802 –acabó lanzándole la kapo.

–No, kapo Zdena –respondió la sediciosa.

–Sí, has adelgazado. ¿Cómo no ibas a adelgazar con estos trabajos forzados y ese régimen de hambruna?

–No he adelgazado, kapo Zdena.

–¿No has adelgazado? ¿Por casualidad alguien te está suministrando golosinas a escondidas?

–No, kapo Zdena –dijo la prisionera, cada vez más enferma a causa del miedo.

–¡Entonces no niegues que has adelgazado! –gritó la kapo.

Y agarró a la detenida por el hombro y la empujó como un proyectil hacia la fila de los condenados a muerte. La barbilla de MDA 802 se puso a temblar convulsivamente.

Fue entonces cuando se produjo algo inenarrable.

CKZ 114 salió de su fila, se acercó a MDA 802 para cogerla de la mano y la devolvió entre los vivos.

Y justo cuando Zdena, furibunda, llegaba corriendo para restablecer su sentencia, CKZ 114 se plantó ante ella, clavó sus ojos en los de ella y clamó alto y fuerte:

–¡Me llamo Pannonique!

Segunda parte

Transcurrió una eternidad antes de que las cosas siguieran su curso.

Zdena había permanecido inmóvil ante la que, en adelante, tenía más nombre que cualquier otro. Beatífica, maravillada, escandalizada, despavorida, parecía haber recibido un golpe en la cabeza.

MDA 802, noqueada, lloraba en silencio.

CKZ 114 mantenía su mirada clavada en los ojos de la kapo. La miraba de arriba abajo con extrema intensidad.

EPJ 327, loco de alegría, la contemplaba. Le parecía tan extraordinaria como su nombre.

En la sala de las noventa y cinco pantallas, los organizadores se mostraban exultantes.

Aquella chica tenía sentido del espectáculo. No estaban seguros de haber comprendido lo ocurrido; no obstante, estaban convencidos de que, a juzgar por el desprecio que manifestaban hacia ella, el público no había comprendido. Eso, sin embargo, no era óbice para que estuvieran seguros de que se trataba de una escena legendaria.

Inmediatamente, los medios de comunicación afines telefonearon para preguntar por el significado del acontecimiento. Se les explicó que en ningún caso se trataba de una de las reglas del juego: la joven CKZ 114 había causado un impacto cuyo único valor era el de su especificidad. Se trataba de un *happening*. Así pues, no volvería a ocurrir.

La cosa resultaba tanto más perentoria cuanto no se captaba la naturaleza del milagro.

¿Quién la captaba?

Zdena no, sin duda, pues ya había abandonado la esfera de la razón. Excesivamente deslumbrada por lo que acababa de oír para ser capaz de pensar, no dejaba de sufrir por la forma de ser de aquella que la obsesionaba. Se sentía desfallecer.

Tampoco CKZ 114, que creía haber descubierto por azar un procedimiento. «Mi nombre ha salvado una vida. Un nombre vale una vida. Si cada uno de nosotros toma conciencia del precio de su nombre y actúa en consecuencia, se podrán salvar muchas vidas.»

Tampoco los otros prisioneros, que aun estando impresionados, creían haber asistido a un sacrificio, a una abdicación. Su heroína se había despojado de un tesoro para socorrer a una amiga. ¿No sería aquello el principio de su prostitución? ¿Acaso aquel regalo no la exponía a ofrendas todavía peores?

El PJ 327 era el único que no se engañaba: sabía que aquel acto no podía repetirse. Cuando un nombre es una muralla y el hecho de no poder franquearla enajena, a eso se le llama amor. Lo que acababan de presenciar era un acto de amor.

Lo más terrible de los milagros son los límites de su impacto.

El poder de disuasión del nombre Pannonique salvó la vida de MDA 802 y le reveló a la kapo la existencia de lo sagrado. Pero no salvó a aquellos que *Concentración* mató aquel día y tampoco le reveló la existencia de lo sagrado a multitud de personas.

Tampoco impidió que el tiempo se pusiera de nuevo en marcha. Los prisioneros, agotados y hambrientos, fueron a trabajar al túnel a golpe de baqueta de castigo. La desesperación volvió a apoderarse de ellos.

Muchos se sorprendieron al oírse a sí mismos pensando, con el fin de darse ánimos: «Se llama Pannonique». No se les ocurría qué había en aquella información que les proporcionaba tanta fuerza, pero constataban que así era.

Durante la cena, CKZ 114 fue recibida como una heroína. Cuando entró, todo el comedor coreó al unísono su nombre.

En la mesa de su unidad, reinaba la animación.

–Lo siento –empezó diciendo–, hoy la kapo Zdena no me ha dado chocolate.

–Gracias, Pannonique. Me ha salvado la vida –dijo solemnemente MDA 802.

CKZ 114 se lanzó a exponer la teoría que había elaborado mentalmente durante los trabajos en el túnel. Explicó que todos podían y debían hacer como ella: así podrían devolver a muchos condenados a la fila de los vivos.

La escucharon con amabilidad. Tampoco se trataba de espetarle que estaba diciendo tonterías.

Cuando, llena de entusiasmo, terminó su discurso, EPJ 327 declaró:

–Sea como sea, no la llamaremos de ningún otro modo que Pannonique, ¿verdad?

El asentimiento fue general.

–Es un nombre bonito, nunca lo había oído –dijo un hombre que raramente hablaba.

–Para mí siempre será el nombre más bonito del mundo –dijo MDA 802.

–Para todos nosotros su nombre será eternamente el más noble –dijo EPJ 327.

–Van a conseguir que me sonroje –dijo CKZ 114.

–Romain Gary fue prisionero en un campo alemán durante la última guerra –retomó EPJ 327–. Las condiciones de supervivencia de los detenidos eran más o menos las mismas que las nuestras. No hace falta que les cuente hasta qué punto es inhumano y, peor aún, deshumanizante. Contrariamente a lo que ocurre aquí, hombres y mujeres estaban separados. En su campo de hombres, Gary veía a detenidos como él convertirse en pobres salvajes, en animales agonizantes. Lo que pensaban era una tragedia todavía más grave que lo que soportaban. Ser conscientes de ello era su peor tormento. Permanentemente humillados por la porción congrua de humanidad a la que se veían reducidos, aspiraban a la muerte. Hasta el día en que uno de ellos tuvo una idea genial: inventó el personaje de la dama.

EPJ 327 se calló para quitar de su sopa una cucaracha que flotaba, y luego prosiguió:

–Decidió que en adelante todos vivirían como si entre ellos hubiera una dama, una auténtica dama, con la que conversarían con los honores reservados a una persona de su posición y ante la cual uno temería no estar a la altura. Este invento de la imaginación fue adoptado por todos. Así se hizo. Poco a poco, constataron que estaban salvados: a base de vivir en la elevada compañía de la dama ficticia, habían reconstituido la civilización. En las comidas, en las que los alimentos no valían mucho más que los nuestros, volvieron a conversar entre ellos, a dialogar, a escuchar a los demás con atención. Se dirigían a la dama con consideración para contarle cosas dignas de ella. Incluso cuando no hablaban con ella, se acostumbraban a la idea de vivir bajo su mirada, a tener una actitud que no resultara decepcionante para unos ojos semejantes. Aquel renovado fervor no pasó desapercibido para los kapos, que escucharon rumores respecto a la presencia de una dama e iniciaron una investigación. Registraron hasta el último rincón del campo y no encontraron a nadie. Aquella victoria mental de los prisioneros les permitió resistir hasta el final.

–Es una hermosa historia –dijo uno de ellos.

–La nuestra es más hermosa todavía –replicó EPJ 327–. No hemos tenido que inventar nuestro personaje de la dama: existe, vive con nosotros, podemos mirarla, hablarle, ella nos contesta, nos salva y se llama Pannonique.

–Estoy segura de que una dama imaginaria sería mucho más eficaz –murmuró CKZ 114.

EPJ 327 había olvidado mencionar otra diferencia fundamental respecto a los campos nazis: las cámaras. La omisión resultaba significativa: los prisioneros dejaban de pensar en ellas muy pronto. Estaban demasiado absorbidos por su sufrimiento para ofrecerse como espectáculo.

Aquella amnesia parcial les salvaba. En la misma medida en que la mirada benévola de una dama imaginaria y la de una joven de carne y hueso ayudaban a vivir, el ojo frío y goloso de la máquina les reducía a meros esclavos. Peor aún: limitaba las posibilidades ficticias del espíritu.

Cualquiera que viva un infierno durable o pasajero puede, para enfrentarse a él, recurrir a la técnica mental más gratificante de cuantas existen: contarse un cuento. El trabajador explotado imagina que es prisionero de guerra, el prisionero de guerra imagina que es un caballero del Grial, etc. Toda miseria comporta su emblema y su heroísmo. El infortunado que puede llenar su pecho con un soplo de grandeza levanta la cabeza y ya no encuentra motivos para quejarse.

A menos que observe la cámara que espía su dolor. Entonces sabe que el público verá en él a una víctima y no a un luchador trágico.

Vencido de antemano por la caja negra, deja caer las armas épicas de su relato interior. Y se convierte en lo que la gente verá: un pobre tipo machacado por una historia exterior, una porción congrua de sí mismo.

Dios resulta tanto más necesario cuanto más evidente es su ausencia. Antes de *Concentración,* Dios era para Pannonique lo mismo que para la mayoría de la gente: una idea. Resultaba interesante examinarlo y apasionante pensar en los vértigos que podía producir. En cuanto al concepto de amor divino, resultaba particularmente fascinante, hasta el extremo de despejar la famosa cuestión de la existencia de Dios: la apologética era una vieja estupidez que solo engendraba necedades.

Desde su detención, Pannonique sentía una atroz necesidad de Dios. Tenía deseos de insultarlo hasta hartarse. Si tan solo hubiera podido responsabilizar a una presencia superior de aquel infierno, habría experimentado el consuelo de poder odiarlo con todas sus fuerzas y colmarlo con las injurias más violentas. Por desgracia, la indiscutible realidad del campo era la negación de Dios: la existencia de uno implicaba la ineluctable inexistencia del otro. Ni siquiera era posible pensar en él: la ausencia de Dios era un hecho establecido.

Resultaba insostenible no tener a nadie a quien dirigir un odio semejante. Aquel estado era el origen de una forma de locura. ¿Odiar a los hombres? Eso no tenía sentido. La humanidad era ese disparatado hormigueo, ese absurdo supermercado que igual vendía una cosa como su opuesto. Odiar a la humanidad equivalía a odiar una enciclopedia universal: no había remedio para semejante execración.

No, lo que Pannonique necesitaba odiar era el principio fundamental. Un día se produjo un colapso dentro de su cabeza: ya que la plaza quedaba vacante, ella, Pannonique, sería Dios.

Inicialmente, la enormidad de aquel plan la hizo reír. Aquella risa la retuvo: el mero hecho de haber encontrado un motivo para reír la impresionó. El proyecto era aberrante y grotesco, es cierto: le daba igual. En materia de aberración, nunca podría llegar más lejos que aquel campo.

Dios: no estaba hecha para aquel papel. Nadie lo estaba. Esa, sin embargo, no era la cuestión. La plaza estaba vacante: ese era el problema. Así pues, ella ocuparía ese lugar. Ella sería el principio fundamental al que odiar: resultaba mucho menos doloroso que no tener a nadie a quien dirigir aquel odio. Pero la cosa no acababa ahí. Sería Dios dentro de su cabeza, no solo para denostarse.

Sería Dios para todo. Ya no se trataba de crear el universo: era demasiado tarde, el mal ya estaba hecho. Al fin y al cabo, una vez consumada la creación, ¿cuál era la tarea de Dios? Sin duda la misma que la de un escritor cuando su libro es publicado: amar públicamente su texto, recibir elogios, las pullas, la indiferencia. Hacer frente a esos lectores que denuncian los defectos de la obra cuando, aun cuando tuvieran razón, resultaría imposible cambiarla. Quererla hasta el final. Aquel amor era la única ayuda concreta que podrían aportarle.

Razón de más para permanecer callada. Pannonique pensaba en esos novelistas que discurren interminablemente sobre su libro: ¿a qué lleva eso? ¿Acaso sus libros no habrían resultado más útiles si, en el momento de crearlos, el escritor hubiera inyectado en ellos todo el amor necesario? Y si en su momento fallaron en este punto, ¿no resultarían más útiles a su texto amándolo pese a todo, con ese amor verdadero que no se expresa a través de la verborrea sino con un silencio puntuado de palabras fuertes? La creación no fue tan difícil precisamente por lo que tenía de embriagadora: la tarea divina se complicó luego.

Aquí es donde intervendría Pannonique. No sería Jesucristo; nada de dárselas de víctima propiciatoria, papel que, precisamente, el programa les atribuía. Sería Dios, principio de grandeza y de amor.

Concretamente, eso significaba que sería necesario amar a los demás de verdad. Lo cual no resultaría sencillo, ya que la mayoría de los prisioneros estaba lejos de inspirar amor.

Amar a MDA 802, amar a EPJ 327, ¿había algo más natural? Amar a los detenidos de los que no se sabía nada, tampoco resultaba complicado. Amar a aquellos que resultaban perjudiciales para los demás entraba dentro de lo posible. Se puede amar a alguien siempre y cuando se le comprenda.

Pero ¿cómo podría Pannonique amar a ZHF 911?

ZHF 911 era una anciana. Era singular que los organizadores aún no hubieran eliminado a esa mujer, teniendo en cuenta que por regla general mataban a todas las personas de edad. Sin embargo, resultaba fácil adivinar por qué la mantenían: porque era un ser despreciable.

Era un hada madrina de rostro surcado por miles de perversas arrugas. La boca era la viva expresión del mal tanto por su forma plisada –el pliegue característico de los labios malvados– como por las palabras que salían de ella: siempre encontraba en cada persona el punto débil que le permitía herirla. Su capacidad para hacer daño era únicamente verbal: era la prueba viviente de los poderes maléficos del lenguaje.

Ya en el tren que había trasladado a los prisioneros al campo, ZHF 911 se había hecho notar: a las madres que apretaban a sus niños contra el pecho, la vieja les anunciaba el destino que aguardaba a su progenitura. «Está claro», les decía. «Los nazis exterminaron a los pequeños en primer lugar. No se les puede criticar por ello: todo el día chillando, cagándose y meándose encima, solo causan problemas, ¡y son unos ingratos! No os encariñéis con ellos, los matarán nada más empezar. Bah, querida señora, aparte de ensancharle la cintura, ¿qué le han aportado, esos cagones?»

Estupefactas, las madres no supieron qué responder a ese monstruo. Algunos hombres intervinieron:

–Escucha, vieja ruina, ¿sabes qué destino se reservaba a los de la tercera edad en Dachau?

–Eso ya lo veremos –había rechinado ella.

La que todavía no se llamaba ZHF 911 estaba en lo cierto: las cámaras de los vagones debieron captar la naturaleza del personaje ya que, al llegar al campo, se salvó de ser ejecutada, contrariamente a otros ancianos. Los organizadores debieron pensar que minaría la moral de los detenidos y que eso resultaría divertido. ¿Era premeditada su actitud? Probablemente. Enseguida quedó claro que a aquella mujer no le importaba nada.

Estudiar a ZHF 911 era estudiar el mal. Su característica principal era su absoluta indiferencia: no estaba a favor ni de los kapos, ni de los prisioneros, ni de sí misma Su propia persona no le inspiraba más apego que el resto. Consideraba del género grotesco defender a alguien o algo. Sin proyecto subyacente, le gustaba decir horrores a cada uno: por el simple placer de hacer sufrir.

La observación científica de ZHF 911 revelaba otros rasgos del mal: era inerte, solo tenía energía para hablar..., pero una energía inigualable. Si transmitía una sensación de inteligencia era a causa de la maldad de sus réplicas, que sembraban las lágrimas y la desesperación.

Resultaba terrible darse cuenta de que el peor ser del lugar pertenecía al bando de los detenidos y no al bando del mal. Era lógico: el diablo es lo que divide. ZHF 911 era lo que destruía un bando que, sin ella, quizá habría sido el bando del bien y que, con ella, solo era un lamentable grupo humano desgarrado por las querellas intestinas.

¿Cómo iban los prisioneros a creer que estaban en el bando de los buenos si cada mañana deseaban la muerte de la abyecta anciana? Cuando los kapos llegaban para hacer salir de la fila a los condenados del día, al miedo a ser elegido se le sumaba el deseo de que lo fuera ZHF 911. Nunca ocurría. Después de pasar la revista que la había librado de la muerte, dedicaba una mirada de triunfo a los de su bando. Sabía hasta qué punto era ansiada su eliminación.

Algunas almas buenas se indignaban del odio de que era objeto: «Pero si no es más que una pobre anciana, no tiene la cabeza en su sitio, ¿cómo podéis odiarla? No es culpa suya». Aquellas opiniones provocaban disputas que llegaban a oídos de ZHF 911 y la llenaban de satisfacción. «Sin mí, quizá se entenderían», pensaba.

La lengua viperina también vertía su veneno sobre los kapos (con un constante sentido de la palabra que hiere: así, no trataba a la kapo Lenka de puta, lo cual la habría podido hacer sonreír, sino de mal follada, lo que la llenaba de rabia), sobre los organizadores –unos «nazis de poca monta», unos «Hitler de pacotilla»– y sobre los espectadores, a los que calificaba de «enormes borregos». Nadie la soportaba.

Sin embargo, lo peor no podía serle reprochado, ya que no era consciente de ello: ZHF 911 le ululaba a la luna. Casi cada noche, hacia las doce, se oían unos estridentes aullidos que se elevaban sobre el campo; duraban cinco minutos y luego paraban. Pasó cierto tiempo hasta que comprendieron el origen de aquellos gritos. Los que dormían en el mismo barracón que la anciana acabaron por denunciarla: «Libradnos de esa loca que no tiene nada de humano».

Los jefes se frotaban las manos. Decidieron darle relevancia a este ruido nocturno: primero se veía el campo dormido, de pronto se oían unos terribles aullidos, la cámara parecía buscar, entraba en un barracón y se distinguía a ZHF 911 sentada sobre su jergón, gimiendo. Unos minutos más tarde, se la veía caer inconsciente sobre su camastro.

La interrogaron sobre el fenómeno. ZHF 911 parecía sinceramente sorprendida y lo negó todo.

Nada minaba tanto la moral de los prisioneros como esas manifestaciones de pura demencia. Cuando resonaban los gritos, cada deportado pensaba con rabia: «¡Que la maten! ¡Que la hagan salir de la fila mañana por la mañana!».

Pannonique reventaba de odio hacia aquella mujer y soñaba con su muerte. Por más que intentaba razonar, repetirse que no era ZHF 911 quien había creado *Concentración*, sentía sus uñas transformarse en garras con solo verla. Y cuando de noche oía los gritos de la apestada, ardía en deseos de estrangularla con sus propias manos.

«¡Qué fácil sería ser Dios si no existiera ZHF 911!» Se reía de lo absurdo de semejante reflexión: en efecto, sería fácil ser Dios si el mal no existiera, pero entonces tampoco habría ninguna necesidad de Dios.

En el otro extremo del campo había una niña que, extrañamente, había sido salvada. PFX 150 tenía doce años y no presentaba ninguna particularidad. No parecía estar adelantada a su edad, era un poco mona aunque sin ser guapa y su rostro de asombro era el vivo reflejo de su inocencia. Era una niña buena que hablaba poco. No comprendía por qué no la habían matado y no sabía si lo hubiera preferido.

–¿A qué esperan para liquidar a esa chiquilla? –decía alto y fuerte ZHF 911 cuando se cruzaba con ella.

PFX 150, probablemente bien educada, no replicaba. Eso hacía que Pannonique hirviera de rabia.

–¿Por qué no se defiende? –le preguntó a la niña.

–Porque no es a mí a quien dirige la palabra.

Pannonique hizo que se aprendiera una frase para decirla alto y fuerte la próxima vez que ZHF 911 lanzara su retahíla de injurias.

Aquello no tardó en producirse. PFX 150 levantó su voz aflautada para declamar:

–¿A qué están esperando para librarnos de esa vieja que le aúlla a la luna?

ZHF 911 sonrió.

–Por eso mismo –respondió–. A mí, se sabe por qué me mantienen aquí: porque corrompo la vida de los demás ya horrible de por sí. Pero tú, que eres insignificante y que no molestas a nadie, ¿por qué motivo forzosamente despreciable te mantienen?

Con expresión alelada, la pequeña no encontró nada que responderle. Cuando Pannonique se acercó para felicitarla por haber hablado, PFX 150 la reprendió:

–¡Déjeme tranquila! ¡Hacía bien en callarme! Por su culpa, le he dado la ocasión de decirme cosas todavía mucho peores. Y ahora estoy muerta de miedo. ¡Métase en sus asuntos!

Pannonique intentó abrazar a la niña para reconfortarla; ella la rechazó con violencia.

–No sé qué se ha creído, actuando como si tuviera la solución a todo, pero no es verdad, no hace más que empeorar las cosas –estalló la niña.

Pannonique se sintió mortificada. «Eso me enseñará a no atribuirme poderes de los que carezco», pensó.

No por ello renunció a su divinidad interior, dispuesta a hacer un mejor uso de ella.

Como casi todas las noches, los gritos de ZHF 911 despertaron a Pannonique.

«¿Por qué será que la odio más por sus gritos que por las perrerías con que nos agobia? ¿Por qué soy incapaz de ser justa?»

El hecho es que todo el campo compartía su actitud: la locura de la anciana indisponía más que su maldad. Bien es verdad que a esta última no le faltaba un elemento cómico involuntario, ya que sus gritos nocturnos subrayaban solo lo sórdido de su existencia presente.

Pannonique intentó analizar los alaridos; la palabra, de repente, le parecía mal elegida. El canto de las gaviotas no estaba exento de encanto. La anciana emitía más bien un largo ladrido de dogo. Ascendía, culminaba, descendía, se detenía, volvía a empezar.

Al cabo de aproximadamente cinco minutos, un espasmo ronco («¡Aaaah!») anunciaba que había terminado.

Pannonique sintió deseos de sonreír: «La artista ha terminado su espectáculo y saluda al público».

Entonces le pareció oír algo. «¡Oh, no, vuelve a empezar!» Pero, afinando el oído, frunció el ceño: eso no tenía nada que ver. No se trataba de la voz de la anciana, era el quejoso piar de un pajarito humano.

Enseguida se detuvo. Sin embargo, aquel grito ínfimo atormentó a Pannonique. Le rompió el corazón.

A la mañana siguiente, inició una discreta investigación. Pero nadie había oído nada, solo el griterío de la anciana. No por ello la joven se sintió más tranquilizada.

Mientras trabajaba fatigosamente en la limpieza de escombros, sufrió una crisis de odio pensando en los espectadores. Era una implosión lenta que se iniciaba en la caja torácica y que ascendía hasta los dientes, convirtiéndolos en colmillos. «¡Pensar que están allí, apoltronados delante de su televisor, saboreando nuestro infierno, probablemente fingiendo que se indignan! Ni siquiera uno de ellos es capaz de venir a salvarnos, eso por supuesto, pero ya no pido tanto: ni siquiera uno de ellos apaga su televisor o cambia de cadena, pondría mi mano en el fuego.»

Entonces la kapo Zdena acudió con una lluvia de golpes de baqueta de castigo profiriendo toda clase de invectivas, y se marchó a ocuparse de otros asuntos.

«También la odio, y, sin embargo, mucho menos que al público. Prefiero la que me golpea a los que miran cómo descarga su rabia sobre mí. Ella no es hipócrita, interpreta abiertamente un papel infame. Existe una jerarquía del mal, y no es la kapo Zdena quien ocupa el lugar más repugnante.»

Vio cómo el kapo Marko vociferaba a PFX 150. Su estatus de niña le valía menos golpes y más discursos. Se notaba que la pequeña ya no sabía a qué atenerse. Lo que estaba viviendo le recordaba el colegio, donde los adultos también le gritaban, y al mismo tiempo no le recordaba nada, solo un fondo de sumisión pueril ahogaba aún todo espíritu de rebelión.

Pannonique se acercó disimuladamente.

–¿Qué le decía? –le preguntó a la pequeña.

–Fingía escucharla.

–Bravo –dijo Pannonique, que pensaba que la infancia tenía sus recursos.

–¿Por qué no me tutea? Lo preferiría.

–Fuera del campo la habría tuteado y le habría pedido que

también me tuteara. Aquí es muy importante dirigirnos los unos a los otros con las marcas de respeto que los kapos nos niegan.

–¿Y a los organizadores hay que llamarles de usted o de tú?

–¿Habla con ellos?

PFX 150 pareció incómoda. Tardó en responder:

–No. Pero si un organizador o un kapo me hace una pregunta, ¿debería tratarle de tú o de usted?

–Hay que hablarle de usted a todo el mundo.

La kapo Zdena se acercó para gritarles que estaban allí para trabajar, no para charlar.

Aquel esbozo de conversación persiguió a Pannonique. Siguiendo con su trabajo, se dio cuenta de que le daba vueltas en la cabeza la balada de *El rey de los alisos,* de Schubert. No era la música idónea para aquella tarea. Normalmente, Pannonique programaba en su cerebro sinfonías que le proporcionaban la energía indispensable para un trabajo tan físico –Saint-Saëns, Dvořák–, pero en este caso el desgarrado lied se le pegaba al cráneo y minaba sus fuerzas.

Pannonique preguntó a los prisioneros que dormían en el mismo barracón que la pequeña. No obtuvo ninguna respuesta significativa. La mayoría estaban tan cansados y tenían el sueño tan pesado que ni siquiera oían los gritos nocturnos de la anciana.

–Sin embargo está alojada más cerca de ustedes que de nosotros –dijo Pannonique.

–Estoy tan agotado que nada podría despertarme –le respondieron–. PFX 150 es una niña buena. Es tranquila, no se la oye –añadieron.

De noche, Pannonique intentó de nuevo hablar con la niña. No resultaba fácil. Era tan incalcanzable como un trozo de jabón y se refugiaba en la insignificancia. Pannonique no se anduvo por las ramas:

–En su vida anterior, ¿qué cosas le gustaban?

–Me gustaban los pájaros. Son bonitos, son libres, pueden volar. Me pasaba el día observándolos. Todo mi dinero de bolsillo lo gastaba en el mercado de palomas, y luego las dejaba en libertad. Me encantaba: sujetaba con las dos manos aquel cuerpo caliente y palpitante, lo soltaba hacia el cielo y volvía a ser dueño de los aires. Intentaba acompañar aquel vuelo con el pensamiento.

–¿Hay pájaros en el campo?

–¿No se ha dado cuenta? No hay. Los pájaros no están locos. Aquí huele demasiado mal.

–Usted es un poco el pajarito del campo –dijo Pannonique con afecto.

Inmediatamente, PFX 150 se encolerizó.

–¡Déjeme tranquila con eso!

–¿He dicho algo malo?

–Pajarito por aquí, pajarito por allá, ¡no quiero que me llamen así!

–¿Otras personas del campo la llaman pajarito?

La niña dejó de hablar. Sus labios temblaban. Hundió su rostro entre las manos. Pannonique no pudo arrancarle ni un sonido más.

La noche siguiente, intentó mantenerse despierta. Pero un sueño de hormigón le cayó encima y no oyó nada. Se lo recriminó a sí misma: «Dios no dormiría como un tronco si tuviera que proteger a alguien».

La noche siguiente había programado tanto su cerebro que no pegó ojo. No oyó nada, ni siquiera a la anciana, que por razones incomprensibles se abstuvo de aullarle a la luna.

Aquella noche en blanco la llenó de un cansancio de odio: «Dios no experimentaría este tipo de sentimiento». No por ello renunció a la divinidad: «No se me da muy bien y no me proporciona ningún placer, pero es del todo necesario».

ZHF 911 recuperó el terreno perdido la noche siguiente, gritando aún más fuerte que de costumbre y despertando a Pannonique, que se levantó como una sonámbula y salió de puntillas. Corrió hacia el barracón de PFX 150 y se escondió. Un hombre muy alto, delgado y corpulento, abrió la puerta llevando en brazos un pequeño cuerpo al que tapaba la boca con una mano. Cruzó el haz de luz de la torre de vigía y Pannonique vio que era muy viejo y que llevaba un traje elegante. Se marchó con su botín.

Permaneció agazapada en el fango, con el corazón a punto de estallarle. Le pareció que aquel instante no terminaría nunca. Cuando regresó, ya no necesitaba taparle la boca a la niña: la pequeña, inerte, yacía contra él.

Entró en el barracón y salió solo. Pannonique le siguió. Le vio entrar en las dependencias de los que llamaban oficiales: los organizadores en jefe. La puerta se cerró.

De regreso en su jergón, Pannonique lloró de asco.

A la mañana siguiente, escrutó el rostro de PFX 150: no expresaba absolutamente nada.

–¿Quién era el señor mayor de esta noche?

La pequeña no respondió.

La joven la zarandeó con rabia:

–¿Por qué le protege?

–Es a mí a quien protejo.

–¿Acaso la ha amenazado?

El kapo Marko acudió a reprender a Pannonique:

–¿Ya has terminado de zarandear a esta pobre cría?

Quitando los escombros, se preguntaba, en el colmo de la cólera, si era posible que los prisioneros que dormían en el barracón de la pequeña no hubieran visto ni oído nada. «Estoy segura de que mienten. Están muertos de miedo, los cabrones. Voy a intervenir.»

Esperó a que la kapo Zdena se acercara y le dijo que solicitaba una entrevista con un organizador. Zdena la miró con la misma estupefacción que habría sentido si le hubiera pedido un pavo asado. Pero nada parecía haber sido previsto para un caso así: la kapo se marchó.

Es de suponer que transmitió el mensaje a las altas instancias ya que hubo respuesta: estaba fuera de lugar. Pannonique preguntó entonces si podía recurrir la decisión: «¿Dónde te crees que estás?», fue la única respuesta.

La joven dedicó toda la jornada a buscar una tribuna para revelar el escándalo. Al llegar la noche, todavía no la había encontrado. En el comedor, estaba a punto de venirse abajo: «¿Y si me levantara, les tomara a todos como testigos y gritara todo lo que sé? No serviría de nada. En el mejor de los casos, se produciría un motín, que únicamente desembocaría en un baño de sangre. En el peor de los casos, los prisioneros seguirían sin reaccionar, apoltronados ante su pitanza, y no puedo correr el riesgo de sentir semejante asco por ellos. Más vale que intervenga directamente».

La noche siguiente fue una de las que la anciana no le gritó a la luna. Así pues, Pannonique no se despertó y no pudo proteger a PFX 150. A la mañana siguiente, sintió rabia: «¡Y pensar que cuando esta bruja no aúlla duermo sin preocuparme de nada!».

La noche siguiente, los gritos de ZHF 911 la arrancaron de su sueño. Pero cuando llegó al barracón de la niña, el hombre ya estaba lejos. Se lanzó en su búsqueda y, sin pensar, se abalanzó sobre él.

El hombre se detuvo y la miró en silencio.

–¡Deja a la niña! –le ordenó ella.

En sus brazos, PFX 150 dirigía a Pannonique extrañas señas, moviendo la cabeza.

–¡Déjala! –repitió.

Él permanecía de pie, inmóvil.

Pannonique le saltó al cuello.

–¿Vas a dejarla, sí o no?

Con un solo gesto, apartó a la agresora y la lanzó como un proyectil y luego se dirigió hacia las dependencias de los oficiales. La joven le agarró por las piernas y le hizo caer. La pequeña se arrastró por el barro. Pannonique le dijo que huyera pero su tobillo estaba sujeto a la mano de su agresor, que volvió a levantarse y se marchó arrastrándola.

La joven le persiguió lanzándole toda clase de invectivas:

–¡Basura! Para ti es fácil, es una prisionera. Es una cría, no tiene ninguna posibilidad de defenderse. Pero te lo advierto: todo el mundo lo sabrá. Se lo contaré a los kapos y ellos se lo contarán a los organizadores, se lo contaré a los espectadores, ¡voy a arruinarte la vida!

El hombre la miró con hilaridad, empujó a la niña dentro y cerró la puerta.

Pannonique oyó un ruido de llaves y luego nada más. Aquel silencio resultaba más inquietante que un gemido.

«Ni siquiera conozco la voz de este tipo. No ha dicho nada», pensó.

Se quedó postrada en el barro, esperando. En vano. La niña no volvió a salir.

Al pasar revista por la mañana, Pannonique vio cómo el kapo Marko regresaba con la niña. Ella le sonrió a la pequeña, que tenía cara de muerto.

Luego el kapo Jan se acercó para seleccionar a los condenados del día: normalmente, pasaba revista a los efectivos y juzgaba quién merecía morir; esta vez, sin dudarlo, sacó de la fila a ZHF 911 y a PFX 150.

Un estremecimiento recorrió la asamblea. Por más que los presentes estuvieran acostumbrados al mal, la condena de una niña era demasiado. Ni siquiera conseguían sentirse satisfechos por haberse librado al fin de la anciana.

Se escuchó por última vez la voz de ZHF 911, que seguía sonando a medio camino entre el chirrido y la risa burlona.

–Los extremos se atraen, al parecer.

Morir la traía sin cuidado.

PFX 150, en cambio, aturdida, permaneció en silencio. Tuvieron que empujarla para que anduviera.

Pannonique nunca sufrió tanto como al ver a la niña partir hacia la muerte.

Estaba claro que el kapo Jan había recibido órdenes. «Si no hubiera intervenido, no habría resultado tan urgente librarse de la víctima», pensaba con horror.

Aquel fue un día atroz: el fantasma de la niña poblaba todas las miradas.

Pannonique no se permitió a sí misma caer en el paroxismo de repugnancia de la que se sentía capaz: «He cometido un error monumental, es cierto, pero no soy el origen del mal. Así que renuncio a ser Dios por el simple hecho de que era una idea perjudicial».

En aquel instante, vio a la endeble MDA 802 vacilando bajo la pesada carga de escombros. Acudió para ayudar a su amiga a sobrellevar aquel peso. El kapo Marko detectó la maniobra y se acercó para empujar a Pannonique y gritarle:

–¿Quién te crees que eres, Simón de Cirene?

La joven sintió un estremecimiento de la cabeza a los pies.

Aquello pudo hacerle soñar que ciertos kapos ni siquiera tenían la excusa de ser oscuras bestias sin cultura; lo que la impactó era que, sin saberlo, el kapo acababa de pronunciar las palabras que necesitaba.

Simón de Cirene, ¿cómo no se le había ocurrido antes? Era el personaje más hermoso de la Biblia, porque no era necesario creer en Dios para encontrarlo milagroso. Un ser humano que ayuda a otro ser humano, por el simple hecho de que la carga que lleva sobre sus espaldas es demasiado pesada.

«En adelante no tendré mayor ideal», se juró Pannonique.

Tercera parte

Zdena volvió a introducir a hurtadillas chocolate en el bolsillo de CKZ 114. Ya casi no la golpeaba con la baqueta de castigo. Resulta mucho más difícil golpear a un individuo cuando conoces su nombre.

Desde que se había nombrado a sí misma, Pannonique había embellecido todavía más. Su estallido había acrecentado su esplendor. Además, uno siempre es más hermoso cuando hay un término para designarlo, cuando posee una palabra solo para él. El lenguaje es menos práctico que la estética. Si, al querer hablar de una rosa, no dispusiéramos de ningún vocablo, si cada vez tuviéramos que decir «la cosa que se despliega en primavera y que huele bien», la cosa en cuestión sería mucho menos hermosa. Y cuando la palabra es una palabra lujosa, en este caso un nombre, su misión consiste en revelar la belleza.

En el caso de Pannonique, así como su matrícula se limitaba a designarla, su nombre la llevaba a ella tanto como ella lo llevaba a él. Si uno hacía resonar aquellas tres sílabas a lo largo del conducto de Cratilo, obtenía una melodía que se correspondía con su rostro.

Quien dice misión dice a veces error. Hay nombres que no designan a las personas que los llevan. Uno se cruza con una chica con aspecto de llamarse Aurora: descubrimos que, desde hace veinte años, sus padres y allegados la llaman Bernadette. Sin embargo, semejante negligencia no se contradice con la siguiente e inflexible verdad: siempre resulta más bonito llevar un nombre. Habitar unas sílabas que forman un todo es uno de los asuntos más relevantes de esta vida.

Los kapos se pusieron nerviosos ante lo que consideraron un enternecimiento en el trato.

–¡Oye, kapo Zdena, desde que sabes cómo se llama apenas la golpeas!

–¿A quién?

–¡Venga, para colmo no nos tomes el pelo!

–¿Ella? Si la golpeo menos es porque en estos últimos tiempos obedece más.

–Y qué más. La disciplina nunca ha sido tenida en cuenta. Si tú la golpeas menos, ya la golpearemos nosotros.

–¡No, chicos, estábamos de acuerdo en este punto!

–Nos habías prometido que, a cambio, nos contarías algo.

–No tengo nada que contaros.

–Pues búscalo. Si no, no respondemos de nosotros.

Zdena se consagró de nuevo a fingir violencia sobre la espalda de CKZ 114. Pero ya no conseguía proferirle todo tipo de invectivas.

Pannonique pensaba que al principio la kapo le daba golpes de verdad y un sucedáneo de nombre, y que ahora la golpeaba con un sucedáneo y ya no gritaba un nombre que, por auténtico, resultaba imposible de gritar.

Para huir de pensamientos que al fin y al cabo no llevaban a ninguna parte, CKZ 114 decidió buscar apoyo en EPJ 327. Sentirse querida por alguien decente le proporcionaba un potente consuelo.

Él siempre buscaba la compañía de ella. En cuanto tenía ocasión, le hablaba. Comprendía que ella amaba el amor con el que la envolvía. Le estaba agradecido: se había convertido en su razón de vivir.

–Desde que la conozco tengo más deseos de vivir, es decir, y de un modo singular, desde que soy prisionero.

–Si de verdad me conociera quizá no diría eso.

–¿Qué le hace suponer que no la conozco realmente?

–Para conocerme realmente debería haberme conocido en circunstancias normales. Antes de la redada, yo era muy diferente.

–¿En qué era diferente?

–Era libre.

–Podría decirle que eso cae por su propio peso. Prefiero decirle que lo sigue siendo.

–Hoy me esfuerzo por ser libre. No es lo mismo.

–Admitamos que es así.

–A veces también soy fútil.

–Todos lo éramos. Hacíamos bien. Aprovechar la futilidad de la vida requiere de un hermoso talento. Eso sigue sin decirme en qué era usted diferente antes de *Concentración.*

–Lo cierto es que no encuentro las palabras. Sin embargo, puede usted creerme.

–La creo. Pero la persona con la que aquí me codeo es una persona de verdad, aun cuando las circunstancias resulten inadmisibles. Así pues, puedo considerar que la conozco de verdad, quizá incluso mejor que si la hubiera conocido en tiempos de paz. Lo que estamos viviendo es una guerra. La guerra hace aflorar la naturaleza profunda de los seres.

–No me gusta esta idea. Parece sugerir que necesitamos pruebas. Creo que la guerra solo hace aflorar una de nuestras naturalezas profundas. Habría preferido mostrarle mi naturaleza profunda de paz.

–Si por milagro sobrevivimos a esta pesadilla, ¿me mostrará su naturaleza profunda de paz?

–Si todavía soy capaz de hacerlo, sí.

Zdena observaba aquel acercamiento. No le gustaba. Lo que más nerviosa la ponía era pensar que él, que no era nada, al que podía golpear a voluntad, enviar a la muerte si eso le apetecía, tenía el mayor de los poderes: el de gustar –no sabía hasta qué punto– a aquella que la obsesionaba.

Zdena sintió tentaciones de arrastrar a EPJ 327 a la fila de los condenados: ¿por qué no había eliminado simple y llanamente a su rival? Lo que la disuadió fue comprender que no se trataba de su rival: ella no estaba combatiendo con él. Sin duda resultaría más inteligente estudiar los métodos de aquel hombre. Por desgracia, había observado que era de los que seducen a través de la palabra.

Y en eso Zdena se sentía en una posición de inferioridad. La única vez en su vida que se había considerado elocuente, fue delante de las cámaras de *Concentración*, cuando se presentó al público: ya había visto el resultado.

Como cualquier otro frustrado, despreciaba a aquellos que destacaban allí donde ella había fracasado. «Los picos de oro», no los llamaba de otro modo, ¡menuda calaña! ¿Cómo podía Pannonique sentirse atraída por su cháchara, sus ronroneos? Que una conversación pudiera tener contenido ni siquiera se le pasaba por la cabeza. En su juventud, había conocido a gente que conversaba, había escuchado la vacuidad de sus monólogos alternos; a ella no se la pegarían, no. Por otra parte, Pannonique la había subyugado sin ni siquiera abrir la boca.

Su mala fe no conseguía disimular del todo la impresión que le había producido descubrir la voz de la joven y el impacto de sus palabras.

«Es diferente», se repetía la kapo para sí misma. «No estaba conversando. Lo hermoso es cuando alguien habla para decir algo.»

Y, de repente, tuvo una sospecha: EPJ 327 conversaba con Pannonique para decirle algo. Por eso la estaba conquistando. ¡El cabrón tenía cosas que contar!

Registró su propio ser en busca de «cosas que contar». A la luz de las impactantes palabras de Pannonique, había entendido la regla: «una cosa que contar» era una palabra en la que nada resultaba superfluo y con la que se intercambiaban informaciones tan esenciales que el interlocutor quedaba marcado para siempre.

Consternada, Zdena no encontraba nada dentro de sí misma que correspondiera a esta descripción.

«Estoy vacía», pensó.

Pannonique y EPJ 327 no eran seres vacíos, eso saltaba a la vista. La kapo sufrió horrores al descubrir esta diferencia, ese abismo que la separaba de ambos. Se consoló pensando que los otros kapos, los organizadores, los espectadores y numerosos prisioneros también estaban vacíos. Resultaba curioso: había muchos más seres vacíos que seres llenos. ¿Por qué?

Lo ignoraba, pero la cuestión que la oprimía era hallar el modo de dejar de estar vacía.

Los prisioneros eran los únicos seres humanos que no habían visto ni siquiera un segundo de *Concentración.* Ese era su único privilegio.

–Me pregunto qué secuencias interesan más al público –dijo MDA 802 durante la cena.

–Estoy seguro de que son las escenas de condena a muerte –contestó un hombre.

–Me temo que sea cierto –prosiguió Pannonique.

–Las violentas también –replicó una mujer–. La baqueta, los gritos, eso debe entusiasmar.

–Sin duda –dijo MDA 802–. Y las escenas «emoción»: con esas seguro que se relamen.

–Según ustedes –preguntó EPJ 327–, ¿quiénes son los culpables?

–Los kapos –respondió el hombre.

–No; los organizadores –intervino alguien que nunca abría la boca.

–Los políticos que no prohíben semejante monstruosidad –dijo MDA 802.

–¿Y usted qué opina, Pannonique? –preguntó EPJ 327.

Se produjo un silencio, como cada vez que la atención se dirigía hacia la joven.

–Opino que los máximos culpables son los espectadores –respondió.

–¿No está siendo un poco injusta? –preguntó el hombre–. La

gente vuelve de una dura jornada de trabajo, cansada, de mal humor, vacía.

–Hay otras cadenas –dijo Pannonique.

–Sabe muy bien que los programas de televisión son a menudo el único tema de conversación de la gente. Esa es la razón por la cual todo el mundo ve lo mismo: para no quedar marginado y tener algo que compartir.

–Pues que todos vean otra cosa –dijo la joven.

–Eso es lo que debería ocurrir, claro.

–Lo dice usted como si se tratara de un ideal utópico –retomó Pannonique–. Solo se trata de cambiar de cadena, no es tan difícil.

–No estoy de acuerdo –dijo MDA 802–. El público se equivoca, es cierto. ¡Pero de ahí a decir que es el culpable! Su nulidad es pasiva. Los organizadores y los políticos son mil veces más criminales.

–Su perversidad está tolerada y creada por los espectadores –dijo Pannonique–. Los políticos son una emanación del público. En cuanto a los organizadores, son tiburones que se limitan a acudir allí donde se manifiestan los fallos del sistema, o sea donde existe un mercado susceptible de proporcionarles beneficios. Los espectadores son culpables de formar un mercado que se los proporciona.

–¿No cree que son los organizadores quienes crean el mercado, como un publicitario crea una nueva necesidad?

–No. La responsabilidad final recae en quien acepta ver un espectáculo tan sencillo de rechazar.

–¿Y los niños? –dijo la mujer–. Vuelven de la escuela antes que los padres, que no tienen forzosamente los medios para pagar a una niñera. No se puede controlar lo que ven por la tele.

–Hay que ver cómo son –declaró Pannonique–, buscan mil pretextos, mil indulgencias, mil excusas y mil circunstancias atenuantes cuando solo se trata de ser simple y firme. Durante la última guerra, los que eligieron la resistencia sabían que sería difícil, incluso imposible. Y, sin embargo, no se lo pensaron dos veces, no se perdieron en tergiversaciones: resistieron por la única razón de que no tenían manera de hacer otra cosa. Dicho sea de paso, sus hijos les imitaron. No hay que tomar a los niños por idiotas. Un crío educado con firmeza no es el cretino que intentan imponernos.

–¿Tiene un proyecto de sociedad, Pannonique? –ironizó el hombre.

–Ni siquiera eso. Estoy del lado del orgullo y de la estima por uno mismo allí donde ellos solo lo tienen por el desprecio. Eso es todo.

–¿Y usted, EPJ 327, que no dice nada, qué opina?

–Constato con espanto que aquí solo hay una persona de la que podemos estar seguros que no habría visto nunca *Concentración*, y es Pannonique. Así que deduzco que ella tiene que tener razón a la fuerza –respondió.

Se vivió un momento de apuro.

–Usted tampoco habría visto nunca *Concentración* –le dijo Pannonique a EPJ 327, en una conversación aparte.

–No tengo televisión.

–Es una excelente razón. No se ha jactado de ello. ¿Por qué?

–Usted es la abanderada. Yo me parezco demasiado a lo que soy: un profesor.

–No hay motivos para avergonzarse de ello.

–No. Pero usted galvaniza a los demás, el ideal es usted. Hablaba de resistencia. ¿Sabe que podría crear una estructura de resistencia dentro del campo?

–¿Usted cree?

–Estoy convencido. No le diré cómo, no tengo ni idea. Además, el genio táctico es usted. El golpe de efecto con el que salvó la vida de MDA 802, nunca se me habría ocurrido.

–No tengo nada de genio.

–Esa no es la cuestión. Cuento con usted.

La salvación de MDA 802 no fue premeditada, pensaba; las estrategias aparecían de repente, inspiradas por la tensión del momento. El resto del tiempo, sus pensamientos no diferían mucho del pensamiento de los demás prisioneros: confusión, miedo, hambre, cansancio, asco. Se esforzaba en dispersar todas esas meditaciones y sustituirlas por música, el cuarto movimiento de la *Sinfonía para órgano* de Saint-Saëns para engañar el hambre, el andante de la *Décima sinfonía* de Schubert para engañar la mente.

A la mañana siguiente, durante la inspección matinal, Pannonique tuvo la repentina convicción de que estaba siendo filmada: la cámara no dejaba de enfocarla, podía notarlo, estaba segura.

Una parte de su cerebro le decía que se trataba de un narcisismo infantil: cuando era pequeña, a menudo había tenido la impresión de que un ojo –¿Dios?, ¿la conciencia?– la seguía. Entre otras cosas, crecer consistía en dejar de creer en semejantes cosas. La parte heroica de su ser, sin embargo, le ordenó creer y aprovechar rápidamente la situación. Sin más demora, la joven dirigió su rostro hacia la cámara sobrepuesta y gritó alto y fuerte:

–¡Espectadores, apaguen sus televisores! ¡Ustedes son los peores culpables! ¡Si no proporcionaran una audiencia tan alta a este monstruoso programa, hace tiempo que ya no existiría! ¡Los verdaderos kapos son ustedes! ¡Y cuando miran cómo morimos, los asesinos son sus ojos! ¡Son nuestra cárcel, son nuestro suplicio!

Y se calló, pero el fuego seguía en su mirada. El kapo Jan se había acercado a ella y la abofeteaba como si quisiera decapitarla. La kapo Zdena, furiosa de que alguien usurpara derechos ajenos, acudió a detenerlo y le murmuró al oído:

–Ya basta. Los organizadores están en el ajo.

El kapo Jan la miró con estupefacción.

–Esta gente ya no sabe qué inventar –dijo mientras se alejaba.

Zdena devolvió a la joven a la fila y le murmuró, mirándola fijamente a los ojos:

–Bravo. Pienso lo mismo que tú.

La jornada transcurrió sin incidentes.

Pannonique estaba fuera de sí y asombrada por el hecho de que su arrebato no fuera sancionado. Se repetía que quizá no perdía nada esperando. El efecto sorpresa que había intervenido no la preservaría eternamente.

Los prisioneros le dedicaban miradas aterradas o admirativas que se reservan a los locos geniales condenados a muerte por su comportamiento demencial. En sus ojos podía leer aquella sentencia y se sentía todavía más confirmada en sus decisiones. Y Zdena aprobando su invectiva al público, era como si el hospital se burlara de la caridad.

Por la noche, durante la cena, la unidad de Pannonique se mostró sorprendida de que todavía estuviera viva.

–¿Se puede saber qué bicho le ha picado? –preguntó MDA 802.

–Me acordé de la siguiente frase de un héroe argelino –dijo Pannonique–: «Si hablas, morirás; si no hablas, morirás. Así que habla y muere».

–De todos modos, procure protegerse –dijo EPJ 327–. La necesitamos viva.

–¿Desaprueba mi conducta? –preguntó la joven.

–La apruebo y la admiro. Eso no impide que tema por su vida.

–Recuerde que nunca me había portado tan bien. Y eso no disuadió a la kapo Zdena de pasarme chocolate a escondidas –dijo repartiendo los trozos de la tableta.

–Sin duda todavía no habrá recibido instrucciones respecto a usted.

–¿Sabe que no ha esperado a recibirlas para felicitarme?

Y Pannonique relató el «Bravo, pienso lo mismo que tú» de la kapo, lo cual provocó la hilaridad general.

–¡La kapo Zdena piensa!

–¡Y piensa igual que nuestra mascarón de proa!

–¡Es de las nuestras!

–Por su manera de gritarnos y de golpearnos, siempre lo habíamos sospechado.

–Es un alma sensible.

–Dicho esto –observó Pannonique–, le debemos mucho: sin su chocolate, la mayoría de nosotros ya estaríamos muertos de hambre.

–Ya conocemos el motivo de su generosidad... –rechinó EPJ 327.

Pannonique se sintió incómoda, como cada vez que EPJ 327 se permitía un comentario sobre la pasión con la que Zdena la envolvía. Él, que era la nobleza personificada, perdía toda pizca de grandeza de espíritu cuando se trataba de Zdena.

Aquella noche, Pannonique, aún bajo los efectos de su arrebato, dormía con un sueño agitado que se interrumpía constantemente. El más mínimo ruido la sobresaltaba y se tranquilizaba como podía, abrazando su delgado cuerpo con firmeza.

De repente se despertó y vio cerca de ella a Zdena que la devoraba con la mirada. Esta tuvo el reflejo de taparle la boca con la mano para ahogar su grito. Le hizo señas para que la siguiera de puntillas.

Una vez fuera del barracón, al aire libre, Pannonique murmuró:

–¿Viene a verme a menudo mientras duermo?

–Es la primera vez. Te juro que es verdad. No tengo motivos para mentirte, estoy en el lado de los fuertes.

–¡Como si los fuertes no mintieran!

–Miento mucho. A ti no te miento.

–¿Qué quiere?

–Decirte algo.

–¿Y qué quiere decirme?

–Que estoy de acuerdo contigo. Los espectadores son unos cabrones.

–Eso ya me lo ha dicho. ¿Para eso ha venido a molestarme?

Pannonique se sorprendía por la insolencia de su propio tono. No podía evitarlo.

–Quería hablar contigo. No hemos tenido ocasión de hacerlo.

–Quizá porque no teníamos nada de lo que hablar.

–Tengo cosas que contarte. Me has abierto los ojos.

–¿Respecto a qué? –preguntó Pannonique con ironía.

–Respecto a ti.

–No me apetece ser un tema de conversación –dijo la joven, e hizo gesto de alejarse.

La kapo la agarró con un brazo mucho más musculoso que el suyo.

–Tú eres mucho más que tú. No temas nada. No quiero hacerte daño.

–Hay que elegir el bando al que perteneces, kapo Zdena. Si no está en el mío, es que quiere hacerme daño.

–No me llames kapo Zdena. Llámame Zdena a secas.

–Mientras sea usted quien es, la llamaré kapo Zdena.

–No puedo cambiar de bando. Me pagan por ser kapo.

–Atroz argumento.

–Quizá me equivoqué al aceptar convertirme en kapo. Pero ahora que lo soy, es demasiado tarde.

–Nunca es tarde para dejar de ser un monstruo.

–Si soy un monstruo, no por cambiar de bando dejaré de serlo.

–Lo que es más monstruoso en usted es la kapo, no Zdena. Deje de ser kapo y dejará de ser monstruosa.

–Lo que propones es imposible. Hay una cláusula en el contrato de los kapos: si dimitimos antes del final de nuestro año de trabajo, nos convertimos inmediatamente en prisioneros.

Pannonique pensó que quizá mentía. No importaba, no tenía modo de verificar sus afirmaciones.

–¿Cómo pudo firmar un contrato semejante?

–Era la primera vez que alguien me quería para algo.

–¿Y eso le basta?

–Sí.

«Una pobre chica en todos los sentidos del término», pensó Pannonique.

–Seguiré trayéndote chocolate. Toma, te he traído pan de mi cena.

Le tendió un panecillo redondo y dorado, algo muy distinto a la horrible hogaza endurecida de las comidas de los detenidos. La joven miró el pan y se le hizo la boca agua. El hambre venció al miedo: lo agarró y lo devoró con ansia. La kapo la contemplaba con satisfacción.

–¿Qué quieres ahora?

–La libertad.

–Eso no puedo ponérselo a escondidas en el bolsillo de alguien.

–¿Cree que es factible escaparse?

–Imposible. El sistema de seguridad es infranqueable.

–¿Y si usted nos ayuda?

–¿Cómo que nos? Es a ti a quien quiero ayudar.
–Kapo Zdena, si solo me ayuda a mí, no dejará de ser un monstruo.
–No me fastidies con tu moral.
–La moral es útil. Impide crear programas como *Concentración.*
–Entonces ya ves que no funciona.
–Podría funcionar. Este programa podría interrumpirse.
–¿Estás loca? Es el mayor éxito de la historia de la televisión.
–¿De verdad?
–Cada mañana miramos los índices de audiencia del día anterior y es para caerse de espaldas.
Pannonique se calló de desesperación.
–Tienes razón: los espectadores son basura.
–Eso no la exime, kapo Zdena.
–Soy menos monstruosa que ellos.
–Demuéstrelo.
–No veo *Concentración.*
–Tiene sentido del humor –chirrió Pannonique, asqueada.
–Si te liberara poniendo en peligro mi vida, ¿sería una prueba?
–Si solo me libera a mí, no estoy segura.
–Lo que me pides es imposible.
–Si actúa poniendo en peligro su vida, por lo menos intente salvarlos a todos.
–Ese no es el problema. Los otros no me interesan, eso es todo.
–¿Y esa es una razón para no liberarlos?
–Por supuesto. Porque si te liberara a ti, no sería en vano.
–¿Qué quiere decir con eso?
–Habría un precio. No voy a arriesgar mi vida a cambio de nada.
–No comprendo –dijo Pannonique poniéndose visiblemente rígida.
–Claro que comprendes. Me comprendes perfectamente –dijo Zdena buscando su mirada.
Pannonique se tapó la boca con la mano, como para impedirse vomitar.
Esta vez la kapo no intentó retenerla.

Sobre su jergón, Pannonique lloraba de asco.

Asco por la humanidad que aseguraba un éxito tan escandaloso a un programa semejante.

Asco por la humanidad que contaba en su seno con alguien como Zdena. ¡Y pensar que había visto en ella a una pobre chica sin rumbo, a una víctima del sistema! Era todavía peor que el sistema que la había creado.

Y, por último, asco por sí misma, que despertaba semejantes deseos en un ser tan vulgar.

Pannonique no estaba acostumbrada a tanto asco. Aquella noche, sufrió como un animal.

La kapo Zdena regresó a su cama con una impresión que no conseguía ni identificar ni compartir.

Le parecía que estaba más bien contenta. Ignoraba por qué. Quizá porque había mantenido una larga conversación con quien la obsesionaba. Que había acabado bastante mal, pero eso era previsible, y, además, ya cambiaría.

¿Acaso no era normal que pusiera una condición a su liberación?

En su fuero interno, había una desesperación que no se atrevía a decir su nombre. En el transcurso de las horas de la noche, salió a la superficie.

Poco a poco, la tristeza dio paso al resentimiento: «Yo soy la que pone las condiciones, y si a la señorita le molesta, peor para ella. El poder pertenece a los fuertes; un precio es un precio. Si quieres la libertad, pasarás por el aro».

Aquel resentimiento no tardó en culminar en una especie de trance placentero: «¡Si te repugno, mejor aún! Me encanta no gustarte, y eso solo hará que el precio que hay que pagar me guste todavía más».

Al día siguiente, EPJ 327 vio que Pannonique tenía ojeras. No se dio cuenta de que la kapo también las tenía. Por otro lado, observó que esta se mostraba más distante con Pannonique y eso solo le produjo cierto alivio.

Pero ¿por qué la ninfa Egeria de los prisioneros tenía una expresión tan agobiada, tan desesperada?

Eso no iba con ella. Hasta entonces, incluso en los días más duros, conservaba intacta la fuerza de sus ojos. Hoy se había apagado.

No tuvo ninguna oportunidad de hablar con ella antes de la noche.

En el exterior, los medios de comunicación vivían en plena convulsión. La mayoría de los periódicos le dedicó la portada al arrebato de Pannonique: gran foto suya dirigiéndose al público. Algunos destacaron como único comentario su frase inicial en caracteres gigantes: «¡ESPECTADORES, APAGUEN SUS TELEVISORES!». Otros la segunda: «¡USTEDES SON LOS PEORES CULPABLES!». Había material para titular sobre sus opiniones más violentas: «¡LOS ASESINOS SON SUS OJOS!».

Más adelante, transcribían el texto íntegro de su declaración. Hubo editorialistas que se atrevieron a iniciar su artículo con: «Ya os lo había dicho...». Algunas revistas afirmaron que se trataba de un montaje, que la joven había cobrado por decir aquello, etc. Los lectores escribieron para preguntar si también pagaban a los prisioneros por ser asesinados.

Con excepción de estas intervenciones carentes de valor, la unanimidad era absoluta: todos los medios de comunicación le daban la razón a Pannonique y la glorificaban: «¡Una heroína de verdad!», se extasiaba la gente.

Durante la cena, Pannonique declaró, confusa, a su unidad, que aquel día no había recibido el chocolate.

–Evidentemente –dijo MDA 802–. Son las represalias por sus invectivas de ayer.

–¿Lo ve? –retomó EPJ 327–. Ayer la kapo Zdena la felicitó por sus opiniones, pero ha sido la primera en castigarla por ellas. En adelante sabremos a qué atenernos respecto a su sinceridad.

–¡Pero... por mi culpa no tendrán chocolate esta noche! –balbucéo la joven.

–No diga tonterías –se rebeló MDA 802–. La verdad es que durante semanas hemos tenido chocolate gracias a usted.

–Exacto –comentó un hombre.

–Sin mi arrebato de ayer, hoy también habría podido repartir chocolate.

–Visto su heroísmo, nos sentimos felices de vernos privados de chocolate esta noche –clamó una mujer.

–Además, el chocolate no era nada del otro mundo. No era mi marca preferida –dijo MDA 802.

La mesa entera soltó una enorme carcajada.

–Gracias, amigos –murmuró Pannonique, repentinamente avergonzada pensando en el panecillo fresco que había devorado la víspera sin un solo pensamiento hacia sus camaradas.

Sus remordimientos fueron tales que enseguida entregó su rebanada de pan endurecido para compartir con los suyos, que se abalanzaron sobre ella sin hacer preguntas.

Dos días más tarde, los organizadores seguían maravillándose ante los índices de audiencia:

–¡Es extraordinario; nunca, nunca habíamos tenido un público tan colosal!

–Os dais cuenta: todos los medios de comunicación han aplaudido la toma de posición de la pequeña, y el resultado obtenido es exactamente inverso a lo que les pedía a los espectadores.

–¡Ojalá vuelva a dirigirse a ellos!
–¡Esta cría tiene un auténtico sentido del espectáculo!
–¡Debería hacer televisión!
Hilaridad general.

La kapo Zdena seguía sin deslizar a escondidas chocolate en el bolsillo de Pannonique.

La audiencia de *Concentración* seguía creciendo. Si la joven hubiera sabido que su valentía había tenido esta consecuencia, eso la habría llevado al colmo de una desesperación ya de por sí intolerable. Los periodistas se dieron cuenta del triste aspecto de la ninfa Egeria. Muchos medios de comunicación se refirieron al probable castigo que debía de haberle costado su declaración: «Deberíamos seguir la consigna de Pannonique tanto más por cuanto ha pagado caro su heroísmo».

La audiencia del programa subió todavía más.

Un editorial se hizo eco de este fenómeno: «Todos sois innobles. Cuanto más indignados se sienten, más ven el programa». Aquella paradoja infecta fue retomada y martilleada por el conjunto de los medios de comunicación.

La audiencia del programa alcanzó las más altas cuotas.

Un periodista vespertino retomó el editorial de la mañana: «Cuanto más hablamos de *Concentración*, cuanto más subrayamos su atrocidad, mejor funciona. La solución es el silencio».

Los medios de comunicación le proporcionaron un eco fabuloso a esa voluntad de mutismo. ¡CALLÉMONOS!, eran los titulares de las revistas. El periódico de mayor tirada ocupó su portada con una única palabra: ¡SILENCIO! Las radios repitieron a quien quería escucharlas que no dirían nada, absolutamente nada, sobre este tema.

La audiencia del programa pulverizó todos los récords.

–¿Seguimos sin chocolate? –le preguntó una noche a Pannonique un hombre de su grupo.

–¡Cállese! –le ordenó MDA 802.

–Lo siento –respondió la joven.

–No tiene importancia –dijo EPJ 327 con firmeza.

Pannonique sabía que mentía. Echaba de menos aquel chocolate de un modo doloroso. Como si nada, aquellas escasas piezas cotidianas habían constituido durante semanas lo esencial de su aportación energética. Y ni el lamentable mendrugo de pan ni el bodrio de caldo claro podían sustituir aquellas preciosas calorías. Cada día que pasaba, la joven se sentía más débil.

–Debería arengar al público otra vez –le dijo EPJ 327 a la ninfa Egeria.

–¿Y arriesgarnos a que nos dejen sin pan? –rugió el hombre.

–¿No le da vergüenza? –le dijo MDA 802.

–Tiene razón –intervino Pannonique–. Mi declaración dirigida al público se remonta a hace dos semanas y ya ven que aparte de la desaparición del chocolate, no ha habido ningún resultado.

–Usted no lo sabe –dijo EPJ 327–. No tenemos ni la más remota idea de lo que ocurre en el exterior. Quizá nadie mira el programa. Quizá estamos en la víspera de su anulación.

–¿Usted cree? –preguntó Pannonique con una sonrisa.

–Yo lo creo –dijo MDA 802–. Hay un proverbio árabe que me parece adecuado a las actuales circunstancias: «No bajes los brazos: correrías el riesgo de hacerlo una hora antes del milagro».

A la mañana siguiente, Pannonique murmuró muy deprisa al oído de Zdena: «Esta noche».

El resultado no se hizo esperar. Hacia las cuatro de la tarde, el bolsillo de su bata acogió dos tabletas de chocolate.

Pasó la jornada en una angustia odiosa.

Por la noche, en la mesa, cuando mostró el chocolate, hubo gritos de alegría.

–¡Han levantado la sanción! –gritó uno de ellos.

–¡Más bajo, por favor! ¡Piensen en las otras mesas! –dijo la ninfa Egeria.

–¿Y por qué no exige más chocolate? –protestó el que había sido llamado al orden.

–¿Acaso cree que estoy en posición de exigir? –dijo ella sintiendo cómo subía la cólera dentro de sí.

–Podría pensar un poco antes de decir semejantes burradas –le dijo EPJ 327 al hombre.

–Ya puestos a vender sus encantos, ¿por qué no fijar un precio exorbitante? –chirrió el que no soportaba ser tomado en falso.

Pannonique se levantó como activada por un muelle.

–¿Y según usted, cómo me lo gano, ese chocolate?

–Eso es asunto suyo.

–De ningún modo –dijo ella–. Si usted se lo come, también es asunto suyo.

–Eso es falso, ya que yo no le he pedido nada.

–Es usted peor que un rufián. ¡Y pensar que me juego la vida para darle comida a un ser de su calaña!

–Oh, basta ya, me niego a ser un chivo expiatorio. Todos los de la mesa piensan lo mismo.

Se produjo un clamor de indignación, destinado a desmarcarse de aquellas opiniones.

–No los crea –retomó el hombre–. No quieren enemistarse con usted para seguir recibiendo su chocolate. Yo me limito a decir en voz alta lo que ellos piensan en voz baja. Además, hay algo que se le escapa: y es que nos da exactamente lo mismo el modo como consigue el chocolate. Como suele decirse, en la guerra todo vale.

–Deje de decir *nosotros*, tenga la valentía de decir *yo* –intervino EPJ 327.

–No tengo que recibir ninguna lección de usted, soy el único que ha tenido la valentía de decir lo que piensan los demás.

–Lo que me parece más extraordinario –subrayó Pannonique– es hasta qué punto parece orgulloso de usted mismo.

–Uno siempre se siente orgulloso cuando dice la verdad –declaró el hombre con la cabeza alta.

A Pannonique le fue otorgado un momento de inspiración: se dio cuenta de lo ridículo que era aquel individuo y soltó una carcajada. Aquello resultó contagioso; todos los comensales se pusieron a reír a costa de aquel personaje.

–Eso es, ríanse –chirrió–. Sé lo que digo. Soy una molestia. Y en adelante sé que me quedaré sin chocolate.

–Desengáñese –retomó Pannonique–: Seguirá recibiendo lo que usted denomina su parte.

Esperó a que los demás estuvieran en lo más profundo de su sueño para salir del barracón y se dio de bruces con la kapo Zdena, que la estaba vigilando.

–¿Vamos a mi habitación?

–Nos quedamos aquí –respondió Pannonique.

–¿Igual que la última vez? Es un poco molesto. Se dio cuenta de que Zdena pensaba repentinamente en nuevas posibilidades que tampoco mejoraban su situación. Se le anticipó:

–Quiero hablar con usted. Creo que hay un malentendido entre nosotras.

–Es cierto. Yo solo deseo tu bien, y no das la impresión de entenderlo así.

–Ese es otro malentendido, kapo Zdena.

–Me gusta cuando me nombras, aun cuando preferiría que te ahorraras mi rango. Me gusta cuando pronuncias mi nombre.

Pannonique se prometió evitar nombrarla en adelante.

La kapo se acercó. La joven sintió tanto miedo que se puso a hablar temblando:

–El malentendido es que se equivoca respecto a mi desprecio hacia usted.

–¿Así que no me desprecias?

–Se equivoca respecto a la naturaleza de mi desprecio.

–Lo que me cuentas no me sirve de nada.

–Lo que desprecio en usted –dijo Pannonique que ya no podía más de terror– es su uso de la fuerza, de la presión, del chantaje, de la violencia. No es la naturaleza de su deseo.

–Ah, ¿te gusta este tipo de deseo?

–Lo que me repugna en usted es lo que no es usted. Es cuando se comporta como una auténtica kapo: esa no es usted. Creo que es una persona válida, salvo cuando decide convertirse en una kapo.

–Tus historias son complicadas. ¿Me citas a medianoche para contarme todo este galimatías?

–No es un galimatías.

–¿Crees que así te librarás?

–Es muy importante que sepa que es usted una buena persona.

–En el estado en el que me encuentro, no me importa lo más mínimo.

–La parte esencial de usted arde en deseos de ser estimada por mí. Le gustaría tanto ver lucir en mi ojo, provocado por usted, un fuego que no fuera provocado por el odio, un reflejo en el que usted sería grande y no miserable.

–Por más que viera eso en tu mirada, no por ello me ofrecerías lo que espero.

–Tendría algo mejor. Infinitamente mejor.

–No estoy segura de que fuera mejor.

–Lo que quiere, solo podrá conseguirlo por la fuerza. Y eso, contrariamente a lo que cree, le repugnaría. Más tarde, cuando volviera a pensar en ello, resultaría peor que la náusea. El único recuerdo que le perseguiría sería el de mis ojos insostenibles de odio.

–Basta. Haces que aumente mi deseo.

–Si realmente tuviera el deseo que asegura tener, sería capaz de pronunciar mi nombre.

Zdena palideció.

–Cuando uno siente lo que usted, necesita pronunciar el nombre de la otra persona. No es casual que haya hecho lo imposible para saber el mío. Y ahora que lo sabe y que me tiene delante, es incapaz de llamarme por mi nombre.

–Es cierto.

–Y sin embargo le gustaría, ¿verdad?

–Sí.

–Es una imposibilidad fisiológica. Se equivocan los que menosprecian el cuerpo: es infinitamente menos nocivo que el alma. Su alma pretende desear cosas que su cuerpo rechaza. Cuando su alma sea igual de honesta que su cuerpo, podrá pronunciar mi nombre.

–Te aseguro que mi cuerpo sería capaz de hacer daño.

–Pero no es él el que lo quiere.

–¿Cómo sabes todo eso?

–No pretendo conocerla. El desprecio también consiste en creer conocer lo desconocido de los demás. Tengo una intuición respecto a usted, eso es todo. Pero sus tinieblas también lo son para mí.

Se produjo un silencio.

–Soy desgraciada –dijo Zdena–. No me imaginaba que esta noche sería así. Dime qué puedo esperar de ti. Dímelo.

Durante una décima de segundo, a Pannonique le pareció conmovedora.

–Podría pronunciar mi nombre mirándome a los ojos.

–¿Nada más?

–Si lo consiguiera, sería inmenso.

–No me imaginaba la vida así –dijo la kapo, deshecha.

–Yo tampoco.

Se rieron. Fue un instante de connivencia: dos chicas de veinte años descubriendo juntas la ignominia del mundo.

–Me voy a acostar –dijo Pannonique.

–Yo no podré dormir.

–Durante su insomnio, pregúntese de qué modo puede ayudarnos, a los míos y a mí.

Cuarta parte

La audiencia dejó de crecer. No es que bajara lo más mínimo, pero tampoco aumentó.

Los organizadores perdieron la cabeza. *Concentración* existía desde hacía seis meses, y en ese tiempo la curva no había dejado de subir, con, ocasionalmente, algunas subidas muy lentas y, a veces, picos de crecimiento durante los incidentes más mediáticos: nunca se había estancado.

–Es nuestro plato fuerte –dijo uno de ellos.

–Un plato siempre es un falso plato –dijo otro–. Es una ley de la naturaleza: lo que no avanza retrocede.

–Eso no impide que nuestra audiencia sea enorme y siga siendo la más aplastante jamás conocida por un programa.

–Eso no es suficiente. Si no hacemos algo, tarde o temprano tendremos una sorpresa desagradable.

–A la fuerza: los medios de comunicación han dejado de hablar de nosotros. Se han pasado meses hablando únicamente de *Concentración*, y ahora, han cambiado de tema. Si queremos atraer de nuevo su atención, debemos encontrar otra cosa.

Uno de ellos propuso dedicar un magazín a los principales candidatos, como habían hecho los espectáculos televisados de la década precedente, con fotos y entrevistas a artistas.

–Imposible –le dijeron–. Solo podríamos hacerlo con los kapos. Sin embargo, las auténticas estrellas del programa son los prisioneros. Y ya que reproducimos aquí las condiciones de un auténtico campo de concentración, no podemos entrevistarlos: eso iría en contra de los principios de deshumanización que gobiernan todo campo que se precie.

–¿Y qué? Quizá tengamos que seguir evolucionando a partir de esta idea. Cuando CKZ 114 adquirió una identidad al revelar su nombre, tuvimos una cobertura mediática formidable.

–Eso solo funcionó con ella. Es imprescindible que no banalicemos este hallazgo.

–Es que es realmente hermosa, esa pequeña. Lástima que se haya calmado un poco, en estos últimos tiempos.

–¿Cómo andan sus amores con Zdena? Sería una idea, el verdugo y la víctima...

–No, al público le gusta que sea una virgen inaccesible.

–De todos modos, eso no nos salvará del abismo. Necesitamos un nuevo plan.

Los organizadores siguieron debatiendo y reflexionando antes de reunirse en una mesa redonda. Se bebieron litros de café y fumaron en abundancia.

–El único defecto de *Concentración* es que no es en absoluto interactivo –señaló uno de ellos.

–La interactividad: hace veinte años que no tienen otra palabra que llevarse a la boca.

–Con razón, al público le encanta participar. Le encanta que le pidan su opinión.

–¿Cómo hacer que nuestro programa sea interactivo?

Silencio.

–¡Es evidente! –exclamó alguien–. ¡Que el público haga el trabajo de los kapos!

–¿La baqueta de castigo?

–¡No! La selección para la condena a muerte.

–Creo que ya lo tenemos.

–¿Difundimos un número de teléfono muy caro?

–Mejor aún, utilizamos el teletexto. Es mucho mejor si el espectador puede resolverlo todo desde su mando a distancia. Le basta pulsar las tres letras y las tres cifras de la matrícula del prisionero que decida eliminar.

–¡Genial! Eso es mejor que el circo romano, el pulgar hacia arriba o hacia abajo.

–Estáis locos. La participación será nula. Ningún espectador se atreverá a señalar a las víctimas con el dedo.

Todas las miradas se dirigieron hacia el que acababa de hablar.

–¿Cuánto te apuestas? –preguntó otro. Rompieron en una estruendosa carcajada.

–El programa está salvado –decretó el jefe del simposio, dando así por terminada la reunión.

Los nuevos principios fueron explicados al público de modo que pudieran ser entendidos incluso por el más cretino. Un sonriente y entusiasta presentador anunció que *Concentración* sería *su* programa.

–En adelante, son ustedes los que seleccionarán a los prisioneros. Elegirán a los que se quedan y a los que se marchan.

El uso de la palabra «muerte» era cuidadosamente evitado.

Luego aparecía un mando a distancia que ocupaba toda la pantalla. Se indicaban en rojo los botones que había que emplear para acceder al teletexto de *Concentración.* Era muy fácil, pero como temían que algunos no lo consiguieran, lo volvían a explicar: «Sería una verdadera lástima que su voto se perdiera por un simple problema técnico», dijo el presentador.

–Queremos indicarles que el acceso al teletexto de *Concentración* es gratuito, conforme al principio democrático de nuestro programa –concluyó con una expresión gentil.

Los medios de comunicación rugieron con más fuerza todavía de lo que lo habían hecho con el nacimiento del programa: ÚLTIMO HALLAZGO DE *CONCENTRACIÓN*: ¡LOS KAPOS SOMOS NOSOTROS! Estos fueron los titulares del periódico de mayor tirada. TODOS SOMOS VERDUGOS.

¿POR QUIÉN NOS TOMAN?, podía leerse en todas partes.

El tono de un editorialista se hizo más vibrante que nunca: «Hago un llamamiento al honor de la humanidad», escribía. «Es cierto que ya ha caído muy bajo al propiciar un éxito así al programa más repugnante de la Historia. Pero ante tanta abyección, espero de ustedes, de nosotros, una reacción de honor: que nadie vote. ¡Llamo al boicot, si no al espectáculo sí por lo menos a la participación en esta infamia!».

El índice de audiencia a la primera votación de *Concentración* fue inversamente proporcional al de las últimas elecciones legislativas europeas: casi nulo, lo que llevó a los políticos a decir que, en el futuro, debería pensarse en sustituir las urnas por mandos a distancia.

En cuanto a la audiencia del primer programa poselectoral de *Concentración,* pulverizó los récords precedentes.

Las cifras son las cifras.

A la mañana siguiente de la nueva versión de *Concentración*, los prisioneros fueron dispuestos en fila, como de costumbre.

Los kapos estaban tan indignados con ese reglamento que les desproveía de su principal prerrogativa que solo la kapo Lenka se ofreció para exponérselo a los deportados. Una vez hubo enseñado a lo largo y a lo ancho sus piernas encaramadas sobre unos tacones de aguja y considerado que ya habían producido su efecto, se quedó quieta, sacó pecho y dijo:

–En adelante, será el público quien votará para decretar cuál de vosotros saldrá de la fila. A eso se le llama democracia, creo, ¿verdad?

Sonrió, sacó un sobre de su escote, lo abrió como se hace en la ceremonia de los óscars y leyó:

–Los elegidos son GPU 246 y JMB 008.

Se trataba de los prisioneros de más edad.

–A los espectadores no les gustan los ancianos, por lo que veo –añadió Lenka en tono de burla.

Pannonique se había quedado aturdida. La vulgaridad de la kapo Lenka añadía peso a su incredulidad. No era posible, era demasiado. Lenka se había inventado aquella historia, había maquillado su elección con un referéndum. Sí, solo podía tratarse de eso.

Lo que menos se explicaba era la actitud de los otros kapos. Se mantenían en segundo término, contrariados; Pannonique intuyó que había algún conflicto entre Lenka y sus colegas. Pero, durante la jornada, la ausencia de la kapo erotómana no cambió su humor. Zdena parecía particularmente sombría.

A la mañana siguiente, la ambigüedad desapareció. Los prisioneros estaban en fila, el kapo Marko ni siquiera les pasó revista; se plantó ante ellos, sacó un papel y dijo:

–Ya que no nos han consultado para conocer nuestra opinión, no haré la comedia de la inspección. Hoy los condenados del público son AAF 167 y CJJ 214.

Se trataba de dos chicas singularmente apagadas.

–Me permito opinar que esta elección es discutible –clamó el kapo Marko–. Esto es lo que ocurre cuando se pide la opinión de no especialistas. La opinión de los profesionales es otra cosa, ¿no? En fin, *vox populi, vox Dei.*

Se produjo una auténtica movilización de los medios de comunicación frente a la ignominia que suponía la participación masiva de los espectadores. De común acuerdo, el mismo día todos los periódicos pusieron en titulares con caracteres gigantescos: ¡EL COLMO!, y empezaron todos el único artículo de la primera página con: «Hemos tocado fondo».

Las radios y las televisiones no hablaban de otra cosa. Los periódicos satíricos se quejaban de no tener que realizar ningún esfuerzo: en materia de comicidad terrorífica, la realidad les había superado para siempre. «Lo más divertido de esta abyección será siempre la indignación de los kapos, privados en adelante de su poder de vida y muerte sobre los prisioneros y perorando trascendentalmente sobre las debilidades de la democracia», comentó uno de ellos.

El resultado de aquel desencadenamiento de pasiones no se hizo esperar: todo el mundo se puso a ver *Concentración.* Incluso los que no tenían televisión iban a verla a casa de sus vecinos, lo cual no les impedía presumir alto y fuerte de ser los últimos refractarios y los mayores detractores de la telebasura. Resultó más sorprendente todavía escucharles pontificar sobre ese programa teniendo en cuenta su conocimiento de causa.

Era la pandemia.

Zdena estaba preocupada. Mientras fueron los kapos quienes decidían las condenas a muerte, había tenido el poder de proteger a Pannonique; ahora que la sentencia pertenecía al público, en cambio, ya no estaba segura de nada. De la democracia, cuya existencia acababa de descubrir, eso era lo que le parecía más odioso: la incertidumbre.

Se tranquilizó como pudo: Pannonique era la niña mimada, la ninfa Egeria, la heroína, la más hermosa, etc. Los espectadores no cometerían la estupidez de sacrificar a su favorita.

La primera votación la alivió: si la consulta popular culminaba con la exclusión de los más ancianos, Pannonique estaba a buen recaudo. La segunda votación resucitó sus temores: dos chicas habían sido condenadas solo por ser apagadas. Es cierto que Pannonique no pasaba desapercibida, pero era reservada..., cada vez más en los últimos tiempos.

En definitiva, con un público tan absurdo, podía temerse lo peor. Por la tarde, en el momento de introducir a escondidas el chocolate de rigor en su bolsillo, la kapo le murmuró: «Esta noche». Pannonique asintió.

Las dos mujeres se encontraron a medianoche.

–Es indispensable que reacciones –dijo Zdena–. ¿Por qué ya no tomas la palabra? ¿Por qué ya no te diriges a los espectadores?

–Ya vio hasta qué punto fue útil mi intervención –rechinó Pannonique.

–¡No cambiarás al público pero por lo menos te salvarás! Las dos chicas que han eliminado esta mañana solo lo fueron por su insignificancia. Tienes que vivir. El mundo te necesita.

–¿Y usted por qué no actúa? No se toma ninguna molestia por nosotros. Hace dos semanas, le pedí que pensara en un plan para salvarnos. Todavía estoy esperando.

–Tienes más medios que yo. La gente siente pasión por ti. Yo no le intereso a nadie.

–¡Pero usted es libre y yo estoy prisionera! ¿Ya ha pensado en un plan de evasión?

–Estoy en ello.

–¡Dese prisa o estaremos todos muertos!

–Trabajaría mejor si fueras más amable.

–La veo venir.

–¿Te das cuenta de que me pides un imposible a cambio de nada?

–¿Que los míos y yo sobrevivamos, a eso le llama nada?

–¡Hay que ver lo estúpida que llegas a ser! Tampoco te estoy pidiendo tanto.

–Yo no opino así.

–Eres idiota. No mereces vivir.

–En este caso, puede darse por satisfecha. No viviré –dijo Pannonique zanjando el tema.

Hasta entonces, Zdena se había sentido fascinada por la inteligencia de aquella que la obsesionaba. Su manera de hablar, de economizar las palabras y de responder cuando no se esperaba, la persuadía de la excelencia de su cerebro. Ahora, en cambio, descubría que era tonta del bote.

Preferir la muerte, eso le parecía escandaloso. La vida merecía algunos esfuerzos, de todos modos. Además, lo que ella le pedía a cambio era una nadería. Le parecía que Pannonique se comportaba como esas marquesas de novela que no había leído, pagando un alto precio por defender unas virtudes grotescas que solo ellas valoraban. Zdena se burlaba de esa literatura en la misma medida en la que dudaba de su existencia, de un modo global, el universo novelesco le parecía lo suficientemente estúpido para albergar semejantes hábitos.

«Lo peor es que eso no me impide amarla. Es como si me gustara todavía más. De tanto resistirse a darme lo que se da tan fácilmente, de tanto irritarse como si le estuviera pidiendo el sacrificio de su padre y de su madre, me muero de deseo.»

Tuvo un arrebato de alegría por el hecho de experimentar un deseo tan fuerte..., inmediatamente interrumpido por el recuerdo de la realidad: Pannonique iba a morir tarde o temprano. Lo que la humanidad había engendrado de más hermoso, de más puro, de más elevado y de más deleitable sería ejecutado entre atroces sufrimientos ante millones de espectadores.

A Zdena le pareció entender por primera vez el horror de semejante información.

Decidió entonces elaborar un plan a la altura de su pasión. Tenía que aproximarse a los amigos de Pannonique.

Su elección la llevó hacia MDA 802. La había odiado durante tanto tiempo que había visto en ella a una rival en potencia. Más adelante, supo que se había equivocado: MDA 802 solo sentía amistad por Pannonique, la cual, oh desolación, no parecía insensible al amor de EPJ 327.

A hurtadillas, le dio subrepticiamente a MDA 802 un frasco de cochinillas y murmuró:

–¡Finge tener una herida ensangrentada, rápido!

El corazón de MDA 802 se puso a latir a cien por hora; la kapo intentaba quedarse a solas con ella. ¿Iba a hacerle proposiciones como a Pannonique? Si era así, no desaprovecharía la ocasión. No sentía ninguna atracción por Zdena, pero, para recobrar la libertad, estaba dispuesta a todo.

Vertió las cochinillas en la palma de su mano y gimió enseñándola.

–Se está desangrando –dijo Zdena–, la llevaré a la enfermería.

La acompañó gritándole:

–¡Herirse con unos escombros, hay que ver lo torpe que eres!

Nadie tuvo tiempo de reaccionar. Visto y no visto, se alejaron no hacia la enfermería sino hacia la habitación de la kapo.

–Tenemos que hablar –empezó Zdena–. Eres muy amiga de CKZ 114, ¿verdad?

–Sí.

–Pues eso solo funciona en una dirección. Ella os esconde cosas, a ti y a la unidad.

–Está en su derecho.

–Lo que tú digas. Sabe sobre todo a lo que se arriesga.

MDA 802 consideró más prudente guardar silencio.

–No quieres perjudicar a tu amiga, eso está bien –prosiguió la kapo–. Ella no dudaría en hacerlo.

«Es una trampa», pensó la prisionera.

–Ya sabes lo que quiero de ella. No es demasiado pedir, ¿verdad? Y si ella me lo concediera, yo garantizaría la fuga de toda la unidad, de ti, de ella. Pero no; la señorita se niega, y al negarse, se está negando a salvaros.

MDA 802 sintió cómo la rabia le hinchaba el pecho, con una indignación indiferenciada que se dirigía tanto a la kapo como a Pannonique. Pragmática, decidió posponer su furor hasta más tarde y se lo jugó todo a una carta:

–Kapo Zdena, lo que CKZ 114 se niega a darle, yo no se lo niego.

Estaba temblando convulsivamente.

Zdena se quedó boquiabierta, y luego rompió a reír en una carcajada de ogro.

–¿Te gusto, MDA 802?

–No me desagrada –dijo la infeliz.

–¿Así que te ofreces gratuitamente?

–No.

–¿No? –se sublevó la kapo muerta de risa–. ¿Y cuál es tu precio?

–El mismo que CKZ 114 –respondió a punto de romper a llorar.

–¿Ya te has mirado en el espejo? ¡Rebaja tus pretensiones, chiquilla!

–La vida de CKZ 114 y la mía –regateó valientemente la prisionera.

–¿Estás de guasa? –gritó Zdena.

–Mi vida –acabó por decir MDA 802.

–¡No, no, no y no!

Entonces MDA 802 soltó un comentario miserable que solo se permitirán juzgar aquellos que creen valer más:

–Pan.

Zdena se irguió de desprecio y le escupió.

–¡Me das asco! Ni gratis querría nada de ti.

Y la echó.

–¡Y ahora vete a contarles a los demás lo que ya sabes!

MDA 802 lloraba al regresar a los trabajos del túnel. Los prisioneros lo atribuyeron a la herida de la mano, que supusieron ya había desinfectado. Pannonique, en cambio, sospechaba que ocurría algo.

Sorprendió a MDA 802 mirándola fijamente, con unos ojos humillados y ofendidos. También creyó leer en ellos el odio.

Pannonique movió la cabeza de desesperación.

Por la noche, en la mesa, resultó evidente que MDA 802 no estaba bien.

–¿La kapo Zdena le ha hecho daño? –le preguntaron.

–No –respondió mirando fijamente a Pannonique, que no era ajena a aquel asunto.

–Hable, diga lo que tenga que decir –suspiró la ninfa Egeria.

–¿No es más bien usted quien tiene algo que decir? –preguntó MDA 802.

–No. Usted necesita hablar imperiosamente.

Silencio.

–Resulta muy desagradable –empezó diciendo MDA 802–. La kapo Zdena me ha informado de que le había hecho proposiciones a Pannonique, a cambio de las cuales se nos ofrecía la evasión, a todos. Y Pannonique se ha negado.

Los ojos de todos los comensales se dieron la vuelta hacia la ninfa Egeria, que permanecía en actitud marmórea.

–Pannonique ha hecho bien –dijo EPJ 327.

–¿Usted cree? –preguntó MDA 802.

–Se burla de nosotros –dijo el hombre que no había perdonado la risotada de la que había sido objeto–. ¡Nos condena a muerte solo porque la rechaza!

–Cállese, no sea bestia –intervino una mujer–. Pannonique, entiendo sus reticencias. Todos las entendemos. La kapo Zdena es un monstruo y a todos nos repugnaría consentir algo... así. No obstante, es una cuestión de vida o muerte. Punto final.

–Qué poco valor le da al honor –rechinó EPJ 327.

–¿Acaso salvarnos la vida no sería un acto honorable? –protestó la mujer–. Usted, EPJ 327, está locamente enamorado de Pannonique: ¿cree que no lo sabemos? Hay que estar locamente enamorado para preferir nuestra muerte y la suya a su sumisión de una hora a la kapo Zdena. Nosotros amamos y admiramos a Pannonique, pero no hasta el extremo de sacrificar nuestra vida por su ansia de pureza.

La mujer se calló. Acababa de expresar la opinión general hasta tal punto que nadie tuvo nada que añadir.

–Ustedes son como los burgueses de *Bola de sebo* –se sublevó EPJ 327.

–No –dijo MDA 802–. La prueba es que me he ofrecido en su lugar y ella me ha rechazado.

Con la mirada baja, la ninfa Egeria permanecía en silencio.

–¿Por qué no dice nada? –le preguntó MDA 802.

–Porque no tengo nada que decir.

–Es falso. Sabemos que tiene un gran corazón.

Nos gustaría entenderla –insistió MDA 802.

Pannonique movió la cabeza suspirando.

–¿Es porque se trata de una mujer? –preguntó ingenuamente uno de ellos.

–Mi reacción sería la misma si la kapo Zdena fuera un hombre –zanjó la ninfa Egeria.

–Le aseguro que necesitamos una explicación –dijo MDA 802.

–No la tendrán –respondió Pannonique.

–¡Nos envía a la muerte por dárselas de princesita! –gritó el hombre.

Había gritado demasiado fuerte. Las otras unidades miraron en dirección a su mesa.

Largo silencio. Cuando el ambiente empezó a relajarse, se reanudó el guirigay.

–Se comportan como vencidos –dijo entonces Pannonique–. Ninguno de nosotros será ejecutado, precisamente porque no haré ninguna concesión al enemigo.

La comida terminó en un clima de frustración.

Al día siguiente, cuando la kapo hubo acabado de leer el sobre de los condenados del día, Pannonique dio dos pasos adelante, se volvió hacia lo que presentía era la cámara principal y clamó:

–¡Espectadores, esta noche voten por mí! ¡Que en el escrutinio no haya dos nombres sino uno solo! Que la matrícula CKZ 114 obtenga la unanimidad absoluta. Todos ustedes se han envilecido al ver este abyecto programa. La absolución solo les será concedida con esta condición: que yo sea la condenada de mañana. ¡Me lo deben!

Dio dos pasos hacia atrás y regresó a la fila.

«Por desgracia, he aquí la confirmación de mis temores; está completamente loca», sentenció MDA 802.

«Y pensar que contábamos con ella para escaparnos», pensó el resto de la unidad.

Incluso EPJ 327 albergó ciertos temores: «Es sublime. Pero se puede ser sublime y equivocarse».

Zdena estaba consternada.

Pannonique pasó su jornada en la más absoluta serenidad.

Los comunicados de prensa se sucedían, declarando las cosas más abstrusas.

Una opinión recurrente se llevaba la palma sobre las versiones divergentes: «Se cree Jesucristo».

Por la tarde, fue la misma noticia la que se extendió en todas direcciones: «Esta mañana, la deportada Pannonique tomó la palabra para ordenar con firmeza al público de *Concentración* que, por unanimidad, votara a favor de su condena. Sin ambigüedad, se designó a sí misma como víctima expiatoria, declarando que, a cambio, los espectadores obtendrían la absolución».

Las radios y las televisiones, menos escrupulosas que los periódicos, sugerían que Pannonique había perdido la razón.

Durante la cena, reinaba cierto malestar.

–¿Acaso se supone que esta será la Última Cena? –preguntó MDA 802.

Pannonique rompió a reír y cogió de su bolsillo las tabletas de chocolate.

Tomó el chocolate, lo partió en trozos y los fue repartiendo entre sus discípulos al tiempo que decía: «Tomad y comed uno, ya que este es mi cuerpo».

–Él no era tan austero con su cuerpo –bromeó el hombre que la odiaba.

–Yo tampoco lo soy y usted tampoco es Judas, que era un personaje conmovedor e indispensable.

–¡Él por lo menos salvó a alguien!

–Me están reprochando no ser Jesucristo. ¡Qué barbaridad!

–No hace ni siquiera un día, nos garantizaba que ninguno de nosotros sería ejecutado –protestó el hombre.

–Es cierto.

–¿Y cómo piensa hacerlo? ¿Nos protegerá desde el más allá? –preguntó.

–No dé por hechas las cosas tan deprisa. Todavía no estoy muerta.

–Lo que le ha ordenado al público podría producirse perfectamente. Es usted persuasiva, ¿lo sabe?

–Cuento con ello, en efecto.

–Entonces, ¿cuándo nos salvará? –se sublevó.

–La salvación es como esas dos tabletas de chocolate: un derecho adquirido, ¿verdad?

–No se las dé de instruida –dijo el hombre–. Se supone que nuestras almas no son tan elevadas como la suya. Eso no impide que todos nosotros habríamos aceptado la proposición de la kapo Zdena para salvar a los demás.

–La habría aceptado incluso por mucho menos –encadenó Pannonique.

MDA 802 experimentó un imperceptible sobresalto al escucharla.

–Pues sí –prosiguió el hombre que no había entendido nada–. Somos seres humanos, seres vivos y de una pieza, sabemos que a veces es necesario ensuciarse las manos.

–¿Las manos? –soltó Pannonique como si de una incongruencia se tratara–. Me gustaría que dejaran de contarme lo que habrían hecho en mi lugar. Nadie está en mi lugar, nadie está en el lugar de nadie. Cuando alguien toma un riesgo por ustedes que serían incapaces de tomar por él, no pretendan comprenderlo, y mucho menos juzgarlo.

–Por eso mismo, ¿por qué correr semejante riesgo? –intervino MDA 802–. Lo que Zdena ofrecía carecía de riesgo.

–Perdería para siempre la convicción de que en este paisaje mi deseo es el único dueño. No tengo nada más que añadir –concluyó Pannonique.

EPJ 327, que hasta aquel momento había permanecido en silencio, tomó la palabra:

–Sabe hasta qué punto le doy la razón, Pannonique. Pero desde su declaración, tengo miedo. Tengo un miedo terrible y, por primera vez, ya no la comprendo.

–Le pido simplemente, como un último favor, que hablemos de otra cosa.

–¿Cómo podríamos hablar de otra cosa? –dijo EPJ 327.

–En este caso, solicito el derecho a permanecer en silencio.

A medianoche, sin ni siquiera haberse citado antes, Zdena y Pannonique se encontraron.

–¿Sabes lo que te espera? ¿Sabes en qué consiste la condena a muerte? ¿Sabes lo que va a ocurrirle a tu pequeño cuerpo frágil?

Pannonique se tapó los oídos y esperó a que los labios de Zdena dejaran de moverse.

–Si mañana muero, será obra suya. Si mañana muero, podrá pensar cada día que usted me condenó por la única razón de que la rechacé.

–¿Tan poco deseable soy?

–No es ni más ni menos deseable que cualquier otra persona.

Zdena sonrió como si acabara de escuchar un cumplido. La prisionera se apresuró a añadir:

–En cambio, el procedimiento al que ha recurrido hace que deje de ser deseable para mí para siempre.

–¿Para siempre?

–Para siempre.

–Entonces, ¿de qué me serviría salvarte?

–Para que siga con vida –dijo Pannonique, a la que divertía esta clase de tautología.

–¿Y eso, a mí, de qué me sirve?

–Acabo de decírselo: para que siga con vida.

–No me sirve de nada.

–Sí. La prueba es que la simple idea de mi muerte la horroriza. Necesita que viva.

–¿Por qué?

–Porque me ama.

La kapo la miró con asombro, luego rió ahogando su risa para no ser escuchada.

–¡No tienes abuela!
–¿Me equivoco?
–No lo sé. ¿Tú me quieres?
–No –dijo Pannonique perentoria.
–Qué descaro.
–Usted me quiere: no es culpa suya ni mía. Yo no la quiero: es lo mismo.
–¿Y por eso tengo que salvarte?
Pannonique suspiró.
–No vamos a salir de esta si no pone de su parte. Se ha comportado de un modo repugnante. Ahora tiene la posibilidad de resarcirse, no la desaproveche.
–Estás perdiendo el tiempo. Aun cuando exista un infierno, me da lo mismo abrasarme en él.
–Existe un infierno, estamos en él.
–A mí ya me vale.
–¿Le parece que las condiciones de nuestro encuentro son las ideales?
–De no ser por *Concentración* nunca te habría conocido.
–Por culpa de *Concentración*, nunca me conocerá.
–En tiempos normales, las personas como tú no conocen a personas como yo.
–No es cierto. Siempre he estado dispuesta a conocer a toda clase de personas.
–¿Y qué? No te habría gustado.
–A la fuerza me habría gustado más de lo que me gusta.
–No hables de mí como si te repugnara.
–A usted le corresponde invertir esta situación: puede convertirse en un magnífico ser humano que liberará a los prisioneros y terminará con una experiencia repugnante.
–Eso no me hará merecer tus favores, como dices tú.
–Le valdrá mi admiración y mi amistad. Amará, y deseará amar todavía más. La dejo, no tengo nada más que decirle. Necesitará toda la noche para reflexionar sobre un plan.
Pannonique se marchó con expresión resuelta.
No podía disimular su angustia por más tiempo.
Cuando se quedó a solas, Zdena comprendió que no tenía elección.

Un plan de fuga resultaba imposible de poner a punto. Era kapo, no una de esas técnicas capaces de desactivar la alarma.

Tenía que encontrar armas. No durmió ni un segundo.

Pannonique tampoco durmió.

«Estoy loca de arriesgarme tanto. Dicho esto, de todos modos iba a morir. Estoy acelerando mi muerte, eso es. No debería haberlo hecho. No tengo prisa por morir.»

Decidió recordar lo que le había gustado en la vida. Repasó su música preferida, el olor delicado de los claveles, el sabor de la pimienta gris, el champán, el pan fresco, los hermosos momentos pasados con los seres queridos, el aire después de la lluvia, su vestido azul, los mejores libros. Estaba bien, pero aquello no le había bastado.

«¡Lo que más deseaba vivir, no lo he vivido!» También pensó en lo mucho que le habían gustado las mañanas.

Aquella mañana la descompuso. Era tan ligera como cualquier otra. Era un nuevo día traidor.

Traidor era aquel aire fresco, ¿qué ocurría durante la noche para que el aire siempre fuera nuevo por las mañanas? ¿Cuál era esa perpetua redención?

¿Y por qué los que lo respiraban no eran redimidos? Traidora era esa luz inefable, promesa de un día perfecto, genérico muy superior a la película que precedía.

«Todo el placer de los días está en su propia mañana», como dijo el otro.

Pannonique, en la última mañana de su vida, se sentía estafada.

Como de costumbre, los prisioneros fueron reagrupados en la explanada para la proclamación de los condenados elegidos.

Quinta parte

Era en directo y el público lo sabía; se leía «directo» en el rincón de la pantalla.

Concentración alcanzó la audiencia absoluta: cien por cien de la población. El programa fue visto por todo el mundo, literalmente. Los ciegos, los sordos, los anacoretas, los religiosos, los poetas callejeros, los niños, los recién casados, los animales de compañía..., incluso las cadenas de televisión de la competencia interrumpieron su programación para que sus presentadores pudieran ver el programa.

Los políticos, ante su televisor, movían la cabeza con desesperación mientras decían:

–Es terrible. Deberíamos haber intervenido.

En los bares, la gente, medio amontonada en la barra y con los ojos clavados en la pantalla, diagnosticaba:

–Te digo yo que se la van a cargar. Es repugnante. ¿Por qué los políticos han permitido que las cosas lleguen hasta este punto? Solo tenían que prohibir esta clase de porquería. En la cúspide del Estado ya no existe moralidad, no tengo más que decir.

Los bienpensantes pensaban en voz alta, con la cabeza inclinada tristemente en dirección al aparato:

–¡Qué sufrimiento! ¡Qué día más aciago para la humanidad! No tenemos derecho a no mirarlo; habrá que ser testigo de tanto horror, habrá que rendir cuentas. Entonces no diremos que no estábamos aquí.

En las cárceles, los detenidos observaban y se burlaban:

–¡Y pensar que los que estamos fuera de la ley somos nosotros! Es a nosotros a quienes meten en la trena y no a los organizadores de esta mierda.

Pero la veían.

Los cándidos enamorados, acurrucados el uno contra la otra en sus camas blanditas, habían instalado el televisor a los pies de la cama.

–¡Qué bien que seamos tan extraños en este mundo despreciable! ¡El amor nos protege!

La víspera, cada uno había aprovechado una pequeña necesidad para hacerse con el mando a distancia y votar presionando las teclas.

Los carmelitas, en silencio, miraban.

Los padres enseñaban el programa a sus hijos para explicarles que aquello era el mal.

En los hospitales, los enfermos miraban, considerando sin duda que su patología les eximía de culpabilidad.

El colmo de la hipocresía lo alcanzaron aquellos que no tenían televisión, que se hacían invitar a casa de sus vecinos para ver *Concentración* e indignarse:

–¡Cuando veo eso, me siento feliz de no tener televisión!

En el momento de pasar revista, Pannonique observó la ausencia de la kapo Zdena.

«Me ha abandonado», pensó. «He perdido. Estoy perdida.»

Respiró profundamente. Le pareció que el aire que penetraba en su pecho contenía polvo de cristal. El kapo Jan se situó delante de los prisioneros, se detuvo, abrió el sobre y clamó:

–Los condenados del día son CKZ 114 y MDA 802.

Superado el estupor inicial, Pannonique dio un paso adelante y declaró:

–¡Espectadores, son todos unos cerdos!

Se detuvo un instante para calmar su corazón, que latía muy fuerte. Las cámaras enfocaron a aquella que jadeaba de cólera. Sus ojos se habían convertido en un manantial de odio. Continuó:

–¡Hacen el mal con toda impunidad! ¡E incluso el mal, lo hacen mal!

Escupió al suelo y prosiguió:

–Creen estar en una posición de fuerza porque nos ven y nosotros no les vemos a ustedes. Se equivocan, ¡les veo! Miren mi ojo, leerán en él tanto desprecio que tendrán la prueba de ello; ¡les veo! Veo a aquellos que nos miran estúpidamente, también veo a los que creen mirarnos inteligentemente, a los que dicen: «Miro para ver hasta dónde pueden llegar los que se rebajan», y que, al hacerlo, se rebajan todavía más que ellos. ¡El ojo estaba dentro de la televisión y les miraba! ¡Van a verme morir sabiendo que les estoy viendo!

MDA 802 lloraba:

–Pare, Pannonique. Se ha equivocado.

Pannonique pensó que MDA 802 iba a morir por su culpa. Se sintió avergonzada y se calló.

En la sala de las noventa y cinco pantallas, los organizadores contemplaban la escena con satisfacción.

–Hay que admitir que es una estrella: nunca se había visto una audiencia absoluta, ni siquiera el 21 de julio de 1969 en los Estados Unidos. ¿En vuestra opinión, cómo lo consigue?

–La gente la toma por el símbolo del bien, de la belleza, de la pureza, todas estas pamplinas. El combate entre el bien y el mal, les encanta. ¡Pero el gran anzuelo del espectáculo es la pureza ejecutada por el vicio! ¡La inocencia entregada al suplicio!

–Es porque es hermosa, eso es todo. Si hubiera sido fea, nadie se habría preocupado por ella.

–Desde Paris, nada ha cambiado –dijo una bazofia culta–. Entre Hera, Atenea y Afrodita, es la última a la que eligen.

La elegida caminaba solemnemente hacia su suplicio, en compañía de MDA 802 –«la amiga a la que no he salvado», se mortificaba Pannonique, añadiendo la culpabilidad a la suma de sus sufrimientos.

EPJ 327 no dejaba de reprenderse a sí mismo: «Vas a dejarla morir sin hacer nada, ni siquiera por cobardía; ¡qué impotencia! ¡Si por lo menos pudiera destruir las cámaras que mostrarán su agonía! ¡Si por lo menos pudiera evitar su muerte, aunque fuera al precio de la mía! ¡La amo y no sirve de nada!».

Dio un paso adelante y gritó:

–¡Espectadores, pueden estar satisfechos! ¡Han condenado a muerte a la sal de la tierra y ahora van a presenciar la muerte de aquella que les habría gustado ser o de aquella que habrían querido tener! Necesitan que desaparezca porque es todo lo opuesto a ustedes: ¡está tan llena como vacíos están ustedes! ¡Si no fueran tan necios, no les parecería intolerable la existencia de la que tiene sustancia! ¡Un programa como *Concentración* es el espejo de su vida y es a causa de este narcisismo por lo que son tan numerosos los que lo ven!

EPJ 327 se detuvo cuando se dio cuenta de que nadie se interesaba por él ni le escuchaba.

La kapo Zdena había reaparecido; había vuelto a traer a la explanada a las dos condenadas y a su escolta. Depositó en el suelo una parte de los tarros de vidrio de los que iba cargada. Guardó uno en cada mano y los levantó.

–¡Basta ya! ¡Yo soy la que manda aquí! ¡Tengo en mis manos suficientes cócteles molotov para mataros a todos, puedo destruir todo el campo! ¡Si alguien intenta dispararme, los dejó caer y todo explotará!

Se calló con un evidente deleite, consciente de que todas las cámaras la estaban enfocando. Varios organizadores corrieron hacia el plató, con altavoces.

–Os estaba esperando –les dijo sonriendo.

–Venga, Zdena, va a dejar todo eso en el suelo y vamos a hablar –declaró la voz paternalista del jefe.

–Vamos a ver –gritó ella–, me llamo kapo Zdena y a mí se me trata de usted, ¿está claro? ¡Os recuerdo que el cóctel molotov explota cuando se rompe el cristal!

–¿Cuáles son sus exigencias, kapo Zdena? –retomó la voz intimidada a través de un megáfono.

–No tengo exigencias, solo doy órdenes, ¡soy la que manda aquí! ¡Y decido que este programa de mierda se ha acabado! ¡Soltamos a todos los prisioneros sin excepción!

–Venga, esto no es serio.

–¡Es tan serio que hago un llamamiento a los dirigentes de esta nación! ¡Y al ejército!

–¿El ejército?

–Sí, el ejército. Hay un ejército en este país, ¿verdad? Que el jefe del Estado me envíe el ejército, y entonces quizá pasaremos por alto que se ha cruzado de brazos mientras los detenidos morían.

–¿Quién nos asegura que los cócteles molotov que sujeta son auténticos?

–¡El olor! –dijo ella con una amplia sonrisa.

Abrió uno de los frascos. Apestaba a gasolina y a otros olores deletéreos todavía más lamentables. La gente se tapó la nariz. Zdena volvió a tapar el frasco y clamó:

–Me gusta esta mezcla de gasolina, ácido sulfúrico y potasa, pero parece que no compartís mis gustos.

–¡Es un farol, kapo Zdena! ¿Cómo puede haber conseguido ácido sulfúrico?

–Una vieja batería de camión contiene la cantidad suficiente. Y en este campo no son camiones lo que nos faltan.

–Por el auricular, un especialista me comenta que el líquido del fondo debería ser marrón rojizo y no rojo oscuro como el que está sujetando...

–Me encantará haceros una demostración, aunque solo sea para que me contéis cómo se ha transformado en puzle de un modo ortodoxo. ¿Es bonito, verdad, un cóctel molotov? Esos líquidos diferentes que no se mezclan... Bastaría con que entraran en contacto con el trapo empapado de potasa y ¡bum!

La kapo Zdena iba a lo suyo. Estaba disfrutando, interpretando el papel de su vida.

Pannonique la miraba sonriendo.

Cuando el ejército rodeó el lugar en el que se rodaba *Concentración*, los kapos abrieron las puertas. Las unidades móviles de todas las cadenas filmaron el cortejo de prisioneros delgados y estupefactos que salieron de él.

El ministro de Defensa entró con entusiasmo y quiso estrechar la mano a la kapo Zdena. Ella no soltó los tarros de vidrio y declaró que exigía un acuerdo por escrito.

–¿Cómo? –preguntó el ministro–. ¿Un acuerdo?

–Digamos mejor un contrato que estipulará su intervención cada vez que la televisión quiera volver a hacer un programa como este.

–¡Nunca más habrá programas como este! –protestó el hombre de Estado.

–Sí, sí. Pero nunca se es lo bastante prudente –respondió ella mostrando sus cócteles molotov.

El contrato fue inmediatamente redactado por el secretario del ministro. La kapo Zdena solo depositó uno de sus frascos para firmar el documento, cogerlo y enseñarlo a cámara.

–Espectadores, son ustedes testigos de la existencia de este contrato.

Le dio tiempo al zoom para acercarse y al público para leerlo. Luego cogió los tarros entre sus brazos y se marchó hacia Pannonique, que la estaba esperando.

–Ha estado usted genial –dijo Pannonique mientras salían juntas del campo.

–¿De verdad? –preguntó Zdena con una expresión vanidosa.

–No se me ocurre otra palabra. ¿No quiere que la ayude con los tarros? Se le podría caer uno, sería una lástima que explotaran ahora.

–No hay peligro. Al parecer hay ácido sulfúrico en las viejas baterías, pero no sé exactamente dónde.

–Entonces, ¿el líquido rojo qué es?

–Vino. Denominación de origen Haut-Médoc. Es todo lo que he conseguido. No he empapado los trapos con potasa, pero la gasolina es auténtica, por el olor.

–Ha estado usted fantástica.

–¿Eso cambia algo entre tú y yo?

–Hasta ahora tenía solo una intuición sobre usted. En adelante, será una certeza.

–Concretando, ¿eso qué significa?

–No cambia nada en nuestros acuerdos.

–¿Nada? Me estás engatusando. Finges halagarme para darme gato por liebre.

–No. Me ciño estrictamente a lo que le había anunciado.

–¿De qué demonios hablas?

–Ha estado usted heroica. Es una heroína. Que el resto de su actitud esté a la misma altura.

–Te burlas de mí.

–Al contrario. La tengo en la más alta estima, no soportaría que me decepcionara.

–Intentas timarme.

–Invierte usted los papeles. He sido honesta con usted de cabo a rabo.

–He realizado un milagro y confieso que no esperaba menos de tu parte.

–Este es el milagro. Lo que en mí subsistía de desprecio hacia usted ha desaparecido. Usted era, bien hay que decirlo, lo que la humanidad había creado de más miserable, y en adelante es lo que ha producido de más magnífico.

–Para. ¿Qué te has creído? No me he convertido en otra persona, sigo siendo la que había aceptado encantada ser kapo en este programa.

–No es verdad. Ha cambiado profundamente.

–¡Es falso! Todo lo que he hecho es para conseguirte. Me da igual ser buena persona. Lo único que cuenta para mí, es poseerte. Nada ha cambiado en mí.

–¿Lamenta haber estado formidable?

–No. Pero no me esperaba que fuera a cambio de nada.

–Eso es el heroísmo: a cambio de nada.

Zdena siguió caminando con la mirada clavada en el suelo.

Cruzaron los descampados a pie. Era una Europa indeterminada. Caminaron durante mucho tiempo. En el trayecto, llegaron a una aldea.

–Vayamos a la estación. Tomarás el tren hacia tu ciudad.

–No tengo dinero.

–Yo te lo pagaré. No quiero volver a verte. Es una prueba para mí. No me comprendes.

En la taquilla, Zdena le compró un billete a Pannonique. La acompañó hasta el andén.

–Me ha salvado la vida. Ha salvado la humanidad, lo que queda de humanidad en este mundo.

–Basta ya, no te sientas obligada a decir estas cosas.

–En absoluto. Tengo que expresarle la admiración y la gratitud que siento por usted. Es una necesidad, Zdena. Necesito decirle que es la persona más importante de toda mi vida.

–Espera. ¿Cómo has dicho?

–... la persona más importante...

–No. Me has llamado por mi nombre.

Pannonique sonrió. La miró fijamente a los ojos y dijo:

–Nunca la olvidaré, Zdena.

Esta se estremeció de la cabeza a los pies.

–Sigue sin llamarme por mi nombre, eso también es lo que quería decirle.

Zdena inspiró profundamente, clavó sus ojos en los de la joven y, como quien se lanza al vacío, dijo:

–Me siento feliz de saber que existes, Pannonique.

De lo que Zdena sintió en aquel instante, Pannonique solo vio la onda indescriptible que la atravesó. Subió inmediatamente al tren, y este se puso en marcha.

Aturdida, Zdena retomó su larga marcha hacia el azar. No dejaba de pensar en lo que acababa de ocurrir.

De repente, se dio cuenta de que seguía sin soltar los sucedáneos de cócteles molotov.

Se sentó en el borde del camino y observó uno de los frascos. «Esta gasolina y este vino incapaces de mezclarse, uno que perdura sobre el otro, pase lo que pase, me recuerda algo. No quiero saber cuál de nosotros es la gasolina y cuál el vino.»

Depositó el tarro y creyó explotar de amargura. «¡No me has dado nada y sufro! ¡Te he salvado y me dejas morir de hambre! ¡Y tendré hambre hasta el día de mi muerte! ¡Y te parece justo!»

Entonces cogió los tarros y los lanzó contra un árbol, con la energía de su indignación. Las botellas se rompieron, una tras otra, los líquidos no se mezclaron pero Zdena vio que la gasolina y el vino eran absorbidos por la misma tierra. Le produjo una especie de exaltación y júbilo, como una iluminación: «¡Me has dado lo mejor! ¡Y lo que me has dado nunca nadie se lo ha dado a nadie!».

Al regresar al Jardín Botánico en el que toda esta historia había comenzado, Pannonique vio a EPJ 327 sentado en un banco. Parecía estar esperándola.

–¿Cómo me ha encontrado?

–La paleontología...

No supo qué decirle.

–Necesitaba que supiera algo, me llamo Pietro Livi.

–Pietro Livi –repitió ella, consciente de la importancia de aquella revelación.

–Había juzgado mal a Zdena. Tenía usted razón. Sin embargo, le corresponde el mérito de lo que ha ocurrido; usted y solo usted era capaz de cambiar ese ser.

–¿Y cómo lo sabe? –preguntó ella con cierto fastidio.

–Lo sé, porque lo he vivido y porque lo estoy viviendo. Me siento tan cercano a Zdena como equivocado estaba despreciándola. Al igual que ella, no dejo de pensar en usted.

Pannonique se sentó también, en el banco.

De forma repentina se sintió feliz de que él estuviera allí, a su lado.

–Yo también le necesito –dijo ella–. Ahora hay un abismo que me separa de los demás. Ellos no lo saben, no lo entienden. Me despierto en medio de la noche, jadeando de angustia. Y a menudo me avergüenzo de haber sobrevivido.

–Me parece estar oyéndome a mí mismo.

–Cuando la culpabilidad es demasiado fuerte, pienso en Zdena, en el milagro que realizó para nosotros. Me digo que debo mostrarme digna de ella, a la altura de este regalo.

Pietro Livi frunció el ceño.

–Mi vida ha cambiado profundamente desde Zdena –prosiguió.

–¿No estudia paleontología?

–Sí, mejor acabar lo que he empezado. Pero ahora, cada vez que conozco a alguien, le pregunto cómo se llama y repito su nombre en voz alta.

–Entiendo.

–Eso no es todo. He decidido hacer feliz a los demás.

–Ah –dijo Pietro Livi, consternado ante la idea de ver a la sublime Pannonique entregándose a la beneficencia–. ¿Y cómo piensa hacerlo? ¿Se va a convertir en dama de la beneficencia?

–No. Estoy estudiando violonchelo.

Rió de alivio.

–¿Violonchelo? Eso es magnífico. ¿Y por qué el violonchelo?

–Porque es el instrumento que más se parece a la voz humana.

Diario de Golondrina

Nos despertamos en medio de la oscuridad, sin saber nada de lo que sabíamos. ¿Dónde estamos, qué ocurre? Por un momento, no recordamos nada. Ignoramos si somos niños o adultos, hombres o mujeres, culpables o inocentes. ¿Estas tinieblas son las de la noche o las de un calabozo?

Con más agudeza aún, ya que se trata del único equipaje que tenemos, sabemos lo siguiente: estamos vivos. Nunca lo estuvimos tanto: solo estamos vivos. ¿En qué consiste la vida en esta fracción de segundo durante la cual tenemos el raro privilegio de carecer de identidad?

En esto: tener miedo.

No obstante, no existe mayor libertad que esta breve amnesia del despertar. Somos el bebé que conoce el lenguaje. Con una palabra podemos expresar este innombrable descubrimiento del propio nacimiento: nos sentimos propulsados hacia el terror de lo vivo.

Durante este lapso de pura angustia, ni siquiera recordamos que al salir de un sueño pueden producirse fenómenos semejantes. Nos levantamos, buscamos la puerta, nos sentimos perdidos, como en un hotel.

Luego, en un destello, los recuerdos se reintegran al cuerpo y nos devuelven lo que nos hace las veces de alma. Nos sentimos tranquilizados y decepcionados: así que somos eso, solo eso.

Enseguida se recupera la geografía de la propia prisión. Mi cuarto da a un lavabo en el que me empapo de agua helada. ¿Qué intentamos limpiándonos el rostro con una energía y un frío semejantes?

Luego el mecanismo se pone en marcha. Cada uno tiene el suyo, café-cigarrillo, té-tostada o perro-correa, regulamos nuestro propio recorrido para experimentar el menor miedo posible.

En realidad, dedicamos todo nuestro tiempo a luchar contra el terror de lo vivo. Inventamos definiciones para huir de él: me llamo tal, tengo un curro allí, mi trabajo consiste en hacer esto y lo otro.

De un modo subyacente, la angustia prosigue su labor de zapa. No podemos amordazar del todo nuestro discurso. Creemos que nos llamamos Fulanito, que nuestro trabajo consiste en hacer esto y lo otro pero, al despertar, nada de eso existía. Quizá sea porque no existe.

Todo empezó hace ocho meses. Acababa de vivir una decepción amorosa tan estúpida que ni siquiera merece la pena hablar de ello. A mi sufrimiento había que sumarle la vergüenza del propio sufrimiento. Para prohibirme semejante dolor, me arranqué el corazón. La operación resultó fácil pero poco eficaz. El lugar de la pena permanecía, ocupándolo todo, debajo y encima de mi piel, en mis ojos, en mis oídos. Mis sentidos eran mis enemigos y no dejaban de recordarme aquella estúpida historia.

Entonces decidí matar mis sensaciones. Me bastó con encontrar el conmutador interior y oscilar en el mundo del ni frío ni calor. Fue un suicidio sensorial, el comienzo de una nueva existencia.

Desde entonces, ya no tuve dolor. Ya no tuve nada. La capa de plomo que bloqueaba mi respiración desapareció. El resto también. Vivía en una especie de nada.

Superado el alivio, empecé a aburrirme de verdad. Pensaba en volver a accionar el conmutador interior y me di cuenta de que no era posible. Aquello me preocupó.

La música que antes me conmovía ya no me provocaba reacción alguna, incluso las sensaciones básicas, como comer, beber, darme un baño, me dejaban indiferente. Estaba castrado por todas partes.

La desaparición de los sentimientos no me pesó. Al teléfono, la voz de mi madre solo era una molestia que me hacía pensar en un escape de agua. Dejé de preocuparme por ella. No estaba mal.

Por lo demás, las cosas no marchaban bien.

La vida se había convertido en la muerte.

Lo que activó el mecanismo fue un disco de Radiohead. Se llamaba *Amnesiac.* El título le iba bien a mi destino, que resultaba ser una forma de amnesia sensorial. Lo compré. Lo escuché y no experimenté nada. Aquel era el efecto que, en adelante, me producía cualquier música. Ya empezaba a encogerme de hombros ante la idea de haberme procurado sesenta minutos suplementarios de nada cuando llegó la tercera canción, cuyo título hacía referencia a una puerta giratoria. Consistía en una sucesión de sonidos desconocidos, distribuidos con una sospechosa parsimonia. El título de la melodía le venía como anillo al dedo, ya que reconstruía la absurda atracción que siente el niño por las puertas giratorias, incapaz, si se había aventurado, de salirse de su ciclo. A priori, no había nada conmovedor en ello, pero descubrí, situada en la comisura del ojo, una lágrima.

¿Acaso era porque hacía semanas que no había sentido nada? La reacción me pareció excesiva. El resto del disco no me provocó más que un vago asombro causado por cualquier primera audición. Cuando terminó, volví a programar el track tres: todos mis miembros empezaron a temblar. Loco de reconocimiento, mi cuerpo se inclinaba hacia aquella escuálida música como si de una ópera italiana se tratara, tan profunda era su gratitud por, finalmente, haber salido de la nevera. Presioné la tecla *repeat* con el fin de verificar aquella magia *ad libitum.*

Cual prisionero recién liberado, me entregué al placer. Era el niño cautivo de su fascinación por aquella puerta giratoria, daba vueltas y más vueltas por aquel cíclico recorrido. Parece ser que los discípulos de la escuela decadentista buscan el desenfreno de todos los sentidos: por mi parte, solo tenía uno que funcionara pero, por aquella rendija, me embriagaba hasta lo más profundo de mi alma. Uno nunca es tan feliz como cuando encuentra el medio de perderse.

Después comprendí: lo que en adelante me conmovía era lo que no se correspondía con nada común. Si una emoción evocaba la alegría, la tristeza, el amor, la nostalgia, la cólera, etc., me dejaba indiferente. Mi sensibilidad solo se abría a sensaciones sin precedentes, aquellas que no podían clasificarse entre las malas o las buenas. Desde entonces, ocurrió lo mismo con lo que me hizo las veces de sentimientos: solo experimentaba aquellos que vibraban más allá del bien y del mal.

El oído me había hecho regresar entre los vivos. Decidí abrir una nueva ventana: el ojo. Parecía que el arte contemporáneo estuviera concebido para los seres de mi especie.

Se me vio en lugares a los que nunca había ido antes, en las exposiciones del Beaubourg, en la FIAC. Miraba propuestas que no tenían ningún sentido: era lo que necesitaba.

Para el tacto, lo tenía difícil: en los tiempos en los que todavía no era frígido, había probado la vela y el motor. Así pues, carecía de un territorio sexualmente novedoso y pospuse la solución a este problema.

En cuanto al gusto, tampoco iba a tenerlo fácil. Me habían hablado de restauradores chiflados que habían inventado alimentos gaseosos de fabulosos sabores, pero el menú medio de sus establecimientos costaba quinientos euros, la mitad de mi sueldo de mensajero. Ni siquiera podía planteármelo.

Lo más maravilloso del olfato es que no implica ninguna posesión. En plena calle, uno puede sentirse apuñalado de placer por el perfume que lleva alguien no identificado. Es el sentido ideal, distinto en eficacia al oído, siempre tapado, distinto en discreción a la vista, con modales de propietario, distinto en sutileza al gusto, que solo disfruta si hay consumación. Si viviéramos a sus órdenes, la nariz haría de nosotros unos aristócratas.

Aprendí a vibrar con olores que todavía no estaban relacionados entre sí: el alquitrán caliente de las calzadas recién asfaltadas, el rabillo de los tomates, las piedras sin pulir, la sangre de los árboles recién cortados, el pan duro, el papel biblia, las rosas muertas hace mucho tiempo, el vinilo y las gomas por estrenar se convirtieron para mí en ilimitadas fuentes de voluptuosidad.

Cuando estaba de un humor esnob, entraba en los locales de esos perfumistas que viven en sus establecimientos y que crean sobre pedido inéditas fragancias. Salía de allí encantado con sus demostraciones y odiado por los dependientes que tanto se habían esforzado para que acabara por no comprar nada. No era culpa mía que fueran tan caros.

A pesar de esos desenfrenos olfativos, o precisamente a causa de ellos, mi sexo acabó por protestar.

Hacía meses que nada, ni siquiera a solas. Por más que me devanara los sesos, por más que imaginara lo inimaginable, nada, de verdad, ninguna posibilidad me atraía. Las literaturas más estrafalarias dedicadas a lo que ocurre de cintura para abajo me dejaban frío como el mármol. Con las películas pornográficas me daba la risa.

Se lo comenté a mi colega Mohamed, que me dijo:

–¿Sabes?, puede parecer un poco estúpido, pero estar enamorado ayuda.

Qué listo. De todos mis sentidos, este era el más atrofiado, el que hacía posible que, misteriosamente, uno fuera capaz de cristalizar alrededor de otro ser. Le reproché a Momo que no comprendiera mi miseria moral y refunfuñé:

–¿No tienen pan? Que les den tortas.

–¿Y desde hace cuánto? –me preguntó.

–Por lo menos cinco meses.

Me miró y sentí que su conmiseración se convertía en desprecio. No debería haberle precisado que también prescindía de darle a la zambomba. Aquello me recordó un episodio de *El vientre de París* en el que el pobre le confiesa a la hermosa carnicera que lleva tres días sin comer, lo que inmediatamente transforma la compasión de la oronda mujer en odioso desdén, ya que, para sobrevivir a semejante abyección, hay que pertenecer a una especie inferior.

Un sacerdote me habría dicho que la castidad no tiene límites. Los miembros del clero que de verdad respetan estos votos son el mejor argumento para la práctica de una u otra forma de sexualidad: son seres espantosos. Estaba dispuesto a todo para no convertirme en uno de ellos.

El oído es un punto débil. A la ausencia de párpado hay que sumarle una deficiencia: uno siempre escucha lo que no desearía oír, pero no oye lo que necesita escuchar. Todo el mundo es duro de oído, incluso los que lo tienen finísimo. La música también tiene como función creer que domina el más desastroso de los sentidos.

El tacto y el oído se convirtieron para mí en el ciego y el paralítico: curiosamente, empecé a compensar mis abstinencias sexuales con una especie de permanencia musical. Mi oficio se adaptó bien a ello: en adelante, cruzaba París con los auriculares incrustados en las orejas, con la moto enloquecida de decibelios.

Lo que tenía que ocurrir ocurrió: atropellé a un anciano. Nada serio. Mi jefe no opinó lo mismo y me despidió en el acto. Avisó a sus colegas de que no me contrataran, calificándome de peligro público.

Me encontré sin sexo y sin empleo: demasiadas amputaciones para un solo hombre.

Peligro público, había dicho mi exjefe. Me pregunté si ese no podría ser un oficio.

En el bar, jugué una partida de billar con un ruso muy hábil con el taco. Como apuntaba con una destreza inusual, le pregunté sobre el origen de su talento.

–Estoy acostumbrado a dar en el blanco –respondió con sobriedad profesional.

Había comprendido. Para que supiera con quién se las tenía, no le dejé ganar más. Silbó. Le dije que yo era su hombre. Me llevó al otro lado de París y me presentó al jefe, escondido tras un cristal opaco.

Teniendo en cuenta la facilidad con la que fui contratado, estoy a favor del ingreso de Rusia en Europa. Ningún papeleo, nada. Una prueba de tiro, algunas preguntas. Nadie me pidió mi carnet de identidad: pude dar el nombre que me dio la gana. Resultó ser Urbano, mi sueño en materia de nombres. A ellos les bastó. Además, un número de móvil, por un motivo muy comprensible.

En mi ficha, vi que alguien había anotado «tirador de élite». Aquello me halagó. Era la primera vez que me calificaban «de élite» y me gustaba que fuera por un criterio objetivo. Las hadas que supervisaron mi nacimiento solo me concedieron este don: la puntería. De niño, sentía en mi ojo y en mi cuerpo esa misteriosa facultad para apuntar, incluso antes de poseer el material adecuado. Extraña sensación la de tener un milagro de seguridad en la prolongación del propio brazo. De feria en feria, pude practicar, o más bien constatar el prodigio: solo le daba al centro de la diana, almacenando ejércitos de gigantescos peluches.

La victoria estaba al otro lado de mi fusil, solo que no tenía fusil ni nada que ganar. Sufría con aquel genio inútil, como un comentarista deportivo dotado para la jardinería o un monje tibetano que no se mareara al navegar.

Conocer a aquel ruso supuso para mí descubrir mi destino. Observó con atención las diez dianas a las que había disparado y dijo:

–Muy pocos hombres disparan como tú. Y ninguna mujer.

Me callé con prudencia, no sin antes preguntarme qué niveles de machismo alcanzaría. Prosiguió:

–No hay nada más viril que apuntar con precisión.

No hice ningún comentario a semejantes obviedades. Mi destino parecía sentir un especial cariño por los aforismos de pacotilla.

–Felicidades –volvió a decir soltando mis efímeras dianas–. Debo avisarte de que no te servirán de mucho. Nuestros asesinos tienen la consigna de disparar a bocajarro. Y no esperes otra arma que no sea un revólver. Pero nunca se sabe, si te tropiezas con un cliente que tiene reflejos... Nosotros te contratamos como a los investigadores científicos con mucha proyección: no sabemos si nos beneficiarás en algo, solo sabemos que un tipo como tú debe trabajar para nosotros, no para la competencia.

Me pregunté si la competencia era la policía. Quizá fueran las bandas rivales de asesinos a sueldo. Mi don escapa a la razón. El tirador de élite tiene una vista de piloto aéreo, una mano que nunca tiembla y el aplomo suficiente para evitar el retroceso. No obstante, mucha gente que tiene esas mismas virtudes, no le daría ni a un elefante en un pasillo. El tirador de élite es capaz de establecer un punto de intersección asombroso entre lo que su ojo ve y lo que su gesto lanza.

Esperé con impaciencia mi primera misión. Comprobé mi buzón de voz veinte veces al día. La angustia me agarrotaba el estómago: no la angustia del trabajo, del que todavía lo ignoraba todo, sino la angustia de no ser elegido.

El teléfono sonó justo al mediodía.

–Tu primer trabajo será fácil. Vente para acá. Mi moto resultó ser por lo menos tan útil para mi nuevo empleo como para el precedente. Tardé veinte minutos en cruzar París. Me mostraron fotografías de un magnate de la alimentación que se estaba metiendo en el territorio del jefe.

–No hay modo de que escuche. Pronto no escuchará nada más.

–Es curioso –dije mirando los clichés–, es delgado.

–No come lo que vende. El tío no está loco. De noche, lo pillé delante del inmueble en el que iba a reunirse con su amante. Le agujereé la cabeza con dos balas en menos que canta un gallo. Fue entonces cuando se produjo el milagro.

No tuve tiempo para análisis, era necesario salir pitando cuanto antes. La moto me llevó lejos, la sensación de velocidad multiplicó lo que acababa de vivir.

Subí los peldaños de la escalera de cuatro en cuatro, me dejé caer sobre la cama. Allí fue donde acabé. Estaba bien, pero no tanto en comparación con lo que había experimentado en el momento de saltarle la tapa de los sesos a mi cliente.

¿Qué había ocurrido? Recordaba que mi corazón latía con mucha fuerza. Mi sangre afluía a las zonas importantes. Lo que predominaba era el complaciente sentimiento de lo desconocido: por fin estaba haciendo algo nuevo.

Si había disfrutado como un enano, era porque me había proporcionado a mí mismo aquello que llevaba meses necesitando: novedad, lo innominado, lo innominable.

Nada resulta tan limpio como matar. Es una sensación que no se parece a ninguna otra. Uno se estremece de placer hasta zonas que resultan difíciles de ubicar. Un exotismo así resulta liberador.

No hay ejercicio más radical que la voluntad de poderío. Sobre un ser del que nada sabemos, ejercemos el más absoluto de los poderes. Y cual tirano que se precie, uno no siente ni un atisbo de culpabilidad.

Un exquisito miedo acompaña a este acto. Actúa como catalizador del placer.

Last but not least, si uno lleva a cabo la misión, gana mucho dinero. Ser pagado por ello proporciona una sorprendente voluptuosidad.

El hombre del billar se llamaba Yuri.

–Has hecho un buen trabajo –me dijo dándome mi sobre–. Cuéntalos.

–Ya me fío –respondí con mucho señorío.

–No deberías.

La cuenta era correcta. Era solo para hacerme sentir incómodo.

–¿Cuándo repetimos?

–¿Te gusta?

–Sí.

–Procura que no te guste demasiado. Mantén tu sobriedad. Si no, perderás en calidad. ¿Esta noche?

Me mostró las fotografías de un periodista fisgón e indiscreto.

–¿Perturba los planes de tu jefe?

–¿A ti qué te parece? ¿Por qué crees que los elegimos?

–Para librar a la humanidad de semejante chusma.

–Si pensar eso te ayuda...

No necesitaba ayuda. Pero semejantes ideas multiplicaban mi alegría. Esperando la noche, me inquietaba. Existe una virginidad únicamente sensorial. En adelante, la sensación de disparar ya no me resultaría desconocida. ¿Volvería a sentir ese orgasmo? Deseaba creer que sí. Dos segundos no me habían bastado para despojar ese acontecimiento de su novedad.

Sexualmente, suele decirse que la primera vez no es la mejor. Mi experiencia confirma semejante constatación. Para el asesinato, en cambio, la primera vez había alcanzado un nivel tan intenso de embriaguez que me parecía imposible imaginar nada mejor.

La regla era disparar dos veces a la cabeza. En el cráneo, ya que valía más destruir la central. En la inmensa mayoría de los casos, la primera bala resultaba mortal. La segunda era por seguridad. Así nunca había supervivientes.

–Y así aumentas las posibilidades de desfigurar a la persona. Eso dificulta el trabajo de la justicia. Por mi parte, bendecía esta ley del segundo disparo, que aumentaba mi placer. Al apretar el gatillo por segunda vez, incluso me di cuenta de que era mejor que la primera: la primera aún olía a aceite de engrasar.

Lo que se revelaba a pequeña escala se reproducía a gran escala: experimenté más placer con el periodista que con el magnate de la alimentación. Y gocé todavía más con el ministro que vino después.

–La dimensión mediática tiene su importancia –comentó Yuri–. Cuando sabes que los periódicos hablarán de ello, resulta más excitante.

Purista, me indigné:

–¡A mí la notoriedad no me impresiona! Lo que importa es la persona humana.

–Venga ya.

–Ponme a prueba, si no me crees.

–Como si fuera yo quien elige a los clientes.

–A menudo eliges al asesino.

Era un aspecto frustrante del oficio: aparte de Yuri, que actuaba como intermediario, no tenía derecho a entrar en contacto con mis colegas. Con semejante reglamento, resulta difícil tener espíritu de empresa. Por eso, multipliqué los contactos con mi ruso.

–A veces tengo la impresión de que no tienes a nadie con quien hablar –se lamentaba.

–Los clientes no son muy habladores, ¿sabes?

–¿No tienes amigos?

No, solo había tenido relaciones profesionales. En cuanto acababa el trabajo, nadie más. El tiempo libre lo dedicaba a la diversión. Pero, por culpa de la frigidez, eso se había acabado.

Yuri debió de notarlo. Me preguntó:

–¿Algún problema si el cliente es una clienta?

–Comulgo con las dos especies –respondí.

–¿Qué quieres decir? ¿Eres ortodoxo?

–Precisamente, no. Sí, acepto clientas.

–Está bien. En el equipo hay muchos que se niegan a hacerlo.

–Esta misoginia resulta chocante.

–Para tu tranquilidad. Las clientas raramente están buenas. Cuando el jefe quiere liquidar a una amante infiel, insiste en hacerlo personalmente.

–¿Es un hombre de honor?

–Creo, sobre todo, que le gusta asesinar a una chica hermosa. Los cardos, nos los deja a nosotros.

Mi primera clienta fue la directora de un centro cultural. Me permití manifestar cierta extrañeza por la naturaleza del encargo.

–Este centro es tan cultural como tú y como yo –dijo Yuri–. Es una tapadera.

Nunca supe qué escondía esa tapadera. La directora era una gorda con bigote que se contoneaba sobre unas piernas excesivamente delgadas en comparación con su barriga. Aquel trabajo no me planteó ningún problema.

–Hombre, mujer, ¿qué es lo que cambia? No he notado ninguna diferencia –le comenté a Yuri.

–Espera a matar a una guapa.

–Matar a un guapo me resultaría igual de penoso. El único sexo es la belleza.

–¿Qué es esta nueva chorrada?

–Es una reflexión filosófica. Sexo significa «lo que separa». Las personas bellas viven aparte del resto de la humanidad, que forma una masa hormigueante e indistinta.

–Cuéntalo –me dijo Yuri entregándome el sobre.

Radiohead se adaptaba perfectamente a mi nueva vida. Aquella música y mi trabajo tenían en común una radical ausencia de nostalgia. Mandaba a mis clientes al otro barrio sin un atisbo de ensoñación elegiaca por su pasado: que un día pudieran haber sido jóvenes no me interesaba lo más mínimo. El protagonista de *La naranja mecánica* se volvía violento bajo la influencia de Beethoven; Radiohead, lejos de azuzar mi rabia, me convertía en un ser formidablemente presente, indiferente al tóxico sentimentalismo de los recuerdos.

No había frialdad en mi actitud: nunca experimentaba tantas emociones como en el momento de matar. Pero ninguna era melancólica, sin por ello caer en la euforia. Cada uno asesina conforme a la música que escucha: en *La naranja mecánica* el asesinato alcanza el éxtasis de la Novena, esa alegría casi angustiosa; yo, en cambio, mataba con la hipnótica eficacia de Radiohead.

Yuri ganaba más que yo. Y, sin embargo, ejecutaba a menos clientes.

–Es lógico, tengo más responsabilidades que tú. Conozco la cara del jefe y tengo las direcciones de cada ejecutor.

–Moraleja: si te pillan, estamos todos fritos.

–No, llevo una cápsula de cianuro escondida en una muela.

–¿Quién nos garantiza que la utilizarás?

–Si no la utilizo, será el jefe en persona quien me liquide. Sus métodos no me atraen.

–Si es tan buen asesino, ¿por qué delega hasta este extremo?

–Porque es un artista. Dos balas en la cabeza están por debajo de su dignidad. Siempre tiene que hacerse notar, buscar lo más sutil, inventar. A la larga, esta falta de discreción resultaría peligrosa.

Aquella sensación de pertenecer a una sociedad secreta me fascinaba.

–¿Y tu cápsula, no te da miedo morderla por error?

–Tengo prohibido comer caramelos –respondió con una sobriedad que me subyugó.

Pensé que se merecía el sueldo que cobraba.

Este oficio me convenía y sus necesidades me llenaban de satisfacción. Por ejemplo, antes de cada misión el tirador debe lavarse las manos; no se trata tanto de tenerlas limpias como de quitarles el sudor. Nada peor que los dedos grasientos, que hacen resbalar el revólver y convierten la precisión en algo imposible. Así pues, conviene evitar esas cremas limpiadoras al aceite de almendra, que tienen fama de suavizar las manos cuando en realidad las cubren de esa untuosa película que engrasa peligrosamente el gatillo. Nada mejor que la pastilla de jabón Sunlight al limón de toda la vida, un decapante que también puede limpiar las manchas de alquitrán en los pantalones.

Yuri me había contratado un mes de febrero polar. Amante de las duchas hirvientes, adopté la costumbre de lavarme las manos con agua helada.

Era el último gesto antes de salir de misión: limpiarme durante largo rato las palmas y los dedos con Sunlight, frotar la espuma con energía, y luego enjuagar bajo un chorro tan frío que esperaba ver salir cubitos del grifo. No sé por qué me producía tanto placer helarme las manos así. Luego las secaba con una toalla que no había calentado antes para conservar aquella sensación de iceberg que, aplicada a cualquier otra parte de mi cuerpo, habría odiado, pero que me resultaba exultante en las manos como una purificación a su medida. Lejos de entumecerme las falanges, aquel estallido de frío las volvía extraordinariamente vivas, tonificadas y seguras.

Pensándolo mejor, hay otra parte de mí que llama al agua helada y que el resto de mi cuerpo detestaría. Es el rostro, con exclusión del cráneo. En la misma medida en que mis miembros necesitan de la comodidad del calor, mi rostro y mis manos buscan el espanto del hielo. ¿Cuál es el punto en común entre el rostro y las manos? Es el lenguaje, que uno habla y las otras escriben. Mi verbo es frío como la muerte.

Sobre la mesa de Yuri había fotos de mujeres hermosas.

–¿Rusas? –pregunté señalando con la barbilla.

–Francesas –respondió desde la mejilla izquierda.

–¿Por qué nunca me he cruzado con mujeres semejantes por la calle?

–Te has cruzado con ellas. Los hombres de aquí son ciegos. En Moscú, hemos conocido la miseria.

–No sabes lo que dices. Dicen que las mujeres rusas son unos monumentos.

–Es más bien que los hombres rusos tienen buen ojo, contrariamente a los franceses, que parecen llevarlos escondidos en el bolsillo. Créeme, las francesas son las mejores.

Me acordé de los tiempos en los que estas palabras habían tenido un sentido para mí.

–No pongas esa cara –dijo Yuri, que se dejó engañar por mi expresión–. Ya las verás.

Por desgracia, era poco probable.

Afortunadamente, me quedaba la sensación de matar. Nunca me decepcionaba.

El hartazgo, que tanto había temido, no empañó aquel frenesí: al contrario, este era cada vez más profundo.

La necesidad de terminar en mi cama se volvió más y más urgente. Sin embargo, no había nada sexual en mi actitud: me conozco lo suficiente para saber que solo puedo experimentar ese tipo de emociones por personas hermosas. En cambio, las personas a las que mataba nunca eran hermosas, ni siquiera lo bastante repugnantes para suscitar un deseo paradójico.

El mecanismo activador formaba parte del acto mismo de matar, que me emparentaba con las divinidades más injustas o, por el contrario, con el dios más sagaz, el único capaz de diferenciar el bien del mal. En el momento de disparar, la parte más elevada de mi cerebro no dudaba en cumplir no solo el destino de mis víctimas, sino también la más sublime voluntad celestial.

Anteriormente a mi pérdida sensorial, no creo que hubiera sido capaz de matar así. Habría tenido que superar numerosos obstáculos. Es el cuerpo el que te vuelve bueno y lleno de compasión hacia tu prójimo. Recuerdo que no conseguía darle una patada al perro que me mordía la pierna.

Ahora, lo que debía superar para liquidar a aquellos desconocidos era una resistencia tan débil que ni siquiera podía calificarse de física. En un último reducto de mi cuerpo, situado quién sabe dónde, y que quizá solo fuera el simple recuerdo, pervivía la memoria inmaterial de lo que fue materia y que no tenía otra función que la de alimentar mi capacidad de disfrutar. Uno no siente placer sin un mínimo de órganos.

Pero un mínimo basta sobradamente. En adelante, la sede de mi voluptuosidad se limitaba a minúsculas zonas erógenas; todavía me resultaba más fácil ocuparlas con sentimiento. El asesinato comportaba una formidable carga espiritual: si se considera que el orgasmo es carne saturada de pensamiento, se obtiene la clave de mi día a día de entonces.

La moto me resultaba esencial, ya que me permitía salvar el pellejo y transportar mi ansiedad hasta la habitación en la que podía satisfacerla.

Si, por el camino, había perdido parte de mi ardor, lo reanimaba con la ayuda de otras imágenes de asesinato, imaginando maneras de matar que ignoraba: puñal hundido en el corazón, garganta degollada, decapitación con sable. Para que la fantasía resultara eficaz, era necesario que hubiera derramamiento de sangre.

Resultaba extraño, ya que, al fin y al cabo, habría sido igual de cruel estrangular, envenenar o asfixiar. Mi sexo solo alcanzaba la plenitud con la idea de la hemoglobina. No hay nada más extraño que el erotismo.

Un día, me crucé por la calle con una chica a la que, hace tiempo, había querido. No era la primera vez en mi vida que me tropezaba con una ex. Nunca me ha gustado esta clase de situaciones: verte confrontado a los peores errores del pasado. Eso por no hablar de los comportamientos siempre torpes de los que uno hace gala.

En aquella ocasión, lo que me impactó fue el hecho de no sentirme incómodo en absoluto. No experimentaba nada, no pensé en cambiar de acera. La saludé.

–Veo que te va bien –dijo ella.

–Sí, ¿y a ti?

Ella puso mala cara. Adiviné que estaba a punto de hacerme alguna confidencia. Inmediatamente, me despedí.

–No tienes corazón –oí que decía a mis espaldas.

Ya no lo tenía, en efecto. Aquel espacio de sufrimiento y plenitud ya no ocupaba mi pecho, que ya no se sentía nunca más ni dañado ni irrigado. En su lugar, había una bomba mecánica fácil de ignorar.

Ya no sentí nostalgia por aquella zona, cuyas fragilidades me habían marcado mucho más que su legendaria fuerza. El mío nunca fue un corazón de Rodrigo.

Le pregunté a Yuri si le gustaba matar.

–Ayuda a desahogarte –dijo.

–¿A desahogarte de qué?

–Del estrés, de la angustia.

–¿Y matar no constituye una angustia?

–No, es un miedo.

–¿Y el miedo desahoga de la angustia?

–Sí, ¿a ti no?

–No.

–¿Por qué trabajas en esto, entonces?

–Porque me gusta el miedo en sí mismo. No necesito desahogarme.

–Menudo perverso estás hecho.

En su voz sentí estima y preferí dejarle con aquella buena impresión.

Muy rápidamente, empecé a permitirme algunos extras. No había misiones suficientes para mi gusto. Un día sin cliente me resultaba tan penoso como, hace poco, un día sin diversión. Ya no resistía quedarme junto al teléfono como un adicto a los anuncios clasificados. Me bastó reflexionar un poco para darme cuenta de que tenía perfecto derecho a tomar algunas iniciativas.

Si el asesino a sueldo es el único en cometer el crimen perfecto tan a menudo es porque le señalan víctimas de las que lo desconoce todo. La policía no puede establecer ningún vínculo. Desde ese momento, nada me impedía jugar a los comanditarios en mi propio nombre, con la condición de respetar el principio básico: asignarme a mí mismo clientes de los que lo ignorara todo.

Al principio, me serví de un listín telefónico, abriéndolo al azar, señalando un nombre con los ojos cerrados. Resultó ser un fiasco: alguien cuyo nombre conoces deja de ser un auténtico desconocido. En el momento de liquidar al individuo, su nombre me molestaba, como una piedra en el zapato. Mi placer exigía una falta total de escrúpulos.

El desconocido ideal es el hombre de la calle, aquel con el que nos cruzamos sin ni siquiera mirarlo. Si decides matarlo, se debe únicamente a que el momento es propicio; no hay terceros. La ocasión hace al ladrón. Cuando le pegas dos tiros en la cabeza, no sabes quién es el más sorprendido, si él o tú.

A eso le llamo *fast-kill*, en referencia al *fast food.* Presumía de ello tan poco como los que frecuentan el McDonald's: los placeres inconfesables son los mejores.

Acabó siendo más fuerte que yo. Una noche me pregunté: «¿Me habré convertido en un asesino en serie?». Aquella pregunta me angustió, menos por la dimensión patológica del fenómeno que por su vulgaridad. El asesino en serie me parecía el colmo del peor cine, el *deus ex machina* más indigente de los escenógrafos modernos. Al público le encantaba, lo cual no hacía sino confirmar la vulgaridad del procedimiento.

Me tranquilicé dándome cuenta de que no tenía ninguna de las características propias del *serial killer.* No preparaba minuciosamente mis crímenes con miles de detalles maniacos, mataba a cualquiera para obedecer a una exigencia higiénica: necesitaba mi asesinato diario como otros necesitan su tableta de chocolate. Superar la dosis me repugnaba tanto como a los chocómanos. Eso podía ocurrir, si, tras un doloroso mutismo, el teléfono sonaba a las diez y media de la noche. No había podido aguantar tanto y ya me había dado el gusto de eliminar a alguien, y me encargaban una misión nocturna. No podía esperar, ejecutaba las órdenes sin demora ni ganas. Nadie en el mundo tiene el deber de mantener una absoluta fiabilidad como el asesino a sueldo. Al más mínimo despropósito, se fastidió el asunto: se ve relegado al rango de esas viejas actrices cuyos teléfonos nunca suenan.

Esa fue la razón por la que no abusé de mis chistosas iniciativas: no quería poner en riesgo mi situación. Eso habría supuesto renunciar a un oficio que me encantaba y que, en relación con el *fast food*, ofrecía considerables ventajas: la gratificante sensación de ser elegido, de corresponder a los buenos criterios, el lado lúdico de tener que identificar a un cliente a partir de una fotografía no siempre reciente, el éxtasis de, a veces, cargarte a un auténtico cabrón, el trabajo de la imaginación cuando a uno le encargan una misión especialmente incomprensible –«¿Por qué el jefe me ordena liquidar a una carmelita?»–, *last but not least*, la insustituible comodidad de los honorarios.

¿Acaso había intuido mis inclinaciones? Quizá poniendo la venda antes de la herida, Yuri me habló de un colega al que habían sorprendido «cargándose al personal por libre».

–¿Lo has despedido? –pregunté.

–¿Estás de broma? Se convirtió en el cliente de un colega, por la vía rápida.

Me pareció inflexible. Por si acaso me pillaban a mí, preparé mi defensa:

«No me vería tentado por semejantes expedientes si tuviera programas dignos de este nombre. ¿Por qué me encargan las misiones con solo veinticuatro horas de antelación? ¿No irá a decirme que, el día antes, el jefe no tenía ya el cliente en su punto de mira? Ya sé, me responderá que hay un principio de precaución, que si la policía me pilla vale más que no esté al corriente de nada.

Pero ¿no resultaría más seguro no mantener a sus asesinos en la angustia? ¿Tiene usted idea de la ansiedad del tipo que se despierta sin estar seguro de si matará ese día? Eso por no hablar de la dimensión financiera: ¿cómo regular el propio presupuesto ignorando lo que uno ganará esa semana? No le estoy pidiendo la luna, reivindico el derecho a que se me avise con setenta y dos horas de antelación. Si es necesario, negociaré como un vendedor de alfombras.»

Mis arengas mentales solo iban dirigidas a mí –al parecer, ese es el principio de la paranoia.

Sin embargo, mi reflexión era justa. Vivir a tan corto plazo equivalía a vivir en la nada: para soportarlo, tenías que ser un superhombre. Yo fingía serlo sin conseguir ilusionarme a mí mismo. Sin la música de Radiohead, no lo habría resistido: esperaba la vibración de mi móvil quedándome tumbado durante horas, escuchando una y otra vez «When I End and You Begin» diciéndome interminablemente que el cielo se desmoronaría –se desmoronaba, en efecto, su vacío pesaba, me aplastaba, me ponía en un estado de pura aniquilación.

–¿A qué dedicas el tiempo entre dos misiones? –le pregunté a Yuri.

–Crucigramas. ¿Y tú?

–Radiohead.

–Muy bien. Radiohead.

Tarareó sus éxitos de los años noventa.

–No –zanjé–. Mi droga son sus últimos tres discos.

–Es música experimental –dijo haciendo una mueca.

–Precisamente, soy un asesino experimental.

–¡Oh, hasta dónde puede llegar el esnobismo!

Tuve el sentimiento exquisito de mi superioridad: Yuri pertenecía a la retaguardia. Yo, en cambio, era un asesino del tercer milenio.

Mi cliente de una noche fue un industrial que llevaba sombrero en invierno y en verano. Esa idea me perturbó. Si el bombín absorbía la explosión de un cráneo, ¿cómo asegurarme del éxito de mi misión?

Era necesario lograr que se descubriera. El hombre ya tenía una edad, y debía de tener sus costumbres. Resolví disfrazarme de dama de la mejor sociedad. Teniendo en cuenta mi físico de descargador de muelles, iba a resultar divertido. Afortunadamente, en esta ocasión tenía unos días por delante.

Lo más difícil fue encontrar mi número de zapatos de tacón alto, y luego aprender a deambular de esta guisa. Debía tener el aspecto de una dama que llama la atención: y no cabe duda de que, caminando con semejantes cacharros, se consigue. Un traje de chaqueta entallado logró proporcionarme una silueta. Una peluca y la oscuridad se ocuparían del resto.

Mi cliente retiró su sombrero por espacio de un cuarto de segundo, y apenas lo levantó. Mi gesto fue de una prontitud apabullante.

Sus últimas palabras fueron: «Buenas noches, señora».

Hay músicas que resultan obsesivas hasta el punto de impedir dormir e incluso vivir. El cerebro las reprograma una y otra vez, excluyendo así cualquier otra forma de pensamiento. Al principio, esta desposesión de uno mismo en provecho de una melodía resulta placentera. Uno siente la exaltación de ser tan solo una partitura y de haber escapado así a penosas reflexiones. Con ello, la fuerza física y el ardor en el trabajo se incrementan.

Poco a poco, sin embargo, las meninges empiezan a resentirse. Cada nota de la escala ocupa su propio lugar en la materia gris y, como siempre se solicitan las mismas, un amago de calambre aparece en la cabeza. El recorrido de la música se convierte en el vía crucis del influjo mental. Resulta tanto más extraño por cuanto esto no produce decibelio alguno: se trata únicamente de la idea del sonido. Basta para ensordecer y crispar hasta la locura.

Resulta difícil liberarse de lo que uno ha confundido con una liberación. La técnica de «un clavo saca otro clavo» resulta ineficaz: imposible sustituir la partitura tóxica que siempre acaba por resurgir desde lo más profundo de las capas sonoras con las que fue recubierta.

Es algo que recuerda el delirio amoroso. En el pasado, cuando quería liberarme de una chica que me poseía, recurría a un método temible: estudiarla de memoria. Eso suponía una observación de todos aquellos instantes que podían acelerar gravemente el proceso, ya que permitía darse cuenta de que, en el noventa por ciento de los casos, estas señoritas se habían creado un personaje e interpretaban un papel. Semejante constatación simplifica la cuestión sometida a estudio hasta el punto de curarse inmediatamente. Las únicas chicas que inspiran un amor incurable son aquellas que han conservado la increíble complejidad de lo real. Existen en una proporción de una entre un millón.

Liberarse de una música resulta igualmente difícil. Aquí, una vez más, lo saludable pasa por la mnemotecnia. ¡Pero a ver quién se aprende de memoria aunque solo sean los solos de bajo de Radiohead, que apenas constituyen una capa de misterio! Con los auriculares puestos, me aislaba en una especie de arcón sensorial en el que escuchaba una y otra vez los discos *Amnesiac*, *Kid A* y *Hail To The Thief*. Aquello actuaba como una jeringa que me inoculaba sin solución de continuidad la droga más placentera. Cuando me quitaba los auriculares para ir a matar, mi *juke-box* cerebral no cambiaba de programa.

No era un sonido de fondo, era la mismísima acción. Asesinaba en perfecta armonía con ella.

–¿Qué sensación te ha producido vestirte de mujer? –me preguntó Yuri.

–Ninguna, no tengo alma de travesti. ¿En nuestro equipo también hay mujeres?

–No estoy autorizado para hablarte de los demás.

–Dime simplemente si hay chicas.

–Qué día más bonito, parece que va a llover.

–De acuerdo. En tu opinión, ¿una mujer puede matar?

–Por supuesto. ¿Con qué me sales ahora?

–Quiero decir: ¿pueden matar como nosotros?

–¿Y por qué no?

Me puse a proferir el tipo de lugares comunes que, de un modo inevitable, arrastra cualquier conversación sobre la diferenciación sexual. «Los hombres y las mujeres no son iguales, son complementarios y voy a explicaros por qué.» Resulta abrumador comprobar hasta qué punto la gente se siente satisfecha cuando sales con opiniones trilladas. Nada despierta tanta adhesión como el cliché de pacotilla. Yo, en cambio, solo buscaba propiciar las confesiones del ruso. Por desgracia, debía de estar superentrenado; solo obtuve de él unos:

–Si sigues por ahí...

Algunos son bastante desafortunados a la hora de encontrar el amor de su vida, el escritor de su vida, el filósofo de su vida, etc. Sabemos en qué clase de viejos chochos no tardan en convertirse.

Me había ocurrido algo peor: había encontrado la música de mi vida. Por sofisticados que fueran sus discos, Radiohead me embrutecía todavía más que las patologías antes citadas. Me horroriza la música ambiental, en primer lugar porque no existe nada más vulgar, y en segundo lugar porque las más hermosas melodías pueden parasitar la cabeza hasta el punto de convertirse en sierras. No existe amor ambiental, literatura ambiental, pensamiento ambiental: existe el sonido de fondo, esa estridencia, ese veneno. Solo el ruido de los disparos subsistía en mi prisión acústica.

Me habría gustado que hubiera asesinas como nosotros. En mis fantasías *post homicidem*, estaba harto de que el papel del ejecutor nunca fuera interpretado por una mujer. Nada me impedía soñar con ello, pero me faltaban las referencias necesarias para hacerme una idea. No prefería ni a los hombres, ni a las mujeres, necesitaba variedad, incluso dentro de mi cabeza.

En adelante, cuando por la calle me cruzaba con chicas atractivas, la única pregunta que me hacía al mirarlas era: «¿Podría matar ella igual que mato yo?». Debía de tener un aspecto curioso: ellas parecían sentirse incómodas.

Los días de lluvia, el olor del aire me proporcionaba bocanadas de romanticismo: veía a hermosas asesinas en impermeable, con el cuello levantado, huir corriendo, con la pistola todavía humeante (lo que, por desgracia, nunca ocurre), subirse a lomos de mi moto y decirme, con mirada suplicante: «Llévame lejos de aquí», y pasaban sus brazos alrededor de su salvador. Sí, porque, mientras tanto, se habían convertido de nuevo en ellas, siempre es así cuando te cuentas un cuento para disfrutar, al principio es una criatura numerosa, de rostro múltiple, ambiguo, disimulado, te vas a ver a las chicas y a medida que sueltas amarras, lo general se vuelve particular, distingues unos ojos, unas curvas concretas, una expresión, a veces el timbre de una voz. Eva nació de una costilla de Adán, los chicos de mis ensoñaciones tenían rostros que yo había conocido, en mi trabajo conozco a muchos hombres, casi nunca a mujeres, esa debe de ser la razón por la cual una chica sale necesariamente de mí, a los chicos, los conozco, las chicas, en cambio, las invento, y al final de mi fantasía, cuando he gozado de ella, ella es una, la única, y nadie en el mundo existe tanto como ella.

En la mayoría de las ocasiones, eso no supone una mancha para mí: la sangre y el cerebro siguen la dirección de la bala, es decir la dirección más opuesta a uno mismo. Pero puede ocurrir que rebote, o que el cráneo explote de un modo extraño, y entonces te ves salpicado por una mezcla bastante repugnante. Vuelves a casa en moto poniendo cuarta, observando sobre tu propia manga el rastro de paté de hemoglobina, y resulta difícil creer que la música de Mozart pudo nacer de semejante horror.

Al principio, lo primero que hacía era ducharme. Era un error: lo primero es lavar la ropa. Si fuera solo sangre, ya resultaría difícil de limpiar: he aprendido a mi costa que el agua caliente cocía estas manchas y las hacía indelebles. Merece la pena recordarlo. Mi método mnemotécnico consiste en matar a sangre fría. La sangre se limpia con agua helada.

Recuerdo que, a principios de marzo, el invierno se recrudeció. La gente que esperaba la llegada de la primavera tuvo que conformarse con tempestades de nieve. Me habían encargado liquidar a un notario de Vincennes cuya cabeza inundó el vestíbulo: esas heridas en la sien siempre sangran más allá de lo previsible. Tenía la consigna de dejar la entrada limpia como una patena después de haber dejado el cadáver fuera de circulación. La meteorología jugó a mi favor: fui a buscar algunas paladas de nieve en el jardín y las arrojé sobre las losas más perjudicadas. Fue más eficaz y poético que pasar un trapo. Por desgracia, casi nunca se tiene nieve a mano.

El cerebro todavía es peor. Resulta increíble hasta qué punto dejan huella las manchas de grasa. El cerebro es grasa en estado puro, y la grasa nunca es limpia. Además, si uno no se mancha la primera vez, seguro que no se manchará nunca.

Todo esto confirma mi metafísica: el cuerpo no es malo, el alma sí lo es. El cuerpo es la sangre: es puro. El alma es el cerebro: es grasa. La grasa del cerebro inventó el mal.

Mi oficio consistía en hacer el mal. Si conseguía llevarlo a cabo con tanta desenvoltura es porque carecía de un cuerpo que obstaculizara mi espíritu.

Del cuerpo solo me quedaba la minúscula prótesis de nuevas percepciones descubiertas gracias a los crímenes. El sufrimiento todavía no había aparecido: mis sensaciones carecían de toda noción de moral.

Un asesino es un individuo que se implica todavía más en sus encuentros que el común de los mortales.

¿En la actualidad, qué es una relación humana? Mortifica por su pobreza. Cuando ves lo que hoy denominamos con el bonito nombre de «encuentro», se te cae el alma a los pies. Conocer a alguien debería constituir un acontecimiento. Debería conmover tanto como cuando, después de cuarenta años de soledad, un ermitaño ve a un anacoreta en el horizonte de su desierto.

La vulgaridad de lo cuantitativo ha culminado su obra: conocer a alguien ya no significa nada. Existen ejemplos paroxísticos: Proust conoce a Joyce en un taxi y, durante esa entrevista única, solo hablan del precio de la carrera: todo ocurre como si ya nadie creyera en los encuentros, en esa sublime posibilidad de conocer a alguien.

El asesino va más allá que los demás: se arriesga a liquidar a aquel que acaba de conocer. Eso crea un vínculo. Si en aquel taxi Proust hubiera asesinado a Joyce, nos sentiríamos menos decepcionados, pensaríamos que ambos sí se habían conocido.

Es cierto que eso no es suficiente, sobre todo en el caso del asesino a sueldo, que no tiene derecho a saber a quién liquida. Pero algo es algo. De hecho, la citada prohibición es una contradicción en los términos: cuando matas a alguien, lo conoces.

Es una forma de conocimiento bíblico: el que es asesinado se entrega. Uno descubre del otro esa absoluta intimidad: su muerte.

–No entiendo por qué te sientes incómodo –le dije a Yuri–. Por supuesto que estoy dispuesto a cargarme a ese ministro. No será la primera vez. Además, ¡qué me importa la profesión de los clientes! ¿Desde cuándo me impresiona a mí un ministro? ¿A ti te impresiona?

–No. Pero también hay que liquidar a su familia.

–Mejor aún. Me horrorizan las familias. Cuando oigo la palabra «familia», pienso en esas comidas de domingo, la tía filmando tus trece años con su videocámara y tú tienes ganas de morirte. Si en aquella época me hubieran dado una pistola, no la habría descargado sobre el guiso con judías precisamente.

–Quien dice familia dice niños.

–Bah, niños. Odio a los niños. Son malos, estúpidos, egoístas y ruidosos. Y encima, hijos de un ministro. Deben de ser la hez de los niños. Me satisface librar al planeta de semejante escoria.

–La esposa del ministro es bastante guapa –dijo enseñándome una foto.

–Sí. No es mi tipo. Y, para variar, me vendrá bien matar a una delgada.

–Urbano, eres el peor de todos nosotros –dijo Yuri con un atisbo de admiración.

–Cuando tienes que cargarte a cinco, ¿recibes cinco sobres de recompensa?

–Sí. Pero te recuerdo que, en esta ocasión, hay un detalle a tener en cuenta: si no traes la cartera del ministro, no ganarás nada.

Este es el auténtico objetivo de la operación. Toma, estas son las fotos del tipo y de sus tres hijos.

–¿Y para qué quiero las fotos de los críos?

–Es para que estés seguro de que no te equivocas de niños. Imagina que uno de ellos haya invitado a un compañero de escuela el fin de semana.

–Si así fuera, ¿me cargo al compañero?

–Por supuesto que no.

–Entonces, ¿a qué vienen tantas fotos?

–¡Para que sepas que todavía falta uno! Que las cuentas salgan no es garantía suficiente.

–Siendo así me conviene reconocerlos cuanto antes. Es difícil diferenciar un rostro de otro cuando les has volado la tapa de los sesos.

–Si disparas en una sien y luego en la otra, un poco hacia arriba, seguro que matas a tu hombre sin desfigurarlo.

–No es un gesto rápido. Tienes que dar vueltas alrededor del cliente.

–No forzosamente. Tienes que ser ambidiestro.

–¿Y si no lo soy?

–Conviértete en ambidiestro. Entrena. Tienes recursos.

–¿Tantos esfuerzos para no desfigurar a un cliente?

–Algunos comanditarios tienen sus exigencias. No en esta ocasión.

–¡Mierda, es en el campo!

–Sí. En París también tendrías que haber matado a los miembros del servicio. En su segunda residencia, cocinan ellos mismos.

–No me habría molestado cargarme a los criados. ¡Pero tragarme un viaje al campo!

–Venga, en el mes de mayo el campo está muy bonito. Y allí no tienen vecinos. Ya ves las ventajas.

Estudié el mapa. En moto, a menos de dos horas a todo gas.

Miré las fotos. El ministro tenía una de esas falsas expresiones de bondad que no soporto. Los críos: una chica de aproximadamente dieciséis años, dos chicos, a ojo de buen cubero, diez y cinco años. Estaba claro que, entre polvo y polvo, se lo habían tomado con calma. Apestaba a planificación familiar. Eso permitiría no casarlos todos el mismo día.

En general, me ocupaba de los clientes por la noche. En este caso, me pareció más adecuado elegir la mañana. Abandonaría París a la mañana siguiente a las seis, con la salida del sol. Llegaría a su casa de campo hacia las ocho o las nueve, justo cuando se les estarían pegando las sábanas del domingo. En lugar de cruasanes calientes, me tendrían a mí.

Puse el despertador a la hora y me dormí inmediatamente, como un buen trabajador.

A las cuatro, no había manera de dormir. Sin duda me había acostado demasiado temprano la víspera, después de una cena demasiado sana. Estaba en una forma del demonio y sentía bajo mi piel la llamada de los grandes espacios.

La carretera era mía. Hay que ver lo bonito que es el campo al amanecer. Nunca había visto esa capa de vapor sobre la tierra. Mi *juke-box* cerebral programaba una y otra vez «Everything In Its Right Place» de Radiohead.

No experimentaba ninguna emoción, más bien una extraordinaria exaltación. La mañana aportaba su granito de arena. En el aire flotaba algo virgen que auguraba infinitos peligros.

Cuando llegué a la casa, por primera vez en mi vida tuve la sensación de bienestar doméstico. Enseguida me sentí en casa. ¿Era por la calma? ¿Por aquellos viejos muros sin pretensiones? ¿Por ese jardín de pueblo? De no haber sido por el trabajo, me habría instalado allí para siempre.

La puerta de la cocina estaba abierta. En el campo, nadie desconfía. No resistí la tentación de abrir la nevera. Por desgracia, no contenía la leche de granja que me habían hecho desear los paisajes campestres. Había mucho cero por ciento en aquellas vituallas. Asqueado, me consolé con un trago de vino tinto bebido directamente de la botella.

De puntillas, subí la escalera de madera de la morada. Menos mal que había examinado sus detestables provisiones, si no, la belleza del lugar me habría hecho simpatizar con aquella gente.

Entré en una de las habitaciones al azar. Los dos chicos dormían profundamente. Mi tarea resultó fácil.

La siguiente habitación me contrarió más. La señora estaba acostada, sola, en la cama de matrimonio. La liquidé preguntándome dónde estaría el señor. Su lugar en la cama había sido ocupado, pero ya se había levantado. En compensación, divisé la cartera sin ni siquiera tener que buscarla.

«Debe de haber salido a correr –pensé–. Me lo cargaré cuando regrese.» Entretanto, solo me quedaba la pequeña. La última habitación únicamente podía ser la suya. Allí también, la cama deshecha estaba desierta.

«¿Habrá salido a correr con su papá?», me pregunté. Debía de ser eso. Estaba en consonancia con el cero por ciento de la nevera. Esas adolescentes actuales, ya se sabe, anorexia y compañía. Miré a mi alrededor. Por más que seas un asesino a sueldo, una habitación de chica inspira un tipo de sagrada curiosidad. ¿Qué podía saber de ella a través de lo que veía? En las paredes, ni fotos, ni pósteres. Intenté recordar su rostro en la fotografía de la misión. No me había llamado especialmente la atención. Una delgada morenita de expresión seria, me pareció.

Por una vez, me sentí feliz de ser insensible. Otro en mi lugar habría podido sentirse conmovido por aquella juventud que todavía no había tenido tiempo de forjarse una identidad.

Me pareció oír un ruido encima de mi cabeza. Una escalera conducía hasta una puerta entreabierta. Por el intersticio, mi ojo invisible asistió a una escena increíble.

Era un cuarto de baño. En la bañera llena de agua y de espuma, el ministro estaba desnudo, con los brazos levantados, contemplando con espanto a la chiquilla, que lo amenazaba con un revólver.

–¿Dónde lo has escondido? –preguntaba la cría con malas pulgas.

–Venga, tesoro, déjate de bromas. Te lo devolveré, seguro.

Debía de tener la misma voz cuando participaba en los debates televisivos.

–No te pido que me lo devuelvas, te pido que me digas dónde lo has metido. Yo misma iré a buscarlo.

–En mi habitación, donde tu madre todavía duerme. No vayas, la despertarás.

–¿En qué parte de tu cuarto?
–Mira, no lo sé.
–Si tu memoria no funciona lo bastante rápido, te juro que disparo.
–Es una insensatez. ¿Cómo has conseguido el arma?
–Se la robé anteayer a un guardia de la Asamblea.
–Es una infracción grave. Y acabas de cumplir dieciocho años, tu edad ya no te protege.
–Tú has cometido un crimen.
–Venga, ninguna ley en el mundo...
–Robarle el diario íntimo a alguien es una aberración.
–De verdad que lo siento. Eres tan misteriosa, ya no resistía no saber nada de ti. Ahora todo eso cambiará. En adelante, tú y yo hablaremos más.
–Si no me dices dónde has escondido el cuaderno, este será nuestro primer y último diálogo.
Gracias a la pequeña, quizá iba a poder lograr la misión perfecta: su pistola era la misma que la mía. A ella le atribuirían la formidable hecatombe. Aunque para ello tenía que liquidar a su padre. Aposté conmigo mismo reteniendo la respiración. ¿Lo matará, no lo matará? Yo, que soñaba con una asesina, veía colmadas mis aspiraciones.
¿Era por su arma? Me pareció mucho más guapa que en la fotografía.
–Tesoro, deja que vaya a buscarlo. Te digo que no sé dónde...
–Eso significa que lo has dejado por ahí. Todavía es más grave.
–Soy tu padre. No irás a matar a tu padre.
–Se le llama parricidio. Si lleva ese nombre, es porque existe.
–¡Matar a tu padre por un diario íntimo!
–No existe nombre para la violación de un diario. Lo cual demuestra que es más grave. No tiene nombre.
–Además, no hay nada comprometedor en lo que has escrito.
–¿Cómo? ¿Lo has leído?
–Por supuesto. Si no, ¿para qué iba a cogerlo?
Aquello fue demasiado para ella. Vació su cargador. El ministro, estupefacto, resbaló en el agua, muerto.
Inmóvil, la joven contempló el cadáver de su padre con la in-

tensidad del artista que acaba de crear su primera obra. La sangre se mezclaba con la espuma de baño.

Habría podido liquidarla sin que se diera cuenta, pero necesitaba que me viera hacerlo. Cuando sus enormes ojos se fijaron en mí, puse en práctica el método del que había hablado Yuri: una sien y luego la otra, ligeramente hacia arriba.

Ni siquiera parpadeó.

Regresé a la habitación de la señora, cogí la cartera y me marché.

Por el camino, tuve que detenerme. No podía esperar hasta París. Escondido tras unos matorrales, procedí. Curiosamente, no experimenté tanto placer como esperaba.

Mientras mi moto zumbaba sobre el asfalto, pensaba en la naturaleza de mi decepción: ¿por qué ese placer tan débil? Hasta aquel momento, en cada misión, y matando a personas feas, alcanzaba el máximo. Por una vez que operaba sobre una chica agraciada, obtenía un resultado mediocre. Y era tanto más extraño por cuanto mi excitación había resultado insostenible.

Decididamente, el erotismo onanista no era una ciencia exacta.

Una vez en casa, tumbado en mi cama, lo intenté de nuevo: quizá necesitaba la intimidad de mi catre para alcanzar el séptimo cielo. Repasé mentalmente la película: los niños, la mujer, el cuarto de baño, el padre, la pequeña. Ya no era de primera mano, pero funcionaba. Sin embargo, de nuevo, ¡para ese viaje no se necesitaban alforjas! Asqueado, me pregunté si no me habría convertido en un pervertido, del tipo que solo alcanza la satisfacción auténtica con viejas pretenciosas o trajes de chaqueta.

Por despecho, agarré la cartera: ¿qué podía contener de tanta importancia? Entre fajos de expedientes ingratos, encontré un cuaderno de chica. Es allí donde lo había escondido, el muy cabrón.

Al abrirlo, observé una fina escritura infantil que azuleaba las páginas. Enseguida volví a cerrar el cuaderno, avergonzado. Por primera vez, experimentaba la sensación física del bien y del mal.

Ni por un momento se me había pasado por la cabeza no liquidar a la cría. Un contrato es un contrato, el asesino a sueldo lo sabe mejor que nadie. Pero, de repente, leer su diario me pareció un crimen inexpiable.

La prueba era que aquella novicia no había dudado en matar a su padre por esa única ofensa. En su lugar, yo habría hecho lo mismo, no tanto por la lectura prohibida como por su actitud: aquella manera de hablar me resultaba insoportable. Parecía que se dirigía a sus electores. Además, ¿por qué no le había confesado de entrada dónde escondía su tesoro? Se diría que intentaba ponerla nerviosa.

Me apuesto lo que sea a que se acordaba del lugar en el que había escondido el diario. Si lo negaba, era porque los documentos de la cartera no podían ser vistos ni siquiera por su hija.

A saber si eran secretos. Sin embargo, me parecían de un aburrimiento supino. Una de las paranoias de los políticos consiste en creer que sus intrascendentes asuntos apasionan a todo el mundo.

Lo único fascinante que contenía la cartera era el diario. ¡Y pensar que condenaba a ese padre cuando ardía en deseos de hacer lo mismo que él! Por más que me repitiera que la intimidad de esa chica debía carecer de todo interés, que el simple hecho de llevar un diario demostraba su necedad, me moría de ganas de leerlo.

Decidí resistir. Aquella resolución se vio secundada por el hambre que tenía: matar abre el apetito, siempre lo he notado. Ese apetito se veía reforzado por los delirios sexuales que me ofrecía a continuación. En previsión de mis comilonas, llenaba la nevera antes de cada misión.

En esta ocasión, había liquidado a cinco personas. Perdón, a cuatro. Así pues, tenía motivos más que sobrados para estar hambriento. Comer después del trabajo: la felicidad. Te conviertes en ese rudo trabajador que se ha ganado su bocadillo. Devoras con la conciencia tranquila, te has ganado la pitanza con el sudor de tu pistola.

Matar no da ganas de comer cualquier cosa. Cuando era pequeño, solía ver películas policiacas en televisión. Cuando los hombres empezaban a liarse a tiros entre sí, mi tío decía: «Aquí va a haber mucho fiambre». ¿Acaso se debe a ese comentario de mi tío? He observado que matar siempre da ganas de comer fiambre.

Nada que ver con la charcutería ni con el tartar: es necesario carne cocida y luego enfriada. Puedes preparártela tú mismo. Por mi parte, prefiero no complicarme la vida. Compro rosbif frío, pollo asado. Si lo cocino yo, no me gusta tanto, no sé por qué.

Recuerdo que después de mi primer periodista, tuve la estúpida idea de calentar el rosbif, a ver qué: no me decía nada. Cuando está caliente, la carne sabe a estofado. Cuando está fría, sabe a cuerpo propiamente dicho.

Lo he dicho bien: cuerpo, no carne. De la carne, todo me da asco: la palabra y la cosa. La carne es paté, chicharrones, es hombre maduro, mujer expuesta a la intemperie. En cambio, me gusta el cuerpo, vocablo fuerte y puro, realidad firme y vigorosa.

En la nevera, agarré el pollo asado que había previsto. Era un ave pequeña de miembros delgados, un joven cadáver boca arriba, con los brazos y las piernas replegados. Excelente elección.

Lo que me gusta del pollo es la carcasa. Así pues, devoré de través hasta llegar al hueso. Hinqué los dientes: embriaguez al hacer estallar bajo tus mandíbulas la osamenta salpimentada. Ninguna articulación se me resistió. Me convertí en el amo de los cartílagos recalcitrantes, de la quilla que intentaba pasarse de lista, de las costillas tan delgadas que cualquier otro las habría despreciado, pero yo no, gracias a mi estimable método: la violencia. Cuando acabé de triturar con felicidad, me bebí de la botella algunos tragos de vino tinto. El cuerpo y la sangre: la comida ideal. Caí sobre la cama, embrutecido por la comida.

Nunca deberíamos comer demasiado cuando nos sentimos nostálgicos. Eso genera vértigos románticos, impulsos macabros, desesperaciones líricas. El que se siente a punto de hundirse en la elegía debería ayunar para conservar su espíritu seco y austero. Antes de escribir *Las tribulaciones del joven Werther*, ¿cuánto chucrut con guarnición se había zampado Goethe?

Los filósofos presocráticos, que se alimentaban con un par de higos y tres aceitunas, crearon un pensamiento simple y hermoso, desprovisto de sentimentalismo. Rousseau, que escribió la pringosa *Nueva Eloísa*, aseguraba que comía «muy ligeramente: excelentes lácteos, pastelería alemana». Toda la mala fe de Jean-Jacques estalla en esa edificante declaración.

Yo, que acababa de ponerme las botas, empecé a darle vueltas a mi excursión campestre. De la familia que había visitado, quedaba lo mismo que había dejado del pollo: nada.

Es cierto que, en el caso de mi misión matinal, quedaban las carcasas. Por primera vez me pregunté cuándo serían descubiertos los cuerpos y por quién. Normalmente, este tipo de detalles me resultaban indiferentes.

A estas alturas, la pequeña no debía presentar todavía ningún signo de muerte, salvo cierta rigidez y, en cada sien, un orificio encarnado. Había caído de espaldas, con las piernas replegadas. Ninguna mancha de sangre sobre su pijama.

¿Por qué pensaba en ella? Normalmente, una vez pasado el asesinato y mi sesión onanista, dejaba de preocuparme por mis víctimas. E incluso durante el asesinato y la secuencia onanista, no me preocupaba tanto por ellas como por la perfección de mi acto, de mis gestos y de mis instrumentos. Los clientes no tenían más razón de ser que la de servir de combustible a mis actos. ¿Por qué habría tenido que interesarme por ellos? La única imagen que conservaba era su expresión en el momento de morir.

Quizá ese era el motivo por el que la joven se salía de lo normal. A diferencia de los demás, no había tenido esa expresión de incrédulo espanto; parecía haber experimentado una auténtica curiosidad por el desarrollo de unos acontecimientos que, de entrada, había sabido que sería ineludible. Ni rastro de miedo en su mirada, tan solo una vivacidad extrema.

Es cierto que ella acababa de matar, y sé hasta qué punto uno se siente vivo en un momento así. Es más: nunca he matado a mi padre, el avión en el que viajaba explotó cuando yo tenía doce años. Todavía desplomado sobre la cama, cogí el diario. Mi deber era quemarlo, con el fin de que nadie pudiera leerlo jamás. Sin duda esa habría sido la voluntad de la chiquilla. Me parecía vergonzoso que el ministro se hubiera permitido esa indiscreción respecto a su hija: no iba a imitarlo yo.

Una perversa vocecilla me susurró que yo no era su padre y que, en mi caso, resultaría mucho menos grave. El susurro añadió que la cría nunca se enteraría: así pues, mis reservas eran un error. Mi conciencia protestó: precisamente, la pequeña ya no estaba para defenderse, por eso mismo era necesario respetarla todavía más.

La otra voz pasó de un tema al otro: «¿Por qué crees que sientes menos placer al tocarte? Porque eres prisionero de esta chica. Libérate saqueándola de una vez por todas; lee su diario y sabrás lo que hay que saber sobre ella. De no ser así, se convertirá para ti en una heroína mítica y ese será tu problema».

Ganó este último argumento. Colmado de deseo, me abalancé sobre el diario.

Lo leí de un tirón. Cuando lo terminé, era noche cerrada. No sabía lo que sentía. De lo único que estaba seguro es de que había cometido un error: no me había liberado. Lejos de apaciguar mi curiosidad, aquella lectura la había multiplicado y agudizado. Sin duda esperaba tropezarme con desahogos, confesiones, necedades, y así convencerme de que había matado a una chica ordinaria. Nada de eso. El rasgo más impactante de aquel diario eran sus muchas lagunas. El nombre de la difunta no aparecía. Ninguna mención a un amor, a una amistad, a una discusión. El siguiente pasaje quizá era el más íntimo, fechado en febrero de aquel año: «Esos pisos grandes y antiguos tienen mala calefacción. Tomé un baño muy caliente, me puse capas de ropa y me enterré en mi cama. Sin embargo, me muero de frío. Sacar la mano de debajo de las mantas para escribir constituye toda una odisea. No me siento viva. Hace semanas que me siento así».

A mí, que tantas dificultades tenía en experimentar las emociones más ordinarias, la idea de aquel frío me alcanzó de lleno. Me llegó hasta el corazón. Aquella chica rica y joven, de la que tan fácil habría resultado burlarse, estaba describiendo uno de los atributos de la miseria: la sensación de profunda pobreza de un organismo incapaz de entrar en calor.

Lo menos que puede decirse es que era púdica. Eso me producía una gran perplejidad: ¿había tenido miedo de ser espiada? Habría tenido sus motivos, a juzgar por la continuación de aquella historia, pero ¿acaso uno escribe un diario cuando teme que otros lo lean? Quizá fuera ese temor lo que le había inspirado una contención tan absoluta. Por otra parte, ¿qué interés puede tener confesarse en un diario si es para contenerse?

No entendía nada, sin duda porque yo no era una chiquilla. Siempre creo comprender a las mujeres a través del desprecio que me inspiran. Con las chicas jóvenes, en cambio, es distinto. Las pequeñas pavas, que constituyen la mayoría de las vírgenes, están tan desprovistas de misterio como sus mayores. Pero está el caso de las señoritas silenciosas que, por su parte, son lo más extraño que la naturaleza humana ha producido. Mi víctima era una de ellas.

Sonó el teléfono. Era Yuri.

–¿Por qué no has llamado?

–Me olvidé.

–¿Cómo ha ido la misión?

–Cinco de cinco. Nunca mejor dicho.

–¿Y los documentos?

–Aquí, a mi lado.

–No entiendo por qué no has llamado –insistió en un tono gélido.

–Estaba cansado. Me quedé dormido.

–No vuelvas a hacerlo. Necesitamos confiar en ti.

La primera persona del plural decía mucho sobre la gravedad del aviso.

–Bien. Trae los documentos.

–¿A estas horas, un domingo?

–No puedo creerme lo que estoy oyendo, Urbano. ¿Acaso crees que estás sindicado?

–Ahora voy.

Tenía razón. Se empieza así y se acaba exigiendo vacaciones pagadas.

Por un momento, pensé en volver a guardar el diario en la cartera. Al fin y al cabo, era allí donde lo había encontrado. Me resultó imposible hacerlo. Aquel cuaderno ya era mi tesoro. Además, ¿para qué iban a interesarle al jefe los escritos de una jovencita a la que no había conocido y que yo había matado?

Crucé París. La moto resoplaba. La comprendía, Yuri me miró con una expresión extraña al coger los documentos. Quise marcharme enseguida, me detuvo.

–¿Te has vuelto loco?
–¿Qué ocurre ahora?
–¡Tu paga!
Me entregó el sobre.
–Cuéntalo.

Tuve un sueño agitado. Por la mañana, me despertó un ruido extraño. Abrí los ojos: una golondrina, que se había colado por la ventana entreabierta, revoloteaba por mi habitación. Se golpeaba contra las paredes y se mostraba cada vez más nerviosa.

Salté de la cama para abrir la ventana del todo. La golondrina era tan joven que no comprendió el significado de mi gesto. Aterrorizada, buscó un lugar donde resguardarse y se coló por el estrecho intersticio que separa la televisión del tabique. Dejó de moverse y solo escuché un silencio mortal.

Pegué mi ojo a la pared para ver a la pequeña. Era tan delgada y menuda que parecía estar constituida por apenas cinco largas y escasas plumas. Deslicé mi mano hacia ella: mis enormes zarpas de asesino no lograron alcanzarla. No podía mover aquel cochambroso televisor que había instalado sobre cuatro ladrillos oscilantes. ¿Cómo iba a sacar de allí al pájaro?

En la cocina, cogí un pincho para brochetas y lo pasé por detrás del televisor.

La golondrina se desplazó hasta un lugar en el que mi lanza no podía alcanzarla. ¿Por qué mi corazón latía con tanta fuerza? Incluso me dolía la caja torácica.

Jadeante, me dejé caer en la butaca. ¿Por qué ese pájaro se había escondido detrás de un televisor que no encendía nunca? ¿Por qué no quería marcharse? Y, sobre todo, ¿por qué experimentaba yo un miedo semejante? No había explicación. Por cansancio, acabé pulsando el polvoriento botón. Sobre la pantalla grisácea, vi rostros sucios. Había voces, músicas ridículas.

Luego difundieron la información principal: el ministro y su familia asesinados en su casa de campo. Hablaban de mí, pero nadie sabía quién era. Esperaba que dijeran los nombres de las víctimas. Por desgracia, no fue así. Ya no tenían identidad.

Había tenido la presencia de espíritu de llevarme la pistola de la chica. Los periodistas hablaban de un único y misterioso asesino. No se enteraban de nada. Reí burlonamente.

Luego la presentadora habló del desempleo.

Apagué.

Detrás del aparato, la golondrina estaba muerta. Su cuerpo yacía en el suelo.

La recogí con la mano. De nuevo, mi corazón tocó a rebato hasta perforarme el pecho. Dolía, pero me sentía incapaz de soltar el pájaro.

Miraba aquella cabeza. Tenía los ojos abiertos, igual que la chica en el momento de fallecer.

¿Por qué tenía la impresión de que había sido aquel pájaro el que me había ordenado encender la televisión? ¿Y por qué tenía la convicción de que habían sido las imágenes del asesinato las que habían acabado con él? En el reportaje apenas se había visto la casa. Sin embargo, sentía que había sido suficiente.

Atraje la golondrina hacia mí, la puse sobre mi pecho desnudo, sobre mi galopante corazón, el absurdo deseo de que ese exceso le devolviera la vida, que su palpitación contagiara la pequeña carcasa y que a través de esta otro cuerpo endeble respirase, golondrina, no podía saber que eras tú, ahora que sé quién eras, lo siento, sí, me gustaría apretarte contra mi corazón, yo, que tan fríamente te he saqueado, me gustaría hacerte entrar en calor, yo, que ardo en deseos de saber quién eras, quién eres, te llamaré Golondrina.

Es un nombre que te sienta bien. Nunca ninguna chica se ha llamado Golondrina. Es un nombre bonito para alguien vivo. Nadie está más vivo que una golondrina, siempre al acecho cuando no está migrando. No hay que confundirte con los groseros vencejos, ni tampoco emparentarte con los vulgares humanos de tu entorno. Tú eras la golondrina, tu modo de existencia consistía en estar siempre alerta, eso me gustaba, confieso haber deseado que nunca te sintieras segura, me gustaba la idea de tu miedo, me gustaba que fueras ese estremecimiento, que tu mirada fuese temerosa y sin embargo valiente, me gustabas inquieta, quizá me pasé de la raya para mantener ese espanto que deseaba fuera eterno, Golondrina, por qué no puedes revivir, tú, a la que maté un día de primavera, estación que, según Aristóteles, no se hace con tu sola presencia, uno puede ser el más admirable de los cerebros griegos y equivocarse, y más todavía el más descerebrado de los asesinos a sueldo y cometer un error, matarte fue un error, Golondrina, perdóname, el corazón es una bomba, mi bomba se ha acelerado, podrías bombear tu vida en lo que late fuerte, demasiado fuerte, hasta dolerme, podrías renacer de mi dolor, no, ya lo sé, no existe una segunda oportunidad, si Orfeo no lo logró no seré yo, tu asesino, quien lo consiga, pequeña Eurídice de plumas, mi único modo de resucitarte es ese nombre que te doy y que llevas de maravilla, Golondrina, la que nunca se marchó, que regresa para atormentarme a aletazos.

El teléfono interrumpió repentinamente mi lirismo.

–Tienes una voz extraña –dijo Yuri, que tenía, a su vez, una voz extraña.

–Una golondrina ha entrado en mi cuarto esta mañana. Se ha ido a morir detrás de la televisión.

–Debía de ser un vencejo. No hay nada más estúpido que un vencejo.

–Era una golondrina, tenía la cola bífida.

–Veo que el señor es todo un experto.

–¿Qué hago con su cadáver?

–En este oficio nos enseñan a dejarlos donde están, salvo capricho del comanditario.

–La tengo en mi mano.

–No sé. A la cazuela con cebolla. Oye, faltan documentos. ¿Abriste la cartera?

–Sí. ¿No tenía derecho a hacerlo?

–Sí. ¿Nos has entregado todo lo que contenía?

–Sí. Miré su contenido pero era pesadísimo, así que volví a ponerlo en su sitio.

–¿Estás seguro de que no se te ha caído nada?

–Espera, miraré debajo de la cama.

Fui a mirar. Ninguna hoja se había traspapelado.

–No, no hay nada.

–Qué raro.

–¿Es grave?

–Sí.

–¿De qué trataba?

–No te preocupes. Si encuentras algo, llama. Colgó. Por un momento pensé en el diario íntimo. No, era imposible que fuera eso. Hojeé el cuaderno para verificar que ningún papel se hubiera traspapelado. Nada. Pero la escritura de la chica me conmovió como un rostro.

Dejé el pájaro sobre el televisor y bajé a comprar los periódicos. Por más que los examiné, ninguna mención a los nombres de mis víctimas. Tendría que estar atento a las necrológicas, los días siguientes. Tenía tiempo: a los asesinados, tardan en enterrarlos.

Con el pájaro en el bolsillo, fui al cementerio de Père-Lachaise. Junto a la tumba de Nerval, cavé la tierra con mis propias manos, introduje la golondrina y volví a cubrirla. ¿Acaso no era una Quimera, una Hija del Fuego? No muy lejos de allí, Balzac y Nodier le harían compañía. Pensé que Gérard la habría llamado Octavie, Honoré, Serafita, y que Charles habría visto en ella el hada de las migajas. Ya que era la joven humana que les había confiado.

Sentado en la tumba de Nerval, me quedé postrado durante largo rato, yo era el Tenebroso, el Viudo Inconsolable, por dos veces derrotado había cruzado el Aqueronte, mi constelado revólver llevaba el sol negro de la melancolía.

A las seis de la tarde, el guardián del cementerio se acercó a zarandearme. No había sido consciente del paso del tiempo ni de la campana de cierre. Era la imagen misma de lo nervaliano, alucinado y extraviado.

Mientras caminaba hacia la salida, constaté el milagro. Mi frigidez se había convertido justo en lo contrario, una hiperestesia formidable. Lo sentía todo elevado a la máxima potencia: el perfume de los tilos me invadía el alma, el estallido de las peonías me hacía abrir los ojos de par en par, la caricia del viento de mayo me alegraba la piel, el canto de los mirlos me agrietaba el corazón.

Yo, que en estos últimos tiempos había tenido que ponerme en forma para experimentar las cosas más elementales, ahora me sentía bombardeado por percepciones que me trastornaban al más alto grado, y sin esfuerzo alguno. Se diría que había sido necesario enterrar a Golondrina para devolverme los sentidos. Por una vez que no mataba una vida con mis propias manos, eso producía en mí una regeneración.

Hasta entonces todo había transcurrido como si los clientes que ejecutaba fueran víctimas cuyo único sacrificio podía provocar en mí, si no un sentimiento, por lo menos una turbación sexual. Y ahora, había bastado con mi luto sincero por el pájaro para limpiar mis periscopios.

En la calle, me di cuenta de que todavía no había puesto a prueba mi sentido del gusto. Me compré unas cerezas y las comí por el camino, escupiendo los huesos como balas perdidas. El cuerpo cálido y sangriento de los frutos me hizo sentir exultante. Hacía meses que había olvidado ese simple placer sápido que nada tenía que envidiarle a mis comilonas de fiambres.

De regreso en casa, quise ensayar esa fiesta suma de todos los sentidos. Volví a pensar en Golondrina y enseguida entré en trance. Según lo previsto, la cosa empezaba fuerte.

Sobre la cama, abracé el pensamiento amado. El pájaro-chica depositaba su revólver y se ofrecía a mis besos. Me tenía a raya con sus ojos armados, a veces posaba mis labios sobre sus párpados, por la simple belleza del gesto en sí, pero también para que bajara la guardia. ¿Por qué no había visto de entrada hasta qué punto era hermosa?

Hay bellezas que saltan a la vista y otras que están escritas en jeroglíficos: uno tarda en descifrar su esplendor pero, cuando aparece, es más hermosa que la misma belleza.

¿No estaba idealizando a Golondrina por la simple razón de haberla matado? Mis percepciones habían tardado en funcionar, ahora analizaban el recuerdo muy preciso que había conservado de su rostro y se extasiaban ante tanta gracia.

¡Y pensar que había soñado con una hermosa asesina, que finalmente la había encontrado y la había matado en el acto! Deformación profesional –¡qué oficio más imbécil! De ella conservaba un cuaderno y algunas deflagraciones en mi memoria.

Hoy, coloquialmente, se dice de las chicas guapas que están matadoras. Golondrina, tú, habías matado de verdad. Te vuelvo a ver, de pie, erguida, con el revólver apuntando sobre tu ministro de padre tendido en su bañera, oponiendo tus sobrias palabras de asesino a su verborrea de mala fe, tu perfil puro y severo, tu soberbia indignación, tus disparos convirtiendo ese baño de espuma en baño de sangre, y luego entro, me ves, comprendes que vas a morir, con el coraje de la curiosidad clavas tus ojos en los míos.

Este es el momento que conservo detenido: nunca he visto nada tan hermoso como tus ojos desafiantes, vas a matarme, no tengo miedo, te miro, soy el lugar en el que todo esto ocurre, soy la acción que aquí transcurre.

Pero allí, tumbado sobre mi cama, rígido de deseo y de amor, cambio el curso del destino. Deposito las armas a tus pies, te tomo entre mis brazos, levanto del suelo tu cuerpo menudo, Golondrina, eres el lugar en el que todo ocurre, eres la acción que allí transcurre, voy a convertirte en el centro del mundo. Conoceré el lujo de tu sexo, habitaré el mío como nunca, cuando esté dentro de ti diré tu nombre, Golondrina es tu nombre, y la vida te será devuelta más fuerte que antes.

Mis sensaciones tienen una agudeza que no es de este mundo, siento tu piel como de pétalo, tus pechos pequeños y duros, cuales limones verdes, tu cintura que aprieto entre mis manos, gesto tan hermoso que inspira una cintura estrecha; en el interior, uno se sumerge en lo desconocido, se siente casi estupefacto ante tanta dulzura, el terciopelo y la seda son ásperos en comparación, si el nácar fuera un tejido, tendría ese tacto, es demasiado suave, se necesita valor para enfrentarse a semejante voluptuosidad, tu sexo es el sobre de una carta de amor deseada, lo abro con los ojos cerrados, mi cuerpo late demasiado fuerte, me sumerjo en el sobre y lo que encuentro no es un papel cubierto de palabras, es el desparramamiento de una rosa roja, solo sus pétalos, me deslizo en ese exceso de delicadeza, la embriaguez me satura la sangre, primero de un modo subrepticio, y enseguida cataclísmico.

Una belleza de impacto impacta menos el día siguiente. También ocurre lo contrario. Cada día, la belleza de aquella a la que he matado me golpea con más fuerza, y golpear aquí no es una metáfora. ¿Qué estoy haciendo sino orientar el impacto hacia una zona determinada de mi cuerpo? Tanta violencia me golpea la sangre que afluye con una urgencia insostenible. La carnicería que preparo es la mía.

Siento que voy a gozar hasta desfallecer, ha llegado el momento, la última travesía, Golondrina, voy a dártelo todo, pero qué ocurre, una astilla, dónde, en mi cabeza, en mi sexo, en mi corazón, no lo sé, una astilla, qué más da, continúo, la astilla se hunde en mí a medida que yo me hundo dentro de Golondrina, qué más da; gozo a pesar de todo, pero es a pesar de todo, placer a pesar de todo, de rebajas, no traspasa nada, mi alma no explota, para semejante viaje no se necesitan alforjas, mis brazos están vacíos, estoy solo, mi efusión es estéril, *post coitum* animal triste, mi voluptuosidad de pacotilla ha matado la ilusión de Golondrina, creía poseer a una hermosa asesina, estaba poseído por el puño de la zambomba.

Para limpiarme de esta asquerosa impresión, me abalancé sobre el diario de la chica. Era como hundir su cabeza pringosa en la nieve. Este cuaderno, que solo evocaba la fría y breve existencia de una virgen muerta, se había convertido para mí en un texto sagrado. Algunos platos sobre la mesa exigen la presencia de enjuagues para los dedos. Este diario era mi enjuague para el alma.

Y, sin embargo, me habían avisado: cuanto menos sabes de tus víctimas, mejor van las cosas. Nunca había violado esa norma: nunca había sentido deseos de hacerlo. Era ese diario lo que me había tentado. Pero ¿por qué me ponía en semejante estado? Parecía un adolescente hojeando el catálogo de una empresa de venta por correo como si de una revista erótica se tratara. Cualquiera diría que, con treinta años sobradamente cumplidos, no había visto nada. De hecho, era así: no había visto nada secreto. Lo íntimo, hoy, es el Grial.

Lo que convierte un texto en sagrado es o bien haber sido leído por todo el mundo, como la Biblia, o, por el contrario, haber sido cuidadosamente hurtado a la lectura de otros. A lo escrito no le basta con no haber sido leído, en cuyo caso demasiados manuscritos merecerían el nombre de sagrados. Lo que cuenta es la profundidad de la necesidad que se tiene de mantener oculto el texto. Una buena chica había sido capaz de matar a su padre para preservar su secreto: no había nada más sagrado que el diario de Golondrina.

–¿Sigues sin encontrar nada? –me preguntó Yuri al otro lado de la línea telefónica.

–Nada. Si hubiera encontrado algo, te habría llamado.

Le oí hablar en ruso con alguien que farfullaba. El tono de su voz no era apacible.

–Tenemos una misión para ti. Esta noche.

–¿Otra? Acabo de cargarme a cinco hace apenas un día.

–¿Y qué? ¿Hay un cupo?

–Normalmente siempre dejáis un día para respirar entre dos clientes.

–Normalmente eres más entusiasta. Hay una urgencia, eres el único disponible.

–¿Quién es?

–Esas cosas no se comentan por teléfono. Preséntate enseguida.

No tenía ánimos para eso. Abrumado pero obediente, crucé París.

El ruso me recibió con actitud gélida. Me lanzó una foto ante las narices.

–Es un cineasta.

–Menudo cambio. ¿Por qué liquidar a un cineasta?

–Al jefe no le gustó su película –dijo Yuri metiendo la barbilla hacia dentro.

–Si hubiera matado a todos los cineastas cuyas películas no me gustaron, no quedarían muchos.

–¿El señor nos ha salido crítico?

–¿Por qué esta noche?

–Porque sí.

Decididamente, no era su preferido.

–Es en Neuilly. Saldrá de la sala de proyección a las diez de la noche.

–Me da tiempo de volver a casa –pensé en voz alta.

–No. Es un lugar difícil de localizar. No puedes permitirte llegar tarde.

–Me da la impresión de que, en este momento, no puedo permitirme gran cosa.

–Bien visto.

Tuve que dar vueltas y más vueltas por aquel barrio desconocido para llegar a buen puerto. Aun así, llegaba con dos horas de antelación. Menos mal que tuve la feliz idea de llevarme conmigo el diario de Golondrina.

Sentado en un banco público, leí. No había nadie en la vida

de aquella cría, ni chico ni chica, ni siquiera ella misma, si me permiten la expresión. Nunca hablaba de sí misma, como tampoco hablaba de sus padres o de sus hermanos. La especie humana no parecía ser de su incumbencia. Describía con sobriedad y firmeza. Eran impresiones, sensaciones. Un sonido se desprendía de aquellas páginas. Leyéndolas con el oído atento me pareció identificar una canción de Radiohead. Debía de ser mi mente que la aplicaba a aquel texto, pero sin duda no era casualidad que se titulara «Everything In Its Right Place».

Me dejé atormentar por aquella hipnótica letanía. Sí, cada cosa estaba en su sitio: el cineasta con su película, la infanta en brazos de la muerte, el asesino al acecho. Y estaba esa frase repetida a través de una ventisca de decibelios: «*What is it that she tries to say?*». Esa era la pregunta.

Me detuve en algunas frases: «Ninguna flor florece antes que la peonía. Comparada con ella, las demás flores parecen refunfuñar entre dientes». O bien: «Cuando contemplo las grietas en la pared, no consigo determinar el lugar en el que nacen: ¿arriba o abajo? ¿Al centro o en el extremo?». O bien: «Se escucha menos la música con los ojos cerrados. Los ojos son la nariz de las orejas». Nunca se me habría ocurrido, la verdad.

Pero sobre todo me habría gustado saber por qué una chica escribía semejantes cosas.

A veces, enunciados tan simples como extraños: «Esta mañana, mi corazón es grande». No iba más allá. ¿Por qué me desgarraba tanto? Intentaba convencerme de que aquellas líneas no solo valían por su autor. Si las hubiera escrito una matrona plácida, no me habrían afectado. Absurdo razonamiento: nunca semejantes propósitos podrían haber sido obra de una matrona plácida. Su brevedad, su soledad, su liviandad, su sabia inanidad correspondían a un ser joven y no instalado. Su frágil encanto hablaba de la belleza de la infanta difunta. Su extrañeza era la viva expresión de su destino.

Hacia las diez menos cinco, mi conciencia profesional activó la señal de alarma. Vigilaba la puerta de la sala de proyección. Se suponía que mi cineasta debía ser rechoncho, con el pelo largo. Rodar películas resultaba más peligroso de lo que habría podido imaginar.

Me di cuenta de que, ante la idea de matar, no experimentaba ninguna alegría ni excitación: solo el fastidio de un lector apasionado interrumpido en su lectura por una tarea doméstica. Finalmente, a las diez y veinticinco, la puerta se abrió.

Salió mucha gente. Eso no iba a facilitarme la faena. La parte sagrada del asesinato requiere de un mínimo de intimidad. Por no hablar del inconveniente de tener testigos.

Cuando el cineasta apareció, estaba tan rodeado que resultaba imposible plantearse la posibilidad de dispararle. Los que ya estaban fuera se acercaron al círculo, envolviendo la silueta de mi cliente. A continuación, siguió un murmullo que deseé estuviera cargado de entusiastas felicitaciones: serían los últimos elogios que el artista recibiría en su vida.

Poco a poco, el enjambre se disgregó. Algunos se marcharon, las puertas de los coches sonaron, los motores arrancaron. Sin embargo, muchos se quedaron cerca del cineasta. Era de prever: ¿acaso se deja solo a un realizador la primera noche de proyección? Es cierto que yo no corría ningún riesgo, no había guardaespaldas en el sector. Pero si mataba al tipo delante de sus amigos, no tardarían en tener mi descripción. ¿Y si el jefe me había enviado simplemente al matadero? Estaba claro que me la tenía jurada por esta historia del documento desaparecido.

Entre el grupo que no acababa de decidirse a abandonar a mi cliente, había una chica que debía de ser la protagonista de la película: era muy hermosa, delgada y menuda, con un rostro de madona. Su falda corta dejaba ver unas piernas tan finas y redondeadas que eran pura felicidad. Me sorprendí a mí mismo soñando con trabajar en el cine, con el único objetivo de frecuentar a criaturas así.

¿Y qué me lo impedía? ¿Acaso estaba obligado a ser asesino a sueldo hasta la edad de jubilarme? ¿Qué ocurriría si no liquidaba al cineasta? ¿Acaso no había perdido ya la confianza de mis superiores?

En mi cabeza, un plan empezaba a tomar forma. Debería regresar por última vez al apartamento para llevarme los objetos que deseaba conservar. Una mochila sería suficiente para meterlos todos. Luego, sería importante desaparecer en la naturaleza, para no ser encontrado nunca por la organización. Con el dinero acumulado, era posible.

Una voz en mi cerebro decidió que se trataba de una ensoñación. Un contrato seguía siendo un contrato. Si no mataba al cliente, perdería todavía más la confianza del jefe, que seguramente me había encargado aquella misión para ponerme a prueba. No iba a desaprovechar la ocasión de resarcirme. Es cierto que sabía que era inocente de aquello de lo que mis superiores me acusaban. Pero ellos no lo sabían. Tenía que demostrarles que podían contar conmigo.

El cineasta dijo: «Venga, vámonos». Se dirigió hacia un coche con cuatro personas, entre ellos la actriz. Me dije que era el momento de actuar, eché a andar hacia él.

Me vio y se detuvo, con expresión de estar pensando que iba a entregarle un guión de aficionado, o incluso pedirle un autógrafo. Iba a sacar mi arma cuando la joven se lanzó delante de él gritando: «¡Cuidado!». Me detuve en seco.

–Louise, ¿qué te ocurre? –preguntó el realizador.

–¿Qué desea, caballero? –me preguntó ella con terror.

Mi corazón se puso a latir tan dolorosamente como cuando la golondrina había entrado en mi cuarto. Sentía contra él el cuaderno de la chiquilla que había deslizado bajo mi cazadora a la manera de un chaleco antibalas.

Mi mano abandonó el bolsillo del revólver y se apoyó sobre mi palpitante corazón que exageraba.

–Vamos, Louise, déjalo tranquilo, le has dado un susto de muerte. Cálmese, señor. ¿Qué quería decirme?

Los feroces ojos de la actriz me mantenían a raya. Entonces supe que no cumpliría con mi misión.

–Le admiro –balbucí–. Sueño con trabajar con usted.

–Ah, es por eso –dijo el cineasta, que creía que me estaba refiriendo a él.

–No tengo ninguna cualificación –añadí mientras Louise seguía formando, con su cuerpo endeble, un escudo–. Estoy dispuesto a lo que sea, a traer los cafés, a fregar el suelo.

La joven y yo nos mirábamos fijamente a los ojos.

–¿Tiene permiso de conducir? –preguntó un tipo de su banda.

–El permiso de moto –respondí mostrándole mi moto aparcada un poco más lejos–. Soy mensajero.

–Está bien –dijo el tercero en discordia–. Siempre se necesita un mensajero para la producción.

–¿Cómo te llamas? –preguntó el cineasta.

Aquel tuteo significaba sin duda que estaba contratado.

Me convenía dejar de llamarme Urbano. Opté por el nombre de otro papa:

–Inocencio.

–¿Inocencio? ¿De verdad? –exclamó el realizador.

–De verdad –afirmé.

–Genial. Pensaba que nunca conocería a alguno.

Finalmente, Louise se soltó. Respiré. El tercero en discordia me anotó en un papel la dirección de la empresa de producción a la que debía presentarme a la mañana siguiente.

–¿De verdad? –pregunté yo.

–Tan de verdad como que te llamas Inocencio. Has tenido suerte, estamos de buen humor.

–Menos Louise –prosiguió el cineasta subiendo al coche.

La joven me dedicó una última mirada cargada de perplejidad antes de sentarse en el vehículo. El mensaje estaba claro: «Te estaré vigilando». ¿Sabía hasta qué punto tenía razón?

El coche se alejó. Me quedé solo, estupefacto. Inocencio. Que yo sepa, era el único nombre que comportaba una negación. Quizá esa fuera la razón por la que nadie llamaba así a su hijo: «¿Mi hijo? Es aquel que no ha hecho nunca daño». No era a mi progenitura a la que había bautizado así sino a mí mismo. Si aquel nombre me había venido a los labios sin ninguna reflexión previa, debía corresponder a algo profundo. Para un asesino a sueldo, decidir de repente que te llamas Inocencio es más que un cambio de nombre, es un cambio de identidad.

No había pensado en ello al inventarme que me llamaba Urbano, ese nombre le iba perfectamente al asesino de las ciudades cuya falta de sentimientos autoriza a liquidar a desconocidos con total urbanidad. Había bastado una excursión campestre para que aquella identidad se resquebrajara, una golondrina para volverla inoperante, un par de ojos hermosos para imponerme otra.

Antes de llamarme Urbano, ¿cómo me llamaba? ¿Mi nombre anterior ya era una identidad inventada? Era forzosamente el caso.

Aunque fuera el nombre que los padres habían elegido para mí, era una invención, y quien dice invención dice que necesariamente hay una fase en la que el inventado se pregunta si va a obedecer a sus inventores. Este momento se pierde en la memoria de la primera infancia, en la que Charles pone a prueba a Charles, u Olivier no está seguro de si podrá acostumbrarse a Olivier, o a Paul le parece que Paul es un nombre confortable, o Vincent se sorprende de que le hayan atribuido Vincent.

Cuando me bauticé Urbano, había experimentado esa embriaguez que no se puede comparar con ninguna otra. Un nombre nuevo es tanto más impactante por cuanto existe previamente a nosotros. Uno sabía que existía un nombre semejante por haberlo conocido anteriormente. Y, de repente, lo atrapa desde el interior, y pronuncia para otros esa simple y mágica fórmula: «Me llamo Urbano», y nadie lo pone en duda, es la más alucinante de las contraseñas, la llave de un ser nuevo, una pizarra borrada.

Ahora, me regalaba Inocencio. Aquella virginidad equivalía a un espacio que habitar. Me paseaba por mi nuevo nombre, maravillado por las enormes habitaciones vacías, encantado por la perplejidad de los anónimos vecinos. Me encantaba ese estadio de la inauguración.

Quien acaba de comprarse un vestido arde en deseos de llevarlo en público. Sobre mi moto a toda velocidad, paseaba a Inocencio por la ciudad. «¿Os habéis fijado? –se exclamaban mis mirones mentales–. ¡Se llama Inocencio!» Los neumáticos brincaban.

No por ello debía olvidar mi plan: pasar por el apartamento y recoger las pocas pertenencias que deseaba conservar, antes de desaparecer de estos lugares –escamotear a Urbano.

Subí las escaleras sin nostalgia. Mi puerta estaba abierta. En el interior, alguien había volcado los muebles y vaciado los armarios. Debería haberlo sospechado. Por esa razón el jefe me había impuesto una misión urgente, en la otra puerta de París, ordenándome llegar con antelación. ¿Los cabrones habían encontrado el documento que buscaban?

Sobre el espejo del cuarto de baño, reconocí la letra de Yuri, que había trazado con dentífrico un sobrio y conminatorio: «Hasta pronto». Razón de más para salir pitando.

En el fondo, ¿cuáles eran las cosas que deseaba conservar? Al verlas esparcidas por el suelo, lo cual debería haberme simplificado la tarea, ya no quería ninguna. En una mochila, metí una muda y un neceser. Puestos a empezar con una nueva identidad, mejor viajar ligero de equipaje. Uno es menos virgen cuando transporta baúles.

Lo esencial no había abandonado el abrazo de mi cazadora: el diario de Golondrina.

Sin mirar atrás, abandoné el apartamento de Urbano.

No tenía ningún sitio donde dormir y eso me venía bien, estaba demasiado excitado por mi nueva identidad para tener sueño. En el bar, bauticé a Inocencio con whisky. A quien quería escucharlo o no, no perdía ocasión de declararle que me llamaba Inocencio. Luego, rompía a reír. Algunos creyeron que acababa de ser absuelto. Todos supieron que estaba borracho. Un nombre nuevo se te sube a la cabeza.

«Hasta pronto», había escrito Yuri en el espejo en el que nunca más volvería a contemplar la jeta de Urbano al saltar de la cama. Concluí que no habían encontrado el documento deseado.

Nuevamente, me pregunté si no sería el diario de la chica lo que andaban buscando. Atribuí a mi estado aquella idea absurda. Aquel cuaderno solo tenía interés para quien había conocido a Golondrina, y quizá ni eso. Podía entender que el ministro lo hubiera sustraído, pero mi banda de rusos ignoraba incluso su existencia.

Lo cual no impedía que aquel pensamiento, que tenía el sorprendente mérito de explicar los hechos, me inquietara.

Demasiado ebrio para conducir, me dirigí con la moto hasta el lugar de la cita de la mañana siguiente, que ya era hoy. Desplomado sobre el vehículo, dormité una hora o dos.

Me desperté de un sobresalto, espiado por unos tipos que me miraban de un modo extraño.

–He venido para la plaza de mensajero –farfullé.

–Ah, sí. Venga con nosotros.

Alguien debía de haberles puesto al corriente. Aquella diligencia me gustó. Me llevaron unas manzanas más lejos. Esas empresas de producción eran tan vastas que desbordaban.

Los locales rebosaban de obras de arte. Habría sido incapaz de decir si eran feas o bonitas, pero bastaba un mero vistazo para determinar que habían costado mucho dinero.

Uno de ellos me llevó hasta un despacho. Supuse que se trataba del director de recursos humanos. ¿Por qué me daba la impresión de haberlo visto antes?

Antes de que me lo preguntara, declaré:

–No tengo permiso de conducir, me llamo Inocencio.

Me observó con estupefacción. Retomé:

–Lo sé, no es un nombre muy frecuente.

–Siéntese.

Aquella voz me recordó la de alguien.

–He sido mensajero durante varios años. Si quiere el nombre de mis antiguos jefes...

–Solo necesitamos su dirección y su número de teléfono.

Me tendió un formulario.

–Para la dirección, habrá que esperar a que tenga una.

Anoté el número del móvil.

–Y mientras tanto, ¿dónde va a vivir?

–Ya lo ha visto: en ningún sitio.

–¿Está en la calle?

Nunca había visto a un director de recursos humanos tan obsesionado por el bienestar de sus empleados.

–Esté tranquilo: no será por mucho tiempo.

Se produjo un silencio. ¿Por qué no me explicaba las condiciones de contratación?

–¿Cuánto ganaré?

–Todavía no estamos seguros de contratarlo.

–¡Su jefe, anoche, parecía tenerlo claro!

–¿Nuestro jefe?

–Bueno, su socio.

–¿Me permite que haga mi trabajo?

–Por supuesto. Hágame las preguntas de rigor.

–Primero rellene el formulario.

Anotaba lo primero que me pasaba por la cabeza. Guardó el documento sin parecer interesarse por él. Estuve a punto de preguntarle si eran las respuestas adecuadas.

–¿Qué edad tiene?

–Está escrito en el formulario –le dije.

Frunció el ceño. Mi actitud no había sido la correcta, era consciente de ello. Pero ¿por qué emborronar esos documentos si luego te tienen que hacer las mismas preguntas?

–Hábleme de usted –dijo. Sorprendido, me hice el entusiasta.

–No hay mucho que decir. Me siento nuevo, dispuesto a comenzar una nueva vida.

–¿Por qué esa necesidad de empezar una nueva vida?

–Es saludable, ¿no le parece? No estancarse, ese es mi ideal.

Me miró como si yo fuera estúpido. No dejé que me desmontara:

–Me gusta cambiar de empresa. Conocer gente nueva. Ayudar a las personas, ponerme al servicio de una empresa. Descubrir los misterios humanos que encierran las sociedades.

Movió la cabeza. Esta vez, ya no dudaba de mi imbecilidad.

–Es cierto, una plaza de mensajero es un puesto de observación privilegiado –dijo él.

–Exactamente. Los intermediarios saben cosas que la gente importante ignora.

–¿Me las contará, señor... Inocencio?

–Será un placer. Mientras no me pida que haga de chivato.

–¿Cómo se le ocurre, señor Inocencio?

–Llámeme Inocencio a secas.

Rompió a reír y yo también. No había reparado en gastos, con mi nombre.

–No me pregunte por qué mi madre me puso ese nombre.

–Efectivamente, no se lo pregunto.

–Es porque era muy piadosa –inventé–. ¿Sabe?, en la Biblia está la masacre de los Santos Inocentes: Herodes ordena matar a los primeros recién nacidos de cada familia, con la intención de liquidar al Mesías. Cristo fue el único niño varón que se libró.

–No se lo pregunto, repito.

–Podemos preguntarnos qué pasó por la mente de mi madre

en el momento de llamarme así. Una elección semejante no es inocente.

–¿El señor se las da de gracioso?

–Un nombre asociado a una masacre bíblica... Sería interesante saber si se ha bautizado a muchos niños franceses con el nombre de Barthélemy, desde ese famoso 24 de agosto del año de desgracia...

–Esta mochila, ¿es todo lo que posee?

–Sí, tengo un lado de monje budista. Esta mochila no contiene más de nueve objetos.

–¿Cuáles son?

–Una navaja, un frasco de champú, un peine, un kit de cepillo de dientes, un par de calcetines, unos calzoncillos, unos pantalones, una camiseta.

–Ocho objetos. Falta uno.

–Sí, en eso supero a los bonzos.

–¿Y para escribir no tiene nada?

–¿Para qué iba a escribir?

–Siempre hay necesidad de anotar cosas en un cuaderno.

–No tengo amigos, no necesito una agenda.

–No le hablaba de eso. ¿No tiene ninguna libreta?

Lo miraba, asombrado.

–No.

Agarró mi mochila y la abrió. La registró.

–¿Está seguro que esto es una entrevista de trabajo? –pregunté.

–¿Dónde ha escondido el cuaderno?

–¿De qué me está hablando?

–Sabemos que lo tiene. La casa del ministro ha sido minuciosamente registrada, la suya también.

Me levanté con la intención de marcharme.

–¿Adónde cree que va?

–Fuera.

–Hay hombres detrás de esta puerta. No le soltaremos hasta que hayamos recuperado el cuaderno de la pequeña.

–Ni siquiera sé de qué me habla.

–En casa del ministro, mató usted a una chica.

–Sí. Esa era la misión.

–Su diario debía de estar dentro de la cartera que usted trajo.

–Nunca he visto nada semejante.

–¿De verdad?

–Resulta extraño que pueda interesarle un diario íntimo.

–No es asunto suyo.

Llamó a unos tipos que entraron y me llevaron como un paquete. Mi corazón latía con fuerza, golpeando contra el cuaderno escondido en el interior de mi cazadora.

Me encerraron en una sala vacía. La ventana, a cuatro metros del suelo, no era accesible. Por más que lancé mis zapatos, el cristal no se rompió. No había otra fuente de luz.

Ninguna cámara. A esta curiosa prisión no le faltaba intimidad. ¿Cuántos hombres habrían muerto aquí? El cemento del suelo me pareció fresco. Su sobreelevación respecto al pasillo hacía pensar en los motivos de estas recientes nivelaciones. Imaginé una especie de pastel de cadáveres. En un rincón, un cubo de plástico serviría para mis necesidades.

Necesitaba un plan. Me vacié los bolsillos: el cuaderno, un lápiz, había cometido la ligereza de dejar mis llaves puestas en el contacto de la moto. Ni sombra de una caja de cerillas o de un encendedor. Me puse furioso. ¿Cómo iba a destruir el diario íntimo?

Porque ese era mi deber. Le había hecho a esa chica todo el daño posible: la había matado y había leído aquello que ella prohibía leer. El único modo de resarcirme consistía en escamotear para la eternidad aquel texto del que descubría que apasionaba a las masas. Extraña pasión que me parecía absurda cuando era el primero en experimentarla.

Hojeé el cuaderno, en busca de un mensaje o de un código secreto. Casi me sentí feliz de no encontrarlo. No había más tiempo que perder: aquellos hombres podían entrar en cualquier momento. No sobreviviría eternamente al cacheo corporal. Intenté convertir el texto en ilegible con la ayuda de un lápiz: la mina no era lo bastante gruesa. Y, con una goma, los malhechores podrían borrar mi trabajo.

No, solo quedaba una solución. Resultaba desagradable y me serviría de penitencia: consistía en comerse las páginas manuscritas. Las arranqué y empecé a masticarlas. Era infecto, agotador. Los dientes se agotaban sobre aquellas hojas duras. ¡Si tan solo hubiera podido disponer de líquido para beber entre bocado y bocado! La lengua se desecaba hasta el extremo. Pero ¿qué vino habría podido acompañar ese diario de doncella? En homenaje a Clélia, me inclinaba por un Romanée-Conti.

Me veo reducido a las conjeturas. Yuri me había hablado del jefe como de un gran consumidor de mujeres. Aquel hombre no tenía ninguna necesidad de Golondrina: para las chicas, debía de tener su lista. Pero quizá conocía al ministro. Quizá este le había hablado del extraño diario que le había robado a la niña. Quizá el jefe había detectado una intimidad digna de su codicia, una forma sofisticada de violación que le faltaba en su haber. En esta época en la que cualquier adolescente exhibe su blog, quizá no exista nada tan deseable como esto: un secreto.

Mis hipótesis son delirantes: debe de ser a causa de la ingestión del papel que me enturbia el cerebro. Parece que rebosa de productos químicos. Llevo hasta el paroxismo la relación que uno puede tener con un texto: lo he leído hasta los huesos y ahora, sin metáfora, lo devoro.

Empieza a gustarme. No me gusta y, no obstante, el sabor tiene su interés: recuerda el de la hostia. Lástima que dominen los disolventes: con tantos ácidos, resulta difícil mantener la cabeza fría.

Entre los ancestros del papel, está la piel. Durante mucho tiempo la escritura era una muestra del tatuaje. Para ayudarme a tragar las páginas más resistentes, me imagino que me como la piel caligrafiada de la joven.

A fin de cuentas, ser tirador de élite solo me habrá servido para convertirme en un blanco a elegir. Golondrina me miró durante menos de un minuto pero su mirada me alcanza en plena diana. Después del regador regado: el asesino asesinado. Acepto morir para proteger un misterio que se me escapa. No tendré explicación: es un acto de fe.

En los campos maoístas, los carceleros alimentaron un cargamento de detenidos con pasta de papel, como experimento. Los desgraciados murieron de estreñimiento, entre los más atroces sufrimientos.

Morir de estreñimiento es algo difícil de comprender. El espíritu humano, que se representa fácilmente el traspaso diarreico, es incapaz de concebir lo contrario. Me consuelo pensando que pronto sabré en qué consiste. He culminado mi acto de amor: me he comido los escritos de Golondrina.

Nunca he alabado su concisión, en primer lugar porque ha abreviado mi comida de sacrificio, y en segundo lugar porque me ha dejado páginas vírgenes para redactar mi confesión, con el lápiz cuya mina han afilado a menudo mis incisivos. Llego al final del cuaderno, del lápiz y de mis desarreglos digestivos.

Cada uno habrá matado al otro con el arma que le era particular.

Amar a una muerta es un poco fácil, dicen algunos. Amar a aquella a la que has matado es peor: el romanticismo no ha creado una idea tan cursi como esta. Entonces, ¿por qué tengo la impresión de no merecer esas calumnias? Tengo la certeza de vivir con Golondrina. Un extraño cúmulo de circunstancias ha querido que la conozca después de haberla asesinado. Normalmente, las cosas no transcurren por este orden.

Es una historia de amor cuyos capítulos han sido mezclados por un loco.

Con Golondrina, la historia había empezado mal, pero termina de un modo inmejorable, ya que no termina. Me muero por habérmela comido, ella me mata en mi vientre, suavemente, con un mal tan eficaz como discreto. Muero mano con mano, ya que escribo: la escritura es el lugar en el que me enamoré de ella. Este texto se detendrá en el momento exacto de mi muerte.

Viaje de invierno

Cuando paso por el control de seguridad de los aeropuertos, me pongo nervioso, como todo el mundo. Nunca me ha ocurrido que el dichoso bip no se dispare. Por eso siempre me toca el premio completo, unas manos masculinas sobándome de pies a cabeza. Un día no pude evitar decirles: «¿De verdad creen que quiero hacer estallar el avión?».

Mala idea: me obligaron a desnudarme. Esta gente no tiene sentido del humor.

Hoy paso por el control de seguridad y me pongo nervioso. Sé que el dichoso bip va a dispararse y que las manos masculinas van a sobarme de pies a cabeza.

Pero esta vez sí voy a hacer estallar el avión de las 13.30.

Elegí un vuelo con salida de Roissy-Charles de Gaulle y no uno de Orly. Tenía buenas razones para hacerlo: el aeropuerto de Roissy es mucho más bonito y agradable, los destinos son más variados y lejanos, las tiendas libres de impuestos ofrecen mayores posibilidades. Pero la razón principal es que en los servicios de Orly hay mujeres de los lavabos.

El problema no es tener que pagarles. Siempre llevamos alguna moneda suelta en el bolsillo. Lo que no soporto es encontrarme con la persona que va a limpiar lo que deje tras de mí. Resulta humillante para ambos. No creo estar exagerando si afirmo que soy un hombre delicado.

Y hoy es probable que tenga que utilizar los servicios muchas veces. Es la primera vez que me dispongo a hacer estallar un avión. También será la última, ya que formaré parte del pasaje. Por más que haya reflexionado sobre las soluciones más ventajosas para mí, no se me ha ocurrido ninguna. Cuando eres un simple ciudadano de a pie, un acto de estas características implica necesariamente el suicidio. A no ser que pertenezcas a una trama organizada, pero eso no va conmigo.

No tengo alma de colaborador. Carezco de espíritu de equipo. No tengo nada en contra de la especie humana, siento inclinaciones por la amistad y el amor, pero solo concibo la acción en solitario. ¿Cómo vas a lograr grandes cosas con alguien entrometiéndose constantemente? Hay ocasiones en las que solo debes contar contigo mismo.

No se puede calificar de puntual a quien llega demasiado pronto. Pertenezco a esta especie: me da tanto miedo llegar tarde que, invariablemente, llevo un adelanto considerable.

Hoy he pulverizado mi propio récord: en el momento de presentarme en el mostrador de facturación, son las 8.30. La empleada me ofrece una plaza para el avión anterior. La rechazo.

Cinco horas de espera no serán demasiadas, ya que me he traído esta libreta y este bolígrafo.

Yo, que hasta los cuarenta había logrado no caer en la deshonra de la escritura, ahora descubro que la actividad criminal lleva implícita la necesidad de escribir. No es grave porque, en el momento en que se produzca la explosión aérea, mis garabatos estallarán conmigo. No tendré que rebajarme a proponerle a un editor que lea mi manuscrito, ni a pedirle su opinión con una expresión de falso desinterés.

Al pasar por el control de seguridad, el bip se ha disparado. Por primera vez, me he reído. Tal y como estaba previsto, unas manos masculinas me han sobado de pies a cabeza. Mi hilaridad les ha parecido sospechosa, les he dicho que soy muy sensible a las cosquillas. Mientras sometían el contenido de mi bolsa a un minucioso examen, me he mordido el interior de las mejillas para no seguir riéndome. Aún no tenía lo que iba a servirme para cometer el crimen. Luego, en la tienda libre de impuestos, he comprado el material.

Ahora son las 9.30. Dispongo de cuatro horas para saciar esta curiosa necesidad: escribir lo que no tendrá la oportunidad de ser leído. Dicen que, en el momento de morir, ves desfilar tu vida entera en un solo segundo. Pronto sabré si es verdad.

La perspectiva me atrae, por nada del mundo me perdería los grandes éxitos de mi propia historia. Si escribo quizá sea para preparar el trabajo del montador que seleccionará las imágenes: recordarle los mejores momentos, sugerirle que mantenga ocultos los que menos me habrán importado.

Si escribo, también es por miedo a que esta fulgurante película no exista. No hay que descartar que sea un camelo y que uno se muera sin más, estúpidamente, sin ver nada de nada. La idea de verme reducido a la nada sin ese trance recapitulativo, me llenaría de desolación. Por si acaso, pues, intentaré, a través de la escritura, regalarme a mí mismo este videoclip.

Esto me recuerda a mi sobrina Alicia, de catorce años. Desde que nació, la criatura ha estado viendo la cadena MTV. Una vez le dije que, si se moría, vería desfilar un videoclip que empezaría con Take That y acabaría con Coldplay. Ella sonrió. Su madre me preguntó por qué era tan agresivo con su hija. Si pinchar a una adolescente equivale a ser agresivo, ni siquiera me atrevo a imaginar qué expresión utilizará mi cuñada cuando se entere de mi papel en el caso del Boeing 747.

Por supuesto que pienso en ello. Los atentados solo existen por el qué dirán y los medios de comunicación, ese cotilleo a escala planetaria. Uno no secuestra un avión para divertirse sino para salir en portada. Si se suprimieran los medios de comunicación, todos los terroristas se quedarían en el paro. Aunque no caerá esa breva.

Pienso que a partir de las 14 horas, digamos que a las 14.30, teniendo en cuenta los sempiternos retrasos, mis representantes se llamarán CNN, AFP, etc. Ya me imagino la cara de mi cuñada viendo el telediario esta noche: «¡Ya te decía yo que tu hermano era un enfermo!». Y a mucha honra. Gracias a mí, Alicia podrá ver otra cadena distinta a la MTV por primera vez en su vida. Y aun así me lo reprocharán.

No resulta del todo absurdo que, desde ya, me conceda a mí mismo la satisfacción de imaginar la escena: no estaré presente para saborear la indignación que habré provocado. Para poder apreciar en vida una reputación póstuma, nada mejor que anticiparla por escrito.

Las reacciones de mis padres: «Siempre supe que mi segundo hijo era especial. Lo heredó de mí», dirá mi padre, mientras mi madre se inventará recuerdos auténticos prefigurando mi destino: «A los ocho años ya construía aviones con piezas de Lego y los estrellaba contra su rancho en miniatura».

En cuanto a mi hermana, contará con ternura recuerdos reales cuya relación con el caso será inútil buscar: «Antes de comerlos, siempre se quedaba mirando los bombones durante largo rato».

Si su mujer le deja hablar, mi hermano dirá que, con el nombre que llevaba, era de esperar. Y semejante aberración no carecerá de fundamento.

Cuando estaba en el vientre de mi madre, mis padres, convencidos de que sería una niña, me habían bautizado Zoé. «¡Un nombre tan hermoso y que significa vida!», proclamaban. «Y que rima con tu nombre», le decían a Chloé, entusiasmada con su futura hermanita. Se sentían tan colmados por el serio Éric, el mayor, que un segundo hijo les parecía superfluo. Zoé solo podía ser la repetición de la exquisita Chloé, la misma pero en pequeño.

Nací con un desmentido entre las piernas. Se resignaron a ello con humor. Pero les gustaba tanto el nombre de Zoé que, a cualquier precio, buscaron un equivalente masculino: en una vetusta enciclopedia, encontraron Zoilo y me lo asignaron sin siquiera interesarse por el significado de lo que me condenaba a ser un hápax.

Me aprendí de memoria las seis líneas dedicadas a Zoilo en el *Diccionario de nombres propios*: «Zoilo (en griego, Zôilos). Sofista griego (Anfípolis o Éfeso, *c.* siglo IV). Famoso sobre todo por su crítica apasionada y mezquina contra Homero, se le apodó "Homeromastix" (el azote de Homero). Era, se dice, el título de su obra, en la que, en nombre del buen sentido, intentaba demostrar lo absurdo del imaginario homérico».

Al parecer, aquel nombre se había introducido en la lengua corriente. Así, Goethe era lo suficientemente consciente de su genio para calificar de Zoiloi a los críticos que lo vilipendiaban.

En una enciclopedia de filología, incluso me enteré de que Zoilo habría muerto lapidado por una masa de buena gente asqueada por sus opiniones sobre la *Odisea.* Época heroica esa en la que los amantes de una obra literaria no dudaban en cargarse a un crítico infumable.

En resumen, Zoilo era un cretino odioso y ridículo. Eso explicaría que nadie hubiera bautizado jamás a su hijo con aquel nombre de extraña sonoridad. Salvo mis padres, claro.

A los doce años, al descubrir mi funesta homonimia, fui a pedirle explicaciones a mi padre, que salió al paso con «nadie lo sabe». Mi madre llegó un poco más lejos:

–¡No hagas caso de esas habladurías!

–Mamá, ¡lo dice el diccionario!

–Si tuviéramos que creernos todo lo que dice el diccionario...

–¡Tenemos! –le dije con un tono de Comendador.

Inmediatamente, optó por un argumento todavía más retorcido y desafortunado:

–No le faltaba razón, no me negarás que hay momentos de la *Ilíada* que se hacen un poco pesados.

Imposible hacerle confesar que no la había leído.

Puestos a ponerme el nombre de un sofista, no habría tenido nada en contra de Gorgias, Protágoras o Zenón, cuyas inteligencias siguen intrigando todavía hoy. Pero llamarse igual que el más estúpido y despreciable de ellos no me predisponía precisamente a un brillante porvenir.

A los quince años cogí el toro por los cuernos y me adelanté a mi destino: me puse a retraducir a Homero.

En noviembre, teníamos una semana de vacaciones escolares. Mis padres poseían, perdida en medio del bosque, una humilde choza a la que a veces íbamos para disfrutar del campo. Les pedí que me dejaran las llaves.

–¿Y qué vas a hacer allí solo? –preguntó mi padre.

–Traducir la *Ilíada* y la *Odisea*.

–Ya hay excelentes traducciones.

–Lo sé. Pero cuando uno traduce un texto, se crea un vínculo mucho más fuerte que a través de la simple lectura.

–¿Piensas desmentir a tu famoso homónimo?

–No lo sé. Antes de juzgar, tengo que conocer la obra íntimamente.

Efectué el trayecto en tren hasta el pueblo, y luego a pie hasta la casa: una caminata de unos diez kilómetros. En mi mochila, sentía con exaltación el peso del viejo diccionario y de los dos ilustres volúmenes.

Llegué el viernes, tarde. El interior de la casucha estaba helado. Encendí el fuego de la chimenea, junto a la que me acurruqué en un sillón que cubrí de mantas. El frío me anestesió hasta el punto de quedarme dormido.

Me desperté allí, estupefacto, de madrugada. Las brasas resplandecían en la oscuridad. Al pensar en lo que me esperaba, me fulminó un sentimiento de exaltación: tenía quince años y durante nueve días de absoluta soledad me disponía a sumergirme con todas mis fuerzas en la obra más venerable de la historia. Añadí un tronco en la chimenea y me preparé café. Cerca del fuego, instalé una mesita con el diccionario y los libros: me senté, provisto de un cuaderno por estrenar, y dejé que la cólera de Aquiles se apoderara de mí.

De vez en cuando, levantaba la cabeza para experimentar el éxtasis del instante: «Sé consciente de la inmensidad de lo que estás viviendo», me repetía a mí mismo. No dejaba de ser consciente de ello. Con el transcurrir de los días, mi sobreexcitación sobrevivió: la resistencia del griego renovaba *ad libitum* la sensación de una conquista amorosa de primer orden. A menudo me daba cuenta de que traducía infinitamente mejor en el momento de escribir. Sabiendo que la escritura consiste en trasladar el pensamiento a una parte del cuerpo –que imaginaba constituida por cuello, hombro y brazo derecho–, decidí enriquecer mi cerebro con la totalidad de mi anatomía. Cuando un verso ocultaba su significado, lo acompasaba moviendo rítmicamente los pies, las rodillas y la mano izquierda. No obtenía ningún resultado. Canturreaba entonces, alzando la voz. Ningún resultado. Por agotamiento, iba al retrete a aliviar alguna necesidad. De regreso, el verso se traducía solo.

La primera vez, abrí unos ojos como platos. ¿Acaso era necesario orinar para comprender? ¿Cuántos litros de agua iba a tener que tomar para traducir semejantes tochos? Luego pensé que la micción no tenía nada que ver. Lo que había funcionado eran los pocos pasos efectuados hasta llegar al lavabo. Había convocado a mis piernas para que acudieran en mi auxilio; era necesario activarlas para hallar la solución. La expresión «va» no tiene, sin duda, otra explicación.

Al anochecer, me acostumbré a pasear por el bosque. Me recreaba en las sombras de los árboles y en el aire gélido, me daba la impresión de enfrentarme a un entorno hostil y desmesurado. Con actitud peripatética, sentía que aquel ejercicio le proporcionaba a mi cerebro la fuerza que le faltaba. De regreso a casa, colmaba los espacios en blanco del texto.

Los nueve días no fueron suficientes ni para traducir la mitad de la *Ilíada*. No obstante, regresé a la ciudad con un sentimiento de triunfo. Había vivido un idilio sublime que me vinculaba a Homero para siempre.

Han transcurrido veinticinco años desde entonces y es obligado constatar que he sido incapaz de restituir el más mínimo verso. Pero mi memoria ha conservado lo esencial: la extraordinaria energía de aquel éxtasis. La fecundidad de un cerebro que funciona a pleno rendimiento y que convoca toda la naturaleza, incluso la suya. A los quince años, existe un ardor de la inteligencia que es importante retener: como algunos cometas, no vuelve a pasar nunca más.

A la vuelta de las vacaciones, intenté contarles qué me había ocurrido a mis compañeros de instituto. Nadie me hizo caso. No me sorprendió: yo no interesaba, nunca había interesado. No era una personalidad carismática, y me recriminaba a mí mismo sufrir por ello. ¿Qué podía importarme? Debería haber sospechado que una estancia íntima en compañía de Homero no corría el riesgo de emocionar a un puñado de estudiantes. Así que ¿por qué deseaba tanto impresionarlos?

En la adolescencia se plantea la cuestión crucial de la proyección personal: ¿quedaremos en la zona de luz o en la de oscuridad? Me hubiera gustado poder elegir. No podía: algo que no conseguía analizar me condenaba a la penumbra. Y esta solo me habría gustado si la hubiera elegido yo.

Por otra parte, yo era como los demás: me gustaban las personalidades carismáticas. Cuando Fred Warnus o Steve Caravan hablaban, estaba bajo su encanto. Hubiera sido incapaz de explicar su seducción, pero la padecía con entusiasmo. Sabía que aquel misterio me superaba.

En Europa occidental llevamos tiempo sin vivir una guerra. En periodos prolongados de paz, las generaciones encuentran otras maneras de sobrellevar las cosechas de la Gran Parca. Cada año se añaden innumerables nombres a la estela de víctimas provocadas por la mediocridad. Conviene concederles el beneficio de la duda: no se han sustraído al combate, tampoco son desertores, algunos incluso, a los quince años, eran auténticos dioses vivientes. El término no supera mi pensamiento: cuando un adolescente está en el frente, ofrece el más resplandeciente de los espectáculos. En el interior de Warnus y Caravan crepitaba una suerte de fuego sagrado.

A los dieciocho años, Warnus se arruinó: entró en la universidad y, de la noche a la mañana, el espíritu brillante acabó repitiendo las trasnochadas consignas de tal o cual profesor. Caravan resistió un poco más: se marchó a Nueva Orleans para formarse junto a los mejores músicos de blues, y prometía. Le había oído tocar y me había puesto la piel de gallina. Cuando tenía unos treinta años, me crucé con él en un supermercado: su carrito rebosaba de cervezas. Sin pudor alguno, me contó que estaba hasta la coronilla del blues, y que no lamentaba haber sido «atrapado por el principio de realidad». No me atreví a preguntarle si era así como llamaba a los packs de cervezas.

La mediocridad no siempre utiliza la vía socioprofesional para imponerse. A menudo, sus victorias son mucho más íntimas. Si he elegido recordar a aquellos dos chicos que a los quince tuteaban la divinidad, es porque la Gran Parca no solo se ensaña con las élites. Sin saberlo, o sabiéndolo, todos estamos llamados al combate y existen mil maneras de sufrir una derrota.

La lista de víctimas no está escrita en ninguna parte: nunca sabemos con certeza quiénes figuran en ella, incluso ignoramos si incluye nuestro nombre. Sin embargo, no se puede dudar de la existencia de este frente. A los cuarenta años, son tan pocos los supervivientes que te sientes atormentado por un sentimiento trágico. A los cuarenta, uno está forzosamente de luto.

No pienso que la mediocridad haya podido conmigo. Siempre logré mantener una vigilancia al respecto, gracias a algunas señales de alarma. La más eficaz es la siguiente: mientras no te regodeas con la caída de alguien, aún puedes mirarte al espejo. Deleitarse con la mediocridad ajena sigue siendo el colmo de la mediocridad.

Conservo una notable capacidad para sufrir con la decadencia de aquellos a los que conozco. Últimamente, he vuelto a ver a Laura, que fue una excelente amiga en mis tiempos universitarios. Le pregunté por Violette, que era la más guapa de aquel curso. Con entusiasmo, me respondió que se había engordado treinta kilos y que tenía más arrugas que el Hada Carabosse. Su alegría me estremeció. Acabó por desolarme cuando se escandalizó de que sintiera lástima por la carrera de Steve Caravan:

–¿Por qué lo juzgas?

–No lo juzgo. Solo lamento que haya abandonado la música. Tenía tanto talento.

–Las facturas no se pagan creyéndote un genio.

Había algo más desagradable que aquella frase: era la acritud que el comentario rezumaba.

–Entonces, para ti, ¿Steve era alguien que creía ser un genio? ¿Nunca se te ocurrió pensar que pudiera serlo?

–Tenía su talento, como cualquiera de nosotros.

Era inútil continuar. Soportar el discurso de los biempensantes ya resulta difícil de por sí, pero se vuelve insoportable cuando descubres la amplitud del odio oculto tras ese catecismo.

Odio: ya lo he dicho. Dentro de unas horas, y tras mi intervención, habrá estallado un avión. Pese a las precauciones que habré tomado, la cosa no bajará de los cien muertos. Víctimas inocentes, lo escribo sin ironía. ¿Quién soy yo para estigmatizar el odio que experimentan los demás?

Necesito escribirlo aunque solo sea para mí: no soy un terrorista. Un terrorista actúa en nombre de una reivindicación. Yo no tengo ninguna. No me molesta distinguirme radicalmente de esa chusma que busca un pretexto para su odio.

Odio el odio y, sin embargo, lo experimento. Conozco ese veneno que se inocula en la sangre a través de una mordedura y que te infecta hasta el tuétano. El acto que me dispongo a llevar a cabo es la depurada expresión de dicho odio. Si se tratara de terrorismo, inventaría un disfraz nacionalista, político o religioso para mi odio. Me atrevo a afirmar que soy un monstruo honesto: no intento darle al horror una causa, un objetivo o una categoría superior. Revestir un dispositivo de destrucción de un motivo, sea cual sea, me repugna. Desde los tiempos de Troya, no hay engaño posible: se mata por matar, se quema por quemar, luego ya encontraremos una justificación que nos legitime. Esto no es un intento de justificación, ya que nadie me leerá, más bien es un deseo íntimo de dejar las cosas claras: por premeditado que sea, el crimen que me dispongo a cometer es cien por cien impulsivo. Me ha bastado conservar intacto el impulso de mi odio, no permitir que se volviera insípido, perdiera intensidad o se debilitara hasta convertirse en un falso olvido de putrefacción.

Después de mi inminente fallecimiento, me tratarán como lo que no soy y no me importa no ser comprendido por aquello que desprecio. Pero el mal tiene su propia higiene, y la mía me lleva a afirmar que, después de la catástrofe aérea, podré ser un cabrón, una basura, un loco, pura morralla: cualquier cosa menos terrorista. Coqueto que es uno.

Tampoco se trata de darle sentido a mi vida: no es eso lo que le falta. Admito que me quedo boquiabierto ante las innumerables personas que, suponiendo que digan la verdad, sufren de una existencia carente de sentido. Me recuerdan a esas mujeres elegantes que, ante un fabuloso guardarropa, se ponen a gritar que no tienen nada que ponerse. El simple hecho de vivir es un sentido en sí mismo. Otro es vivir en este planeta. Otro es vivir entre los demás, etc. Declarar que tu vida carece de sentido no es serio. En mi caso, sí sería exacto afirmar que, hasta ahora, mi vida carecía de objeto. Y me parecía bien. Era una vida intransitiva. Vivía de un modo absoluto y podría haber continuado así a plena satisfacción. Fue entonces cuando el destino me alcanzó.

El destino vivía en un apartamento abuhardillado. Desde hace quince años, me gano la vida proporcionando a los que acaban de mudarse soluciones energéticas que no han solicitado. En función de las instalaciones –¿debería decir de los desastres?–, les oriento hacia una u otra compañía eléctrica, de las que soy más o menos empleado; calculo y concedo créditos cuando tropiezo con situaciones sociales que superan los límites de la palabra precariedad. Ejerzo mi actividad en París y en más de una ocasión he podido comprobar lo que la gente es capaz de soportar para vivir en esta ciudad.

Por un resquicio de pudor, algunos me aseguran que el mal estado de su piso no durará: «Acabamos de llegar, hágase cargo». Asiento. Sé que en la inmensa mayoría de los casos no habrá mejoría alguna: el único cambio consistirá en ir acumulando un desorden que acabará tapando el caos original.

La versión oficial sostiene que me gusta este trabajo porque me permite conocer a individuos sorprendentes. No es del todo falso. No obstante, sería más exacto señalar que semejante función alimenta mi natural indiscreción. Me gusta descubrir la verdad de los lugares en los que vive la gente, los espantosos tugurios en los que los humanos consienten acomodarse.

No hay ningún desprecio en mi curiosidad. Cuando veo mi propio cuartucho, no es para echar las campanas al vuelo. Simplemente soy consciente de poder acceder a un inconfesable secreto más relevante de lo que parece: nuestra especie no vive mucho mejor que las ratas. En los anuncios y las películas, vemos a seres humanos desenvolviéndose por suntuosos lofts o por delicados salones. En quince años de carrera, nunca he visto a nadie mudarse a esos ultraterrenales paraísos.

Aquel día de diciembre, estaba citado con una nueva inquilina del barrio de Montorgueil. El registro especificaba que se trataba de una novelista. Mi mente se puso en marcha, no recordaba haber inspeccionado el domicilio de nadie con semejante profesión.

Para mi sorpresa, no me recibió una joven sino dos. Una era una chica levemente retrasada que no se movió del sofá en el que permanecía apretujada y que me saludó con un sonido nasal. La otra, encantadora y vivaracha, me rogó que entrara. Sus exquisitos modales contrastaban con el estado del lugar. El apartamento abuhardillado carecía simple y llanamente de calefacción alguna.

–¿Y cómo se las apañan para vivir aquí? –le pregunté, horrorizado por el frío glacial.

–Así –dijo mostrándome su vestimenta y la de la deficiente del sofá.

Las dos jóvenes llevaban unos quince jerséis de lana cubiertos por un número similar de abrigos, bufandas y gorros. La subnormal parecía una versión retrasada del yeti. Pese a su atuendo, la hermosa joven conservaba un aspecto encantador. Por un momento, me pregunté si serían pareja. Como si quisiera responder a mi tácita pregunta, la criatura empezó a hacer burbujas con su propia saliva. No, era imposible que estuvieran juntas. Me sentí aliviado por ello.

–¿Y lo soportan? –pregunté estúpidamente.

–No nos queda más remedio –respondió.

La retrasada tenía la edad indeterminada de la gente de su especie. La guapa, en cambio, debía de tener entre veinticinco y treinta años. En mi registro, figuraba: «A. Malèze».

A: ¿Agathe? ¿Anna? ¿Aurélia? ¿Audrey?

Se suponía que no debía hacer preguntas al respecto. Examiné las habitaciones y, no sin sorpresa, comprobé que el agua de los servicios no se había congelado. En el apartamento reinaba una temperatura de unos diez grados. Era poco, es cierto, pero ¿qué hacía que uno tuviera la sensación de que la temperatura era diez grados menos? Miré el techo, casi íntegramente de cristal. El aislante era deplorable, una permanente corriente de aire helaba los huesos. Calculé mentalmente el coste de las obras necesarias en varios cientos de miles de euros. Lo peor es que nada parecía factible antes del verano, ya que sería indispensable reventar el techo. Se lo comuniqué. Se echó a reír.

–No tengo ni el primer euro de una suma semejante. Hemos invertido todo nuestro dinero en la compra del apartamento.

«Hemos»: debían de ser hermanas.

–Pero podría solicitar un crédito y, provisionalmente, alojarse en casa de algún pariente.

–No tenemos ninguno.

Era conmovedor, aquellas valerosas huérfanas, una de las cuales estaba a punto para el psiquiátrico.

–Así no podrán pasar el invierno –dije.

–Tendremos que hacerlo. No tenemos alternativa.

–Puedo encontrarles plaza en algún albergue municipal.

–Ni hablar. De todos modos, no nos quejamos de nada. Es usted quien ha insistido en realizar esta visita de inspección.

El tono defensivo me estremeció el corazón.

–¿Y de noche, cómo consiguen dormir?

–Lleno bolsas de agua caliente y nos apretamos la una contra la otra bajo el colchón.

Entendí mejor la presencia de la idiota: emitía calor. Una virtud insustituible de la que, por el ejercicio de mi oficio, conocía el lugar capital que ocupa en las conductas humanas.

El orgullo de aquella joven me gustaba. Me lo jugué todo a una carta:

–No puedo marcharme sin proponerles una ayuda, un recurso o una mediación.

–¿Y qué propone?

–Puedo traerles calefacción eléctrica complementaria. Gratis.

–No podremos asumir el coste de la factura eléctrica que se derivará de ello.

–La compañía tiene previsto arreglos para este tipo de problemas.

–No estamos necesitadas.

–Su actitud la honra. Pero existe la bronquitis crónica, y puede degenerar en pleuresía. Los casos son cada vez más frecuentes.

–Gozamos de una salud excelente.

Empezaba a mostrarse hostil. Comprendí que me estaba invitando a irme. Lo único que conseguí, gracias a mi insistencia, fue una nueva cita con el fin de cubrir el techo con lonas de plástico.

–Quedará feo –dijo ella.

–Será provisional –respondí, intentando una sonrisa de reconciliación.

Pospuse para el próximo encuentro las preguntas que ardía en deseos de hacerle.

Una vez fuera, corrí al Fnac de Les Halles, en busca de las novelas de una tal A. Malèze. Encontré *Balas de fogueo* de Aliénor Malèze. Aliénor: era tan hermoso que me quedé desconcertado.

Después de leer la novela, y no sin recelo, me pregunté en qué medida aquellas balas de fogueo podrían resultar más inofensivas que las balas de verdad. Era incapaz de responder ni de saber si la novela me gustaba. Igual que era incapaz de precisar si preferiría recibir un dardo de curare en el entrecejo o nadar entre tiburones con una herida en la pierna.

Me concentré en los aspectos positivos. Sí, había experimentado un profundo alivio al terminar el libro. Sí, había sufrido leyéndolo, pero no por motivos literarios. Por otra parte, apreciaba que no hubiera una fotografía del autor en la solapa, en una época en la que tan difícil resulta librarse de un primer plano del careto del escritor en portada. Ese detalle me produjo una enorme satisfacción, tanto más cuanto que conocía el rostro encantador de la señorita Malèze, que podría haber sido utilizado como señuelo de ventas. La breve reseña biográfica no informaba sobre la edad de la novelista, ni tampoco decía que se trataba del talento más prometedor de su generación. En testimonio de lo cual estaba en disposición de concluir que no eran cualidades lo que le faltaban al libro.

Gracias al apartado «Del mismo autor», me enteré de que no se trataba de su primera novela. Había publicado cuatro con anterioridad: *Sin anestesia, In vitro, Fracturas* y *Fase terminal.* Experimenté la desesperación del caballero que, creyendo haber salido victorioso de una prueba, descubre que la dama de sus pensamientos le impone cuatro pruebas más de la misma ralea.

Se los encargué al librero de mi barrio y, febrilmente, esperé la siguiente cita. ¿Le llevaría el libro para que me lo dedicara? ¿Era una buena idea? Si yo fuera escritor, ¿me gustaría que un desconocido se comportara así conmigo? ¿Acaso ella se lo tomaría como un gesto fuera de lugar, un exceso de familiaridad, una intromisión en su vida privada? Me estaba volviendo loco con tantas preguntas protocolarias, que invadían el reducido espacio social en el que me movía.

El día señalado, guardé *Balas de fogueo* en mi mochila, sin tener aún ningún plan concreto. Aliénor: el nombre había cristalizado en mi interior hasta tal punto que me sonaba como un diamante. Sin embargo, tenía que evitar llamarla de ese modo: la perspectiva se me antojaba tan difícil como no agradecerle a un arpista que toque Debussy cuando sientes la urgente necesidad de escuchar maravillas de este tipo.

Aliénor me recibió con una educación que me dolió. En su rincón, la amiga deficiente se estaba zampando una cazuela de humeante puré.

«Ayuda a entrar en calor», me dijo con una voz de labio leporino. Asentí y me puse a trabajar. Entoldar la zona resultó más difícil de lo que creía: la novelista me ayudó y, avergonzado, tuve que confesarle que sin ella habría tenido que renunciar y abandonarla a merced de las corrientes de aire antes de regresar con una brigada.

–¿Lo ve? No es tan feo –dije cuando terminamos.

–El cielo se merece algo más que una transparencia plástica –respondió–. ¿Cuándo podrá quitarla?

–¡No tan deprisa! Acabamos de ponerla. Antes de que termine el mes de abril, yo, en su lugar, no tocaría nada.

De la enorme bolsa que contenía la lona de plástico saqué el modelo más reducido de calefacción eléctrica de placa por irradiación.

–Ahora que el interior está aislado, vale la pena calentar –comenté–. Este aparato consume mucho menos que los convencionales.

–No le he pedido nada.

–No está obligada a utilizarlo. Pero no me obligará a llevarlo conmigo arriba y abajo todo el día. Lo dejo aquí y, a finales de abril, me lo llevaré junto con la lona.

Se quitó los mitones para acariciar la superficie, como si se tratara de un animal doméstico que quisiera endosarle; en una de sus manos, observé una herida inmunda y no pude reprimir un grito.

–No es nada –dijo ella–. La bolsa de agua caliente explotó mientras dormía. Puedo darme por satisfecha de haber sufrido solo una quemadura en la mano.

–¿La ha visto un médico?

–No hace falta. Es espectacular por las ampollas, eso es todo.

Volvió a ponerse los mitones. En el apartamento hacía tanto frío que me parecía que el aire podría recortarse en cubitos. La idea de abandonar a la joven en aquella gélida celda me desgarraba el corazón.

–¿Consigue escribir en estas condiciones? –balbuceé.

–¡Aliénor! ¡Una pregunta para ti!

La anormal me miró con expresión estupefacta. Menos estupefacta que la mía. ¿Qué? ¿La escritora era ella?

–¿Consigue escribir en estas condiciones? –repetí con terror, contemplando los restos de puré alrededor de su boca.

–Me gusta –respondió la labio leporino.

Para disimular mi espanto, fui a buscar el libro a la mochila.

–Mira –dijo la guapa–. El señor ha traído tu novela. ¿Quieres dedicársela?

La criatura emitió un alegre borborigmo que sonó como si asintiera. Hubiera preferido darle el libro a la criada para que se lo entregara, pero hice acopio del valor suficiente para tendérselo a la fea, junto a mi bolígrafo. Se lo quedó mirando durante largo rato.

–Es el bolígrafo del señor. Habrá que devolvérselo –articuló aquella cuyo nombre yo ignoraba.

Aliénor, pensé. Desde que sabía a quién correspondía aquel nombre, se había transformado. Me sonaba como «Alien». Sí, se parecía a la cosa de la película. Quizá fuera esa la causa de que me inspirara tanta angustia.

–Hay un café aquí al lado –le dije a la guapa–. ¿Quiere tomar algo?

A la idiota le contó que se iba al café con el señor y le sugirió que aprovechara para escribirle una dedicatoria digna de ella. Me pregunté qué podía significar eso y qué tenían que ver la dignidad o la indignidad con el estado zombi que la caracterizaba.

Una vez en el café de la esquina, debió de leer los interrogantes en mi mirada, ya que intervino sin demora:

–Lo sé. Resulta increíble que una escritora así sea retrasada. No diga nada, ya sé que la palabra está mal vista, pero a mí me parece justa y desprovista de desprecio. Aliénor es una persona lenta. El tiempo que tarda en hacer cualquier cosa le confiere una especie de talento. Su lenguaje está desprovisto de los automatismos que tanto recargan el nuestro.

–No es lo que más me sorprende. Su libro es tan violento. Y Aliénor parece tan dulce y tan sencilla.

–En su opinión, ¿un escritor afable escribe libros afables? –preguntó ella.

Me sentí como el rey de los cretinos y dejé que hablara ella.

–Tiene usted razón en eso –continuó–. Aliénor es dulce y sencilla. Lo es de verdad, sin premeditación. Si no me ocupara de ella, los editores le robarían hasta el último céntimo.

–¿Es usted su agente?

–En cierto modo, aunque no lo especifique ningún contrato. Conocí a Aliénor hace cinco años, cuando publicó su primera novela. Su estilo me había seducido y acudí al Salón del Libro para que me dedicara su novela. En la solapa promocional, la editorial especificaba que Aliénor Malèze era auténtica y singular y que «su diferencia constituía un enriquecimiento para nuestra sociedad». Cuando la vi, me produjo una gran impresión. Tanta inocencia saltaba a la vista. En su estand, en lugar de coger el libro que le tendían o de lucir la típica sonrisa comercial del que tiene algo que vender, se limpiaba aplicadamente la nariz sin preocuparse de las desaprobadoras miradas de los visitantes. En aquel momento, una mujer se le acercó y vi cómo le daba un puñetazo en la cintura mientras, con la otra mano, la incitaba a coger el bolígrafo. Enseguida entendí que había que protegerla.

–En *Balas de fogueo* no se señala que sea... diferente.

–A partir de su segundo libro, procuré que fuera así. Utilizar su minusvalía como argumento de venta me resultaba chocante, tanto más cuanto que se la puede leer perfectamente ignorando este detalle. Cuando logré que su problema dejara de figurar, el editor intentó que su fotografía figurara en la solapa. Era lo mismo, ya que el rostro de Aliénor lo dice todo. Me opuse a ese proyecto.

–Con éxito.

–Sí. Lo más difícil fue contactar con ella. No es que escondiera su dirección, es que la ignoraba. Tuve que seguirla. Y entonces descubrí el pastel: el editor la tenía encerrada sola en un estudio microscópico con un magnetófono. Una especie de cancerbera pasaba por la noche y escuchaba la cinta en la que se suponía que Aliénor tenía que grabar su siguiente novela. Si consideraba que la prisionera había trabajado correctamente, le dejaba mucha comida. De lo contrario, nada. A Aliénor le encanta comer. Sin embargo, no entendía nada de semejante chantaje.

–Es repugnante.

–Lo peor era que yo no podía impedirlo. Tras muchas pesquisas, localicé a sus padres, a quienes esos negreros de editores habían asegurado que su hija se daba la gran vida en París. Les conté la verdad. Se escandalizaron, pero me confesaron que ya no les quedaban fuerzas para ocuparse de ella. Les dije que estaba dispuesta a acoger a Aliénor en mi casa y a cuidar de ella. Fueron generosos. Afortunadamente, ya que entonces vivía en un tugurio increíble en la Goutte-d'Or, comparado con el cual nuestro apartamento actual, comprado gracias a los derechos de autor de Aliénor, es un palacio. Usted se escandaliza de que no tengamos calefacción. En la Goutte-d'Or no solo no teníamos calefacción sino que tampoco disponíamos de agua corriente.

–¿Y el editor no intentó interponerse?

–Sí, por supuesto. Pero los padres habían puesto a su hija bajo mi tutela, y eso nos protege a ambas. No por ello la considero mi pupila, más aún teniendo en cuenta que es tres años mayor que yo. En realidad, la quiero como si fuera mi hermana, incluso sabiendo que vivir con ella no siempre resulta fácil.

–Al principio creí que la escritora era usted.

–Resulta curioso. Antes de conocer a Aliénor, me creía capaz de escribir, como todo el mundo. Desde que me dicta sus textos, me doy cuenta de lo mucho que me separa de un escritor.

–¿Ella le dicta?

–Sí. Escribir de su puño y letra le resulta muy difícil. Y, ante un teclado, se queda paralizada.

–¿Y no resulta muy pesado para usted?

–Es la parte de mi papel que prefiero. Cuando era una simple lectora más de Aliénor, ni siquiera me daba cuenta de su arte. Su prosa límpida da ganas de convertirse en autor, uno cree que parece fácil. Todos los lectores deberían copiar los textos que les gustan: no hay nada mejor para comprender qué los hace tan admirables. La lectura excesivamente rápida no permite descubrir lo que esa simplicidad esconde.

–Tiene una voz extraña, me resulta difícil entenderla.

–Forma parte de su minusvalía. Uno se acostumbra a su dicción.

–¿Cuál es exactamente su enfermedad?

–Una variedad muy rara de autismo, la enfermedad de Pneux. Un tal doctor Pneux fue el primero en describir esta degeneración llamada más comúnmente «autismo afable». Uno de los problemas de los enfermos de Pneux es que no se defienden en absoluto contra las agresiones: no las perciben como tales.

Reflexioné y dije:

–Sin embargo, en su libro...

–Sí. Pero es porque Aliénor es escritora: al escribir, consigue expresar lo que no ve en su entorno cotidiano. Los otros enfermos de Pneux, por desgracia, carecen de este talento.

–Así pues, su talento no es consecuencia de su problema.

–Sí. Su talento es una defensa inmunológica que, de no estar enferma, no habría desarrollado. Me horroriza la teoría del mal necesario, pero hay que admitir que sin su minusvalía Aliénor no habría inventado su escritura.

–¿Además de escribir lo que le dicta, en qué consiste su papel?

–Soy la interfaz entre Aliénor y el mundo. Es un trabajo considerable: negocio con los editores, cuido de su salud física y mental, compro la comida, la ropa y sus libros, selecciono su música, la llevo al cine, le preparo la comida, la ayudo a lavarse...

–¿No puede hacerlo sola?

–Percibe la suciedad como un fenómeno divertido, no entiende por qué tiene que lavarse.

–Me parece usted muy valiente –dije, intentando imaginar la limpieza en cuestión.

–Le debo mucho a Aliénor. Ella me mantiene.

–Teniendo en cuenta lo que llega a trabajar para ella, es lo justo.

–Sin ella, ejercería una profesión ordinaria y pesada. Gracias a ella, tengo una existencia digna de llamarse así; se lo debo todo.

Lo que me contaba me dejaba de piedra. Me parecía que yo nunca habría soportado un destino semejante. ¡Y se alegraba por ello!

Temía que fuera una especie de santa. Las santas ejercen sobre mí un tipo de impacto erótico provocado por la peculiar irritación que me producen. No era lo que podía sentir por aquella joven.

–¿Y usted cómo se llama? –pregunté para cortar por lo sano con tanta nobleza de sentimientos.

Ella sonrió, como quien se ha guardado un temible as en la manga.

–Astrolabio.

Si hubiera estado comiendo, me habría atragantado.

–¡Pero si es un nombre de chico! –exclamé.

–¡Ah, por fin alguien que lo sabe!

–¡Era el hijo de Eloísa y Abelardo!

–¿La compañía eléctrica recluta a escolásticos?

–¿Y cómo se les ocurrió a sus padres ponerle Astrolabio?

–Usted, por lo menos, no piensa que se trata de un seudónimo que he elegido para impresionar al personal.

En efecto. Era el más indicado para saber que los padres pueden bautizar a sus retoños del modo más aberrante.

–Mi madre se llama Eloísa –prosiguió– y mi padre Pierre, el nombre de Abelardo. Hasta ahí, nada de lo que sorprenderse. Poco después de concebirme, mi padre se convirtió en un fanático de Fidel Castro y abandonó a mi madre para marcharse a vivir a Cuba. Mamá fingió pensar que castrista y castrado tenían la misma raíz. Para vengarse, me puso el nombre de Astrolabio con el fin de que mi padre conociera su opinión si regresaba. Nunca regresó.

–Ponerle a tu hijo un nombre por venganza no es precisamente un regalo.

–Estoy de acuerdo con usted. Sin embargo, el nombre me gusta.

–Tiene razón. Es magnífico.

Me hubiera gustado que mi curiosidad se viera correspondida. Por desgracia, no me preguntó por mi identidad. Así que tuve que hacerlo por iniciativa propia. Tras explicarle quién era Zoilo, concluí:

–Usted y yo tenemos algo en común: un nombre rebuscado que nuestros padres nos pusieron a causa de una concepción culpable del descaro.

–Es una manera de ver las cosas –dijo ella, como si quisiera poner fin a la conversación–. Aliénor ya debe de haber acabado de dedicarle su libro. Vaya a buscarlo. Creo que ya le he hecho perder suficientemente su precioso tiempo.

Frustrado, la acompañé hasta su casa. ¿Qué error había cometido? Fue Aliénor quien me salvó: me tendió el libro con una expresión satisfecha y gloriosa y pude leer la siguiente dedicatoria: «Para el señor, besos. Aliénor».

–Le gusta usted –afirmó Astrolabio en un tono más suave.

No quise comprometer mi recuperada situación y me marché inmediatamente. Por gratitud, decidí que leería con extrema atención la obra de aquella escritora.

Astrolabio: sin duda ella es la razón por la cual me dispongo a secuestrar este avión. Una idea así la horrorizaría. Mala suerte: hay mujeres a las que hay que querer a su pesar y actos que uno debe cometer a pesar de uno mismo.

Sin embargo, sería excesivo afirmar que si mi historia de amor hubiera salido bien, no me habría convertido en un *high jacker* aficionado. En primer lugar, porque ignoro qué significa que una historia de amor salga bien. ¿Cuándo puede considerarse que el amor sale bien? En segundo lugar, porque, incluso en el caso de indudables éxitos amorosos, tampoco puedo garantizar que no dedicaría este domingo a una operación como esta. Cuando Astrolabio se entere de lo que he hecho, me despreciará, me odiará, maldecirá el día en que nos conocimos, destruirá mis cartas o, peor aún, las entregará a la policía; estoy convencido de que ningún hombre habrá ocupado tanto su pensamiento. No está mal.

Ignoro en qué consiste que una historia de amor salga bien, pero hay algo que sí sé: no existe fracaso amoroso. Es una contradicción en los términos. Experimentar el amor ya supone un triunfo, tanto que podríamos llegar a preguntarnos por qué queremos más.

Sin que fuera diagnosticado como anorexia, a los dieciséis años sufrí la pérdida del apetito. En dos meses perdí veinte kilos.

Un chico de uno setenta y cinco y cuarenta kilos constituye un espectáculo repulsivo. Aquello duró medio año, y luego volví a alimentarme. El fenómeno tuvo la curiosidad de revelarme el milagro de las facultades de las que me vi privado: entre otras, esa fabulosa capacidad de cristalizar alrededor de otra persona.

Gracias a aquellos seis meses de absoluta frigidez, no creo que olvide que la simple realidad de un sentimiento amoroso es un don en sí mismo, un estado de alerta absoluta en el que queda abolida cualquier otra realidad.

El encargo me esperaba en la librería: me llevé los libros de Aliénor a casa. Los leí hasta arrancarme los órganos de la lectura que, en el caso de esas novelas, resultaban difíciles de identificar. Devorar la obra de un autor para poder seducir a su cuidadora no era una operación banal. Luego, en honor a la señorita Malèze, escribí tal epístola que se vería obligada a compartir con su protectora. Puse mis señas a pie de página y se obró el milagro: Astrolabio me llamó.

–¡Menuda carta! –dijo con entusiasmo.

–Solo es la expresión de mi admiración.

–Aliénor me ha pedido que se la lea en voz alta: quería asegurarse de que su vista no la engañaba.

–Por la misma razón, me encantaría que usted me leyera sus libros en voz alta.

Al otro lado del teléfono, la oí:

–¿Me autoriza la compañía eléctrica a invitarle a tomar el té en nuestra casa sin que la calefacción tenga nada que ver con el asunto?

El sábado siguiente, a las cinco de la tarde, me presenté en su casa. Tomar el té en compañía de la dama de mis pensamientos y de una novelista retrasada resultó ser una experiencia compleja.

En el apartamento reinaba un frío levemente inferior al de la primera vez.

–¿No utilizan mi calefacción? –constaté.

–Denúncienos a la compañía. No le invito a quitarse el abrigo. Confíe en nuestra experiencia: vale más conservar el calor que haya acumulado.

Les llevé una caja de macarrones dulces Ladurée. En el momento de servirme el té, Astrolabio me propuso tomar uno: lo interpreté como una orden.

–Es ahora o nunca –precisó ella.

Lo entendí mejor cuando la caja de Ladurée llegó a manos de Aliénor: tras sucesivos gruñidos de éxtasis, se puso a engullir los macarrones uno tras otro. Había elegido un surtido de unas veinte piezas de distinto sabor: con cada nuevo sabor, Aliénor berreaba, sujetaba el brazo de Astrolabio para llamar su atención y abría toda la boca para mostrarle el color del pastelito responsable de semejante trance.

–Debería haber elegido la caja de treinta –observé.

–Treinta, cuarenta, de todos modos no dejaría ni uno. ¿No es cierto, Aliénor?

La escritora asintió con entusiasmo. Cuando acabó de comer, observó la caja de color verde jade con admiración; no pareció inmutarse lo más mínimo con mis preguntas sobre sus libros.

–Aliénor no responde cuando la interrogan sobre su obra –dijo Astrolabio–. No comprende el principio de la explicación del texto.

–Hace bien.

En su presencia, me resultaba un poco incómodo hablar de ella en tercera persona; aunque también es verdad que su presencia era relativa. No nos escuchaba.

–¿De verdad leyó mi carta? –pregunté.

–Por supuesto. No se sienta frustrado, Aliénor entiende los elogios. Un día que le solté un ramillete de elogios sobre uno de sus párrafos, ella cerró los ojos. «¿Qué significa esa reacción?», le dije. «Me acurruco en tus palabras», respondió.

–Es bonito.

–Y a mí los elogios que le hacen a Aliénor me llenan de alegría.

Aquellas palabras no cayeron en saco roto. Solté una salva de lo más laudatoria sobre el estilo de la novelista. Incluso me excedí un poco, pero la causa lo merecía. Astrolabio no disimulaba el placer que le proporcionaba: el espectáculo resultaba exquisito.

Al término de mi actuación, la dama de mis pensamientos aplaudió:

–Es usted el mejor adulador que conozco. Aliénor está encantada.

Nadie lo hubiera dicho: con la nariz pegada al sello Ladurée, la novelista invertía su energía en bizquear.

–Es porque me sale del corazón –declaré.

–Es usted un crítico literario mucho más dotado que su homónimo.

–No sabe cómo me tranquiliza saberlo –dije, sorprendido de que se acordara de mis comentarios.

–¿Cómo acabó usted en la compañía eléctrica?

Encantado por su curiosidad respecto a mi persona, me sumergí en una breve biografía, del tipo apasionado por la filología que, sin embargo, no deseaba convertirse en profesor. En 1996, la compañía EDF, entonces en el cénit de su poderío, dedicó parte de su presupuesto a la publicación de una recopilación de relatos literarios que ilustraran diversas utilizaciones desconocidas de la electricidad. Con veintinueve años, fui contratado en calidad de director de publicaciones. En una editorial, un cargo así me habría convertido en mandarín; en la EDF más bien parecía una persona fuera de lugar. Cuando el presupuesto no fue prorrogado, solicité no ser despedido. Entonces me asignaron este nicho que, hasta hoy, me pertenece.

–Es un hermoso trabajo –dijo Astrolabio–. Conoce a gente de todo tipo.

–Más bien me tropiezo con miserias indescriptibles, con extranjeros que creen que quiero expulsarlos del país, con casos sociales que exhiben su pobreza como si quisieran reprochármela, y con cuidadoras de novelistas hartas de mi diligencia.

Sonrió. Aliénor pidió más té. Empezó a tragar una taza tras otra; comprendí entonces por qué Astrolabio había previsto una tetera tan ciclópea.

–Aliénor no hace las cosas a medias –comentó ella–. Cuando toma té, lo toma de verdad.

El resultado no tardó en manifestarse. La escritora fue al lavabo, volvió, fue otra vez, volvió, etc. Era un caso interesante de movimiento perpetuo. Cada vez que desaparecía, yo aprovechaba para abonar el terreno:

–Me gustaría mucho volver a verla.

O:

–No dejo de pensar en usted.

O:

–Incluso con tres parcas superpuestas, es usted hermosa y agradable.

O directamente cogerle la mano.

Pero el precipitado regreso de Aliénor nunca le daba tiempo a la joven a superar el estado de la incomodidad y responder.

Me hubiera gustado sugerirle a la imparable novelista: ¿para qué regresa si tendrá que volver inmediatamente? Sospechaba que había una parte de perversidad infantil en aquel personaje.

–No habla usted demasiado –acabé por decirle a Astrolabio.

–No sé qué decirle.

–De acuerdo, entiendo.

–No, no lo entiende.

Anoté mi dirección en un papel: sabía que ya la tenía, pero por si acaso.

–Quizá encuentre la respuesta por escrito –le dije antes de marcharme.

Enamorarse en invierno no es una buena idea. Los síntomas son más sublimes y más dolorosos. La perfecta luz del frío estimula el deleite sombrío de la espera. Los escalofríos realzan el desasosiego. Quien se enamora por Santa Lucía se expone a tres meses de temblores patológicos.

Las otras estaciones tienen sus zalamerías, espinillas, escozores y frondosidades en las que sepultar los estados de ánimo. La desnudez invernal no ofrece refugio alguno. Más traidor que el espejismo del desierto es el famoso espejismo del frío, el oasis del círculo polar, un escándalo de belleza hecho realidad gracias a las temperaturas negativas.

El invierno y el amor tienen en común que inspiran el deseo de sentirse reconfortado por semejantes pruebas; la coincidencia de ambas estaciones excluye la posibilidad de alivio. Al amor le repugna compensar el frío con el calor y lo reviste de una impresión de obscenidad, aliviar la pasión abriendo las ventanas que dan al aire vivo envía a la tumba en un tiempo récord.

Mi espejismo de frío se llamaba Astrolabio. La veía por todas partes. Las interminables noches invernales que ella pasaba tiritando en su tugurio sin calefacción, yo las vivía mentalmente a su lado. El amor no tolera la fatuidad: en lugar de imaginar el fuego que mi cuerpo le hubiera podido proporcionar al suyo, yo rodaba cuesta abajo del termómetro junto a la dama de mis pensamientos, no había límites para la gélida quemadura que juntos podíamos alcanzar.

El frío ya no constituía una amenaza sino un imperioso poderío que nos animaba y que se expresaba por sí mismo: «Soy el frío y si reino en el universo es por una razón tan simple que a nadie se le ha ocurrido: necesito que me sientan. Es la necesidad de todo artista. Ningún artista lo ha logrado tanto como yo: todo el mundo y todos los mundos me sienten. Cuando el sol y todas las demás estrellas se hayan apagado, yo seguiré quemando, y todos los muertos y todos los vivos sentirán mi abrazo. Sean cuales sean los designios del cielo, la única certeza es que yo tendré la última palabra. Tanto orgullo no excluye la humildad: no soy nada si no me sienten, no existo sin el escalofrío de los demás; el frío también necesita combustible, mi combustible es vuestro sufrimiento, por los siglos de los siglos».

Soporté valerosamente el frío, no solo para compartir el destino de mi bienamada, sino también para rendir mi homenaje al artista universal.

Releo lo escrito con estupefacción: así, el que dentro de unas horas hará estallar un avión con un centenar de pasajeros dentro, cuando tiene ocasión de escribir sus últimos pensamientos cae en el más delirante de los lirismos.

¿Para qué cometer un atentado si es para acabar romantiqueando como cualquier principiante? Pensándolo bien, me pregunto si no habrá aquí una clave: aquellos que se lanzan a la acción directa esperan encontrar en ella la virilidad que les falta. El destino del kamikaze perpetuará el malentendido. Las madres iletradas sacarán pecho: «Mi hijo no era una nenaza, es el que ha secuestrado el Boeing de la Pan Am...». Menos mal que mis notas morirán conmigo, es el tipo de secreto del que vale más no presumir.

Evidentemente, es a Astrolabio a quien pretendo impresionar. Sé de antemano que no será así, me adelanto a mi fracaso con una estúpida valentía. A veces hay que actuar aun estando seguro de no ser comprendido.

Son las 10.45. Me satisface tener tiempo de continuar este relato en el que me siento a mí mismo. Sentirse bien es una ambición absurdamente exagerada teniendo en cuenta que sentir a secas resulta tan raro. Escribir convoca un importante segmento del cuerpo: constituye una aplicación física del pensamiento. Desde hace unas semanas, sé que voy a provocar una catástrofe aérea. La novedad es que lo escribo. Pues bien, escribirlo resulta mucho más intenso que concebirlo en tu cabeza.

Lo mejor sería escribirlo después. Por desgracia, no se puede escribir desde ultratumba. Todo el mundo lo lamenta. Probablemente no habrá supervivientes, así que nadie podrá contar cómo lo hice. Por lo demás, no es demasiado interesante.

Qué pesados son con sus medidas de seguridad de tres al cuarto. En realidad, sean cuales sean sus prohibiciones, siempre existirá un modo de secuestrar un avión. El único principio de precaución válido consistiría en suprimir la aviación.

¿Cómo no iba a soñar el terrorista de base con acceder, de un modo u otro, a esos fabulosos ingenios voladores? Terrorista de tren, de autobús o de discoteca, resulta lamentable. El terrorista aspira forzosamente al cielo: la mayoría de los kamikazes aspiran al cielo por partida doble, anticipando su estancia en el más allá. Lo de terrorista terrestre tiene un lado de marinero de agua dulce.

Ningún terrorista ha actuado sin un ideal, ideal atroz pero ideal al fin y al cabo. Que esos nubarrones sean pretextos no cambia nada: sin el pretexto, no existiría el paso al acto. El terrorista necesita esa ilusoria legitimidad, especialmente si se trata de un kamikaze.

Este ideal, ya sea religioso, nacionalista o de cualquier otra índole, siempre adopta forma de palabra. Koestler dice con razón que lo que más muertos ha causado sobre la tierra es el lenguaje.

Cualquiera que esté esperando una carta de la persona amada conoce el poder de vida o de muerte de las palabras. Mi caso se agravaba, ya que Astrolabio tardaba en escribirme: mi existencia pendía de un lenguaje que todavía no existía, de la probabilidad de un lenguaje. La física cuántica aplicada al epistolario. Cuando oía los pasos de la portera en la escalera, a la hora de repartir el correo, que deslizaba debajo de las puertas, experimentaba un trance parecido al del místico sometido a una prueba divina. Cuando identificaba el sobre como una factura o publicidad, experimentaba el rechazo en su plenitud, el rechazo brutal de Dios y, de repente, lo colmaba de no-existencia.

Si no hubiera residido en un edificio popular, no habría podido vivir aquella experiencia teológica vinculada al sonido de los pasos de la portera repartiendo el correo. Los que tienen que bajar hasta el buzón no conocen ese privilegio. No dudo de que su corazón lata con fuerza al abrir el buzón. Pero escuchar tu destino andando por la escalera produce una emoción inigualable.

A finales de enero se produjo el milagro: un sobre manuscrito se escurrió bajo mi puerta. Mis manos temblaron con tanta fuerza que me corté con el abrecartas. Durante la primera lectura, me resultó imposible respirar y, al finalizar semejante descubrimiento, sentí la tentación de prolongar la apnea. No es que el contenido me disgustara: la mitad de las frases me daban motivos para morir de alegría, mientras que la otra mitad me decapitaba.

Me sé de memoria el texto de la misiva. Reproducirlo aquí me afectaría demasiado. Astrolabio decía que no podía dejarse llevar por la turbación que le producía: ocuparse de Aliénor constituía un sacerdocio que no le permitía vivir una historia de amor. Abandonar a la escritora equivaldría a matarla.

Yo le producía confusión: no me lo esperaba. Y, sin embargo, aquel mensaje era peor que una negativa oficial. Estaba a punto de alcanzar mi ideal y una retrasada mental me lo arrebataba. El motivo era noble e indiscutible y, no obstante, me negaba a comprenderlo. Sentí deseos de estrangular a la subnormal de una vez por todas. ¡Así que tenía que sacrificarme por aquel desecho de la humanidad! ¿Acaso tenía conciencia de la felicidad que suponía vivir con aquel ángel? ¡Si una cazuela de puré bastaba para contentarla!

Le respondí en el acto. Tuve el sentido común de callarme los comentarios odiosos que deseaba dirigirle a la retrasada; si hubiera expresado aunque solo fuera una ínfima parte, Astrolabio me habría borrado inmediatamente de su agenda. Escribí que el amor llama al amor: no tenía que elegir entre el amor que ella le ofrecía a Aliénor y el que yo le ofrecía. Podríamos vivir los tres juntos. Yo la ayudaría a cuidar de la escritora y la descargaría de una parte de sus obligaciones.

Redactando febrilmente aquellas frases, intentaba convencerme de que ese era mi deseo. La falta de sinceridad conmigo mismo saltaba a la vista: compartir la dama de mis pensamientos con la anormal no me atraía lo más mínimo. Imaginaba escenas grotescas: mi intimidad con Astrolabio interrumpida por una crisis de Dios sabe qué de la chiflada, una cena a la luz de las velas con Aliénor como tercera persona zampándose los pequeños platos sin darnos tiempo a probarlos, los mocos de la novelista pringando mis camisas, Astrolabio demasiado cansada para lavar a su amiga y rogándome sustituirla, la loca desnuda en la bañera con sus patitos de plástico...; no, mi grandeza de espíritu nunca alcanzaría semejante nivel. Yo era como todos: los anormales me daban miedo. Me sentía incapaz de superar aquel terror primitivo.

Esta vez, la carta de Astrolabio no tardó en llegar. Me contaba lo que yo fingía ignorar: hasta qué punto mi proyecto resultaba impensable. La cohabitación con una persona como Aliénor implicaba deberes y pruebas que no podía llegar a imaginar. Lejos de ayudarla, la presencia de una tercera persona constituiría una dificultad añadida.

Aquella frase fue como una puñalada: la tercera persona habría sido yo. ¿Cómo podía haber imaginado otra cosa? El vínculo que existía entre aquellas dos mujeres siempre sería lo primero. De entrada, experimenté respecto a la subnormal una envidia asesina. Sí, me hubiera gustado ser ella. No era ella la que sufría su incapacidad, era yo. De hecho, ¿qué me impedía imitarla? Yo también podía interpretar el papel de deficiente, no estaba lejos de serlo, como cualquiera que esté locamente enamorado. ¡Si era necesario para gustarle a Astrolabio!

En un estado de avanzado furor, le escribí una epístola abstrusa –a posteriori, me felicito de que el sentido de la misma no quedara claro–. No tenía derecho a tantas privaciones. Por supuesto, no era lo bastante pretencioso para creer que prescindir de mi amor arruinaría su existencia. Pero no podía negar los imperativos ya no del cuerpo sino del alma y el corazón: ¿cuánto hacía que no recibía esas palabras de absoluta turbación sin las que nadie puede vivir? Me sometería a sus condiciones. Fuera cual fuera, aceptaría el marco vital que me propusiera con tal de vernos. A la fuerza encontraría una manera de hacerla feliz, y su felicidad repercutiría en Aliénor (lo cual me importaba un bledo, detalle que omití). Había entendido que no viviríamos juntos; no por ello teníamos que dejar de vernos.

Fui a deslizar la carta en su buzón para que la recibiera más deprisa. Por el camino, me preguntaba cómo podía no sospechar que aquella chica, de la que no sabía casi nada, era la mujer de mi vida. Nunca había considerado a nadie como tal. La quería más allá de lo que era capaz de expresarle.

Luego me enclaustré en mi casa a la espera de que me contestara por la misma vía. Escuchaba una y otra vez *La muerte y la doncella* de Schubert para estar seguro de sufrir todavía más. Y lamentaba no fumar: consumirse los pulmones al mismo tiempo que el resto hace que el dolor resulte más coherente. Por desgracia, cada vez que intentaba fumar un cigarrillo, me parecía tan difícil como pilotar un avión.

Lo que acabo de escribir es idiota: pilotar un avión es mucho más fácil que fumar. De entrada, está menos prohibido. En ningún sitio se lee: «Se ruega no pilotar aviones». Cuando conoces a alguien, si dices que eres fumador, el otro frunce el ceño; si dices que eres piloto de aerolínea, en cambio, te mira con consideración.

Dentro de un rato, tendré ocasión de demostrarle al mundo que un filólogo no fumador que trabaja en el área social de la compañía eléctrica es capaz, sin ayuda de personal de vuelo alguno, de dirigir un Boeing contra un objetivo determinado. Pero no nos anticipemos a los acontecimientos. Prefiero reproducir la nota que recibí:

> Zoilo:
> Nos veremos en el apartamento de Aliénor, en su presencia.
>
> Astrolabio

Aquella nota, tan gélida como el lugar en el que tendría derecho a verla, me llenó de alegría. «En su presencia»: como lo que Astrolabio me proponía no era precisamente un trío, eso significaba que, en lo que respecta a la diversión, adiós a cualquier esperanza. Por más que me lo esperaba, no era una buena noticia. Pero podría verla. Vería a la dama de mis pensamientos. Ella me autorizaba a hacerlo. ¿Acaso no era ese motivo suficiente para ser el más feliz de los hombres? Acudí para ver lo que significaba el verbo «ver».

Lo vi. «Ver» significaba ser visto. El primer beso, del que me había hecho una idea celeste, dejó de seducirme desde el momento en que me di cuenta de que Aliénor nos estaba mirando. No parecía tener ninguna razón para no devorarnos con la mirada.

Le pregunté a Astrolabio si siempre era así cuando tenía un pretendiente. Me respondió que yo era su primer novio desde que cuidaba a la escritora. La mirada de la subnormal cortó de cuajo el orgullo que me inspiró aquella confesión.

–¿No podría mirar hacia otra parte? –pregunté.

–Es a ella a quien conviene dirigirse.

Respiré profundamente y me dirigí a la novelista lo más pausadamente posible:

–Aliénor, póngase en mi lugar. ¿No le molestaría que la observaran en un momento semejante?

Tuve la impresión de haber elegido la formulación más extraña posible. El rostro de la criatura expresó una sorpresa tan profunda como un pozo.

–Aliénor nunca ha tenido novio –dijo Astrolabio.

–Pero podría tenerlo, ¿no?

Mi bienamada carraspeó. Claramente, mi actitud estaba fuera de lugar. Sin embargo, yo la besé de nuevo, más para mostrar aplomo que por auténtico deseo. Entonces la escritora se levantó para observarnos desde más cerca. Vi sus enormes ojos fijos en mí e interrumpí toda actividad galante.

–No puedo –dije–. No puedo.

–La mirada de Aliénor es pura –protestó Astrolabio.

–Me gustaría creerlo. Pero eso no cambia nada. Lo siento.

–Lástima –dijo la joven–. Me estaba empezando a gustar.

–¿La mirada de una tercera persona no te molesta?

–¡Me tutea! –se maravilló.

–Sí. Y tú también vas a hacerlo, ¿verdad?

–De acuerdo. También tendrás que tutear a Aliénor.

Fruncí el ceño. ¿No había una confusión de identidades entre aquellas dos chicas? Eso explicaría por qué el voyerismo de la subnormal no perturbaba a mi bienamada.

Intenté entonces otras aproximaciones para engatusar a la que me impedía vivir una relación que nunca me había atrevido a esperar.

–He leído todos tus libros. Son refinados y demuestran que dispones de una inteligencia superior. ¿Por qué te comportas así cuando estoy con Astrolabio?

Estupefacción de la novelista. Silencio.

–Aliénor solo comprende las cosas en el momento en que las escribe.

–Muy bien. ¿No podrías escribir cuando estoy con Astrolabio?

Silencio. Seguía esperando que mi bienamada respondiera en su lugar.

–Aliénor no escribe. Me dicta.

Acabáramos.

Habría necesitado una larga conversación con la dama de mis pensamientos para que me explicara su concepción de nuestra relación. Pero la perpetua presencia de su curiosa amiga impedía cualquier discusión íntima. Por otra parte, yo había aceptado someterme a sus condiciones; no podía echarme atrás sin romper con ella. Y la ruptura era lo que más temía.

Así pues, adopté el único comportamiento posible: aprendí a saborear lo poco que me daba. Cada tarde, después del trabajo, regresaba al apartamento polar y cenaba con las dos mujeres; me esforzaba por no fijarme en la manera como Aliénor ingería las espinacas y comentaba la jornada con Astrolabio, que me escuchaba con delicadeza, luego me sentaba con ella en el sofá en el que nuestros abrazos eran absorbidos por los ojos en forma de lupa de la subnormal. Como un novio de los de antes, me retiraba a las 23 horas y regresaba a mi casa en metro, desolado, frustrado y enamorado perdido.

El fin de semana, llegaba por la mañana. Presenciaba las sesiones de dictado, que me enseñaron a admirar a la escritora y que aumentaron mi estima por su devota acólita. Aliénor hablaba como la inspirada de Delfos y derramaba su pítica prosa ora lentamente ora convulsivamente. No entendía ni una palabra de lo que salía de su boca, era incapaz de comprender en qué idioma se expresaba. Al principio, creía que Astrolabio traducía simultáneamente; me aseguró que no: tomaba nota, al pie de la letra, de las elevaciones de la novelista. Yo elogiaba la excelencia de su sentido del oído.

–Es cuestión de acostumbrarse –dijo ella.

–Me gustaría que los americanos vieran vuestro tándem. Se burlan de la concepción que nosotros, los europeos, tenemos de la creación literaria: sostienen que, como materialistas que somos, nos convertimos en irracionales teólogos cuando se trata de inspiración. Por eso, contrariamente a nosotros, sostienen que la escritura se enseña.

–La escritura no se enseña, se aprende. Aliénor no demostró su arte de entrada. Ha trabajado su instrumento con constancia, leyendo aún más que escribiendo.

La subnormal leía mucho, pero, por desgracia, nunca en nuestra presencia: no disimulaba que le parecíamos interesantes y distintos a lo que habitualmente la alimentaba. En realidad, no nos observaba: nos leía.

La dama de mis pensamientos preparaba listas para la compra y yo la hacía por ella. Excepcionalmente, cuando le parecía que había anotado un número excesivo de artículos, me acompañaba. Entonces vivía momentos asombrosos: el supermercado me parecía ese saloncito idílico en el que personas de exquisita delicadeza no nos observaban cuando besaba a mi bienamada. Prolongaba al máximo nuestros encuentros en la sección de frutas y verduras, pero siempre llegaba el momento en que Astrolabio me interrumpía diciendo:

–Aliénor debe de estar preocupada.

Entonces me callaba: habría tenido demasiadas cosas que decir. No obstante, me consideraba feliz, ya que cualquier cosa era mejor que estar sin aquella mujer.

Por la noche, fuera cual fuera la calidad del tiempo que hubiéramos compartido, siempre sufría por el hecho de tener que dejarla. Ni siquiera el envolvente y reconfortante calor del metro me consolaba. Prefería congelarme junto a Astrolabio.

El invierno aprovechó para recrudecerse e instalarse. Por más que alegué mi presencia, la joven se mantuvo intratable respecto a la cuestión de la calefacción, que no encendía por motivos económicos sin por ello permitir que yo pagara la factura.

–Tendría la sensación de que me quieres por caridad.

–No lo hago por ti, lo hago por mí. Me muero de frío.

–Vamos. Cuando me abrazas, quemas.

–Todo es relativo: simplemente estoy menos helado que tú.

Astrolabio llevaba en todo momento tres parkas y varias capas de pantalones, temibles armaduras de castidad bajo las cuales su cuerpo seguía siendo todo un enigma. Solo conocía sus manos menudas y su rostro esbelto; cuando la besaba, su nariz estaba tan helada que me dolían los labios.

Temía el momento de la separación. Cuando la puerta se cerraba dejándome solo en la noche, pasaba de un mundo a otro. Cruzaba entonces un círculo de fuego. Los pensamientos que alimentaba en su ausencia eran abominables. Con gran intensidad, le reprochaba la norma que me había impuesto: sabía que era injusto por mi parte, ya que había declarado que lo aceptaría todo. El odio permanecía y se desbordaba por doquier: las dos mujeres ocupaban un volumen demasiado reducido para ser objeto de un rencor semejante.

Mi execración no tardó en convertirse en lo que es hoy; un rechazo puro y duro a la especie, incluso a mí mismo. Esa es la razón por la cual un suicidio no me basta: en mi destrucción, tengo que incluir a un número considerable de humanos, así como una de las obras que constituyen el orgullo de esta raza.

Mi lógica es la siguiente: Astrolabio es, con gran diferencia, lo mejor que conozco del planeta. No es que tenga cualidades, tiene la cualidad. Y eso no le ha impedido tratarme con una crueldad castradora. Así pues, si incluso lo mejor de la humanidad cae tan bajo, acabemos de una vez.

De todos modos, será poca cosa comparado con el apocalipsis que necesitaba: solo me cargaré una obra arquitectónica y a un centenar de individuos. No se le puede pedir más a un simple debutante. ¡Ojalá mi ensayo sea un golpe maestro!

Pero me estoy anticipando de nuevo a los acontecimientos.

Como Aliénor acababa de anunciar, alto y claro, que iba a aislarse para su «gran operación», aproveché la ocasión para decirle por fin a mi bienamada lo que me consumía por dentro:

–Cuando duerme, no te necesita. Podríamos estar juntos.

–Ya lo hemos hablado.

–Lo sé. Pero, mientras tanto, el deseo se ha vuelto insoportable, ¿no?

–Haberlo pensado antes. Yo ya te avisé.

–Si me desearas tanto como yo te deseo a ti, no hablarías así.

Suspiró. En momentos así, mi odio y mi amor por ella eran directamente proporcionales.

–¡Di algo! –protesté.

–Si lo hago, me repetiré: siempre estaremos en presencia de Aliénor.

–Muy bien. Vayamos a buscarla al lavabo.

–No seas vulgar, Zoilo.

–Solo intento demostrarte lo absurdo de la regla.

–*Dura lex sed lex.*

–Nada te impide cambiar esa ley.

–Le prometí a Aliénor que nunca la dejaría sola.

–Me apuesto lo que quieras a que ha olvidado tu promesa.

–Yo no la he olvidado.

En aquel momento, deseé tanto matarla que ya no supe a qué santo encomendarme. Fue entonces cuando tuve la idea que, por lo menos momentáneamente, me salvó:

–La regla también es válida para ti. Si te propusiera una actividad a tres, ¿la aceptarías?

–¿Una actividad sexual a tres? –se inquietó.

–Por supuesto que no.

–En ese caso acepto, claro.

El júbilo me invadía. Se iba a enterar de lo que vale un peine.

–El próximo sábado llegaré a última hora de la mañana. No desayunéis demasiado.

–¿Tu actividad consiste en comer?

Reflexioné un momento:

–En cierto sentido

–¡Fantástico! Aliénor y yo somos muy golosas.

–No puedo prometerte que sea demasiado bueno.

La novelista regresó del lavabo con una expresión de intensa alegría. Astrolabio le anunció que el próximo sábado yo les prepararía la comida. La anormal aplaudió. Empecé a ponerme nervioso.

–Traiga lo que traiga, os lo comeréis, ¿verdad?

–Por supuesto –protestó Astrolabio–. ¿Tan maleducadas crees que somos?

El día D, me presenté con grandes bolsas llenas a reventar, para no decepcionar a las dos jóvenes. En realidad, había rellenado aquel equipaje con cualquier cosa para dar mayor credibilidad a la versión del banquete. Lo cierto era que mi ofrenda cabía en tres pastilleros y un disco compacto: habría bastado con un bolsillo.

Puse el disco en el reproductor.

–¡Incluso has previsto la música de la comida! Qué refinado.

Los pastilleros de las jóvenes contenían un gramo de hongos psilocibios guatemaltecos cada uno. El mío había sido dosificado por partida doble: un veterano consumidor necesita lo que necesita.

–¿Qué es? –preguntó Astrolabio al recibir su cajita.

–Un aperitivo –respondí, cuando en realidad se trataba de la totalidad de la comida.

Abrieron los pastilleros y la escritora emitió un grito de éxtasis y durante un segundo me pregunté si era posible que supiera de qué se trataba.

–Tienes razón, Aliénor –comentó Astrolabio con entusiasmo–. Son tan bonitos, esos níscalos secos. ¿Podemos tomarlos así?

–Es lo recomendado.

Empezó el momento difícil, sobre todo para mí, que ya lo había practicado: curiosamente, un sabor asqueroso pasa peor cuando lo conoces. Necesité un coraje considerable para masticar mi dosis. Astrolabio hizo una observación de una educación admirable:

–¡Qué sabor más singular!

En cuanto a la novelista, rugió de deleite directamente. Pensé que era la primera vez que le daba hongos alucinógenos a una retrasada y que eso corría el riesgo de desconcertarme. Serví tres copas de vino, y las invité a beber. Procedieron y yo también, aliviado de enjuagarme la boca para limpiarla de aquella abyección. Es curioso: todas las setas son buenas, incluso las venenosas. ¿Por qué los psilocibios, que son con diferencia los más benéficos, son los únicos malos? Quizá de este modo la naturaleza previene a quienes van a consumirlo: cuidado, está usted a punto de vivir algo especial.

–¿Y el vaso de agua? –dijo Astrolabio.

–Es para que el principio actúe –respondí. Debió de pensar que se trataba de un precepto dietético y no le dio mayor importancia.

Puse en marcha el reproductor. La música resonó. Sabía que pasaría por lo menos media hora antes de que empezaran a aparecer los primeros síntomas. Mi operación estaba tan cronometrada como el atraco a un banco. Sobre el suelo, desenrollé unas mantas.

–¿Preparas una orgía romana? ¿Vamos a comer tumbados? –preguntó la dama de mis pensamientos.

Respondí con una banalidad; la verdad es que mucha gente no se aguanta de pie cuando está colocada. Mejor acomodarse en el suelo.

–¿Qué música es? –preguntó.

–Aphex Twin.

–Es extraña, ¿verdad?

–Pronto ya no te parecerá extraña.

–¿Quieres decir que la comida será tan sorprendente que, en comparación, estos sonidos carecerán de importancia?

–La comida ha terminado. No he previsto nada más.

Silencio.

–Zoilo, me temo que has sobrevalorado la escasez de mi apetito.

–Los tres acabamos de ingerir hongos alucinógenos. El despegue se iniciará dentro de veinte minutos.

Me esperaba una bronca merecida: no se administran psilocibios a alguien sin avisarlo. Si había cometido esa acción imperdonable, era porque estaba convencido de que, si lo hubiera sabido, Astrolabio se habría negado. Y ya que no podíamos hacer el amor, quería compartir con ella una experiencia única.

–Aliénor, ¿te das cuenta? –se mostró encantada mi bienamada–. ¡Vamos a alucinar!

Les expliqué que el inicio sería desagradable, pero, a condición de no preocuparse, el viaje acabaría siendo sublime.

–¿Dónde consigues esos hongos?

–El nombre del camello no se da.

–¿Eres un buen cliente?

–Digamos que estoy acostumbrado.

Envidiaba la virginidad de las dos jóvenes.

No tenían ni idea de lo que estaban a punto de descubrir. Yo, en cambio, tenía tantas experiencias de viajes buenos y malos que mi impaciencia se mezclaba con cierta resignación.

Aproveché mis últimos instantes en tierra firme para lanzarme en una diatriba contra el cambio de la ley holandesa en la materia. Estaba en la cima de mi indignación cuando vi que Astrolabio cambiaba de rostro y murmuraba:

–¡Vaya, vaya!

Enseguida le agarré la mano para escoltarla.

–No pasa nada. Cuando un avión despega, a menudo los pasajeros sienten vértigo. Aquí ocurre lo mismo, salvo que estás en un cohete: el malestar dura un poco más. Pronto llegarás al universo, verás la Tierra desde lejos.

Aliénor gimió a su vez. Astrolabio le cogió la mano y la tranquilizó a su manera. Formábamos una cadena.

Cuando llegaron las ganas de vomitar, me puse a tragar saliva como un condenado, con la eficacia habitual: la náusea no es más que la señal del éxito. Los rarísimos desgraciados a los que la psilocibina deja indiferentes no experimentan estas sensaciones preliminares. Les conté a mis amigas la transición de esta sensación detestable, magnífico salvoconducto hacia sublimes regiones.

–¿Ya has llegado? Cuenta –le dije a Astrolabio.

–El muro –se extasió ella.

Así designaba la pared blancuzca que separaba su apartamento del vecino y cuya antigüedad hacía temer un inminente derribo. Yo todavía no había llegado lo bastante arriba para ver lo que ella veía, pero podía adivinarlo: uno no imagina los tesoros que contiene una superficie blanca para quien ha abierto las puertas de la percepción.

Aliénor se tumbó sobre una manta.

–¿Va todo bien? –pregunté.

Asintió con una expresión iluminada y cerró los ojos. Existen dos escuelas: el viaje exterior y el viaje interior. La escritora pertenecía claramente a la segunda categoría. Eso me convenía, permanecería con los ojos cerrados, no tendría que soportar demasiado su presencia.

Astrolabio, por el contrario, abría unos ojos como platillos volantes. La alucinación hace que la fatiga resulte imposible y supe que si no intervenía, ella se quedaría admirando la pared de enfrente durante ocho horas. La incité a mirar otra cosa, en este caso un cojín azul Nattier que coloqué sobre sus rodillas. Fue en ese momento cuando se abrieron mis propias puertas y caí en el abismo de la contemplación con la misma intensidad con la que habría deseado sumergirme en mi bienamada. Me dispuse a guiarla para asegurarme de su connivencia:

–¿Habías visto alguna vez algo tan excesivo como este color? Sumérgete en él, siente cómo existe. Llénate de este azul Nattier.

–¿Nattier?

–Es un pintor francés del siglo XVIII. Creó este color. Imagina lo que es inventar algo así.

–Es tan hermoso –susurró ella.

–¿Por qué hablas en voz baja?

–Porque es tan hermoso que a la fuerza tiene que ser un secreto.

Me reí: entendía lo que quería decir.

La acompañé hasta el corazón del azul. La sutileza del color nos irradió de una alegría torrencial. Los dos hundimos la nariz en el cojín para dejarnos invadir mejor por aquel descubrimiento.

–Es como si nunca hubiera visto esta habitación –dijo Astrolabio–. Es como si nunca hubiera visto nada. El azul del cojín: es como si nunca hubiera visto un color.

–Has recuperado la visión de las cosas de cuando tenías un año, dos años. En el metro, observa cómo los bebés miran a su alrededor: salta a la vista que están flipando.

–¡Y pensar que vivimos en medio de un esplendor semejante y no lo vemos!

–Ahora lo vemos, eso es lo importante.

–¿Por qué dejamos de ver al crecer?

–Precisamente porque crecemos. Aprendemos las duras leyes de la supervivencia, que nos obligan a concentrarnos en lo útil. Nuestros ojos desaprenden la belleza. Gracias a los hongos, recuperamos nuestras percepciones de niño.

–¿Esa es la razón por la que me siento tan feliz?

–Sí. Imagina: somos felices como niños de dos años con una autonomía de adulto.

–No tengo que imaginarlo, lo estoy viviendo.

La besé. Miró mi rostro y rompió a reír.

–Hay palabras escritas por toda tu piel –dijo tocándome las mejillas.

–Léelas.

–No puedo. Son caracteres chinos. Pareces el pequeño Buda de oro.

La contemplé al tiempo que me contemplaba a mí mismo. Mirar a Astrolabio siempre me ha vuelto loco. Mirarla desde lo más profundo de mi viaje agravaba mi locura: más aún teniendo en cuenta que ella también flipaba y que eso saltaba a la vista: sus pupilas llenaban sus ojos, sus ojos llenaban su rostro, su rostro llenaba la habitación.

–¿Así que tú eres mi novio? –me preguntó con sorpresa.

–Eso espero. ¿Hay algún problema?

–No. Déjame observar de qué estás hecho.

Empezó a inspeccionarme, llegando hasta el extremo de mirar detrás de mis orejas. Su cabeza, convertida en una cosa enorme, se aproximaba regularmente a la mía, veía cómo su inmenso ojo entraba en mis fosas nasales, tenía la impresión de jugar a médicos con una giganta.

Me levantó el jersey y me auscultó por todas partes, pegando su laberinto auditivo sobre mi espalda, mi torso, mi vientre.

–Escucho ruidos increíbles –susurró en plena exaltación.

–Es el ruido del deseo.

Intrigada, siguió escuchando.

–Tu deseo suena como un lavavajillas.

–Sí, tiene multifunción.

Me bajó el jersey, decretando que la consulta había terminado. Constaté que el viaje no había disminuido la observancia de su abominable reglamento y se lo reproché en silencio.

Delante de nosotros, Aliénor se había convertido en su propio yaciente.

–¿Crees que está bien?

–Sí. Fíjate en lo plácidos que están sus rasgos.

Ella es la más colocada.

–¿Por qué mantiene los ojos cerrados?

–Hace bien. Pruébalo.

Mi bienamada bajó los párpados y pegó un grito.

–¿A que sí? –comenté.

–Tengo una exposición de arte contemporáneo dentro de mi cabeza.

–Sí. Ya no hace falta ir a Beaubourg.

Abrió de nuevo los ojos, anonadada.

–Kandinsky, Miró, otros cuyos nombres he olvidado, ¿también tomaban hongos?

–Sí.

Empezamos la clásica conversación de los viajeros que aburriría a cualquiera que no hubiera viajado.

–¿Rothko también?

–Sí.

–¿Y Nicolas de Stäel?

–¡Por supuesto!

Cada nuevo miembro del club era saludado con una exaltación intensa, como un hermano; este tipo de diálogo podía prolongarse durante horas. Preferí interrumpir aquella letanía para llamar la atención de Astrolabio sobre el fenómeno principal:

–Y ahora voy a enseñarte lo más hermoso que hay en esta habitación.

Me senté, le rogué que se uniera a mí y señalé el suelo, que habitualmente era una birria. Pegó sus ojos a él.

Emitió un grito de admiración. Sin embargo, quise asegurarme de que nuestra visión era la misma:

–¿Ves lo que yo veo?

–Es hielo. Es un lago helado –dijo.

–Eso es.

–Veo una película de hielo perfectamente transparente y, debajo, un mundo sumergido de una belleza mortal.

–Cuenta, cuenta.

–Petrificadas en el hielo, hay flores nunca vistas, cariátides de pétalos, el frío las ha fulminado con la fuerza de un rayo, no parecen ser conscientes de su traspaso, fíjate, da la impresión de que intentan perforar el hielo, de que el pelo de los muertos sigue creciendo, estas flores quizá sean la cabellera de una difunta, sí, lo veo, Zoilo, acércate, ¿lo ves?

–No.

–Sí, fíjate, allí, entre las columnas de mármol.

–¡Es la Artemisa de Éfeso!

–¿Ese templo no había desaparecido?

–¡Sí! Tú y yo sabemos dónde está: ¡debajo del suelo!

–¿Y a ella, la ves?

–No. No podemos ver exactamente lo mismo. Ya es fabuloso que los dos distingamos el templo de Artemisa. Lo que demuestra que está realmente aquí.

–Por desgracia, lo olvidaremos.

–No. No olvidaremos nada de lo que hemos visto en el transcurso de este viaje.

–No veremos más lo que vemos ahora.

–Es verdad. Pero lo recordaremos, y ya no veremos las cosas igual que antes.

–¿Cuál es la misteriosa comunicación entre Éfeso y un apartamento miserable del barrio de Montorgueil en París? ¿Por no hablar del vínculo que puede unir el siglo v antes de Cristo y nuestra época?

–El vínculo es nuestra mente. Estamos presocráticamente destinados el uno al otro.

Se rió y volvió a sumergirse en la contemplación de aquel universo inimaginable.

Me quedé solo. Lo que había dicho era el fondo de mi pensamiento. Un doble presocrático, eso me parecía mucho más fuerte que un doble platónico. Platón: él también había tomado lo suyo. El mito de la caverna, aquello se parecía demasiado al relato de un viaje. Pero había sacado conclusiones tramposas que yo desaprobaba. ¿Cómo aceptar la teoría amorosa de un tipo que separa el alma del cuerpo, los jerarquiza, y que además lo jerarquiza todo en la sociedad? Antes de Sócrates, el amor debía de ser otra cosa.

Observé a mis dos viajeras. Una, en posición de oración musulmana, con los ojos muy abiertos, admiraba el mundo debajo del hielo. La otra, tumbada de espaldas y con los párpados cerrados, exploraba su riqueza interior.

Había que admitir que Aliénor nos superaba. A ambas les había administrado una dosis recreativa de psilocibios. La escritora, sin embargo, reaccionaba como si hubiera ingerido cuatro veces más: había alcanzado lo que se denomina estado psicodélico. Astrolabio vivía una recreación sublime; Aliénor creaba una realidad irreconocible.

Aphex Twin acabó una canción y empezó la siguiente: *Zigomatic 17*, cuyas cortocircuitadas sonoridades esbozaban un electroencefalograma en forma de baobab sonoro, y de repente supe quién era Aliénor Malèze, y pronuncié las siguientes palabras voladoras, Aliénor, eres un baobab, esa es la razón por la cual permaneces inmóvil, los primeros habitantes de África probaron todos los árboles y cada uno tenía su utilidad: uno quemaba bien, el otro servía para hacer buenos arcos y buenos utensilios, el otro ganaba al ser masticado durante horas, el otro crecía tan deprisa que cambiaba el disfraz del paisaje en tan solo un año, el otro, si lo raspabas, servía para especiar las carnes, el otro para lavar el pelo, el otro devolvía la virilidad a quien la hubiera perdido en una cacería, el baobab era el único que no servía para nada, y no era porque no se hubiera experimentado con su madera, qué hacer con un árbol inútil, en realidad, qué hacer con cualquier cosa inútil, árbol u hombre, pues decretar que es sagrado, esa es su utilidad, sirve para ser sagrado, prohibido tocar el baobab, es sagrado, necesitamos cosas sagradas, ya sabes, el viejo truco del que no comprende nada pero que ayuda a no se sabe qué, ayuda, si tu corazón está angustiado, ve a sentarte a la sombra del baobab, aprende de él, sé grande e inútil, crea una red de ramas sin más idea que la de la proliferación, ningún árbol de África es tan inmenso como el que no sirve para nada, eso es, lo has entendido, lo grande es inútil, necesitamos grandeza porque es absoluta, es una cuestión de tamaño y no de estructura, si el baobab mengua prodigiosamente, se convierte en brócoli, el brócoli puede comerse, el baobab es el brócoli cósmico del que hablaba Salvador Dalí, Aliénor, en cambio, es la versión humana del fenómeno, sus dimensiones están a medio camino entre el baobab y el brócoli, es la razón por la cual sus escritos producen tanta fascinación.

–¿Qué demonios estás diciendo? –dijo Astrolabio.

Así que era yo quien había hablado, escuchaba una voz, la sigo escuchando, Astrolabio, ¿no oyes los latidos de mi corazón?, ¿deseas sumergirte en el ruido sordo que late dentro de mí?, ¿quieres abrazarme con todo tu cuerpo y dejarme oír la música de tu catedral?

Te tiendo la mano, la tuya está tan fría que no tengo palabras, intento hacerte entrar en calor, rodeo tu cuerpo acurrucado con mis brazos y mis piernas, como un soplador de vidrio, soplo sobre ti con mi aliento tibio, a nuestro alrededor creo una burbuja, ya formas parte de mi abrazo, que lleva eternidad como anagrama, ya habrás observado que el tiempo no existe, en pleno viaje, un minuto, una hora, un siglo son sinónimos de verdad, abrázame con tus piernas y tus brazos como he hecho yo, somos una burbuja humana, esta canción se titula *Zigomatic 17*, hace un milenio que dura, voy a hacerte cosas interesantes que te devolverán el calor, no te preocupes por Aliénor, se puede hacer el amor en presencia de un baobab, a los brócolis gigantes no les molesta, igual que tú, tengo la carne de gallina, de deseo pero también de frío, estoy acostumbrado, el viaje da mucho frío, es para que recordemos el sentido de la vida, en el universo solo reinaría la infinita ley del frío si no hubiera explotado la chispa que engendró la existencia, el mundo no es más que este eterno conflicto entre frío y calor, muerte y vida, hielo y fuego, nunca hay que olvidar que el frío precedió al calor, por eso es el más fuerte, un día nos ganará la batalla, mientras tanto hay que vivir y combatirlo, eres la nieve que voy a hacer que se derrita.

Incrédulo, consigo desnudarla, resulta tan fácil descubrir la belleza, solo hay que quitarle la ropa, por desgracia enseguida se me desvela el problema, Astrolabio es de piedra, sin metáfora, deberías haberme avisado de que eras una estatua, ella se mira, se toca, qué me ha ocurrido, habitualmente no tengo este cuerpo, ¿todo es así?, sí, estás hecha de piedra por todas partes, se ríe, a mí no me parece gracioso, me pregunta si alguna vez he hecho el amor bajo los efectos de un hongo, no, pero tengo amigos que han sido capaces de hacerlo, tiene que ser posible, me pregunta si eso es estar *stone*, supongo que sí, resulta terrible aprender en semejantes circunstancias la realidad de una expresión, la acaricio con la esperanza de lograr que la carne regrese a su cuerpo, Astrolabio solo consigue endurecerse todavía más, parece increíble que pueda ser tan dura, se da puñetazos en el vientre, con estupefacción, me dice que no siente nada, salvo un dolor en el puño, soy una estatua de hielo, concluye.

Desesperado, la abrazo con fuerza, durante cuánto tiempo durará su dureza, esta es la cuestión, Astrolabio, en pleno viaje, el tiempo no existe, si estás *stone* durante diez minutos es como si lo estuvieras durante diez horas, diez meses, estamos encerrados en un espacio de no-tiempo, es fantástico cuando eres muy feliz y es infernal cuando sufres, el secreto consiste en no sufrir, pero cómo dejar de sufrir cuando estás al límite del deseo y el otro es una piedra, se ríe, tu plan era un fiasco, pobre Zoilo.

Su risa me consterna, comprendo que no siente pena, incluso puede que esté disfrutando, estoy solo con mi frustración, si ella me ama, me ama como aman las estatuas de hielo, contemplo su belleza inaccesible, si la muerte puede con nosotros, si cedemos a sus encantos, es porque es hermosa y porque resulta imposible hacerle el amor.

La canción *Zigomatic 17* termina. Por consiguiente, mi estúpida tragedia ha durado ocho minutos. La música es el reloj de arena del viaje. Lo he perdido todo en ocho minutos que me han parecido un año.

Astrolabio vuelve a vestirse y me aconseja que haga lo mismo. Vuelvo a ponerme mi armadura de lamentaciones. Me dice que no me preocupe, que compartimos algo. Hay intentos de consuelo que multiplican el dolor. Me callo.

En realidad, la hora de compartir ha pasado. Astrolabio se acurruca en el sofá y se sumerge en la contemplación de un embalaje doméstico que parece producirle un efecto intensísimo. Aliénor, que no se ha movido un pelo, debe de estar comunicándose con el Gran Espíritu.

Nos miro. Somos tres occidentales, cada uno flipando por su lado. No comunica quien quiere sino quien puede.

Hace un rato, debajo del suelo, Astrolabio y yo divisamos la Artemisa de Éfeso sumergida en el agua helada. Nuestra visión era casi idéntica: mi bien amada distinguía una mujer bajo el hielo. Era ella misma.

Siguieron unos pensamientos de una extraordinaria intensidad. He vivido suficientes *bad trips* para desconfiar de dicha expresión. Si no nos hubiéramos convertido en una pandilla de nenazas, a todos nos encantaría vivir esos viajes hasta los confines del infierno. ¿Por qué calificar de malas esas idas y vueltas por la gehena? La simple idea de regresar debería atemperar este adjetivo. Además, lo proclamo, la experiencia infernal se merece el rodeo.

Lo que denominamos *bad trip* consiste en ver las cosas claras. Mi primer *bad trip* tuvo lugar en el metro. De repente, percibí la fealdad que me rodeaba. Sin embargo, no la había inventado yo, ya estaba allí antes. Pero me había protegido de su existencia a través del filtro del pasotismo ordinario. Recuerdo que la fealdad del mundo alcanzaba su máxima expresión en la corbata del tío que iba sentado enfrente de mí. No se trataba de una visión: aquella corbata habría podido poner los pelos de punta a la humanidad entera si esta le hubiera prestado un poco de atención. Recuerdo haberme impedido a mí mismo ordenarle al sujeto en cuestión que se quitara la corbata para tirarla por la ventana del vagón. «Créame, es por su propio bien», le habría dicho. También habría sido por el mío propio. El repulsivo estampado de aquella corbata me oprimía, me torturaba, hacía que el apocalipsis me pareciera una causa justa siempre y cuando se llevara por delante aquel trozo de tela.

¿Acaso no tenía razón? ¿Cómo hemos llegado a estar tan ciegos para que la fealdad nos resulte soportable? «¡Vamos, cada uno tiene sus gustos! ¿Y si a ese hombre le gustaba su corbata?» Eso es lo que se piensa cuando no se está bajo los efectos de los hongos. Cuando estás colocado, en cambio, dinamitas ese tipo de palabrería. Llevar una corbata así es un insulto, un atentado, un acto de desprecio, semejante comportamiento destila odio, eso es, ese tipo me odia, odia al género humano.

El *bad trip* es ese ejercicio de lucidez que nos desvela el infierno contenido en la corbata de un usuario del metro. ¡Con el tiempo que hace que nos aseguran que el infierno está en la tierra, que el infierno son los otros! Por fin una confirmación fiable. El infierno ni siquiera son los otros en su totalidad: con una corbata basta.

En realidad, no existe ninguna diferencia entre el *bad trip* y el *trip* a secas: todo consiste en ver claro. Llorar de felicidad ante el azul Nattier del cojín es una actitud tan fundada como sufrir el martirio al ver una corbata atroz.

Si el horror del accesorio masculino me había crucificado hasta este extremo, imaginen el grado absoluto de dolor que me causaba mi fracaso sexual con Astrolabio.

Tenía reproches para todos: para mí, para Aliénor, para los psilocibios guatemaltecos, para la compañía eléctrica, para el cuerpo pétreo de mi bienamada, *last but not least*, para su risa. «Tu plan era un fiasco, pobre Zoilo.» Aunque no fuera culpa suya, los reproches a Astrolabio eran los más intensos. Sí, mi plan era un fiasco. ¿No era ese motivo suficiente para maldecir mi suerte? Ella, en cambio, se reía.

Fue entonces cuando mi destino dio un giro: Astrolabio era lo más elevado que había creado el universo; si incluso esa élite era capaz de comportarse así, yo destruiría el mundo. Como, por desgracia, carecía de los medios para hacer que el planeta volara por los aires, elegiría un objetivo tan desmesurado como mi repugnancia.

Desde el 11 de septiembre de 2001, nadie alberga dudas sobre la mejor manera de hacerle daño a la humanidad de un modo eficaz. ¿De verdad resulta indispensable que cada día tanta gente vuele de ciudad en ciudad? ¿No se trata más bien de ir provocando al perturbado que late dentro de nosotros? Esos aviones que nos provocan sin cesar pasando por encima de nuestras cabezas, ¿cómo no íbamos a soñar con secuestrarlos y dirigirlos hacia un edificio cuya destrucción nos llenaría de satisfacción?

Solo me quedaba completar el plan. Cuando estás colocado, las complicaciones de la realidad se superan como por arte de magia: no me planteaba mi inexperiencia en materia de pilotaje. Eso quedó resuelto con una simple frase: yo no era más estúpido que los del 11 de septiembre de 2001. En cuanto al blanco elegido, me mostraría mucho más ambicioso.

Astrolabio tenía que sentirse blanco de mi ira. No, no estrellaría un Boeing contra el pequeño apartamento del barrio de Montorgueil. ¿Por qué no un nido de pájaros, ya puestos?

Soy parisino. En el extranjero, o sea más allá del cinturón periférico, he visto edificios magníficos. Pero no forman parte de mi imaginario. Esa fue la razón por la que descarté el Taj Majal, que, como símbolo de amor, hubiera sido perfecto.

Ya que necesitaba un objetivo parisino, pensé en dar muestras de buen gusto limpiando la ciudad de sus pústulas: no pensaba tanto en la Torre Montparnasse como en esas auténticas abyecciones que son el Sheraton Montparnasse o, colmo de lo absurdo, la Torre Jussieu, recientemente sometida a tareas de desamiantización cuando hubiera resultado mucho más sencillo y económico derribarla.

Escrupuloso, me preocupaban los daños colaterales: en el caso del Sheraton, corría el riesgo de alcanzar el cementerio de Montparnasse, y como todos los asesinos que se precien, respeto más a los muertos que a los vivos; ¿y cómo pulverizar la Torre Jussieu sin cargarse el Jardin des Plantes, por el que tanto afecto siento?

Además, no había que dejarse vencer por esa tentación del bien. Se trataba de hacer daño, no de seducir a la opinión pública. Por otro lado, si de verdad deseaba que mi acto estuviera vinculado a Astrolabio, tenía que destruir algo hermoso.

¿Acaso se destruye otra cosa? No existen ejemplos humanos de atentados contra la fealdad. No es lo bastante apasionante para justificar tanto esfuerzo. Lo extremadamente feo solo suscita una indignación estéril. Solo lo sublime monopoliza el ardor necesario para su degradación. El monje de Mishima incendió el Pabellón de Oro y no una de las modernidades que ya desfiguraban Kioto. Es la aplicación arquitectónica del «Cada uno mata lo que ama» de Wilde.

No son cosas hermosas lo que faltan en París. Descarté el Louvre, demasiado grande. Además, ¿cómo elegir entre el pabellón de pintores flamencos y el de escultura griega? Un montón de ideas me pasaron por la cabeza: los Jardines del Palais-Royal, el Observatorio, la Torre Saint-Jacques, Notre-Dame, pero siempre me parecía que no tenía sentido. Necesitaba un monumento que, de un modo u otro, me llevara a Astrolabio.

¿Y si se lo preguntara?

–¿Hay algún edificio en París con el que te sientas identificada?

Astrolabio me miró y reflexionó. Estaba lo suficientemente colocada para que la pregunta no le pareciera descabellada. Sus pupilas archidilatadas se le salían de los ojos, suaves en aquel momento.

–Claro. ¿No lo adivinas?

–No lo sé. ¿Las catacumbas?

Soltó una carcajada.

–¿Cuál es el edificio en el que el alfabeto juega el papel más relevante? –preguntó.

–Ni idea.

–Piensa en la letra A.

Cuando estás colocado, pensar en una letra equivale a enfrentarse a un imperio. Sobre todo si se trata de la A, la menos inocente de las letras.

Una alucinación en forma de vocal negra me invadió la cabeza con un sonido inmenso; la tonalidad del teléfono se prolongó en un AAAA eterno, bosques de A caminaban con paso firme sobre ambas piernas, esgrimiendo exóticos cuchillos en forma de A. Algunos kris de Malasia son A; prestigiosas armas que no sirven para matar a cualquiera. Al común de los mortales te lo puedes cargar con un vulgar estrangulamiento; solo los príncipes merecen ser asesinados con un kris en forma de A puntiaguda.

No sé durante cuánto tiempo me acaparó la famosa vocal. Astrolabio debió de cansarse, y retomó la palabra:

–No es tan difícil. La letra A inspiró el edificio más famoso de París.

–¿El Arco de Triunfo?

–¡No, hombre! La Torre Eiffel. Es una A.

Abrí unos ojos como platos, como si acabara de descubrir el mundo.

–Es increíble el número de parisinos que ignoran el origen del emblema arquitectónico de su ciudad –dijo–. Gustave Eiffel estaba locamente enamorado de una mujer llamada Amélie. De ahí su obsesión por la letra A, que domina París desde hace más de un siglo.

–¿Es verdad?

–Por supuesto. Si esa mujer se hubiera llamado Olga, el símbolo de París por excelencia tendría un aspecto muy distinto.

Astrolabio se tumbó en el suelo junto a Aliénor y cerró los ojos. Las yacientes del viaje desaparecieron juntas en su diálogo con el Gran Espíritu.

Me quedé solo, aturrullado por aquella información. Yo, que temía que mi acto de destrucción careciera de sentido, supe, con embriaguez y terror, hasta qué punto mi proeza iba a sellar la alianza entre lo simbólico y lo real.

En aquel momento el proyecto se me apareció en su dimensión más psicodélica: simplemente secuestraría un avión y lo estrellaría contra la Torre Eiffel, para abolir esa letra A que me remitía a Astrolabio y a Aliénor. Hay acciones en las que uno se reconoce mejor que mirándose en el más perfecto de los espejos.

Tendría que superar algunas dificultades técnicas, es cierto. Ya pensaría en ello más adelante, ahora no me interesaban demasiado. La idea de destruir la Torre Eiffel me producía una enorme exaltación, ya que aunaba significado y belleza: ¿acaso hay algo más hermoso que la Torre Eiffel? La adoraba desde siempre, sin saber siquiera que se trataba de una construcción de amor. Conocer su historia íntima me hacía quererla aún más. ¡Menudo tipo, ese Gustave Eiffel, integrar el amor de su vida en la obra de encargo más importante de su existencia!

Yo haría lo mismo pero al revés: integraría el amor de mi vida en el mayor acto de destrucción de mi existencia. Mi única pena es que no podría presenciar desde el exterior el instante espléndido en que el avión haría volar por los aires a la dama de hierro. Pero nadie vería lo que yo vería: la torre, pequeña al principio, y luego cada vez más inmensa, acercándose cada vez más hasta besarnos, el beso más violento de la historia de los besos, en fin, un beso de la muerte digno de llamarse así.

De entrada, supe que lo más difícil no sería dominar a la tripulación ni aprender los rudimentos de pilotaje. La única apuesta sería resistir: no despertarme al día siguiente pensando que mis resoluciones de la víspera eran el fruto de un delirio. Para evitar el riesgo del aterrizaje, me repetí la siguiente frase clave: el viaje es el que está en lo cierto. Tendría que repetirla sin tregua cuando los síntomas empezaran a desaparecer.

Me ayudaría a conseguirlo el hecho de haberlo creído siempre: fuera del viaje, uno nunca tiene razón. En ayunas, cuando nuestro estado mental puede calificarse de normal, nuestro cerebro adulto produce banalidad a mansalva, en vano encontraríamos hermosura, honor, una chispa de grandeza o de genio dignos de enorgullecer a la especie. Ni siquiera el amor es capaz de arrancarle al alma más que los bien llamados fulgores: cortocircuitos de algunos segundos. La embriaguez, en cambio, únicamente resulta interesante durante diez minutos. El tiempo restante solo son ineptas borracheras.

El viaje dura ocho horas. Semejante lapso de tiempo te permite crear, reflexionar, actuar en el sentido absoluto de cada verbo. Eso sin contar que ese tercio de día no puede cuantificarse siguiendo los criterios habituales y da la impresión de extenderse a través de periodos proustianos. El recuerdo medio de una jornada tiene el peso de un cabello; el recuerdo del viaje es un ovillo que uno tarda toda la vida en desenredar.

La actividad mental ordinaria es un insulto a la inteligencia y no merece llamarse pensamiento. El viaje no engaña al desenseñarnos lo banal y restituirnos el impacto original de cada cosa.

En mi historia había demasiadas mujeres cuyo nombre empezaba con la letra A: Astrolabio, Aliénor, Artemisa y su templo, la Amélie de Eiffel y su torre. La primera vocal, de la que Rimbaud subraya el lado oscuro, no aparecía allí por azar. La A gigante que dominaba París recibiría el impacto de mi deseo.

Nadie podría decir que mi amor por Astrolabio no conocería su ensordecimiento. El acto sexual que me había sido negado en la habitación, lo consumiría sobrevolando la ciudad a baja altura.

Hacia las 20 horas, las dos jóvenes aterrizaron de un excelente humor. Aliénor parecía especialmente feliz, y me abrazó efusivamente: sufrí los besos del labio leporino esperando los de Astrolabio para resarcirme. Ella, en cambio, se mostró más moderada.

–¿Te ha gustado? –le pregunté.

–Mucho. Aunque tus intenciones fueran discutibles.

La idiota no sabía que aquellos comentarios reafirmaban mi decisión. Hubiera querido decirle que gustarme era una bendición, una rareza de la que ella debía mostrarse digna. Se habría reído en mis narices.

En el bar de enfrente, un cuscús puso las cosas en su sitio. Las chicas descubrieron el increíble placer de comer estando de bajón. Al fin limpios de las culpas y prohibiciones que los mutilan desde hace milenios, los alimentos, cual felices ranas, saltan a la boca. Parece increíble que uno pueda sentirse pesado a causa de semejante práctica. Comer solo es un juego.

Participé con menos entusiasmo que mis amigas. Resulta difícil tragar cuando tienes un avión dentro del estómago. Yo, que temía no mantenerme firme en mi resolución, descubrí entonces que mi decisión no dejaba lugar para nada más. No sería libre hasta que hubiera llevado a cabo ese acto: me sentía programado como una bomba de relojería.

No sería el comportamiento de Astrolabio lo que me disuadiera. Contaba su viaje con un entusiasmo que me parecía necio. Por más que supiera que todos los neófitos se comportan así, eso no me inspiraba ni empatía, ni indulgencia.

Nunca le reprochas tanto a alguien como cuando no tiene ninguna culpa. Consciente de la injusticia de mi rencor, decidí no ya romper, lo que le habría proporcionado vigor a mi pasión, sino distanciarme de ella. «Me apuesto lo que sea a que ni siquiera se dará cuenta», pensé.

¿Para qué complicarse la vida? Unos años antes, había conocido a un tal Maximilien Figuier, piloto comercial. Le llamé y, a bocajarro, le pregunté cómo se pilotaba un Boeing 747.

Me respondió con la mayor sencillez del mundo. Tomé nota de lo que me contó. Recapitulé en voz alta esas informaciones antes de hacer la siguiente pregunta:

–Con las precisiones que acaba de darme, ¿cree que yo sería capaz de pilotar ese Boeing?

–No. Unas cuantas sesiones en un simulador de vuelo no le vendrían mal.

–¿Dónde puedo encontrar ese simulador?

Me dio las señas.

–¿Quiere convertirse en piloto comercial? –preguntó con una punta de ironía.

–No. Estoy escribiendo una novela y mi protagonista prepara un secuestro. Gracias, Maximilien.

¿Para qué darle más vueltas? Llamé al tipo del simulador de parte de Maximilien Figuier. La idea de participar en la escritura de una novela le pareció divertida, me propuso que fuera a visitarle. Mientras me explicaba las maniobras en el simulador, fui tomando nota. En un momento dado, me quitó el bolígrafo de la mano y corrigió una falta de ortografía que acababa de cometer.

–Cuando publiques tu libro, no olvides incluir mi nombre en la lista de agradecimientos –concluyó.

Hacer daño está al alcance de cualquiera; basta con decir gracias a aquellos que te van a ayudar a hacerlo.

Bastien –el nombre del tipo en cuestión– no me dejó marchar sin darme cita para ejercitarme solo con el simulador:

–Si no lo haces, se notará demasiado que tu personaje no tiene ni idea. No hay que ser chapucero en eso.

Me encantó el ímpetu de solidaridad humana que despertó mi iniciativa. Por supuesto, aquella gente ignoraba que estaban ayudando a un criminal. Si lo hubieran sabido, ¿se habrían comportado de un modo distinto?

Bastien tenía razón: sin la práctica, mis notas habrían resultado de escasa utilidad. Me lo enseñó el simulador de vuelo. Yo, que nunca me había enganchado a los videojuegos, estaba de lo más atrapado.

Aquellas sesiones no me convirtieron en un piloto comercial. Pero, para mi misión, justificada o injustificadamente, a partir de entonces tuve la impresión de estar a la altura.

Una vez comprado mi billete para hoy, he mirado el dinero que quedaba en mi cuenta corriente: unos cuatro mil euros; no era para vivir como un millonario durante la semana que me quedaba pero sí lo suficiente para despilfarrar.

Invité a Astrolabio y a Aliénor a comer a la Tour d'Argent. Así no me moriría sin antes haber probado el famoso pato a la sangre.

–¿Te ha tocado la lotería? –me preguntó la dama, ya menos presente en mis pensamientos.

–No. Os debía una comida. El día de los hongos no comimos.

–De todos modos, la Tour d'Argent..., no reparas en gastos.

Nuestra mesa estaba cerca de la ventana y se la mostré con la barbilla.

–Es el único restaurante de París con vistas a Notre-Dame.

Se quedó mirando durante un largo rato antes de decir:

–Es verdad que todavía es más hermosa desde atrás.

Sin una pizca de afectación, me había vuelto más distante con Astrolabio. Amarla ya no me hacía sufrir. Eso afectó positivamente a mis modales. Ella lo notó.

Luego me propuso que las acompañara hasta su casa. Decliné la invitación. Ella no protestó, pero sentí que mi rechazo la entristecía. Pensaba con ironía que si me hubiera ofrecido aquella misma decepción un mes antes, me habría sentido inundado de alegría y la Torre Eiffel no tendría los días contados. Ahora era demasiado tarde: la pena de Astrolabio ya no me afectaba.

Las mujeres siempre aman a contratiempo.

Ayer por la mañana, recibí la siguiente carta de Astrolabio. La saco de mi bolsillo para copiarla:

> Zoilo:
>
> Has cambiado. Lo lamento y no te lo reprocho. Tus motivos tendrás. Lo que interpretaste como frialdad era el inquieto reflejo de una mujer que se descubría amada más allá de lo esperado. No es que no me gustara, al contrario. Pero el arte de saber recibir diamantes con elegancia no se enseña en ningún sitio y yo, igual que cualquier otro, no dispongo de esa ciencia. Si te he perdido, cedo y te agradezco los diamantes del pasado. Si queda la más mínima esperanza de que regreses a mí, te espero y te prometo quizá no ser más hábil pero sí, por lo menos, no disimular la bienaventurada turbación que te debo.
>
> Tuya,
>
> Astrolabio

Existen dos maneras de leer un mensaje así: o bien ponerte a llorar ante tanta belleza, o bien ponerte a reír ante tanto grotesco. Dentro de mí queda el suficiente amor para que esas palabras hagan estallar mi cabeza como si de un tapón de champán se tratara. Pero también la suficiente desilusión para atisbar su posibilidad de ridículo. Uno no es realmente indulgente hasta que está locamente enamorado; cuando empiezas a querer un poquitín menos, acaba pudiendo más la cabronada natural. Oscilo entre esos dos estados de ánimo.

Al mismo tiempo, haber vuelto a copiar esa nota tiene sus consecuencias. Volver a copiar es activar el poder de las palabras. Una partitura conmueve más cuando se interpreta que cuando se lee.

Siento que mi resolución se ha visto afectada por ello. Maldita Astrolabio, no me doblegaré. Sé perfectamente que resultaría fácil renunciar a mi proyecto; bastaría con abandonar el aeropuerto, regresar a tu lado, y creo que, en esta ocasión, la presencia de tu novelista retrasada no me impediría alcanzar mis objetivos. Has alcanzado el estado que era el mío este invierno, no me negarías nada. Deseé tanto tenerte así, deseé tanto verte tan convulsiva como yo.

Pero apretaré los dientes, haré oídos sordos a esa efusión que me impulsa hacia ti. Lo que llega demasiado tarde es indigno, eso es todo. Además: me juré a mí mismo que resistiría. Ulises resistiéndose a los cantos de sirena me comprendería. El problema de las sirenas es que no cantan nunca en el momento adecuado.

Va llegando la hora. Voy a ir a los lavabos del aeropuerto con mi bolsa. En la tienda libre de impuestos, he comprado una botella de Cristal Roederer. Pueden preguntarse por qué elegí esa marca: para el uso que pensaba darle, era conveniente la máxima calidad de champán. Me pareció que mis víctimas merecían ser borradas del mapa con un producto de alta gama.

Romperé la botella sobre la taza del retrete y recogeré los cascos más grandes, también el gollete, que podré sujetar bien, se convertirá en mi mejor arma. Será una lástima despilfarrar ese champán, pero lo primero es lo primero. Ni hablar de beber ni siquiera un sorbo: necesito tener la mente despejada. De todos modos, el néctar no estará lo bastante frío.

Astrolabio era el único champán lo bastante frío para mí. Mala suerte. Moriré sobrio.

Cuando el avión haya despegado, tendré que dirigirme a la cabina con el gollete y degollar inmediatamente a los pilotos. Lo he estado pensando: como ignoro si seré capaz de llevar a cabo un acto semejante, la única solución es actuar sin pensar. La más mínima preparación psicológica me dejaría sin fuerzas.

El gesto no debe de ser muy complicado: lo he visto cientos de veces en el cine y lo he repetido mil veces ante el espejo. Lo importante será no pensar en nada. Por eso tengo previsto tener en la cabeza, en ese momento, el *Viaje de invierno* de Schubert, porque no existe ninguna relación entre el acto y la música.

Cuando todo haya terminado, tomaré el mando del aparato. Puedo sentir la satisfacción que me producirá: tendré la oportunidad de comprobar la validez de las clases de Maximilien Figuier y de mi entrenamiento en el simulador. En cualquier caso, todo acabará con una catástrofe aérea. La Torre Eiffel es mejor y menos banal que un hotel de tercera categoría en Gonesse. En el fondo, ¿será verdad esa historia de la letra A?

La puerta de la cabina quedará cerrada por dentro. A bordo de ese avión, seré el único dueño después de Dios. En mi opinión, la sensación será fantástica.

Si todo transcurre según lo previsto, dirigiré mi nave hacia París. Estamos a 19 de marzo, el cielo está despejado, la luz aún posee una pureza invernal: la vista será magnífica.

Me gusta mi ciudad natal: la querré más que nunca. Es un fenómeno al que he asistido a menudo: para amar un lugar, hay que haberlo contemplado desde arriba. Quizá por eso a Dios lo imaginamos por encima de la Tierra; de otro modo, ¿cómo se las apañaría para amarnos?

Llegaré desde el norte, viraré ligeramente hacia la derecha, sobrevolaré el Arco de Triunfo. Detrás del Trocadéro, la A gigante de la Torre Eiffel me esperará con su presencia vertical. La amaré con ese amor que inspira aquello que está a nuestra merced.

Sinceramente, espero que mi intervención no afeará el hermoso Palais Galliera y no hará más ilegible la soberbia frase de Valéry esculpida sobre el Palais de Chaillot.

La azafata está a punto de invitar a los pasajeros a subir a bordo. Me niego a rezar para tener el coraje suficiente: eso querría decir que podría no tenerlo.

No quiero pensar en el fracaso de mi misión. Voy a conseguirlo, lo sé.

Cierro los ojos, me concentro. Ya me parece estar sintiendo el enorme cuerpo de la Torre Eiffel. En cuanto a mí, al formar un todo con mi avión disfruto de todo mi metal.

Nunca había tenido una percepción tan intensa de mi esqueleto. Quizá el amor sea eso.

Ya estoy a bordo. Los asistentes de vuelo que van a morir me saludan. No tardaremos en despegar.

La primavera puede comenzar.

Matar al padre

La obstinación es contraria a la naturaleza, contraria a la vida. Las únicas personas perfectamente obstinadas son los muertos.

ALDOUS HUXLEY

El 6 de octubre de 2010, la sala L'Ilégal celebró su décimo aniversario. Aproveché la confusión reinante para colarme en la fiesta, a la que no había sido invitada.

Aquella noche habían acudido magos de todo el mundo. Aunque París ya no era la capital de la magia, el poder de la nostalgia seguía actuando. Los habituales intercambiaban recuerdos.

–Muy conseguido, su disfraz de Amélie Nothomb –me comentó alguien.

Saludé con una sonrisa para que no reconocieran mi voz. Llevar un enorme sombrero en un club de magia no significaba preservar el anonimato.

No tenía la intención de espiar a los que enseñaban sus nuevos trucos. Con una copa de champán en la mano, me situé en el fondo de la sala.

Para la mayoría de los magos, jugar al póquer sin hacer trampas viene a ser como unas vacaciones. Reencontrarse de nuevo con el azar significa devaluarse y, alrededor de aquella mesa, la gente parecía relajada. Menos uno que, sin hablar ni reír, ganaba.

Observé. Tendría unos treinta años. Mantenía una expresión de permanente gravedad. En la sala, todo el mundo lo miraba, menos un hombre apoyado en la barra. De unos cincuenta años de edad, tenía una cabeza magnífica. ¿Por qué me daba la impresión de que permanecía allí como si de un reto se tratara, para molestar?

Regresé con los bebedores y pregunté. Me informaron: el que

estaba ganando al póquer era Joe Whip y el que evitaba mirarlo era Norman Terence. Ambos eran grandes magos norteamericanos.

–¿Hay algún problema entre los dos? –pregunté.

–Es una larga historia –empezó alguien.

Reno, Nevada, 1994. Joe Whip tiene catorce años. Su madre, Cassandra, vende bicicletas. Cuando Joe le pregunta dónde está su padre, ella responde:

–Me abandonó cuando tú naciste. Los hombres son así.

Ella se niega a decirle cómo se llama. Joe sabe que está mintiendo. La verdad es que nunca supo quién la dejó embarazada. Fueron tantos los hombres que vio desfilar por su casa. La principal razón por la que se acaban marchando es porque Cassandra olvida o confunde sus nombres.

Ella, sin embargo, sigue sintiéndose defraudada al respecto.

–Mírame bien, Joe. ¿Acaso no soy una mujer guapa?

–Sí, mamá.

–¡Entonces dime por qué no soy capaz de conservar ni siquiera a uno!

Joe permanece callado. Aunque se le ocurren algunas respuestas. De entrada, el asunto de los nombres. Luego, su aliento a tabaco y a alcohol. Finalmente, una serie de cosas que se formula a sí mismo en los siguientes términos: «Yo también te abandonaré, mamá. Porque eres egoísta. Porque hablas demasiado fuerte. Porque siempre te estás quejando».

Una noche, Cassandra trae a un nuevo tipo a casa. «Uno más», piensa Joe. Como siempre, ella hace las presentaciones.

–Joe, te presento a Joe, mi hijo. Joe, este es Joe.

–La cosa se complica –observa el mayor.

Joe Junior piensa que este le va a durar. De entrada, no se olvidará de cómo se llama, ya que, por muy poco maternal que sea, ha encontrado el mejor método mnemotécnico para acordarse del nombre de su amante. Y, además, Joe Senior es distinto. Hace unas preguntas muy curiosas:

–¿Y el negocio de las bicis, funciona en Reno?

–Sí –responde Cassandra–. Del 3 de agosto al 15 de septiembre. A ciento ochenta kilómetros de aquí se celebra, del 27 de agosto al 5 de septiembre, el Festival de Burning Man. Solo se puede circular en bicicleta o en vehículos mutantes. Reno es la última gran ciudad antes del desierto del festival. Los festivaleros compran sus bicis en mi establecimiento y yo se las vuelvo a comprar por un mendrugo de pan.

Joe Senior se instala en casa. Al estar llenos los armarios de Cassandra, guarda sus pertenencias en los de Junior.

–Oye, Cassy, tu hijo tiene cosas extrañas en el armario.

Ella se acerca a comprobarlo.

–No, solo son cosas de magia.

–¿Cómo?

–Sí, es su pasión desde que tenía ocho años.

Senior mira a Junior cada vez con mayor disgusto. Sobre todo cuando este realiza sus trucos con las cartas. A Senior le cuesta dar crédito a lo que ve.

–Tu hijo es la semilla del diablo.

–No exageres, son cosas de críos. Todos los críos quieren ser magos.

Senior no entiende nada. Eso no le impide ver las cosas con mayor claridad que Cassandra:

–Tu hijo está anormalmente dotado.

–No hay nada de anormal en eso. Lleva seis años entrenándose. Es lo único que le interesa.

Entre el hombre y el chico se establece la clásica relación de odio, solo que se basa en malentendidos. «Sí, te arrebato a tu hermosa madre, a la que deseas, como todos los chicos de tu edad. Tú podrás hacer toda la magia que quieras, eso no te la va a devolver. Pero yo no soporto verte tramar tus diabluras durante todo el día», piensa Senior.

«Quédatela. Si supieras lo que pienso de ella. Y deja de tocar mis cosas», piensa Junior.

Cassandra resplandece de felicidad. Hace dos meses que Senior está con ella. Es su récord. «Se quedará.»

Un día que los tres están en el salón, estalla una discusión.

–¡Basta ya de trucos de cartas! No lo soporto.

–Lo que no soportas es ver a alguien haciendo algo, tú que nunca haces nada.

–¿Qué quieres decir con eso?

–¿No te molesta que mi madre te mantenga?

Cassandra abofetea a Junior y le ordena que se vaya a su cuarto.

Una hora más tarde, lo va a ver. Con una expresión desesperada pero que suena a falsa, le pide que se marche:

–Él lo quiere así, ¿lo entiendes? Realmente hay un problema entre los dos. Si no te marchas tú, se marchará él. Tengo treinta y cinco años. Por fin quiero conservar a un hombre. Pero no te abandono. Te daré mil dólares cada mes. Es mucho dinero. Serás libre. Cualquier otro niño de tu edad soñaría con estar en tu lugar.

Junior no dice nada. «Senior tiene razón, me está tomando el pelo», piensa Cassandra. Junior siente que está mintiendo: es ella, y no su hombre, la que le exige que se marche. Senior lo odia, sí, pero eso no significa que vaya a desaprovechar una ocasión tan buena. La madre ha elegido echar a su hijo porque se siente ofendida. El chaval ha dicho en voz alta lo que ella no quería escuchar: Senior no sigue con ella por su belleza.

Joe Junior mete sus cosas en una mochila y su material de magia en una maleta.

Se despiden sin ninguna emoción. La madre se preocupa de su hijo como de un mal de ojo. El hijo desprecia a su madre.

Inmediatamente después de marcharse del domicilio materno, deja de llamarse Junior. A los catorce años, su primera decisión es abandonar la escuela. Sabe que no le sirve para nada.

La madre vive en la periferia de Reno. Joe se instala en el corazón de la ciudad. Alquila una habitación en uno de esos hoteles baratos que tanto abundan en Nevada. Quiere jugar en el casino y dice tener dieciocho años. Nadie le cree y comprueban su documentación.

Así que, por las noches, frecuenta los bares de los hoteles en los que ejecuta sus trucos. Asombrados, los clientes le dan propinas. Le vienen de maravilla. Cassandra ha vuelto a mentir: mil dólares no son gran cosa cuando tienes que cuidar de ti. Solo es el precio de su conciencia de madre. Una conciencia que no cuesta demasiado.

Por la mañana, Joe se acuesta y duerme hasta las tres de la tarde. Se alimenta a base de tortitas y curiosea por las tiendas, en busca de nuevos vídeos de magia. Cuando encuentra uno, lo estudia en su habitación hasta sabérselo de memoria.

De noche, practica los nuevos trucos con los clientes de los bares. Aparenta tanto la edad que tiene que la gente se conmueve, especialmente las mujeres. A veces, no se limitan a darle una propina, también lo invitan a cenar. Él nunca se niega.

Transcurre un año. Joe tiene quince años. Esta vida no le desagrada. Le da la impresión de ser la mascota de los bares de Reno.

Una noche, Joe está practicando solo en un bar. No se da cuenta de que un hombre le está observando. Sentado en la barra, a tres metros de él, el desconocido observa sus manos.

De repente, el chico percibe que lo están mirando. Aunque está acostumbrado, siente que esta vez es diferente. Se esfuerza para que el rubor no se le note y concluye sus trucos de cartas. Luego, levanta la cabeza y sonríe al hombre. ¿Cómo sabe que no le dará propina? ¿Y por qué no le molesta que sea así?

–¿Qué edad tienes, chaval?

–Quince años.

–¿Dónde están tus padres?

–No tengo –dice Joe sin sentir que esté mintiendo.

El hombre debe de tener cuarenta y cinco años. Infunde respeto. Es ancho de hombros. A Joe le da la impresión de que su mirada parece llegar desde muy lejos, como si sus ojos estuvieran hundidos.

–Chaval, en mi vida he visto unas manos tan increíblemente dotadas como las tuyas. Y sé de lo que hablo.

Joe siente que está diciendo la verdad. Está impresionado.

–¿Tienes profesor?

–No, alquilo vídeos.

–Eso no es suficiente. Cuando se tiene un don así, hay que tener un maestro.

–¿Quiere ser mi maestro?

El hombre se ríe.

–No tan rápido, chaval. ¡Yo no soy mago! Pero vives en Reno, la ciudad del más grande.

–¿Del más grande qué?

–Del más grande de los magos.

Al día siguiente, hacia las cuatro de la tarde, Joe llamó a la puerta de una casa situada cerca de la vía del tren. Nadie respondió. Al ver que estaba abierta, entró.

En el sofá, un hombre dormía con un periódico sobre la cabeza. Joe se acercó para levantar las hojas y contempló al que estaba echando la siesta.

Podría tener treinta y cinco años. Sus rasgos transmitían una extrema serenidad. Con el torso desnudo, llevaba unos tejanos como única vestimenta. Musculoso. Ni un gramo de grasa.

El adolescente observó la habitación y se sintió decepcionado por la ausencia de cualquier material. El mobiliario solo era funcional: «Aquí no hay nada bonito», pensó, «esta no puede ser la casa de un mago».

Pensándolo bien, no era exactamente así. El hombre tumbado en el sofá era magnífico. Joe se preguntó si estaba muerto y se acercó para escuchar su corazón.

–¿Quién eres tú? –dijo el que se despertó al sentir su contacto.

–Soy Joe Whip. ¿Es usted Norman Terence?

–Sí.

El hombre se sentó, se desperezó y, frunciendo el ceño, se quedó mirando al adolescente.

–La puerta estaba abierta. He entrado.

–¿Quieres un vaso de leche?

–¿No tiene mejor una cerveza?

–No. Voy a buscarte leche.

Norman regresó con dos vasos de leche. Bebieron en silencio. Joe esperaba a que el adulto le preguntara qué quería. Pero permanecía en silencio, como si cualquiera pudiera entrar en su casa sin dar explicaciones.

–Quiero que sea mi maestro –dijo finalmente Joe.

–No soy ni seré el maestro de nadie.

–Pues mi profesor.

–¿Tu profesor de qué?

–¿De qué podría ser usted profesor?

–¿Qué quieres aprender?

El adolescente sacó de su bolsillo una baraja de cartas. Ejecutó varias rondas sobre la mesa baja. Luego guardó la baraja y fijó sus ojos en los de Norman.

–Tienes el mejor reparto por debajo que he visto en mi vida –dijo el hombre.

–¿Entonces?

–¿Por qué quieres ser mi alumno?

–Porque es usted el más grande.

–Eso no me convence.

–Porque tengo unas manos increíbles.

–Es cierto, pero eso tampoco me convence. Nunca he querido enseñar.

–Toda la sabiduría que atesora, ¿quiere guardarla para usted?

–Tengo tiempo para pensarlo. ¿Dónde están tus padres?

–No tengo padre y mi madre me ha echado de casa. Llevo un año viviendo en un hotel.

–Háblame de eso.

Joe le contó su historia y su vida cotidiana. El adulto suspiró con abatimiento.

–¿Qué edad tienes?

–Quince años.

Norman le miró con intensidad. El adolescente sintió que se estaba jugando algo importante y se esforzó en no dar la impresión de estar suplicando.

El hombre estaba pensando.

Una mujer joven entró cargada con las bolsas de la compra.

–Christina, te presento a Joe, quince años. Joe, te presento a Christina, mi compañera.

–Hola, Joe. ¿Me echas una mano?

El adolescente se precipitó para sujetar algunas bolsas. Las llevó hasta la cocina, donde guardaron los productos. Luego Joe regresó al comedor.

–¿Qué voy a hacer contigo? –preguntó Norman, preocupado.

Christina se unió a ellos y, con la mayor naturalidad del mundo, dijo:

–Joe dormirá en la habitación pequeña.

El corazón de Joe empezó a latir con fuerza. Norman sonrió.

–Tú ganas. Ve a por tus cosas.

Cuando Joe regresó con su maleta y su mochila, fue Christina quien lo recibió. Le enseñó su cuarto, que daba a la vía del tren.

–Date un baño –le dijo–. Luego comeremos.

Él obedeció. En la bañera, suspiró de alivio.

Por primera vez en su vida, tenía la impresión de tener una familia.

Se hizo la siguiente reflexión: «Norman podría ser mi padre. Pero Christina debe tener unos veinticinco años, no podría ser mi madre». Eso no impedía que, con muy pocas palabras y escasos gestos, la joven le había hecho sentir más cómodo que Cassandra en catorce años de convivencia.

Norman le llamó:

–¡Joe, la cena está lista!

Como aún estaba metido en el agua, salió disparado y bajó llevando su albornoz, que no molestó a nadie.

Comieron sin hablar demasiado. Norman y Christina no tenían televisión. Joe se sintió muy contento con su nuevo entorno.

En medio de la noche, Norman se preguntó por qué había aceptado semejante responsabilidad. Christina, que lo veía agitarse sin poder dormir, dijo que solo era un principio:

–A un chico de quince años solo por el mundo, se le acoge y punto, es evidente.

–No lo sé. No habría aceptado con otro que no fuera él.

–¿Tan buen mago es?

–Sí. Y si ha alcanzado este nivel, puedo llegar a imaginar lo solo que se habrá sentido. Piensa en la cantidad de horas que habrá pasado ensayando ante su espejo para asegurarse de que su astucia resultaba invisible.

–¿Tú cómo eras a los quince años?

–Solitario y salvaje, pero no hasta ese punto. Me da miedo.

–Es curioso. A mí me parece amable y normal, un buen chico.

–Puede que tengas razón –dijo Norman pensando que nunca había oído a Christina sorprenderse de los modales de nadie.

Como aún le costaba dormir, ella le dijo:

–Si le hubieras cerrado la puerta, lo lamentarías.

–Es verdad.

Joe también tenía insomnio, pero de alegría. Tras haberse alojado durante un año en el hotel, vivir en una casa le parecía el más extraordinario de los lujos. Ya no tendría que trabajar de noche por los bares para pagar la habitación. Podría volver a ser un niño.

Se instauró en la casa una especie de rutina. Por la mañana, después del desayuno, Norman le enseñaba su arte a su alumno. Había, por supuesto, un importante lado técnico, no tan importante, sin embargo, como el lado espiritual.

El profesor percibió esta necesidad al ver hasta qué punto al chico le extasiaba su propio virtuosismo.

–¿Por qué quieres ser mago? –le preguntó.

Silencio. Joe estaba desconcertado.

–¿Para demostrar que eres el mejor? –prosiguió Norman–. ¿Para ser una estrella?

Mutismo elocuente.

–¿Cuál es el objetivo de la magia? –retomó el adulto.

Después de un silencio, él mismo respondió a su pregunta:

–El objetivo de la magia es lograr que otro llegue a dudar de la realidad.

Joe asintió.

–Así pues –continuó Norman–, la magia es para los demás, no para uno mismo.

–Pero a mí me produce mucha satisfacción –dijo el adolescente.

–No es contradictorio. Cuando haces las cosas como se deben hacer, a la fuerza sientes una gran satisfacción. Pero eso no significa que ese sea el objetivo.

Joe miró a Norman con cierto desprecio. El profesor notó que el chico estaba pensando «menudo pelma» y reprimió sus ganas de reír.

Por la tarde, Norman echaba una siesta en el sofá del salón. Joe ayudaba a Christina a hacer las compras o a limpiar. Por la noche, ella le enseñaba a cocinar.

Joe admiraba al mago, pero experimentaba cierto malestar en su compañía. Emanaba de él una impresionante dignidad. Y, además, era una celebridad. Él no le daba ninguna importancia, nunca hablaba de ello, y, sin embargo, era un hecho irrefutable. El correo rebosaba de invitaciones a escenarios prestigiosos, incluso en círculos extranjeros de renombre.

Norman ya casi no actuaba en Reno. Muy de vez en cuando, hacía una gira por varias grandes ciudades; tampoco hablaba de ello, había que arrancarle la información a la fuerza.

Cuando se marchaba, le dejaba instrucciones a Joe, cómo trabajar determinado movimiento: aunque sabía que era inútil, el alumno era serio. Sus consignas servían más bien para darle confianza al chico sobre la permanencia de sus enseñanzas.

En ausencia de Norman, Joe entrenaba solo, igual que antes. Durante horas, se observaba manipulando las cartas o los objetos en el espejo. Desde que se había convertido en el alumno de Norman, su visión de sí mismo había cambiado: era como si su reflejo hubiera incorporado el juicio del maestro.

Al mediodía, Christina le llamaba para el almuerzo. Y luego estaban juntos hasta la noche. Le encantaba su compañía. Hablaba tan poco como Norman, pero eso no le provocaba ninguna incomodidad. Cassandra, en cambio, hablaba constantemente, sin duda porque el silencio la crispaba.

Siempre la comparaba con su madre y le dolía hacerlo: «Es que no conozco a ninguna otra mujer», pensaba. Christina le parecía todo lo contrario de Cassandra: distinguida, callada, nunca levantaba el tono de voz y su belleza no resultaba escandalosa. Esa fue la razón por la cual Joe tardó en percibirla. Pero cuando se dio cuenta de que era guapa, se sintió doblemente impactado.

No corría el riesgo de olvidar aquel instante. Mientras almorzaban juntos y él le preguntaba cómo le había ido la mañana, esperando una respuesta de poco interés, ella le dijo:

–He estado trabajando.

–¿Trabajando?
–Trabajo todas las mañanas.
–¿Cuál es tu trabajo?
–Soy malabarista con fuego.
Él se atragantó. Ella sonrió.
–No veo qué tiene de increíble. ¿Acaso Norman y tú no sois magos?
Se sintió avergonzado. ¿Por qué nunca había sospechado que ella también era artista?
–Cuenta –dijo él.
–Es el trabajo más bonito del mundo –empezó ella.
Y mientras hablaba, no dejó de observarla. Estaba deslumbrante. Sus ojos lanzaban destellos de luz. La delicadeza de sus rasgos le dejó estupefacto. Nunca había visto un rostro así.
Con quince años, Joe había vivido la experiencia de la belleza en más de una ocasión, aunque solo fuera en casa de su madre. Pero era la primera vez que le afectaba, como si aquella belleza le interpelara directamente a él, como si fuera una confidencia que se había ganado y de la que debía mostrarse digno tras haberle sido revelada.
Christina tenía un rostro y un cuerpo extremadamente delgados, sin por ello llegar a ser esquelética. Su pelo, su piel y sus ojos tenían el color del caramelo. Había crecido en Nuevo México y contaba que nunca había vivido un día sin sol: el color de su piel así lo atestiguaba.
Se recogía el pelo en una especie de moño de cuero indio sujetado por un palito; aquel peinado rudimentario dejaba al descubierto su cuello, de una alargada perfección.
Su vestimenta se reducía casi siempre a unos tejanos y a la parte superior de un bikini, tanto que Joe tenía la íntima sensación de conocer su cuerpo. Sin embargo, desde el instante en el que se enamoró de ella, aquella familiaridad física fue sustituida por el presentimiento de un misterio.
Ya que enseguida que tuvo conciencia de su belleza, la amó con toda la fuerza del primer amor. Fue un amor de una sola pieza: desde el segundo en que nació, vino acompañado de un deseo absoluto y perpetuo.
Joe sabía que amaba a una mujer prohibida, y esa fue la razón

por la que no expresó, o lo menos posible, su amor. Sin embargo, desde la primera chispa, vivió en un estado de espera –espera de no sabía exactamente qué, o, mejor dicho, de sabía perfectamente qué– y que a la fuerza tendría que materializarse algún día, ya que, de otro modo, nada tenía sentido.

Los sabios afirman que nada tiene sentido. Los enamorados poseen una sabiduría más profunda que la de los sabios. El que ama no duda ni por un instante del sentido de las cosas.

Christina estaba locamente enamorada de Norman, que era un hombre maravilloso y el mejor mago del mundo. Joe solo era un adolescente al que le quedaba todo por aprender en todos los dominios. No tenía nada, solo la inmensidad de su deseo, y eso le bastaba para creer en él.

Si le hubieran preguntado qué significaba ese «él» en el que situaba su fe, habría respondido: «Un día haré el amor con Christina y ella lo deseará tanto como yo.»

Existen varias categorías de malabaristas con fuego: la de Christina se llamaba *swinging*. Consiste en hacer malabarismos con antorchas sujetadas con la ayuda de cuerdas llamadas *bolas* –las mismas *bolas* que se lanzan a las patas de los terneros para inmovilizarlos en algunas pruebas de rodeo.

Otros hacen malabarismos manipulando directamente las antorchas, o incluso fijando dos en ambos extremos de un bastón. Cada una de esas técnicas resulta espectacular, pero, como sugiere su nombre, ninguna requiere de tanta agilidad como el *swinging*. Por eso se llaman *fire dancers* los que practican esta disciplina.

Una de las causas de frustración de Joe era no haber visto nunca a Christina entregarse a su arte.

–No es un espectáculo anodino –contó–. Siempre hay una parte de peligro, tanto para el espectador como para el malabarista. Basta que una de las antorchas esté mal atada y caiga entre el público, sobre un espectador que lleve alguna prenda de nailon o sobre una melena, y ya puedes imaginar la catástrofe.

–Prométeme que un día podré verte hacerlo de verdad –insistió.

–Claro. Un poco de paciencia. Mientras tanto, ves cómo me entreno, que tampoco está tan mal.

Aquel argumento puso nervioso a Joe, ya que Christina no entrenaba con antorchas encendidas auténticas; las sustituía por unos inofensivos bolos de plástico, de idéntico peso, en el extremo de las *bolas*. Le resultaba muy difícil convencerse de que ver a la joven bailar solo para él ya constituía un privilegio. Lo que de verdad sentía era que aquellos suntuosos malabarismos habían sido desprovistos de su excepcional peligro con el objetivo de velar por él. Y le parecía que aquel procedimiento le devolvía, de un modo brutal, a su adolescencia.

Era la traducción exacta de lo que experimentaba a nivel sexual: solo tenía derecho a los preliminares, cuando se sentía preparado para la inmensa realidad.

Un día, con la mayor naturalidad del mundo, Joe le preguntó a Christina de qué modo había que actuar para hacer el amor.

Ella sonrió y respondió:

–Quizá deberías preguntárselo a Norman. Su punto de vista te aportará más que el mío.

Más tarde, ella le preguntó a Norman si Joe ya le había hecho la famosa pregunta.

–¿Cuál?

–De qué modo hay que actuar para hacer el amor.

–No –dijo riéndose–. No ha sido lo bastante valiente.

–Conmigo sí.

Norman se quedó pensando.

–Estará un poco enamorado de ti. Y eso me tranquiliza.

–¿Por qué?

–Demuestra que es normal.

–¿Acaso lo dudabas?

–Sí. Cuando le enseño magia, es tan extraño que casi da miedo. Bebe mis palabras y, al mismo tiempo, siento que desea saltarme al cuello y despedazarme a mordiscos.

–¡Te adora!

–Sí. Me adora igual que un chaval de quince años adora a su padre. O sea, siente deseos de matarme.

–¿Y tú lo consideras un hijo?

–Algo de eso hay. Siento una gran admiración y afecto por él. Cuando me marcho, lo echo de menos. Cuando regreso, me pone nervioso y me saca de quicio.

–Te da miedo.

–No. Siento miedo por él.

–Entonces es tu hijo.

Norman se propuso enseñarle a Joe el más clásico de los números de cartas, el Waving the Kings de Hollingworth. Antes de explicarle la técnica, primero lo ejecutó varias veces:

–Ves, es uno de los trucos más bonitos –le explicó–. Con lo bueno que eres, en tres horas lo dominarás.

Transcurrieron tres días sin que el adolescente lo consiguiera.

–No lo entiendo –dijo Norman–, tardaste apenas una hora en aprender el Interlaced Vanish de Paul Harris y es por lo menos igual de difícil. ¿A qué se debe este bloqueo?

Joe le respondió con un gesto de contrariedad en la frente.

Norman reprodujo el truco comentando cada uno de los pasos. Acabó con las siguientes palabras:

–Es más bien fácil. Ningún truco con cartas es realmente difícil. Con las cartas lo difícil es hacer trampas.

–Es lo que quiero aprender –respondió Joe inmediatamente.

Norman le pegó una bofetada.

–Es la primera vez en mi vida que me abofetean –dijo Joe ofendido.

–Y es la primera vez que le doy una bofetada a alguien y no me arrepiento. Mira, chaval, acabas de pedirme que sea tu profesor y yo acepto hacer por ti lo que nunca he hecho por nadie; además, te alojo en mi casa. ¿Y tienes el descaro de decirme que quieres convertirte en un tramposo?

–No he dicho eso. Quiero aprender cómo se hacen las trampas.

–¿Y por qué?
–Tú verás, ¿por qué aprendiste a hacerlas tú? ¿Nunca has hecho trampas?
–Nunca.
–¿Entonces?
–Soy un hombre. Tú eres un crío.
–¡Ya estamos otra vez! ¿Y hay una edad para aprender a hacer trampas?
–Para la técnica no.
–¿Es el aspecto moral lo que te preocupa? El bien y el mal hay que aprenderlos a mi edad, ¿no te parece?
–Efectivamente. Pero dime, ¿por qué te interesan tanto las trampas?
–Tú mismo me has proporcionado la respuesta: porque es más bien difícil. Me siento atraído por la dificultad.
–Aprende primero el Waving the Kings y luego ya veremos, ¿de acuerdo?
Superado, el adolescente cogió las cartas y, sin demora, ejecutó el truco a la perfección.
Norman movió la cabeza y le miró:
–¿Quién eres? ¿Qué tienes en la cabeza?
–¡Vale ya! –gruñó Joe.

Aquella misma noche, en la cama, Norman le contó lo ocurrido a Christina. Ella se rió:
–¡Menudo chico!
–Pues yo no le veo la gracia. ¡Qué retorcido!
–Venga, ¡solo tiene quince años!
–A los quince años yo nunca me habría comportado así.
–¿Cómo puedes saberlo?
–¡Lo sé!
–No te creo. Todos olvidamos lo locos que estábamos a esa edad.
–Tú no.
–Sí, yo también.
–Vivías con los locos, que es distinto.
–Vivía en una comunidad hippy en la que todo el mundo es-

taba loco y entre los nueve y los doce años era más sensata que ellos, en efecto. Pero a los quince años estaba loca.

–Cuenta, cuenta.

–A los quince años apenas comía. Era casi anoréxica. Un día, salí a pasear con mi madre. Me enseña unas setas que crecen por las praderas y me dice: «Son setas venenosas». Le pregunto si son comestibles, ella responde: «No, son tóxicas». Apenas acabó su frase empecé a sentir deseos de comerlas, no podía pensar en otra cosa. A escondidas, regresé al mismo lugar en el que se encontraban las setas y me las zampé. Sentía un deseo feroz. Me pasé toda la noche vomitando, tuvieron que llevarme al hospital.

–¿Querías suicidarte?

–En absoluto. Le dije lo mismo a mi madre que, en toda lógica, me preguntó: «¿Por qué tú, que no quieres comer nada, has querido comerte unas setas tóxicas?». La única respuesta que pude darle es que sentía un feroz deseo de hacerlo.

–¿Y hoy tienes otra explicación?

–No. Como no sea que, a los quince años, uno está loco.

Ser el mejor mago del mundo y vivir en Reno es tan absurdo como que el papa viva en Turín; en el Estado adecuado pero no en la buena ciudad.

Cuando le preguntaban por qué no vivía en Las Vegas, Norman recurría a la siguiente metáfora:

–La buena gente cree que el Vaticano es la capital del catolicismo. Solo es una tapadera. En realidad, el Vaticano es la sede de decenas de sectas cristianas, a cuál más misteriosa. Con Las Vegas ocurre lo mismo: turistas del mundo entero acuden para conocer la capital del juego y para imitar lo que consideran las actividades locales. En realidad, Las Vegas es la sede planetaria de la más gigantesca, de la más antigua de las sociedades secretas: la magia.

–Entonces, ¿por qué no vives allí?

–Precisamente por eso. Si el Papa fuera un hombre honesto, ¿de verdad crees que viviría en el Vaticano?

–Ni siquiera sé quién es el Papa –dijo el adolescente.

–Mejor. Quiero convertirte en un hombre de bien. Y yo intento ser uno de ellos: por eso no vivo en Las Vegas. Pero no solo por eso: no me atrae la idea de estar, como suele decirse, allí donde todo se cuece. Esto me reduciría a no ser nada más que un mago.

–¿Acaso eres algo más?

–Sí. Soy el hombre de Christina, por ejemplo.

–También podrías serlo en Las Vegas.

–No tanto. No podría dedicarle tanto tiempo. Sin olvidar que

Reno es la gran ciudad más cercana al Festival de Burning Man, el acontecimiento del año para Christina, la fiesta del fuego. En ese festival ella exhibe la culminación de su arte.

Aquel comentario no cayó en saco roto. Joe pensaba en las perspectivas que se le ofrecerían si pudiera acudir al festival.

Norman creyó que soñaba con Las Vegas y no le sorprendió: era un deseo inevitable y natural para cualquiera, y más aún para un joven mago excepcionalmente dotado. «A los veinte años, pasarás una temporada en Las Vegas», pensó sonriendo, rememorando sus veinte años celebrados allí. Algunos detalles de aquellas travesuras regresaron a su memoria y tuvo que admitir que constituían excelentes recuerdos.

Eso no impedía que se sintiera feliz de no vivir en aquella ciudad demencial.

–Eres un auténtico mormón –le decía a veces Christina, harta de que se portara tan bien.

–Sí. Y, sin embargo, soy irremediablemente monógamo –respondía él.

Decir que amaba a Christina era decir poco y ella le correspondía con creces. Cinco años antes, la había visto en una de las coreografías de *fire dancer*, en el Festival de Burning Man, y a primera vista había sentido no solo que estaba loco por ella sino que era la mujer de su vida. Lo sorprendente era que, con tan solo veinte años, ella tuviera exactamente la misma certeza respecto a él, sin tener ni idea de quién era.

Estaba acostumbrada a sentirse observada, pero aquel desconocido la miraba de un modo tan especial que había deseado no salir nunca de su punto de mira. Aquellos ojos fijos escrutándola le daban la impresión de ser el Grial.

En el Festival de Burning Man todo son escenarios; apenas dejas uno cuando ya aparece otro. En cuanto Christina apagó sus antorchas, el hombre fue a su encuentro.

–Norman –dijo él.

–Christina –dijo ella.

No intercambiaron ni una palabra más. La ayudó a recoger sus cosas y la acompañó hasta su tienda.

Cuando has sido educado en una comunidad hippy, solo hay dos posibilidades: o te conviertes en un hippy o te conviertes en lo contrario: experto en contabilidad o banquero psicorrígido. Christina era una excepción que había sorteado ambos excesos: sin llegar a ser hippy, no por ello había renegado de su pasado. Había conservado lo que le convenía y dejado a un lado lo que no le gustaba.

Una actitud tan equilibrada resultaba sorprendente por parte de una chica que, de todos modos, había sufrido mucho en ese ambiente: su padre la había invitado a tomar setas alucinógenas con solo nueve años y LSD a los doce. Con trece años, se había tomado quinientos microgramos de ácido y tardó un mes entero en aterrizar. A consecuencia de ello, había conocido el infierno durante un año.

–Un año en bajada de ácido –contaba–, a una edad que, de por sí, ya resulta igual de angustiante que una bajada de ácido. Creí que acabaría en el manicomio: estaba permanentemente aterrorizada, por cualquier cosa. Cuando se lo comentaba a mi madre, me decía: «Está bien, solo estás aprendiendo».

Un año más tarde, lo que la salvó fue dejar de comer. El hambre pasó al primer plano y ahuyentó los demás demonios.

A los dieciocho años, Christina había abandonado su tribu y Nuevo México. Se había inscrito en la escuela de circo de Carson City, Nevada.

Haber conocido, a la edad de trece años, un infierno tan prolongado le había proporcionado no ya el gusto sino la necesidad del peligro. Nada la tranquilizaba tanto como hacer malabarismos con fuego. Le pareció que su destino estaba marcado: se convertiría en *fire dancer*. Este arte le permitiría combinar la agilidad del cuerpo y de la mente, que le venía de los hippies, con la extrema disciplina de quien ejerce un trabajo de riesgo.

Christina tenía el rostro y la voz de una joven dama: viéndola y escuchándola, resultaba difícil imaginar que una persona tan distinguida y tan sosegada hubiera tenido un pasado tan caótico. Esa también fue la razón por la cual empezó tan rápidamente a vivir en pareja con un hombre que ya había encontrado su camino: necesitaba una estructura.

A los que veían a Norman y Christina juntos les impactaban

sus afinidades: tenían una misma manera de permanecer callados. Podía apreciarse en su forma hierática de estar, el uno junto al otro, como un rey y una reina de la época micénica, sin intercambiar más que su belleza y su majestuosidad. La fascinación que emanaba de la yuxtaposición de aquellos dos seres soberbios les confería categoría de tótems.

Joe resultó ser redomadamente bueno con los trucos de trampa. A Norman no le disgustó:

–Son simples ejercicios de estilo y hay que admitir que no existe nada mejor.

–De todos modos –dijo Joe–, la magia es trampa.

–No estoy de acuerdo. Existe una diferencia fundamental: la magia deforma la realidad en interés de otro, con el fin de provocar una duda liberadora; la trampa, en cambio, deforma la realidad en detrimento de otro, con el objetivo de robarle su dinero.

–¡Solo es una cuestión de pasta!

–Es más grave que eso. El mago quiere y respeta a su público; el tramposo desprecia a aquel a quien está dejando sin blanca.

–Cuando juegas al póquer, ¿sientes la tentación de hacer trampas?

–Mis manos podrían sentirla pero mi cabeza nunca lo aceptaría. Es una de las razones por las cuales juego poco: me siento dividido en dos.

–¡Menudo coñazo de honestidad! –tronó el adolescente.

–Accesoriamente, puede evitarte ir a la cárcel –dijo Norman sonriendo.

–Si haces trampas realmente bien, no vas a la cárcel.

–Tienes razón: si haces trampas realmente bien, la mafia se encarga de liquidarte.

–Dices que el mago siente estima por su público: ¿no siente

más bien un sentimiento de superioridad respecto a él? ¿De condescendencia?

–Es imposible. Y tú deberías saberlo: el primer público es uno mismo, ya que uno entrena frente al espejo. Y las horas que pasas solo ante tu propio reflejo te hacen humilde.

–No estoy seguro de ser humilde.

–Lo eres más de lo que crees. De no ser así, no serías tan bueno.

Norman no desaprobaba estas contradicciones casi sistemáticas. Era el comportamiento de un hijo de quince años.

Él mismo apreciaba mucho a Joe. ¿Lo amaba como un padre? No tenía punto de comparación para saber. Cuando se marchaba de viaje, comprobaba que echaba de menos al adolescente. En cada uno de sus reencuentros, sentía un profundo sentimiento de plenitud. Cuando el chaval se pasaba de la raya, sentía más ternura que furia.

Una noche, sin embargo, no le quedó más remedio que enfadarse. A veces Joe salía por la ciudad para, según él, tener vida social. Norman y Christina no se oponían. Que el chico tuviera amigos y aspiraciones normales les hacía sentir seguros.

A la una de la madrugada, la policía llamó a Norman: un tal Joe Terence, que afirmaba tener dieciocho años, había ganado ocho mil dólares haciendo trampas en el póquer en el casino de Hamersbound.

Norman saltó a su coche. Camino de la comisaría, se llamó de todo: ¿por qué le había enseñado todas las trampas con las cartas a aquel chico chiflado e irresponsable?

En la oficina del sheriff, cuando lo vio cabizbajo, sintió ganas de sacudirlo como a un ciruelo.

–¿Es su hijo?

–Sí. Y no tiene dieciocho años sino quince.

–Lo sospechábamos. No queremos verle más por el casino, ¿queda claro? La próxima vez no se lo entregaremos tan fácilmente.

Una vez en el coche, Norman dijo:

–Así que esta es tu vida social.

–Solo soy un mierda, lo sé.

–Es demasiado fácil como defensa. Es para que yo te diga lo contrario. Mejor cuéntame por qué lo has hecho.

–Para probar.

–Ya lo has probado. ¿Y con qué dinero has jugado? Uno no va al casino con los bolsillos vacíos.

–Cada mes recibo un giro de mil dólares de mi madre.

–¿Y cada mes te has jugado esa cantidad?

–Sí.

–Si no lo entiendo mal, esta no es ni mucho menos la primera vez que haces trampas; solo que es la primera vez que te pillan.

–Así es.

–Volvemos a casa, recoges tus cosas y te marchas.

–¡No!

–¿Prefieres que te pegue?

–Sí.

–No es mi estilo, lo siento.

–Soy tu hijo. Se lo he dicho.

Joe debía sentir que era su única baza.

–No quiero tener un hijo tramposo.

–Te juro que no lo volveré a hacer más.

–Eres un embustero. No te creo.

–Te lo juro por lo más sagrado.

–¿Qué es lo más sagrado para ti?

–¡Tú!

En aquel momento, Joe creía en lo que decía. Se le notaba. Norman, muy afectado, guardó silencio. Acabó poniendo el coche en marcha y se dirigió a casa.

–¿Me quedo? –preguntó Joe.

–Te quedas. Si me entero de que has vuelto a las andadas, no querré saber nunca nada más de ti.

Al día siguiente, por la tarde, retomaron la conversación con más calma:

–¿No tienes amigos de tu edad?

–No. Hace tiempo que no voy a la escuela. Y en la escuela tampoco me apetecía establecer vínculos.

–¿Por qué?

–Me siento tan diferente a la gente de mi edad. ¿De qué podría hablar con ellos?

–¿Les has mostrado tus talentos como mago?

–Sí. Fue lo peor. Si les haces un truco, solo son capaces de expresar una reacción: «¿Dónde está el truco?». Si les explicas que se trata de un proceso de progreso personal, años de esfuerzo, el resultado de una reflexión y de una iniciación, desconectan inmediatamente.

–Sí, los jóvenes solo conocen la inmediatez.

–Yo también soy joven.

–Tu eres especial, eres un elegido. Es un privilegio, y hay que pagar un precio por ello.

–¿El precio que hay que pagar es ver que los demás son unos cretinos?

–Es ver únicamente su lado idiota.

–¿Hay otros lados?

–Sí. No te enfades por lo que voy a decirte. Los jóvenes tienen una virtud que tú no tienes, y que yo tampoco tenía a tu edad: son simpáticos.

Joe lo encajó.

–¿Y ahora eres simpático, Norman? –acabó preguntando.

–No mucho. Pero más que antes, sin embargo.

–¿En qué consiste ser simpático?

–En tener ese impulso hacia los demás, esta especie de corriente que suscita afecto.

–¿No tener esa virtud es grave?

–No se puede tener un excelente sentido del escenario, ser un fabuloso mago sin ser simpático.

–Así pues, no sirve de nada ser simpático.

–Las virtudes no están hechas para servir para algo. ¿Quieres ser un hombre de bien sí o no?

–Tú eres un hombre de bien y no eres demasiado simpático.

–Se puede ser mejor que yo. Fíjate en Christina: ella es simpática.

Joe se quedó meditando, con la vista fija en el suelo.

–Otra cosa –dijo Norman–. Hay que resolver el tema del dinero.

–¿Quieres que te entregue los mil dólares mensuales de mis giros?

–No. Son tuyos. Pero no olvides esto: el dinero, o lo ahorras para más adelante, o lo gastas. Punto final.

–¿Qué quieres que me compre? No me apetece nada.
–Entonces guárdalo para más adelante.
–Menudo aburrimiento.
–No lo sé. Compra regalos para la gente a la que quieres.
–¿Qué te gustaría?
–A mí, nada. Piensa en Christina. Es fácil hacerla feliz.

Joe se quedó mirando a Norman con perplejidad: «¡Si él mismo me invita a hacerlo!», pensó.

La especialidad mundialmente conocida de Reno son los divorcios, razón por la cual no abundan los floristas: no es habitual que uno sea tan civilizado como para ofrecer flores a la mujer de la que acaba de separarse.

Sin embargo, existían algunos establecimientos que vendían sobre todo coronas para entierros. La sorpresa fue notable al ver llegar a un chico de quince años consultándoles qué podría gustarle a una hermosísima mujer diez años mayor que él.

–¿Su hermana mayor se casa?

–Es una mujer a la que quiero hacer feliz.

Aquella admirable respuesta incomodó a los vendedores. Joe decidió que no necesitaba sus consejos de tenderos. Miró las flores y se entregó al placer de decretar cuáles podrían gustarle a Christina.

Eligió unas peonías chinas de un rojo levemente rosado que le parecieron las más vivas de todas; las combinó con ásteres, gladiolos y yaros, pero cuando contempló su composición, no le convenció. Las flores que había añadido se limitaban a subrayar el esplendor de las primeras, que no necesitaban para nada compararse con otras, así que las quitó.

–¿Desea que nos encarguemos de entregarlas? –dijo la cajera.

Joe se negó, sorprendido de que alguien pudiera delegar la mejor parte, es decir el momento de la ofrenda.

Se vio pasear por las calles de Reno una gigantesca explosión de peonías ambulantes. Christina le abrió la puerta a un ramo parlante:

–¿Te gustan las peonías?

–Me encantan. Es una elección tan original.

–Creo que se parecen a ti.

–¿Así es como me ves? –preguntó Christina, divertida de verse comparada con unas bolas tan enormes.

–Explotan. Igual que tú.

La joven sonrió.

–¿Cuál es tu flor preferida?

–No lo sé. Conozco muy pocas flores.

–Sin embargo, a los hippies les encantan.

–Sí, pero sin distinguirlas. Cogemos las flores que encontramos, para nosotros todas son iguales. Nunca verás a un hippy en una floristería.

–¿Y Norman nunca te regala?

–Me parece que no.

Joe no podía sentirse más satisfecho: Christina había reservado su virginidad floral para él.

A partir de entonces le compró flores muy a menudo. A la que el ramo presentaba el más mínimo síntoma de declive, Joe corría a una de las tres floristerías de Reno y elegía. Siempre se decantaba por ramos de una única especie con el fin de que Christina fuera familiarizándose con cada tipo. Él entendía tan poco como ella y le gustaba perder su ignorancia al mismo ritmo. Era una iniciación que vivían juntos y de la que él se reservaba la iniciativa masculina.

–¿Es para la misma mujer? –ironizaban los vendedores.

Él asentía con desdén, consciente de ser el blanco de su condescendencia: «¿Solo veis en mí al chaval que corteja a una adulta? Yo experimento con ella una exaltación que vosotros desconocéis y que es el presagio de éxtasis aún mayores. A la edad en la que los chicos se acuestan de cualquier manera con la primera mocosa disponible, yo me preparo para grandes cosas. Quien ríe el último ríe mejor».

Christina le confió su preocupación a Norman:

–Deben de costarle caras, estas flores. Tengo miedo de que se arruine. ¿De dónde saldrá todo ese dinero?

–Son las propinas que le dan los espectadores de sus trucos de magia –respondió Norman, que, por lealtad hacia Joe, no le había contado a Christina la historia de sus trampas en el póquer.

–¿Y no debería guardarse ese dinero para él?

–Escucha, lo gasta como le viene en gana y su actitud me parece más bien romántica.

En secreto, Norman felicitó al muchacho:

–Excelente idea, las flores. Christina está encantada.

Joe se preguntó si el adulto estaba ciego o era complaciente. Le satisfizo, no obstante, que no hubiera interferido dedicándose, él también, a cubrir de flores a su mujer. Y, al mismo tiempo, despreciaba a Norman por la misma razón. «No te la mereces», pensaba. Sabía que no era cierto. En lo más profundo de su ser, estaba convencido de que, entre todos los hombres, Norman era el único con derecho a tocar a Christina. Si ella era la más hermosa, él era el mejor, el más maravilloso, el más sabio. ¿Cómo se atrevía a compararse con aquel hombre? Y, sobre todo, ¿cómo podía imaginar que Christina, acostumbrada a un hombre semejante, pudiera quererle a él algún día?

El adolescente había observado los hábitos de la pareja: parecían fieles. Una mañana, se arriesgó a preguntarle a Norman:

–Cuando sales de gira, ¿las mujeres no te van detrás?

–Sí. Las que asisten a mis espectáculos me esperan a la salida del camerino. No es fácil quitárselas de encima: la magia las vuelve locas.

–¿Y nunca sientes la tentación?

–No. Amo a Christina, que las supera con creces. Y antes de Christina, viví mucho, no sé si me entiendes.

Joe le entendía. Aquella respuesta le resultó chocante. «Así que si antes de Christina no hubieras vivido mucho...», escuchó. «Pero yo no he vivido nada y no quiero vivir nada que no sea con ella.»

Norman, que no comprendía las auténticas razones de aquella pregunta, acabó con el siguiente gran clásico:

–Disfruta de tu juventud. Diviértete con todas las chicas que quieras. Tómate tu tiempo. Así disfrutarás mejor tu madurez.

Joe abandonó la casa inmediatamente para salir a caminar por la calle. Sorprendido, Norman se preguntó si el chico se marchaba a aplicar sus consejos inmediatamente.

En realidad, el chaval se había escapado para no estrangular al adulto. Aquel consejo le había sacado de sus casillas. Recorrió la ciudad gritando para sus adentros: «¡No todos los adolescentes están obligados a comportarse como unos cerdos! ¡Que tú lo hayas hecho no significa que yo tenga que imitarte! ¡Me das tanto asco que para castigarte te arrebataré a tu mujer!». Y, al mismo tiempo, sufría por la fidelidad de Norman: le habría chocado que hubiera engañado a Christina, pero eso le habría dado un pretexto mejor para jugar a los justicieros.

En cuanto a ella, enseguida supo a qué atenerse. En ausencia de Norman, un chico guapo, también malabarista con fuego, pasó por su casa. Joe estaba en su habitación, y escuchó las voces, una bofetada y una puerta cerrándose violentamente. Bajó a toda velocidad y se encontró a Christina temblando. Se limitó a decirle:

–¡Y ese cabrón se las da de amigo de Norman!

Le gustó su actitud, pero también le hundió en la desolación: «¡Nunca la conseguiré! ¡Echa a ese chico, que es guapo. ¡Yo, además, soy feo!». Con casi dieciséis años, la naturaleza no había sido muy generosa con él: al mirarse al espejo, veía a un mocoso enclenque, no demasiado desarrollado para su edad, con ese aire de torpeza propio de la adolescencia. «Nadie me querrá.»

Sin embargo, pese a su limitada vida social, también podía ocurrir que alguna chica se le acercara con pretextos grotescos: «¿Podrías ayudarme a llevar estos paquetes hasta mi coche?» (¿Para qué había que ayudar a alguien a algo tan estúpido?), o: «¿Podrías explicarme cómo funciona esta brújula?». En lugar de aprovecharse, o por lo menos de sentirse halagado, Joe transformaba aquellas insinuaciones en motivo de desprecio. Le irritaba lo que él denominaba «esas perras» o «esos cardos».

Lo peor era cuando Norman regresaba de uno de sus viajes. Joe espiaba sus reencuentros, que nunca dejaban de resultar grandiosos. Christina se lanzaba a los brazos de su marido y, tras abrazarla largamente, este tomaba su rostro entre las manos, la miraba fijamente a los ojos y le comía la boca. A veces incluso, cuando el chico fingía no estar observándolos, Norman levantaba a su amada del suelo y corría hasta su dormitorio. Lo que Joe sentía entonces era peor que celos: tenía la sensación de que no existía, y de que nunca existiría.

Un día de verano, mientras desayunaba, Joe anunció:

–Hoy cumplo dieciséis años.

–¡Feliz cumpleaños! –le desearon Norman y Christina.

–¿Quieres que lo celebremos? –preguntó Christina al cabo de un rato.

–No. No suelo celebrar este tipo de cosas.

–¿Y qué te apetecería hacer? –le preguntó Norman.

Estaba claro que el adolescente había premeditado su respuesta, y no tardó nada en soltarla:

–Ir con vosotros al Festival de Burning Man, a final de este mes.

–No –dijo Christina.

Joe esperaba tan poco aquel rechazo que se atragantó.

–No –repitió Christina con firmeza–, aún eres demasiado joven.

–¡Pero si hay chavales que van cada año! –protestó Joe.

–Cada uno hace lo que quiere con sus hijos –dijo Norman.

–¿En qué os molesta que venga yo?

–Cuando estamos en el festival –prosiguió el mago–, tomamos alucinógenos. A tu edad está prohibido.

–¡Y a vuestra edad también! –gritó Joe.

–Sabemos que es ilegal. Solo que nos sienta bien –dijo Christina–. Haz caso de mi experiencia: consumirlos a tu edad es el infierno garantizado.

–Me abstendré de hacerlo.

–No podrías evitar desobedecer –continuó Christina–. Y eso te destrozaría.

–¡Tú has sobrevivido!

–Menos de lo que crees. Y de milagro.

–¿Y qué me impide tomarlos aquí?

–Aquí es difícil conseguirlos. En el festival solo tienes que tender la mano.

–Francamente, ¿alguna vez me habéis visto interesarme por esas mierdas? No es mi estilo.

–Los que se han convertido en yonquis también decían eso.

Joe comprendió que aquella discusión no llevaba a ninguna parte. Estupefacto, se preguntó con qué clase de chiflados llevaba viviendo cerca de un año. Se sentía como un fanático cristiano al que se le prohibiera participar en las cruzadas con la excusa de que en Tierra Santa corría el riesgo de acabar masticando tabaco. La incongruencia de los adultos le sublevó.

A finales de agosto, Norman y Christina se marcharon al Festival de Burning Man, dejando a Joe al cuidado de la casa.

–Si quieres puedes invitar a tus amigos –dijo Christina.

–O a tus amigas –añadió Norman guiñándole el ojo.

«¡Menudo palurdo», pensó el adolescente viendo cómo se alejaba el vehículo.

Aquel mes se gastó el dinero que solía invertir en flores en la compra de libros que trataban sobre alucinógenos.

«Norman y Christina han logrado el resultado opuesto al que buscaban», se regocijó. «A mí, que no me interesaban en absoluto las sustancias ilícitas, ahora me apasionan.»

El festival duró siete días. Joe se pasó toda la semana leyendo. Aprendió cosas que podrían serle de utilidad en el futuro.

La pareja regresó con una expresión de absoluta plenitud, tan absoluta que resultaba insoportable.

–¿Estuvo bien? –preguntó Joe, sarcástico.

Respondieron con borborigmos de extravío.

–Ya veo. Lo habéis pasado en grande –comentó con la sensación de ser el único adulto.

Norman se echó a reír sin responder.

–¿Cuándo tendré derecho a acompañaros?

–Antes de cumplir los dieciocho, ni lo sueñes –lanzó Christina, que acababa de recuperar el uso de la palabra–. Lo ideal sería que esperaras a cumplir los veinte.

–Dieciocho años –se mantuvo Joe con la firmeza de quien está negociando su supervivencia.

–Que sean dieciocho –dijo Norman.

Dos años esperando. Para cualquier otro, resultaría demasiado tiempo. Para Joe, era insufrible. A los dieciséis años, dos años es una persecución. Lo que esperaba, de lo que tenía la más violenta y obsesiva necesidad, era poseer a Christina. No tenía ninguna duda de que acabaría por lograrlo: no podía permitirse semejante incertidumbre.

Si Joe hubiera sido menos demente, no se habría hundido en la frustración más rabiosa durante los dos años en cuestión. Habría actuado como cualquiera en una situación latente: habría aprovechado para ir practicando. Habría conocido los momentos de aventura de la extrema juventud, con sus líos de cama, con sus encuentros sin compromiso, con sus despertares saciados por las oportunidades que la noche proporciona.

Locamente enamorado de Christina, se infligía a sí mismo el severo castigo de castrar los años más sexuales de la vida humana. Pero con el mismo argumento podría haber defendido una higiene radicalmente opuesta: ¿acaso no es una prueba de amor aprender a convertirse en un buen amante? ¿Qué hay de hermoso en querer ofrecerle a la elegida los torpes ardores de un chico virgen?

Y así fue como, entre los dieciséis y los dieciocho años, Joe ensayó sus ejercicios de magia hasta tenerlos tatuados en el sistema nervioso, se ejercitó en un número considerable de nuevos trucos, estudió con Norman las prácticas del escenario, se sacó el permiso de conducir, leyó multitud de libros, se tocó poco y mal; en resumen, se sacrificó en nombre de un amor que nada le había pedido.

Agosto de 1998. Joe cumplió dieciocho años igual que otros terminan una condena de cárcel.

El día de su aniversario, se miró al espejo: «¿Soy deseable?», se preguntó. Imposible saberlo. Le pareció que era menos feo que antes. El acné había desaparecido, dejando paso a una barba que estaba pidiendo a gritos una navaja.

–Aquí tienes tu regalo –dijo Norman entregándole un sobre.

En su interior, Joe encontró una entrada para el Festival de Burning Man. «Y es él quien me la ofrece», pensó.

El 28 de agosto recorrieron los tres los ciento setenta y siete kilómetros que separan Reno de Black Rock City. El trayecto duró dos horas; para entrar en el festival, y a causa de la ininterrumpida caravana de vehículos, tardaron cuatro.

Dado que llegaron a medianoche, instalaron apresuradamente la tienda, se acostaron y se durmieron enseguida. Hacia las once de la mañana, Joe salió y descubrió por fin el lugar del festival más radical de aquella época: el desierto de Black Rock, un gigantesco cráter de polvo blanco rodeado de montañas peladas.

Ni sombra de vida ni de construcción más allá del inmenso campamento: habría resultado inútil buscar un cactus, una serpiente, un buitre o una mosca, ni carretera, ni pista, solo arena.

«Así que aquí es donde voy a vivir mi primera experiencia sexual», pensó Joe con una seguridad trabajada durante dos años. Aquel lugar tan poco terrestre le pareció ideal: el sexo tenía que ser algo de otro planeta.

Del permanente derroche de decibelios se encargaba la mitad de la población de Black Rock City, es decir algo más de diez mil músicos o asimilados. En una semana, no había que esperar ni un segundo de silencio. De día y de noche, genios o mediocres –aunque mayormente genios– daban lo mejor de sí mismos tocando el violín, el ukelele, el bajo, el sintetizador, manejando las platinas o cantando. Unos gigantescos recintos iban alternando las creaciones de unos y otros y era necesario acostumbrarse a aquella incesante polifonía. Unos oídos vírgenes como los de Joe no podían diferenciar los sonidos y todas aquellas músicas ascendían dentro de su ser unificadas en un gigantesco sonido que él identificaría como el ruido de Burning Man.

Se inclinó para recoger arena: notó que aquello no era arena. La arena era menos fina y provocaba un efecto abrasivo: aquello era polvo, de una finura y suavidad casi insoportables. Aquel polvo blanquecino dejaba una sensación de jabón en la piel. No te lo quitabas con agua: solo lo lograbas con vinagre.

A las once de la mañana, hacía calor, pero resultaba muy agradable. A veces soplaba un viento seco, desplazando nubes de polvo: Joe se puso sus gafas de esquiar.

Christina salió de la tienda y le dio un beso.

–La primera mañana en el festival es la más bonita. ¿Me ayudas a preparar el desayuno?

Habían traído agua y comida para siete días. En unos infiernillos, prepararon huevos con beicon y café. Norman se unió a ellos y comieron bajo el sol.

–Y ahora, con tres semanas de retraso, te ofrezco mi regalo de cumpleaños –dijo Christina.

Fue a buscar una bicicleta verde manzana, decorada con un forro sintético y con margaritas plastificadas.

–Con esto irás a donde te apetezca.

Joe le dio las gracias, sin atreverse a preguntarle si se la había comprado a su madre. Quiso probarla de inmediato. La bicicleta es el principal medio de transporte en Black Rock City. Descubrió el placer de circular en una ciudad provisional, de salir y de llegar tan lejos como era posible: sintió el deseo de ir hasta las montañas abruptas y se dio cuenta de que estaban muy lejos. Dejó la bicicleta, escaló los primeros contrafuertes y contempló la forma de la ciudad: dos tercios del círculo dispuestos como un antiguo teatro alrededor de la inmensa estatua del Man, el hombre sacrificado a las llamas.

Detrás del Man, estaba el Templo, la construcción más bonita, que, el último día, también acabaría siendo pasto de las llamas. Volvió a subirse a la bici y pedaleó hacia Black Rock City. Cuanto más se acercaba, más le parecía que todo aquello era un espejismo.

En una de aquellas calles que cuadriculaban el inmenso campo, un tipo se le echó encima.

–Amigo, no puedes andar así. Mírate: vas demasiado mal vestido. Deja que me ocupe de ti.

–No tengo dinero –balbuceó Joe.

–¿Dinero? Nunca pronuncies esta palabra. Aquí el dinero no existe. Quiero regalarte ropa.

Siguió al hombre hasta su tienda. El desconocido removió un cofre y sacó una falda de lunares y una chambra de tonos dorados.

–Ponte esto encima de los tejanos y de la camiseta.

Joe lo hizo.

–Perfecto. Ahora estás estupendo. ¿Quieres acostarte conmigo?

–No.

–No hay problema. Diviértete, ahora que eres guapo.

Joe siguió con su paseo, encantado con la simplicidad de las costumbres. Algunos se paseaban desnudos, entre los cuales algunos pibones que, atónito, él no dejaba de mirar. Pero iban vestidas siguiendo la moda local: tutús rosas, chaqués amarillos de rayas violetas, calentadores de piel sintética para las piernas de color naranja.

Las tiendas-taller abundaban, proponiendo con carteles sus temas de reflexión: «Taller de debate sobre la naturaleza de la materia», «Taller de pintura corporal», «Taller de sexo tántrico». El que más le llamó la atención a Joe fue: «Aquí se hacen trenzas para el pelo púbico». Se detuvo un largo rato delante de la tienda, preguntándose qué efecto le haría y qué le impedía entrar. Se abstuvo: nunca le había mostrado su sexo a nadie y se sentía incapaz de hacerlo.

En una ciudad de más de veinte mil habitantes, encontrar tu propia tienda no resultaba fácil. A cada uno se le asignaba una dirección digna de una batalla del juego de barcos: A5, I12... Los dos tercios del círculo estaban surcados vertical y horizontalmente por letras y cifras. Joe regresó a F6 sin problema. Norman le obligó a beber un poco de agua:

–Puede que tú no sientas sed, pero tu cuerpo sí.

–¿Dónde está Christina?

–Está ensayando para esta anoche con los *fire dancers*. Para ellos son las principales representaciones.

–¿Le pagan bien?

–A nadie le pagan bien. Pero aquí hacen malabarismos ante un público entendido, que siente una auténtica pasión por el fuego. Es como cantar Wagner en Bayreuth: hacer malabarismos ante semejantes expertos produce tanta voluptuosidad que no necesitas más retribución.

Por fin Joe iba a poder verla entregándose a su arte: se había negado en numerosas ocasiones anteriores, como sus espectáculos en Reno. Había preservado todas sus virginidades para el festival.

La fiesta nunca se interrumpía, pero por la noche alcanzaba su punto álgido. Esperaban a que el sol se pusiera para encender el elemento sagrado del festival: el fuego. Adoptaba las formas más diversas –braseros, antorchas, hogueras, lanzallamas– en función de los combustibles utilizados: carbón, resina, madera, propano. Se convertía en más indispensable a medida que la temperatura iba bajando.

El fuego se enarbolaba, se moldeaba, se torneaba, se escupía y se utilizaba para realizar malabarismos. Técnicos de todo el mundo acuden a Black Rock City para mostrar sus nuevas creaciones: un indio había instalado una inmensa barbacoa y repartía púas de metal con el fin de que, sobre las brasas, la gente pudiera escribir palabras incandescentes que resplandecían durante algunos segundos de absoluta plenitud. Un italiano había levantado una fuente de fuego griego. Un artista lapón exponía sus estatuas de animales con dobladillos de bocas de propano ígneo: el bestiario completo del fuego.

Junto a aquella gran ágora, se había levantado un escenario para el espectáculo más esperado. Joe y Norman tiritaban enfundados en sus parkas, de pie ante el escenario: el único modo de reservar sitio era llegar primero.

Hacia la medianoche aparecieron los primeros malabaristas. Unos hombres de color polvo mostraron, como en un catálogo, las distintas formas de jugar con fuego: antorchas, pistolas de propano, bastones con los extremos en llamas, *bolas*. Durante el último cuarto de hora, su talento quedó eclipsado por el pavor del público; cualquier persona normal que asistiera a todo eso solo podía pensar: «¿Cómo se atreve esta gente a correr riesgos tan colosales?». Los malabaristas eran conscientes de ello y, de entrada, no daban muestras de que su objetivo fuera la belleza.

Joe se hizo la pregunta inevitable: «¿Qué ocurre en la mente de un ser humano que decide dedicar su vida a una técnica tan peligrosa?». Él también había decidido dedicarse a manipulaciones difíciles, pero por lo menos no ponía en peligro su salud. El peligro no era ilusorio: cada año, un *fire dancer* era ingresado en el servicio de grandes quemados de un hospital. Esto tenía que corresponder, a la fuerza, a un deseo de transgresión de los más arcaicos: a todos los niños del mundo se les ha ordenado no jugar con cerillas. La piromanía es uno de los instintos más profundos de nuestra especie: nada resulta más fascinante que el fuego.

Hacer malabarismos equivale a negar tanto la fuerza de la gravedad como la multiplicidad de las cosas. La apuesta del malabarista consiste en asegurar el movimiento perpetuo y aéreo de un modo pesado y multiplicador. El espíritu carece de peso y de cifras, es innombrable. Hacer malabarismos disfraza la materia de espíritu y le confiere a esta las propiedades de aquel. El malabarista debe tener una mente tan rápida como sus manos, con cada gesto debe calcular cuánto tardará en caer y ajustar su gesto a dicha estimación.

El que hace malabares con fuego añade a esta apuesta una cláusula demencial: además del peso y del número correspondiente, la materia lleva implícito un riesgo. Si, durante una fracción de segundo, esta propiedad se mantiene en contacto con el cuerpo, quema.

En cuanto a los bailarines de fuego, son algo absolutamente demencial: aquí el malabarista con fuego convierte su técnica en un acto total, no solo para realizar prodigios con los brazos sino para encarnar su milagro de la cabeza a los pies.

Desde Nietzsche, sabemos que Dios baila. Si Nietzsche hubiera podido acudir al Festival de Burning Man, habría conocido la existencia de una especie superior de divinidad, que baila junto a su pareja, el mejor bailarín del universo: el fuego.

Los *fire dancers* no han creado su arte por el simple placer, algo vulgar, de lograr el más difícil todavía. Asociar ambos dioses, la danza y el fuego, resulta profundamente lógico. Contemplar a grandes bailarines en movimiento produce la misma emoción que contemplar una hoguera en llamas: el fuego baila, el bailarín se quema. Es el mismo movimiento, tan áspero como armonioso. Es el combate sin vencedor entre Dioniso y Apolo, la continua alternancia del peligro y del dominio, de la locura y de la inteligencia, del deseo y de la plenitud.

En ocasiones las lenguas manifiestan su superioridad. En este caso, el inglés es superior al francés: *fire dancer* es muchísimo mejor que bailarín de fuego. Pobre francés, tan menesteroso y analítico, que debe establecer una constatación de accidente –un complemento determinativo–, ¿es un genitivo objetivo o subjetivo? ¿Qué pinta la gramática entre esas dos divinidades? Es el inglés quien tiene razón, hay que lanzar ambas expresiones una contra la otra –y que se las apañen– e inmediatamente se ponen a crepitar juntas.

Cuando el terror de los espectadores amainó, los auténticos artistas salieron a escena. Unos cuantos bailarines deslumbraron a propios y extraños. Sin embargo, todo el mundo esperaba a las bailarinas.

Es una generalización: a igual talento, una artista siempre despierta más expectativas que su equivalente masculino. Esta ley, sin embargo, no impide que luego se desencadenen las distorsiones a las que milenios de misoginia nos han acostumbrado. Pero no podemos hacer nada contra esta primera circunstancia.

Como aperitivo, y para caldear el ambiente, algunas bailarinas realizaron malabarismos a tres bandas manipulando una veintena de antorchas, ejecutando simultáneamente peligrosos saltos mientras una de sus colegas se encargaba de guardar el rebaño limitando su perímetro con pistoletazos de propano. Resultaba encantador. Se oyeron gritos de alegría entre el público.

Llegó la primera solista, una asiática con la flexibilidad de un gato que, al son de melopeas chinas, ejecutó una coreografía de una complejidad tanto más pasmosa por cuanto realizaba sus malabarismos con aros en llamas: los hacía transitar regularmente por su boca, provocando un gran malestar entre los espectadores que, cada vez que eso ocurría, se llevaban las manos a los labios. Se temía lo peor, y lo peor llegó cuando agrupó los sietes aros y procedió a introducir su cuerpo en su estrecho diámetro. Sonaron atronadores aplausos y Joe sonrió: Christina no podía superar a aquella mujer.

Fue entonces cuando apareció y él pudo calibrar la magnitud de su error. En aquel mismo instante Joe comprendió que la predecesora era una acróbata mientras que ella, en cambio, era una bailarina.

Vestida con un simple maillot blanco de manga larga, Christina apareció en el escenario entre torbellinos de *bolas* en llamas. El desierto entero se hizo eco del *dubstep*, que resonaba por todo el recinto: ninguna música le habla tanto a las entrañas, y precisamente a las entrañas iba dirigido el baile de Christina. Su cuerpo flexible fue presa de una sinuosidad que ya no la abandonó.

El objeto supremo de la danza es mostrar el cuerpo. Vivimos con el malentendido de que cada uno posee un cuerpo. En la inmensa mayoría de los casos, no ocupamos dicho cuerpo, o lo hacemos con tanta negligencia que el resultado resulta lamentable, un auténtico estropicio, como esos soberbios *palazzi* romanos reconvertidos en sedes de multinacionales cuando estaban destinados a ser lugares de placer. Nadie vive la totalidad de su cuerpo como los grandes bailarines.

El cuerpo de Christina presentaba una densidad tan intensa que uno habría podido enamorarse con la misma violencia del dedo gordo de su pie que de su pelo. Joe se estremeció de vergüenza ante la idea de que, durante tres años de cohabitación, había reducido el cuerpo de Christina a su simple delgadez. ¿Christina, delgada? Ya no estaba tan seguro. Porque, aunque era la esbeltez personificada, desprendía una carnalidad y una sensualidad que hacía aparecer su auténtica naturaleza de genio sexual.

Se apagaron las luces. Solo quedaron las *bolas* de la bailarina iluminando ora su pierna combada, ora su espalda arqueada, ora su hombro amaestrado. De repente, los yoyós de luz mutaron en puñales de llamas: los gestos ondulantes de sus brazos se tornaron laceraciones, como si Christina quisiera desgarrar las tinieblas. La violencia de aquella ménade hizo que la asamblea explotara en borborigmos de placer.

En trance, Joe purgaba los años de frustración sexual que se había infligido a sí mismo y notaba cómo sus entrañas se convertían en un brasero: «Hice bien en esperar», se repetía. «He sufrido mil muertes, pero tenía que ser ella y tenía que ser aquí.» Aquí era esa oscuridad que él podía cuantificar a través del sonido del *dub-*

step golpeando las montañas y resonando hasta los omoplatos de Christina.

Ni a los hombres ni a las mujeres se les ocurría disimular el hechizo que les inspiraba la bailarina. Algunas espectadoras se desnudaron, como si ese fuera el único modo de expresar tanto entusiasmo.

–*Get undressed!* –gritó una voz del público, retomada inmediatamente por cien voces más.

Joe sintió un miedo atroz a que Christina obedeciera aquella orden. Todas las mujeres de la tierra podían estar desnudas, esto no le molestaba. Pero sabía que la desnudez de Christina lo volvería loco y que no soportaría compartirla con nadie.

Los focos volvieron a encenderse.

–*Yeah, get undressed in the lights!* –gritaron los espectadores.

–Como si fuera posible desnudarse cuando tienes *bola*s en cada mano –le murmuró Norman al oído de Joe.

«¿De verdad este es el único detalle que te molesta?», pensó el muchacho virgen.

Fue entonces cuando Christina demostró su genio: con un único gesto, se soltó el moño y liberó una cabellera tan larga que corría el riesgo de incendiarse con cada revolución de las *bolas*.

El resplandor de aquella ofrenda y el peligro que entrañaba dejó al público atónito: ninguna desnudez le llegaría a la altura del zapato a aquel peligro. Con la caricia de aquellos cabellos, prosiguió con su danza y su cuerpo entero restalló como un látigo.

Cuando abandonó el escenario, Joe se vino abajo. Entró la última bailarina, armada con un bastón de dos metros, con los extremos en llamas. Estaba desnuda, para satisfacción de la gente e indiferencia del muchacho. Se alejó de la muchedumbre y se dejó caer en la arena.

¿Qué estaría haciendo ahora? Norman había ido a su encuentro con una parka para hacerla entrar en calor, seguro que la estaba besando, diciéndole cuán prodigiosa había estado. Joe se esforzó en ignorar lo que ocurriría después.

No quiso regresar a la tienda. Christina y Norman interpretarían su ausencia como un gesto de delicadeza. Quizá imaginarían que él también estaba bien acompañado. Caminó sin rumbo, cruzando vehículos mutantes que le invitaban a subir; acabó subiéndose a una libélula con ruedas que le llevó de regreso a la ciudad. Una ninfa vestida con una minifalda de piel le preguntó si estaba libre.

–¡No! –respondió él con vehemencia.

–No hace falta que seas grosero –dijo ella.

Para sus adentros, la llamó de todo y se acercó a un brasero junto al cual dormitaban varios zombis fumadores de neumático. Se derrumbó en un sillón y, de cara a aquel aliento ardiente, se durmió.

Al despertarse, el fuego permanecía encendido. El sol ya se había levantado y los juerguistas habían desaparecido. La sensación familiar que tenía entre las piernas por la mañana venía acompañada de un torrente de odio.

De regreso, encontró a la pareja dormida en posición de cuchara. Asqueado, salió y preparó el desayuno procurando hacer mucho ruido. Christina se acercó y le dio un beso.

–¿Has pasado una buena noche? –preguntó con una voz demasiado feliz.

–Estoy bien. De hecho, aún no te he dado las gracias por lo de anoche.

–¿Lo de anoche?

–Tu espectáculo. Nunca había visto nada tan hermoso.

–Qué amable.

–No.

Norman se unió a ellos.

–¿Cuándo tomaréis los alucinógenos? –preguntó Joe.

–El miércoles por la noche –dijo ella.

–¿Podré unirme a vosotros?

Ella miró a Norman, que declaró:

–Si te apetece. Antes quizá deberías informarte.

–He leído todo lo que se puede leer sobre el tema.

Estábamos a martes.

El miércoles al mediodía, a Christina le sentó fatal el curry que una vecina le había dado a probar. El plan tuvo que posponerse hasta el día siguiente.

El jueves por la noche, a las once, Norman sacó su provisión de secantes.

–¿Cuántos microgramos le darás a Joe? –preguntó Christina.

–¿Microgramos de qué? –preguntó el chico.

–Pensaba que lo sabías todo sobre el tema –dijo Norman–. Solo hay una cosa que se calcula con microgramos, y esa es la razón por la cual nunca se indica de qué se trata.

–Razón de más si se trata de secantes –añadió Christina.

–LSD –dijo Joe ofendido.

–Claro. ¿Cien microgramos? –propuso ella.

–¿Vosotros cuánto tomáis?

–Norman quinientos. Yo trescientos.

–Yo quiero doscientos.

Norman le ofreció dos secantes. Joe fingió que se los introducía en la boca y los deslizó en el bolsillo trasero de sus tejanos.

–Aún puedes escupirlo, si quieres –le dijo Christina masticando sus tres secantes.

–¿Por qué? –preguntó Joe fingiendo que masticaba.

–Es una experiencia maravillosa pero que causa sufrimiento.

–Tranquila, lo sé.

–Déjalo, aún nos hará un *bad trip* –intervino Norman.

Los secantes fueron rápidamente ingeridos.

–Durante veinte minutos por lo menos no sentirás nada –dijo Christina.

–He leído *Acid Test* –lanzó Joe con un poco de humor.

–Muy buen libro. Lástima que el autor nunca haya probado el producto del que habla –ironizó Norman.

Joe pensó que se comportaba como Tom Wolfe y miró a los dos viejos yonquis con desprecio: «Yo nunca seré como vosotros», pensó. Inmediatamente después, se reprochó haber despreciado a la mujer que deseaba y decidió reservar aquel sentimiento para Norman.

–Hace dos años, me dijiste que me ofrecerían alucinógenos a porrillo. No he visto que sea así –declaró Joe.

–Es que no tienes contactos en el mundillo –dijo Norman.

El diagnóstico era exacto. Joe se calló, no demasiado orgulloso de sí mismo. Aún podía sacarse los secantes del bolsillo y tragárselos. Pero era justo lo contrario de lo que había previsto hacer. Además, se sentía orgulloso de no ser un drogado.

–Propongo que salgamos –dijo Christina–. Mejor estar fuera para despegar, sobre todo aquí. Abrígate, eso da frío.

La noche estaba en su apogeo. Cada persona con la que se cruzaban era un espectáculo.

–¿Cómo sabes que tienes alucinaciones? En el festival todo parece ser una –dijo Joe.

–Excelente observación. Aunque cuando despegues ya notarás la diferencia –respondió Norman.

Un escupefuegos dio vueltas junto a ellos. Su aliento apestaba a propano.

–Menudos modales –le dijo Christina.

–Lo siento –se excusó–. Por más que sé que no hay que beber soda cuando uno va a trabajar, no he podido evitarlo.

–¿Él también ha tomado LSD? –preguntó Joe.

–Imposible –dijo Christina–. No puedes ejercer un oficio peligroso bajo los efectos del ácido.

–Entonces, ¿por qué es tan raro?

–Todo el mundo parece raro.

–No obstante, es estadísticamente imposible que todo el mundo haya tomado LSD al mismo tiempo, ya que no puedes tomarlo dos días seguidos. Pero no subestimes el poder del contacto *high*.

–¿Y eso qué es?

–Una especie de contagio mental. Cuando, en un mismo lugar, mucha gente está bajo los efectos del ácido, incluso los que no lo están tienen la impresión de estar flipando.

«Ya estoy avisado», pensó Joe. «Tengo que evitar esto. Quiero permanecer lúcido.»

Llegaron a Nexus, una discoteca situada en el interior de una esfera construida a base de barras metálicas que podías escalar como si fueras un mono. Unos altavoces emitían *dubstep* a toda máquina. En el suelo, los bailarines miraban a los que, suspendidos por las rodillas a la estructura del techo, se besuqueaban.

Norman y Christina se pusieron a bailar. Se movían tan bien que Joe no se atrevió a lanzarse. «¿Por qué no dejo de compararme con los demás?», se enrabió.

–No me encuentro bien –le dijo a la pareja.

–Es lógico, estás despegando. ¡Disfrútalo!

–Me encuentro fatal –siguió él.

–Bueno. Iré a ocuparme un poco de él –le dijo Christina a Norman–. Tú quédate, enseguida vuelvo.

Lo tomó por el hombro y se lo llevó aparte.

–Quizá había demasiado ruido para ti –dijo–. Yo ya he despegado del todo. Ya verás como es genial.

–Cuéntame –dijo Joe que, como quien no quiere la cosa, la iba llevando hacia las afueras de la ciudad.

–Tengo la impresión de tener cuatro años. La más mínima cosa me produce un efecto enorme, todo es un misterio sublime. Los colores son mucho más intensos. Tengo una vitalidad superpotente. ¿Y tú?

–Solo tengo ganas de vomitar –mintió.

–Se te pasará. Toma, bebe agua –le dijo dándole la cantimplora.

A continuación, ella dio un sorbo.

–¡Qué buena está el agua! –se extasió.

Joe, que acababa de probar aquella agua tibia, envidió el estado de Christina.

–Me muero de frío –se quejó.

–Normal. Yo te haré entrar en calor.

Abrió su abrigo, apretó al chico contra su cuerpo y, abrazándolo, cerró la parka.

–Ya está, ya me está subiendo –dijo Joe, que en esta ocasión no parecía estar mintiendo, ya que sentía el cuerpo de su amada apretado contra el suyo.

–¿No es maravilloso?

–Oh sí, ¡es mejor que todo lo que había imaginado!

Estaban solos en medio del desierto. Una luna llena rodeada de una nube de las dimensiones de un clínex difundía una luz de iluminador superdotado.

–Es demasiado hermoso –dijo Joe.

Christina descubrió el deseo de Joe y el halo que rodeaba la luna con el mismo éxtasis. Estaba en ese estado de aceptación absoluta y de goce universal característico del ácido bien tolerado.

Cayó la ropa, cayeron los cuerpos, acogidos por el polvo. Lo que Joe llevaba tanto tiempo reteniendo se había metamorfoseado en odio: Christina lo transformó en placer. Fue al encuentro de la frustración acumulada en los músculos de su amante y convirtió aquel plomo en oro.

A Joe le pareció que era con el fuego con quien ella bailaba. Lo dirigía tan bien que, a veces, sintió la satisfacción de ser una chica.

–¿Quién eres? –preguntó.

–Soy varias.

Ella no tenía límites; él dejó atrás sus fronteras interiores.

–Tienes tantos rostros –dijo ella.

–Antes de esta noche, no tenía rostro.

Ella no comprendió la disimulada confesión que contenía aquella frase. Tenía tanto talento que le entregaba una parte a Joe: nunca habría imaginado que se trataba de su primera vez.

En el momento álgido de placer, no pudo impedir que aparecieran palabras de amor: ella las recibió con tanta benevolencia que no se sintió ridículo.

Los ruidos de la fiesta permanente de Burning Man llegaban hasta ellos bajo la forma de una lejana percusión que acompasaba sus movimientos, igual que sus propias pulsaciones cardiacas.

Su piel, enjabonada por el desierto, también había adquirido la misma dimensión: era el inmenso territorio de la voluptuosidad.

A pesar de los quinientos miligramos de LSD que lo estaban machacando, Norman acabó por darse cuenta de la ausencia de Christina.

«Dijo que volvería enseguida», recordó. Imaginó que Joe habría sufrido el *bad trip* del siglo y que ella lo habría llevado de regreso al campamento. Norman encontró la tienda vacía.

Recorrió la ciudad. Como buscar una aguja en un pajar. Pero el ácido le proporcionó intuición: la luna era espléndida y caminó hacia el lugar que le pareció más propicio para contemplarla.

La luz del satélite delató los cuerpos desnudos de dos amantes. Asustado, Joe decidió que su actitud imitaría exactamente la de Christina: ella vivía la profunda inocencia del LSD y, sin dejar de abrazarlo, dijo:

–¡Ven, Norman, estamos haciendo el amor!

–Ya lo veo –respondió él.

Joe se percató de que estaba impactado. «Eso no estaba previsto en sus acuerdos», pensó.

En realidad, no existía ningún acuerdo entre Norman y Christina: se amaban hasta el extremo de que acostarse con uno o con otro nunca les habría pasado por la cabeza. Y el LSD no impidió que Norman sufriera.

Se esforzó en comprender: «Si estuviera tan colgado como ellos, tampoco vería qué hay de malo en esto. En cuanto a Joe, es un chaval que toma ácido por primera vez. Además, yo soy el que se lo ha dado; debería haber previsto lo que iba a ocurrir».

–Bueno, os dejo –dijo.

–¡No, Norman, no te vayas! –exclamó Christina–. ¡Te he echado de menos, de verdad!

–No lo creo.

Ella debió advertir la extrañeza de la situación, ya que rompió en carcajadas, con una risa de una frescura inimaginable. Joe la imitó. Al escuchar su risa adulta, tan alejada de la de Christina, Norman se quedó paralizado.

Corrió hacia ellos, agarró a Joe y observó sus pupilas a la luz de la luna: estaban retraídas. Para estar seguro, miró también las de Christina: estaban totalmente dilatadas.

–Amigo, ahora veo claro qué te traes entre manos –dijo Norman.

–¿Qué ocurre? –preguntó Joe imitando lo que creía ser una voz de drogado–. ¿Te unes a nosotros?

–Mañana, tú y yo mantendremos una charla de hombre a hombre.

Se marchó. Christina corrió tras él.

–Quiero estar contigo –dijo.

–Entonces vístete.

Se puso su ropa y deslizó su mano en la de él.

–¿Estás enfadado, Norman? –preguntó ella.

–No.

–No debes reprochárselo a Joe. Está bajo los efectos del LSD, entiéndelo.

–Sí, Christina.

–Y yo también.

–No te reprocho nada en absoluto.

No estaba mintiendo. En cambio, tenía ganas de romperle la cara a Joe.

Este, que se había quedado solo, supo que la charla del día siguiente sería muy intensa. Para su gran regocijo. Lo que había descubierto con Christina había superado todas sus expectativas y le pertenecía para siempre. La cólera de Norman disparaba aún más su alegría: demostraba que se había comportado como un hombre. Esa era la sensación que recorría todo su cuerpo. Un júbilo de macho circulaba por su sangre y la idea de pelearse con Norman le llevaba hasta lo más alto: era exactamente lo que deseaba. Con los brazos en cruz, miraba el cielo.

Por primera vez en su vida, Norman tenía prisa por librarse de los efectos del ácido. Por amor a Christina, fingió despreocupación. Simuló llegar al éxtasis cuando, encaramado con ella sobre la cisterna del camión pocero de los servicios, vieron cómo el sol salía sobre el desierto.

A las once de la mañana, se acostaron en la tienda para dormir: apretó su cuerpo contra el suyo y supo que nada había cambiado. A causa del ácido, el sueño tardó en llegar. Se despertaron a las cinco de la tarde.

Norman se fijó en los colores que le rodeaban: habían recuperado su estabilidad. Supo que su mente ya no estaba bajo los efectos de nada y le anunció a Christina que iba a dar una vuelta.

«Este cobarde de Joe no está aquí, naturalmente», pensó. Se le ocurrió regresar al lugar del desierto en el que, aquella misma noche, había descubierto a los amantes. El chico lo estaba esperando, sentado sobre el polvo. Se había protegido la cabeza del sol con la ayuda de su falda.

–Hola, Norman –dijo con una gran sonrisa.

Su aire triunfal irritó al hombre, que le tendió la mano.

–Devuélveme los secantes.

Joe los sacó de su bolsillo y se los tiró.

–¿Estamos en paz? –preguntó.

–Eso es. Nadie te obligaba a tragarte esos secantes. ¿Por qué fingiste, entonces?

–¿A ti qué te parece?

–Es lo que me temía. Así que hubo premeditación. ¿Desde cuándo preparabas tu plan?

–Desde hace dos años.

–¡Dos años! No sabía que me odiaras hasta ese punto.

–No tiene nada que ver contigo.

–Entonces todavía es más grave. No sabía que desearas a Christina hasta ese punto.

–Hace más de tres años que la quiero con locura.

Un segundo antes, Norman deseaba romperle la cara. De repente, vio ante sí a un niño y se sentó a su lado.

–Mi pobre niño.

–No me compadezcas. Esta noche he descubierto lo más hermoso que existe. No mereces la mujer que tienes.

–Tienes razón. ¿Y tú la mereces?

–Yo, por lo menos, me he mantenido virgen para ella.

–¿Qué? ¡Eso no es cierto!

–En sí mismo, ser virgen no tiene ningún valor. Es solo que me niego a acostarme con otra. Nadie ha tenido una primera vez tan grandiosa como la que yo he vivido esta noche.

Norman ya no escuchaba las provocaciones de Joe. Estaba realmente preocupado por él.

–¿Y ahora qué piensas hacer? –le preguntó al muchacho.

–Dependerá de Christina. Supongo que la habrás dejado.

–¿Estás mal de la cabeza?

–¿Te ha dejado ella?

–Tú no estás bien.

–¿Vais a seguir juntos después de lo ocurrido? ¿Practicáis el amor libre o alguna idiotez parecida?

–Practicamos lo que nos da la gana, y a ti no te importa.

–¡Pero yo sigo deseando a Christina! ¿Le vas a prohibir que me vea?

–No voy a prohibirle nada, no me pertenece. Decida lo que decida, tienes que acostarte con otras chicas.

–Claro, es lo que a ti te interesa. Nunca me acostaré con otra.

–No es lo que me interesa a mí, es lo que te interesa a ti –dijo Norman–. Para mí, ¿en qué cambia que te acuestes con Christina o con cincuenta a la vez?

No creía ni una palabra de esa última frase, pero sabía que prohibirle a su mujer era la forma más segura de reforzar su obsesión. Continuó:

–Para ti sí lo cambia todo. Tu caso es clásico, está estudiado: los adolescentes que profesan un culto exclusivo hacia una mujer única se convierten inevitablemente en el tipo de viejos perversos que se tiran a niñas. ¿Acaso quieres acabar, con sesenta o setenta años, yendo a la salida de los colegios? Vas por ese camino.

Joe lo miró con una expresión de odiosa repugnancia.

–Sí, ya lo sé, tu amor es tan puro –prosiguió Norman–. Sin embargo, lo que te estoy anunciando es la pura verdad. Si antes de cumplir los veinte no te acuestas con chicas de tu edad, eso se volverá en tu contra dentro de cincuenta años. Y lo que hoy resulta la mar de *cool* para un chico es de lo más repugnante para un anciano.

–Eres capaz de inventar cualquier cosa para que no me acueste más con Christina.

–Acuéstate con Christina si quieres –«si ella quiere», pensó–. Pero no te acuestes solo con ella, ¿Por qué ese monoteísmo? Mira a tu alrededor. En Burning Man, la mitad de las chicas son pibones. Y todas están disponibles.

Norman lo dejó allí, quizá para evitar volver a sentir el deseo de romperle la cara.

De regreso a la tienda, se encontró con Christina.

–¿Dónde está Joe? –preguntó ella.

–Divirtiéndose.

–¿Así que no puede volver enseguida?

–¿Por qué me lo preguntas?

Y, como respuesta, ella le saltó encima.

A la mañana siguiente, Norman amaba a todo el mundo. Frente a él, Joe ayudaba a Christina a preparar el desayuno: su expresión atareada le inspiraba ternura: «Es mi hijo», pensaba. «Lo es más ahora que antes. Lo que ha ocurrido así lo demuestra.» Lo amaba tanto más por cuanto había logrado superar su cólera: gracias a esta prueba, descubría ser mejor persona.

Su amor por Christina nunca había sido tan intenso. Ella hablaba de Joe con la amabilidad de una hermana mayor: «¡Ojalá no le resulte demasiado doloroso!», se emocionaba Norman, no sin una punta de júbilo.

El chico repartió el revoltillo de huevos en tres partes y ofreció su plato a su rival de la víspera del modo más normal. Comieron sin decir nada, como una familia.

Unas horas más tarde, Christina vio a Joe deambulando junto a una chica de dieciséis o diecisiete años, ataviada con un peinado tribal. Corrió a contárselo a Norman, que se puso tan contento como ella.

«Un problema tan colosal que se arregla tan deprisa», pensó, «¿habrá gato encerrado?» No se le ocurrió ningún modo de hablarlo con Joe. Fue él quien fue a su encuentro.

–¿Le has contado a Christina lo que te dije el otro día?

–Ni una palabra. Ni siquiera sabe que no habías tomado ácido.

–¿Por qué?

–No me parece indispensable que esté al corriente.

–¿A quién pretendes proteger?

–A ella. A ti. A mí.

–Eres extraño.

–La caridad bien entendida empieza por uno mismo. ¿Sabes que en el Festival de Burning Man se parte del principio de que la gente es honesta?

–Eso no te obliga a hablar como un viejo boy scout.

Norman se rió. Aquellos modales le confirmaban que Joe le consideraba su padre. Su deseo por Christina también lo había demostrado. Sin duda había resuelto su complejo de Edipo de aquel modo. «Siempre ocurren cosas sorprendentes en el Festival de Burning Man», concluyó.

Existe un fenómeno aún más asombroso que una ciudad de veinte mil habitantes que surge en el desierto en veinticuatro horas: una ciudad de veinte mil habitantes que, sin dejar el más mínimo rastro, desaparece del desierto en veinticuatro horas. Así fue como quedó borrada del mapa Black Rock City, el 5 de septiembre de 1998, igual que ocurrió cada año desde 1990 y como sigue ocurriendo cada año.

Joe participó en aquel milagro colectivo recogiendo del desierto la porción de cosas que se le exigía a cada uno. Esa refundación activa del vecindario constituía un espectáculo impresionante.

–Parece Dios destruyendo Sodoma y Gomorra bajo una lluvia de fuego –observó.

–Vete sin mirar atrás –dijo Norman–; te transformarás en estatua de sal.

Igual que en sentido contrario, su vehículo tardó cuatro horas en abandonar el desierto de Black Rock a causa de la inmensa caravana de veinte mil humanos que circulaban. Luego, solo necesitaron dos horas para llegar a Reno. Al volver a ver su ciudad natal, Joe pensó que en ocho días de ausencia le habían ocurrido más acontecimientos que durante los dieciocho años anteriores.

–Me marcho –anunció.

–¿Adónde? –preguntó Norman.

–A Las Vegas. Necesito tu recomendación para convertirme en crupier.

–No lo entiendo –intervino Christina–. Eres mago. ¿Qué interés puedes tener en convertirte en crupier en Las Vegas?

–Un interés inmenso –respondió Norman por él–. Manipular cartas durante toda la noche, ganar dinero antes de estar seguro de poder hacerlo como mago, conocer a gente distinta, frecuentar a los ricos, todo eso viviendo en la capital mundial de la magia. La mitad de los prestidigitadores más famosos empezaron como crupieres, preferentemente en Las Vegas. Yo mismo lo fui. Y conservo un gran recuerdo.

–¿Tú, crupier en Las Vegas? Me cuesta imaginarlo –dijo Christina.

–Tenía la edad de Joe. Mis padres desaprobaban totalmente mi deseo de ser mago. «Siempre serás pobre», decía mi padre. Una noche, en la mesa en la que repartía cartas, llega un tejano achispado: en cuatro horas, gana un millón de dólares. Me nombra su talismán y me da una propina de cincuenta mil dólares. Llamo a mi padre y le anuncio lo que acabo de ganar en cuatro horas. Exclama: «¡Una mierda!».

–¿No corre peligro? –prosiguió Christina.

–Sí. Le conviene ser honesto, si no lo eres acabas con los pies, o todo el cuerpo, en cemento.

–Bueno –zanjó Joe–. ¿Vas a conseguirme ese enchufe?

–El chaval sabe lo que quiere.

–En el Bellagio, por favor.

–¡No te andas con chiquitas!

–Eres Norman Terence, ¿sí o no?

Las Vegas no solo es la ciudad en la que los enchufes resultan más indispensables; también es el lugar del mundo donde son más eficaces: una hora más tarde, Joe Whip había sido contratado como crupier del Bellagio.

–¿En la Bobby's Room? –preguntó el chico.

–No. Eso tendrás que conseguirlo por méritos propios.

–¿Qué es la Bobby's Room? –preguntó Christina.

–Es una sala en la que nadie juega menos de un millón de dólares.

Aquella noche, Christina tuvo insomnio.

–¿Por qué envías a Joe a ese garito gigante? –dijo ella.

–Porque me lo ha pedido.

–¿Estás seguro de que es una buena idea?

–Seguro.

–No creo que solo lo hayas enchufado por este motivo. Confiesa que te sientes aliviado: estará lejos de mí.

–Algo de eso hay.

–No puedo reprochártelo. Sin embargo, te aseguro que no había ningún riesgo de que volviera a repetirse.

–No te he pedido nada.

–Te lo digo igual. ¿Sigues deseando que se marche?

–Es él quien lo desea.

–Le echaré de menos.

–Yo también le echaré de menos. Lo volveremos a ver.

Al principio, Joe se comportó como un estudiante: cuando tenía un fin de semana libre, hacía autostop para venir a Reno, donde llegaba con la ropa sucia. Pasaba los dos días contando grandes historias a Norman y a Christina, hablándoles de sus amigos y enseñándoles los nuevos trucos que la comunidad de magos le había enseñado.

Una noche, al volante de un Dodge grande como una mesa de pimpón, desembarcó en su antigua casa.

–Una ganga. He podido comprarla gracias a mis propinas. Ahora podré venir a veros más a menudo.

No fue lo que ocurrió. Los coches sirven menos para recorrer largas distancias que para integrarte allí donde te estableces.

Joe volvió cada vez menos. En lugar de eso, se compró un teléfono móvil y se puso a llamar a cada rato. Le encantaba hablar de sus ganancias.

–¿Cuándo vendrás a vernos? –preguntaba Norman.

–La semana que viene.

–¿El fin de semana?

–¿Estás loco? Es cuando tenemos los mayores jugadores.

«La semana que viene» se convirtió en la respuesta clásica.

–¿Te das cuenta de que solo hablas de dinero? –le comentó un día Christina.

–Vivo en Las Vegas. ¿De qué crees que se habla aquí?

–Creía que estabas allí por la magia.

De repente, sus llamadas se espaciaron cada vez más.

Una mañana, Norman encontró en el contestador un mensaje extático de Joe, dejado a las tres y cincuenta y cinco, es decir cuatro horas antes: «Con tan solo nueve meses en el Bellagio, acabo de ser nombrado crupier en la Bobby's Room».

Norman soltó una maldición tan fuerte que no me atrevo a transcribirla. ¿Cómo ese chaval había conseguido una proeza de semejante envergadura? A su incrédulo orgullo le sucedió un sentimiento de angustia. Llamó a Joe y le felicitó desmesuradamente, y luego le dijo:

–Tranquilízame, ¿has hecho algo ilegal?

–¿Estás loco o qué?

–Lo siento. ¿Y seguro que estás bien? Ya nunca hablas de chicas.

–¿De cuál quieres que te hable? ¿De Trisha, de Cameron, de Angel, o de las innumerables cuyos nombres nunca he sabido?

A Norman se le encogió el corazón al recordar al furioso adolescente que había querido conservar su virginidad para Christina.

–¿Qué más quieres? –retomó Joe–. Estoy aplicando tus consejos.

–¿Y por qué siempre te mueves en el exceso?

–Ya estás otra vez con tu numerito de viejo boy scout.

Norman sonrió.

–¿Nos acompañarás al Festival de Burning Man este verano?

–Imposible. Tengo trabajo.

Había en su voz una condescendencia de hombre de negocios dirigiéndose a un niño. Cuando Norman colgó, suspiró.

Intentó mostrarse feliz al contarle la noticia a Christina. Ella mantuvo su expresión sombría.

–¿Verdad que es extraordinario? –dijo con fingido entusiasmo.

–Probablemente. Pero ¿es bueno para él?

–¿Por qué no iba a serlo?

–¿Te das cuenta de que ni siquiera quiere ir al festival?

Norman rió.

–Por extraño que pueda parecerte, hay gente para la que el objetivo supremo no consiste en asistir al Festival de Burning Man.

–Que en adelante Joe pertenezca a esta especie no me satisface.

Y, además, me pregunto una cosa: ¿acaso tú, que a su edad eras crupier en Las Vegas, podrías haber realizado una proeza semejante?

Norman reaccionó como el típico padre americano:

–No. Joe es mejor que yo.

–Mejor crupier, quizá. Mejor hombre, no creo.

–Venga. Nada te autoriza a suponerlo.

–Siento que va por el mal camino. Espero equivocarme.

Norman no dijo nada porque su opinión era la misma.

A partir de entonces, Joe dejó de llamar. A veces Christina le dejaba mensajes en su buzón de voz. En vano.

–Tendremos que hacernos a la idea –dijo Norman–. Su vida ya no nos pertenece.

–¿Hemos sido su familia y nos olvida tan fácilmente?

–Ponte en el lugar de un chaval de diecinueve años que gana cien mil dólares por noche. Es normal que se le crucen los cables.

–Es lamentable. Se suponía que iba a convertirse en un gran mago. ¿Cómo puede conformarse con ser crupier, incluso el crupier mejor pagado?

–Ya se le pasará.

–Mientras tanto, no me atrevo a imaginar lo que se gasta en coca.

–No obligatoriamente. Y nosotros no somos los más indicados para juzgarlo.

–Tú y yo nunca hemos tocado esa mierda.

–Escucha, tenemos que aceptar que el chico haya elegido una existencia muy distinta a la nuestra.

En Nochevieja, Norman y Christina se encontraron solos.

–El año 2000, ¿te das cuenta? –dijo ella, igual que lo dijeron millones de personas aquella misma noche.

–Menudo año –dijo él–. Vas a cumplir treinta años. Joe va a cumplir veinte y yo voy a cumplir cuarenta.

–Yo también estoy pensando en él. Le echo de menos. Me siento vieja.

–A los treinta años no eres viejo.

–No es una cuestión de edad. Me siento vieja porque Joe no está aquí. Un vínculo importante se ha roto.

–Puede que no.

A la duodécima campanada de la medianoche, se besaron pensando en la misma persona.

Enero, febrero, marzo. Norman y Christina observaron lo mismo que pudo constatar todo el planeta: ningún cambio en el año 2000.

En abril, Christina cumplió treinta años. En mayo, Norman cumplió cuarenta. Ni el uno ni la otra celebraron su cumpleaños.

–¿Es normal que todo esto nos resulte tan indiferente? –preguntó ella.

–¿Por qué íbamos a darle la más mínima importancia a estos no-acontecimientos? –respondió él.

Lo único que cada uno de ellos había esperado era una llamada de Joe para desearle un feliz cumpleaños. No llamó.

–¿Te acuerdas? A los quince, a los dieciséis años, me compraba flores cada día.

–¿Quieres que te llene la casa de flores?

–No –dijo ella.

Él comprendió que se quedara callada: era de Joe de quien esperaba flores. Él lo entendió. Sufría todavía más que ella. Echaba terriblemente de menos a Joe.

El 6 de agosto de 2000, Norman dejó el siguiente mensaje en el buzón de voz: «Feliz cumpleaños, Joe. Veinte años, la edad más bonita. Christina y yo te deseamos mucha felicidad. Supongo que no te veremos en Burning Man. Estaría bien que nos llamaras».

Colgó mirando a Christina con melancolía:

–Daría lo que fuera por saber algo de él –dijo.

A las siete de la mañana del día siguiente, sus deseos obtuvieron respuesta a través de una llamada del jefe del Bellagio:

–Esta noche, Joe Whip ha dado tres manos imbatibles en el mayor tapiz de la mesa repartiendo a su cómplice unas cartas que iban mejorando milagrosamente. Este se había plantado con una apuesta mínima de quinientos mil dólares: en tres tiradas, ha ganado cuatro millones.

–¿No puede tratarse de una casualidad? –preguntó temblando Norman.

–¿Casualidad tres veces seguidas? En treinta años de carrera, nunca había visto nada igual. Sobre todo nunca había visto a nadie a quien le pareciera tan natural ganar cuatro millones en tres golpes consecutivos.

–¿Qué dicen las cámaras?

–Joe ha tardado tres décimas de más en barajar las cartas. Aparte de eso, no veo nada. Está claro que Joe ha sido formado por un profesional. Gracias por haberme endosado semejante barbián. Hazme un favor, no vuelvas a recomendarme a nadie nunca más.

En el juicio, solo procesaron a Joe. El cómplice desapareció la noche del crimen y regresó a su país, Bélgica. No existía acuerdo de extradición para este tipo de estafas.

Joe lo negó todo. No pudo probarse nada. A los ojos de la justicia, la coincidencia pareció plausible, aunque nadie lo creyó.

Hay que señalar que Joe disponía de un argumento de peso para ser declarado inocente: y es que el belga, a consecuencia de su buena suerte, le había dado una propina de cuarenta mil dólares.

–La propina más miserable que se haya recibido nunca en la Bobby's Room –dijo.

El caso fue sobreseído. Joe fue puesto en libertad.

El patrón del Bellagio le buscó y le conminó a devolver los cuatro millones de dólares.

–Usted me ha despedido y la justicia me ha declarado inocente. ¿Por qué razón iba a darle ese dinero? –se quejó Joe.

–Cuestión de principios.

–Y si no obedezco, ¿qué puede ocurrirme?

–El bloque de cemento como última morada en diez minutos. Es lo que en nuestra jerga denominamos acuerdo amistoso.

Joe devolvió los cuatro millones.

A modo de despedida, el patrón le dijo:

–Lo que más me sorprende no es tu falta de honestidad sino tu estupidez. ¡No solo cometer un truco tan flagrante sino sobre todo hacerlo por cuatro millones de dólares! En tu lugar, yo me sentiría tan avergonzado que correría ahora mismo a colgarme.

Joe no se colgó. Gracias al sobreseimiento, incluso pudo permanecer en Las Vegas, donde retomó su vieja pasión: la magia. La ambigüedad de su reputación le proporcionó, entre algunos magos, una extraña simpatía.

Pese a los cuatro millones perdidos, le quedaban cerca de cinco más para ir tirando. Así que no tuvo que hacer magia de proximidad para sobrevivir.

Se pegaba la gran vida. El único lugar en el que nunca se le veía eran los casinos.

Cada vez que un mago le abordaba, tarde o temprano, el tema salía a relucir:

–Cuéntame la historia del belga.

A veces, su interlocutor le provocaba:

–Te la jugó como los demás tu cómplice belga, ¿verdad?

Cada vez, Joe se limitaba a sonreír y no respondía.

Aquella actitud provocaba admiración. Nunca se había visto a nadie que tuviera tan poca necesidad de justificarse. Acabaron creyendo que Joe era el secreto vencedor de aquella historia incomprensible.

Cuando Joe montó su espectáculo de mentalismo, solo encontró apoyos y créditos. Empezar un espectáculo en Las Vegas era una apuesta arriesgada. Resultó ser ganadora: Joe Whip llenó cada noche.

A partir de entonces, no faltaron las almas simples para llegar a la conclusión de que el escándalo con el que había estado relacionado tenía que ver con el mentalismo.

En el otro extremo de Nevada, un hombre no compartía aquella convicción.

La mañana del 7 de agosto de 2000, cuando el patrón del Bellagio colgó, Norman estuvo un rato sujetándose la cabeza entre las manos. Estaba tan atónito como se puede llegar a estar.

Christina le preguntó qué ocurría:

–No sé por dónde empezar. No entiendo nada.

Le contó lo que sabía. Ella se sentó a su lado:

–Necesito hablar con él.

–Yo también. Pero está en manos de la justicia, no hay forma de hablar con él.

Norman siguió el caso por los periódicos. Hablaban de un belga que había huido con cuatro millones de dólares. El detalle de aquella nacionalidad le pareció una incongruencia absoluta. Esto, más el hecho de que a Joe le había tocado la suma de cuarenta mil dólares, acabó de convertir aquella historia en algo completamente abstruso.

Asistió al juicio, y más teniendo en cuenta que le habían llamado a declarar como testigo. Joe no le dirigió la mirada, ni siquiera cuando subió al estrado; él se limitó a contar la verdad, esforzándose en no perjudicar al chico. Le preguntaron si, según él, existía premeditación.

–No lo sé –respondió Norman–. Eso me parece imposible.

Su buena fe saltaba a la vista y contribuyó al sobreseimiento. Norman, en cambio, no había dejado de mirar a Joe. Había observado su constante ausencia de expresión, especialmente durante la lectura del veredicto, como si no le sorprendiera.

Más adelante, intentó llamar al chico. El número de su móvil ya no correspondía al mismo abonado.

Norman empezó a sufrir insomnio. No dejaba de repasar las piezas que, según él, componían aquel rompecabezas. A través de sus actos, le parecía flagrante que el blanco de Joe era él, su padre espiritual.

En primer lugar, estaba la famosa noche con Christina, para la que Joe había confesado una muy larga premeditación. El chico le había dicho que la amaba con locura. Sin embargo, había bastado que Norman se mostrara comprensivo para liberarlo de aquella supuesta obsesión. Eso inducía a confirmar que Joe había tenido como único objetivo perjudicar, conscientemente o no, a Norman arrebatándole a Christina.

Apenas regresaron de Burning Man, Joe le había pedido a Norman que le enchufara hablando con el dueño del Bellagio. Sin duda estaba activando su plan B en vista del fracaso de su primer intento de cargarse a Norman.

«Es tanto más verosímil por cuanto yo soy el único perdedor en este asunto», pensó. «Me siento deshonrado por haber formado a un tramposo, mis recomendaciones ya no valen nada, y Joe sabe hasta qué punto lo vivo como una traición por su parte.»

No se le ocurría ninguna otra explicación. Cuanto más tiempo pasaba, más necesitaba aclarar sus dudas.

Un día, le anunció a Christina que se marchaba a Las Vegas.

–Ya sabes por qué –le dijo.

–Sí –respondió ella–. Me encantaría acompañarte pero me da la impresión de que sería un error. Es un asunto entre él y tú, creo.

Norman asistió al espectáculo de Joe Whip. Nunca había visto un espectáculo tan brillante en Las Vegas. La gente se puso en pie para aplaudirle. Él aplaudió aún más que los otros, muy emocionado por un éxito tan grandioso.

Fue a verlo al camerino, donde su fama le abrió las puertas. El camerino estaba a rebosar de jóvenes mujeres que se le ofrecían. Cuando vio a Norman, suspiró:

–¿No ves que estás molestando?

–Gracias por tan calurosa bienvenida, hijo.

Las chicas pensaron que se trataba de una reunión familiar más bien tensa y se marcharon, no sin antes dejar sus tarjetas de visita.

–No tengo nada que decirte –declaró Joe.

–No es recíproco. En primer lugar, bravo por tu espectáculo. Es algo muy grande. Me siento muy orgulloso de ti.

Joe se sirvió un whisky, sin ofrecerle a su huésped. Él también se sirvió uno.

–Quería darte las gracias –dijo Norman–. Ahora lo entiendo. Todo, en tu actitud, desde el principio, demuestra hasta qué punto me consideras tu padre.

Joe se atragantó con un sorbo de alcohol.

–Empezaste robándome a mi mujer. Y como no tuviste suficiente con aquel intento de asesinato, quisiste matarme socialmente deshonrándome con tu estafa. Pero tampoco lo lograste: aparte de los casinos, nadie ha retenido tu culpabilidad. No importa: lo que cuenta es la intención, ¿verdad?

–¿De qué te quejas? ¿Querías recomendar a otros chicos?

–No me quejo de nada. Necesitabas tanto matar al padre. Yo, lo que entiendo de ese enunciado, es que soy tu padre de verdad y eso me afecta. He venido a darte las gracias. Aparte de Christina, ser tu padre es uno de los mayores regalos que he recibido.

Joe se mantuvo impasible durante un instante. Luego, rompió a reír.

–Eres tonto del culo –acabó diciendo.

–¿Sí?

–No has entendido nada, pobre viejo. Nada de nada. Voy a contártelo.

Agosto de 1995. Acabo de cumplir quince años. Nunca se repetirá lo suficiente hasta qué punto es cierto que a esa edad se producen las grandes cosas de la vida.

Estoy en el bar del hotel de Reno, practicando. Como siempre, estoy solo. De repente, veo que un hombre está observando mis manos, sentado en la barra, a tres metros de mí.

Estoy acostumbrado y, sin embargo, siento que esta vez es diferente. Me esfuerzo en que no se note mi turbación y acabo los trucos de cartas. Luego, levanto la cabeza y le sonrío. Sé que no va a darme ninguna propina pero no me molesta.

–¿Qué edad tienes, chaval?

–Quince años.

–¿Dónde están tus padres?

–No tengo –digo, sin tener el sentimiento de estar mintiendo. El hombre debe de tener cuarenta y cinco años. Impone. Es ancho de hombros. Su mirada parece llegar desde muy lejos, como si sus ojos estuvieran hundidos.

–Chaval, en mi vida he visto unas manos tan increíblemente dotadas como las tuyas. Y sé de lo que hablo.

Siento que dice la verdad. Estoy impresionado.

–¿Tienes profesor?

–No. Alquilo vídeos.

–Eso no es suficiente. Cuando se tiene un don así, hay que tener un maestro.

–¿Quiere usted ser mi maestro?

El hombre se ríe.

–No corras tanto, chaval. ¡Yo no soy mago! Pero vives en Reno, la ciudad del más grande.

–¿Del más grande qué?

–Del más grande de los magos.

Me facilita su nombre y su dirección.

Sigue mirándome. Me siento seducido. Tengo tanto miedo a que se marche que pongo toda la carne en el asador. ¿Se da cuenta?

–¿Cuándo cumpliste los quince?

–El 6 de agosto, hace tres días.

Se calla y se queda pensando.

–El 6 de agosto del año 2000 cumplirás veinte años. Ese día, a las diez de la noche, nos encontraremos en la Bobby's Room del Bellagio, en Las Vegas, donde tú estarás trabajando como crupier. ¿Conoces las reglas del póquer?

–Sí.

–Me sentaré frente a ti. Me plantaré con una apuesta mínima de quinientos mil dólares. Tú repartirás tres manos sucesivas en el mayor tapete de la mesa y me repartirás unas cartas que, milagrosamente, serán cada vez mejores.

–¿Seré capaz de hacerlo?

–Sí. Norman Terence te habrá enseñado los trucos de trampa. Los domina como nadie, aunque es lo bastante estúpido para ser honesto. Para agradecértelo, te daré cuarenta mil dólares.

Tengo quince años, la suma me parece enorme. Pero poco importa el dinero. Este hombre me ha elegido. He sido elegido para una estafa monumental. Si me valora hasta este extremo, significa que me considera su hijo.

Si pudiera elegir a mi padre, sería él: misterioso, imponente, con aire de saber claramente adónde va.

–Será dentro de cinco años. Mientras tanto, ¿podré verlo?

–No. No sería prudente.

Me rompe el corazón.

–¡Por favor! Le necesitaré. Hace tanto tiempo que espero a conocerlo. Y apenas acabo de encontrarle.

Me mira y sé que me comprende. Sin decir palabra, sabe que lo quiero como padre, que será él o nadie. No dice ni que sí ni que no. Decido tomármelo como un consentimiento.

–Imposible –concluye–. Tengo que regresar a Bélgica, mi país. Cinco años no serán demasiado para reunir los quinientos mil dólares. Pero te juro que acudiré a nuestra cita la noche en la que cumplas veinte años.

Me da la mano y se marcha. Decido construir mi vida sobre su palabra dada. Al día siguiente voy en tu busca y te pido que seas mi maestro. Tú me corriges y lo conviertes en profesor. Enseguida sé que, comparado con ese hombre, no das la talla.

Norman estaba hundido.

–Así que no me vengas con que eres mi padre, pobre viejo. En este asunto, eres un tercero desde el primer día. Crees que te he matado: si así ha sido, considéralo como una bala perdida.

–¿Y Christina?

–Un accidente en el camino. No estaba tan premeditado como la estafa. Tu mujer es deseable, eso es todo.

–Durante tus años de aprendizaje en mi casa, ¿no has visto mi devoción? ¿No te diste cuenta de cómo te quería?

–Sí. Pero no era mi problema.

–¿No se te ocurrió pensar que merecía ser tu padre? ¿Más que ese belga entrevisto en un bar?

–No.

–¿Por qué?

–Porque él me eligió. Tú te habías limitado a aceptar mi propuesta.

–Juegas con las palabras.

–No me lo parece.

–Si hubiera estado en ese bar en lugar de aquel belga, yo te habría elegido.

–Pero no estabas. No se escribe la historia con suposiciones.

–He hecho diez mil veces más por ti que ese belga, ¿verdad?

–No me lo parece.

–¿Estás loco? Te ha timado. Te ha hecho tramar una estafa increíble pagándote cuarenta mil dólares.

–El dinero no ha contado en mi decisión. Tenía quince años. Ningún hombre me había elegido como hijo. Tenía una necesidad monstruosa de que ocurriera.

–¿Y esa es la razón por la cual aceptaste un padre monstruoso?

–Me había elegido, te lo repito. Con eso bastaba.

–Yo también te elegí.

–No realmente. Y, de todos modos, no eras el primero.

Norman movió la cabeza, incrédulo.

–¿Así que era eso? ¿El primero que te eligiera sería el bueno?

–En todo caso, me sedujo desde el mismo instante en el que se dirigió a mí. Quizá porque era el primero. A ti te llegué a apreciar y a tener en estima. Pero nunca me sedujiste.

–¿Acaso eso no me convierte en un padre mejor? Se supone que un padre no debe seducir a su hijo.

–El viejo boy scout que habla por tu boca nunca me convence. Yo creo que ninguna seducción es tan indispensable como la de un padre.

–Y durante todos estos años en los que me desvivía por ti, ¿nunca sentiste vergüenza?

–¿Cambiaría en algo las cosas?

–Para mí, sí.

–Una cantidad despreciable. No, nunca sentí vergüenza.

–¿Ni siquiera en el juicio, viendo lo mucho que yo sufría?

–No te miraba.

–Y a tu pretendido padre belga, el que te metió en toda esta mierda, ¿no le reprochas nada?

–No.

–¿Has sabido algo de él desde entonces?

–No.

–¿Te parece que se porta como un padre contigo?

–Hizo lo que había que hacer en el momento adecuado. Me fundó.

–¿Eres estúpido o qué? ¡Quería ganar millones de dólares utilizándote, eso es todo!

–Me alegro de que se haya llevado todo ese dinero. Era mi manera de expresarle mi gratitud por haber sido elegido.

Norman lo miró y se dio cuenta de que estaba loco. Unos años antes, Christina le había dicho que a los quince años todos estamos locos. Joe tenía veintidós y seguía estándolo. Aquel hombre que lo había seducido a una edad tan crítica le había quitado su razón para siempre.

Joe era un alienado. «De otro modo, ¿cómo habría soportado

una premeditación tan continuada, difícil y aleatoria?», pensó Norman.

Recordó hasta qué punto había sufrido cuando sorprendió a Christina con Joe y hasta qué punto se había esforzado para sobreponerse a su rabia contra él. Había logrado perdonarle y se había sentido orgulloso de ello. Ahora se daba cuenta de hasta qué punto aquella prueba, que tanto sentido parecía tener, carecía de él. Y lo peor era eso.

–Acabas de hacerme daño por primera vez –dijo Norman.

–¿Por primera vez? Me subestimas.

–Antes no me daba cuenta. Ahora descubro hasta qué punto todo esto carece de sentido. En esta historia en la que creía ser tu padre, solo era un peón. Te has portado conmigo de un modo abominable y no sientes ningún remordimiento.

–¿Y qué? ¿Vas a ir a contarle la verdad a la policía? No podrías demostrar nada.

–Por de pronto, eres tú el que no ha entendido nada. ¿Qué me importa la policía? Aunque para ti no sea nada, yo sigo considerándote mi hijo. ¿Qué puedes hacer contra eso?

–¡Qué manía tienes de vender humo! Me importa un bledo lo que creas.

–De ahora en adelante, chaval, no voy a soltarte. Estés donde estés, te seguiré. Siempre me percibirás en tu paisaje. Tu padre belga te consiguió con un sermón, yo te conseguiré con el mismo método. Ya veremos si te importa un bledo.

Norman cumplió su palabra.

–Y así llevan ocho años –me dijo mi interlocutor de la sala L'Ilégal, el 6 de octubre de 2010.

–¿Y Joe se ha venido abajo desde entonces? –pregunté.

–Creemos que no. A saber lo que ocurre en la cabeza de un jugador.

Intentaba imaginar a mi propio padre pisándome los talones sin interrupción durante ocho años. Pese al afecto que siento por él, lo habría vivido como una tortura. Y con más motivo aún si se hubiera tratado de un padre putativo buscando suscitar mis remordimientos.

No pude evitar acercarme a hablar con Norman Terence. Como los personajes mitológicos, no me pareció sorprendido de que estuviera al corriente de su historia.

–¿Qué fue de Christina? –le pregunté.

–No lo sé.

–¿No le preocupa?

–Hay que creer que tenía vocación de padre y que me importa más.

–Podría haber tenido hijos con Christina. Incluso aún podría.

–No lo entiende. Tengo un hijo. El que yo elegí.

–Pero él no le eligió a usted.

–Espero que cambie de opinión. Espero que me haga justicia.

–¿No se da cuenta de que la justicia es la última de sus preocupaciones?

–Se equivoca. Hay que ser justo.

–Usted también se equivoca. Está usted arruinando su vida y la de él.

–No puedo hacerlo de otro modo. Los hijos no reconocidos por sus padres sufren. Pero existe un sufrimiento aún mayor: el de un padre al que su hijo no reconoce.

Me dio la espalda. Ya no quería hablar más.

Se dice de algunos retoños que de tal palo, tal astilla. Puede ocurrir que el proceso se invierta y que un padre empiece a parecerse a su hijo: Norman se había vuelto loco.

Lo que más me impresionó fue aquella monstruosa paciencia.

Pétronille

La embriaguez no se improvisa. Es competencia del arte, que exige dar y cuidar. Beber sin ton ni son no lleva a ninguna parte. Que la primera borrachera suela ser tantas veces milagrosa se debe únicamente a la famosa suerte del principiante: por definición, no volverá a repetirse.

Igual que todo el mundo, y en función de las noches, he bebido cosas más o menos fuertes con la esperanza de alcanzar la embriaguez que convirtiera mi existencia en algo aceptable: el principal resultado fue la resaca. Sin embargo, nunca dejé de sospechar que era posible sacarle un provecho mayor a semejante búsqueda.

Pudo más mi temperamento experimental. Al igual que los chamanes del Amazonas, que se infligen a sí mismos dietas crueles antes de masticar una planta desconocida con el objetivo de averiguar qué poderes contiene, recurrí a la técnica más antigua del mundo: ayuné. La ascesis es un medio instintivo de crear, dentro de uno mismo, el vacío indispensable que todo descubrimiento científico requiere.

No hay nada más lamentable que esa gente que, en el momento de probar un gran vino, exige «comer algo»: es un insulto a la comida y todavía más a la bebida. «Si no, me pongo piripi», farfullan, poniéndose aún más en evidencia. Me dan ganas de sugerirles que dejen de mirar a las chicas guapas: correrían el riesgo de quedar hechizados.

Beber intentando evitar la embriaguez resulta tan deshonroso como escuchar música sacra protegiéndose contra el sentimiento de lo sublime.

Así pues, ayuné. Y rompí el ayuno con un Veuve Clicquot. La idea era empezar con un buen champán, y un Veuve no me parecía una mala elección.

¿Por qué champán? Porque la embriaguez que produce no se parece a ninguna otra. Cada alcohol tiene su particular nivel de pegada; el champán es uno de los únicos que no suscitan metáforas groseras. Provoca que el alma se eleve hacia lo que debió de ser la condición de hidalgo en la época en la que esta hermosa palabra aún tenía sentido. Hace que te vuelvas gracioso, ligero y profundo a la vez, desinteresado, exalta el amor y, cuando el amor te abandona, confiere elegancia a la pérdida. Por todas estas razones me pareció que podía sacarle un provecho mucho mayor a este elixir.

Desde el primer sorbo supe que tenía razón: nunca hasta entonces el champán me había resultado tan exquisito. Las treinta y seis horas de ayuno habían afilado mis papilas gustativas, que descubrían hasta los más recónditos sabores de la aleación y se estremecían con renovada voluptuosidad, primero virtuosa, luego brillante y finalmente abrumada.

Con valentía, seguí bebiendo y, a medida que vaciaba la botella, sentía que la experiencia modificaba su naturaleza: el estado que estaba alcanzando no merecía tanto el nombre de embriaguez como el de lo que, con la pompa científica característica de nuestro tiempo, denominamos «estado alterado de consciencia». Un chamán lo habría calificado de trance, un toxicómano habría hablado de viaje. Yo empecé a tener visiones.

Eran las seis y media y a mi alrededor se hizo la oscuridad. Miré hacia el lugar más oscuro y pude ver y escuchar joyas. Sus múltiples resplandores emitían susurros acerca de piedras preciosas, oro y plata. Animadas por una reptación de serpiente, no apelaban a los cuellos, a las muñecas y a los dedos que deberían haber ornamentado sino que se bastaban a sí mismas para proclamar el carácter absoluto de su condición de lujo. A medida que se acercaban a mí, sentía su frío metálico. De aquella sensación yo extraía un placer níveo; nada me habría gustado más que hundir mi rostro en aquel helado tesoro. El momento más desconcertante se produjo cuando sentí de verdad el peso de una gema en la palma de la mano.

Solté un grito que aniquiló la alucinación. Tomé otra copa y comprendí que aquel brebaje provocaba visiones que se le parecían: el oro de su vestido se había fundido en pulseras, sus burbujas, en diamantes. Y el escarchado sorbo respondía a su frío plateado.

La siguiente fase fue la del pensamiento, si puede llamarse así al flujo que se apoderó de mi mente. En las antípodas de los asuntos que suelen enviscarlo, se puso a girar y a girar, a burbujear, a despotricar sobre asuntos frívolos: era como si intentara seducirme. Todo aquello resultaba tan impropio de él que me puse a reír. Estoy demasiado acostumbrada a que mi mente se dirija a mí con recriminaciones idénticas a las de un inquilino indignado con la mala calidad de la vivienda alquilada.

Verme de repente convertida en una presencia tan agradable para mí misma ensanchó mis horizontes. Me habría encantado poder ser tan buena compañía para alguien. ¿Quién?

Pasé revista a mis conocidos, entre los que abundaban las personas simpáticas. No localicé a ninguna que me conviniera. Habría necesitado un ser que aceptara someterse a esta ascesis y que bebiera con un fervor equivalente. No tenía la pretensión de creer que mis divagaciones pudieran divertir a un practicante de la sobriedad.

Entretanto, había vaciado la botella y estaba totalmente borracha. Me levanté e intenté caminar: a mis piernas les maravilló que en tiempo normal un baile tan complicado no exija esfuerzo alguno. Titubeé hasta la cama y me desplomé. Aquel abandono de mí misma resultaba delicioso. Comprendí que el espíritu del champán aprobaba mi conducta: lo había acogido en mi seno como a un huésped distinguido, lo había recibido con extrema deferencia y, a cambio, él me prodigaba sus favores a puñados; no podía ser que aquel naufragio final no fuera una muestra de gracia. Si Ulises hubiera cometido la noble imprudencia de no atarse al mástil de su nave, me habría seguido hasta donde me arrastraba el poder último del brebaje, se habría hundido conmigo hasta el fondo del mar, arrullado por el áureo canto de las sirenas.

No sé cuánto tiempo permanecí en aquellos abismos, en un

estadio intermedio entre el sueño y la muerte. Esperaba un despertar comatoso. Estaba equivocada. Al emerger de aquella inmersión, descubrí una nueva voluptuosidad: como confitada en azúcar, podía experimentar hasta lo más hondo la poderosa comodidad que me rodeaba. El contacto de la ropa con la piel me hacía estremecerme, la sensación de la cama acogiendo mi debilidad propagaba una promesa de amor y comprensión hasta lo más profundo de mi ser. Mi mente se marinaba en un baño de ideas en estado de gestación en el sentido etimológico: una idea es, ante todo, algo que se ve.

Y yo veía que era Ulises tras el naufragio, embarrancado en una playa indeterminada, y antes de disponerme a elaborar un plan paladeaba la sorpresa de haber sobrevivido, de conservar intactos mis órganos y un cerebro no más deteriorado que antes, y de yacer sobre la parte sólida del planeta. Mi apartamento parisino se había convertido en la orilla desconocida y yo me resistía a la necesidad de ir al baño para así conservar, durante el mayor tiempo posible, la curiosidad por la misteriosa tribu con la que, sin duda, estaba a punto de tropezarme.

Pensándolo bien, aquella era la única imperfección de mi estado: me habría gustado compartirlo con alguien. Me habría conformado con Nausica o el Cíclope. El amor y la amistad habrían sido las cajas de resonancia ideales para tanta admiración.

«Necesito un compañero o una compañera de borrachera», pensé. Pasé revista a la gente que conocía en París, donde acababa de instalarme. La breve lista de mis relaciones incluía bien a personas muy simpáticas pero que no bebían champán, bien a auténticos bebedores de champán que no me despertaban demasiada simpatía.

Conseguí llegar al baño. Al volver, miré por la ventana la pobre vista de París que se ofrecía ante mí: peatones pateando las tinieblas de la calle. «Son parisinos», pensé a la manera de un entomólogo. «Me parece imposible que entre tanta gente no pueda encontrar al elegido o a la elegida. En la Ciudad de la Luz, tiene que haber alguien con quien beberse la luz.»

Yo era una novelista de treinta años recién llegada a París. Los libreros me invitaban a firmar libros en sus librerías y yo nunca me negaba. La gente acudía para verme; yo los recibía con una sonrisa. «¡Qué amable es!», comentaban.

En realidad, practicaba la caza pasiva. Presa de los curiosos, yo también los miraba mientras me preguntaba qué aptitudes tendría cada uno de ellos como compañero de borrachera. Una caza de lo más azarosa, pues, en realidad, ¿qué señales permiten reconocer a un individuo así?

De hecho, la palabra «compañero» no era la más apropiada, ya que su etimología alude a compartir el pan. Lo que yo necesitaba era un convinero o una convinera. Algunos libreros tenían la feliz idea de servirme vino, a veces incluso champán, y eso me permitía descubrir en las miradas ajenas la chispa del deseo. Me gustaba que le dedicaran a mi copa una mirada codiciosa, siempre que esta no fuera demasiado acentuada.

El ejercicio de la dedicatoria se basa en una ambigüedad fundamental: nadie sabe lo que el otro desea. Cuántos periodistas me han preguntado: «¿Qué espera de este tipo de encuentros?». En mi opinión, el interrogante resulta más pertinente para la otra parte. Dejando a un lado los escasos fetichistas para los que la firma del autor tiene un valor real, ¿qué buscan los amantes de los autógrafos? En lo que a mí respecta, siento una profunda curiosidad por las personas que acuden a verme. Intento averiguar quiénes son y qué desean. Este aspecto nunca dejará de fascinarme.

Hoy todo este asunto es bastante menos misterioso. No soy la única que ha observado que las chicas más guapas de París hacen cola para verme, y reparo divertida en cómo muchos frecuentan mis sesiones de firmas para ligar con esas bellezas. Las circunstancias son ideales, ya que hago las dedicatorias con una lentitud angustiante, así que los seductores disponen de todo el tiempo del mundo.

Pero mi relato se sitúa a finales de 1997. En aquella época el fenómeno no resultaba tan evidente, aunque solo fuera porque yo tenía muchos menos lectores que ahora, de modo que disminuía ipso facto la probabilidad de que entre ellos hubiera criaturas de ensueño. Fueron tiempos heroicos. Los libreros me servían poco champán. Aún no tenía un despacho en mi editorial. Recuerdo aquel periodo con el mismo y conmovido terror con el que nuestra especie rememora la prehistoria.

A primera vista me pareció tan joven que la confundí con un chico de quince años. Su aspecto juvenil se veía amplificado por la exagerada intensidad de los ojos: me miró fijamente, como si yo fuera el esqueleto del gliptodonte del Museo del Jardin des Plantes.

Entre mis lectores suelen abundar los adolescentes. Cuando se trata de una lectura impuesta por el instituto, su interés suele manifestarse con moderación. Cuando un crío me lee por iniciativa propia, en cambio, siempre resulta fascinante. Así que recibí al chico con un entusiasmo nada fingido. Estaba solo, lo cual demostraba que no le enviaba ningún profesor.

Me tendió un ejemplar de *El sabotaje amoroso.* Lo abrí por la primera página y pronuncié la fórmula ritual:

–Buenas tardes. ¿A qué nombre?

–Pétronille Fanto –respondió una voz poco sexuada, aunque más femenina que masculina.

Me sobresalté, no tanto por descubrir el auténtico sexo del individuo en cuestión como por enterarme de su identidad.

–¿Es usted? –exclamé.

Cuántas veces he vivido momentos idénticos al dedicar un libro: ver aparecer ante mí a una persona con la que mantengo correspondencia. El impacto siempre resulta violento. Pasar del papel a un encuentro en carne y hueso es como cambiar de dimensión. Ni siquiera sé si equivale a pasar de la segunda a la tercera dimensión, porque puede que sea justo lo contrario. A menudo, ver de verdad a alguien con quien mantienes correspondencia supone una regresión, volver a lo banal. Y lo malo es que es irreversible: si, Dios sabe por qué razón, su apariencia no coincide con lo que uno espera de la correspondencia, esta nunca recuperará su nivel. No podrás ni olvidarla ni abstraerte de ello. Por lo menos, yo no puedo. Es absurdo, ya que estos intercambios no tienen como finalidad la galantería. El error es creer que el físico solo cuenta en el amor. Para la mayoría de las personas, entre las que me cuento, el físico es importante en la amistad e incluso en las relaciones más elementales. Y no me estoy refiriendo ni a la belleza ni a la fealdad, me refiero a esa cosa tan indefinida e importante que llamamos fisionomía. Hay seres que nos gustan a primera vista e infelices que no podemos ni ver. Negarlo sería una injusticia añadida.

Es algo que puede evolucionar, por supuesto: hay personas cuya apariencia repele pero que son tan extraordinarias que enseguida te acostumbras y aprendes a apreciar su rostro. Y lo contrario también se da: personas de físico agraciado logran parecernos paulatinamente carentes de encanto si su personalidad no nos gusta. Eso no impide que tengamos que conformarnos con ello desde el principio. Y es en el instante del encuentro cuando tomamos la repentina medida del cuerpo del otro.

–Soy yo –respondió Pétronille.

–No me la imaginaba así –no pude evitar decirle.

–¿Cómo me imaginaba? –preguntó ella.

Tras mi estúpida declaración, resultaba inevitable que me hiciera esa pregunta. Pero, aun así, no me la esperaba. Cuando mantienes correspondencia con alguien, no te construyes una imagen sino una confusa intuición respecto a qué aspecto tendrá tu interlocutor. Durante los tres meses anteriores, Pétronille Fanto me había enviado dos o tres cartas manuscritas en las que no me había hablado de su edad. Me había contado cosas tan profundas y tenebrosas que pensé que me hallaba ante una persona en fase de envejecimiento. Y ahora me encontraba cara a cara con una adolescente de mirada vivaz.

–La imaginaba mayor.

–Tengo veintidós años –dijo ella.

–Parece más joven.

Levantó la mirada hacia el cielo con una irritación que me provocó ganas de reír.

–¿A qué se dedica?

–Estudiante –dijo ella, y, sin duda para cortar por lo sano la siguiente pregunta, añadió–: Estoy haciendo un máster sobre literatura isabelina. Escribo una tesina sobre un contemporáneo de Shakespeare.

–Admirable. ¿Qué contemporáneo de Shakespeare?

–Probablemente no lo conozca –respondió ella con aplomo.

Solté una carcajada.

–¿Y le queda tiempo para leer mis libros entre los de Marlowe y los de John Ford?

–También es bueno divertirse.

–Me gusta ser su diversión –dije a modo de conclusión.

Me habría encantado hablar un rato más con ella, pero no era la última de la cola. El encuentro de dedicatoria debe ser breve, y eso resulta casi siempre liberador. Escribí algunas palabras en la portadilla del título de su ejemplar de *El sabotaje amoroso*. Ni idea de lo que puse. Salvo excepciones, lo que me interesa de las sesiones de dedicatorias no son las dedicatorias.

Entre aquellos a quienes acabo de dedicar un libro suelen darse dos posibles actitudes: están los que se alejan con su botín y los que se quedan a un lado y me observan hasta que termina la sesión. Pétronille se quedó y me observó. Me dio la impresión de que estaba a punto de dedicarme un documental sobre animales.

Estábamos en L'Astrée, la maravillosa y minúscula librería del XVII *arrondissement*, en el número 69 de la rue de Lévis. Como siempre, Michèle y Alain Lemoine recibían al autor y a los lectores con una amabilidad desarmante. Como en aquella noche de finales de octubre ya empezaba a refrescar, servían un vaso de vino caliente a todos los presentes. Saboreaba el mío y me fijé en que Pétronille tampoco le hacía ascos al suyo. Parecía realmente un chico de veinte años: incluso su pelo largo, recogido en una coleta, era el de un adolescente.

Aterrizó un fotógrafo profesional y se puso a ametrallarme sin pedir permiso. Para no irritarme, fingí no darme cuenta de su baile de San Vito y seguí saludando a mis lectores. Pronto el patán no se conformó con ser ignorado y le hizo a la gente un gesto que significaba que debían apartarse. Empecé a echar humo por las orejas e intervine:

–Señor, estoy aquí para mis lectores y no para usted. Así que no tiene derecho a dar órdenes a nadie.

–Y yo trabajo para su gloria –dijo el sicofante sin dejar de fusilarme.

–No, usted trabaja para su dinero y sin ninguna educación. Ya ha tomado muchas fotos. Se acabó.

–¡Esto es un atentado contra la libertad de prensa! –vociferó el que demostraba así su verdadera naturaleza de paparazzi.

Michèle y Alain Lemoine estaban horrorizados por lo que estaba ocurriendo en su librería, bautizada con el nombre de una novela preciosa, y no se atrevían a reaccionar. Fue entonces cuando, con una mano, Pétronille agarró al individuo por el cogote y lo arrastró hasta el exterior con una firmeza inapelable.

Nunca supe con exactitud qué ocurrió pero no volví a ver al ametrallador, y tampoco localicé ninguna de sus fotos en los periódicos.

Nadie comentó el incidente. Seguí escribiendo dedicatorias entre sonrisas. Más tarde, los libreros, algunos clientes fieles y yo nos acabamos el vino caliente mientras charlábamos. Me despedí y caminé hacia la parada de metro.

Al final de la rue de Lévis, a causa de la oscuridad, no reparé en la pequeña silueta que me estaba esperando.

–¡Pétronille! –exclamé sorprendida.

–¿Qué, le parece que esto es acoso?

–No. Gracias por lo del fotógrafo. ¿Qué le ha hecho?

–Le he explicado mi modo de ver las cosas. No volverá a molestarla.

–Habla usted como en una película de Michel Audiard.

–Si vuelvo a escribirle, ¿me responderá?

–Por supuesto.

Me estrechó la mano y desapareció en la oscuridad. Bajé al metro, encantada con aquel encuentro. Pétronille me pareció digna de los contemporáneos de Shakespeare a los que estudiaba: chicos malos, siempre dispuestos a pelear.

Me hallaba ante el caso en el que el descubrimiento del físico del destinatario no perjudica la correspondencia. Releer las cartas de la vieja y tenebrosa filósofa Pétronille Fanto sabiendo que habían sido escritas por un chaval peleón de mirada vivaz las convertía en algo increíblemente excitante.

Una idea me rondaba la cabeza: ¿y si Pétronille resultaba ser la convinera ideal? Difícilmente podía preguntarle de buenas a primeras cómo se le daba ser compañera de borrachera. Así que le escribí para agradecerle que me hubiera librado de una situación delicada, y la invité a tomar una copa en el Gymnase. Fijé una fecha y una hora. Aceptó a vuelta de correo.

El Gymnase es un café destartalado que suelo frecuentar porque está situado a cien metros de mi editorial. Este lugar sin prestigio siempre me ha resultado simpático. En el mostrador hay un soporte para huevos duros y una cesta con cruasanes. Los clientes son los que uno imagina manteniendo conversaciones de barra de bar.

Era el primer viernes de noviembre, a las seis de la tarde. Como siempre, fui la primera en llegar: soy biológicamente incapaz de no llegar con, por lo menos, diez minutos de antelación. Me gusta familiarizarme con la fauna ambiental antes de concentrarme en alguien en particular.

Mientras que para las sesiones de dedicatorias suelo vestirme de pagoda extraterrestre, esta vez llevaba mi indumentaria habitual, mi negro de faena: una falda larga negra, una chaqueta cualquiera negra, y mi gorguera negra, sin la cual yo no soy yo; estoy muy a favor del retorno de la gorguera y, pese a mi notoriedad, nunca he logrado que nadie se adhiera a mis principios. Pétronille Fanto iba vestida, como la primera vez, con tejanos y chaqueta de cuero.

–Tomaré un café –dijo ella.

–¿En serio? ¿Y si tomáramos algo más festivo?

–Una cerveza, entonces.

–Había pensado en champán.

–¿Aquí? –dijo Pétronille abriendo mucho los ojos.

–Sí. Aquí es perfecto.

Miró a su alrededor como si algo se le hubiera pasado por alto.

–De acuerdo, aquí es perfecto.

–¿No le gusta el champán?

–¿Que no me gusta el champán? –se indignó.

–No quería ofenderla.

–¿Ha probado alguna vez el champán aquí?

–No. Esta es la ocasión.

–¿Y está segura de que tendrán?

–Salvo en la cantina de la estación de Vierzon, en Francia hay champán en todas partes.

Pétronille le hizo una seña al camarero.

–¿Tienen champán?

–Sí. ¿Dos copas?

–Una botella, por favor –pedí.

Pétronille y el camarero me miraron con repentina consideración.

–Tengo brut Roederer –dijo él–. Lo siento, no tengo Cristal. ¿Le va bien?

–Perfecto, siempre que esté frío.

–La duda ofende –respondió él, molesto. Francia es ese país mágico en el que en cualquier bar de mala muerte pueden servirte cuando quieras un gran champán a la temperatura ideal.

Mientras el hombre preparaba la comanda, Pétronille me interrogó:

–¿Tiene algo que celebrar?

–Sí. Nuestro encuentro.

–No era necesario. No es tan importante.

–Para usted, puede que no. Para mí sí lo es.

–Ah, vale.

–Es el principio de una amistad.

–Si va por ahí...

–En todo caso, eso espero.

El camarero regresó con dos copas y la botella en una cubitera.

–¿La abro?

–Déjeme a mí –dijo Pétronille.

Destapó el brut de Roederer con descaro y llenó las copas.

–¡Por nuestra amistad! –declaró solemnemente.

El Roederer tenía ese sabor que en la Rusia de los zares se atribuía al lujo francés: mi boca se llenó de felicidad.

–No está mal –dijo Pétronille.

La observé. Compartía mi exaltación. Lo que me gustaba de ella era que no intentaba parecer displicente.

El camarero también había traído unos cacahuetes, lo que demostraba una escala de valores curiosa. Era como leer a Turguéniev escuchando «Los pajaritos». Para mi alivio, Pétronille ni siquiera los probó.

Tengo tendencia a beber deprisa, incluso cuando la bebida es excelente. Existen peores maneras de hacerle los honores. El champán nunca me ha reprochado mi entusiasmo, que en mi caso no responde para nada a una falta de atención. Otra de las razones por las que bebo deprisa es para no permitir que el elixir se caliente. Se trata, también, de no ofenderlo. Que al vino no le dé la impresión de que a mi deseo le falta diligencia. Beber deprisa no significa beber con ansia. Nunca tomo más de un sorbo a la vez, pero no conservo el maravilloso líquido en la boca durante mucho tiempo: insisto en tragármelo cuando su fría temperatura aún me resulta casi dolorosa.

–Menudas muecas –declaró Pétronille.

–Es porque me concentro en el champán –dije.

–Cuando se concentra pone usted una cara extraña.

La incité a hablar. Con la ayuda del vino, me contó que su tesina trataba sobre una obra de Ben Jonson.

Había pasado los dos años anteriores en Glasgow, donde había enseñado francés en un instituto. Cuando recordaba su vida escocesa, su rostro adquiría una expresión terrible: concluí que allí había conocido el amor y que la cosa no había terminado demasiado bien.

Volví a llenar las copas. A medida que la botella se vaciaba, retrocedíamos en el tiempo. Había crecido en la periferia de París. Su padre trabajaba de electricista en el metro, su madre era enfermera en el hospital de la Régie de los transportes parisinos.

Yo la miraba con la estúpida admiración propia de los de mi especie cuando se tropiezan con un auténtico proletario.

–Mi padre dedica sus domingos por la mañana a vender *L'Huma* en el mercado.

–¡Es usted comunista! –exclamé con el entusiasmo de haber encontrado a un bicho raro.

–No tan rápido. Mis padres lo son. Yo soy de izquierdas, pero no comunista. Usted es rica, ¿verdad?

–Soy de Bélgica –dije para zanjar la investigación.

–Ah, vale, lo pillo.

Alargó su copa para que se la rellenara.

–Es usted como yo, tiene buen saque –le dije.

–¿Le molesta?

–Al contrario. Me encanta beber con quien comparte mi pasión.

–Diga más bien que le divierte que nos corrompamos.

La escruté mientras me preguntaba si estaría hablando en serio.

–¿Ahora me va a salir usted con la lucha de clases y el materialismo dialéctico? –dije–. Cuando la invité ignoraba cuál era su origen.

–Los de su casta perciben esas cosas.

–Esas cosas, como dice usted, no me quitan el sueño.

La tensión iba en aumento. Pétronille debió de darse cuenta y calmó la cosa:

–En cualquier caso, hemos encontrado un territorio de entendimiento –dijo señalando la botella con la barbilla.

–Efectivamente.

–Mis padres aprecian los grandes champanes. No es que tomemos a menudo, pero sí algunas veces. El comunismo lo inventó un alemán y fue popularizado por los rusos, dos pueblos que aman el champán de calidad.

–Yo nací en una embajada, lo que equivale a decir que crecí sumergida en champán.

–Entonces ya no percibe lo que este brebaje tiene de excepcional.

–No se equivoque. Mi vida ha tenido sus esplendores y sus miserias. ¿Suele escribirse con escritores?

–Hasta la fecha es usted la primera y la única.

–¿Y a qué debo ese honor?

–Me hace reír. La descubrí por la radio. No sabía quién era pero no podía dejar de reír. Usted contó lo que había que hacer para ordeñar una ballena. También contó que siempre metía la palabra «neumático» en todos sus libros. Los leí para comprobarlo y no mentía usted.

–Lo que demuestra que le proporciono a la gente motivos serios para leerme.

–Sus libros me gustaron. Me llegaron.

–Me hace ilusión, gracias.

No era una fórmula de cortesía. Cuando a alguien le gustan mis libros, me gusta de verdad. En boca de aquella extraña chiquilla que se codeaba con los contemporáneos de Shakespeare y que aterrorizaba a los fotógrafos, el cumplido me pareció aún más encantador.

–Estará acostumbrada.

–No me acostumbro a eso. Además, usted no es cualquier persona.

–No le diré que no. Soy difícil. He intentado leer a los escritores actuales, pero se me han caído de las manos.

Intenté convencerla de que estaba equivocada elogiándole a un gran número de plumas vivas.

–Todo eso no está a la altura de Shakespeare –respondió ella.

–Yo tampoco.

–Usted invita a sus lectores a champán, es distinto.

–Usted no podía saberlo. Además no hago esto con todos mis lectores.

–Eso espero. La estaré vigilando.

Me reí, aunque entre dientes, ya que la veía capaz de hacerlo. Debió de leer mis pensamientos porque añadió:

–No se preocupe, tengo proezas igualmente importantes que llevar a cabo.

–No lo dudo. Y me muero de ganas de saber cuáles.

–Ya lo verá.

Gracias a la embriaguez, entreví acciones esplendorosas, el robo de la corona de Inglaterra en provecho de los trabajadores escoceses o *Lástima que sea una puta* interpretada por la Comédie Française.

Pétronille debía de tener cierto sentido de la puesta en escena, ya que eligió ese momento para levantarse.

–Se acabó el champán –dijo–. Le propongo que vayamos al cementerio de Montparnasse, que está al final de esta calle.

–Excelente idea –dije–. Seguro que allí nos cruzaremos con alguien interesante.

No contábamos con el cierre precipitado de los cementerios parisinos en invierno: nos encontramos con la puerta cerrada. Volvimos a recorrer la rue Huyghens en dirección contraria, hacia el bulevar Raspail. Debíamos de estar a medio camino cuando Pétronille me anunció que iba a ponerse a orinar allí mismo, entre dos coches aparcados.

–¿No podría esperar a llegar al Gymnase? –protesté–. Solo faltan treinta metros.

–Demasiado tarde. Cúbrame.

Pánico. ¿Cuál debía ser mi papel? Estaba oscuro y nublado. No se veía nada a veinte metros sobre la acera de la rue Huyghens. En aquella atmósfera digna de Macbeth, yo tenía que proteger la intimidad de una joven que por razones que en parte se me escapaban había leído todas mis novelas.

Agucé el oído para escuchar eventuales pasos; solo percibí el ruido de un pipí que parecía decidido a no terminar nunca. Mi corazón latía muy fuerte. Imaginaba un discurso en el supuesto de que apareciera algún transeúnte: «Perdóneme, señor, señora, mi amiga ha sucumbido a una urgente necesidad, no le falta mucho, ¿podría, si no es mucho pedir, esperar un momento?». ¿Qué efecto le producirían semejantes palabras?

No tuve la oportunidad de comprobarlo, ya que al cabo de unos segundos terminó la cancioncilla; Pétronille reapareció.

–Ya estoy mejor –dijo.

–Encantada de que sea así.

–Lo siento, es el champán.

«Eso me enseñará a no invitar a Roederer a un chico de la calle», pensé dirigiéndome hacia la parada de Vavin, donde nuestros caminos se separaron. Pétronille debió de notar que me había enfriado, ya que no me dijo hasta pronto.

Una vez sola, me amonesté a mí misma. Pipí entre dos coches, tampoco era tan grave. ¿Por qué me comportaba como si acabara de sufrir un trauma? Sí, es cierto, en Japón nadie habría actuado de ese modo. Pero precisamente elegí abandonar el Imperio y regresar a Francia, país del que apreciaba la libertad. «Estás hecha una mojigata», me dije.

Lo cierto es que no volví a contactar con Pétronille. Pasaron los años sin que pensara en encontrar un compañero o una compañera de borrachera. Fue mi modo de mantenerme fiel a aquella relación de una noche.

Octubre de 2001. Estaba mirando las novedades en una librería parisina cuando me tropecé con la primera novela de una tal Pétronille Fanto, *Vinagre de miel.*

Me sobresalté y agarré el libro. En la solapa estaba escrito: «Pétronille Fanto, veintiséis años, especialista en los contemporáneos de Shakespeare, firma con este libro una insolente primera novela». Había una pequeña fotografía en blanco y negro de la autora: no había cambiado. Sonreí y compré el libro.

Mi protocolo de lectura es particular. Para alcanzar una mayor calidad de impregnación, tengo comprobado que necesito leer acostada, preferentemente en una cama mullida: cuanto más intensa sea la comodidad, más desaparecerá la consciencia de mi propio cuerpo y mejor me compenetraré con el texto. Y así lo hice.

Leí *Vinagre de miel* de un tirón. Pétronille, toda desfachatez, había retomado el argumento de *Chicas jóvenes* de Montherlant: un escritor de éxito recibe cartas de lectoras enamoradas y responde con una mezcla de voracidad y cansancio. Allí terminaban los parecidos, ya que mientras el Costals de Montherlant salía victorioso de la confrontación, el Schwerin de Fanto acababa fagocitado por las doncellas.

Montherlant había escrito su libro con conocimiento de causa, desde la atalaya de su larga experiencia como autor de éxito. Pétronille, en cambio, había perpetrado aquella obra a guisa de primera novela. ¿De dónde sacaba el conocimiento de las conductas de los lectores? Pero, sin talento, aquella paradoja habría carecido de interés. La novelista no se limitaba a ser audaz, sino que, sobre todo, esgrimía un auténtico dominio de la escritura y de la narración.

Mejor aún: uno detectaba en ella una cultura asimilada hasta lo ideal. La autora lo había leído todo durante mucho tiempo y había superado con creces el estadio en el que se experimenta la necesidad de comunicárselo a los demás. La prueba es que la alusión a Montherlant le parecía tan evidente que no lo citaba ni poco ni mucho, en una época en la que los jóvenes de su edad no leían demasiado.

Parece que esta suprema elegancia está llamada a desaparecer. Hace cuatro o cinco años, una lectora de unos veinte años me escribió para acusarme de plagio. Sarcástica, me contaba su gran hallazgo: en *Higiene del asesino* la mosquita muerta había descubierto que la frase «me los sirvo yo mismo con bastante inspiración, pero no tolero que los demás me los sirvan» estaba sacada del *Cyrano de Bergerac*. «Sin embargo, usted no lo especificó», concluía entre acusadores puntos de exclamación. Cometí la estupidez de responderle a la señorita y preguntarle si quedaba alguien en este mundo que lo ignorase. A vuelta de correo me comunicó, con acritud, que ella era la única de su curso de la facultad de letras que lo sabía y que, por consiguiente, mi defensa no la convencía en absoluto. Lo que demuestra que en nuestros días la falta de pedantería se confunde con el robo descarado.

Por muy joven que fuera, Pétronille pertenecía al grupo de esos autores que eran una buena compañía. Me alegré de que así fuera y, sin más demora, le escribí una carta entusiasta que le hice llegar a través de la editorial. No tardó en responderme invitándome a una sesión de firma de libros. En la fecha y a la hora señaladas me presenté en la simpática librería del XX *arrondissement* llamada Le Merle moqueur.

Me entusiasma asistir a las sesiones de firma de los demás. ¡Por una vez, no me toca trabajar a mí! Además, me encanta fijarme en el modus operandi de mis colegas. Están los groseros, que hacen la dedicatoria sin apenas mirar al lector, incluso sin interrumpir su conversación telefónica, con el móvil encajado entre la oreja y el hombro. Están los rápidos y los que son aún más lentos que yo: pienso en ese adorable escritor chino que desespera a los libreros porque dedica media hora a cada lector, reflexionando y luego ejecutando a guisa de firma la caligrafía que le inspira su interlocutor. Están los que exageran, los obsequiosos, sin olvidar a los que intentan ligar. Es un espectáculo divertido.

En el caso de Pétronille, lo más significativo era la actitud de los lectores. Todos manifestaban una expresión de incredulidad al descubrir al autor. Igual que cuatro años antes, seguía teniendo el aspecto de un quinceañero. Semejante juventud hacía que su primera novela resultara todavía más insólita.

Mantenía con la gente un trato de una cortesía franca: la mejor. Me acordé del pipí de la acera de la rue Huyghens y lo vi con otros ojos: sin duda Christopher Marlowe o Ben Jonson se habrían comportado de un modo idéntico. ¿Y qué podría resultar más chic que los modales de los contemporáneos de Shakespeare? De hecho, Pétronille tenía ese aspecto de chico de la calle que debió de ser también el de aquellos inmensos autores, todos muertos antes de los treinta en estúpidas reyertas a la salida de una taberna. ¿Acaso no era eso el colmo de la clase?

Cuando llegó mi turno, dijo:

–Amélie Nothomb en mi sesión de firmas, cómo me gusta.

Le tendí *Vinagre de miel.*

–Un regalo –dije.

–Entonces habrá traído champán.

–Lo siento, no lo he pensado.

–Lástima. Sufro un condicionamiento pavloviano: es verla aparecer y sentir un terrible deseo de Roederer.

–Luego la invito. Seguro que encontraremos.

–Si es un Veuve o un Dom tampoco le haré ascos.

–Laurent-Perrier, Moët, Taittinger, Krug, Philipponnat –recité a la velocidad de una escalera de color.

–De acuerdo –dijo ella sobriamente.

Mientras terminaba, leí lo que había escrito sobre la guarda de su libro: «Para Amélie Nothomb, mecenas». Y después su firma.

Se despidió del librero y me reuní con ella en una calle del XX *arrondissement.*

–Si no lo he entendido mal, ¿mi mecenazgo consiste en hacer beber a los artistas que admiro? –pregunté.

–Sí. En fin, también puede invitarles directamente a cenar.

La invité al Café Beaubourg, que solía frecuentar. Le hice saber a Pétronille que el establecimiento tenía servicios.

–¡Qué chapada a la antigua está usted! –dijo ella.

La velada fue muy agradable. Pétronille me contó lo que le había ocurrido en los últimos cuatro años. Se había ganado la vida como monitora en una escuela privada mientras escribía su manuscrito. Un alumno de último curso la había tratado de «poligonera», y ella le había respondido que él era un «pijo». El pobre chico había ido a lloriquearles a sus padres, que habían exigido que la subalterna presentara sus excusas a su querido angelito. Pétronille había dicho que «pijo» no era más insulto que «poligonera», que era una realidad y que no había lugar a considerarlo una ofensa. La directora había despedido a Pétronille.

–Una semana después encontré un editor para *Vinagre de miel* –concluyó.

–Excelente timing.

–Todo va bien. No dude en invitarme a sus actos sociales, soy poco conocida en los ambientes que usted frecuenta.

–Creo que tiene usted una idea equivocada sobre mi modo de vida.

–Venga, es usted joven y famosa, la invitan a todas partes.

–¿Joven? Tengo treinta y cuatro años.

–Vale, es usted vieja y famosa.

Me invitaban a todas partes, es cierto, pero yo siempre declinaba la invitación. Se me ocurrió que los actos sociales quizá resultarían menos aburridos en compañía de Pétronille.

–Me han invitado a una tarde de degustación de champán en el Ritz, a finales de mes.

–Me apunto.

Sonreí. Mi primera intención había sido convertirla en una compañera de borracheras. La cosa iba por buen camino.

El día señalado, Pétronille me esperaba en la puerta del Ritz. Como siempre, llevaba tejanos, una cazadora de cuero y unas Doc Martens. En cuanto a mí, iba vestida de templario de fin de siglo.

–Comparada con usted, parezco un hooligan –comentó ella.

–Está usted perfecta.

Los salones del Ritz estaban atestados de viejas ricachonas que miraron a mi amiga de arriba abajo con expresión de repugnancia. Tanta grosería me dejó perpleja y tuve un amago de rechazo.

–¿Quiere que nos vayamos? –preguntó.

–Ni hablar.

Al fin y al cabo estábamos allí por el champán. Había varias mesas con distintas marcas. Empezamos por un Perrier-Jouët. Un copero nos recitó una breve y prometedora perorata. En estos casos, me gusta ser la conversa a la que se predica.

En sociedad, el champán casi sabe mejor. Cuanto más hostil es el contexto, más se convierte en un oasis: es una sensación que no se puede tener cuando bebes en casa.

La primera copa nos encantó.

–No está mal –le dijo Pétronille al copero.

El hombre sonrió con benevolencia. El cien por cien de los coperos que he conocido son seres exquisitos. No sé si es el oficio el que los hace ser así o si la ambición de practicarlo lo incluye. Aquel día, en el Ritz, los coperos eran las únicas personas con las que se podía tratar.

Mientras deambulaba por la sala, las damas no tardaron en arponearme cacareando que me habían visto en televisión. No tenían nada más que decirme pero se tomaban su tiempo. Yo las interrumpía:

–Permítanme que les presente a Pétronille Fanto, una joven y talentosa novelista.

En cada ocasión, aquellas criaturas con diademas en la cabeza se quedaban de piedra. La pose extasiada que me dedicaban a mí se volvía desdeñosa ante el chico de la calle que yo pretendía presentarles. De repente tenían algo más importante que hacer en otra parte. Pétronille, en cambio, les tendía una mano franca que muchas tuvieron la desfachatez de no estrechar.

–¿Huelo mal? –me preguntó la recién llegada con una perplejidad que yo compartía.

–Quiero pedirle disculpas –le dije–. No podía sospechar que tendríamos que vérnoslas con tanta mala educación.

–No es culpa suya. No se preocupe, estoy contenta de haber venido. Hay que verlo para creerlo.

–El champán, por lo menos, no la ignora. Vayamos a probar el Jean Josselin.

Era excelente. Que yo sepa, es el único champán que sabe a levadura: una maravilla.

De tanto evitar a damas con diademas para poder concentrarnos en la degustación, acabamos emborrachándonos. En sociedad, eso me vuelve alegre y expansiva. Como difícilmente podía hacer disfrutar de esa amable disposición al público allí reunido, me mostré muy alegre con el copero y con ganas de confidencias con Pétronille.

Ella, en avanzado estado de embriaguez, resultó ser de lo más subversiva. Apenas escuchaba lo que yo le contaba y replicaba con acerbos comentarios sobre lo que veía allí. Nuestros intercambios sonaban más o menos de esta manera:

–Me parece que uno de los objetivos de la vida es emborracharse, de noche, en ciudades hermosas.

–¿De dónde habrá salido esa panda de arpías?

–Tienen unas cositas para picar en el bufet pero no se las recomiendo. Mi hermana Juliette suele decir, con razón, que mientras que el vino realza la comida, lo contrario nunca ocurre. Este tipo de opiniones hace que los miembros de la odiosa raza de los expertos se rasguen las vestiduras. Sin embargo, tengo comprobado que la teoría no falla: basta con comer un bocado para que beber pierda toda su magia.

–Si esa de ahí sigue mirándome, voy a pegarle una patada en toda la cara.

–No tengo nada contra la alimentación, pero creo que hay que empezar a cenar cuando ya no eres capaz de beber un sorbo más. Y eso retrasa considerablemente el momento de sentarse a la mesa.

–Aunque no sé si se merece que levante el pie, me temo que no.

–Alguna vez me ha pasado que retraso tanto el momento de comer que ya no soy capaz de hacerlo. También resulta exquisito desplomarse de embriaguez en un sofá voluptuoso. Hay que aprender a localizar de antemano el lugar en el que te vas a caer. El Ritz no es el sitio ideal. En adelante me esforzaré en aceptar únicamente los espacios propicios para los desplomes divinos.

–Voy a preguntarle si quiere una foto mía.

Mecánicamente, acompañé a Pétronille sin abandonar mi perorata. No me imaginaba que fuera a preguntarle de verdad a aquella mujer si deseaba una foto suya.

–¿Perdón? –se atragantó la mujer.

–Solo tiene que darme su dirección y se la envío. De hecho, la comprendo: la foto de una poligonera auténtica, para usted, debe resultar puro exotismo.

Aterrorizada, la dama me lanzaba miradas suplicantes, como si pidiera ayuda. Me limité a interpretar mi papel social:

–Querida señora, permítame que le presente a Pétronille Fanto, una joven novelista a la que admiro. Su primera novela, *Vinagre de miel*, rebosa talento.

–¡Qué interesante! La compraré –contestó la dama, temblando.

–Afortunadamente, mi foto aparece en la solapa del libro. Así podrá seguir observándome todo lo que quiera.

Agarré a Pétronille por el brazo, pensando en la brillantez de su réplica. La furia se había apoderado de ella, y sentía que, si no la sujetaba, seguiría descargándola sin tregua.

Probamos otro champán. Mentiría si fingiera que recuerdo cómo se llamaba, llegados a ese punto. Pero era delicioso y nos lo sirvieron con gracia. Pétronille, mientras tanto, ya no se entregaba al placer de la degustación; en lugar de tomar sorbos con expresión meditativa para apreciar todos los matices, bebía de un solo trago el contenido de su copa y se la devolvía al copero diciéndole:

–¡Marea baja!

El hombre se la volvía a llenar con una sonrisa encantadora. Tuve la intuición de que no debía fiarme de sus buenos modales. Si las cosas continuaban así, Pétronille acabaría reclamando toda la botella y se la bebería a morro, y el hombre se la ofrecería con la mayor naturalidad del mundo.

–El ambiente está un poco cargado –dije a media voz–. Sugiero que nos marchemos.

En mala hora. Pétronille exclamó en voz muy alta:

–¿Así que a usted le parece que la atmósfera está cargada? A mí no. La cosa se calienta, ¿eh?

Todas las miradas se volvieron hacia nosotras. Con las mejillas sonrojadas, intenté arrastrar a mi amiga hacia la salida. La operación resultó difícil. La joven se quedaba clavada, no podía limitarme a tirarle de la mano. Al final tuve que empujarla directamente como si de un mueble se tratara.

–¡Pero todavía no he probado todos los champanes! –protestó ella.

Al salir del Ritz, el aire vivo nos espabiló un poco. Suspiré de alivio; Pétronille vociferó:

–¡Me estaba divirtiendo!

–Es que a mí me gusta pasear, borracha, por los bonitos barrios de París.

–¿A esto le llama barrio bonito? –rugió mientras observaba la place Vendôme con desprecio.

–Pues enséñeme el París que le gusta –le respondí.

La misión la sedujo. Me tomó del brazo y me arrastró en dirección a las Tullerías, y luego al Louvre (me señaló el museo admitiendo: «La verdad es que eso no está mal»). Cruzamos el puente del Carrousel («Como río, el Sena no tiene rival», declaró) y bordeamos los muelles a paso ligero. Pasamos de largo la place Saint-Michel y llegamos hasta una librería digna de una novela de Dickens, con un cartel que decía «Shakespeare and Company».

–Ahí está –dijo ella.

Entonces aún no había oído hablar de aquella mágica tienda. Maravillada, contemplé tanto el exterior como el interior: a través del escaparate podían verse libros que parecían de hechizos, aficionados a los que nadie podía distraer de su lectura, y a una joven y rubia librera, con tez de porcelana, tan hermosa y tan llena de gracia que al mirarla uno parecía estar soñando.

–Está claro, Shakespeare es su referente –concluí.

–Encuéntreme uno mejor.

–Ni hablar. Pero no hay nada demasiado parisino en lo que a usted más le gusta de París.

–Es discutible. Ni siquiera en Stratford-upon-Avon encontrará nada parecido a esta librería. Dicho lo cual, si lo que desea es algo ultraparisino, vamos allá.

Nos adentramos por los callejones del V *arrondissement*. Ella caminaba con la determinación de un sherpa. Acabé imaginando hacia dónde me llevaba.

–¡Las arenas de Lutecia! –exclamé.

–Me encantan. Son tan anacrónicas... En Roma, un lugar así

sería tan vulgar que nadie repararía en él. En París, en cambio, donde la antigüedad siempre está enterrada, reconforta contar con un testimonio de los tiempos en que éramos lutecianos.

–Hable por usted. Yo procedo de la Galia Bélgica. El único país del mundo cuyo nombre es un adjetivo sustantivado.

Contemplamos las arenas con respeto. Reinaba allí un silencio de catacumba.

–Me siento la mar de galo-romana –declaró Pétronille.

–¿Esta noche o en general?

–Usted no es normal –respondió riendo.

No la entendí e hice caso omiso.

–De hecho, Pétronille es el femenino de Petronio –retomé–. Es usted un pequeño árbitro de la elegancia.

–¿Por qué pequeño?

No había que bromear con su metro sesenta.

Una prestigiosa revista femenina contactó conmigo para un encargo; se trataba de viajar a Londres para entrevistar a Vivienne Westwood. Hacía tiempo que había dejado de aceptar encargos. Pero en esta ocasión me dejé tentar por dos motivos: el primero era poder pisar por fin suelo inglés –por extraño que pueda parecer, en 2001 aún no lo había hecho–; el segundo consistía en conocer a ese icono tan elegante como punk, la genial Vivienne Westwood. Por si eso fuera poco, mi interlocutora de la revista era una mujer exquisita que me ofreció el encargo en los siguientes términos:

–La señora Westwood manifestó un auténtico entusiasmo cuando pronuncié su nombre. Calificó su aspecto de deliciosamente continental. Creo que estará encantada de regalarle un vestido de su nueva colección.

Me rendí. La periodista se alegró de una manera encantadora. Me reservarían una habitación en un hotel de lujo londinense. Un coche vendría a recogerme, etc. A medida que iba hablando, yo visualizaba la película de lo que me contaba. Y deseaba con ardor todo lo que me describía.

Aquello tenía sentido. El origen de los Nothomb era remotamente inglés. Habían abandonado Northumberland en el siglo XI y habían cruzado el canal de la Mancha, por espíritu de contradicción con Guillermo el Conquistador. Si había esperado tanto tiempo para regresar a la isla de mis antepasados era porque había necesitado aquella señal del destino: la mano tendida de la reina de los miriñaques destroy que manifestaba por mí un «auténtico entusiasmo» (me repetía, alelada, la fórmula de la periodista).

Así pues, tomé por primera vez el Eurostar en diciembre de 2001. Cuando el tren penetró en el famoso túnel mi corazón se puso a palpitar con gran intensidad. Sobre mí estaba ese mar significativo que, mil años antes, mis antepasados habían considerado oportuno cruzar en dirección contraria. En caso de ruptura de la impermeabilidad, el Eurostar se transformaría en un bólido submarino y saldría disparado a toda velocidad entre los peces hasta los famosos acantilados. La fantasía me pareció tan hermosa que ya estaba a punto de desear que se hiciera realidad cuando el tren emergió entre desolados campos invernales.

Solté un grito. Asombrada, miré aquella tierra desconocida. Antes de cruzar el canal de la Mancha, los campos también eran tristes, pero ahora sentía que aquella tristeza era distinta. Era una tristeza inglesa. Las calles, los carteles, las escasas viviendas, todo era distinto.

Más adelante divisé, a la izquierda, una inmensa ruina industrial de ladrillo rojo cuya majestuosidad dejaba sin aliento. Nunca supe de qué se trataba.

Cuando el tren llegó a la estación de Waterloo, estuve a punto de romper a llorar de alegría. En el momento de pisar por fin suelo británico, no tenía abuela. Me convencí a mí misma de que la tierra se estremecía al reconocer a su lejano retoño. Un taxi me condujo hasta el anunciado hotel, que resultó estar a la altura de mis expectativas: tenía una habitación del tamaño de un campo de críquet, y las dimensiones de la cama hacían pensar en una pareja de multimillonarios en trámites de divorcio.

Me gusta viajar ligera de equipaje y en consecuencia ya llevaba puesta la ropa adecuada: ya que Vivienne Westwood me había calificado como tal, me había puesto la más continental de mis levitas de encaje y mi sombrero Diabolo belga. Me blanqueé la piel, me ensombrecí los ojos y me enrojecí los labios. En la puerta del hotel, me estaba esperando un coche.

Cuando llegué a la legendaria tienda, no me hicieron entrar por la puerta principal sino por una puerta cochera situada en la parte de atrás, que daba a los talleres. Maravillada, alargué el cuello para asistir al milagro de la confección, y un minuto más tarde fui introducida en un cubículo amueblado con dos banquetas que desprendía un fuerte olor a neumático.

–*Miss Westwood shall arrive soon* –me dijo el hombre de negro que me había acompañado hasta allí.

La habitación carecía de ventana y la espera resultó angustiante. Al cabo de unos diez minutos, el hombre de negro abrió la puerta y anunció:

–Miss Westwood.

Una dama de pelo largo color puré de zanahoria hizo su aparición y me tendió una mano blanda sin mirarme ni hablarme para luego derrumbarse sobre una de las banquetas sin invitarme a que me sentara. Sin embargo, yo me senté en la otra banqueta y le expresé la satisfacción que me producía conocerla.

Tuve la sensación de que mis palabras caían en un vacío sideral.

Vivienne Westwood acababa de cumplir sesenta años. En 2001 ya no quedaba nadie que considerase que eso era ser viejo. Con mucho gusto habría hecho una excepción con ella. Tenía que ver con su expresión afectada, con el esquivo pliegue de su boca, y más aún con su parecido con el fantasma de Isabel I al final de su vida: la misma ajada rubicundez, la misma frialdad, la misma sensación de tener delante a alguien que está fuera del tiempo. Llevaba una falda de tweed dorado y una especie de corpiño por encima de la falda de idéntico tinte. Aquella excentricidad no disminuía en nada su aspecto de burguesa. Resultaba difícil creer que un día se hubiera producido la más mínima intersección entre la estética punk y aquel rechoncho vejestorio.

A lo largo de mi vida he conocido a muchas personas desagradables, pero ninguna que pueda compararse con aquel bloque de desprecio. Primero creí que no entendía mi inglés a causa de mi acento; como me notó alarmada por ello, murmuró:

–He entendido algunos peores que el suyo. Turbada, le hice las preguntas que tenía preparadas. Resulta mucho más difícil hacer preguntas que responderlas. A su edad, Vivienne Westwood no podía ignorarlo. Sin embargo, cada vez que tenía la audacia de hacerle una pregunta, ella soltaba un leve suspiro, incluso llegaba a ahogar un bostezo. A continuación, soltaba una abundante respuesta que demostraba que no estaba del todo descontenta con mi pregunta.

La periodista que me había hecho el encargo me había contado que mi nombre había provocado en la señora Westwood un «auténtico entusiasmo». ¡Qué bien lo disimulaba! En eso debía de consistir la flema británica.

–¿Podría visitar los talleres de confección? –pregunté.

¡Qué cosas se me ocurría decir! Vivienne Westwood me miró con indignación disimulada. Se ahorró la respuesta y se lo agradezco, ya que sin duda me habría tocado recibir un alud de reprimendas.

Confusa hasta el extremo de no saber qué decir, hice la siguiente pregunta al azar:

–Señora Westwood, ¿alguna vez ha pensado en escribir?

En el colmo del desprecio, cacareó:

–¡Escribir! No sea vulgar, por favor. No hay nada más vulgar que escribir. Hoy en día cualquier futbolista escribe. No, yo no escribo. Eso se lo dejo a los demás.

¿Sabía con quién estaba hablando? Acabé deseando que no fuera así. Valía más que una mujer como esa te ignorara que sufrir una afrenta semejante.

Me comporté como una japonesa: me reí. Me parecía que había tocado fondo. Aunque pensarlo traiga mala suerte. La realidad siempre se apresura a demostrarnos hasta qué punto carecemos de imaginación.

Detrás de la puerta, escuché un ruido extraño, como si alguien la estuviera rascando. Con la barbilla, Vivienne Westwood me ordenó abrir. Lo hice. Entró un caniche negro afeitado a la última moda y se puso a corretear hacia la estilista. Y entonces ella cambió de expresión de un modo extraordinario. Con el rostro inundado de ternura, exclamó:

–Beatrice! Oh, my darling!

Tomó al perro en sus brazos y lo cubrió de besos. Su rostro chorreaba de amor.

Me quedé maravillada. «Una persona que ama tanto a los animales no puede ser mala», pensé.

Beatrice empezó a ladrar de un modo probablemente significativo, pero no pillé de qué. Madame Westwood debía de comprender el significado de aquel comportamiento, ya que soltó al caniche y, con frialdad mortal, me dijo:

–*It is time to walk Beatrice.*

Asentí: cuando Beatrice emitía ese gañido significaba que tenía que hacer sus necesidades.

–*It is time to walk Beatrice* –repitió de mal humor.

Miré al hombre de negro, que permanecía de pie al otro lado de la puerta, todavía abierta: ¿acaso no había oído la consigna que le había sido dirigida?

–*Don't you understand English?* –acabó por decirme con hastío.

Finalmente comprendí. Era a mí, y solo a mí, a quien iba dirigido no ese ruego, sino esa orden. Pregunté dónde estaba la correa. Sacó de su bolso una especie de accesorio sadomaso y me lo dio. Lo até al collar de Beatrice y salí. El hombre de negro me indicó el itinerario a seguir. No era indispensable, ya que el animal conocía el camino. Beatrice me llevó hasta un parque que solía frecuentar. Intenté calibrar el lirismo del momento: ¿acaso no era un modo singular de conocer Londres? Por mucho que le inyectara positividad al episodio, me superaba un sentimiento de vergüenza. Me atreví a verbalizarlo: tras haberme insultado, Vivienne Westwood me había ordenado que le paseara el perro. Sí, eso era exactamente lo que había ocurrido.

Miré a mi alrededor. Aquel parque me pareció tan feo como los edificios que lo rodeaban. La gente tenía una expresión horrible. Y, para colmo, el frío y la humedad me calaban los huesos. Tenía que admitirlo: Londres no me gustaba nada.

Asqueada como estaba, me había olvidado del can y de su majestad Beatrice, que gañía dando saltitos mostrándome una caca que acababa de crear. Me pregunté si la ley inglesa obligaba a recoger el mojón, y en mi ignorancia decidí no tocarlo. Si un policía me interpelaba, le daría las señas de la tienda.

Durante unos segundos un demonio me impulsó a raptar el caniche y exigir un rescate. Como si quisiera disuadirme, Beatrice se acercó a mordisquearme los tobillos con exasperación. Aciertan los que dicen que los perros se parecen a sus dueños. Regresé. Vivienne Westwood le confió el perro al hombre de negro y luego me interrogó: ¿el pequeño animal había comulgado de las dos maneras? ¿Cómo era la caca? Fue el único momento en el que me escuchó escrupulosamente. Luego, volvió a sumergirse en su aburrimiento y su desprecio.

Sin que se me ocurriera qué interés podía tener prolongar aquel suplicio, me despedí. La señora Westwood me tendió una mano blanda sin mirarme más que al principio y regresó a sus asuntos. Me encontré en la calle, presa de un agudo sentimiento de desamparo.

Recapitulemos. Acababa de ser tratada, en sentido literal, peor que un perro, por una vieja punk disfrazada de Isabel I, o al revés, en una metrópoli en la que no conocía nada ni a nadie, estaba sola en una calle inhóspita y empezaba a caer una fina lluvia de lo más gélida. Aturdida, caminé en la dirección que creí la del hotel. Si me hubiera quedado un átomo de sentido común, habría tomado un taxi, pero, tras lo vivido, los londinenses me inspiraban una especie de terror, incluso al volante de un vehículo, y prefería no volver a tener el más mínimo contacto con aquella extraña especie.

En general, me gusta perderme por las ciudades que no conozco y siempre proclamo que no existe mejor iniciación. No fue lo que experimenté aquel día. Parapetada tras un destartalado miniparaguas, me adentré por absurdas arterias bordeadas por construcciones cuyas ventanas tenían la misma mirada que Vivienne Westwood. Incapaz de sentir nada que no fuera un odioso frío, recordé la frase de Victor Hugo: «Londres es el tedio hecho ciudad». Aquella frase lapidaria me parecía demasiado positiva. Si toda Inglaterra se parecía a su capital, entendía por qué se hablaba de la pérfida Albión, y sentía una infinita empatía hacia mis antepasados, que huyeron de Northumberland mil años antes. De cada edificio con los que me iba cruzando emanaba una solapada hostilidad.

Acabé preguntándoles el camino a unos nativos que fingieron no entender nada de mi inglés, y tuve que hacer un esfuerzo para no decirles que incluso su vieja gloria entendía mi jerga. Tras dos horas exasperantes deambulando, llegué al hotel, y me encerré en mi habitación para mantener al enemigo a raya. Me mariné un buen rato en un baño ardiente y luego me metí en la cama. Muy rápidamente, la apreciación de aquella comodidad se vio sustituida por una desagradable constatación de fracaso. Nunca en mi vida me había fallado tanto una ciudad. Si se hubiera tratado de Maubeuge o de Vierzon, quizá me habría parecido divertido. ¡Pero Londres!

¡Londres, donde Shakespeare había escrito y creado las mayores obras maestras, donde Europa había salvado su honor en el transcurso de la última guerra, donde florecían todas las vanguardias! Era yo quien me castigaba perdiéndome aquella ciudad. Era cierto, Vivienne Westwood era un revés del destino, pero ¡qué injusticia por mi parte hacérselo pagar a toda una metrópoli! Con treinta y cuatro años, ¿de verdad iba a pedir un sándwich club para comérmelo en la cama y no saldría de mi habitación en mi primera noche en Inglaterra?

Instintivamente, cogí el teléfono.

–Hola, Pétronille. ¿Le apetecería pasar la velada conmigo?

–¿Por qué no?

–Estoy en Londres.

–Ah, sí. Pues vale.

–Le pagaré el billete de tren. Si le parece bien, compartirá mi suite, que es grande como el Buckingham Palace.

Le indiqué la dirección del hotel.

–Ahora voy.

A las nueve de la noche, llamó a mi puerta. Ver llegar un rostro amigo a aquella orilla hostil me llenó de alegría. Empecé a manifestar efusiones que ella cortó por lo sano:

–Tengo hambre. Vayamos a cenar. Me contará todo eso por el camino.

La seguí por oscuros callejones mientras le iba contando mi calamitoso encuentro con Vivienne Westwood. Pétronille se reía sin cortarse un pelo.

–¿Le parece divertido?

–Sí. Supongo que no lo fue tanto. ¡Qué idea, lo del caniche!

–¿Qué habría hecho en mi lugar?

–Le habría soltado a la vieja mi repertorio de insultos escoceses.

–Esa es mi desgracia. No conozco insultos escoceses.

–Venga. Aunque los hubiera conocido, no habría dicho nada. He leído su libro *Estupor y temblores.*

Tenía razón. La grosería ajena no produce más efecto en mí que la parálisis. Entretanto habíamos llegado cerca de una casa de comidas que olía la mar de bien.

–¿Qué le parece una cena india? Salvo que realmente prefiera el *meat pie.*

Aquella excelente cocina no tardó en revigorizarme. Después, Pétronille me arrastró hasta un pub donde pidió dos Guinness sin consultarme. Una banda de rock innovadora tocaba algo raro denominado *dubstep.*

–No hay que beberse la espuma aparte –dijo Pétronille viendo cómo la lamía–. La Guinness es buena cuando se bebe a través de la espuma. Eso por no hablar de su expresión de retrasada mental cuando lame la espuma.

–Me gusta esta música. Parece que pasen los bajos por el rizador de pelo.

–¡Y pensar que de no ser por mí ahora estaría encerrada en su habitación del hotel!

–Estaba traumatizada. Sentía que usted era la única que podía devolverme el valor de salir.

–Menuda quejica está usted hecha. Habrá pasado por situaciones peores, y todo por una bruja que se da aires.

Muy tarde, Pétronille me llevó hasta una callejuela de aspecto siniestro. Se colocó en un punto preciso y, con extrema solemnidad, me dijo:

–Ya está. Estoy en el lugar exacto en el que Christopher Marlowe fue asesinado.

Me sorprendí temblando.

–Me hace pensar terriblemente en Christopher Marlowe –dije.

–No tiene ni idea de cuál era su aspecto –replicó ella.

–En efecto. Pero su lado de chico malo hace que se parezca tremendamente a los contemporáneos de Shakespeare.

–¡Hay que ver las barbaridades que llega a soltar!

Más adelante tuve la oportunidad de ver un retrato de Christopher Marlowe. Mi intuición se vio confirmada: Pétronille tenía un extraño parecido con él. Si le afeitabas la barbilla y el bigote, obtenías a Pétronille, su rostro sonrosado, su expresión juvenil y bromista.

Debía de ser la una de la madrugada cuando regresamos a la habitación del hotel. Tres horas más tarde, cuando me desperté para escribir, vi que Pétronille estaba durmiendo en el otro extremo de la cama colosal. Me pareció que no se había quitado la ropa.

Iba a ponerme a escribir en el salón de la suite, sin dejarme intimidar por el mobiliario victoriano. Como todos los días de mi vida, el fenómeno se apoderó de mí durante aproximadamente cuatro horas y luego me abandonó. Por la ventana, vi cómo se levantaba lo que debía de equivaler al sol a este lado del canal de la Mancha: una mengua de la oscuridad.

Pétronille nunca me había visto con mi uniforme de escritora (una especie de pijama antinuclear japonés) y decidí no causarle ningún trauma. Estaba cruzando la habitación de puntillas en dirección al cuarto de baño cuando oí:

–¿Qué es esa cosa?

–Soy yo.

Silencio, seguido de:

–De acuerdo. Es más grave de lo que imaginaba.

–Si quiere, voy a cambiarme.

–No, no. Si enciendo la luz, ¿se quemará?

–Por favor.

Lo hizo y me observó de nuevo.

–Ah, y el color también tiene su qué. ¿Cómo llama a este color?

–Kaki.

–No. El kaki es verde, y el suyo es naranja oscuro.

–Exacto, el color de la fruta nipona, el kaki.

Es mi uniforme de escritura.

–¿Y le da buenos resultados?

–Juzgue usted misma.

Se rió y se levantó. Me tocó a mí sorprenderme:

–No se ha quitado la ropa para dormir, ¡ni siquiera los zapatos!

–Un auténtico vaquero. Así, en caso de ataque nocturno, estoy lista.

–¿En serio?

–No, estaba hecha polvo.

–Pediré el desayuno. ¿Qué quiere tomar?

–Sobre todo nada de las porquerías de salchichas, porridge y riñones que suelen comer aquí. Café, tostadas y mermelada.

Mientras yo llamaba al servicio de habitaciones, ella aprovechó para darse una ducha. Nos sirvieron el desayuno en el comedor. Cual un milord y una milady, cada una de nosotras estaba sentada en el extremo de una mesa muy larga.

–Es práctico para pasarse el azúcar –dijo Pétronille.

–Me gusta.

–¿Se ha fijado en lo flemática que es la gente? La mujer que nos ha traído el desayuno no ha movido ni una ceja cuando usted le ha abierto la puerta enfundada en su pijama naranja.

–Habrá visto cosas peores a lo largo de su vida.

–Yo no.

Me eché a reír.

–¿Qué le gustaría hacer esta mañana?

–¿Qué le parece interesante, en este país? –pregunté.

–La gratuidad de los museos está bien, ¿no?

–Sin lugar a dudas.

–Vayamos al British Museum.

Dicho y hecho. Con el objetivo de no perdernos, nos dimos cita en Mesopotamia a las doce del mediodía. No ocurre cada día que tengas la oportunidad de concertar una cita en un lugar semejante.

En este tipo de edificios, aprecio más el conjunto que el detalle. Me gusta pasear, sin más lógica que la del placer, del antiguo Egipto a las Galápagos pasando por Sumeria. Zamparme toda la asiriología me resultaría difícil de digerir, así que picoteo unos caracteres cuneiformes a modo de aperitivo, unas ruinas de entrantes, la piedra Rosetta como plato fuerte y el hueco de unas manos prehistóricas como postre, y todo ello exalta mis papilas.

Lo que no soporto de los museos es la velocidad de tortuga que la gente considera obligatorio adoptar en su interior. En lo que a mí respecta, me desplazo a paso ligero, abrazando con la mirada vastas perspectivas: se trate de arqueología o de pintura impresionista, tengo comprobadas las ventajas de este método. La primera es evitar el atroz efecto Guía Azul: «Admirad la sencillez del Cheik-el-Beled: ¿no os da la impresión de habéroslo cruzado ayer en el mercado?» o: «Un litigio enfrenta a Grecia y el Reino Unido por la cuestión del friso del Partenón». La segunda es concomitante a la primera: imposibilita cualquier tipo de consideración a la salida del museo. Los Bouvard y Pécuchet modernos salen confundidos. La tercera ventaja, que no resulta menor en lo que a mí respecta, es que impide la aparición del terrible dolor de espalda museístico.

Hacia el mediodía, me di cuenta de que me había perdido. Me dirigí a un empleado en los siguientes términos:

–*Mesopotamia, please.*

–*Third floor, turn to the left* –me respondió con la mayor naturalidad del mundo.

Como para no pensar que se equivocan los que creen que Mesopotamia es tan inaccesible. Puntual a la cita, Pétronille me estaba esperando. Le agradecí que me ahorrara los pormenores de su visita. En lugar de ello propuso un fish and chips.

–¿De verdad?

–Sí. Es un clásico que merece la pena. En el Soho, conozco un rincón en el que lo preparan muy bien.

En el cafetucho en cuestión, regó mi plato con una generosa cantidad de vinagre sin consultarme, gracias a lo cual tuve que admitir que estaba muy bueno.

–¿Nos tuteamos? –sugirió, tomando un sorbo de cerveza.

–¿Por qué?

–Hemos dormido en la misma cama, la he visto en pijama naranja, estamos compartiendo un fish and chips. Es extraño que sigamos tratándonos de usted.

–Para mí la única cuestión es la siguiente: ¿qué nos aportaría tutearnos?

–Vale, está usted en contra.

–En el cien por cien de los casos, lo reconozco.

–Es su educación.

–Al contrario. En mi familia se tutea tanto como se puede. No, es una cuestión de piel: me gusta el trato de usted.

–Entendido.

–Pero espere, somos dos.

–Lo que invalida la elección: un voto a favor, uno en contra.

–Sí. Pero ¿por qué iba a ganar mi voto? No es justo.

–No vamos a jugárnoslo a cara o cruz, ¿no?

–Sí, precisamente. El azar es una justicia digna de ese nombre.

Pétronille se sacó un penique del bolsillo y dijo:

–Cruz, tú. Cara, usted.

Lanzó la moneda con un hábil golpe de pulgar. Nunca había deseado tanto ver el rostro de la reina.

–Cruz –anunció.

–Esto va a ser duro.

–Solo tiene que decirlo y seguimos con el usted.

–No, no. Me equivocaré a menudo pero lo conseguiré.

Después de comer, pasamos por delante de una tienda vintage que ofrecía unas Doc Martens a precio de ganga. Vi unas azules con hebillas, no demasiado estropeadas. Pétronille decretó que me iban «que ni pintadas»:

–Qué diferencia con tus zapatones de mongólica.

–¿Por qué merecen mis zapatos semejante sarcasmo?

–Si fueras normal, lo entenderías.

–¿Ves como el tuteo no está exento de consecuencias? Mira cómo me tratas ahora.

–Falso. Esta mañana te califiqué de retrasada mental.

Absurdamente aliviada, compré las Doc Martens de hebillas. Y aún las sigo llevando.

Camino de la estación, nos cruzamos con un individuo que paseaba un corgi galés. Nos quedamos las dos embobadas.

–¡Estos chuchos me vuelven loca! –exclamó Pétronille.

–A mí también. Es mi perro preferido. También es el preferido de la reina.

–Ahora que lo dices, te pareces a una mezcla de corgi galés e Isabel II. Mitad y mitad.

No hubo forma de sacarla de ahí.

Una vez en el Eurostar, Pétronille me pidió mi veredicto sobre Londres.

–Hasta que llegaste tú, me pareció el purgatorio.

–¿Y desde que llegué?

–El infierno.

Soltó una de sus grandes carcajadas.

–Tienes razón, lo hemos pasado muy bien.

Es verdad que, gracias a ella, había apreciado aquel viaje relámpago. Eso no evitó que al abandonar la Estación del Norte, en ese barrio que no es precisamente la alegría de la huerta, comprendiera por qué se hablaba de la alegre París:

–¡Qué jovial y ligera es esta ciudad!

–¿Tomamos champán? –propuso Pétronille.

Tenía razón, las dos cosas iban de bracete. En el primer bar, frente a la estación, pedí una botella de Taittinger. Nos la tomamos intercambiando comentarios antiingleses: nada mejor para animar el ambiente. En el momento de despedirnos, estuvimos de acuerdo en que no nos creíamos ni una palabra de lo que habíamos dicho.

Al llegar a casa, me puse a escribir sin demora mi artículo «Entrevista con Vivienne Westwood», en el que adulaba a esa mujer hasta lo inimaginable. No obstante, no omití ninguna de las groserías de las que me había colmado, incluso mi obligación de pasear al caniche. Cuando la periodista recibió mi texto, me telefoneó para presentarme sus excusas.

–Usted no tiene ninguna culpa –dije–. Lo que no entiendo es por qué me aseguró que ella estaba tan contenta de conocerme.

–Eso me dijo su agente. Y habría sido lo mínimo. ¿Qué puedo hacer para compensarla? El daño moral...

–No hay motivos para hablar de daño moral, hombre. ¿Por qué no convocar un comité de ayuda psicológica, ya puestos?

–No, es cierto. Pero unas botellas de champán son excelentes contra el daño moral.

Estaba claro que aquella periodista sabía con quién estaba hablando.

–Ah, se refería a esa clase de daño moral. Sí, claro, una o dos botellas de Laurent-Perrier...

–¿Cosecha Grand Siècle?

–Tiene razón, no hay que subestimar el daño moral que he sufrido.

Al día siguiente recibí cuatro botellas de Laurent-Perrier Cosecha Grand Siècle. En estas condiciones estoy dispuesta a entrevistar a las peores pécoras del planeta, y a pasear sus caniches hasta donde quieran.

En 2002 se publicó la segunda novela de Pétronille Fanto, *El neón,* en la editorial Stock. Me abalancé a leerla. Trataba de la adolescencia contemporánea. El protagonista, Léon, una especie de Oblómov quinceañero, arrastraba a toda su familia en su vértigo nihilista. El libro me fascinó más que el primero, si cabe. Predicaba la desesperación de un modo sutil y divertido.

Le escribí a Pétronille una de esas cartas que tan bien se me dan. Resulta muy difícil expresar la profunda admiración que uno siente a quien la inspira. Oralmente, me siento incapaz de hacerlo. La pluma me permite evitar el bloqueo. Al amparo del papel, consigo desprenderme de mi exceso de emoción. Pessoa afirma que escribir disminuye la fiebre de sentir. Esta sublime opinión no se demuestra conmigo, al contrario: escribir aumenta mi fiebre de sentir, pero, gracias a este grave aumento de una temperatura ya crítica de por sí, de la confusión en la que me hallo sumergida emergen formas precisas.

Pétronille me telefoneó. Mi misiva parecía haberla hecho feliz:

–¡Hay que ver! –exclamó.

–Gracias.

–En vista de lo que piensas de mi libro, debes estar muriéndote de ganas de invitarme a champán. Tengo buenas noticias para ti: acepto.

Me quedaba una botella de mi indemnización moral pos-Vivienne Westwood. Al término de la segunda copa, le declaré a Pétronille que en *El neón* denunciaba una tendencia muy actual: cómo los valores adolescentes contaminaban a los adultos.

–¡Lástima que no seas la moderadora de un debate televisivo nocturno en France 2! –dijo ella.

–Búrlate si quieres. Es verdad.

–Si sigues por ahí, podemos continuar conversando en la barra.

Pétronille solo toleraba las conversaciones frívolas, salvo cuando se trataba de política. En ese caso, tarde o temprano surgía la hija de militante comunista, y llegaba el momento en el que exclamaba, ya fuera hablando de salarios, desempleo o cualquier otra cosa: «¿No te das cuenta de lo precarizante que es?».

Este adjetivo, que hoy sigue utilizando aplicándolo a su indignación más reciente, siempre me ha dejado estupefacta. Aparte de a Pétronille Fanto, nunca se lo he oído a nadie, ni siquiera a Arlette Laguiller o a Olivier Besancenot. Para mí es el hápax de Pétronille. La he oído aplicar este calificativo a muchas cosas de las que nunca había imaginado que pudieran tener la más mínima relación con la precariedad.

Aquella noche, tras anunciar que firmaría en algunas prestigiosas librerías de París y que yo la felicitara por ello, la vi salirse de sus casillas. Intenté comprender qué pasaba. Ella habló primero:

–¡Esos libreros burgueses deberían pagar a los escritores que van a perder dos horas de su vida firmando en su librería!

–Pero, Pétronille, ¿qué estás diciendo? Los libreros ya tienen bastantes dificultades para salir adelante. ¡Para un librero, invitar a un autor a firmar en su establecimiento supone correr un riesgo y, en cambio, para el escritor es un regalo!

–¿Y tú te tragas ese discurso? ¡Qué ingenua! Todo trabajo merece un salario. ¡La firma de libros no remunerada es precarizante!

Me quedé sin palabras.

–Oye, que esto está seco –se quejó alargando su copa vacía.

–Nos hemos bebido toda la botella.

–Descorcha otra, pues.

–No, creo que vamos a dejarlo aquí.

Había observado que cuanto más bebía, más hacia la izquierda de la izquierda se aventuraban sus opiniones.

–¿Qué, solo una botella? ¡Tú, Amélie Nothomb, cuyo apartamento rebosa champán! ¡Es obsceno! Es repugnante. Es...

–¿Precarizante?

–Exacto.

Ser la compañera de borrachera de Pétronille no resultaba tarea fácil. Poco después, mientras nos embriagábamos con Moët con motivo de Dios sabe qué manifestación literaria, expresó su urgente necesidad de ir a esquiar. No recuerdo exactamente cómo surgió el tema. Reconstruyo entre la imaginación y la probabilidad:

–Mira esos babuinos. De tanto frecuentarlos, te juro que necesito respirar el aire de las montañas.

–Me encanta la montaña –dije yo inocentemente.

–Perfecto. Estamos en diciembre. Tú y yo nos vamos a esquiar antes de fin de mes. Busquemos a alguien.

No recuerdo a quién nos dirigimos, pero al día siguiente disponíamos de una reserva para dos personas en una estación alpina que, para mayor comodidad de este relato, llamaremos Acariaz.

Llamé por teléfono a Pétronille para preguntarle por sus gestiones. Su embriaguez era aún más amnésica que la mía:

–Mira, no me acuerdo de nada. Pero mola, vamos a esquiar. ¿Te ocupas tú de los billetes de tren?

En el fondo tenía razón. Hay que forzar el destino. Si de mi capacidad de iniciativa dependiera, en la vida nunca ocurriría nada.

El 26 de diciembre, después de dos trenes y un taxi, llegamos a Acariaz, a mil doscientos metros de altitud. Dejamos nuestras cosas en el apartamento-chalet. Pétronille pataleaba de impaciencia. Tuvimos que ponernos el equipo de esquí inmediatamente y subir al frente.

Mientras esperábamos en la fila de los forfaits para el telesilla, preguntó:

–¿Cuánto tiempo hace que no esquías?

–Desde Japón.

–¿Fue con el famoso novio?

–No. Fue cuando era pequeña.

Pasó un ángel.

–¿Qué edad tenías? –dijo ella.

–Cuatro años.

–¿Me estás diciendo que no has esquiado desde los cuatro años?

–Efectivamente.

–¿Y ahora qué edad tienes?

–Treinta y cinco.

Pétronille suspiró de consternación.

–No cuentes conmigo para darte lecciones. He venido a pasarlo bien.

–No necesito tus lecciones.

–¡Hace más de treinta años que no esquías, Amélie!

–Con cuatro años, esquiaba muy bien.

–Sí. Ganaste tu copa de honor en el parvulario. Estoy impresionada.

–Es como ir en bicicleta, nunca se olvida.

–Claro que sí.

–Creo en el genio de la infancia.

Pétronille se agarró el rostro con las manos y dijo:

–Vayamos en busca del desastre.

–Te aseguro que siento en las piernas cómo tengo que hacerlo.

A las dos y media estábamos en las pistas. Brillaba el sol, el estado de la nieve era ideal. Mi entusiasmo se hallaba en su punto álgido.

Pétronille salió disparada como una flecha. En menos de lo que se tarda en escribirlo, había descendido la inmensa pendiente con una elegancia y una fluidez perfectas.

En la cima de la alegría, la imité. Dos metros más lejos, me desplomé. Me levanté inmediatamente y me lancé, para, al cabo de un segundo, volver a caer. Aquel juego se reprodujo quince veces seguidas. Pétronille había tenido tiempo de tomar el remonte y regresar a mi lado.

–Parece que el genio de la infancia no funciona demasiado bien. ¿Quieres que te enseñe?

–¡Déjame tranquila!

Menos de diez minutos más tarde, ella había bajado rápidamente, vuelto a subir, y estaba otra vez a mi lado, y yo me seguía cayendo cada cinco segundos.

–Tenemos un problema –dijo ella–. Vas a necesitar a un monitor muy paciente.

Rompí a sollozar.

–Y a un psiquiatra –añadió.

–¡Déjame en paz! ¡Estoy segura de que puedo! Es tu presencia lo que me bloquea. ¿Podrías marcharte a otra pista, muy alejada de esta?

–De acuerdo.

Desapareció.

Me quedé sola, con dos cuerpos extraños en los pies, que se suponía debían ser la prolongación de mis piernas y que, hasta el momento, me producían la impresión de ser unos sables otomanos puestos a modo de calzado. Cerré los ojos y me sumergí en mi interior en busca de mis cuatro años.

A principios de los años setenta, el Tirol era una fantasía nipona que causaba estragos. Mis padres habían alquilado durante una semana un chalet con aspecto de reloj de cuco en una estación de los Alpes nipones. Los monitores llevaban ropa de cuero y las azafatas, vestidos con corpiño bordado con flores de nieve. Era Navidad. Cuando íbamos a tomar un chocolate caliente, siempre había un coro nipón cantando en alemán himnos a mayor gloria del abeto. Aquel universo me parecía de una extrañeza sublime.

En las pistas, mi madre me había inculcado los rudimentos, que habían dado su fruto. A final de la semana, volaba como un relámpago sobre mis esquís enanos. Incluso conseguía girar.

«Si mantengo los ojos cerrados, seré capaz de hacerlo», decidí. Dicho y hecho: me lancé en la oscuridad y, en efecto, las sensaciones regresaron. Pivotando regularmente, me encontré en la parte baja de la pendiente sin haberme desplomado. Grité de triunfo.

Mientras me dirigía hacia uno de los remontes, un hombretón se me acercó.

–¿A qué está jugando? ¡Estaba dando clases de esquí a mis hijos y por poco se estrella contra ellos!

–Perdón. Es porque cerraba los ojos.

–¿Está enferma o qué?

Más valía cambiar de método. Por suerte, tras haber remontado la pendiente me di cuenta de que, incluso con los ojos abiertos, podía esquiar muy bien. Resultaba delicioso practicar el eslalom en la nieve en polvo y utilizar los montículos como trampolines. ¡Qué maravilloso deporte! Probé otras pistas, todo me salía bien. Pétronille, atónita, me alcanzó.

–¿Qué ha ocurrido?

–Creo en el genio de la infancia –repetí. Esquiamos juntas hasta la noche. Desde entonces, ¿cuántas veces le habré oído a Pétronille contar aquella historia? «Me encuentro en los juegos de invierno con una debutante tan inútil que se pone a lloriquear, ¡y una hora más tarde me doy cuenta de que se las apaña como una profesional! No es normal, os lo digo yo.»

A la mañana siguiente, Pétronille me dijo que había dormido de pena.

–¡Esto está lleno de ácaros! Soy alérgica.

–¿Y qué hay que hacer?

–Abrir las ventanas.

En vano, intentamos abrir una de las ventanas del apartamento. A todas luces no estaba previsto que nadie las abriera. Constatamos que era imposible.

–¡Menuda estupidez! –vociferó Pétronille–. Un espacio cerrado, con moqueta, ¡y ni siquiera puedes ventilar!

–¿Existe alguna otra defensa contra los ácaros?

–El aspirador.

En un armario encontré una especie de sucio aspirador para solteros que Pétronille contempló con desprecio. Lo pasé por todas partes. Ella se encogió de hombros.

–También habría que sacudir los edredones, y como no se puede abrir la ventana...

–Por eso que no quede. Voy a sacudir los edredones fuera.

Sin vacilar, agarré cada edredón y salí a sacudirlos a la calle, indiferente a las miradas. Cada vez que volvía a entrar, Pétronille me daba algo distinto para sacudir fuera: almohadas, sábanas, cubrecamas. Yo llevaba a cabo la operación sin rechistar.

A la enésima ida y vuelta, declaró que me ayudaría con el colchón.

–No podrás llevarlo sola.

–Espera. ¿Vamos a sacudir el colchón en la calle?

–Es el lugar preferido de los ácaros. Para los ácaros este colchón es un hotel de cuatro estrellas.

No me atreví a protestar. Levantar el colchón, bajarlo sobre los hombros y sacarlo al aire libre fue un auténtico calvario. Pero no fue nada comparado con el suplicio de sacudirlo en la calle y volver a subirlo por la estrecha escalera.

Cuando logramos instalarlo de nuevo en el apartamento, Pétronille me espetó:

–Bueno. Ahora tu colchón.

–¿Por qué? ¡Yo no soy alérgica a los ácaros!

–Piensa. Nuestras camas están separadas por un metro. Para un ácaro, esa distancia no tiene nada de infranqueable.

Resignada, levanté mi colchón y lo llevé hasta la calle, pensando que Cristo era un aficionado de tres al cuarto que solo tuvo que hacer el camino del Calvario una vez. «A menos que seas Simón de Cirene», pensé. Y me reí para mis adentros imaginando a Cristo dirigiéndose a Simón en los mismos términos que Pétronille a mí: «Venga, ¿me echas una mano, sí o no?».

Aún no habíamos tocado fondo. En la calle, mientras con grandes esfuerzos sacudía el colchón, llegaron al trote dos policías, avisados por una valerosa alma justiciera del vecindario.

–¿Conque robando a plena luz del día? –dijo uno de los agentes.

–No, estamos haciendo la limpieza –respondí jadeando.

–Seguro. Documentación.

Tuvimos grandes dificultades para demostrar nuestra inocencia. Lo más duro fue impedir que Pétronille hablara, lo que logré interponiéndome con el tono humilde y conciliador necesario. Los policías se marcharon diciendo:

–¡Y que no se repita!

Por suerte, no oyeron lo que Pétronille les respondió:

–¡Volveremos mañana por la mañana!

Pero yo sí la escuché.

–¿Hablas en serio?

–¡Claro! Los ácaros son duros de pelar.

El desánimo en el que caí fue tan profundo que volver a esquiar no me produjo ninguna satisfacción: ¿acaso se debía a la perspectiva de mover cada día dos colchones? Solo sentía abatimiento y cansancio.

Al mediodía, Pétronille suspiró:

–¡Estoy harta de esquiar!

–¿Ya?

–Es por mi mala noche. ¿No se te ocurre nada, para que nos aburramos menos?

Se me ocurría algo. Dejé que Pétronille comiera un croque-monsieur y salí disparada hacia el autoservicio. El único champán que vendían era el Piper-Heidsieck. Regresé con mi mochila cargada con dos botellas. Tras ascender hasta la cima con el remonte, le anuncié a mi amiga que me quedaría allí y que ella debería unirse a mí al cabo de media hora. Apenas se marchó, enterré las dos botellas en la nieve.

«¡Qué región más maravillosa!», pensé. «¡No hacen falta cubiteras!» Pasé mi tiempo de espera imaginando el número de buenas cosechas que podría poner a refrescar en aquel panorama. La poesía japonesa acierta: la contemplación de los paisajes es lo que más cosas dice de nosotros.

Pétronille regresó declarando que estaba más que harta.

–Espero que tu sorpresa esté bien.

Exhumé una de las botellas de champán. Tras abrir unos ojos deslumbrados, formuló una de sus típicas reflexiones:

–Evidentemente, no se te habrá ocurrido traer copas.

Entonces le quité la escarcha a la segunda botella.

–Por eso he comprado dos botellas. Cada una tomará la suya.

–¡Qué elegancia la tuya!

–La idea es esquiar bebiendo. Esquiar con una copa en la mano es digno de James Bond, ya lo ves.

–¿Beber esquiando? Estás chiflada.

–Soy práctica, eso es todo –dije–. Iniciemos el descenso; quiero decir, empecemos a beber aquí.

Descorchamos ambas botellas. Cuando hubo vaciado la mitad de la suya, Pétronille decretó que beber esquiando merecía ser probado.

–El problema es que no tenemos tres manos –dijo ella.

–Ya lo tengo previsto –respondí–. Un bastón de esquí en la mano derecha y la botella en la izquierda.

–¿Y el segundo bastón? ¡Lo necesitamos!

–En los paralímpicos, en televisión, he visto a esquiadores mancos que se las apañaban la mar de bien.

Había preparado mi argumentación a conciencia. Era capaz de persuadir a una borracha que estaba pidiendo a gritos que la convenciera.

Así pues, los dos bastones fueron convenientemente atados a mi mochila y ventajosamente sustituidos por una botella de Piper-Heidsieck.

–¿Esto es legal? –volvió a preguntar Pétronille.

–Lo que nunca se ha hecho no es ni legal ni ilegal –zanjé en tono categórico.

Ella fue la primera en lanzarse. Nunca la había visto esquiar con tanta audacia. Me precipité pendiente abajo para alcanzarla. La sensación era extraordinaria: como si el aire y la nieve presentaran menos resistencia. El tiempo también había cambiado; todo ocurría en un relámpago de éxtasis que parecía que durase mil años.

–¡Dios mío! –exclamé cuando llegué hasta su lado.

Bebimos cada una un trago de oro líquido.

–Sí –continuó Pétronille–. El problema es que resulta imposible abastecerse en pleno vuelo.

–Quizá no sea indispensable.

–Espera, queríamos beber esquiando, ¿no?

–No es obligatorio alcanzar la simultaneidad absoluta. Es como el café y el cigarrillo, combinan bien, pero nunca tienes el humo y el néctar en la boca al mismo tiempo.

–Tu comparación no se sostiene.

–Beber champán obliga a inclinar la cabeza hacia atrás: en ese momento, dejas de ver la pista. Sería muy peligroso.

–No si bebes deprisa.

–¡Sería una lástima!

–Tampoco es que sea Dom Pérignon.

Abrí los ojos al descubrirla tan esnob. Ella aprovechó para volver a lanzarse pista abajo. Se me cortó la respiración cuando la vi alzar el codo y echar la cabeza hacia atrás practicando eslalon. Se llevó la botella a los labios durante un segundo que me pareció una hora. «¡Y pensar que soy yo el origen de esta idea tan brillante!», me lamenté.

Pero existe un dios para las esquiadoras alcohólicas: salió indemne. Cuando se detuvo, me miró y alzó los brazos en un gesto de triunfo.

Repentinamente sobria a causa del miedo que acababa de pasar, la alcancé.

–¿No me imitas?

–No –respondí–. Y te pido que no repitas esta hazaña. No quiero cargar en mi conciencia con tu muerte, o la de un tercero.

–Venga, te haré caso porque soy buena.

No dije nada. «Buena» era probablemente el adjetivo que menos le convenía del mundo.

–¿Y ahora qué hacemos? –refunfuñó Pétronille, indicándome que ya no le quedaba ni una gota en la botella.

–Esquiamos hasta que la embriaguez se desvanezca.

–Muy bien. Regresamos al chalet dentro de cinco minutos, en resumidas cuentas.

Tuvimos que revisar sus previsiones al alza: esquiamos hasta la caída del sol. Acumulamos locas risas tontas, riesgos irreflexivos (abordar los montículos de frente, cruzarnos con grandes cretinos con pinta de estar preparándose para los Juegos Olímpicos), declaraciones estrepitosas («¡Los saboyanos no son verdaderos franceses!», lanzó Pétronille); en resumen, lo pasamos en grande.

Por la noche, de un humor excelente, lo celebramos con una caótica mezcla de *tartiflette*, chocolate caliente, brioches gratinados, pepinillos, barritas de Ovomaltine y cebolla cruda.

–Me parece que ni siquiera un concierto de rock de ácaros me impediría dormir –declaró Pétronille mientras se desplomaba sobre su cama.

La imité y me hundí inmediatamente en un pesado sueño de borrachera.

Por la mañana, mareada, me anunció que no había pegado ojo.

–Los ácaros son duros de pelar. Empieza a costarme respirar.

Tenía la respiración peculiar de los asmáticos.

–¿Qué pasará ahora? –pregunté.

–Empeoraré.

–Vale. Llamaré un taxi: regresamos a París.

–Espera. ¡Déjame el contrato de la reserva de esta semana de mierda!

Le entregué los documentos. Leyó con lupa toda esa letra pequeña que nadie consigue descifrar jamás. Una hora más tarde, exclamó:

–¡Voy a exprimir al máximo esta cláusula de anulación!

Llamó al microscópico número indicado y no necesitó fingir para hablar con voz de asmática.

–Es frecuente morir de un ataque de asma –oí que decía.

Cuando colgó, me anunció que la ambulancia estaba al llegar.

–¿Vas al hospital? –pregunté.

–No. Volvemos a París, tú y yo. Tú eres mi acompañante, es legal.

–¿Volvemos a París en ambulancia?

–Sí –dijo ella con orgullo–. No solo te ahorraré una importante suma de dinero sino que, además, será mucho más rápido. Hagamos las maletas.

La sirena de la ambulancia no tardó en oírse. La ley exigía que Pétronille entrara en camilla. No se hizo de rogar.

Primero pensé que hacía teatro, pero una vez instaladas en el interior de la ambulancia, ella tumbada y yo sentada a su lado, me di cuenta de que estaba mal de verdad. Había encontrado a alguien mucho más asmático que yo.

El trayecto Acariaz-París duró seis horas. Poco a poco, Pétronille fue recuperando su ritmo respiratorio y algo de color. Los conductores de la ambulancia se comportaron de un modo ejemplar y se mostraron competentes y tranquilizadores. Llegados al XX *arrondissement* de París, le preguntaron si deseaba ir al hospital o a su casa. Ella aseguró que prefería regresar a su apartamento.

La ayudé a subir su equipaje hasta el quinto piso sin ascensor. Una vez instalada, exclamó:

–Deportes de invierno, nunca más.

–¿Son precarizantes?

Ignoró mi pregunta y declaró:

–No le contaremos a nadie que hemos vuelto, ¿de acuerdo? Quiero saber cómo se siente una siendo ignorada, en París, del 28 de diciembre al 3 de enero.

–Pero yo sé que estás aquí.

–Sí. Y tú tienes derecho a cuidarme.

Lo consideraba un auténtico privilegio. Ya que apenas estaba empezando a superar un ataque de asma muy grave, me encargué de cuidarla. La acompañé a dar lentos paseos por los jardines del palacio de Versalles, por Bagatelle y por el Luxembourg. En el salón de té Angelina, paladeamos un Mont Blanc y tomamos chocolate caliente. Esos cuidados merecieron el siguiente agradecimiento:

–Estás muy dotada para los programas para la tercera edad.

–No te ahogarás de gratitud, eso seguro.

El 31 de diciembre, por más llamadas que hice, no encontré ningún restaurante en el que quedara la sombra de una mesa libre. Propuse una Noche Vieja de champán y huevos pasados por agua en su casa o en la mía. No pareció demasiado entusiasmada y dijo:

–¿Y si fuéramos a casa de mis viejos?

–¿Hablas en serio?

–Qué, ¿no te apetece?

–¡Sí! Pero no quisiera molestar.

Se encogió de hombros y llamó a sus padres.

–No hay problema –anunció–. Salvo que te moleste codearte con gente de la agrupación.

–¿La agrupación?

–La agrupación comunista de Antony.

Aquella extravagancia me dio todavía más ganas de ir. Al final de la tarde, Pétronille me llevó en el RER B. En Antony, tomamos un autobús que cruzó una periferia limpia y deprimente. Los padres Fanto vivían en una casa que el abuelo había construido con sus propias manos en los años sesenta. Era ordinaria y confortable.

Pierre Fanto, un simpático grandullón de unos cincuenta años, me presentó a los invitados de la agrupación, un tal Dominique y una tal Marie-Rose. Esta, una vieja cabra estalinista, era tan rígida como espantosa. Françoise Fanto, una mujer elegante y bella, atendía a los reunidos con una timidez que solo me sorprendió a mí.

Fueran cuales fueran los temas, el objetivo parecía ser conseguir la aprobación de Marie-Rose. Ignoraba si tenía un rango superior a los demás, pero parecía estar en posesión de la verdad. Así, cuando Dominique se atrevió a comentar que Corea del Norte no daba la impresión de ir demasiado bien, intervino inmediata y tajantemente:

–Va mucho mejor que Corea del Sur, y eso es lo que nos importa.

Pierre habló de su reciente viaje a Berlín y se mostró preocupado por el aumento de precios. Marie-Rose no le dejó continuar:

–Todos los alemanes del Este son conscientes de la felicidad perdida.

–¡Menos mal que nos queda Cuba! –dijo Pierre.

Permanecí en silencio y observé a Pétronille, que, acostumbrada, no reaccionaba, y se atracaba de salchichón mientras su padre ponía música. Como mi ignorancia en materia de canción francesa supera todo lo imaginable, cometí la ingenuidad de preguntar a quién estábamos escuchando.

–¡A Jean Ferrat, a quién si no! –respondió Marie-Rose con indignación.

Pierre descorchó una botella de un excelente vino de Graves: por fin un valor que teníamos en común. El vino relajó el ambiente.

–¿Qué hay para comer? –preguntó Pétronille.

–He preparado mi estofado de buey con zanahoria –respondió su padre.

–Ah, el estofado de buey con zanahoria de Pierre –se extasió Dominique.

Probé este clásico plato francés, desconocido en Bélgica, con auténtica curiosidad.

–¿Nunca habías comido estofado de buey con zanahoria? –dijo Pierre asombrado.

–¿De dónde es usted? –me preguntó Marie-Rose.

–Soy belga –declaré, prudente, sospechando que cualquier otra información suscitaría desconfianza.

A continuación se pusieron a hablar de política francesa con furor. 2002 había sido un año funesto y 2003 no presagiaba nada bueno. Comentaron diversas evoluciones sociales que los contrariaban extraordinariamente. Pierre concluía cada comentario con un colérico:

–¡La culpa es de Mitterand!

Y la asamblea lo aprobaba alto y fuerte.

Alrededor de la medianoche, seguíamos con lo mismo. Françoise trajo una suntuosa charlotte de chocolate que ella misma había cocinado. Me comí un trozo nada despreciable.

–Menudo apetito tienen los belgas –aprobó la agrupación.

No los contradije. Cuando resonaron las fatídicas doce campanadas, tomamos champán Baron-Fuenté.

–Es el único aristócrata que entra en mi casa –dijo Pierre.

Se defendía bien. Además de sus innumerables beneficios, el champán tiene la virtud de reconfortarme. E incluso cuando no sé por qué necesito que me reconforten, el brebaje sí lo sabe.

Hacia las dos de la madrugada, me derrumbé sobre un viejo sofá del desván y me dormí al instante.

Varias horas más tarde, tomé el RER hacia París en compañía de Pétronille.

–¿Estás bien, no estás traumatizada? –me preguntó.

–No. ¿Por qué?

–Las declaraciones de la agrupación.

–La realidad ha superado mis más delirantes expectativas.

Ella suspiró:

–Me avergüenzo de mi padre.

–No deberías. Es amable y simpático.

–¿Has oído lo que dice?

–¿Y qué más da? Esas barbaridades son inofensivas.

–No siempre lo han sido.

–Pero ahora sí lo son.

–Se limita a repetir el discurso de su padre.

–Lo ves, es pura lealtad. Para él, la realidad no cuenta.

–Es exactamente eso. Pues bien, yo he sufrido las consecuencias. Por ejemplo, como la propiedad es un robo, nunca cierra la casa con llave. Y nos han robado no sé cuántas veces. Y eso me vuelve loca, te lo juro.

–Lo entiendo. ¿Y tu madre piensa igual que él?

–Vete a saber. Es tan timorata como inteligente. Tiene el carnet del partido pero en la intimidad de la cabina electoral creo que vota socialista.

–¿Le teme a tu padre? No parece peligroso.

–No quiere entristecerlo. Pero no es de su misma especie. No hay nada que le guste más a mi madre que la ópera. Ella fue quien eligió mi nombre.

–Y tu increíble cultura literaria, ¿de dónde la has sacado?

–Es una creación personal. Mi padre solo lee *L'Humanité* o libros sobre la Primera Guerra Mundial, que es su pasión. Mi madre tiene lecturas que calificaría de amables.

–Entiendo. ¡Te habrás sentido muy sola!

–No sabes hasta qué punto.

Por la ventana del RER B, yo iba escrutando el paisaje lleno de casas unifamiliares. Objetivamente, había cosas mucho peores que aquellas casas a menudo antiguas, aquellas calles apacibles y aquellos jardines bien cuidados. ¿Por qué ese panorama inspiraba un deseo tan profundo de suicidarse?

De repente me pareció entrever, en la ventana de una habitación cruzada a toda velocidad, la adolescencia de Pétronille; el sufrimiento auténtico de una chiquilla de gustos absurdamente aristocráticos, que se crió según los ideales de la extrema izquierda pero acabó topándose con la estética proletaria, esas baratijas de una desacomplejada fealdad, esas lecturas de una estupidez chocante.

Volví a mirar a Pétronille. Era mucho más y mucho mejor que una chica cultivada. Su aspecto de chico malo de ojos chispeantes, su cuerpecito nervioso y musculoso de prisionera evadida, y esa curiosa dulzura del rostro que la hacía parecerse a Christopher Marlowe. Igual que él, podría haber tenido como divisa: «Lo que me alimenta me destruye». La gran literatura, que había constituido lo esencial de su alimentación, también era lo que la había mantenido al margen de los suyos, cavando entre ella y los demás un foso tanto más infranqueable por cuanto su clan no lo comprendía.

Sus padres la querían pero le tenían miedo. Françoise, de alma delicada, admiraba las novelas de su hija y a veces las entendía. Pierre no entendía nada y no comprendía por qué aquella prosa superaba la de su diario de a bordo.

Experimenté un intenso sentimiento de admiración hacia Pétronille y se lo dije.

–Gracias, pajarito –dijo ella.

Sin que yo se lo hubiera confesado, acababa de decretar que pertenecía a la raza aviar. Hasta ahí llegaba su instinto: desde los once años, los seres alados me obsesionan hasta el punto de no retorno. He observado tanto a los pájaros que debo de haberme contagiado de algo de ese reino. ¿De qué, exactamente? Dudo que las palabras puedan ayudarme a expresarlo.

Se me podrá objetar que a los once años es tarde. Sí, pero antes, hasta donde se remontan mis recuerdos, me obsesionaron los huevos, y me siguen obsesionando. No se puede negar la coherencia de mis obsesiones. Los once años sin duda debieron de coincidir con el tiempo de incubación. A los once años me convertí en un pájaro. ¿En cuál? Difícil decirlo con precisión. Curioso híbrido de gaviotín ártico, cormorán, golondrina y polla de agua, pero también de cernícalo vulgar. Mis libros equivalen a mis puestas.

Entre las sorprendentes barbaries cometidas por la especie aviar, señalemos la siguiente: a los pájaros les encanta comer huevos. Es uno de sus alimentos preferidos. Esto es así en mi caso. Pero prefieren comer los huevos de los demás. Lo confirmo: una vez que los míos ya no necesitan de mis cuidados, prefiero leer los libros de los demás.

En 2003 Pétronille publicó una novela espléndida, *El apocalipsis según Ecuador.* Trataba de una niña que era la encarnación del mal. Ecuador tenía una manera extraordinaria de ser diabólica. A la gente le encantó: así como los dos libros anteriores no permitían conclusiones biográficas, este sí invitaba a sacarlas. «Ecuador es usted de niña, ¿verdad?» Ella los esquivaba con una amable habilidad que los irritó.

A los periodistas no les gustaba demasiado esa novelista que no daba pistas sobre su vida. En compensación, gustaba mucho a los escritores. Valoraban su temperamento profundamente literario y la calidad de la lectura que hacía de los libros que escribían ellos. Sé de lo que hablo y estoy lejos de ser la única. Pétronille entabló amistades intensas con numerosos escritores, como Carole Zalberg, Alain Mabanckou, Pia Petersen y Pierrette Fleutiaux.

Respecto a sus amores, permanecía taciturna. Aquella hermosa chiquilla causaba furor, aunque yo no sabía de qué tipo. Cuando acudía a sus sesiones de firma de libros, veía a bastantes chicas encantadoras, sin que eso excluyera la presencia de chicos guapos. Su ambigüedad sexual fascinaba. Lo más divertido es que algunas de aquellas jóvenes se me acercaron para pedirme consejo. Aquellas bellezas me despertaban compasión. Mi estatus de compañera de borrachera ya era lo bastante arduo; no me atrevía a imaginar la dificultad del destino de una enamorada de Pétronille. Les decía: «Bueno, la señorita Fanto no es una ciencia exacta».

Por prudente que fuera, mi respuesta debió de resultar demasiado arriesgada. En efecto, llegó a mis oídos que, tras algunos previsibles desastres –relación relámpago, abandono inmediato–, las repudiadas lo pagaban conmigo, acusándome de sus sinsabores.

Me permito disgustarme por ello. Si hay algo que detesto aún más que los celos es la indiscreción. La actitud de las señoritas rechazadas no carecía de lógica –resultaba menos doloroso para su orgullo pensar que habían sido víctimas de una perversa manipulación que aceptar el hecho de ser decepcionantes–, pero para mí era inconcebible. Ya tenía bastantes dificultades para entender mis amores como para tener que ocuparme de los amores ajenos.

Por otro lado, a juzgar por lo poco que sabía de las costumbres de Pétronille, no había lugar a sorprenderse de sus actos. Ella era la primera en atribuir su carácter explosivo a sus orígenes andorranos. Si hubiera tenido la navaja automática con la que soñaba, sin duda la habría utilizado a menudo. Cualquier nimiedad la sacaba de quicio. Cuando la veía marcharse a la primera por motivos que se me escapaban, intentaba ganármela de nuevo a través del humor y a veces lo lograba. Uno de los métodos consistía en decir: «Es increíble lo mucho que te pareces a Robert De Niro delante del espejo en *Taxi Driver*».

Cuando esto funcionaba, se convertía inmediatamente en Robert De Niro y repetía: «*You're talking to me?*» con el acento adecuado. Pero cuando no funcionaba, tenía unas rabietas interminables dignas del jefe de una banda mafiosa.

«¿Ya te has cansado de actuar como Lino Ventura en *Gánster a la fuerza*?» Este era entonces mi último recurso. El nombre de Lino Ventura actuaba como un comodín.

«¡Papá!», exclamaba ella.

Ventura era su padre de fantasía. Cuando ponían una película suya por televisión, Pétronille me invitaba a verla en su casa. Su aparición en pantalla la ponía en trance:

«¿No te parece que tenemos un aire de familia?», preguntaba.

–Algo hay.

–Es mi padre, estoy segura.

La probabilidad de que, a mediados de los años setenta, Françoise Fanto pecara con el famoso actor se aproximaba a menos veinte, pero, puestos a elegir una figura paterna ideal, Pétronille podría haber elegido peor.

En 2005 publiqué *Ácido sulfúrico.* Todavía ahora es la única de mis novelas que ha suscitado reacciones hostiles. Me reprocharon que comparara la barbarie de algunos programas de telerrealidad con la del universo de los campos de concentración. Los ataques fueron deshonestos: mi novela, situada en un futuro cercano, no pretendía calificar a nadie de fascista. Era ficción, y eso mismo fue lo que acabó calmando los ánimos.

Eso no impidió que atravesara un periodo, si no difícil, sí delicado. El champán fue un aliado perfecto, como lo fue la que se había convertido en mi satélite.

Por aquel entonces Pétronille acababa de publicar su novela más divertida, *Los coriáceos.* En cierta medida, se trataba de una versión de la obra maestra de Hollywood *¿Qué fue de Baby Jane?* Con razón, ella consideraba que la prensa no hablaba lo suficiente de su libro. Vaciábamos copas mientras compartíamos nuestras respectivas decepciones.

Un día me echó una bronca:

–¡No te das cuenta! ¡Me encantaría estar en tu lugar!

–¿Crees que es agradable que te insulten?

–Y que te ignoren, ¿crees que es fácil?

–No exageres. Tu libro no pasa desapercibido.

–No sigas, por favor. ¡No soporto tu especie de indulgencia de pacotilla! Di más bien que mi libro no merecía más.

–Juicio de intenciones. Nunca he dicho eso, y por razones obvias: porque no lo creo.

–Entonces deja de lloriquear sobre tu suerte. No me das ninguna pena.

–No lloriqueo, simplemente me indigno.

–¡Quejica!

Nuestras riñas hacían que nos pareciéramos a sus personajes: éramos como las coléricas borrachas que ella describía, pero más jóvenes. Se reconoce a un escritor por su carácter inmediatamente profético: ignoro si mi *Ácido sulfúrico* se vio confirmado por la evolución de la telerrealidad, pero estoy segura de que nuestras discusiones de aquel otoño fueron una encarnación de sus *Coriáceas.* Lo que demuestra, si fuera necesario, que Pétronille Fanto era una auténtica escritora.

En fin de año encontré el siguiente mensaje en mi contestador: «Pajarito, prepara tu mejor champán. Estaré en tu casa mañana a las seis. Tengo que darte una noticia».

Puse inmediatamente a refrescar un Dom Pérignon de 1976. ¿Qué iba a decirme? ¿Había conocido a alguien? ¿Estaba enamorada?

Tomó el primer sorbo con deleite y declaró que lo iba a echar de menos.

–¿Dejas el alcohol? –pregunté, muy inquieta.

–De algún modo. Me marcho.

–¿Adónde?

Hizo un gesto ambiguo que barría inmensos territorios.

–Voy a cruzar el Sáhara a pie.

En boca de cualquier otra persona, semejante afirmación me habría divertido. Pero Pétronille no era una caprichosa de medio pelo y enseguida supe que de verdad iba a llevar a cabo aquella locura.

–¿Por qué? –balbuceé.

–Tengo que hacerlo. Si me quedo aquí, se me acabarán pegando las peores costumbres de la gente de letras.

–Lo puedes evitar. Fíjate en mí, a mí no me ha pasado.

–Tú no eres normal. Lo necesito, te lo aseguro. No puedo convertirme en una persona rancia.

–¿Tú, rancia? Imposible.

–Acabo de cumplir treinta años.

Nadie lo habría dicho. Parecía apenas algo mayor que cuando nos conocimos, y entonces le había echado quince años. Aparentaba diecisiete.

–¿Por cuánto tiempo te marchas?
–Vete a saber.
–¿Volverás?
–Sí.
–¿Seguro?
A modo de respuesta, sacó de su bolso un paquete y me lo entregó.
–Te confío mi nuevo manuscrito. Es valioso. Estoy hasta las narices de los editores. Si crees que merece ser publicado, te ruego que te ocupes de él. Me siento orgullosa de este manuscrito y tengo la intención de asumir su maternidad. Así que considéralo la prueba de que pienso volver.
Tuve que hacer un esfuerzo para tomar un trago del mejor champán del mundo.
–Te agradezco que no me digas que me acompañas –dijo ella.
–Soy como tú: nunca anuncio cosas que no pienso hacer. Seguro que recorrer el Sáhara es sublime, pero no es para mí. ¿Cuándo te vas?
–Mañana.
–¿Perdón?
–Tengo que hacerlo. Si no, voy a tener una actitud de persona de letras: esperaré a ver qué opinas de mi manuscrito.
–Puedo leerlo esta noche.
–No. Te conozco: nunca lees borracha.
–¿Cómo sabes que estaré borracha? –pregunté, llevándome la copa a los labios.
Soltó una de sus maravillosas carcajadas, rebosante de salud.
–Te echaré de menos –dije. Me temblaba la barbilla.
–¡Qué sentimental eres! –exclamó ella, levantando los ojos al cielo.
Efectivamente, pertenezco a la raza de los que lloran cuando sus amigos se marchan sin saber cuándo van a volver. Tengo una larga experiencia en materia de separaciones, y sé mejor que nadie el peligro que entrañan: separarte de alguien prometiendo que volveréis a veros es el presagio de las cosas más terribles. El caso más habitual es que no vuelvas a ver nunca más al individuo en cuestión. Y esa no es la peor de las eventualidades. La peor consiste en volver a ver a la persona y no reconocerla, ya sea porque ha

cambiado mucho, ya sea porque entonces descubres un aspecto increíblemente desagradable que ya debía de existir antes pero que habías logrado ignorar en nombre de esa extraña forma de amor tan misteriosa y peligrosa y en la que siempre se nos escapa todo lo que está en juego: la amistad. Los grandes sentimientos necesitan combustible. Tuvimos que descorchar una segunda botella. Cuando supe que iba a dejar de estar presentable, eché a Pétronille a la calle.

Por la ventana, vi cómo su pequeña y frágil silueta se alejaba en la noche. Las lágrimas rodaban por mis mejillas.

–¿Cómo voy a apañármelas sin ti, mona del parque? –la increpé.

Fui a derrumbarme en mi cama, más muerta que viva.

A la mañana siguiente, una vez terminada mi sesión de escritura, abrí el paquete de la fugitiva y vi el título de su manuscrito: *No siento fuerzas.* «Es verdad», pensé. Lo leí de un tirón. Prefiero no decir nada, solo esto: si un texto merecía el adjetivo de «tremendo» era ese.

Ahora tendría que presentar esa novela a los editores en nombre de la señorita Fanto. La cosa no iba a ser precisamente pan comido. «¡Maldita Pétronille! Acabas de marcharte y ya me estás causando más problemas que cuando estabas aquí.» Soy una persona que cumple sus compromisos. Aquella misma tarde hice las fotocopias del manuscrito y las envié a varios editores dejando mi nombre y mi dirección como remitente. El resultado fue simultáneamente una honra y un deshonor para el sector editorial francés. Que mi nombre acelere las gestiones es lógico. Que todos los editores rechacen un texto tan hermoso y arriesgado es una vergüenza. Pero es de justicia señalar que ninguno de ellos me atribuyó el manuscrito. Lo que demuestra algo admirable y tranquilizador: en esta ciudad aún queda gente que sabe leer.

Pese a todo, no iba a darme por vencida. Ya que los envíos postales no llegaban a buen puerto, llevaría el manuscrito a las editoriales en persona. Que me desplazara expresaría la solidez de mi convicción.

Dicho y hecho. Siguieron un gran número de citas: me recibían con sorpresa, ya que mi reputación de fidelidad hacia Albin Michel es la de Penélope hacia Ulises. Me apresuraba a defraudarles anunciando que el motivo de mi visita no era un texto mío.

–¿Hace esto para muchos autores? –me preguntaron.

–Es la primera vez y será la única.

Y entonces solo me quedaba esperar su veredicto.

Accesoriamente, continuaba siendo escritora y ser humano. Así que continué escribiendo y viviendo.

Lo más difícil fue encontrar otro compañero de borrachera. En el colmo de la mala suerte, la excelente Théodora, que bebía con tanta gracia, eligió aquel momento para mudarse a Taiwán. El año 2006 sería para mí lo que iba a ser para Pétronille: una travesía del desierto.

De todos modos, no fueron buenos tiempos. Los rechazos que tenía que soportar el manuscrito de Pétronille a través de mi intermediación me afectaban cada vez más. Incluso una joven y simpática editora me hizo llegar el siguiente mensaje:

«No se esfuerce tanto por esa Fanto. Ya sabe que en el mundo de las letras los proletarios no tienen ninguna oportunidad.»

Yo habría sido incapaz de inventar una frase semejante y me quedé muda. Si la reproduzco aquí es porque no quiero ocultar que en París, en 2006, algo semejante me fue comunicado con toda la seriedad del mundo. A otros les dejo la misión de comentarlo.

Cuando mi moral estaba por los suelos, me reconfortaba pensando: «Imagina que un editor acepte el texto y reclame la presencia del autor. Te verías obligada a contarle que Pétronille Fanto está en el Sáhara por un periodo indeterminado y el contrato sería inmediatamente pospuesto y olvidado. Sería como para tirarse de los pelos. Es mejor así».

También tenía que defender mis novelas. Mi editora italiana me envió a firmar libros a Venecia, donde desembarqué en pleno carnaval. Por las calles me felicitaban por mi disfraz. Llevaba simplemente mi ropa de trabajo. Se suscitó una controversia acerca de mi sombrero, que según los franceses era el de un cura rebelde y según los italianos el de un médico durante la epidemia de peste.

En otoño observé las migraciones de las ocas salvajes. «Pétronille, ¿cuándo volverás?» Ni que decir tiene que no había recibido ninguna noticia suya. Quizá había muerto. Al mismo tiempo, como aún no le había encontrado editor, hacía bien en no estar aquí.

Leí aquel texto de Rimbaud de poco antes de desaparecer: «Volveré, con miembros de hierro, con la piel oscura, los ojos enfurecidos: por mi máscara, me creerán de una raza fuerte. Tendré oro: seré ocioso y brutal».

Estas espléndidas palabras resonaron dentro de mí de un modo curioso. ¿Volvería a ver a Pétronille algún día? Y si era así, ¿en qué estado?

En noviembre encontré a una compañera de borrachera digna de ese nombre en la persona de Nathanaëlle, una joven amiga recién instalada en París. Era una chica cien por cien fiable, que es la característica más importante para este papel: tras varias copas de champán, a la fuerza acabas revelando secretos. Por definición, la confianza es absoluta, y las personas de confianza pueden contarse con los dedos de una mano.

La segunda característica más importante de la compañera de borrachera consiste en no despreciar nunca una copa. Si no, parece que bebas sola, que es precisamente lo que intentas evitar.

La tercera característica deseable es tener buen beber: el objetivo no es compartir acritud. Nathanaëlle resultó ser la persona ideal. En esta materia, como en todas las demás, no se trataba de sustituir a nadie: nadie sustituye a nadie. Pero la vida volvió a ser ligera.

La maldición editorial solo afectó al año 2006. A finales de enero de 2007, recibí una respuesta favorable de Fayard para el manuscrito de Pétronille. Me puse aún más contenta que cuando aceptaron mi primera novela en Albin Michel.

«Ahora solo haría falta que la autora estuviera aquí y todo sería perfecto», pensé.

Como la carta de Fayard estipulaba que deseaban reunirse con la señorita Fanto, estaba pensando en contratar a una actriz que se le pareciera para interpretar su papel justo cuando sonó el teléfono:

–Soy Pétronille.

–¡Pétro! ¿Me llamas desde el desierto?

–No, estoy en la estación de Montparnasse. Ven a buscarme, ya no me acuerdo de cómo funcionan las cosas por aquí.

Salí disparada hacia la estación, esperando encontrarme con Lawrence de Arabia reencarnado. No era más que una masa marrón oscuro, con ojos exaltados, cuerpo flaco, pero se la reconocía.

–Hola, pajarito.

–¿Adónde quieres ir? ¿A tu casa?

–No lo sé. ¿Dónde vivo?

Mientras un taxi nos conducía al XX *arrondissement*, la insté a que me lo contara todo. Ella no contaba nada, o casi nada.

–Estamos a 31 de enero –le dije–. Has estado fuera más de un año. ¿Te ha gustado la experiencia?

–¡Más que eso, más!

Por suerte, conservaba un juego de llaves de su apartamento, ya que ella ya no tenía las suyas. Contempló su apartamento con estupor.

–Se me va a hacer extraño no dormir al raso. El suelo estaba cubierto de facturas y otras cartas que la portera había deslizado por debajo de la puerta. Pétronille las recogió y lo tiró todo a la basura. Intervine:

–¿Los impuestos?

–No estaba en Francia en 2006. Si no les gusta, que me metan en la cárcel. Tengo hambre. ¿Qué se come en este país?

En el bar de la esquina, la obligué a pedir el saladillo con lentejas, para que se fuera reaclimatando a su biotopo. Luego le comuniqué la gran noticia:

–He encontrado un editor para tu manuscrito.

–Ah, sí –respondió, como si fuera lo más normal del mundo.

Yo, que sabía lo difícil que había sido, me sentí algo ofendida. Estuve a punto de contarle las humillaciones que, en su nombre, había tenido que soportar. Renuncié a hacerlo, porque habría sido demasiado feo. Y habría corrido el riesgo de que, asqueada, quisiera regresar inmediatamente al Sáhara.

Lo peor es que estaba de acuerdo con ella: que su texto hubiera encontrado editor era lo más normal del mundo.

–¿Cuál era, por cierto, mi manuscrito?

–No siento fuerzas.

–¿No siento fuerzas? Eso sí que es verdad.

–Deberías releerlo. En Fayard quieren reunirse contigo.

–No hay prisa.

–Sí. Te he concertado una cita para el 6 de febrero.

No era cierto, pero su desapego empezaba a ponerme nerviosa.

Llegaron los platos. Pétronille se puso a comer las lentejas con las manos.

–Te estás pasando –le dije.

–Los tuareg –dijo ella con aire lejano.

–No lo dudo. Pero el 6 de febrero, si de milagro el editor te invita a comer, utiliza los cubiertos.

Por la tarde, la obligué a meterse en la cama, aunque ella pretendía dormir en el suelo, y llamé a Fayard para concertar la cita del 6 de febrero.

Pasé los días siguientes conteniendo la respiración ante la idea de que Pétronille se comportara de un modo catastrófico durante el encuentro. El 6 de febrero por la noche, me telefoneó para asegurarme que había causado la mejor de las impresiones. Como eso podía significar cualquier cosa, le pregunté si había firmado un contrato.

–¿Por quién me has tomado? Por supuesto. Mi libro saldrá en septiembre, igual que el tuyo.

La invité inmediatamente a celebrarlo con champán y constaté aliviada que los tuareg no habían logrado hacérselo aborrecer.

El desierto seguiría siendo una zona de sombra en la vida de Pétronille. Cuando intentaba que hablara de ello, ella evitaba pronunciarse. Un día la provoqué:

–Nunca estuviste en el Sáhara. Durante trece meses estuviste escondida en Palavas-les-Flots.

–De haber sido así, te daría la brasa con mis relatos sobre el desierto.

Una noche, tras abrir una segunda botella de un excelente Dom Ruinart blanc de blancs, me confió que dormía muy mal.

–Me pasa desde que volví –dijo–. No soporto esta escandalera urbana.

–Tu barrio tampoco es tan ruidoso.

–Comparado con el Sáhara, sí. No puedes imaginarte el silencio que hay allí. En el desierto, lo que más me gustaba eran las noches. Instalé mi tienda lo más lejos posible de los tuareg. No sabes lo que es el silencio hasta que has escuchado ese.

–¿No resulta angustiante?

–Al contrario. No hay nada más apaciguador. Dormía como un angelito. A veces me despertaba para hacer mis necesidades. La arena era tan blanca, tan luminosa, que me parecía que caminaba sobre la nieve. Sobre mí veía un cielo increíble, infinidad de estrellas, a cuál más grande y más brillante, como constelaciones de hace cien mil años. Habría llorado de felicidad.

–¿No había serpientes?

–Yo no las vi. Por la mañana, me unía a la caravana. Los

hombres cocían el pan en la arena. Era perfecto. No sé por qué he vuelto.

–Para beber champán conmigo.

–Menudo oficio.

–Pues sí. Lo que hay que aguantar.

Aunque no habló de ello, debió de alegrarse de la publicación de *No siento fuerzas.* Esa novela fue muy elogiada por los *happy few*. Entre ellos estaba mi padre.

–Nietzsche ha resucitado –me dijo–. ¿Quién es el autor?

Después de pensármelo, decidí que Patrick Nothomb, que había negociado con rebeldes armados hasta los dientes y tomado el té en compañía de Mao, tenía la suficiente categoría para conocer a Pétronille.

Mis padres nos invitaron a comer en su casa, en Bruselas. Mi madre, que es incapaz de no deformar un título, felicitó a la invitada por *Que la fuerza te acompañe.*

–¿Lo has leído, mamá? –le pregunté en voz baja.

–Sí. No he entendido de qué trata, pero me ha parecido muy hermoso.

Mientras tanto, mi padre, con una turbación llena de dignidad, le contaba a Pétronille por qué su libro era una obra maestra. Me di cuenta de que ella estaba impresionada. Era una cara que nunca le había visto.

En la mesa, mi madre le preguntó por su trayectoria.

–Crecí en la periferia parisina –dijo ella.

Mis padres, que solo conocían Francia por las noticias de la televisión, la miraron con espanto. Pétronille debió de sentir que la tomaban por la típica poligonera y no hizo nada por disipar el malentendido.

Yo le seguí el juego:

–¿Quemaste muchos coches?

–Ninguno después de los trece años.

–Pasaste a otra cosa.

–Sí. A mi banda le dio por el crack. Me distancié de ellos y empecé a leer a Shakespeare.

La admiración de mis padres por la escritora alcanzó las más altas cimas.

En el tren de vuelta, me eché a reír.

–¿De qué iba toda esa comedia?

–No te das cuenta. Tu padre me impone mucho. Quería estar a la altura.

–Lo has estado. Pero la realidad estricta te hace aún más apreciable, si te interesa mi opinión.

–Tu madre es un poco especial, ¿no?

–No te preocupes. Siempre dice que mi libro más conocido es *Gritos y susurros.*

Estaba convencida de que su siguiente libro trataría del desierto. Me equivocaba: a principios de 2009 salió *Amar con la tripa vacía.* Trataba de un cazafortunas de principios del siglo xx, en el sur de los Estados Unidos.

Esa novela de aventuras fue un auténtico éxito. En el transcurso de un programa literario, Pétronille llamó la atención de Jacques Chessex. El gran escritor suizo se sintió intrigado por aquel cartucho de dinamita humana y le envió una de esas cartas asombrosas que tan bien se le daban:

> Querida Pétronille Fanto:
>
> Su novela confirma lo que he visto: es usted una niña y es usted un ogro.
>
> A partir de ahora la incluyo en mi lista de locos.
>
> JACQUES CHESSEX

La precisión de aquellas palabras me impresionó. Que aquel especialista en ogros la calificara como tal tenía un valor premonitorio.

–Cuando estoy contigo, me siento devorada. Tiene razón –le dije.

–No parece que te disguste. Pero ¿por qué dice que soy una niña?

–Pregúntaselo.

El tema era delicado. No se le podía decir que, con treinta y cuatro años, aparentaba dieciocho.

Ignoro si le planteó la pregunta a Chessex, pero su correspondencia se intensificó. Cuando el escritor suizo falleció, en otoño de aquel mismo año, Pétronille llevó su luto con el rigor del de una hija por su padre.

Cuando le noté el rostro tumefacto solo por un lado, no me creí que había llorado demasiado.

–¿Te sometes a cirugía estética? ¿Es ese el secreto de tu eterna juventud?

–No.

–¿Qué te pasa? Tranquilízame.

–Pruebo medicamentos para unos laboratorios farmacéuticos.

–¿De verdad? ¿Y por qué?

–Para ganar dinero.

–¿Es legal?

–No demasiado.

–¡Estás loca, Pétro!

–Ten en cuenta que con los derechos de autor no pago las facturas.

–¿Te has mirado al espejo? Pareces la mitad de un hermano Bogdanov.

–Ya se irá.

–¿Estás segura?

–Sí. Solo es Bromboramase, cura la gastroenteritis.

–¡Yo, si tuviera esa pinta, pillaría una gastroenteritis en el acto!

–Eres una quejica. Menos mal que no me viste la semana pasada, cuando me tomé el Gascalgine 30H. Es un medicamento que facilita la circulación arterial.

–¿Y?

–Tenía el contorno de los ojos tan hinchado que ni siquiera podía abrirlos. No exagero: durante dos días estuve técnicamente ciega.

–Espero que el laboratorio te pagara las horas extra.

–Mientras solo afecte al cuerpo, no pasa nada.

–No te entiendo.

–Cuando los efectos secundarios afectan al cerebro no resulta tan divertido. Hace un mes probé algo contra la depresión posparto. Luego entendí por qué era eficaz: perdí el cien por cien de la memoria reciente. Imagínate, la madre acaba de parir y ni siquiera se acuerda de que estaba embarazada. Cuando ve al niño, se pregunta quién es.

–¿Y a ti cómo te fue?

–Yo no me acordaba de nada posterior a mi regreso del desierto. La amnesia duró varios días.

–Pétronille, te lo ruego, deja ese trabajo maléfico.

–¿Y de qué viviré?

–Puedo darte dinero.

–¿Estás loca? Soy una mujer libre.

En otro momento semejante declaración me habría provocado una carcajada. Entonces, me puso el corazón en un puño: ¿se podía permitir que aquella chiquilla chiflada se ocupara de sí misma?

–¿No te asustan las secuelas que puedas sufrir? –pregunté.

–Soy muy valiente.

–Hasta la inconsciencia, sí.

–Además, es divertido. Tiene su lado de aprendiz de brujo: nunca sabes qué va a ocurrir.

–No hace falta que juegues a eso. *Amar con la tripa vacía* se vende bien.

–Como bien sabes, los derechos no se cobran hasta el año siguiente.

–Pide un anticipo. Tu editor te lo concederá.

–Tengo mi dignidad.

–La confundes con el orgullo.

–Déjame en paz, pajarito. ¿Quién eres tú para decirme lo que tengo que hacer? ¡Te gastas todos tus derechos de autor en champán!

–Viendo cómo me ayudas a beber, no tienes motivos para quejarte. Por cierto, ¿esos medicamentos son compatibles con el alcohol?

–Déjame tranquila.

Desde aquel día, viví en un permanente estado de angustia. Empecé a llamar a Pétronille cada día. Con la gente a la que quiero, tengo una faceta de madre protectora que no puedo controlar. En este caso, creo que no me equivocaba. Enseguida, dejó de descolgar el teléfono cuando veía mi número. Eso no contribuyó a tranquilizarme.

En noviembre, en la Feria del Libro de Brive, me pareció que Pétronille estaba rara. Se lo dije.

–¿Has visto cómo me miras? Es tu mirada lo que hace que parezca rara –respondió ella.

–Lo dudo.

–¿En qué consiste mi rareza?

–Te ríes todo el rato, comes sin parar.

–Sí. Se llama la Feria del Libro de Brive-la-Gaillarde.

Quizá tuviera razón. Pero al mes siguiente fue ella la que me telefoneó, hacia medianoche:

–¿Qué pruebas tengo de que yo no soy tú? No existen fronteras entre los seres. Amélie, tengo la sensación física del champán que has tomado esta noche.

–¿El medicamento que estás probando en este momento es LSD?

–Estoy contemplando París desde mi ventana, ¿sabías que la Torre Eiffel está hueca? Es una rampa de lanzamiento para cohetes espaciales.

–Te confundes con Kourou, en la Guayana.

–Esa es para la lanzadera espacial. La Torre Eiffel es para los cohetes privados. Con una velocidad de satelización de once kilómetros por segundo sales rápidamente de la atmósfera.

–¿Me estás pidiendo ayuda?

–No. Solo quería avisarte de que me voy contigo. No puedo dejarte sola en el espacio, he visto cómo cortas a rodajas los limones. Pero, por compasión, quítate ese pijama naranja, ese color me da ganas de vomitar.

–Ahora voy.

Nada puede expresar la ansiedad que sentí durante el trayecto hasta su apartamento. Subí los peldaños de la escalera de cuatro en cuatro y me encontré a Pétronille friendo pescado.

–¿Te apetece? –me preguntó con la mayor naturalidad del mundo.

Lo pasó de la sartén al plato y atacó.

–¿Comes pescado a la una de la madrugada?

–Sí. No pongas esa cara. Es legal.

El olor no me convenció. Mientras ella se daba un atracón, yo miraba la cocina: allí reinaba un desorden apenas concebible. Era el antro de un joven soltero.

–¿No te apetecería vivir en pareja?

–¿Estás loca? –respondió ella, indignada y con la boca llena.

–¿Qué tiene de malo mi pregunta?

–Sabes perfectamente que no soporto a nadie.

–¿Y que nadie te soporta?

–Eso no es problema mío. Me encanta mi libertad.

Atisbé un blíster de pastillas y me hice con él:

–Extrabromélanase... ¿Es esto lo que te libera tanto que me llamas a medianoche?

–Si tanto te molestaba, no haber descolgado.

–¡Es que me preocupo mucho por ti! Cuando veo tu número, lo cojo. Y teniendo en cuenta lo que me estás contando, hay motivos para el pánico. ¿Qué se supone que cura, este invento?

–Estabiliza a los esquizofrénicos.

–Pétronille, te prohíbo que tomes una pastilla más. Vas a escribir ahora mismo un informe sobre este medicamento señalando sus gravísimos efectos secundarios.

–Tampoco hay que exagerar.

–¿Qué es lo que necesitas?

–Soy joven, me gusta el riesgo y me encanta el lado de ruleta rusa de este trabajo, que, por otra parte, está bien pagado. Eso es todo.

–Es que te podrías morir.

–Lo sé. Por eso hablo de ruleta rusa.

–¿Y yo? ¿Has pensado en mí?

–Puedes vivir sin mí.

–Sí. Pero peor. ¡Qué egoísta eres! Y, además, también puedes no morir y sobrevivir con unas secuelas terribles.

–¿Y qué propones?

–Encuentra otra manera de ganarte la vida.

–Lo he intentado. He sido camarera, maestra, profesora particular de inglés. Era soporífero y no me dejaba tiempo para escribir. ¿Sabes que eres una de las rarísimas privilegiadas que pueden vivir de su pluma? Solo lo consiguen el uno por ciento de los escritores publicados. ¡El uno por ciento!

–Es el oficio más hermoso del mundo. No pretenderás que además sea fácil.

–Viéndote a ti parece fácil. Siempre he soñado con ser escritora, pero fue conocerte lo que me impulsó a intentarlo de verdad. Uno piensa que, si tú lo has conseguido, se puede conseguir.

–Y tienes razón.

–Te equivocas: no es una cuestión de talento. Te he observado: no digo que no tengas talento; digo, por haberte observado durante mucho tiempo, que eso no es suficiente. El secreto es tu locura.

–¡Tú estás mil veces más loca que yo, con o sin medicamentos!

–Es tu locura, he dicho: tu manera de estar loca. Gente loca la hay por todas partes. Locos como tú no existen. Nadie sabe en qué consiste tu locura. Ni siquiera yo.

–Eso es verdad.

–Y ahí es donde está la estafa. La gente se hace escritor por tu culpa, sin darse cuenta de que nadie dispone de tu combustible.

–¿Y entonces? ¿Te arrepientes? ¡Has escrito novelas formidables!

–No me arrepiento de nada. Pero deja que me destroce la salud, ya que ese es el precio que hay que pagar.

–En ese caso no me tomes como testigo. No me llames a medianoche para decirme que la Torre Eiffel sirve de rampa de lanzamiento de cohetes privados.

–¿Eso he hecho?

–¿Por qué crees que estoy aquí? Tenemos un problema, Pétronille. Dejarte así equivale a no asistir a una persona que está en peligro. Ven a vivir a mi casa.

–¿Vivir en tu casa? El infierno en la tierra.

–Gracias.

–Prometo no llamarte nunca más a medianoche. Ahora te puedes ir.

A principios de enero de 2010 recibí una llamada del hospital Cochin:

–Tenemos a una paciente, Pétronille Fanto, que asegura que usted está dispuesta a alojarla un tiempo.

–¿Qué tiene?

–Es un misterio. Ha desarrollado una alergia a... muchas cosas. Y ahora mismo no puede estar sola.

Una gran traumatizada llegó a mi casa.

–Has vuelto a encontrar la manera de que te lleven en ambulancia –le dije.

–No tiene gracia.

–De acuerdo. ¿No volverás a probar medicamentos?

–Nunca más.

No quiso contarme nada. Aquello parecía haber alcanzado proporciones inimaginables.

Nuestra cohabitación duró cerca de tres meses. No resultó fácil. Pétronille no soportaba ni el polvo, ni el color naranja, ni el olor a queso, ni mis flores secas, ni mi música («¡Los himnos góticos son atroces!»), ni mi manera de vivir («¡Creía que eras belga, pero en realidad eres alemana!»: no llegué a saber qué quería decir).

Por mi parte, la encontré cambiada. La intolerancia a ese medicamento desconocido la había afectado profundamente: se había vuelto hipocondriaca, hipersensible al ruido y a cosas tan curiosas como los M&M's, mi cuadro de girasoles bajo la nieve, mi desodorante, el candelabro de la cocina («¡A quién se le ocurre! ¡Un candelabro en la cocina!»). Por último, se llevaba fatal con mis cactus. Ni siquiera beber champán con ella resultaba tan agradable como antes. La notaba tensa constantemente, con una susceptibilidad fuera de lo común. Discutíamos a menudo, por motivos incomprensibles.

Un día tuve la mala suerte de despotricar contra la pastilla que la había alterado tanto. Eso abrió la caja de Pandora: Pétronille recogió sus cosas y se marchó. Me di cuenta de que no había que volver a abordar ese tema.

Nada nuevo bajo el sol: que adores a alguien no significa que la cohabitación funcione. Como de costumbre, Pétronille permaneció callada durante semanas. Nuestra relación había conocido muchos de esos silencios. Mientras transcurría este, pensaba en ella con un orgullo guerrero. Pétronille era ese glorioso soldado que no había buscado protección y que, regresando desfigurado y victorioso de su anterior combate, volvía al frente de la literatura. En esta época de remilgos, en la que tanto se abusa de la palabra «violencia», la joven novelista había expuesto su cuerpo a un riesgo real para poder seguir escribiendo. Había ilustrado de un modo singular el libro de Leiris *De la literatura considerada como una tauromaquia,* asociando el acto de escribir a un peligro real, invistiéndolo así de unos laureles nada actuales.

Cuando Pétronille estaba enfadada, le dejaba la iniciativa. Volvió a contactar conmigo al cabo de unos meses para anunciarme que iba a publicar una novela en Flammarion y que había empezado a ejercer de crítica literaria en un importante semanario luxemburgués. Este último punto me dejó de piedra.

–¿Qué relación existe entre tú y Luxemburgo? ¿Tienes una cuenta secreta?

–Ya sabes que no tengo dinero.

Era cierto. No conocía a nadie tan pobre. Un día la vi con unos calcetines agujereados y le sugerí comprar unos nuevos; respondió que bastaba con sobreponer varios pares. «Los calcetines nunca se agujerean por el mismo sitio», filosofó.

–Pero ¿cómo has encontrado un trabajo tan prestigioso? –insistí.

–Sería demasiado complicado explicártelo.

La vida de Pétronille rebosaba de misterios similares. A esta aventurera de la escritura no le faltaba don de gentes. Sus crónicas literarias fueron rápidamente leídas por numerosos franceses, impresionados por la independencia de sus opiniones y por la elegancia de su pluma. Se convirtió en una referencia respetada.

El peligro de semejante estatus es el ronroneo. ¿Cuántos no se habrían aprovechado de esa situación para dárselas de notables de las letras? *La distribución de las sombras* le reportó un prestigioso premio literario, igual que su novela anterior, algo de lo que cualquier otro escritor habría presumido ad nauseam. Pétronille no parecía darse cuenta de nada.

Creo que todo empezó al año siguiente. Resulta difícil contar un fenómeno del que lo ignoras casi todo.

Al parecer, Pétronille se enamoró. Pero tampoco estoy segura de que fuera así.

¿De quién? Aún lo sé menos. ¿Y con qué resultado? Lo ignoro.

Como volvía a ser mi compañera de borrachera, la acribillaba a preguntas cuando estaba tan ebria como yo, en vano. El champán la impulsaba a disertar sobre muchos temas, salvo ese.

Por lo demás, eso no le impidió escribir. El amor no tiene fama de agotar la inspiración.

En 2012 publicó la novela apocalíptica más hermosa que yo haya leído nunca, *Las inmediatas.* Luego pudimos leer una ficción fantástica sobre el tatuaje, *La sangre de la pena.* Aunque no se viera a primera vista, cada uno de sus libros era, a su manera, una historia de amor.

Pétronille viajó. Se fue a Budapest. Desapareció en Nueva York. Decía que, al igual que Frédéric Moreau en *La educación sentimental*, quería conocer «la melancolía de los paquebotes».

–¿Fuiste a Nueva York en paquebote? –me sorprendí.

–Lo importante es que te lo parezca –respondió ella enigmáticamente.

A principios de 2014 me enteré de un asunto tan desquiciado que no quise darle crédito: me contaron que Pétronille llevaba a cabo, varias noches a la semana, en los ambientes llamados nocturnos, un número de ruleta rusa.

Me reí con ganas, y pensé en telefonear a la interesada, con la intención de contarle lo que circulaba sobre ella –«Te han colgado el sambenito», le habría dicho–, cuando me llamó.

–El jueves por la noche no podré ir.

–¿Qué jueves? ¿El próximo?

–El 20 de marzo.

–Pero es tu aniversario.

–Tengo trabajo.

–¿Tienes trabajo la noche de tu cumpleaños?

–Así es.

–¡Me habías reservado la noche!

–No insistas.

Colgó. Me sentí ofendida. Quise convencerme de que se trataba de una de sus extrañas citas amorosas: «Pero entonces ¿por qué tenía una voz tan siniestra?», me pregunté.

El rumor que me había llegado afirmaba que Pétronille hacía su número de ruleta rusa en un sótano de la rue Saint-Sabin. Como definitivamente me había quedado sin cita para el 20 de marzo, nada me impedía acercarme al sótano en cuestión.

El día señalado llegué al lugar hacia las siete de la tarde, ataviada con un vestido de cantinera del Santo Grial que no me diferenciaba de los otros clientes.

«Pobre Pétro, qué mal debes de andar de dinero para aceptar trabajar en un tugurio tan lleno de humo», pensé.

En una mochila hermética llena de hielo, llevaba una botella de champán, un Joseph Perrier blanco cosecha de 2002, y una copa en cada bolsillo lateral. Había sido una buena idea, ya que en la carta de las bodegas Saint-Sabin, servidumbres de lo gótico, solo figuraban cerveza y vino hipocrás.

Ningún cartel anunciaba el número de ruleta rusa, ya fuera para no tener problemas en caso de redada policial, ya fuera porque esa historia solo era un reclamo, me dije.

Las bóvedas del establecimiento debían de remontarse a la época de las catacumbas, la iluminación parecía la de un entierro clandestino, los clientes y los camareros lucían un anillo de calavera en cada dedo; todo allí presagiaba la muerte. La angustia se apoderó de mí con una intensidad cada vez mayor.

Fue entonces cuando resonó una hermosa canción que mi cerebro tardó en identificar: «Roulette», de System of a Down. La gente reaccionó a aquella señal callándose. Como no había ni escenario ni estrado, fue por delante de la barra por donde vi llegar a Pétronille, que por primera vez me pareció alta, quizá porque era la única que estaba de pie. Sacó un revólver del bolsillo de sus tejanos y empezó su plática en voz alta e inteligible:

–Señoras y señores, la ruleta rusa es un juego que nunca pasa de moda...

Yo ya no la escuchaba. ¡Dios mío, así que era verdad! Un miedo puro y simple no tardó en suceder al pánico, de modo que me puse tensa hasta quedar totalmente petrificada.

Pensando en aquellos que ignorasen las reglas, Pétronille abrió el arma, mostró el cargador vacío, colocó una única bala, lo cerró e hizo girar lo que hace que el arma se llame revólver. Acabó su camelo con:

–¿Hay algún voluntario en la sala?

El público estalló en carcajadas. Yo no.

–Solo se puede confiar en uno mismo, siempre es igual.

La canción de System había terminado.

–Ahora voy a pedirles que permanezcan en silencio.

No le costó nada conseguirlo. Se oyó girar el tambor, o por lo menos pareció que lo oíamos, tanta era la atención por lo que allí estaba ocurriendo. Pétronille se puso el cañón en la sien y dijo:

–Dostoievski, al que habían condenado a muerte, y que no sabía que sería indultado en el último segundo, cuenta su experiencia ante el pelotón de fusilamiento, los instantes que se prolongan hasta el vértigo, la belleza increíble de las cosas más nimias, los ojos que se abren para ver lo que hay que ver. Desde donde estoy, puedo afirmároslo: tenía razón.

Apretó el gatillo. No pasó nada.

Iba a caerme de rodillas para darle las gracias a la providencia cuando la joven prosiguió:

–En los westerns, a este objeto le llaman «seis balas». Así que dispararé seis veces. ¡Solo quedan cinco!

Cuando iniciaba de nuevo la operación, un recuerdo muy lejano me vino a la mente: se trataba de un vídeo que había circulado unos diez años antes, *La ruleta rusa fácil*, o algo de ese tenor, en el cual un especialista enseñaba el gesto decisivo, el que hacía girar el tambor de tal forma que permitía elegir la colocación de la bala.

¿Podía ser que Pétronille hubiera aprendido esa técnica? Deseé que fuera así.

Apretó el gatillo. Nada.

–Solo quedan cuatro –declaró.

Yo observaba el movimiento que ejercía sobre el tambor: era perfecto en la medida en que no se detectaba ningún tipo de cálculo. No iba a dar con la clave del misterio.

–El cañón encuentra por sí mismo el camino de la sien ahora –dijo ella.

Apretó el gatillo. Nada.

–Solo quedan tres.

Aun en el caso de que hubiera tenido acceso al vídeo, el riesgo que estaba corriendo Pétronille no dejaba de ser enorme. Un prestidigitador experimentado podría haber cometido un error, no digamos ya aquella aventurera.

Apretó el gatillo. Nada.

–Solo quedan dos.

Pétronille era la única que conservaba la sangre fría. Toda la sala estaba en trance, empezando por mí. Lo que experimentábamos y expresábamos por medio de un intenso silencio era una especie de más allá del miedo, una forma estática de paroxismo: el tiempo se había detenido, cada segundo podía fragmentarse hasta el infinito, todos éramos Dostoievski ante el pelotón, sentíamos la boca del cañón sobre la sien.

Apretó el gatillo. Nada.

–Solo queda una.

Un relámpago de comprensión me recorrió de la cabeza a los pies: lo que de entrada me había hecho sentirme tan cercana a Pétronille era precisamente esa sensación, esa ebriedad que a falta de mejor nombre llamamos atracción por el riesgo, que no se corresponde con ninguna pulsión biológica ni con ningún análisis racional, y que yo misma había ejemplificado de modo menos espectacular pero no menos definitivo y en unas circunstancias poco confesables. Es cierto que no éramos mayoría, en esta edad de oro del principio de precaución, lo que hacía que nos comprendiéramos aún mejor. ¿Cómo había podido pensar que llevaba a cabo aquel número por dinero? ¿Y cómo había podido afirmar ella que probaba medicamentos con una finalidad lucrativa? Si Pétronille se había puesto y volvía a ponerse en peligro hasta aquel extremo, era para conocer esa exaltación suprema, esa dilatación extática del sentimiento de existir.

Apretó el gatillo. Nada.

Como la sala ya se había puesto a gritar, la joven nos conminó a callarnos y prosiguió:

–Sobre todo no creáis que me burlaba de vosotros.

Y, sin hacer girar el tambor, apuntó hacia una botella que había en la barra y disparó. El disparo resonó tan fuerte que apenas se oyó el cristal al romperse.

Hubo una salva de aplausos. Radiante, Pétronille regresó a la mesa en la que me había instalado sola y se sentó a mi lado.

–¡Bravo! ¡Ha sido magnífico! –dije, exultante.

–¿Tú crees? –dijo ella con falsa modestia.

–¡Y qué manera más original de celebrar tus treinta y nueve años! ¿Es una alusión a los *39 escalones* de Hitchcock?

–Basta de cháchara. ¿Qué bebemos?

–Tengo lo necesario –respondí desenfundando la botella de champán.

Llené las copas y brindé por ella. El primer sorbo me subyugó: nada realza ese brebaje como la ruleta rusa.

–Has estado a punto de beber sin mí –dijo Pétronille.

–Me has dado la oportunidad de aplicar una de las divisas de Napoleón, que siempre ponía a enfriar una botella de champán para después de la batalla. «En caso de victoria, me la habré merecido, pero en caso de derrota, la necesitaré», decía.

–¿Y cuál es tu veredicto?

–Te la mereces. Feliz cumpleaños.

Como siempre, me había precipitado al hablar. Tarde, en plena noche, una discrepancia nos enfrentó respecto a Dios sabe qué, y el alcohol exageró la importancia de aquella minucia. Estábamos subiendo el bulevar Richard-Lenoir y Pétronille, que nunca se caracterizó por su falta de carácter, colocó una bala en el tambor y la hizo girar a su conveniencia. Puso el cañón sobre mi sien y disparó.

–Esta vez no es Marlowe el que fallece en una pelea callejera –le dijo a mi cadáver.

Registró mis alforjas, encontró este manuscrito, le echó el guante y lanzó mi cuerpo al canal Saint-Martin.

El día siguiente era un viernes, día laborable. Para tranquilizar su conciencia, Pétronille le llevó el manuscrito a mi editor.

–No es demasiado largo –le dijo–. Me quedaré por aquí; usted léalo y luego lo comentamos.

Mientras esperaba, se instaló en mi despacho, donde, con su descaro característico, mantuvo una conversación telefónica de dos horas y media con Tombuctú.

Después, el editor se acercó a preguntarle si no era a la policía a quien había que llevar aquel manuscrito.

–Usted decide –respondió ella.

Pétronille se escurrió como un gato y desapareció en los tejados de París, por los que, en mi opinión, sigue vagando hoy día.

En cuanto a mí, en el fondo del canal, como buen fiambre, medito y extraigo de esta historia lecciones que no me servirán para nada. Por más que sé que escribir es peligroso y que al hacerlo pones en riesgo tu vida, siempre acabo cayendo en la trampa.

ÍNDICE